LA DANSEUSE DU TEMPLE

John Speed

LA DANSEUSE DU TEMPLE

Traduit de l'anglais (États-Unis) par Thierry Piélat

ÉDITIONS
FRANCE
LOISIRS

Titre original : *The Temple Dancer*
publié par St. Martin's Press, New York.

Édition du Club France Loisirs,
avec l'autorisation des Presses de la Cité

Éditions France Loisirs,
123, boulevard de Grenelle, Paris
www.franceloisirs.com

ISBN : 2-7441-9202-3

A Jean, qui l'a inspiré :
davantage d'eunuques et la sultane dévoilée

NOTE DE L'AUTEUR

Les détails visaient simplement à corroborer
la vraisemblance artistique du récit qui,
autrement, eût été sec et peu convaincant.
William Schenk Gilbert, *The Mikado*

En Inde, tous les voyages transforment les voyageurs.

Ce roman raconte un voyage de Goa à Bijapur, un voyage que j'ai fait moi-même il y a quelques années. Les bergers franchissent toujours le col de Sansagar en empruntant d'anciennes routes. La cloche d'or de Santa Catarina continue de sonner. Les foulons déploient encore les soies chatoyantes de Belgaum au bord du lac. Sous l'imposant dôme de Gol Gumbaz, les écoliers jouent dans la galerie à écho.

Mais, en trois siècles, bien des choses ont disparu. Pour construire leurs flottes, les Portugais, les Hollandais et les Anglais ont rasé les magnifiques forêts de teck qui dominaient le plateau du Deccan. Cela a changé le climat : les chutes de Gokak ne grondent plus. Les marches des vieux temples autour du lac de Belgaum ne descendent plus vers l'eau, mais vers une terre asséchée. Des palais, il ne reste plus que des tas de pierres.

Cette histoire fait partie d'un récit épique plus volumineux, dont la rédaction a pris vingt ans : l'histoire des dernières années de l'Empire moghol et de la montée des Marathes, sous la houlette du bandit de grand chemin Shivaji. Le premier tome du manuscrit dépassait deux mille quatre cents pages. Avec l'aide de mon agent, Jean Naggar, et grâce aux conseils judicieux de Maureen Baron, j'ai réussi à le réduire à huit cents pages.

Cela m'a brisé le cœur ! De ces pages supprimées, Gama, Lucinda, Pathan, Babouche et Souris m'appellent. Heureusement, Jean a proposé le canevas de cette histoire et m'a encouragé à en faire un livre à part, et Linda McFall, mon éditrice extrêmement courageuse chez Saint Martin, a accepté de le publier en guise d'introduction à l'ensemble de l'épopée.

Les recherches se sont révélées difficiles. Les documents sur les Moghols et les Marathes abondent – les vainqueurs aiment écrire l'Histoire. Mais les vaincus conservent le silence. En 1658, l'Inde portugaise avait été écrasée et Bijapur déclinait. Personne n'a écrit le récit de leur chute.

Ma description de Bijapur est fondée sur des archives mogholes au parti pris manifeste. Les comptes rendus de première main sur la société de Goa faisant défaut, j'ai fait appel aux archives des transports, qui ont été soigneusement conservées et laissent voir quelles étaient les conditions de vie en 1658. Le fait d'avoir pu examiner des objets et l'architecture de cette période m'a inspiré les descriptions des cultures portugaise et bijapuri.

Pour les vêtements de Lucinda, je me suis référé à la mode qui avait cours dans la société de Lisbonne en 1648-1650 – il lui fallait plusieurs années pour atteindre Goa. La mise et le maintien des autres personnages ont été inspirés par des tableaux contemporains et par les descriptions données par des marchands portugais à la cour moghole.

L'usage de l'arsenic cosmétique comme poison a été suggéré par une série de meurtres commis dans la colonie anglaise de Jamestown, quelques années avant l'époque de cette histoire. Le Palais Volant a été inspiré par une gravure sur bois de 1712, exposée à la galerie Dahlem de Berlin.

Les guerres du poivre sont décrites dans l'excellente monographie de A. Van der Kraan, *Baptism of Fire : The Van Goens Mission to Ceylon and India, 1653-1654.* Les lecteurs intéressés apprécieront aussi l'ouvrage passionnant de Richard Maxwell, *Sufis of Bijapur, 1300-1700 : Social Roles of Sufis in Medieval India.*

Mes descriptions des danses de Maya ne correspondent peut-être pas aux versions actuelles du bharatnatyam, mais cette école de danse est en fait d'origine assez récente. Les Anglais ont tué la danse indienne, et sa forme « classique » actuelle n'est qu'une recréation fondée sur des sculptures et des écrits. Il y a de bonnes raisons de croire qu'en 1658 les danses étaient beaucoup plus flamboyantes que leur reconstitution guindée.

J'ai pris la liberté d'accorder une place à des personnages historiques dans ce récit, notamment la sultane, Wali Khan et Shahji. Les autres personnages sont purement fictifs.

Un roman comme celui-ci ne peut être écrit sans aide. Michael Wolf, mon mentor, l'homme qui a l'oreille la plus attentive que je connaisse, m'a aidé à bien comprendre les thèmes moteurs de ce conte et, aux ateliers qu'il organise, mes collègues auteurs, grâce à leurs critiques pertinentes, m'ont poussé à donner le meilleur de moi-même. Mon chauffeur, guide et ami, Kurshid Pathan, m'a montré « son » Inde, un lieu magique et âpre que la plupart des Occidentaux ne voient jamais, et il m'a ouvert les portes de l'islam mystique ; j'espère qu'il me pardonnera de m'être inspiré de lui pour camper un de mes personnages. A eux tous, j'adresse mes remerciements bien insuffisants.

Barbara, ma femme, m'a fait le plus beau cadeau qui soit. Je suis impressionné par sa confiance inébranlable et ses commentaires perspicaces. Dans ce monde agité, elle a fait de notre foyer un havre de beauté et de sérénité, qui a été ma source d'inspiration pour le Palais du Lac de Belgaum. Sans elle, ce livre n'aurait jamais vu le jour.

John Speed
Encinitas, Californie

PRINCIPAUX PERSONNAGES

LES DASANA

Lucinda Dasana (Lucie), jeune Portugaise élevée à Goa, héritière présomptive de la fortune des Dasana

Carlos Dasana, oncle de Lucinda, administrateur des affaires des Dasana à Goa

Geraldo Silveira (Aldo), cousin débauché et héritier éloigné des Dasana

Victorio Souza, oncle maternel de Lucinda, administrateur des affaires des Dasana à Bijapur

DANS LA CARAVANE

Jebtha de Gama, bourak (« conciliateur ») portugais, souvent appelé Deoga

Kurshid Pathan, parfois appelé Mounna, bourak de Bijapur

Babouche, eunuque

Maya, jeune danseuse de temple (devadasi), récemment devenue esclave et bayadère

A GOA

Hélène, servante de Lucinda

Carvallo, secrétaire général des Dasana

Adolfo, valet de Carlos Dasana

A VALPOI

Fernando Anala, « frère Fernando », marchand chrétien

Silvia Anala, sa femme

A BELGAUM

Dame Chitra, maîtresse du Palais du Lac, ex-concubine du sultan de Bijapur

Lakshmi, une enfant, compagne de Chitra

A BIJAPUR

Shahji, général, commandant en chef des armées de Bijapur

Murmure, vieil eunuque

Le khaswajara royal (intendant de la maison de la sultane)

Wali Khan, le grand vizir, principal ministre de la sultane

Souris, eunuque au service de Victorio Souza

Ibrahim Adil, jeune héritier du trône de Bijapur

AUTRES

Gungama, gourou de Maya ; on la croyait noyée, elle apparaît maintenant en rêve

Les bandits du clan des Trois-Points et du clan Naga

Un bijoutier de pacotille, à Bijapur

Shaheen, intendante de Pathan

PREMIERE PARTIE

Le howdah

Cantonnement portugais,
Goa, 1658

Certaine de l'apparence parfaite de son visage, Lucinda Teresa Emilia Dasana trempa une plume de queue de faisan dans un flacon en cristal et déposa une goutte laiteuse de belladone au coin de ses yeux.

— *Ayah*, je n'arrive pas à trouver mon *arsênico*, dit-elle en tamponnant une larme avant qu'elle ne tache sa joue poudrée.

— Il n'y en a plus, mon *bêbe*. Je voulais te le dire, ajouta sa servante, occupée à plier le peignoir de sa maîtresse à l'autre bout de la chambre.

Clignant des yeux embués par la belladone, Lucinda, contrariée, se mordit la lèvre. Puis elle sourit patiemment à Hélène, sans se rendre compte que ses dents de devant étaient mouchetées de vermillon.

— *Ayah*, la boîte était là... Où l'as-tu cachée ?

Comme si elle ignorait que Lucinda ne pouvait pas la voir, Hélène secoua la tête et continua à plier.

— Tu ne devrais pas utiliser cette abominable

pâte, ma petite. C'est très mauvais pour toi. Heureusement qu'elle est finie.

— Je ne suis plus ta petite. Je suis une femme. Une dame. Et maintenant tu es ma servante, plus ma nounou. Alors apporte-moi mon *arsênico*, ordonna Lucinda.

Hélène, qui s'appelait Ambalika avant de devenir chrétienne, marmonna quelque chose en hindi.

— Je ne suis pas une chienne en chaleur, murmura Lucinda avec colère. Et j'ai dit que nous ne parlerons plus que portugais. Allez, apporte-le-moi !

Hélène parut soudain très vieille. Les yeux toujours embués par la belladone, Lucinda ne vit pas le changement, mais elle entendit son soupir las. Elle en eut le cœur serré, mais elle se rappela qui elle était, quelle était sa nouvelle position dans le monde et ne dit mot. Pendant ce temps-là, Hélène glissa la main sous le matelas en plume et en sortit une petite boîte en argent.

— N'en mets pas trop, s'il te plaît, dit-elle en portugais.

— Je mettrai ce que je veux, rétorqua Lucinda en prenant une si grosse pincée de pâte rouge qu'Hélène en fut suffoquée.

Ayant obtenu l'effet désiré, Lucinda n'en déposa qu'un tout petit peu sur sa langue.

— Voilà.

— Tu ne devrais pas prendre ce poison. Si ta mère était là ! Cette chose rouge ne fait que te rendre malade et tu es très belle sans elle.

— Tu dis ça seulement parce que tu m'aimes.

J'en ai besoin... on ne doit pas me voir avec la peau sombre.

— Qu'as-tu contre la peau sombre ?

Lucinda baissa les yeux, regrettant ses paroles, car Hélène était très basanée.

— Excuse-moi, ma chérie, dit-elle en hindi, ce qui fit sourire Hélène. Tu sais que mon cousin vient d'arriver de Macao. Je ne l'ai pas vu depuis des années, poursuivit-elle en portugais. Je dois me faire belle. C'est à la mode d'être pâle. Toutes les dames de Lisbonne utilisent l'*arsênico* en ce moment.

Hélène grogna.

— Et elles sont pâles, ça oui. Mais elles ne sont pas jolies comme mon *bêbe.* Pourquoi toutes ces façons pour un cousin ? Que dirait ta mère – que son âme soit en paix ? Tu es promise ! Si ton père était en vie...

Lucinda n'écoutait plus. Par la fenêtre qui donnait sur l'océan, une brise salée apportait les bruits de Goa : les cris des marchands des rues, en hindi et ex portugais, le tintement des gongs et des tambours d'un temple de Shiva tout proche et, par-dessus l'ensemble, la cloche dorée de la cathédrale de Santa Catarina, sonnant les heures.

Dans un murmure, la brise soulevait les cheveux de Lucinda. Elle jeta un châle en soie empesé sur ses épaules.

— Comment suis-je ? demanda-t-elle.

Trop jeune, pensa Hélène. Trop jeune pour porter un corset lacé si serré ou un corsage si décolleté. Que vont penser les gens ? Les pupilles de Lucinda, maintenant dilatées par la belladone, brillaient, sombres, engageantes comme des étangs dissimulés sous la lune.

— Il me semble que tu es très bien, dit enfin Hélène.

Lucinda n'avait pas attendu la réponse. Elle était déjà sortie de la pièce et parvenue à l'escalier menant au bureau de son oncle. Jusqu'à la mort de son père, l'année précédente, les salles avaient été éclairées, baignées de la lumière des lampes. Mais l'arrivée de l'oncle Carlos avait tout changé. Il était chiche et détestait le gaspillage ; il traversait les salles en tapant du pied et mouchait les chandelles entre ses doigts. « Economie ! » criait-il à tous ceux qui se trouvaient à portée de voix. Mais, même dans la pénombre, les pupilles délicieusement dilatées de Lucinda y voyaient parfaitement. Elle n'en avançait pas moins doucement, une main appuyée aux lambris, car l'arsenic lui faisait tourner la tête.

Carlos Dasana lança un regard furibond de l'autre côté de sa table de travail, couverte de papiers, et agita un gros doigt menaçant en direction de son neveu.

— Tu ne vois pas dans quel pétrin tu t'es fourré ?

Tout en tripotant les poignets en dentelle de sa chemise, Geraldo Silveira changea de position sur son fauteuil en bois rigide, peut-être pour ajuster son pourpoint, peut-être pour cacher la lueur d'amusement dans ses yeux.

— Je m'excuse, *tio* Carlos...

— Ne m'insulte pas avec tes excuses ! Tu as tué un homme, Aldo ! On ne s'excuse pas pour un meurtre ! Se battre en duel en pleine rue ! On en a pendu pour moins que ça !

Carlos tapa du poing si fort sur la lourde table en bois qu'une pile de papiers sauta en l'air.

— Et l'homme marié que tu as tué était ton propre cousin !

— Je ne l'ai appris qu'après, *tio*. Je m'ex...

— Pour l'amour de Dieu, tiens ta langue ! Sans moi, Aldo, tu serais au pilori et on te ferait griller les pieds. Puis on t'aurait envoyé à Lisbonne, à la potence, voilà ce qui se serait passé. Tu as une dette envers moi !

Carlos pianota sur la table en bois sombre et considéra son neveu.

— Tu es trop beau garçon. Tu as été gâté. Toutes les mères gâtent leurs enfants, mais ma sœur est allée trop loin... que Dieu ait son âme. Et ton inutile de père...

— C'était un homme bon, *tio*, fit Geraldo avec des éclairs dans les yeux mais d'une voix calme. Vous ne pouvez le blâmer...

— Je t'ai demandé ton avis ? Je blâme qui je veux ! Ton père était un noceur et un sot. Comme toi, trop beau pour son bien. Tire les leçons de ses erreurs, Aldo.

Le vieil homme cessa de poser un regard noir sur son neveu et tira pensivement sur sa moustache.

— Mais je me tiens également pour responsable. Je t'ai trop gâté, moi aussi. J'aurais dû...

Carlos Dasana ne finit pas sa phrase, se frotta le front de ses gros doigts et soupira.

— Tu ne peux pas vivre au jour le jour, Aldo ! Garde ta fonte dans ton pantalon. Tu ne peux pas coucher avec toutes les femmes que tu vois uniquement parce que ça te démange... Surtout si elles sont mariées, pour l'amour de la Vierge ! Bas les pattes ! C'est comme ça qu'on finit dans un cercueil !

— Avec un peu de chance, seulement le mari, *tio*.

Les yeux de Carlos Dasana s'exorbitèrent et une veine commença à battre sur son front. Geraldo se pencha en avant, craignant qu'il n'ait une attaque, mais son oncle éclata d'un rire tonitruant.

— Seulement le mari, hein ? réussit-il à dire tout en s'efforçant de froncer les sourcils. Pourquoi ne pas prendre une bayadère, pour l'amour de la Vierge ? Elles sont assez bon marché et meilleures que n'importe quelle femme !

Geraldo se renversa contre son dossier et regarda son oncle droit dans les yeux.

— Où est le piment, mon oncle ? demanda-t-il en réponse, son visage intelligent s'éclairant lentement d'un sourire espiègle.

Ah ! c'est bien un Dasana, pensa le vieux Carlos.

— Ecoute-moi bien, Aldo, je suis intervenu pour te tirer de cette mauvaise passe. Tu as été placé sous ma garde. Envoyé à Goa plutôt qu'à la potence.

Geraldo baissa la tête.

— *Tio* Carlos, j'aimerais vous remercier...

L'oncle marmonna.

— Non. A la longue, peut-être regretteras-tu la potence !... Pour être franc, tu ne pouvais pas arriver à Goa à un plus mauvais moment, ajouta-t-il en s'adossant à son fauteuil. Après vingt ans de combat, les guerres du poivre sont finies, Aldo, et ces fichus Hollandais ont gagné.

— Vous ne parlez pas sérieusement. La flotte portugaise va sans aucun doute...

— Pouah ! La flotte ? Tu as regardé dans le port ? As-tu vu une flotte quelque part ? Elle est partie ! Partie au Brésil ! Nous avons livré toute l'Asie aux Hollandais, mais maintenant nous devons tout faire pour sauver le précieux Brésil ! Vois les choses en face, Aldo ! Lisbonne nous a abandonnés ! Goa est perdu ! Les Hollandais nous tiennent à la gorge. Seuls quelques dhaws tenteront de forcer le blocus.

Carlos Dasana secoua la tête.

— Nos compatriotes ont filé comme des rats. Ils ont emporté ce qu'ils ont pu et ils ont fui, les poltrons. Il ne reste que quelques centaines de Portugais à Goa. Même ces fichus prêtres sont partis, pour la plupart !

Dasana hésita, comme si les pensées qui lui venaient maintenant étaient trop pénibles pour être exprimées. Geraldo parut le sentir. Il se pencha par-dessus la table.

— Allez, *tio*. Je ne suis pas un enfant et vous ne m'avez pas fait venir ici par bonté d'âme. Que voulez-vous de moi ?

Carlos cligna des yeux et se mordit la lèvre.

— Tu as raison. J'ai besoin de quelqu'un de

confiance. Quelqu'un de mon sang. Les guerres du poivre nous ont été fatales. Les Dasana sont proches de la ruine.

Il fallut un moment à Geraldo avant de pouvoir répondre :

— Je n'en crois rien !

— Mon frère – Dieu ait son âme – a laissé une situation désastreuse. Je ne sais que faire. Nous sommes à court d'argent. Nous avons des marchandises, Seigneur, oui ! Des comptoirs bourrés de marchandises ! Mais les Hollandais nous tiennent. Nous ne pouvons commercer, Aldo, et sans commerce, nous sommes morts.

Dasana se pencha vers son neveu, sa voix réduite à un murmure rauque :

— Qu'est-ce que tu sais du pays de Bijapur ?

— Ces démons musulmans ? Seulement qu'ils ont été nos ennemis pendant un siècle. D'abord ces infidèles nous ont abandonné Goa, puis ils nous ont attaqués ! Ils ont massacré nos colons, assassiné nos femmes...

Dasana agita la main.

— C'est le passé. Pardonné et oublié.

— *Tio* Carlos !

— Avoir des ennemis est un luxe de riches, Aldo. Nous ne pouvons plus nous le permettre. Nous aurons comme amis tous ceux que nous pourrons acheter. Maintenant, écoute-moi, Aldo, écoute-moi bien. Nous avons une chance de redresser la situation...

Carlos jeta un coup d'œil autour de la pièce, comme s'il y avait des espions partout, et poursuivit :

— Le sultan de Bijapur est mort il y a un an. Son héritier n'a que neuf ans. Un vent de folie souffle sur le royaume. La veuve, la sultane, est sortie du harem pour essayer de gouverner. On n'a jamais vu ça... un véritable désastre. Elle a finalement accepté de nommer un régent et c'est là que résident tous nos espoirs... C'est pour cela que je t'ai fait venir ici. J'ai un travail pour toi, Aldo.

Geraldo se redressa sur son siège, attentif, les yeux mi-clos. Carlos le remarqua et continua :

— Les Dasana ont encore une carte à jouer. Si notre homme devient régent, il nous concédera un monopole commercial de huit ans à Bijapur.

— Notre homme ? Qui est notre homme ?

— Wali Khan, le grand vizir. Il devrait obtenir la régence. Il devrait... mais ce ne sera pas facile. Il est en conflit avec la sultane et elle lui donne du fil à retordre. Et puis il y a l'armée – les armées posent toujours problème –, mais là, c'est encore pire car le commandant est un hindou et les hindous sont imprévisibles. Pis que tout, il faut compter avec les eunuques. Le khaswajara est un eunuque. Tous ses frères comploteront pour qu'il ait gain de cause. Mais même ainsi, en dépit de tout, Wali Khan l'emportera. Il devrait, il doit l'emporter !

— Qu'avez-vous fait pour le persuader, *tio* Carlos ? Comment l'avez-vous amené à être de notre côté ?

— A ton avis ? En le soudoyant. Bakchich. Il n'y a pas d'autre moyen. Wali Khan est trop puissant pour qu'on le menace. Il faut un cadeau et un beau. L'homme a des goûts raffinés. Le cadeau doit l'inspirer, non l'insulter.

Là, Carlos s'autorisa un petit sourire avant de poursuivre :

— Nous avons fait en sorte de lui procurer quelque chose d'unique. Quelque chose qu'il convoite, auquel il attache une immense importance. Nous l'avons payé un lakh de huns – l'équivalent de quarante mille riales...

Geraldo ouvrit de grands yeux.

— Notre cadeau vient d'Ori, Aldo. Il a fallu aller le chercher jusque là-bas et il va arriver aujourd'hui si le vent est favorable. Ensuite, il repartira pour Bijapur avant la fin de la semaine. Je veux que tu accompagnes la caravane. Nous avons engagé le meilleur conciliateur de l'Hindoustan... un certain Gama. Tu l'as peut-être déjà rencontré, c'est un parent éloigné... Non ? Tant pis. Enfin, sache que Gama est le meilleur : honnête, l'esprit lent, il n'a ni imagination ni ambition, mais il est redoutable et prêt à recourir à la violence.

— Il semble parfaitement convenir, *tio*.

— Bon sang, Aldo... je compte sur toi ! Garde-le à l'œil.

Geraldo baissa la tête pour que Carlos ne le voie pas sourire.

— Je l'étudierai attentivement, *tio*.

Carlos lança à son neveu un regard profondément méfiant, comme s'il doutait que Geraldo eût jamais étudié quoi que ce soit. Il soupira.

— Je vais devoir fermer cette maison. Pendant

quelque temps, du moins. Nous allons perdre la face, bien sûr, mais il n'y a pas d'autre solution.

— Vous allez retourner à Lisbonne ?

— Non, pas à Lisbonne. A Bijapur. Que cela nous plaise ou non, le destin des Dasana est inextricablement mêlé à celui de nos vieux ennemis... Je ne sais pas comment annoncer cela à Lucinda, continua Carlos en regardant son neveu dans les yeux avec une franchise inattendue. Elle a perdu sa mère, son père... et maintenant elle perd sa maison...

— Mais Lucinda n'est-elle pas promise en mariage à...

— C'est fini ! aboya Carlos. Ce scélérat a eu vent de nos ennuis et...

La voix de Carlos se brisa brusquement. Geraldo crut qu'il s'étranglait.

— J'adore cette fille, marmonna Carlos.

Il tira un mouchoir foncé de sa manche, s'essuya les yeux et se moucha bruyamment avant de reprendre :

— Tu ne dois rien lui dire, Aldo. Pas un mot concernant ce coquin qui a rompu les fiançailles. Je le lui annoncerai quand le moment sera venu. Pas un mot non plus à propos du départ pour Bijapur ! Elle préférerait mourir plutôt que de quitter Goa.

Carlos examina son mouchoir et s'essuya de nouveau les yeux.

— Quand elle est dans les parages, motus, tu m'entends ? insista-t-il. Elle est fragile. Je la considère maintenant comme ma fille.

Carlos se moucha encore, mais cette fois, au

grand soulagement de Geraldo, il fourra son mouchoir dans sa manche sans un regard.

— Enfin, on n'y peut rien, les affaires sont les affaires. En attendant, tu vas apporter le cadeau à Wali Khan. Toi et Gama. C'est pour ça que je t'ai fait venir ici. Ne me déçois pas. Gagne ma confiance. Si tu réussis, tu auras droit à ma reconnaissance. Si tu échoues, je t'expédie à Lisbonne et à la potence. Est-ce que nous nous comprenons bien ?

Geraldo hocha la tête.

— Parfait. Je n'ai rien à ajouter. Tu es le seul fils de ma sœur. A qui d'autre puis-je accorder ma confiance ? Nous avons besoin de ce monopole... et ce cadeau est le moyen de l'obtenir ! Notre seul espoir est de le convoyer sans encombre jusqu'à Wali Khan. Il a coûté une fortune, alors ouvre l'œil ! Dis à Wali Khan que s'il devient régent, elle est à lui.

Geraldo fronça les sourcils.

— Elle ? C'est une caravelle, mon oncle ?

— Ce n'est pas un bateau... D'où sors-tu cette idée ? C'est une bayadère, mon garçon... une danseuse de Natche, la plus belle hétaïre qui ait jamais existé...

La porte s'ouvrit et, comme une vague déferle sur le rivage, Lucinda entra en trombe, sa robe d'un blanc éclatant illuminant le bureau sombre de *tio* Carlos. Ses petits pieds chaussés de soie, elle s'avança sur le tapis, nimbée d'un parfum de jasmin et de rose. A la porte, un secrétaire, l'air penaud, levait les mains en un geste d'impuissance. Carlos secoua la tête et lui fit signe de s'en aller. Il y avait aussi peu d'espoir d'arrêter Lucinda qu'un cyclone.

— Mon cher oncle ! lança-t-elle d'une voix chantante en se dirigeant vers la table dans un tourbillon de jupes.

Le vieil homme se leva et déposa un baiser sur la joue tendue de sa nièce.

— Et voilà sans doute Geraldo !

— Oui, je viens d'arriver de Macao, dit l'intéressé en se levant à son tour.

— Voici ta cousine, Lucinda Dasana, la présenta cérémonieusement Carlos.

En les voyant tous les deux, des rides creusèrent son front. Geraldo s'inclina. Lucinda lui fit la révérence, pourtant, tout en baissant la tête, elle garda les yeux fixés sur le visage de son cousin. La belladone brouillait encore sa vision, mais, malgré la pénombre, elle remarqua qu'il était grand, qu'il avait les épaules larges et les hanches étroites, le visage bronzé, que ses yeux pétillaient tandis que son sourire découvrait des dents parfaitement blanches.

— Je ne t'aurais jamais reconnue, dit Geraldo en la parcourant du regard. La dernière fois que nous nous sommes vus, tu avais six ans. J'avais mis un crapaud dans ta robe, si j'ai bonne mémoire...

Ses yeux brillèrent et elle rougit.

— Je suis certaine que tu n'as jamais fait une chose pareille, sinon je m'en souviendrais et je te détesterais ! De toute façon, je suis grande, maintenant.

Elle rit en se tournant, si bien que la pâle

lumière qui filtrait par l'unique fenêtre éclaira son visage.

— Rappelle-toi qu'elle est fiancée, dit Carlos d'un ton plein de sous-entendus. Et ne te fais pas des idées...

— Mon oncle ! s'écria Lucinda. Nous sommes cousins.

Geraldo semblait avoir déjà réfléchi à la question.

— En théorie, c'est exact, nous sommes cousins, mais à plusieurs degrés. Nous pourrions même nous marier si nous le voulions, expliqua-t-il en plantant ses yeux sombres dans ceux de Lucinda.

— Je te répète qu'elle est fiancée. Rappelle-toi ce que je t'ai dit ! fit Carlos d'un ton ferme.

— Qui est l'heureux élu ? demanda Geraldo.

Ses yeux dansaient, si bien que sa question semblait impertinente. Lucinda se détourna de nouveau, toute rouge.

— Le marquis d'Oliveira, un ancien ministre de Sa Majesté, répondit Carlos à sa place, avec comme une mise en garde dans le ton de sa voix. Un homme important.

— J'espère qu'il est beau, dit Geraldo. Une femme comme toi mérite d'avoir un beau mari.

— Il est beau sur son portrait, balbutia Lucinda. Nous ne nous sommes jamais rencontrés.

Carlos n'aimait pas la tournure que prenait la conversation.

— Evidemment qu'il est beau ! Il est riche, non ?

— Mes meilleurs vœux de bonheur, dit Geraldo.

Cette fois-ci, quand il s'inclina, il garda les yeux rivés sur ceux, toujours embués, de Lucinda, qui soutint son regard. En se redressant, Aldo prit sa main délicatement, comme un petit oiseau, et l'effleura de ses lèvres. Elle sentit sa moustache lui chatouiller les doigts.

— Je suis sur le point de partir pour Bijapur. Aimerais-tu venir avec moi ?

— Que dis-tu là, Aldo ? Je n'ai jamais... bafouilla Carlos, indigné, en se penchant sur son bureau.

Mais Lucinda avait déjà entendu et quand elle se tourna vers Carlos, le visage pâli par l'arsenic et les yeux rendus limpides par la belladone, pour le supplier, il sut qu'il ne pourrait résister, malgré sa force de volonté.

— Je vous en prie, mon oncle, je vous en prie. Vous m'avez promis que je pourrais aller voir l'oncle Victorio !

C'était une bonne idée, Carlos devait bien l'admettre : l'envoyer maintenant à Bijapur lui faciliterait la tâche au moment de fermer la maison. Mais les idées qui n'étaient pas de son fait lui déplaisaient. Il commença donc par dire non. Puis il le redit et le répéta.

Le voyage n'allait pas être facile, argumenta-t-il. Et Bijapur n'était pas Goa. Victorio, l'oncle de Lucinda qui gérait le comptoir Dasana de Bijapur, était maintenant vieux et souvent malade. Ces objections ne firent qu'affermir la résolution de Lucinda. Geraldo les réfuta l'une après l'autre et, chaque fois, Lucinda réitéra sa supplique, d'une voix plus plaintive que la précédente.

— Très bien, ma petite. Va. Mais tu feras ce qu'on te dira, n'est-ce pas ? Et, pour changer, tu obéiras aux ordres ?

— Oh ! oui, *tio* Carlos, répondit Lucinda, qui se dressa sur la pointe des pieds pour embrasser la joue brune et rêche.

Arsenic, corset ou surexcitation, quelque chose sembla avoir soudain raison d'elle ; son visage blême pâlit encore, elle battit des paupières et défaillit dans les bras de son oncle.

Mon Dieu ! pensa Carlos en la rattrapant, elle est blanche comme une morte. Par la très Sainte Vierge, songea-t-il en voyant la poitrine de la jeune fille se soulever et ses cheveux sombres se répandre sur ses bras. La voilà devenue une femme. Tu es vraiment une Dasana, ma chère nièce, et les Dasana sont aussi dangereuses que l'or.

Il jeta un coup d'œil à son neveu, puis de nouveau à Lucinda, qui commençait à s'animer dans ses bras.

A quoi ai-je consenti là ? pensa Carlos. Puisse la Vierge nous garder de nos parents.

Le dhaw filait vent arrière sur la mer grise sans s'éloigner de la côte rocheuse. Le capitaine avait l'œil à tout : le ciel sombre menaçant et le vent tournant de mousson, le timonier près de lui, cramponné à la roue frémissante du gouvernail, le triangle de voile qui venait au lof tandis que les matelots soulevaient le gui, puis de nouveau le bâtiment armé en corsaire de trente canons à l'entrée du port, les couleurs vives de son pavillon tricolore tranchant sur les nuages noirs.

Allait-il le suivre ? Allait-il tirer ? Comme le dhaw pénétrait dans le port, les vagues de l'océan d'Arabie s'évertuant à le drosser sur les rochers d'Arguin couverts de mousse, le capitaine fixait le navire de guerre. S'il ouvrait le feu, il n'y aurait pas grand-chose à faire. Les habitants de Goa ne lui viendraient pas en aide – ils n'avaient pas de bateaux pour combattre le corsaire.

— Il s'éloigne, capitaine ! cria le timonier.

Le capitaine regarda longtemps avant d'être convaincu.

— Oui, Allah soit loué ! dit-il enfin, incapable de dissimuler son soulagement. Amène-nous à Goa aussi vite que tu peux et écarte-nous de ces maudits rochers...

Il alla à l'écoutille avant et cria :

— *Senhor* de Gama ! Nous avons réussi ! Nous sommes passés ! Vous pouvez remonter, maintenant. Vous pouvez tous monter sur le pont !

Deux yeux marron rusés apparurent dans l'ombre en contrebas, et un solide *soldado* portugais grimpa sur le pont. Le capitaine le prit par le bras pour l'aider, mais Gama se dégagea d'une secousse. Il portait un chapeau à large bord dont il se coiffa aussitôt.

— Où sont-ils ? demanda-t-il.

Le capitaine indiqua du doigt le sud, là où le

navire de course faisait route, toutes voiles dehors.

— Je parie qu'il se dirige vers Malabar. A partir de maintenant, ils ne peuvent pas nous voir. De toute façon, nous serons à portée des canons de Goa avant qu'ils nous rattrapent. Nous serons parfaitement en sûreté.

Le visage tanné de Gama suivit le corsaire hollandais d'un regard circonspect et irrité. Quand il fut enfin persuadé que le capitaine disait vrai, il enfonça son chapeau sur ses cheveux sombres grisonnants.

— Vous aviez raison, capitaine, dit-il en s'inclinant. Je n'aurais jamais dû douter de vous.

Le capitaine hocha la tête et haussa les épaules.

— Mon vieux dhaw n'intéresse pas les Hollandais tant qu'ils ne voient pas de Portugais sur le pont. Je vous le dis, *senhor*, les guerres du poivre sont finies.

— Peut-être, répondit Gama aussi respectueusement que possible.

Mais j'aimerais d'abord voir un traité signé, pensa-t-il.

Il se dirigea vers la poupe dans le claquement de ses grosses bottes sur le pont en teck. Après avoir adressé un signe de tête à l'homme de barre, il regarda en arrière l'océan d'Arabie, gris-vert, dont les vagues se fracassaient sur les rochers déchiquetés à l'entrée du port.

D'un vert vif sur le fond du ciel, les cocotiers se balançaient dans le vent de mousson qui tourbillonnait sous les nuages menaçants. Un autre déluge pouvait s'abattre à tout moment. Gama ôta son chapeau et se pencha dans la brise, mais quand le timonier leva le menton en direction d'un vol de goélands, juste au-dessus d'eux, il le remit précipitamment, ne voulant pas risquer de recevoir des fientes.

Enfin, comme s'il venait de prendre une décision, il se retourna face au vent et à sa destination : les murs étincelants de Goa.

Pour la première fois, la vue de la ville le laissa froid. Depuis combien d'années était-il maintenant en Hindoustan... vingt-cinq ans ? vingt-sept ? Sans être jamais retourné à Lisbonne. Non, il ne regardait jamais en arrière. Mais il y avait de plus en plus de problèmes, par ici.

Gama savait que c'était son dernier moment de détente avant longtemps : une fois que le dhaw aurait accosté, il allait se trouver pris dans un constant tourbillon d'activités, fastidieuses autant qu'énervantes. Telle était la vie des conciliateurs. Il se disait qu'il était trop vieux pour supporter tant d'ennuis, mais aussi trop pauvre pour pouvoir s'arrêter.

Il se tourna vers la proue en portant précipitamment la main à son pistolet... pour se trouver nez à nez avec un goéland borgne voletant à quelques centimètres de lui.

— Allez-y, *senhor*, abattez-le ! caqueta le vieux timonier. Cela fera peut-être fuir ses congénères. J'en ai assez de leurs saletés ! Il est plus facile de nettoyer leur sang que leur merde !

Gama jura, remit son pistolet dans son ceinturon et assena un coup de poing sur le bec jaune du goéland. D'un coup d'aile nonchalant, le vieil oiseau s'éleva, sarcastique, juste hors de portée, et rejoignit une dizaine d'autres qui planaient au-dessus du pont. Le bec ouvert au vent marin découvrant leur langue rouge sang, les goélands restaient suspendus, immobiles, au-dessus de Gama, telles des épées de Damoclès, à quelques coudées de son visage.

Il détestait les goélands de Goa : leurs yeux perçants, leur ventre noir de vase salée, leurs croassements criards. Ils lui rappelaient les mendiants paralytiques qui peuplaient les rues imbibées d'urine de Lisbonne. Quand il était gamin, il était pour eux la proie idéale. Il s'enfuyait, se cachait, mais, malgré tout, il se retrouvait toujours entouré de visages ravagés, furieux ; alors, d'une main tremblante, il laissait tomber des cruzados entre leurs doigts rapaces.

Mais il se trouvait loin de Lisbonne, maintenant, et c'était lui qui était dangereux. Il portait pas moins de six pistolets à canon double suspendus à son large ceinturon et tirait avec une rapidité et une précision telles qu'il aurait pu tuer une dizaine de goélands avant que le premier oiseau ne s'abatte sur le pont.

N'empêche qu'il détestait les goélands de Goa. Ce n'était que le premier tracas qu'on y rencontrait. Goa était accablé par les tracas comme un chien par les puces.

Le dhaw approchait des quais. Quand l'homme de barre mit cap au vent pour le ralentir, le bateau couina comme une vieille dame en extase.

Ce n'était, après tout, que des morceaux de teck maintenus ensemble par des cordes de chanvre.

Gama s'appuya contre le bastingage pour regarder le capitaine aboyer ses ordres. De temps en temps, il faisait claquer une lanière de cuir pour leur donner plus de poids. Les matelots se précipitaient en un savant désordre. Le navire grinça bientôt contre les piles usées de la jetée. Gama se retourna et fit signe à un groupe de gamins en haillons qui attendaient sur le quai. Les goélands s'éloignèrent d'un coup d'aile, déçus.

— Bakchich ! Bakchich ! criaient les gamins, la main tendue. Chrétiens ! ajoutèrent-ils en voyant que c'était un *farang* et en montrant la croix de bois qu'ils avaient au cou.

Ils avaient déjà vu beaucoup d'étrangers.

— Allez me chercher trois palkis ! lança Gama. Des bons !

Il leur jeta un tanga avec le geste de celui qui fait des ricochets. Ils partirent immédiatement en courant et rattrapèrent celui qui avait récupéré la pièce. Gama savait qu'ils n'allaient pas tarder à revenir, que des dizaines de palanquins l'attendraient sur le quai, gamins et porteurs tendant la main pour réclamer un bakchich. Il savait également, sans avoir à le regarder, que l'homme de barre le lorgnait maintenant, espérant lui aussi recevoir une pièce.

Au diable les bakchichs ! pensa Gama.

En Hindoustan, tout le monde tendait la main. Au début, seuls les hindous le faisaient, mais à présent même les *farangs* avaient attrapé la maladie. Et ça n'arrêtait jamais, jamais ! Donnez un tanga au portier parce qu'il vous a ouvert la porte, il tendra à nouveau la main pour la refermer derrière vous.

Nulle part cette pratique n'était plus odieuse qu'à Goa.

Ici, on ne sollicitait pas un bakchich, on l'exigeait, on menaçait même. Il fallait être prévoyant : Ai-je des chances d'avoir encore affaire à toi ? devait se demander le dîneur à propos du serveur. Suis-je prêt à courir le risque de trouver un crachat dans ma chope la prochaine fois que je viendrai ?

L'écoutille réservée à la cargaison était déjà ouverte. Torse nu, de maigres hindous remontaient de la cale en portant de gros sacs de poivre de Cochin tandis que le capitaine les regardait en jurant. Quand ils les laissaient tomber lourdement sur le pont, un nuage épicé s'échappait des sacs. Un jeune marin se mit à éternuer, ce qui fit rire ses aînés.

Gama alla jusqu'à l'écoutille arrière et lança :

— *Senhor* Babouche, montez, nous avons accosté !

Pour toute réponse, il entendit un gémissement pitoyable et rit doucement.

— Vous vous sentirez mieux lorsque vous serez à terre, *senhor* !

Gama jeta un coup d'œil le long des quais. Côte à côte, deux éléphants franchissaient paresseusement les portes de la ville, leurs cornacs ignorant les malédictions lancées par les conducteurs de char à bœufs coincés derrière eux.

Sans attendre la mise en place de la passerelle, Gama sauta sur la jetée. Tout près, un matelot lui lança un regard glacial, sans doute le préposé à la passerelle que le saut de Gama avait frustré d'un bakchich.

Il ne pensait pas que j'y arriverais, songea le Portugais, content de lui.

Sur le quai, une bande de gamins entoura Gama. Ils montraient la croix suspendue à leur cou par une cordelette.

— Bonjour, frère ! Bonjour, chrétien ! criaient-ils en portugais, indiquant les palanquins, dont les porteurs attendaient avec impatience juste à côté. Palki pour la ville, seulement trois riales, chrétien !

— Pas plus de deux roupies ! rugit Gama en hindi.

Surpris, quelques garçons eurent un mouvement de recul. Les autres, plus insistants, se pressèrent plus près en levant leur crucifix. Renfrogné, Gama se fraya un chemin au milieu d'eux. Il remonta la jetée à grandes enjambées, dépassa des monceaux de noix de coco vert brillant entassées comme des boulets de canon et des goélands qui disputaient quelque déchet à des vaches faméliques. Des hommes efflanqués au visage sombre, au regard farouche et déterminé, le croisaient en chancelant, le dos courbé sous d'énormes sacs de jute qui contenaient deux fois leur poids de cannelle.

Gama fronça les sourcils. Le port était animé,

certes, mais pas autant qu'il aurait dû l'être. S'il était besoin d'une preuve supplémentaire que les Hollandais étouffaient le commerce portugais, elle était là : l'activité ralentie du port, bien plus calme que de coutume, en particulier en cette saison, juste après la mousson. La jetée aurait dû ployer sous les marchandises. C'était loin d'être le cas.

Les gamins du port entraînèrent Gama comme une vague vers les palanquins. Alors que les porteurs de palki l'appelaient et lui faisaient signe, il remarqua un grand musulman coiffé d'un turban qui, flegmatique, regardait la scène d'un air amusé à quelques pas de là.

— Pathan ! s'écria Gama, enchanté, en ouvrant les bras.

Suivi des porteurs de palanquin et des gamins, il se dirigea à grands pas vers ledit Pathan et le serra très fort dans ses bras. Le musulman était grand et Gama lui fourrait son chapeau à large bord en plein visage, ce qui l'aidait à dissimuler sa joie.

— *A salaam aleichem*, murmura Pathan.

— Qu'est-ce que je dois répondre ? *Aleichem salaam ?* demanda en riant Gama, qui connaissait la réponse.

Le vacarme que faisait autour d'eux la petite foule des gamins et des porteurs de palanquin était insupportable. Pathan leur jeta un regard noir, qui suffit à faire cesser l'agitation, et, les uns après les autres, tous reculèrent.

— Comment as-tu fait ? Je n'arrive jamais à m'en débarrasser ! dit Gama.

— Ils ne vous croient pas dangereux, monsieur, répondit Pathan. S'ils vous connaissaient comme je vous connais, vous n'auriez aucun mal à les éloigner.

— C'est une explication, dit Gama avec un haussement d'épaules. Quand j'avais ton âge, peut-être étais-je dangereux. Maintenant, je ne suis qu'un vieux. Ils me voient tel que je suis... alors que tu es encore aveuglé par un respect excessif...

Pathan inclinant la tête poliment, Gama poursuivit :

— Je vois que tu es même trop courtois pour rire de mes plaisanteries. Et maintenant, ami, dis-moi ce qui t'amène dans cette ville impie ?

— Ce qui vous y amène, monsieur, m'y amène aussi, répondit Pathan sans que son expression révèle grand-chose.

Gama fronça les sourcils.

— Je suis ici uniquement afin de régler une affaire pour les Dasana...

— Je suis ici pour la même affaire, fit Pathan à voix basse en fixant un regard vide sur les sourcils froncés du Portugais.

— L'affaire de Bijapur ? Tu es le bourak ?

— Oui. Pour le grand vizir. Vous et moi, monsieur, avons été choisis pour la même affaire.

Le musulman attendit la réaction du Portugais. Qui ne se fit pas attendre :

— Cela m'inquiète.

— Cela m'inquiète aussi, monsieur. Bien que je n'aie pas votre expérience, j'ai moi aussi une réputation à défendre, aussi imméritée soit-elle.

Et je ne m'attendais pas à vous trouver là, fit-il en inclinant sa tête enturbannée. Mais le voyage peut se révéler amusant. Peut-être trouverai-je le moyen de payer ma dette envers vous.

— Hum ! fit Gama. Encore cette histoire ? Pendant combien de temps vas-tu m'empoisonner avec ta gratitude ? Je te l'ai dit, ce n'était rien. Une broutille. N'importe qui aurait fait la même chose. Maintenant, dis-moi : que sais-tu de cette affaire ?

— Pas grand-chose. Le grand vizir m'a demandé de m'assurer que la marchandise arriverait intacte. Il n'en a pas dit plus. Il se méfie des espions.

Gama siffla doucement.

— Ah ! mon ami, mon ami... Le vent a semé des obstacles sur ton chemin. Voilà d'ailleurs les problèmes qui arrivent, ajouta-t-il en faisant un signe de tête en direction du dhaw.

Un petit gros longeait la passerelle en trébuchant. Il tendit la main pour qu'on l'aide à descendre, mais aucun marin ne le fit.

— Quoi, lui ? s'enquit Pathan.

— Non, elle, répondit Gama en levant le menton vers le pont.

La femme était petite, mais le soleil qui jouait sur son châle argent lui donnait une stature royale. Quand elle se tourna, la brise de mer plaqua ses vêtements de soie sur son corps, en révélant toutes les courbes l'espace d'un instant. Les marins présents sur le pont se levèrent sur son passage. Lorsqu'elle arriva à la passerelle, une demi-douzaine de mains se tendirent pour la soutenir, mais elle n'eut besoin d'aucune. Elle sourit en remerciement et descendit du dhaw avec une grâce majestueuse.

Le petit gros remonta la jetée en se dandinant devant elle, sa gaucherie accentuée par la démarche fluide de la jeune femme. Bouche bée, les porteurs laissèrent tomber leurs sacs de cannelle, les vaches levèrent leurs yeux tristes pour la regarder, les goélands prirent leur essor et se mirent à tourner autour d'elle tels des serviteurs.

Seul Gama ne semblait pas impressionné. Il se dirigea rapidement vers les palanquins – personne ne semblait plus le remarquer –, en choisit un au hasard et donna une grande tape sur le toit en criant :

— Hé, à qui est ce palki ?

Une demi-douzaine de porteurs se dirigèrent vers lui en titubant comme des somnambules, les yeux fixés sur la fille vêtue d'argent. En arrivant au bout de la jetée, le turban du petit gros se défit. Il s'arrêta pour le remettre en place tandis que la jeune femme continuait seule.

Ses superbes hanches rondes se balançaient sous sa jupe. Seul le tintement des clochettes qu'elle avait aux chevilles rompait le silence du quai. Elle regardait dans les yeux tous les hommes qu'elle croisait, d'un regard à la fois hautain et aguicheur. Bordés de longs cils, ses yeux couleur cannelle mouchetés d'or étaient taquins et pleins de promesses.

A proximité de Gama, elle le regarda comme s'il

était le seul homme au monde. La brise portait un soupçon de son parfum.

— Est-ce mon palki, monsieur ? demanda-t-elle.

Bien qu'elle eût un visage de jeune fille, sa voix était celle d'une femme : profonde, suggestive, ondoyante comme les vrilles de la vigne. Tous ceux qui se trouvaient à proximité pouvaient imaginer ses lèvres effleurant leur oreille et murmurant leur nom.

Gama lui offrit sa main. Saisis par la sienne, si délicate, ses doigts semblaient enflés, énormes. Elle se glissa dans le palanquin d'un mouvement fluide, referma les rideaux. Tandis que les porteurs subjugués s'approchaient pour soulever leur fardeau, Pathan se dirigea vers Gama.

— C'est elle, monsieur ?

— Eh oui. C'est elle le problème, répondit le Portugais.

— Mais pas Bijapur ! Tu as dit que nous irions à Lisbonne, *bêbe.* Bijapur ! Qui a envie d'aller à Bijapur ? C'est exactement comme Goa, en pire !

— Nous y allons, c'est comme ça, rétorqua Lucinda. Tu n'as pas à donner ton opinion, Hélène.

— Ça alors ! C'est pourtant moi qui t'ai élevée !

— Je suis une femme maintenant, *ayah.* Tu dois te montrer plus respectueuse.

Grâce aux récriminations interminables d'Hélène, Lucinda en avait appris beaucoup sur Bijapur : le canon qui en défendait les portes, plus gros qu'une maison, le dôme du Gol Gumbaz, le plus grand du monde. Elle glisserait tout cela dans la conversation lorsqu'elle serait en compagnie du *tio* Carlos ou du cousin Geraldo.

« Tu en sais beaucoup, pour une fille qui n'est jamais sortie de Goa », lui avait murmuré ce dernier.

Quelque chose dans sa façon de s'adresser à elle, dans l'éclat de ses yeux noirs, dans la manière dont la commissure de ses lèvres se retroussait en un demi-sourire, la faisait légèrement frissonner. Quand ils parlaient tous les deux, elle finissait souvent par rougir.

Mais elle n'avait guère le temps de bavarder si elle voulait être prête dans trois jours. De la grange qui faisait office de remise, des domestiques avaient monté des malles poussiéreuses par l'étroit escalier menant à sa chambre.

« N'en emporte que deux, ma chère cousine », lui avait dit Geraldo, et malgré ses protestations, ses supplications, elle avait dû se résoudre à n'en conserver que deux pour le voyage, les deux plus grosses, et à renvoyer toutes les autres.

— Je pourrais faire ma maison dans celle-ci et installer mon frère et sa famille dans l'autre, se plaignit Hélène.

Lucinda se demanda comment elle allait y faire tenir tout ce dont elle avait besoin.

Jupons, corsets, linge de toute sorte, Hélène prenait tout cela dans l'armoire, le dépliait d'une secousse, marmonnait en hindi, le repliait et le rangeait dans une des malles. Les robes furent brossées, enveloppées dans des mètres de mousseline pour les protéger de la poussière. Bas et jarretelles, puis chaussures, de toutes sortes. Draps, serviettes, savons précieux de Lisbonne.

— Dieu sait ce que tu vas trouver dans cette ville de païens, *bêbe*, dit Hélène.

Car Bijapur était un royaume musulman. Lucinda laissa échapper un petit « Hum », comme si elle était trop raffinée pour s'en soucier.

A dire vrai, elle n'avait vu que peu de musulmans, des pèlerins pour la plupart, embarquant sur des bateaux en partance pour La Mecque, qu'elle avait aperçus de loin. Seuls trois d'entre eux se rendaient régulièrement au bureau de son oncle. Ils la dévisageaient toujours. L'un d'eux – un seul – s'inclinait quand elle passait dans l'entrée. On avait le sentiment d'un danger quand ils étaient dans les parages, comme lorsqu'on craint qu'un cobra ne s'échappe quand des charmeurs de serpents s'installent devant chez vous. Lucinda attendait dans sa chambre près de la fenêtre et regardait en contrebas dans la rue jusqu'à ce qu'ils s'en aillent. Ils montaient des chevaux arabes vigoureux, aux naseaux dilatés, aux yeux vifs et mobiles, à la robe luisante comme s'ils venaient de participer à une course.

Le lendemain, contrariée par la lenteur incroyable avec laquelle Hélène faisait ses malles, Lucinda entra en trombe dans le bureau de son oncle.

— Je ne serai jamais prête à temps, *tio* ! s'écria-t-elle en affectant d'essuyer une larme.

— Alors, reste là ! Tant mieux ! répondit Carlos sincèrement mais avec raideur.

Sa table de travail était bien rangée, sa chemise, amidonnée, et il était assis tout droit sur son fauteuil. Lucinda regarda autour d'elle, se rendant soudain compte qu'il avait des visiteurs.

L'un était un *soldado* portugais, la cinquantaine, ventripotent, à la vêture négligée, l'air amusé, vautré nonchalamment dans l'un des gros fauteuils en bois de son oncle, un verre de vin mordoré posé sur la tête de lion sculptée de l'accoudoir. Il se tourna à moitié pour mieux voir Lucinda en se soulevant de côté avec un hochement de tête et un grand sourire, comme si c'était la meilleure manifestation de politesse dont il fût capable. Une demi-douzaine de pistolets dépassaient de son large ceinturon en cuir.

L'autre homme s'était déjà levé – grand, mince, le visage en amande, la peau couleur du teck poli. Il portait un turban enroulé serré autour de la tête. Ses yeux brillants, son nez long et fin la firent penser à un oiseau de proie. Elle essaya de cacher sa surprise. Un musulman.

— Lucinda, salue mes visiteurs, je te prie. Voici le capitaine Pathan, de la cour de Bijapur.

Le musulman porta ses mains jointes à son menton. Il avait un air suffisant que Lucinda trouva très agaçant. Elle lui fit une révérence particulièrement brève, mais il ne parut pas percevoir l'insulte. Ou, s'il l'avait perçue, il était trop vaniteux pour y prêter attention.

— Tu as déjà rencontré cet autre coquin, mais tu étais sans doute trop jeune pour t'en souvenir...

— J'ai connu votre père, Lucie, grogna le soldat en se résolvant finalement à poser ses bottes usées par terre et à esquisser une révérence. Vous étiez une enfant. C'était un homme bon, un grand homme. Je vois que vous êtes devenue fort belle. Comme votre mère.

Elle se rendit compte que ses yeux, qui lui avaient d'abord paru endormis, étaient pleins de vie et de perspicacité. Il y avait tant de spontanéité dans son expression qu'elle cligna des yeux et faillit oublier de lui rendre sa révérence.

— Fais attention à lui, ma nièce, c'est un charmeur de la vieille école, fit Carlos en riant.

— Mais vous ne m'avez pas dit son nom, mon oncle, remarqua Lucinda.

— Jebtha Albuquerque de Gama à votre service, Lucie, dit l'intéressé en relevant la tête. Devrais-je dire « mademoiselle Dasana » ?

Il prit sa main dans la sienne, tannée par le soleil, et la baisa avec une tendresse à laquelle elle ne s'était pas attendue.

— Je serais heureuse que vous continuiez à m'appeler Lucie, répondit-elle en se surprenant elle-même.

— Bien, bien, intervint son oncle, qui ne voulait pas être exclu de la conversation. Bon, les présentations sont faites, mais je crois pouvoir affirmer que vous vous connaîtrez mieux à la fin du voyage. Ah ! j'oubliais... tu n'arriveras pas à être prête à temps ? C'est ce que tu étais venue me dire ?

— Moi ? Non, *tio* Carlos ! Je serai prête, bien entendu ! D'ailleurs, il faut que j'y aille. Charmée d'avoir fait votre connaissance !

Gama lui souffla un baiser alors que le musulman, le capitaine Pathan, se contenta de la regarder partir en pinçant les lèvres comme s'il avait mordu dans un fruit aigre.

La veille du départ, Carlos Dasana donna un banquet. Lucinda était assise à un bout de la table, dans le rôle de l'hôtesse. Comme d'habitude, Carvallo, le secrétaire de Dasana, était à sa droite, près de Maria, son opulente épouse, qui s'était maquillée avec de l'huile et de l'oxyde de plomb. L'arsenic pouvait améliorer son teint jusqu'à un certain point, passé lequel le plomb devenait nécessaire, car non seulement il blanchissait le visage, mais il était suffisamment épais pour combler les rides et les creux laissés par les ans. En théorie.

Pourquoi alors ne fait-elle rien pour ses cheveux ? se demanda Lucinda. Elle pourrait au moins utiliser un peigne de plomb pour foncer ses mèches grises...

A sa gauche avait pris place Gama, le soldat qu'elle avait rencontré quelques jours plus tôt, l'aventurier qui affirmait avoir connu ses parents. Il s'était lavé et rasé, avait huilé et attaché sa queue-de-cheval avec un ruban, mais en dépit de ses vêtements propres et de ses manières agréables, il ne semblait pas à sa place au milieu de la porcelaine et du cristal. Il donnait l'impression d'être dans une taverne, comme si la coupe en verre brun qu'il avait à la main était un gobelet métallique, et le petit pigeon grillé dans son assiette dorée, un cuissot de sanglier.

A l'autre bout de la table, *tio* Carlos était assis à côté de Geraldo, qui avait l'air briqué d'un homme tout juste sorti de chez le barbier. De temps en temps, il jetait un coup d'œil dans la direction de Lucinda en levant un sourcil ou en inclinant la tête comme pour dire : « Toi et moi, nous nous comprenons. » Chaque fois qu'il faisait cela, Lucinda sursautait légèrement et se forçait à regarder ailleurs. Comme s'il avait été capable de lire dans son cœur.

La fête aurait été parfaite sans le dernier invité, assis face à Geraldo, le capitaine musulman Pathan. Il était perché inconfortablement sur sa chaise, la tête haute, plus que les autres. Quel vaniteux ! pensa Lucinda. Il ne buvait que de l'eau, fronçait les sourcils en voyant le vin couler à flots et semblait particulièrement contrarié quand Lucinda portait son verre à ses lèvres. Pourquoi devrais-je me soucier de ce que tu penses ? se dit-elle en lui décochant un regard noir. Pourtant, fascinée, elle le regardait manger, uniquement avec les doigts, mais de façon plus délicate et raffinée que beaucoup d'hommes qui se débattaient avec leur fourchette.

— *Senhor* Dasana dit que les préparatifs du voyage vous causent du souci, dit Carvallo à Gama sous le nez de Lucinda.

— Je préférerais emmener des soldats portugais.

— Vous n'aurez pas besoin d'eux. C'est l'Hindoustan, Gama... les bakchichs sont plus importants que les armes. Vous êtes bien placé pour le savoir. Les pots-de-vin et les cadeaux sont bien plus efficaces que les pistolets, surtout de nos jours. Et puis, le bourak a trois ou quatre hommes avec lui.

— Nous devrions envoyer des gens à nous sans nous en remettre à des musulmans, objecta Gama d'un air renfrogné.

— Geraldo vous accompagne. Et puis il y a vous, le grand Deoga en personne. N'est-ce point suffisant ?

Des histoires d'hommes, songea Lucinda en soupirant. Elle but une longue gorgée de vin et lança un coup d'œil à Pathan, se rendant compte qu'il n'avait pas dit un mot de toute la soirée. Comme s'il avait senti son regard, il tourna les yeux vers elle et fronça encore les sourcils en la voyant boire. Tout en lui souriant, elle leva sa coupe pour qu'on la lui remplisse.

Elle comprit soudain que ses voisins parlaient justement de Pathan.

— Je ne comprends pas pourquoi vous êtes si préoccupé, Gama, disait Carvallo, qui semblait harceler son interlocuteur.

— Parce que c'est leur meilleur bourak. Ils ne l'auraient pas envoyé s'ils n'avaient craint des ennuis.

Carvallo était sur le point de répondre, puis il se ravisa et s'essuya les lèvres avec sa serviette.

— C'est la raison pour laquelle nous avons fait appel à vous, monsieur. N'êtes-vous pas censé être aussi le meilleur ?

— Peut-être... fit Gama en secouant la tête. Peut-être ne suis-je pas le meilleur, mais seulement le dernier. Tous les autres sont partis ou morts.

— Partis où ? s'enquit gaiement Lucinda, jugeant que la conversation devenait assommante.

— A Lisbonne, Lucie, répondit Gama. Ou à Macao, pour certains d'entre eux. Nous abandonnons l'Hindoustan aux Hollandais.

— Oh ! l'Hindoustan est si ennuyeux. Je me demande comment est Macao.

Les hommes entreprirent aussitôt de la lui décrire. Elle hochait la tête, riait, secouait sa chevelure, comme si tout cela l'intéressait beaucoup. Mais son attention fut soudain réveillée quand Carvallo et Gama se mirent à parler à voix basse de Geraldo. En essayant de se montrer discrète, elle écouta attentivement.

— Carlos a donc payé les dettes qu'il a laissées à Macao ? demanda le soldat.

Carvallo, le parfait secrétaire, se contenta de hausser les épaules.

— Vous seriez stupéfait si je vous disais à combien elles se montaient. Et, croyez-le ou non, il en a accumulé d'autres à Goa depuis son arrivée il y a quelques jours seulement...

Gama avala une longue rasade.

— Je n'ai pas oublié ce que c'est que d'être jeune, dit-il en souriant à Lucinda.

Celle-ci feignit l'indifférence.

— Et qu'en est-il de sa famille ? poursuivit Gama en se tournant vers Carvallo.

Quelque chose dans sa manière amena Lucinda à se demander s'il ne connaissait pas déjà la réponse.

— Ils ne valaient pas cher, pour la plupart. Ils ne lui ont pas légué grand-chose et c'est déjà parti en fumée, j'imagine.

— Il n'est pas avantageux d'être de ses parents, ça je peux vous le dire, enchaîna Gama en se penchant en avant. Il porte la guigne. On meurt beaucoup autour de lui. A Lisbonne, trois de ses cousins ont péri en un mois.

Carvallo leva un sourcil et Gama pencha la tête pour souligner ses propos :

— L'homme qu'il a tué à Macao était son grand-oncle.

— Mais j'ai entendu dire que c'était un jeune homme...

Gama se renversa en arrière, but une gorgée de vin et haussa les épaules.

— Un parent éloigné. C'est compliqué. La généalogie est mon passe-temps favori.

Cette remarque attira l'attention de Lucinda.

— Comment se fait-il, monsieur ?

Gama sourit et secoua la tête d'un air penaud.

— A cause de mon nom, Lucie. J'avais des espérances, vous comprenez. Je rêvais que j'étais apparenté à Vasco de Gama. J'espérais être un héritier oublié et incroyablement riche.

— Et ?

— Je ne le suis pas, répondit Gama en levant

les yeux au ciel. Je porte le même nom, mais j'appartiens à une famille tout à fait différente. Liée aux Dasana, en fait. Ainsi, alors que j'ai la bonne fortune d'être votre cousin, je dois malheureusement travailler pour gagner ma vie.

— Maître Carlos projette de le mettre dans l'affaire, déclara Carvallo au bout d'un moment en fixant Gama pour voir sa réaction. Il restera à Bijapur et travaillera avec maître Victorio.

Le visage du soldat s'assombrit.

— Dites-lui de surveiller ses arrières, déclara-t-il enfin.

Quels arrières ? se demanda Lucinda. Mais à cet instant *tio* Carlos leva son verre. Des serviteurs se hâtèrent de remplir les coupes des autres, au grand dam de Pathan.

— Demain, vous partez pour Bijapur. Puisse la Sainte Vierge vous accorder à tous un agréable voyage !

— Longue vie et santé à vous, *tio* Carlos, répondit Geraldo en trinquant avec son oncle.

Autour de la table, tous levèrent leur verre et abondèrent dans son sens en marmonnant.

Tous, sauf Pathan, qui regardait son verre d'eau d'un air farouche et renfrogné.

Cette nuit-là, *tio* Carlos eut une colique si terrible qu'il fallut appeler un médecin, puis un prêtre. Lucinda entendit du vacarme et se précipita dans la chambre de son oncle, mais Carvallo lui assura qu'elle ne pouvait rien faire. Geraldo était assis dans un coin près de la porte, le visage défait.

— Il s'est montré si gentil avec un pauvre orphelin. Que vais-je devenir s'il meurt ? dit-il.

Elle posa la main sur son épaule. Il l'agrippa, la porta à sa joue puis la baisa avant de détourner le regard, ses yeux sombres mouillés de larmes.

Au matin, la plus vive agitation régnait dans la maison. A l'aube, Pathan avait conduit la caravane à la porte, comme prévu à l'origine. Une dispute éclata dans l'entrée car les domestiques avaient décidé de leur propre chef que le maître était mourant et le voyage annulé.

— Tu dois faire quelque chose, *bêbe,* dit Hélène à Lucinda en train de s'habiller.

Celle-ci passa un peignoir imprimé tout en regardant par la fenêtre. Des cavaliers musulmans se trouvaient dans la rue à côté de chars à bœufs. Ils étaient comme écrasés par la masse d'un grand éléphant aux défenses bandées, dont la coiffe dorée scintillait dans le soleil matinal. Le howdah fermé par des rideaux arrivait presque à la hauteur de la fenêtre de Lucinda. Il ressemblait à une maison miniature : son toit vert incurvé soutenu par des montants laqués rouges, ses sculptures dorées à la feuille d'or, sa plate-forme recouverte d'un flot de soieries et bordée par une balustrade en cuivre poli.

— Qu'est-ce que c'est que tout ce remue-ménage ? dit-elle en descendant l'étroit escalier.

— Ah ! mademoiselle Dasana, dit Carvallo. Votre hindi est bien meilleur que le mien. Expliquez à cet imbécile que votre oncle est malade et que le départ doit être remis à plus tard.

En se dirigeant vers le bourak, Lucinda se sentait toute petite. La robe de Pathan était impeccable et la poignée de son cimeterre étincelait. Son visage, toujours austère, semblait enflammé par le ressentiment. Elle prit une profonde inspiration, se redressa de toute sa hauteur.

— Capitaine Pathan, dit-elle en hindi, ce que le *senhor* Carvallo essaie de vous dire...

— Je comprends tout à fait, madame, coupa Pathan d'une voix beaucoup plus douce et aimable qu'elle ne s'y attendait. Mais qu'y puis-je, je vous le demande ? J'ai des obligations. Peu m'importe que je réussisse ou non. Mais on m'a demandé de prendre la route aujourd'hui et le devoir m'oblige à essayer de le faire. Je vous prie de me pardonner si je trouble la paix de cette maison.

— Que dit-il ? demanda Carvallo.

Lucinda l'ignora.

— Vous comprenez donc aussi, capitaine, que mon oncle approche de la fin et que nous devons reporter...

— Ce n'est pas ce que j'ai compris, madame. Mes hommes se sont renseignés auprès des domestiques ; ils me disent que votre oncle va beaucoup mieux.

Lucinda fixa le regard calme de Pathan et son attitude suffisante l'irrita une fois de plus. Elle était sur le point de discuter, mais elle se tourna finalement vers Carvallo.

— Dans quel état est *tio* Carlos ? demanda-t-elle en portugais.

Le secrétaire s'inclina.

— Il s'est grandement amélioré, *senhorita.*

— Pourquoi alors remettre le départ à plus tard ?

— Il ne semble pas convenable, *senhorita*... commença Carvallo, interloqué.

— Quelqu'un s'est-il enquis des désirs de votre oncle, madame ? demanda doucement Pathan en hindi.

C'était au tour de Lucinda d'être surprise.

— Je vais le faire, répondit-elle.

Après un regard à Carvallo, pour lui signifier qu'elle avait la situation bien en main, elle rentra en coup de vent dans la maison et monta l'escalier quatre à quatre.

Elle trouva Geraldo endormi dans un fauteuil près de la porte de la chambre de son oncle.

— Il est resté là toute la nuit, lui apprit le valet Adolfo en la conduisant à l'intérieur.

— Entre, ma nièce, dit Carlos.

Son geste de la main parut lui retirer toute force. Il était tout pâle à cause de la saignée, mais il avait l'œil vif et il lui lança un regard rayonnant d'amour. Elle lui expliqua la situation.

— La caravane doit partir sur-le-champ, lui dit-il. Ça ne va pas bien et je redoute le moindre retard.

— Oui, mon oncle, répondit Lucinda en posant sa main sur la sienne.

Sa peau était fine, fraîche, légèrement humide. On lui avait fait sa toilette, peigné les cheveux en arrière, mais, malgré tout, une odeur de vomi et d'excréments flottait dans la chambre.

— Nous allons donc partir, comme vous le souhaitez.

— Attends, dit Carlos en plaçant son autre main sur la sienne.

Sur son avant-bras, un pansement couvrait la plaie laissée par la saignée.

— Ils ont cru que j'allais trépasser, la nuit dernière. Ils disaient qu'on m'a empoisonné. Bah ! Trop de vin pour un vieillard, voilà tout. Mais quand le prêtre a posé le chrême sur mon front, sais-tu à quoi j'ai pensé ?

Lucinda cacha sa surprise. Personne ne lui avait parlé de la venue du prêtre.

— A quoi donc, mon oncle ?

— Pas à mes péchés, ni à la Vierge. Non, j'ai pensé à toi. Tu es si parfaite, Lucie. Si pure. La famille est tout. Je le vois maintenant plus clairement que jamais. Tu es tout ce qu'il me reste, ma chérie.

Une larme brillait sur sa joue.

— Et Geraldo, mon oncle ?

— Quoi ? fit Carlos en clignant des yeux comme s'il se réveillait.

— Geraldo... lui aussi fait partie de la famille, n'est-ce pas ? Et Victorio, votre frère, ne l'oubliez pas.

Il la fixa un bon moment avant de répondre :

— Mon beau-frère, oui. Oui, répéta-t-il, ôtant sa main de la sienne. Cela signifie seulement...

— Oui, mon oncle ?

Il soupira, ferma les yeux. Pendant quelques instants d'effroi, Lucinda crut qu'il était mort. Puis il marmonna :

— Je pensais que tu comprendrais.

— Je comprends.

Carlos fit un signe de la main.

— Va, maintenant. Porte mes meilleurs vœux à Victorio. Fais bon voyage.

— Merci, *tio* Carlos.

Elle se pencha pour déposer un baiser sur son front.

— Encore une chose... ajouta-t-il. Méfie-toi de Gama. Fais attention.

Lucinda sursauta en entendant ces mots. Elle aurait voulu en entendre davantage mais voyait bien que son oncle était faible, trop faible pour parler, et pour dire la vérité elle était pressée de se lancer dans l'aventure.

— Oui, mon oncle, répondit-elle jovialement. Tout ira bien.

Sortie de la chambre, elle secoua Geraldo par l'épaule.

— Lève-toi. Nous partons.

— Il va se rétablir ? demanda Geraldo, l'air grave.

— Il faut plus qu'une vulgaire colique pour tuer *tio* Carlos.

Mais Geraldo semblait plus inquiet que soulagé.

Lorsqu'un habitant de Goa disait : « Nous partirons à l'aube », tout le monde savait que c'était une façon de parler.

Quand les adieux furent faits, les malles

ouvertes une fois de plus pour y fourrer un assortiment de choses oubliées, l'aube était passée depuis longtemps. Les cavaliers musulmans avaient déroulé leurs tapis de prière en direction d'un mur orienté vers l'est. Ensuite les malles avaient été chargées et arrimées sur les chars à bœufs, puis détachées, déchargées et chargées à nouveau, et maintenant le soleil était haut, les animaux assoiffés et impatients.

Lucinda était si accoutumée à Goa et à ses retards inattendus en cascades qu'elle ne comprenait pas l'irritation croissante du capitaine Pathan. Il avait envoyé des domestiques chercher de l'eau pour les bêtes, mais les gens de Goa, habitués à la sieste, étaient si lents qu'il confia finalement la tâche à ses hommes.

Puis l'éléphant déféqua dans la rue et il n'y avait personne pour nettoyer, car les domestiques des Dasana avaient à ce moment-là sagement disparu dans des coins ombragés. Après l'insulte qu'il leur avait faite en leur demandant d'aller chercher de l'eau, les gardes musulmans ignorèrent l'aimable requête de leur capitaine, qui n'eut pas le courage de la transformer en ordre. Plus tard, des intouchables vinrent emporter les déjections dans des paniers posés en équilibre sur leur tête, mais la mauvaise odeur persista.

Gama, qui aurait pu se rendre utile, s'était installé à l'ombre dans l'entrée, laissant Pathan se débrouiller tout seul.

— Il a eu plus de chance jusqu'ici que je n'en

aurais eu, Lucie, expliqua-t-il quand Lucinda l'interrogea.

Tout semblait l'amuser. Lucinda se demanda s'il avait bu.

Quant à Geraldo, après sa nuit blanche, il avait donné l'ordre qu'on ne le dérange pas tant que tout n'était pas fin prêt et s'était retiré pour un somme dans sa chambre, toutes tentures fermées.

Comme midi arrivait, Lucinda se retrouva à prendre des dispositions pour le déjeuner des voyageurs. Heureusement, elle arrêta les domestiques avant que les plats de viande froide ne soient sortis de la maison et les renvoya aux cuisines, où elle fit disposer le jambon et le bœuf sur des assiettes séparées, car les chrétiens indiens, en dépit de leur conversion, ne mangeaient pas de viande de bœuf, et les musulmans pas de porc. Les Portugais, eux, mangeaient de tout.

Quand la cloche dorée de Santa Catarina sonna deux heures, tout semblait prêt. Lucinda envoya Hélène s'assurer que tout le monde s'était rassemblé pour le départ, puis elle s'accorda un moment et retourna voir son oncle précipitamment. Avant qu'elle ait tourné le coin, elle entendit crier.

Elle faillit rentrer dans Geraldo, que le valet de *tio* Carlos, furieux, était en train de bousculer. Malgré sa taille et sa force, Geraldo ne faisait pas le poids contre le valet édenté emporté par une juste colère.

— Adolfo, l'apostropha Lucinda. Qu'est-ce que cela signifie ?

— Il essayait de se faufiler dans la chambre du maître, *senhorita*, répondit le valet en frappant encore une fois furieusement Geraldo à la poitrine.

A la surprise de Lucinda, son cousin avait l'air tout retourné, voire coupable, en aucun cas en colère, ou amusé, comme elle s'y serait attendue.

— Je voulais seulement lui dire au revoir, argua-t-il en tendant les mains vers elle en un geste d'impuissance. Qui sait quand je reverrai *tio* Carlos ?

— Il se préparait à faire un mauvais coup, insista le valet. Regardez ce que j'ai trouvé à ses pieds ! s'écria Adolfo en ouvrant sa main sous le nez de Geraldo, pour montrer à Lucinda une petite boîte en argent.

— Mon *arsênico* ! s'exclama-t-elle.

— Du poison ! s'écria encore Adolfo en agitant la boîte. Infamie !

— Et maintenant tu accuses la *senhorita* Dasana ? fit Geraldo en arrachant la boîte au valet. Tu dis que ma cousine a empoisonné notre oncle ?

Stupéfait, Adolfo ouvrit sa bouche édentée.

— Ce n'est pas ce que je voulais dire !

— Viens avec moi, Lucie, dit Geraldo en la prenant par le bras avec fermeté et l'entraînant au loin.

Par-dessus son épaule, il lança :

— J'écrirai à mon oncle dans les termes les

plus sévères pour lui signaler cette insulte faite à sa nièce !

— Revenez, pleurnicha Adolfo en agitant sa main vide.

— Quel âge a ce vieux sot ? demanda Geraldo, ses yeux sombres enflammés par la colère.

— Soixante, peut-être soixante-dix ans...

— Bon, commenta Geraldo avec un soupir, comme pour se calmer. Ceci explique peut-être cela.

— Cela fait une éternité qu'il est au service de *tio* Carlos. Ne sois pas si dur avec lui.

— Tu as raison, comme toujours, Lucie. Pour cette fois, je passerai l'éponge.

Il sourit, ses dents luisant au soleil comme des perles.

— Pardonne cet accès d'humeur. Je me soucie trop de toi, j'imagine.

Il lui pressa doucement le bras et lui tendit la boîte d'arsenic, ajoutant :

— C'est à toi, je crois. Je te retrouve en bas.

Tandis qu'il s'éloignait à grandes enjambées vers sa chambre, Lucinda essaya de mettre de l'ordre dans ses pensées. Et, alors qu'une femme plus âgée ou plus sage se serait posé des questions sur Geraldo et son comportement furtif, ou sur la présence mystérieuse de la boîte en argent à ses pieds, elle en était encore à tenter de se remettre de la façon dont il lui avait dit qu'il se souciait d'elle. Sa manière de l'appeler « Lucie » résonnait dans ses oreilles comme une cloche d'or vibre doucement pendant des heures.

Tout était enfin prêt. Lucinda disait une dernière fois au revoir à Carvallo et à sa femme quand elle entendit Hélène crier en hindi près d'un des chars à bœufs. Un attroupement s'était formé qui l'empêchait de voir ce qui se passait, mais elle entendait des femmes se traiter de tous les noms. Gama lui fit signe de venir.

Hélène était là, les poings sur les hanches, bien campée sur ses pieds, criant après quelqu'un qu'elle ne distinguait pas bien.

— C'est votre servante, Lucie, dit Gama en la pressant d'avancer.

Lucie vit finalement que l'autre personne, bien qu'elle eût parlé avec une voix de femme, n'en était pas une, à moins qu'elle ne se fût habillée en homme, petit et gros avec ça.

— Que se passe-t-il, Hélène ? demanda-t-elle en portugais.

Hélène avait le visage déformé par la fureur et le dégoût.

— D'abord ce chacal me dit que je dois voyager comme un sac de farine dans un char à bœufs ! rétorqua-t-elle dans un hindi grossier en montrant avec colère le capitaine Pathan, qui regardait en l'air et ne soufflait mot. Puis on me dit que je dois voyager avec cette hijra ! On ne doit pas m'insulter comme ça ! Qu'elle marche !

— Je t'en prie, *ayah*, calme-toi... tenta Lucinda en s'approchant d'elle.

Hélène s'écarta.

— *Nahin !* Je ne voyagerai pas avec une hijra !

Sur ce, elle croisa les bras et s'assit par terre. L'autre – l'homme ou la femme – jeta un coup d'œil à Lucinda, son visage rond exprimant la douleur et la tristesse.

— C'est mon cruel destin d'être traité ainsi, madame, dit-il de sa voix flûtée.

Plutôt celle d'un enfant que d'une femme, pensa Lucinda.

Elle comprit d'un coup. En hindi, « hijra » était le nom que l'on donnait pour signifier « ni ceci ni cela », autrement dit « ni homme ni femme ». Maintenant qu'elle regardait l'étrange personnage debout tristement près de sa servante, cela lui revenait à l'esprit.

— Hijra, murmura-t-elle.

— Un mukhunni, je vous prie, madame, répliqua en hindi le personnage d'un ton offensé, la tête haute. C'est le terme approprié. J'ai été eunuque de premier rang dans le sérail du sultan de Bijapur. Et on doit évidemment dire « il », et non « elle » !

Hélène roula des yeux. Ne sachant que faire d'autre, Lucinda s'inclina en une petite révérence à laquelle l'eunuque répondit en portant ses mains à son front.

— Pardonnez mes mauvaises manières, dit-elle, n'ignorant pas, pour l'avoir appris d'Hélène, que s'excuser était toujours la meilleure façon d'entamer une conversation en hindi. Vous êtes le premier... euh...

— Mukhunni, madame, répondit l'eunuque en levant haut la tête et en exposant son petit cou. Cela veut dire « à corne courte », et c'est la bonne façon de s'adresser à quelqu'un comme moi.

Pendant qu'il la regardait, Lucinda se rendit

compte que dans le cercle qui s'était formé pour assister à la dispute on commençait à la critiquer. Elle entendait les murmures.

Sa servante, toujours assise par terre, l'air maussade. Un eunuque vêtu de soie qui attendait fièrement, comme pour la mettre au défi de parler. Le capitaine musulman, qui la regardait avec dédain. Les yeux rieurs de Gama. Les chuchotements dans le cercle des spectateurs.

Personne n'allait donc lui venir en aide ?

A l'instant même où elle se posait cette question, une main ferme lui saisit le bras et une voix murmura :

— Je suis avec toi.

Geraldo.

Il claqua des doigts à l'intention d'Hélène. Elle leva les yeux, offensée.

— Lève-toi maintenant, femme, et monte dans le chariot comme on te l'a dit, ordonna-t-il en parfait hindi.

Hélène écarquilla les yeux.

— Pas avec cette hijra. Non, je ne monterai pas.

— Tu feras ce que t'ordonne ta maîtresse, insista Geraldo d'une voix douce mais ferme.

Tous les yeux se tournèrent vers Lucinda, qui chuchota à Geraldo :

— Mais, cousin, que fait là cet eunuque ?

— Il est ici pour veiller sur la... sur la charge, murmura-t-il en réponse.

Lucinda regretterait par la suite de n'avoir jamais demandé en quoi consistait cette charge. Mais, en entendant la réponse de son cousin, la solution du problème lui vint subitement à l'esprit.

— Très bien. Si vous ne faites pas le trajet ensemble, l'un de vous deux doit voyager avec la charge.

Hélène ouvrit de grands yeux, mais, à la stupéfaction de Lucinda, le visage de l'eunuque s'éclaira d'un large sourire de soulagement.

— Oh, merci, madame, merci ! glapit-il.

Il s'éloigna à la hâte, puis revint et, en hésitant, serra la main de Lucinda entre ses paumes dodues.

— Je ne me serais jamais attendu à tant de courtoisie de la part d'une *farang*. Pardonnez-moi.

Sur ces mots, il se dirigea en haletant vers l'éléphant. Lucinda contempla sa main.

— Quant à toi, dit-elle à Hélène en prenant un air renfrogné, comment oses-tu faire une telle scène devant tout le monde ? Refuser de voyager avec quelqu'un... Pourquoi ? Parce qu'il est un peu différent ? La charité chrétienne nous enseigne à aimer les autres, non à les condamner.

Elle aurait pu dire cela en portugais, mais elle le fit en hindi ordinaire, bien décidée à mettre Hélène dans l'embarras. Celle-ci lui renvoya un regard furibond. Lucinda la toisa froidement.

— Aucun de nous n'est exempt de défauts, Hélène. Mais je ne supporte pas l'insolence. Tu vas rester ici.

— Mais, mon petit *bêbe*, comment...

— Il suffit ! Tu m'as entendue. Descends tes bagages du chariot et rentre à la maison !

Lucinda attendit. Elle espérait des excuses immédiates, mais aucune ne vint. Une minute passa, puis une autre, Hélène gardait le silence. En fait, tandis qu'elles attendaient que les bagages de sa servante soient enlevés, Lucinda remarqua un regard triomphant, faussement timide, dans les yeux sombres d'Hélène.

Qu'ai-je fait là ? se dit-elle. Que vais-je devenir sans elle ?

Avant qu'elle ait eu le temps de changer d'avis, le capitaine Pathan pressa tout le monde de prendre sa place. Il tourna son cheval vers Lucinda.

— Vous allez voyager dans le howdah, madame, dit-il en hindi en montrant de la tête l'échelle ornée d'argent appuyée contre le flanc de l'éléphant.

Elle jeta un regard désespéré à Hélène, mais Pathan s'interposa entre elles et lui dit à voix basse :

— Ce que vous avez fait était juste et sage, madame. Montrer du respect envers ses semblables, même ceux qui diffèrent de nous, c'est ce qu'a enseigné le Prophète. Vous m'avez fait honte, madame.

— Vous ? Honte ? De quoi ? répondit-elle, surprise.

— Je suis ici dans le pays des chrétiens, moi qui devrais montrer de la tolérance comme l'enjoint le prophète, dit-il d'une voix tendue. Mais je réprimande, je critique, je condamne. Parce que vous êtes un peu différents de moi.

Parce que vous rendez un certain culte au Seigneur et moi un autre.

Ils étaient arrivés à l'échelle ; Pathan se laissa glisser de sa selle en douceur et la prit par le bras pour l'aider à monter. Ses lourdes jupes, à volants ouatinés pour souligner sa taille fine, se mettaient en paquets sur ses petites chaussures, et elle fut reconnaissante de ce soutien rassurant et ferme.

— Je suis l'homme. Je suis le musulman. Et pourtant, ici, il faut que ce soit d'une femme et d'une chrétienne que j'apprenne. C'est la raison pour laquelle j'ai honte.

— Voilà qui est très bien, j'imagine, dit Lucinda.

Pour la première fois depuis qu'elle le connaissait, Pathan sourit. Ce n'était pas un sourire comme ceux des Portugais. Il avait quelque chose de plus complexe, comme si le plaisir avait dû être mérité, de plus détendu, comme si, une fois conquis, ce plaisir pouvait être pleinement savouré.

— Vous êtes très tolérante et très sage, madame. C'est pour moi un privilège de vous escorter.

Elle avait atteint le sommet de l'échelle. Le cornac se leva de son siège sur la tête de l'énorme animal et se mit debout, pieds nus, sur les oreilles de l'éléphant. Il écarta les rideaux du howdah avec son ankus, son aiguillon en cuivre, et de l'autre main la prit fermement par le bras. Rares étaient les hommes à la toucher ainsi ; sa poigne était forte et sèche.

— Entrez, je vous prie, madame ! lança Pathan en contrebas.

Lucinda, le regard fixé à l'intérieur du howdah, s'était immobilisée soudain.

Ils plaisantent, pensa-t-elle. Ils n'imaginent pas que je vais voyager ici. Avec eux.

Là, assis sur des coussins et des écharpes, derrière les rideaux de soie qui bouillonnaient dans la brise marine, l'eunuque s'inclinait en souriant. Et près de lui, à demi nue, semblait-il, se trouvait la « charge ».

Une bayadère. Une danseuse de natche. Une vulgaire hétaïre, pensa-t-elle.

D'en bas, le capitaine Pathan la regardait avec ce qui ressemblait fort à de la vénération.

Bon, je voulais de l'aventure, se dit-elle. En voilà.

Avec l'aide du cornac et de l'eunuque, elle se glissa à l'intérieur.

— C'est la gentille *farang* dont je t'ai parlé, annonça l'eunuque à la bayadère, sa voix haut perchée débordant d'ardeur. Entrez, entrez, dit-il à Lucinda. Notre petite maison... N'est-ce pas mignon ?

De ses mains potelées, il prit celles de Lucinda pour l'aider, avec plus d'enthousiasme que d'efficacité, puis s'affaira pour lui tenir les rideaux tandis qu'elle se mettait à quatre pattes pour aller s'asseoir sur le plancher du howdah.

— Et elle parle hindi, ajouta l'eunuque comme s'il n'avait cessé de s'adresser à la bayadère.

Il lança à Lucinda un sourire épanoui. Dans la

lumière tamisée par les rideaux de soie du howdah, elle vit que l'eunuque avait une drôle de tête, comme si le visage fin d'un jeune garçon avait été enveloppé dans des bourrelets de graisse coagulée. Elle distinguait le menton pointu à fossette qui semblait nager dans un océan de bajoues.

— On devrait pouvoir se tenir debout plus facilement là-dedans, vous ne croyez pas ? Ça manque de dignité, de devoir ramper ainsi.

Il se pencha et passa la tête dehors entre les rideaux, laissant voir à Lucinda sa silhouette de garçonnet replet, gonflée comme une baudruche.

— Enlevez l'échelle, capitaine, enlevez-la, nous sommes tous à bord ! cria-t-il en tortillant son gros derrière.

D'un geste subtil de la tête, la bayadère indiqua l'allure étrange de l'eunuque, comme pour partager une plaisanterie entre femmes.

— Nous allons peut-être enfin pouvoir partir, reprit l'eunuque en se rasseyant, les bajoues empourprées. On a attendu là toute la journée. Comme si nous n'avions rien de mieux à faire !

— C'est égal, dit doucement la danseuse, le visage parfaitement serein.

Lucinda remarqua qu'elle était plus jeune qu'elle ne l'avait cru d'abord – elles étaient en fait à peu près du même âge. Elle tenait sur son giron ce qui semblait être un bouquet de feuilles de palmier.

— Les présentations, d'abord. Voici ma nouvelle maîtresse, la célèbre devadasi... fit l'eunuque.

Elle l'interrompit en levant imperceptiblement un doigt.

— Tu dois m'appeler par mon nouveau nom, mon nom de bayadère, sinon comment m'y habituerai-je ?

— Non, maîtresse... protesta l'eunuque, qu'elle réduisit de nouveau au silence, cette fois-ci en fermant les yeux.

— Je suis Maya, une bayadère, c'est tout.

— Mais, maîtresse, il faut qu'elle sache. Vous étiez...

— J'ai été beaucoup de choses. Mais maintenant...

Elle baissa les yeux en soupirant.

— ... je suis Maya, la danseuse de natche.

Elle salua Lucinda en levant ses mains jointes. La jeune Portugaise s'apprêtait à répondre quand, à l'extérieur, le cornac lança un cri. L'éléphant se mit en marche brusquement. Lucinda bascula en arrière dans une profusion de coussins éparpillés partout.

— Nous voilà partis ! exulta l'eunuque.

Lucinda venait de réussir à se redresser quand l'eunuque lui tendit sa main grassouillette pour l'aider à le faire. Il parut froissé qu'elle ne la prenne pas, alors même qu'elle n'en avait plus besoin.

Maya baissa les yeux et murmura quelque chose pour elle-même.

Elle se moque de moi, pensa Lucinda, qui changea aussitôt d'avis. Non, elle prie, elle récite un mantra pour le voyage.

Lorsqu'elle tourna de nouveau les yeux vers

l'eunuque, il fixait sur elle un regard rieur et impatient.

— Je m'appelle Babouche, annonça-t-il avec sérieux.

— Peut-être devrais-tu lui dire ton vrai nom, observa Maya.

— Oh ! quelle différence cela fait-il, maintenant ? Dans quelques jours, nous serons arrivés et personne ne se souciera de savoir comment je m'appelais.

Il cligna des yeux en regardant Lucinda, se détourna et chuchota à Maya :

— De toute façon, c'est notre secret.

— *Atcha*, répondit la danseuse en bougeant la tête. Excuse-moi. Je n'en parlerai plus.

L'éléphant poussa un barrissement. Lucinda avait oublié combien ces grands animaux tanguaient en marchant – le howdah était ballotté comme un bateau sur une mer battue par les vents.

— Il faut un peu de temps pour s'y habituer, dit Babouche comme s'il lisait dans ses pensées. Mais on est beaucoup mieux ici que dans l'un de ces vieux chars à bœufs tout poussiéreux. Nous avons des coussins, ajouta-t-il en les montrant de la main comme si Lucinda n'était pas déjà tombée sur eux. Et de l'ombre. De quoi manger.

Avec un grand geste empreint de satisfaction, il ouvrit le couvercle d'un panier plein de corossols, de raisins et de citrons doux.

— Et évidemment, de la compagnie, ce qui est mieux que tout.

— Oui, fit Lucinda aimablement en croisant de

nouveau le regard amusé de Maya. Pouvons-nous ouvrir les rideaux ? J'aimerais voir.

— Euh ! oui, répondit Babouche.

Il était évident que cette suggestion ne lui plaisait guère. Avant d'ouvrir les rideaux latéraux, il leva la main vers le bord du toit du howdah pour baisser des voiles de gaze afin de conserver un peu d'intimité.

— Je n'ouvre pas ceux de devant, expliqua-t-il. Qui a envie de contempler le dos de ce vieux cornac ?

Lucinda voulut insister, mais s'abstint. Il y avait mille choses à voir.

La caravane avançait, laissant derrière elle le rivage bordé de palmiers et les maisons blanchies à la chaux des *farangs* pour se diriger vers la porte est des murs de Goa.

L'éléphant était au milieu de la procession. Devant eux, menés par Pathan, chevauchaient quatre gardes musulmans. Des chars à bœufs suivaient le howdah, puis venaient Gama et Geraldo, côte à côte sur leurs montures.

Lucinda s'était imaginé que la procession serait plus imposante. Malgré tout, c'était excitant de voyager sur le dos d'un gros éléphant dans un howdah somptueux, conduit par des cavaliers armés de longues lances étincelantes.

Derrière eux, le clocher de Santa Catarina s'estompait dans la brume de l'océan. Devant, Lucinda aperçut le fouillis de cabanes des hindous qui entouraient le cantonnement portugais. La route se rétrécissait à cet endroit, car les constructions branlantes, beaucoup d'entre elles bricolées avec des matériaux de récupération ou dérobés aux *farangs*, s'étalaient au petit bonheur. Les gardes criaient pour écarter les piétons et levaient leur lance vers ceux qui n'obtempéraient pas assez vite. Au milieu des cris et des railleries, la caravane se frayait tant bien que mal un chemin.

— Voyons... dit Babouche. De quoi allons-nous parler ?

Lucinda ne faisait pas attention à lui car ils approchaient lentement des portes de la ville. Le howdah était presque à la hauteur des épaisses murailles de pierre, où des soldats, l'air de s'ennuyer, patrouillaient avec des fusils à silex.

Depuis qu'on l'avait amenée, encore toute petite, à Goa, elle n'était pas sortie de la ville. Toute sa vie, elle avait entendu des histoires sur ce qui se passait au-dehors, et à partir de ces contes elle avait échafaudé un monde imaginaire plein de princes courageux, de rois bandits et de palais scintillants, toutes les sottises qui peuvent emplir l'imagination d'une fillette. Après le décès de ses parents, *tio* Carlos avait fait d'elle sa pupille, puis la dame de la maison, et elle s'était obligée à reconnaître que ces idées n'étaient que fantaisies de jouvencelle. Pourtant, son cœur battait fort à l'approche des portes, car au-delà se trouvait un monde dont elle avait seulement rêvé.

Les gardes firent sonner la grosse cloche de bronze et ouvrirent les portes toutes grandes. Avant de les franchir, le cornac fit presque arrêter l'animal ; il se mit debout sur la tête de l'éléphant et mesura la hauteur de la voûte pour avoir la certitude que le howdah pourrait passer.

— Quel gros éléphant, dit Babouche en regardant Lucinda avec une sorte de vénération. Vous devez être quelqu'un de très important...

— Je vous assure que non.

Après avoir franchi les portes, ils traversèrent lentement une sorte de tunnel. Depuis les plates-formes aménagées sur les murailles, des soldats les lorgnaient, car de leur perchoir ils voyaient distinctement les femmes. Les bouches des canons étaient dirigées droit sur eux.

— Cette courbe sert à empêcher que les portes intérieures soient enfoncées à coups de bélier. C'est très agaçant. Et combien de fois avons-nous été attaqués ?

Babouche soupira, comme s'il était maintes fois passé par là. Lucinda fit comme si elle était au courant de tout cela. L'éléphant avançait lentement, à contrecœur, bien que le cornac lui ait murmuré des paroles rassurantes et l'ait aiguillonné avec son ankus, car l'animal devait négocier une courbe difficile dans un passage étroit. L'obstacle passé, ils se retrouvèrent face à une dernière porte.

Les soldats ouvrirent les lourds battants. Lucinda retint son souffle lorsque l'éléphant franchit la porte pesamment, mais il n'y avait pas de monde magique de l'autre côté, seulement une vaste pelouse jaunie, débarrassée de ses arbres pour faciliter la défense de la ville. Quelques centaines de toises plus loin, la route disparaissait dans une jungle ombreuse, un enchevêtrement de tecks, manguiers, jaquiers et palmiers. Par-dessus leurs branches hautes, on apercevait les silhouettes bleutées de collines, au loin.

— Pouah ! Quelle odeur ! s'exclama Babouche avant de traverser le howdah à quatre pattes et de se pencher pour voir d'où elle venait.

Maya jeta elle aussi un coup d'œil dehors, puis tourna à nouveau son regard sur le bouquet de feuilles de palmier posé sur son giron.

— Un village d'intouchables, dit-elle.

C'était la première fois qu'elle levait les yeux depuis le départ. Lucinda regarda à son tour. Elle crut d'abord voir un champ semé de monticules herbeux, puis elle se rendit compte qu'il s'agissait de cabanes basses au toit en herbe. L'odeur de pourriture provenait de charognes : des peaux en train de sécher, des os qu'on faisait bouillir, la puanteur de la chair morte depuis longtemps.

— Vous les appelez des intouchables ? dit Babouche, l'air irrité.

— C'est leur lot en cette vie d'être sales. Personne ne doit les toucher. Entrer en contact avec un intouchable, c'est se souiller.

— Pourquoi ? Qu'est-ce qui ne va pas chez eux ? insista l'eunuque.

— C'est leur karma de nettoyer les latrines et de tanner les peaux, de faire tout ce que nous ne devons pas faire mais qui doit être fait, répondit Maya.

Lucinda avait l'impression qu'elle voulait la ménager, comme une enfant.

— Ils méritent mieux que d'être mis à l'écart ici, dit Babouche, l'air renfrogné.

— Personne n'a envie d'avoir une telle odeur en ville. Et puis ils ont leur propre nourriture et leur puits à eux. Ainsi, ils vont et viennent comme il leur plaît pour faire leur travail.

— Qu'est-ce qu'ils sont sales ! remarqua Babouche, les sourcils froncés, en regardant le village de cabanes en pisé. On dirait presque qu'ils sont faits de terre...

Quand il vit un cochon boire dans une mare où jouaient deux bambins, il se détourna, les yeux brillants de larmes.

— Qu'est-ce qui ne va pas, Babouche ? demanda Lucinda. C'est dans l'ordre des choses, même à Bijapur, j'imagine.

L'eunuque lui rendit son regard, sérieux pour une fois.

— Ce n'est pas pareil. Vous verrez quand vous y serez. J'ai vu des hindous courir se laver parce qu'ils avaient été touchés par l'ombre d'un intouchable. Dans l'islam, tous les êtres vivants ont une âme. Nous sommes purifiés par le feu de la compassion du Seigneur.

Il tourna à nouveau son regard vers le village et dit, presque pour lui-même :

— Heureusement que je ne suis pas un hindou. C'est là qu'on m'enverrait, vous voyez ? La loi hindoue dit que les eunuques doivent vivre parmi les intouchables. Mais même les intouchables ne veulent pas de nous. Les eunuques doivent vivre en dehors de leurs villages. Ils doivent porter des vêtements de femme, on doit les appeler « elles ». Ils n'ont pas le droit d'avoir un puits et il leur faut boire l'eau des caniveaux. Les enfants leur jettent des pierres. Si j'étais hindou, ce serait mon village. Ces pauvres hères seraient mes voisins. Ce serait eux qui me mépriseraient. Vous comprenez ?

Il posa sur Lucinda un regard inquisiteur et elle se détourna avec une sorte d'horreur pour jeter un dernier coup d'œil au village. Ils avaient presque dépassé l'endroit et il était quasiment impossible de distinguer les gens et les huttes de la terre brune. La brise, rafraîchie par l'humidité de la forêt, chassait la puanteur.

Babouche soupira, prit un corossol et leva les yeux en souriant.

— Alors, qui a faim ? demanda-t-il.

En entrant sous l'épaisse voûte de la jungle, Lucinda eut enfin l'impression d'avoir pénétré dans un univers différent. Le chaud soleil avait fait place à des ombres humides et stagnantes. Même le fracas de la caravane semblait étouffé par les feuilles.

Elle s'habituait au roulement rythmique des épaules de l'éléphant sous le plancher du howdah. Où qu'elle tournât les yeux, ce n'était que feuilles et branches sombres. Les morceaux de ciel qu'on apercevait à travers le feuillage paraissaient blancs comme linge. Elle entendait les murmures du vent et le jacassement de milliers d'oiseaux, elle sentait la moisissure et l'humidité du sol de la forêt, la chaude odeur d'herbe du corps de l'éléphant.

— Pourquoi regardez-vous toujours dehors ? demanda Babouche. Il n'y a rien à voir.

Lucinda mit un moment à se rendre compte que c'était à elle que s'adressait l'eunuque.

— Laisse-la tranquille, Babouche, dit Maya. Tu ne vois pas qu'elle est heureuse ?

Lucinda adressa un signe de reconnaissance à la danseuse, surprise que celle-ci comprenne ce qu'elle éprouvait.

— Avez-vous vu beaucoup de pays ? poursuivit Maya.

Lucinda secoua la tête. Le regard de Maya revint à son bouquet de feuilles de palmier.

— Eh bien, en cela nous sommes pareilles, vous et moi.

Lucinda la regarda avec surprise mais ne la contredit pas. Elle se pencha par-dessus le bord du howdah, bien que la forêt ait été exactement la même ici que cent pas en arrière.

— Alors, va-t-on enfin bavarder ? fit Babouche en soupirant.

A l'avant-garde, le capitaine Pathan jeta un coup d'œil en arrière et vit Lucinda qui regardait dehors. Les sourcils froncés, il rangea sa jument sur le côté de la route et attendit que le howdah arrive à sa hauteur.

— Laissez les rideaux fermés, madame, lui dit-il en trottant le long de l'éléphant, Lucinda regardant ailleurs et faisant semblant de ne pas avoir entendu. Madame, pour votre sécurité, insista-t-il.

Elle l'ignora.

Contrarié, Pathan regagna l'avant-garde et envoya Gama au howdah.

— Comment ça va jusqu'ici ? lança le soldat.

Babouche s'avança à quatre pattes pour répondre, ses joues pâles marbrées de rose par l'effort.

— Bonjour, capitaine, dit-il en hindi. Pourquoi portez-vous tant de pistolets ?

Gama en avait en effet un suspendu à chaque hanche, plus une demi-douzaine d'autres fourrés dans deux larges ceinturons qu'il portait croisés sur la poitrine. Gama rit et répondit dans la même langue :

— J'en ai d'autres dans mon sac, *senhor* eunuque. Mieux vaut en avoir trop et ne pas avoir besoin d'eux, non ?

— Vous craignez les loups, capitaine ? demanda Babouche en ouvrant grands ses petits yeux.

Gama dressa un sourcil.

— C'est ça. Je crains les loups. Laissez les rideaux fermés, hein ? fit-il en indiquant les rideaux d'un signe de tête, avant d'ajouter en portugais, en regardant Lucinda : Cela vaut mieux pour tout le monde, d'accord, Lucie ?

Sur ce, il repartit au trot en tête de la file. Avec une agilité inattendue, Babouche commença prestement à tirer les rideaux, mais Lucinda le retint.

— Il vous taquinait, espèce de nigaud ! dit-elle. Vous ne pensez pas vraiment que les loups nous attaqueront ?

— Il ne parlait pas des loups, objecta Maya.

Sentant le danger sans réellement le comprendre, Lucinda ôta sa main. En quelques instants, Babouche avait fermé les rideaux.

Il faisait maintenant beaucoup plus sombre dans le howdah. Maya prit les feuilles de palmier posées sur ses genoux, les porta à son front et les déposa sur un carré de soie devant elle.

— Qu'est-ce que c'est ? s'enquit Lucinda.

— Vous savez lire ? fit Maya en les lui tendant.

Un livre, bien sûr, se rendit compte Lucinda en jetant un coup d'œil à ce qui était écrit sur les feuilles, cousues ensemble par le sommet.

— Je ne sais pas lire cette langue, répondit-elle en les lui rendant.

— C'est la Gita, dit Babouche. Elle la lit tout le temps.

— Vous connaissez ce livre ? s'enquit Maya.

Lucinda secoua la tête.

— C'est notre texte le plus sacré, continua la danseuse en enveloppant le fin volume dans sa couverture de soie. La Bhagavad-Gita, le Chant du Bienheureux Seigneur.

— C'est son dieu, intervint Babouche avec une moue de désapprobation.

— Tu crois que notre dieu est différent du tien ? demanda Maya.

Babouche semblait sur le point de répondre sèchement, mais il y avait tant de douceur dans le regard de Maya qu'il cligna des yeux.

— Lorsque Mahomet affirme qu'il n'y a qu'un dieu, crois-tu qu'il parlait d'un dieu différent du mien ? Ou du sien ? ajouta-t-elle en désignant Lucinda.

— Comme tu voudras, maîtresse, répondit Babouche, qui ne paraissait pas convaincu et semblait même en colère.

Maya sourit.

— Dans le livre, le Seigneur dit : « Quand la mèche des justes brûle lentement, je prends forme humaine. » N'est-ce pas ce que croient aussi les chrétiens ?

Elle inclina la tête vers Lucinda, qui en cet instant ne savait trop ce qu'elle croyait.

— Ce n'est pas ce que nous pensons, répondit Babouche comme pour tous les deux, avant que Lucinda ait pu dire un mot.

— Peut-être ai-je mal compris, fit Maya, le visage si immobile qu'il ressemblait à un masque.

— Je croyais que seuls vos prêtres savaient lire, dit Lucinda à Maya après un silence gêné.

Maya détourna les yeux de l'eunuque. Lucinda devait faire un effort pour respirer calmement.

— Oui, c'est vrai de manière générale. Certains commerçants savent lire, bien sûr, mais pas le sanscrit, la langue des dieux. Je ne sais pourquoi, on nous apprend à lire, à nous les devadasis, les danseuses des temples.

Elle rit, mais l'expression de ses yeux était sérieuse.

— C'est drôle, vous savez... seuls les brahmanes prononcent ces mots à haute voix, mais je n'en ai jamais rencontré qui aient réellement lu ce livre. Ils apprennent à lire quand ils sont petits, mais ils préfèrent apprendre par cœur les écritures en répétant les paroles que dit leur gourou. Les paroles qu'ils retiennent sont parfois complètement différentes de celles qu'il y a dans leurs livres.

— Je suis content de n'avoir jamais appris à lire, dit Babouche.

— Si les femmes ne doivent pas prononcer les paroles à haute voix, pourquoi apprend-on à lire aux danseuses ? demanda Lucinda.

— Je me suis souvent posé la question. Peut-être parce que les textes que nous, les devadasis, devons apprendre sont trop ennuyeux pour que les brahmanes se mettent en peine de les lire : le Natya Shastra, le livre de la danse, ou le Kama Sutra, le livre de l'amour. Peut-être parce que beaucoup de devadasis finissent par être vendues à des musulmans, chez lesquels les brahmanes savent que nous n'avons pas accès aux Ecritures...

Elle secoua la tête d'un air penaud.

— Mais cela paraît peu probable, n'est-ce pas ? S'ils se souciaient vraiment de notre bien-être, ils commenceraient par ne pas nous vendre.

Lucinda savait maintenant sans aucun doute que Maya était une esclave, mais les paroles de la bayadère l'émurent avec une violence inattendue.

— Je vous en prie, ne prenez pas l'air choqué. C'est votre famille qui m'a achetée.

— Comment ? bredouilla Lucinda.

— Ça n'a rien d'extraordinaire, dit Babouche, sentant sa gêne.

— Qu'est-ce que cela change pour moi... pour n'importe lequel d'entre nous ? Ce n'est jamais qu'une vie de plus : maintenant, je suis une esclave... n'ai-je pas été un roi ? un arbre ? un chien ? un intouchable ? Je suis née un million de fois et renaîtrai un million de fois encore.

Lucinda ne souffla mot. Elle avait souvent entendu les marchands locaux blasphémer de cette façon. Mais Maya était si jolie, avec sa peau presque aussi claire que la sienne, et si jeune, exactement de son âge, que cela la troublait de se rendre compte qu'elle était la propriété d'un homme.

— Lui aussi est esclave, vous savez, dit Maya en indiquant Babouche des yeux.

L'eunuque se redressa de toute sa hauteur.

— Il n'y a pas de honte à être esclave, mademoiselle. Ce n'est pas ce que nous sommes mais ce que nous faisons qui importe.

— Oui, c'est aussi ce que nous enseigne la Gita, admit Maya, dont les yeux pétillaient comme si elle avait trouvé amusante la gêne de l'eunuque. Autrement, je ne me serais pas vendue.

— Vous vous êtes vendue comme esclave ? fit Lucinda, interloquée.

— Et pourquoi pas ? Comme dit Babouche, il n'y a pas de honte à cela. Notre temple avait presque été détruit par une inondation et le shastri avait laissé entendre qu'il pourrait obtenir pour moi un bon prix. Je suis certaine que cela a sauvé le temple.

— Et votre famille ?

— Je suis orpheline, je ne me souviens pas de mes parents. Et ma gourou est morte. Elle était toute ma famille et elle a péri dans l'inondation.

Alors, pourquoi pas ? Pourquoi avez-vous l'air si choquée ?

— Je ne sais pas... répondit Lucinda.

— Vous pensiez que j'étais née esclave comme vous ?

— Comment osez-vous ! s'exclama Lucinda en se couvrant la bouche de la main. Je suis une femme libre !

— Vraiment ? dit doucement Maya. Avez-vous une maison ? Une bourse pleine d'or ? Allez-vous où bon vous semble ? Prenez-vous un amant quand vous le désirez ?

Lucinda répondit par un froncement de sourcils.

— Alors, pardonnez-moi, je vous en prie, s'excusa Maya. Je croyais que vous étiez comme toutes les autres *farangs* – la propriété d'un homme, sans liberté propre : peut-être une vierge offerte à un homme riche pour réunir deux fortunes, ou une épouse dont le seul mérite reconnu est d'enfanter des garçons.

— Je vous pardonne, répondit Lucinda.

Dans le silence qui suivit, elle prit conscience de l'incessante oscillation du howdah plongé dans la pénombre et souhaita être de nouveau sur la terre ferme.

— Je ne me sens pas bien, dit-elle enfin. J'ai mal à la tête.

Elle s'appuya sur un cousin, fit bouffer ses jupes à volants sur ses chevilles et ferma les yeux. Mais elle sentait peser sur elle le regard des deux autres. Le howdah tanguait et craquait comme un bateau malmené par les vagues. Quelques minutes après, elle était endormie.

Lucinda se réveilla quand cessa le balancement du howdah.

— Où sommes-nous ? demanda-t-elle.

— Nous avons traversé Valpoï et nous venons de nous arrêter chez quelqu'un, répondit Babouche, l'air perturbé. Et nous sommes passés devant une auberge tout à fait convenable.

Lucinda fut la dernière à descendre avec précaution par l'échelle argentée appuyée contre le flanc de l'éléphant. A côté de l'animal, Babouche parlait gravement avec Maya, qui essayait de ne pas avoir l'air trop ennuyée.

La vaste cour donnait sur une profonde vallée. Le soleil était en train de se coucher et ses rayons rouges embrasaient les montagnes à l'est. Des serviteurs hindous descendaient les bagages et se hâtaient de les porter à l'intérieur. Gama vint à Lucinda.

— Votre oncle a pris des arrangements pour que nous puissions passer la nuit ici. C'est la maison de Fernando Anala, l'un des associés de votre père.

— Je ne crois pas le connaître, dit Lucinda.

Un hindou de haute taille coiffé d'un turban de soie éclatant apparut à la porte de la maison et traversa la véranda.

— Mon maître désire vous souhaiter la bienvenue, dit-il dans un portugais passable.

Sur ce, il fit une révérence, raide mais correcte,

à l'occidentale, en accompagnant même le mouvement des bras d'un petit geste élégant des doigts. En se redressant, il regarda Lucinda, Gama et Geraldo, et de la main leur fit signe de le suivre. Les autres comprirent qu'ils n'étaient pas invités. Lucinda jeta un coup d'œil à Maya en laissant voir son embarras. La danseuse hocha la tête, apparemment pas concernée.

Le domestique les précéda dans un couloir sombre éclairé par la haute flamme de chandelles jusqu'à une grande salle, presque vide en dehors d'un fauteuil pareil à un trône dans le fond. Il s'inclina pour les laisser passer et referma derrière eux la porte à deux battants.

Le haut plafond renvoya en écho le claquement des bottes de Gama sur le parquet. Près du trône, la lumière diffusée par une demi-douzaine de torches était si aveuglante qu'il était difficile de voir qui était assis là. Un mastiff couché aux pieds de l'homme se leva et gronda à l'approche de Gama, mais son maître tapa dans ses mains et le chien se recoucha.

Quand ils arrivèrent au trône, Gama s'inclina avec un grand coup de chapeau.

— Jebtha de Gama à votre service, *senhor*, dit-il. Voici Geraldo Silveira et Lucinda Dasana. Votre ami Carlos Dasana vous envoie ses meilleurs vœux.

Geraldo s'inclina aussi et Lucinda fit la révérence.

L'homme se leva en réponse. Il était beaucoup plus petit que ne s'y attendait Lucinda.

— Au nom de la Vierge bénie et de Jésus-Christ

notre Sauveur, soyez les bienvenus dans mon humble demeure.

Il avait une voix fluette et un accent difficile à reconnaître. Lorsqu'il s'avança à leur rencontre, sortant du halo lumineux des torches, il fallut à Lucinda un moment pour revenir de sa surprise.

Fernando Anala était un hindou.

Il portait les vêtements d'un commerçant portugais – long pourpoint, culotte et chaussures de cuir –, en fait, il était habillé presque exactement comme Geraldo, mais avec plus de galon doré. Menu, sombre de peau, délicat – de toute évidence un hindou. Elle avait déjà vu des femmes hindoues vêtues à l'européenne, mais jamais d'hommes. Il lui fit penser à un singe joueur d'orgue de Barbarie.

— Je suis Fernando Anala, à votre service, se présenta-t-il, rendant son salut à Gama. Je prononce ce nom avec fierté, car il m'a été donné quand je me suis converti au christianisme. Mais vous ne devez pas m'appeler *senhor*... comme nous partageons le même Père, appelez-moi frère Fernando.

Sur ce, Anala alla vers Gama et étreignit de ses petits bras la poitrine du soldat.

— Mon frère, dit-il en l'embrassant.

Gama était trop stupéfait pour faire un mouvement. Anala arriva à Geraldo et lui murmura « Mon frère » en lui donnant l'accolade. Geraldo s'était suffisamment remis de sa surprise pour lui rendre son étreinte.

Anala s'approcha ensuite de Lucinda. Elle n'arrivait pas à détacher ses yeux des siens, qui luisaient à la lumière des torches, éclatants sur sa peau foncée. Il semblait hésitant mais tout excité quand il entoura sa taille de ses bras.

— Ma sœur, dit-il dans un soupir en nichant sa tête contre ses seins.

Il avait tiré ses cheveux clairsemés et parfumés en une queue-de-cheval et Lucinda se retrouva à contempler son cuir chevelu sombre pendant qu'il se serrait contre elle.

Il resta là un bon moment et ne se recula que lorsque Gama se racla la gorge. Ce qui ne l'empêcha pas de garder la main de Lucinda entre les siennes. Elle avait toujours cru avoir les mains délicates, mais là, entre les petits doigts couverts de bagues de leur hôte, elles paraissaient énormes et disgracieuses.

— Ma femme Silvia est aussi chrétienne, dit-il, les yeux fixés sur Lucinda. Elle est honorée que vous soyez son invitée ce soir. Elle vous attend dans la maison d'amis. Je suis certain que nous, les hommes, vous ennuierions avec notre conversation.

De ses doigts, il frottait la paume de Lucinda. Elle baissa les yeux, hocha la tête.

— Y a-t-il d'autres femmes dans votre groupe ? demanda-t-il sans la laisser partir.

— Juste une bayadère, répondit Gama.

Anala cligna des yeux, comme si le terme lui échappait.

— La danseuse de natche, précisa Gama. La devadasi.

A ce dernier mot, Anala releva brusquement la tête.

— Vous avez une devadasi avec vous ? Personne ne me l'avait dit. On aurait dû m'en informer...

Il semblait contrarié. Lucinda en profita pour tenter de récupérer sa main, mais il ne l'entendait pas ainsi.

— C'est moi qui suis à blâmer pour ce secret, *senhor*, fit Gama. Elle va être offerte au grand vizir.

— *Atcha*. Un bakchich, dit l'autre d'une voix sifflante. Bijapur est pleine de pécheurs. Une ville de damnés. Les musulmans ont l'âme noire. Ils ont une dizaine d'épouses et une centaine de concubines, glissa-t-il à Lucinda, qui avait pourtant bien l'impression qu'Anala la jaugeait avant de décider de l'ajouter ou non à son harem. Enfin... nous devons sauver les âmes, pas les condamner. Et quel meilleur moyen de les sauver que le commerce, hein ? Dans le commerce, nous trouvons le véhicule de la rédemption... Si je ne m'étais pas mis à commercer avec les *farangs*, ma sœur, ma femme et moi serions aujourd'hui damnés au lieu de nous glorifier du salut de Notre-Seigneur, conclut-il, penché si près de Lucinda que son oreille touchait presque sa poitrine.

— Comme c'est bien, lui répondit Lucinda, occupée à essayer de se libérer.

Anala eut tôt fait d'attribuer sa place à chacun : Maya et Babouche allaient être reçus à la table de son épouse tandis que Pathan se joindrait aux chrétiens pour le dîner. Il y avait quelque espoir, dit-il, que les trois coreligionnaires sauvent son âme. Ces dispositions prises, quand Anala s'approcha d'eux, Gama et Geraldo s'inclinèrent profondément, réussissant ainsi à esquiver une autre étreinte. Le commerçant appuya une fois encore sa tête contre les seins de Lucinda.

— Ma sœur, fit-il d'un ton affectueux. Mon domestique veillera à votre confort, leur annonça-t-il à tous avant qu'ils ne partent. Nous dirons le rosaire ici avant le dîner.

— Oh ! très bien, réussit à prononcer Gama.

Le domestique enturbanné de soie conduisit Lucinda de l'autre côté de la cour et ouvrit la porte en souhaitant le bonsoir à la *senhorita* en un portugais impeccable.

Au milieu de la chambre spacieuse trônaient deux grands lits de plumes à baldaquin. Sa malle la plus petite avait été placée au pied de l'un des deux. Des chaises en bois étaient installées avec raideur contre le mur, comme si personne ne s'y était jamais assis, et il y avait aussi une petite table et l'autre malle.

Maya était déjà là. Elle avait disposé sur le tapis quelques-unes de ses affaires, sorties de son sac en tissu. Lucinda se demanda si ses bagages se limitaient à cela.

Maya fit un signe de tête en direction des lits et haussa les sourcils.

— C'est donc ainsi que dorment les *farangs*... dit-elle doucement. J'aurais peur de dormir si haut. Comment faites-vous pour ne pas rouler et tomber de là ?

— On ne roule pas. On s'enfonce dans les

plumes comme dans un gros oreiller. C'est très confortable.

— Confortable pour les *farangs*. Pas pour les hindous. Je vais dormir par terre.

— Notre hôte et notre hôtesse sont hindous, dit Lucinda.

Maya leva les yeux et partit d'un petit rire quand elle vit que son interlocutrice était sérieuse.

— J'ai été surprise moi aussi, poursuivit Lucinda. Comme il se fait appeler Fernando, comment le deviner ? Et il s'habille comme un Portugais. Je n'ai pas encore vu sa femme. De toute façon, elle va dîner ici avec nous.

Tout en parlant, Lucinda faisait le tour de la pièce, mais elle s'arrêta en voyant quelque chose d'inhabituel sur la table. Une sorte d'autel, estima-t-elle. Une lampe en argent au milieu de grains de riz blanc ; à côté un crucifix, la tête et les mains du Christ teintées en rouge par du curcuma.

— Qu'est-ce que c'est ? murmura-t-elle, presque par-devers elle.

Maya vint à son côté pour regarder.

— Elle doit beaucoup aimer ce dieu, dit-elle.

— Enfin, aucun chrétien ne traiterait ainsi un crucifix...

— Elle est chrétienne, mais pas comme vous... Vous avez dit qu'elle allait manger avec nous ? fit Maya, l'air soudain soucieuse. Où Babouche va-t-il dîner ?

— Avec nous, évidemment.

— Cela ne va pas être agréable. Il faut que je parle à Deoga...

— Qui est Deoga ?

Maya la regarda, déconcertée.

— *Senhor* de Gama. Vous ne l'appelez pas Deoga ?

— Non, répondit Lucinda, tout aussi désorientée. Que voulez-vous qu'il fasse ?

— Regardez. Regardez la puja de cette femme, l'offrande qu'elle a faite. Elle est hindoue. Elle ne mangera pas avec un hijra.

— Pourquoi ne le lui demandons-nous pas d'abord ?

Maya la regarda comme si elle venait brusquement de comprendre quelque chose.

— Vous parlez hindi si bien que je m'imaginais que vous connaissiez tout aussi bien nos façons de faire. Il va de soi qu'elle sera d'accord.

— Alors, où est le problème ?

— Elle acceptera uniquement par politesse. Ce ne serait pas gentil de lui imposer cette épreuve. Cela reviendrait à lui demander de manger dans des latrines.

— Mais pourquoi ? demanda Lucinda en faisant la grimace.

— Ne vous en faites pas. Deoga va arranger cela. Il s'y entend pour ce genre de choses.

— Comment le savez-vous ?

— Vous oubliez que nous avons navigué ensemble à bord d'un dhaw pendant trois semaines...

Lucinda hocha la tête. L'instant d'après, elle

recommença à se poser des questions – on pouvait interpréter la réponse de Maya de bien des manières. Elle changea donc de sujet :

— Mais ne prenez-vous pas vos repas avec Babouche ?

— Je fais beaucoup de choses que les femmes hindoues ne font pas et avant longtemps j'en ferai encore bien d'autres. Vous savez pourquoi aussi bien que moi. N'en parlons plus. Je vais en toucher un mot à Deoga et cela suffira.

— Vous semblez sûre du résultat.

— C'est un brave homme, fit Maya en souriant. Vous ne vous en êtes pas aperçue ?

L'instant d'après, elle était sortie.

Gama comprit la situation et fit ce que Maya lui demandait. Après une heure éprouvante passée au côté de « frère » Fernando à entonner rosaire sur rosaire devant un crucifix particulièrement macabre, Gama le persuada d'inviter Babouche au dîner des hommes. Leur hôte se montra d'abord réticent, mais, sur les instances répétées du soldat, le souci causé à Anala par l'âme immortelle de Babouche prit le pas sur sa répugnance à manger avec un hijra.

— Un hindou n'aurait jamais accepté, dit-il à Gama. Ce sera la preuve que je suis né une deuxième fois en chrétien.

— Vos actions font honneur au Christ, lui assura Gama.

Le serviteur d'Anala trouva Babouche dans une petite cour près des écuries en train de faire sa prière du soir avec d'autres musulmans. Les gardes de Pathan se mirent à rire en apprenant que Babouche était invité.

— Que dois-je faire ? demanda l'eunuque à Pathan.

— Vous devez accepter. Je suis sûr que le chrétien considère qu'il vous fait honneur en vous invitant.

— Y aura-t-il des fourchettes ? demanda Babouche. J'ai toujours eu envie d'essayer de manger avec une fourchette.

— Des fourchettes, oui, il y en aura, répondit le domestique. Du vin, aussi.

— Du vin... répéta Babouche d'un air rêveur. Dis-lui que je viendrai.

Un chandelier éclairait la table. Le buffet était couvert de plats : poulets rôtis pas plus gros que des pigeons, cuissots de mouton, filets de porc, tout cela frotté de poivre et de gros sel. Les viandes fumantes luisaient de jus, qui ruisselait dans les plats en étain. A côté étaient disposés des sauces fleurant bon le vin et les herbes aromatiques, des pains ronds croustillants bien levés et du beurre dans une coupe. N'eussent été le bol de riz, le dal et le chutney à la mangue, le dîner aurait fort bien pu leur être servi à Lisbonne.

Assis sur des chaises à haut dossier (celle de Fernando plus haute de quelques pouces que les autres), ils mangeaient avec des fourchettes dans de la vaisselle en porcelaine. Deux domestiques, vêtus comme des *farangs* à l'exception de leurs pieds nus et de leur turban, servaient avec un savoir-faire inattendu.

— Comment se procure-t-il tout ça ? chuchota Geraldo à Gama, trop occupé à manger pour répondre.

— Je n'ai pas droit au vin ? demanda Babouche de sa voix flûtée au bout de quelques minutes. Tout le monde en a.

— Pas le bourak. Je croyais que les musulmans... commença Anala, l'air fâché.

Il se reprit et d'un claquement de doigts délicat ordonna à l'un de ses serviteurs d'apporter un verre. Babouche le vida avant que le domestique ait eu le temps de s'éloigner et le leva pour qu'il le remplisse. Ses joues rondes s'enflammèrent bientôt en une bigarrure pourpre. Il renonça rapidement à utiliser l'encombrante fourchette et, comme Pathan, se mit à manger avec les doigts en faisant descendre la nourriture avec de grandes rasades de vin. L'un des domestiques resta finalement auprès de lui, une carafe à la main.

Il fut bientôt presque incapable de parler, pris de petits fous rires. L'une de ses paupières commença à tomber. Fernando essayait sans cesse de ramener la conversation à la théologie, mais Babouche sapait tous ses efforts par des plaisanteries, le plus souvent salaces.

Finalement, à la surprise de tous, Fernando se leva d'un bond de sa chaise.

— Je ne peux tendre l'autre joue plus longtemps ! cria-t-il d'une voix à peine plus basse que celle de l'eunuque.

Même Babouche se tut, percevant la fureur qui émanait du corps menu d'Anala.

— Tu ne t'amuseras plus à mes dépens et aux dépens de mon bien-aimé Seigneur Jésus, hijra ! fit-il en frappant l'air de sa fourchette pour souligner ses propos.

— Votre Jésus ? répéta Babouche en se levant avec difficulté. Le vôtre ? Je ne me laisserai pas réprimander par un hindou ! Surtout pas par un faux *farang* comme vous ! Je suis un musulman, pas un infidèle d'hindou ! Je savais qui était Jésus quand vous étiez encore en train de baiser le cul d'une idole en plâtre !

Sur ces mots, l'eunuque vida son verre et sortit de la pièce d'un pas chancelant en tentant de conserver sa dignité. Comme un domestique refermait la porte derrière lui, on entendit un grand fracas dans le vestibule, mais personne ne bougea.

Fernando tira un mouchoir de sa manche et se tapota le front, puis le porta à ses lèvres comme pour reprendre contenance. Le geste était si parfaitement européen que Geraldo faillit éclater de rire.

— Quel hijra insolent ! s'exclama leur hôte en fourrant le mouchoir dans sa manche. Comme s'il savait quoi que ce soit de mon bien-aimé Seigneur Jésus...

— Mais il sait, vous voyez bien, dit doucement Pathan. Même s'il boit, c'est un musulman. Vous n'ignorez sans doute pas que nous autres, les musulmans, tenons Jésus en grand respect.

Pourtant, un coup d'œil aux autres lui montra clairement qu'ils ne le savaient pas.

— Est-ce vrai ? demanda Fernando à Gama.

— Comment le saurais-je, *senhor* ? Mais ce gaillard est un bourak et un prince, et je ne l'ai jamais entendu mentir.

Pathan se tourna vers Fernando.

— Votre foi ne vous enseigne-t-elle pas le pardon, monsieur ? Voilà pour vous une occasion de pardonner. Ce mukhunni... ce hijra comme vous l'appelez... mène une vie pitoyable. Volé à sa mère, arraché à son foyer, cruellement mutilé quand il était enfant. Il n'a pas de maison, pas de famille. Il passe sa vie avec des femmes, à les laver, les habiller, à obéir au moindre de leurs ordres. Est-il surprenant qu'il se soit comporté aussi stupidement ? Que sait-il de la compagnie des hommes ? C'est à nous, les hommes, de le prendre en pitié et de lui pardonner.

Fernando regardait Pathan fixement. Peut-être espérait-il trouver une faille dans son discours afin de pouvoir montrer qu'il connaissait mieux que lui l'enseignement de Jésus-Christ.

Il porta finalement ses mains à son front.

— Vous avez raison, monsieur. Il n'était pas prêt à recevoir le trésor que j'essayais de lui offrir. C'est lui qui y perd le plus. Je lui pardonne.

Fernando se rassit et le dîner se poursuivit languissamment.

Pendant que Maya allait voir Gama, Lucinda avait passé son peignoir. Hélène l'avait soigneusement plié sur le dessus de la malle. Il ne lui avait pas été facile d'ôter sa robe et de délacer elle-même son corset, et elle regrettait maintenant beaucoup d'avoir congédié Hélène.

Mais songer à l'incident de Goa lui rappelait les yeux de Pathan, brillants et troublants, et elle avait rapidement chassé ce souvenir.

Après le retour de Maya, des servantes vinrent allumer les bougies et dérouler un drap sur l'un des tapis multicolores près du mur. Peu après, Silvia entra, petite femme boulotte vêtue à la manière portugaise. Elle portait ses cheveux poivre et sel en une longue tresse enroulée en chignon. Elle avait une alliance et aussi un collier de mariage hindou autour du cou.

Elle vit d'abord Lucinda et sourit, amicale mais nerveuse. Avant de saluer ses invitées, elle fit lentement le tour de la pièce et s'arrêta un instant devant la puja, l'autel installé sur la table. Ses doigts allèrent rapidement de ses lèvres au crucifix d'argent puis à son cœur. Après quoi, elle gratifia chacune de ses convives d'un namaska, le salut indien, puis, dans un mouvement de jupes maladroit, s'assit à côté d'elles.

— C'est un honneur et une bénédiction d'accueillir ma sœur Lucinda dans cette maison, dit Silvia dans un portugais hésitant.

— C'est une bénédiction et un honneur d'être ici, ma sœur dans le Christ, répondit Lucinda, avant d'ajouter en hindi, en montrant Maya de la tête : Mais nous devons avoir des égards pour notre compagne.

Silvia eut une expression de surprise et de soulagement.

— Mon mari m'a dit que vous parliez hindi, mais je croyais qu'il plaisantait.

L'idée que frère Fernando ait pu plaisanter avec sa femme n'avait pas effleuré l'esprit de Lucinda. Silvia se pencha vers Maya.

— Une chrétienne qui parle comme une personne civilisée... Voilà qui est remarquable.

— Elle est remarquable à bien des égards, répondit Maya.

Lucinda sentit ses joues s'empourprer sous le regard des deux femmes. Mais Silvia semblait avoir une question à poser sans attendre. Elle tourna de grands yeux ronds vers Maya.

— Etes-vous vraiment une devadasi ?

Maya haussa les épaules.

— Tout ce que j'ai été appartient au passé.

— Vous serez toujours une devadasi ! C'est une bénédiction de vous avoir chez nous.

Le visage rond de Silvia rayonnait d'admiration, mais Maya se tourna humblement de côté. Lucinda essaya de cacher son étonnement. Maya était donc une danseuse sacrée. En quoi cela était-il aussi important ? Mais elle ne dit mot.

Des servantes ne tardèrent pas à apporter le dîner. Elles posèrent devant Silvia et Maya des assiettes en porcelaine avec riz, légumes, dal et dahi. Les deux femmes attendirent poliment que Lucinda soit servie.

On s'était efforcé de lui préparer un repas portugais. Son assiette contenait du chou bouilli en une épaisse purée et, nageant dans de la graisse figée, une boule de viande non identifiée calcinée.

— Je savais que vous n'auriez pas envie de manger notre nourriture à moitié crue comme le font les hommes, expliqua Silvia.

— Vous êtes bien aimable.

Toutes fixaient en silence l'épouvantable pitance.

— Voulez-vous une fourchette, ma sœur ? demanda Silvia poliment.

— J'ai des problèmes digestifs, répondit Lucinda en lançant un coup d'œil à une servante.

Celle-ci débarrassa prestement son assiette et la porta à bout de bras hors de la pièce. Les deux autres femmes parurent soulagées.

— Peut-être prendrez-vous un peu de riz et de dahi ? Ça apaise les maux d'estomac, je crois.

Sur un signe de tête de Silvia, l'une des domestiques se hâta d'aller chercher une autre assiette. Les grains de riz blanc qui flottaient dans du fromage blanc avaient l'air assez appétissants. Comme Silvia ne lui avait pas donné de fourchette, Lucinda fit de son mieux pour ramasser le mélange avec les doigts à la manière indienne.

Quel étrange attelage elles formaient : elle et Maya, d'âge et d'allure similaires, mais au passé si différent. Elle et Silvia, comme une paire mal assortie de serre-livres, habillées à la portugaise mais parlant hindi. Ce n'était pas tant que Silvia avait l'air mal à l'aise dans ses vêtements, plutôt qu'elle y semblait perdue. Elle les portait comme un déguisement pour un bal costumé.

Elles ne dirent pas grand-chose avant d'avoir

fini leurs assiettes. Lorsqu'elles commencèrent finalement à bavarder, Silvia voulut surtout parler avec Maya. Bien que cette dernière eût fait de son mieux pour faire participer Lucinda, la conversation revenait toujours aux temples et aux idoles, aux gourous et aux shastris. Lucinda ne pouvait guère qu'écouter.

— Maya n'a pas toujours été votre nom ? insista Silvia.

Maya secoua la tête.

— Il m'a été donné par ce hijra.

Les deux femmes prirent un air renfrogné.

— Comment vous appeliez-vous avant ?

Le visage de Maya se figea comme si elle se préparait à sentir le scalpel du chirurgien.

— Prabha, répondit-elle.

Silvia soupira et ferma les yeux, comme si on lui avait mis une friandise dans la bouche.

— Connaissez-vous ce mot ? demanda-t-elle à Lucinda. Il veut dire « Lumière », l'aura qui entoure la tête du Seigneur. C'est l'un des noms de la déesse.

— Quelle déesse ? demanda Lucinda.

Maya posa sa main sur celle de Lucinda, qui essaya de cacher sa surprise. Tant de gens l'avaient touchée depuis qu'elle avait quitté Goa !

— Cette déesse prend de nombreuses formes, répondit la danseuse. Vous avez certainement vu la déesse Lakshmi ?

Lucinda hocha la tête ; c'était la déesse de la Richesse ; même certains marchands portugais l'avaient en effigie sur un petit autel.

— Eh bien, Prabha est l'un de ses noms.

— Je m'appelais Ouma. Ça signifie aussi lumière... la lumière de la sérénité, dit Silvia, souriant à ce souvenir.

Puis elle soupira et se tourna vers Lucinda.

— J'imagine que votre nom veut aussi dire quelque chose ?

— Oui, répondit lentement Lucinda. Il signifie également lumière.

Un peu plus tard, il y eut un moment de gêne quand Babouche fit irruption dans la chambre des femmes. Il titubait et leva vers elles ses mains potelées, manquant de peu de tomber, comme si cela l'avait déséquilibré. Personne ne savait que dire, Babouche moins que les autres.

— Je vais aller dormir, dit-il enfin en articulant avec peine.

Sur ces mots, il sortit de la pièce en trébuchant. Elles l'entendirent bientôt ronfler devant la porte. Sa voix était aussi haut perchée que celle d'une femme, son ronflement, grave et râpeux comme celui d'un vieillard.

— Et il prétend être musulman... s'indigna Silvia. Tous les mêmes !

Comme la soirée se poursuivait, Lucinda se fit la réflexion que la conversation de Silvia lui rappelait la façon dont son père parlait d'argent : il discutait pendant des heures de tout et de rien, avant de trouver le courage d'aborder le sujet. Elle lui donnait l'impression de tourner autour du pot, de vouloir mettre un sujet sur le tapis mais d'être trop gênée pour le faire.

Les bougies avaient déjà commencé à couler, leur flamme à s'allonger, quand Silvia révéla enfin ce qui l'intriguait :

— Pourquoi avez-vous fait cela ? demanda-t-elle à Maya dans un murmure. Pourquoi êtes-vous devenue bayadère ?

— Quelle importance cela a-t-il maintenant ? C'est fait...

— Ne me traitez pas comme une enfant. Je suis trop vieille pour cela. Dites-moi.

Maya prit un air farouche, sombre comme Lucinda n'en avait jamais vu. Les oiseaux de nuit jacassaient dehors, un chien aboya, dans la cour de l'écurie l'éléphant bâilla ; Babouche, lui, continuait de ronfler devant la porte. Maya prit sa respiration et parut sur le point de parler une demi-douzaine de fois.

— Que me restait-il d'autre à faire ? dit-elle enfin.

— Racontez-moi, ma fille.

En voyant Silvia prendre gentiment la main de Maya dans la sienne, le souvenir presque oublié du contact de sa mère revint à Lucinda.

— Vous savez que j'étais une devadasi... J'étais au temple de Paravati à Ori. Ma gourou...

Maya s'interrompit et laissa échapper un petit sanglot. Silvia lui caressa la main. Elle reprit :

— Ma gourou disait que je pourrais y faire seva avec les sadhous et les siddhas.

Lucinda savait que les sadhous étaient des moines mendiants, la plupart d'entre eux nus, leurs cheveux emmêlés si longs que leurs dreadlocks sales leur descendaient au genou, mais elle ignorait ce que voulaient dire seva et siddhas.

Curieusement, Silvia parut se rendre compte de son ignorance :

— Seva signifie « travail », « travail pour Dieu », lui chuchota-t-elle tout en caressant le bras de Maya.

— C'était bien, vous savez. La formation était difficile, mais cela en valait la peine à cause du travail. Le matin, je dansais pour le dieu ; le soir, j'étais en congrès avec les sadhous.

En moins d'une journée, Lucinda avait presque oublié que Maya était une hétaïre.

Bien sûr qu'elle était « en congrès » avec eux. Evidemment. C'était son travail. Mais la nostalgie, l'air de regret dans le ton et les yeux de Maya, fit comprendre à Lucinda que Maya estimait faire quelque chose de louable et non pas de honteux. Elle disait qu'elle était en congrès comme une nonne aurait dit qu'elle faisait l'aumône.

Silvia soupira. Lucinda s'attendait à ce qu'elle prenne Maya en pitié ou la réprimande, mais elle déclara :

— Vous aviez beaucoup de chance, ma fille. Pourquoi vous êtes-vous arrêtée ?

— Il y a eu une inondation. Le temple a été endommagé. Comme il n'y avait pas d'argent pour le réparer, j'ai proposé...

— Etait-ce vraiment la raison, ma fille ?

Maya se mit à pleurer, doucement d'abord, puis à chaudes larmes. Tête basse, elle branlait du chef et sanglotait.

— Ma gourou avait disparu, emportée par le flot...

Lucinda ne put s'empêcher de lui tapoter le dos pour essayer de la consoler.

— Qui était votre gourou ?

— Gungama, répondit Maya en pleurant de plus belle.

— Gungama ? répéta Silvia, pâlissant et ouvrant de grands yeux.

— Vous la connaissiez ? demanda Lucinda tandis que Maya essayait de retenir ses larmes.

— Bien sûr. Mon père était l'un de ses patrons. Elle est célèbre dans le monde entier. Mais elle n'est pas morte !

Maya se redressa. Elle semblait avoir pleuré toutes les larmes de son corps.

— Elle s'est noyée il y a huit mois, dit-elle.

— Mais non ! insista Silvia. Elle a dormi dans cette maison, le mois dernier...

En levant les yeux de son porto, Geraldo regarda Fernando Anala et se retrouva à nouveau déconcerté quelques instants. Le visage de leur hôte était parfaitement indien – sombre, éveillé, les dents impeccablement blanches –, mais le voir émerger d'une chemise ornée de dentelle et d'un pourpoint portugais soutaché d'or le stupéfiait chaque fois.

Ils avaient discuté de l'étape suivante du voyage par le col de Sansagar. Pathan semblait incapable de taire ses préoccupations, bien que Gama et lui en aient déjà manifestement parlé.

— Ne devrions-nous pas prendre des gardes supplémentaires, monsieur ? Ne courons-nous pas un danger ? demanda-t-il à Fernando.

Son interlocuteur regarda les *farangs* avant de répondre :

— Qu'en dit *senhor* de Gama ?

— Au diable les gardes, voilà ce que je dis. Ils ne font qu'attirer l'attention et ne sont jamais assez nombreux si on a affaire à des bandits déterminés. La moitié de ceux que vous engagez sont des espions.

Gama but une longue rasade de porto pendant que Pathan secouait la tête.

— Il n'en reste pas moins que vous devez vous prémunir contre l'infortune. Mieux vaut se montrer prévoyant même si on ne s'attend pas à avoir des ennuis, dit Fernando.

— Mon ami projette de proposer un chauth aux bandits, expliqua Pathan en le regardant avec sérieux.

— Un seul clan est vraiment actif au col à cette époque de l'année, fit valoir Fernando avec circonspection. Cela peut marcher...

— Vous voulez parler du clan des Trois-Points, intervint Gama. Pour eux, autant vous délester de votre argent avec votre consentement que de vous détrousser. Nous allons donc leur verser un tribut et tant pis. Bakchich, chauth, extorsion, appelez ça comme vous voulez. Il faudra cracher au bassinet, mais ils ne nous attaqueront pas. Et pourquoi pas ? fit Gama en se tourna vers Pathan. L'important est que notre charge ne soit pas mise en danger.

Pathan acquiesça évasivement mais ne parut pas convaincu.

— En dehors du col, la route est assez sûre, fit remarquer Fernando. Mais comment allez-vous trouver ceux du clan des Trois-Points ? Si vous ne payez pas, et d'avance, votre plan est inutile.

Gama s'appuya au dossier de cuir de sa haute chaise en bois.

— C'est eux qui nous trouveront, je n'en doute pas.

— Si c'était sous ma responsabilité... marmonna Pathan.

— Eh bien, ça ne l'est pas, rétorqua Gama. La responsabilité te reviendra quand nous arriverons à Bijapur. D'ici là, tu n'es là que pour escorter la caravane, alors essaie de profiter du voyage... Seul un bourak est pire qu'un conciliateur, confia-t-il à Fernando avec un clin d'œil.

— N'est-il pas inhabituel qu'un conciliateur et un bourak participent au même voyage ? s'enquit Fernando.

— Tout à fait inhabituel, répondirent les deux hommes à l'unisson.

Ils en rirent, enfin.

— Voilà un certain temps que je me demande ce qu'est au juste un conciliateur, fit Geraldo, s'immisçant dans la conversation. Que fait-il exactement ? Par manque d'assurance, je n'ai pas posé la question plus tôt.

Gama éclata de rire, à nouveau.

— Ma timidité est proverbiale, monsieur ! protesta Geraldo.

Pathan leva la main comme un mollah sur le point de dispenser un enseignement.

— Quand les *farangs* sont arrivés ici, ils n'étaient pas au fait de nos manières d'agir, monsieur. Ils étaient incapables de faire la différence entre une véritable promesse et un accord conclu par politesse et qui ne sera jamais exécuté. Cette ignorance a été la cause de nombreuses difficultés, non seulement pour les Portugais mais aussi pour leurs partenaires commerciaux.

— Ces derniers ont fini par trouver une solution : quand un accord commercial devait être conclu, ils envoyaient un homme de confiance pour s'assurer qu'il serait appliqué comme promis. Ou, plus précisément, comme les Portugais croyaient qu'il avait été promis. Au début, ces conciliateurs, comme on les a appelés, n'étaient guère autre chose que des truands. Les menaces, ou la violence si les menaces restaient sans effet, étaient leur seul moyen d'action. Mais c'était il y a des années, hein, Deoga ?

Gama hocha la tête.

— La violence peut résoudre des problèmes, mais elle en crée de nouveaux. Les conciliateurs apprennent cela et s'adaptent. Nous avons mis au point des méthodes plus subtiles.

— Par exemple ? demanda Geraldo.

— Trouver des compromis. Proposer des conditions. Implorer, supplier. Et si tout cela échoue, d'autres moyens d'influence. Les conciliateurs étudient ceux à qui ils ont affaire. Tout le monde a un point faible, tout le monde a peur de quelque chose... être blâmé... sombrer dans la pauvreté... voir un secret divulgué. D'aucuns appellent cela de l'intimidation ; pour un conciliateur, ce n'est que de la persuasion, et c'est presque aussi efficace que de faire couler le sang. Aujourd'hui, il m'arrive rarement de devoir braquer un pistolet sur la tempe de quelqu'un.

En réfléchissant à ce qu'impliquaient les paroles de Gama, Geraldo fronça les sourcils, puis les leva.

— Ah, bien sûr, vous plaisantez, cousin !

Le silence tomba sur la compagnie. Finalement, Fernando dit :

— Ce ne peut pas être un heureux métier, mon frère. Et pas facile à accorder avec les enseignements de notre Seigneur Jésus...

— Non, confirma Gama. Un conciliateur n'est qu'une putain. Sauf que les putains gagnent mieux leur vie. Je suis sans arrêt par monts et par vaux. J'ai du mal à dormir. Et puis... il y a la peur. La plupart des conciliateurs ne font pas de vieux os. La plupart abandonnent le métier. Les autres meurent.

— Mais pas vous, monsieur, fit remarquer Geraldo d'une voix inquiète.

— Votre oncle est le meilleur conciliateur dont disposent les Portugais, glissa Pathan.

— Le plus vieux, peut-être, corrigea Gama, l'air penaud.

— Seuls les meilleurs peuvent survivre si longtemps, dit Pathan. Parmi les bouraks, Deoga est légendaire.

— Dites-moi, je vous prie, ce qu'est un bourak...

Gama poussa un grognement.

— C'est le nom donné aux conciliateurs, à Bijapur. C'est là que les Portugais ont trouvé cette fichue idée.

Pathan haussa les épaules.

— Si ce n'est que nous, les bouraks, n'employons pas des moyens aussi subtils. Les façons anciennes sont les meilleures. Le sang a conservé son pouvoir de persuasion.

La conversation s'interrompit quelques instants. Gama et Pathan se fixaient d'un regard farouche et ardent. Le premier rompit enfin le silence :

— De toute façon, vous n'avez pas à vous inquiéter, Aldo. Les conciliateurs sont une espèce en voie de disparition. Les Hollandais prennent la relève, les Hollandais et ces fichus Anglais. La plupart des Portugais sont déjà partis.

Fernando eut du mal à contenir sa stupéfaction :

— Les Portugais sont partis ? Ce n'est pas possible. Que va-t-il advenir de mes contrats ?

Gama secoua la tête.

— Peut-être allez-vous avoir besoin des services d'un bourak, après tout... Ne vous inquiétez pas, mon frère, ajouta-t-il en posant sa lourde main sur le genou maigrelet de Fernando. Il y aura toujours du commerce. Il vous reste les Hollandais.

— Mais ils ne parlent pas la même langue...

— L'allemand, je crois, dit Geraldo d'un ton encourageant.

— L'allemand !

Fernando avala une grande rasade de porto.

— Sont-ils chrétiens au moins ?

— Bien sûr. Mais pas de la même sorte que nous.

Fernando faillit s'étrangler.

— Il y en a de différentes sortes ?

La fin de la soirée ne fut pas des plus plaisantes.

Il fallut un certain temps à Lucinda pour saisir de quoi il retournait. Elle comprit peu à peu que Maya ne s'était résolue à devenir esclave que parce qu'elle avait perdu tout espoir, parce qu'elle pensait que sa gourou était morte.

Ce que lui avait appris Silvia changeait apparemment tout.

Quand on se prostitue, pensa Lucinda, qu'est-ce que cela change que ce soit avec celui-ci ou celui-là ? Mais pour Maya et Silvia, cela comptait beaucoup. Elles parlaient du grand vizir de Bijapur – un homme haut placé, Lucinda le savait – en des termes qui laissaient à penser que Maya allait devoir forniquer avec un chien.

— Enfuyez-vous, chuchota Silvia. Cette nuit même !

Un instant, les yeux de Maya lancèrent des éclairs.

— Non, dit-elle finalement, ils se mettraient à ma poursuite. Deoga. Le bourak. Le hijra. Ils sont trop nombreux à avoir intérêt à ce que j'arrive à Bijapur. Ils ne renonceront jamais.

Elles gardèrent le silence un moment.

— Et la mort ? murmura enfin Silvia.

— Par quel moyen ?

Lucinda en eut le souffle coupé. Maya l'ignora et répéta sa question. Silvia regarda les ombres tremblotantes.

— Par le fer ?

— Non ! Non ! s'exclama Lucinda, incapable de pouvoir en entendre davantage.

— Chut ! ordonna Silvia. C'est de votre faute.

— De ma faute ?

Maya posa une main sur les bras de ses compagnes.

— Calmez-vous, dit-elle. C'est la faute de Dieu ou la mienne. Pas la sienne, ni celle de personne d'autre.

A ces mots, Silvia grimaça et se tourna vers Lucinda en la regardant, tête basse.

— Au nom de Jésus le Miséricordieux, pardonnez-moi, ma sœur.

— Bien sûr. Tout cela est absurde.

Lucinda déplora la note d'irritation dans sa voix, mais poursuivit malgré tout :

— Pourquoi vous tuer ? Pourquoi ne pas vous échapper ?

Silvia leva les yeux, apparemment surprise que Lucinda prenne le parti de Maya.

— Je le répète, c'est impossible, répondit celle-ci avec un haussement d'épaules.

— Impossible cette nuit peut-être. Impossible d'ici, peut-être aussi. Mais ça ne le sera pas toujours.

Silvia médita ces paroles. Puis :

— Elle a raison, ma sœur. Les dieux vous donneront un jour votre chance. Vous devez être prête ! Avez-vous un couteau ? Vous pouvez en avoir besoin. Je vous en trouverai un, facile à cacher...

— Non, dit Maya abruptement.

— Un couteau est trop visible, approuva Lucinda. Il vous faut quelque chose de plus discret...

Ses yeux s'illuminèrent.

— Du poison !

Maya se redressa.

— *Atcha*, fit-elle tandis que Silvia grimaçait, soudain intéressée. Mais où s'en procurer ?

— J'en ai, dit Lucinda.

Elle leur parla de son arsenic.

— Allez le chercher ! Allez-y ! commanda Silvia quand elle eut fini.

— Nous avons tout le temps, ma sœur, observa Maya. Regardez comme elle a sommeil. Allez vous coucher, ma sœur. Vous me le montrerez plus tard.

Lucinda monta sur le tabouret près du lit et s'enfonça dans le matelas de plumes avec soulagement.

Les deux autres continuèrent à discuter et, malgré leurs chuchotements, Lucinda sombra dans un sommeil sans fond. Dans son inconscience, elle percevait vaguement le ronflement sonore de Babouche et elle rêva toute la nuit qu'elle était poursuivie par des ours.

Lorsque Lucinda se réveilla, elle vit par la haute fenêtre que l'aube commençait à teinter le ciel de rose. Côte à côte devant la table de la puja, Maya et Silvia psalmodiaient doucement. Lucinda attendit qu'elles aient fini avant de leur souhaiter le bonjour.

— Avez-vous bien dormi ? demanda Maya.

Ses yeux brillaient, comme lavés par les larmes. Elle semblait étonnamment reposée alors que l'autre lit n'avait pas été défait. Lucinda se demanda si elles avaient veillé toute la nuit ou si elles avaient dormi par terre.

— Oui, merci.

Par la fenêtre leur parvint le bruit de haut-le-cœur, suivi d'une toux rauque et d'un gémissement pitoyable.

— C'est Babouche, expliqua Maya, à qui le triste état de l'eunuque semblait faire plaisir. Voilà plus d'une heure qu'il est aux latrines.

— Qui va nous aider à nous habiller ?

Lucinda regretta tout de suite de ne pas s'être inquiétée de la santé de l'eunuque, mais les deux femmes parurent ne pas y prêter attention.

— Comme je ne le laisse pas me toucher, ce n'est pas une grande perte, dit Maya, dont la réponse surprit Lucinda.

— Et pour ce qui est d'aider à passer des vêtements de *farang*, je suis désolée, ma sœur, mais aucun hijra ne vous sera de quelque utilité, ajouta Silvia. Ils n'ont pas envie de le faire.

— Peut-être... balbutia Lucinda en se sentant soudain désarmée, peut-être pourrez-vous nous envoyer votre servante quand vous n'aurez plus besoin d'elle ?

Silvia fronça les sourcils.

— Je m'habille toute seule. Est-ce si difficile que cela ? fit-elle, son expression s'adoucissant quand elle regarda Lucinda. Je sais... vous croyez ne pas en être capable. Mais c'est seulement parce que vous n'essayez pas ! Enfin, je vous donnerai moi-même un coup de main.

Lucinda sauta presque du lit pour la serrer dans ses bras et la remercier.

Le petit déjeuner consistait en un nan aux oignons et épices, délicieux contre toute attente. Lucinda le fit descendre avec un bol crémeux de lait de bufflonne coupé d'eau.

Si Hélène me voyait, pensa-t-elle.

La séance d'habillage fut un désastre. Silvia l'aida du mieux qu'elle put, mais elle-même n'avait jamais porté de corset ni appris à faire un nœud comme il faut. Lucinda et elle eurent tout juste raison des lacets du corset. Elles ne les avaient pas assez serrés et il y avait des nœuds que Lucinda n'arriverait jamais à défaire. Mais quand elles eurent fini de s'escrimer avec sa robe, le résultat parut assez convenable à Silvia, qui eut un sourire satisfait quand elle se recula pour en juger.

— Aux cheveux maintenant, dit-elle.

Oh, mon Dieu ! songea Lucinda.

Deux événements inattendus se produisirent avant le départ. Après avoir fait leurs adieux,

Maya et Lucinda remontèrent dans le howdah par l'échelle argentée. Babouche avait disparu.

En aidant Lucinda à grimper, le cornac lui adressa un grand sourire, découvrant une unique dent de devant, puis il lui demanda :

— Avez-vous vu le mukhunni ? Savez-vous où il est ?

Elle secoua la tête. Maya, assise au milieu des coussins, semblait ne pas s'en soucier.

Les cavaliers étaient déjà en selle et se rangeaient en ligne pour le départ. Frère Fernando et Silvia attendaient pour les voir partir. Lucinda commençait à se demander s'ils allaient laisser là Babouche quand elle le vit arriver. Il marchait d'un pas hésitant, prudent, comme une fille qui apprend à le faire avec une cruche sur la tête. Gravir les marches d'accès à la cour lui fut particulièrement difficile et il grimaçait à chaque pas. Sans regarder à droite ni à gauche, il passa devant Anala et sa femme.

Lucinda fut donc surprise de le voir changer de direction et revenir lentement pour faire face à frère Fernando. Avec une dignité douloureuse empreinte de gaucherie, il s'agenouilla par terre puis se mit à quatre pattes. Lucinda crut qu'il allait vomir. Pas du tout : il baissa lentement la tête jusqu'à toucher le sol.

— Je me suis comporté de manière honteuse, monsieur, dit-il de sa voix aiguë amortie par la distance, mais assez forte pour que tous entendent. Vous m'avez témoigné de la bonté et je vous ai remercié en me montrant discourtois. Je vous demande pardon.

Fernando, qui était resté impassible jusque-là, parut choqué.

— Levez-vous, levez-vous ! s'exclama-t-il en empoignant l'eunuque par la main pour tenter, en vain, de le remettre debout.

— Pas avant que vous m'ayez pardonné ! sanglota Babouche.

Doux Jésus, voilà qu'il pleure, se dit Lucinda.

— Oui, oui, je vous pardonne ! Et maintenant, relevez-vous ! fit Fernando avant de sauter brusquement en arrière.

Lucinda se demanda si Babouche n'avait pas essayé de lui baiser les pieds. Maya contemplait les nuages du matin, ignorant la scène.

Babouche se remit debout péniblement, épousseta ses vêtements. Il semblait prêt à se prosterner de nouveau, mais cette fois-ci Fernando le chassa. L'eunuque prit congé non sans s'être incliné très bas plusieurs fois.

— Vous avez bien fait, monsieur, lui chuchota le cornac quand il grimpa dans le howdah.

— Oh ! maître, je vous en prie, faites marcher l'éléphant sans à-coups aujourd'hui, répondit l'eunuque avant de s'écrouler sur un tas de coussins.

L'autre événement inattendu se produisit quand on ouvrit le portail de la cour.

Un loup se trouvait là.

Lucinda crut d'abord que c'était le gros chien de Fernando, mais lorsque l'animal franchit l'entrée en chancelant, les yeux fous, la gueule dégoulinante de bave, elle se rendit compte que c'était un loup et qu'il était malade.

L'un des gardes de Pathan lui tira une flèche dans le ventre et l'animal se mit à courir autour de la cour, emporté par une rage aveugle. Les chevaux se dérobèrent précipitamment quand il essaya de leur mordre les jarrets de ses dents jaunes.

Maya se glissa à côté de Lucinda.

— Nous ne risquons rien ici. Mon ami n'a peur de rien. Le loup ne peut pas lui faire de mal, dit le cornac avant de gratter pourtant l'éléphant derrière l'oreille tout en lui murmurant des paroles apaisantes.

Les chevaux dansaient, décochaient des ruades et des coups de sabot à l'animal malade.

— Comment font les cavaliers pour tenir en selle ? Et s'ils tombaient ? murmura Maya.

Fernando se hâta de faire rentrer Silvia dans la maison.

Après quelques minutes qui parurent une éternité, le loup s'écroula, épuisé. Les cavaliers s'approchaient, une flèche encochée sur la corde de leur arc, et reculaient chaque fois que le loup était agité par des spasmes. Gama braqua sur lui ses pistolets, mais, Dieu sait pourquoi, personne ne tira.

Pathan mit alors pied à terre et alla chercher un pistolet dans la sacoche de selle du Portugais. Le bourak vint calmement se placer au-dessus du loup secoué de frissons. Il tira. La tête de l'animal implosa et un dernier frisson parcourut tout son corps.

Pathan cria que tout allait bien. Il chargea deux de ses gardes de porter la carcasse dans les bois.

La porte de la maison s'ouvrit, mais Fernando ne ressortit pas. Il se borna à tendre sa petite main ornée de dentelle par l'entrebâillement et à agiter son mouchoir en guise d'adieu.

Pendant tout ce temps-là, Babouche avait ronflé.

DEUXIEME PARTIE

Les bandits

Le howdah reprit bientôt son balancement incessant. Maya avait retrouvé sa position habituelle, son livre en feuilles de palmier posé sur les genoux. Roulé en boule dans les coussins, Babouche ronflait. Lucinda regarda la maison des Anala disparaître derrière les arbres qui bordaient la route. Il n'y eut bientôt plus rien d'autre à voir que des arbres et encore des arbres. Lucinda ferma les rideaux, s'installa le plus confortablement possible.

Elle ne pouvait que rester assise là et regretta de ne pas avoir apporté quelque ouvrage de couture ou autre. Elle jeta un coup d'œil à Maya et se demanda si elle devait aborder la question de l'arsenic, mais la bayadère semblait si absorbée dans sa lecture qu'elle s'en abstint.

Quelqu'un avait posé une coupe de fruits dans un coin du howdah. Elle n'en avait jamais vu de pareils. Elle en choisit un qui ressemblait à un corossol. Elle fendit la peau parcheminée avec le pouce, l'intérieur était marron et elle le reposa sans l'avoir goûté. Maya la fixait des yeux.

— Pourquoi me regardez-vous ainsi ? demanda-t-elle.

— Je réfléchissais, répondit Maya. Hier, nous avons parlé de l'esclavage.

Le souvenir de cette conversation refroidit Lucinda.

— Parlons d'autre chose, dit-elle.

— Faites-moi plaisir, un petit moment.

Lucinda ferma les yeux, se préparant à une nouvelle insulte. Maya semblait avoir du mal à parler et c'est d'une voix distante et triste qu'elle reprit enfin la parole :

— J'ai été grossière. Je vous ai blessée sous prétexte de dire la vérité. Peut-être me suis-je exprimée intelligemment, mais pas de manière vraie, car la vérité ne blesse pas.

A ces paroles inattendues, l'expression de Lucinda se radoucit.

— Il y a un mois, poursuivait Maya, je dansais pour les dieux ; maintenant, je suis une esclave. Mes pensées s'emmêlent comme des fils humides. J'ai l'esprit si agité que je sais à peine ce que je vais dire.

Parfaitement immobile, Lucinda étudia le visage inexpressif de Maya.

— Je comprends, dit-elle enfin.

— Vraiment ? Peut-être, en effet. Quoi qu'il en soit, si quelqu'un devait être capable de maîtriser ses paroles, c'est bien moi.

— Je vous pardonne.

Maya acquiesça, mais quand elle releva la tête son visage avait pris un air supérieur et amusé.

— Les chrétiens aiment pardonner. C'est ce que vous apprend à faire votre dieu, non ?

— Pardonner est une bénédiction. Les hindous ne pardonnent-ils pas ?

— Nous présentons et acceptons des excuses, évidemment, mais peut-être pas de la même façon que les chrétiens. La Gita enseigne que notre seul espoir d'échapper à l'enchaînement de souffrances sans fin que nous éprouvons et infligeons consiste à déposer toutes nos actions, bonnes ou mauvaises, au pied du Seigneur.

Elle lui lança un regard d'expectative, mais Lucinda ne savait que répondre.

— Non, je vois bien que ce n'est pas pareil, dit finalement Maya, qui sans un mot de plus retourna à sa lecture.

Lucinda formula dans sa tête une demi-douzaine de réponses, mais toutes étaient en portugais. Apparemment, la politesse et la conversation courtoise ne comptaient guère pour une hétaïre. Elle commença à regretter le bavardage de Babouche, aussi bizarre qu'ait été l'eunuque. Du moins semblait-il partager un certain sens de l'étiquette. Au même instant, il remua dans son sommeil et lâcha un long pet sonore.

Maya leva les yeux au ciel et ouvrit brusquement le rideau.

— C'est typique d'un hijra !

— Ce n'est pas de sa faute ! rétorqua Lucinda d'une voix dure, encore contrariée par les tièdes excuses de Maya.

— Qu'est-ce qui n'est pas de sa faute ? fit Maya, dressée sur ses ergots.

— Ce n'est pas de sa faute s'il est eunuque !

Les joues grasses de Babouche pendaient sur le coussin, donnant à son visage une allure étrange et déséquilibrée. Il respirait par la bouche comme un enfant et un peu de bave luisait sur ses lèvres. Maya secoua la tête.

— Je suppose que non, en effet, admit-elle en se renfrognant et en se renversant sur ses coussins.

Quelle impertinente ! pensa Lucinda. Elle m'ignore pendant des heures, et puis elle s'attend à ce que je parle avec elle toutes affaires cessantes quand elle en a envie !...

Elle ouvrit le rideau.

Le ciel était bleu clair et le soleil assez haut et fort pour projeter des ombres bien nettes. Des nuages noirs menaçaient au loin ; les pluies de mousson tombaient encore sans doute quelque part, mais ici la saison tirait à sa fin. La route avait été tracée sur le flanc rocailleux d'une montagne de forme allongée. Sur la gauche, le terrain descendait vers une large vallée, où le soleil miroitait à la surface d'une rivière. La végétation étalait partout son tapis aux mille nuances de vert.

Un gémissement interrompit sa rêverie. Lucinda se retourna ; Babouche se dressait sur son séant. Il fit quelques vagues tentatives pour renouer son turban.

— Qu'est-ce que j'ai soif ! dit-il à la cantonade.

La cruche était juste à côté de Maya, mais elle ne bougea pas. Finalement, Lucinda se pencha pour lui tendre un verre d'eau, qu'il vida d'un trait en s'étranglant à moitié. Il se tourna vers Lucinda, mais ne la remercia pas.

— Vous ne sentez pas que le howdah se balance différemment maintenant ? L'éléphant fait un effort à chaque pas...

— Je ne l'avais pas remarqué.

— Si, si, reprit-il avec un grand sourire. Voilà près d'une heure que nous avons commencé à grimper.

— Je croyais que tu dormais, fit observer Maya sans lever les yeux.

Babouche ignora la remarque. Les yeux fermés, il se frotta les tempes.

— Je ne devrais jamais boire, jamais, dit-il. Quel sot je suis !

— Vous m'avez beaucoup impressionnée, Babouche, fit Lucinda. Il faut du courage pour s'excuser comme vous l'avez fait. Ça m'a touchée.

— Oh, ça ! fit l'eunuque avec un geste de la main. C'était de la comédie, je vous assure. Comme si j'allais m'excuser auprès de quelqu'un comme lui ! Ni chrétien ni hindou ! C'est lui le véritable hijra ! Et je devrais lui présenter mes excuses ? C'était à lui de me présenter les siennes !

— Je vous ai pourtant entendu le faire, objecta Lucinda.

— C'est le capitaine Pathan qui me l'a suggéré. Il a dit que mon comportement avait fait perdre la face à Deoga. Il avait raison, évidemment. Alors j'ai joué la comédie. Le numéro vous a plu ?

Il prit un fruit – l'un de ces fruits marron dont

Lucinda n'avait pas voulu – et aspira bruyamment sa chair tendre par un trou qu'il avait percé dans la peau. Il commençait à se sentir mieux, ce qui voulait dire pour lui qu'il était temps de reprendre une plaisante conversation. Il s'y entendait. En un rien de temps, Lucinda avait oublié son irritation et s'était remise à bavarder.

Elle se rendit compte qu'il orientait la conversation, avec discrétion mais persévérance. Tournant autour du pot, il posa à Lucinda une dizaine de questions sur ses vêtements, ses chaussures en brocart de soie, les fanfreluches en dentelle de son corsage.

Lucinda comprit soudain où il voulait en venir.

— Vous voulez en savoir plus sur mon corset, n'est-ce pas ?

— On a si rarement l'occasion d'aborder la question, répondit Babouche en rougissant.

— Vous n'avez pas à être gêné.

Elle avait appris que les corsets exerçaient une fascination sans fin sur la plupart des hindous, mais elle s'était attendue à ce que ce soit Maya et non un homme qui s'y intéresse. Pour la plus grande joie de Babouche, elle expliqua en détail comment était fait le vêtement, comment, bordé de coulisses sur toute sa longueur, il était lacé devant et derrière.

— Certaines femmes font coudre les baleines, mais sur celui que je porte, on peut les enlever. Silvia et moi en avons retiré la moitié ce matin car nous n'arrivions pas à le serrer comme le fait Hélène, ma servante.

— Sont-elles vraiment en os ? demanda Babouche.

— Une sorte d'os. Il vient d'un énorme poisson que l'on trouve près de mon pays.

— J'ai de l'instruction. Je connais les baleines, s'insurgea Babouche, irrité.

— J'en suis persuadée, *senhor*, mais j'ai malheureusement oublié le mot hindi, expliqua Lucinda, contente que Babouche ait enfin l'air un peu embarrassé. Certaines dames de Goa utilisent des baleines en paille tressée, parce qu'elles sont à la fois plus fraîches et moins coûteuses, mais Hélène insiste pour que je porte de l'os de baleine.

— Mais ça ne vous fait pas mal quand vous respirez ?

— En réalité, c'est très agréable à porter. Cela me fait un drôle d'effet quand je n'ai pas mon corset...

— Il vous serre beaucoup...

Babouche semblait sur le point d'en dire davantage, mais s'arrêta par discrétion. Lucinda leva les bras pour montrer combien sa poitrine était aplatie et sa taille contrainte, sa finesse mise en valeur par le volume des jupes.

— Est-ce là la silhouette qu'apprécient les hommes de votre pays ?

— Je suppose que oui. Même si je doute que quelqu'un leur ait jamais demandé.

Babouche ferma les yeux, comme s'il essayait de visualiser le vêtement décrit par Lucinda.

— Un jour, il faudra que vous me laissiez vous déshabiller, madame, dit-il finalement.

Cette réflexion prit de court Lucinda. Elle s'était habituée à penser à Babouche comme à un homme – un homme bizarre, certes, imberbe et tout rond, à la voix de garçonnet. Il lui vint à l'esprit qu'il ne se considérait pas comme tel. Comment ne s'était-elle pas rendu compte plus tôt qu'il se comportait en femme ? Cela sautait tellement aux yeux : sa façon de s'affairer avec les rideaux et les coussins, de se plaindre à propos du voyage comme s'il était une malheureuse victime, le fait qu'il adorait converser, ou plus exactement papoter. Et voilà qu'il lui demandait maintenant la permission de la déshabiller... quel homme eût fait une chose pareille ?

La caravane s'arrêta peu après pour que les musulmans puissent faire leur prière. Babouche fit toute une histoire pour descendre du howdah, exigeant qu'on lui apporte l'échelle alors que le cornac lui disait que l'éléphant pouvait le déposer à terre.

— Je vous ai vu à cheval sur la trompe, monsieur, lui répondit-il. C'est bon pour les cornacs et les petits garçons, pas pour un mukhunni de premier plan.

Il descendit l'échelle en soufflant comme un bœuf et, quand le cornac se joignit aussi à la prière, Maya s'approcha de Lucinda.

Voilà qu'elle a envie de parler ; j'imagine que je dois l'écouter, pensa Lucinda avec amertume.

Maya jeta un coup d'œil vers le groupe d'hommes tournés vers La Mecque et murmura à Lucinda :

— Je voulais vous parler seule à seule, hors de la présence de mon garde.

Lucinda cligna des yeux.

— Votre serviteur, vous voulez dire ? Je croyais que vous étiez sa maîtresse...

— Cette monstruosité ? Il est mon geôlier, rien de moins. Je tenais à vous mettre en garde. Ne lui faites pas confiance. Il est méchant et traître. Ecoutez-moi : ne vous fiez pas à lui.

Lucinda fronça les sourcils comme si elle était amusée.

— Mais il est si bête... si soucieux de plaire...

— C'est l'impression qu'il essaie de donner. Mais vous devez vous demander à qui il s'efforce de plaire. Je vous assure que ce n'est pas à moi et moins encore à vous.

Lucinda cilla, indécise.

— Mais de là à le traiter de monstruosité...

— Les gens comme lui ne sont plus des personnes. Vous l'avez entendu dire que les hindous les tiennent à l'écart... leur âme a été brisée avec leur corps. Ils cessent de se comporter comme des hommes.

Lucinda secoua la tête.

— Vos paroles sont trop dures.

— Il n'y a pas si longtemps, j'avais de douces pensées. Je ne peux plus m'offrir ce luxe.

Maya se pencha plus près en regardant autour d'elle.

— Vous savez ce qu'est la Fraternité ?

— J'en ai entendu parler, répondit Lucinda d'un air dubitatif.

— Ce que vous avez entendu dire est vrai et on pourrait vous en dire plus. Faites attention.

A cet instant, un bruissement de rideaux et un souffle haletant signalèrent le retour de Babouche.

— On partage des secrets ? demanda l'eunuque en reprenant sa respiration.

Avant qu'aucune des deux ait eu le temps de répondre, Geraldo passa la tête entre les rideaux du howdah.

— Comment allez-vous, mesdemoiselles ? demanda-t-il en jetant un long regard appréciateur à Maya.

— Dépêchez-vous, Geraldo ! lança Gama en portugais.

Après des heures d'hindi, sa langue fit l'effet d'une musique à Lucinda.

— Je vais faire un bout de chemin avec ma cousine, si vous permettez, capitaine, répondit Geraldo d'un ton léger en lançant un clin d'œil à Lucinda.

— Bon, fit Gama. Restez là jusqu'à ce que nous arrivions au dharmsala. Je conduirai votre cheval.

Ils entendirent Gama jurer à voix basse en s'éloignant sur sa monture, puis le bruit de l'échelle que l'on enlevait.

— Ce doit être fort agréable de voyager là-dedans, dit Geraldo dans un hindi impeccable.

— Comment avez-vous appris, vous deux, à parler si bien notre langue ? demanda Babouche pendant qu'ils attendaient le départ.

— Ma cousine parle beaucoup mieux que moi, remarqua Geraldo.

Lucinda fit mine de se cacher modestement le visage et tous rirent. Geraldo poursuivit :

— La seconde femme de mon père, ma belle-mère, était une hindoue christianisée. Elle était belle mais ne parlait pas un mot de portugais et mon père ne parlait pas l'hindi. J'étais tout jeune alors et beaucoup plus agréable ; j'ai donc appris l'hindi sur ses genoux, qu'elle avait fort jolis. Et jusqu'au décès de mon père, j'ai dû faire l'interprète pour tous les deux et traduire leurs querelles, leurs mots d'amour, tout.

— Votre belle-mère est encore en vie ? s'enquit poliment Babouche, Geraldo se contentant de hausser les épaules comme si la question était dénuée de sens. Et vous, madame ? demanda l'eunuque à Lucinda, s'empressant de changer de sujet.

Le howdah fut secoué brusquement au moment où la caravane s'ébranlait et tous sauf Geraldo s'accrochèrent à quelque chose tandis que le plancher commençait à osciller en cadence. Le jeune homme, qui avait passé beaucoup de temps en mer, resta assis bien droit, sans la moindre difficulté, souriant de l'inconfort des autres.

— Ma mère est morte jeune, expliqua Lucinda. Mon père a toujours engagé des gouvernantes hindoues et je dois avouer que j'ai gagné leur affection en apprenant leur langue. Mais, comme vous le voyez, cette connaissance est bien utile.

— Nous sommes tous des orphelins, remarqua Babouche à voix basse.

— Alors, est-ce que tout le monde sait où nous allons ? demanda aimablement Geraldo.

— A Bijapur ! répondit Babouche comme un bon élève.

Geraldo rit et Lucinda le vit glisser un autre coup d'œil vers Maya.

— Je voulais parler de notre route d'aujourd'hui... Nous avons traversé la plaine côtière en direction de l'est. Nous sommes à quelques kilomètres d'une haute chaîne de montagnes qu'on appelle les Ghats occidentaux. Vous les avez sans doute aperçus au loin, hier.

— Ressemblent-elles à des marches, monsieur ? demanda Babouche.

Car ghat signifiait aussi escalier.

— Hélas ! monsieur, si les montagnes avaient la forme de marches, notre voyage serait beaucoup plus aisé. Bijapur se trouve au milieu d'un vaste plateau, beaucoup plus chaud que cette région-ci de l'Hindoustan. Pour y arriver, nous devons gravir ces Ghats. Mais ils n'ont rien d'un escalier ; les routes en sont escarpées et traîtresses. Vous voyez, nous allons beaucoup plus lentement qu'hier.

En fait, aucun d'entre eux ne l'avait remarqué... la route semblait toujours la même, bien que, depuis peu, la pente fût devenue beaucoup plus forte.

— Un passage particulièrement difficile nous attend, par un col étroit. Mais Deoga dit que nous allons passer la nuit à un dharmsala et attaquer le col demain.

Babouche fit la moue.

— Un dharmsala, répéta-t-il d'un ton déçu.

— Pourquoi l'appelez-vous Deoga ? murmura Lucinda en portugais.

— C'est le nom que lui donnent les hindous ; j'ignore pourquoi. Je les ai entendus l'appeler ainsi en bavardant avec eux. C'est la première fois que je parle portugais de la journée.

Quand Geraldo prenait la parole, on apercevait ses dents sous sa moustache bien taillée.

— Oui, fit Lucinda avec un soupir, sentant la tension libérer ses épaules. S'exprimer sans cesse en hindi est très fatigant. C'est un plaisir de parler avec toi.

— Et avec toi, Lucie, répliqua Geraldo en la regardant dans les yeux.

Elle détourna le regard en se demandant si elle rougissait.

— De quoi parlez-vous ? demanda Babouche en hindi.

La caravane arriva au dharmsala en fin d'après-midi. Contrairement aux auberges, les dharmsalas étaient gérés par le gouvernement et gratuits. Ceux de Bijapur étaient connus pour leur austérité ; pourtant, les marchands qui accompagnaient leurs marchandises les préféraient aux auberges parce qu'ils étaient plus sûrs. La nuit, les portes étaient fermées à double tour et rouvertes seulement le matin, lorsque les pensionnaires avaient vérifié qu'il ne leur manquait rien.

Quiconque était trouvé en possession de marchandises ne lui appartenant pas était arrêté ou même exécuté sur place.

Gama et Pathan réglèrent rapidement les questions d'intendance : chevaux conduits à l'écurie, femmes installées dans les maisons d'hôtes spartiates, repas préparé, dîner servi.

Le maître du dharmsala était sur le point de fermer les portes quand arrivèrent deux cavaliers armés jusqu'aux dents. Après quelques palabres et le versement d'un petit bakchich, le maître des lieux vint chercher Pathan.

— Prends ta bourse, Deoga, dit ce dernier.

Les deux hommes allèrent à la rencontre des cavaliers.

Pathan resta en retrait, laissant Gama conclure les arrangements. Après avoir dévisagé les cavaliers, considéré leurs bagues et boucles d'oreilles, leurs étalons en somptueuse livrée, leurs armes étincelantes, le Portugais leur dit :

— Puis-je me fier à vous pour nous garantir le passage en toute sûreté ?

Le bandit qui avait une cicatrice sombre sur son nez épaté avait conduit la majeure partie des négociations. Sa main se referma sur la poignée ornée d'émeraudes de son poignard.

— La correction du clan des Trois-Points est bien connue. Un petit témoignage de votre respect conviendra. Croyez-vous que nous sommes sans honneur ?

Il fallut un quart d'heure pour déterminer l'exacte teneur de ce petit témoignage de respect.

— Demandez-lui une preuve, chuchota Pathan quand le prix fut fixé.

Les cavaliers échangèrent un regard et celui au nez couturé retroussa sa manche et montra à Gama trois points noirs tatoués dans le pli du coude.

— Qu'en penses-tu ? demanda Gama à Pathan, qui se contenta de hausser les épaules.

Le Portugais compta finalement une pile de riales d'or.

— Faites bon voyage, leur souhaita le cavalier en abaissant sa manche.

— Vous ne nous accompagnez pas ?

— Avons-nous l'air de gardes ? Vous serez en sécurité. Nous y veillerons.

— Mais vous ne nous verrez pas, expliqua son compagnon.

Sans un salut, sans un mot de plus, les cavaliers firent virevolter leurs chevaux et s'en allèrent.

— Vous comprenez maintenant pourquoi je tenais à ce que nous ayons nos propres gardes, Deoga ?

Gama lança un regard désespéré à Pathan.

— Tu veux que je te dise pourquoi nous n'en avons engagé aucun ? Dasana ne pouvait se le permettre. Il m'a donné juste assez d'argent pour verser ce bakchich. Si je n'avais pas eu d'obligations envers mes cousins, je n'aurais jamais accepté ce travail.

Sur ces mots, le Portugais s'éloigna à grands pas, laissant Pathan le regarder fixement, sans voix.

Le maître du dharmsala vint finalement leur faire signe de rentrer avant de fermer les portes. Le soleil se coucha et la lune se mit à luire entre deux grands nuages argentés.

— Ce soir, vous allez dormir comme une hindoue, dit Maya à Lucinda en jetant un coup d'œil à la petite chambre du dharmsala qu'elles allaient partager, où deux nattes matelassées avaient été étalées dans les coins opposés de la pièce. Avez-vous déjà dormi par terre ?

— C'est la première fois, répondit Lucinda en se demandant si elle se moquait d'elle.

— Que de premières fois ! Que d'expériences nouvelles nous faisons toutes les deux, observa Maya en se dirigeant vers l'une des nattes sans regarder Lucinda.

Je me demande si je la mets aussi mal à l'aise qu'elle avec moi, pensa celle-ci.

Elle s'escrima avec le verrou de sa grosse malle à renforts de cuir. Celui-ci s'ouvrit finalement, dans un dernier grincement qui résonna comme un coup de feu sur les hauts murs blanchis à la chaux. Pendant ce temps-là, Maya sortait de son sac à bandoulière en tissu ses quelques affaires, qu'elle répandit sur sa natte. Lucinda les compara au tas de vêtements et de linge qu'elle tirait de sa malle.

— Je vous envie, Maya, dit-elle à voix basse.

— Ah bon ? répondit Maya tout aussi doucement, sans lever le regard, avant de sortir de son sac deux boîtes en bois de finition grossière.

— Qu'est-ce que c'est ? demanda Lucinda.

Maya les glissa sans répondre sous le couvre-lit en cotonnade matelassée.

— Ne sommes-nous pas amies ? insista Lucinda.

— Vous êtes la fille de mon maître, rétorqua Maya sans lever les yeux.

Lucinda la regarda, choquée.

— Non ! C'est faux !

— Vous le niez ? C'est votre père qui m'a achetée !

— Mon père est mort ! Qui vous a raconté une chose pareille ?

L'expression des yeux étincelants de Maya lui fournit la réponse.

— Babouche... fit-elle.

Maya marmonna quelque chose entre ses dents.

— Regardez si vous voulez, offrit-elle enfin, en poussant les deux boîtes en bois vers Lucinda.

La plus petite contenait un sac en tissu. Lucinda en tira une sorte de filet doré orné de perles. Elle le leva en le tenant à deux mains.

— Une coiffe ?

Maya acquiesça.

— Comme elle est jolie ! Et lourde !

Les perles, certaines en verre transparent, d'autres blanches, accrochaient la lueur dansante de la lampe.

— La personne qui me l'a donnée m'a dit qu'elle appartenait à ma mère.

— *Atcha*, murmura Lucinda. Et ça ? demanda-t-elle en soulevant le couvercle de la boîte la plus longue.

— C'était à mon père, m'a dit cette personne. Qui sait ? J'aime à le croire, en tout cas.

— C'est une arme de *farang*, fit remarquer Lucinda en voyant une épée brisée au fond de la boîte.

— Mon père était peut-être un *farang*. Je ne me rappelle pas grand-chose, mais j'ai le souvenir d'un homme qui me soulevait à bout de bras, de son visage et de ses yeux si clairs. Et d'une chemise blanche pleine de dentelle. Seuls les *farangs* portent de telles chemises.

— Votre mère était-elle aussi une *farang* ?

Une larme roula sur la joue de Maya, y laissant une marque brillante.

— Je me souviens d'une nuit froide et d'une femme qui m'entraînait dans la forêt. Je ne me rappelle pas grand-chose d'elle, mais ce n'était pas une *farang*. Elle portait un sari trempé de sang. Je me souviens qu'elle s'est endormie et que je n'ai pas pu la réveiller. J'ai fourré des feuilles dans la blessure qu'elle avait sous la poitrine. Lorsqu'elle s'est arrêtée de saigner, j'ai cru que je l'avais guérie. Mais elle est devenue toute froide.

— Ma pauvre ! Quel âge aviez-vous ?

Maya avait parlé d'une voix ferme, mais les larmes coulaient maintenant sur ses joues.

— Deux ans, peut-être trois ? Je l'ai laissée là, dans la nuit, sur le sol nu. J'ai répandu encore des feuilles sur elle, comme une couverture. Elle était si belle, si immobile... Je l'ai laissée là, ajouta-t-elle en s'étranglant dans un sanglot.

— Vous n'étiez qu'une enfant !

Maya se couvrit le visage et Lucinda garda le silence. Puis un reflet doré lui attira l'œil dans l'étui de l'épée. Elle en sortit un riale d'or, grossièrement scié en deux.

— Qu'est-ce que c'est ? demanda-t-elle.

Ses sanglots empêchèrent Maya d'entendre la question.

Lucinda reposa la pièce.

L'éléphant, trop gros pour entrer dans les écuries du dharmsala, se trouvait près de l'une des maisons d'hôtes, éclairé par les flammes d'un petit feu. Des cendres dansaient comme des lucioles dans le ciel étoilé.

Malgré la présence des gardes du dharmsala, Pathan avait posté ses hommes aux points stratégiques de l'enceinte. Il alla ensuite auprès du feu. Gama et Geraldo ne tardèrent pas à arriver à leur tour. Gama avait rapporté des écuries quelques couvertures de selle ; ils s'assirent dessus en tailleur. Tous sauf le cornac, qui, à croupetons, soufflait dans ses mains pour se réchauffer et poussait de temps en temps quelques brindilles vers les flammes avec ses orteils, aussi agiles que ceux d'un singe. Chaque fois qu'il le faisait, Geraldo clignait des yeux de stupéfaction.

Eclairés par en dessous, leurs visages prenaient un éclat sinistre. Ils ne parlaient guère et fixaient silencieusement sur les flammes un regard fatigué et fasciné.

Finalement, Babouche rejoignit le cercle en soufflant comme après une longue course. Les *farangs* s'écartèrent pour lui faire de la place, mais Pathan et le cornac ne bougèrent pas. Avec force grognements et soupirs, l'eunuque s'assit et coinça sous lui ses jambes dodues. Il tendit ses mains grassouillettes vers les flammes, les frotta l'une contre l'autre avec entrain.

— Bien, bien ! Quelle nuit agréable, fit-il en battant des paupières.

En son absence, ils se seraient peut-être regardés en silence toute la nuit, mais sa voix flûtée fit office de ferment. Il se tournait vers l'un puis vers l'autre avec quelque commentaire joyeux, posait des questions polies et hochait la tête, bouche bée, comme étonné par les réponses. Chaque fois que quelqu'un faisait une observation, Babouche jetait un coup d'œil aux autres, offrant à chacun la possibilité d'y répondre, à la manière d'un commissaire-priseur encourageant les enchères. Lorsque quelqu'un prenait la parole, il laissait échapper un petit soupir satisfait.

Geraldo ne tarda pas à parler des prostituées de Macao :

— Elles sont petites comme des poupées ! Je suis allé avec une ; je vous jure qu'elle avait une calha pas plus grosse que le goulot d'une bouteille de vin. C'est à peine si j'arrivais à y mettre le doigt !

— Elle était parfaitement à votre taille, alors ! railla Gama.

— Bien au contraire, elle a failli s'évanouir quand elle a vu ma fonte. Il a fallu qu'elle s'ouvre avec les pouces pour que je puisse entrer. Quand elle s'est assise sur moi, j'ai cru que j'allais la couper en deux. Et chaque fois qu'elle bougeait, quelle succion ! Par la Madone !

Les yeux brillants, Babouche se passait la langue sur les lèvres.

— Vous devriez me laisser m'occuper de vous un de ces jours, dit-il. Beaucoup d'hommes aiment ça.

Les rires se turent autour du cercle et tous les yeux se tournèrent vers Geraldo, pour voir sa réaction.

— C'est très aimable à vous de me le proposer, répondit-il.

Sachant qu'ils allaient voyager pendant de longs jours en compagnie de l'eunuque et du jeune *farang*, les autres cachèrent leurs petits sourires narquois.

— Vous devriez aller à Macao, Deoga, reprit Geraldo. Là-bas, vous pourriez vous payer une dizaine de filles pour un riale...

— Si j'avais quarante mille riales, je m'offrirais la bayadère, répondit Gama avec un signe de tête vers la chambre de Maya. Celle-là et pas une autre. Mais je ne les ai pas et je ne me l'offrirai donc pas. Et puis de toute façon, elle est assez jeune pour être ma fille et même ma petite-fille. Je rêve d'un lit de plumes et d'une bonne grosse *ayah*...

— Qu'est-ce qui vous empêche de réaliser ce rêve ? demanda Babouche, compatissant.

Gama fronça les sourcils. Il n'aimait pas qu'on affecte de le prendre en pitié, surtout s'agissant de quelqu'un qu'il considérait comme inférieur.

— Ce qui nous en empêche tous, hein, *senhor* eunuque ? Rien si ce n'est l'argent. L'argent file entre mes doigts comme l'eau par une passoire. Comme tout le monde, je suis pauvre. Tout le monde sauf lui, fit-il en montrant Pathan d'un signe de tête.

Pathan plissa les yeux.

— Si vous avez besoin d'argent, mon ami, il vous suffit d'en demander. Je vous dois tant...

— Tu ne me dois rien. Et certainement pas de l'argent. Ce serait trop facile, répliqua Gama. Un jour, peut-être, je te demanderai une faveur.

Pathan porta solennellement ses mains jointes à son front. Le cornac se racla la gorge.

— Vous voulez de l'argent ? dit-il. Vous n'avez qu'à retrouver la Résille de Ruci. On raconte qu'un *farang* l'a cachée quelque part près d'ici. Alors peut-être qu'un *farang* aura plus de chances de la retrouver. Il saura peut-être où la chercher.

Babouche lança au cornac un regard particulièrement désagréable.

— Qu'est-ce que la Résille de Ruci ? demanda Geraldo.

— Lorsque notre sultan s'est marié, puisse Allah veiller sur son âme, la Fraternité des mukhunni a passé commande d'un cadeau...

Le cornac regarda Babouche comme pour obtenir confirmation, mais l'eunuque ne souffla mot.

— De toute façon, qu'est-ce que les eunuques peuvent faire d'autre de leur argent ? Ils n'ont ni famille ni dépenses. Je vous le dis, ils se servent de leur richesse pour acquérir du pouvoir. La

Résille de Ruci était un bakchich pour le sultan : une coiffe de noce, ornée de perles et de diamants gros comme des cailloux...

— A ce point ? s'étonna Geraldo en ouvrant de grands yeux.

— Tous ceux qui l'ont vue se sont émerveillés, attesta le cornac, le visage rougeoyant à la lueur des flammes. Le joaillier l'a appelé la Résille de Ruci, la résille éclatante. Puis, pouf ! elle a disparu.

— Qu'est-elle devenue ? s'enquit Geraldo.

— Personne ne le sait. Les mukhunni ont été sots : ils l'ont confiée à un conciliateur, un satané *farang*, pour qu'il la transporte à Bijapur. Il n'y est jamais arrivé et la Résille de Ruci a disparu. Voilà quinze ans que les eunuques la cherchent en vain.

Le feu crépita ; derrière eux, dormant debout, l'éléphant grogna dans un rêve.

— C'est une belle histoire, fit remarquer doucement Pathan.

— La résille existe réellement. Je l'ai eue en main, argua Babouche. Elles n'étaient pas aussi grosses à l'époque. Si vous voulez le savoir, j'étais l'un des trois frères qui devaient aller chercher la coiffe. Nous nous étions rendus en secret chez le *farang.* Cette nuit-là, la maison a été attaquée. Nous avons entendu des cris. L'un de nous a couru chercher des gardes, mais les bandits étaient déjà partis quand ils sont arrivés. Le *farang* était mort, la résille avait disparu. Notre Fraternité a pris son fils en charge, mais sa femme et sa fille se sont enfuies dans la jungle.

Nous n'avons jamais découvert où elles étaient allées. Evidemment, nous n'avons jamais retrouvé la coiffe.

— Et alors, où est le mystère ? Les bandits l'ont emportée...

Le visage de Babouche s'assombrit subitement.

— Non... ils ne l'ont pas volée. Ils croyaient qu'elle était encore en possession de la Fraternité. Nous en avons capturé un ou deux, et les avons persuadés de parler.

— La Fraternité est bien connue pour son pouvoir de persuasion, fit observer Pathan d'un air pince-sans-rire.

— S'ils ne l'ont pas prise, où est-elle passée ? interrogea Geraldo. De toute façon, à l'heure qu'il est, la coiffe a dû être défaite et ses pierres vendues séparément...

— Non, elle est trop belle pour ça, objecta Babouche. La détruire vous briserait le cœur.

Il leva ses mains potelées vers le feu comme s'il avait très froid, poursuivit :

— Nous pensons que le *farang* l'a cachée, ou confiée à sa femme, pour qu'elle la cache. Nous avons passé plusieurs années à la chercher. Mais elle est trop belle. Elle ne peut rester cachée éternellement.

Gama rit doucement, le visage creusé d'ombres à la lueur du feu mourant.

— Nombreux sont ceux qui se sont lancés à la recherche de la résille, Geraldo. C'est un passetemps agréable. Il y a quelques années, je m'y suis mis moi aussi, dans la jungle. Pourquoi n'aurais-je pas eu la veine de la retrouver ?

— Et vous avez trouvé quelque chose ? s'enquit Geraldo.

Gama lui répondit par son silence.

— Quelqu'un la retrouvera un jour, dit Babouche presque pour lui-même.

— Si jamais elle a existé, plaça Pathan.

— Je l'ai eue en main, je vous l'ai dit ! protesta Babouche.

Pathan regarda l'eunuque sans bouger la tête.

— Oui, c'est ce que vous avez dit.

Babouche lui rendit son regard, puis se leva en grognant.

— Il est temps d'aller se coucher.

Il s'inclina devant tous à l'exception de Pathan et s'éloigna dans l'ombre à pas feutrés, bientôt suivi par Gama. Seuls Pathan et Geraldo restèrent là, à contempler les braises et les flammes courtes.

— Vous ne le croyez pas ? demanda Geraldo quand Babouche fut hors de portée de voix.

Pathan haussa les épaules.

— Je ne crois à rien de ce que disent les eunuques, jamais.

Geraldo réfléchit en silence à ces paroles. A la fin, il se leva, s'inclina et tourna les talons pour s'en aller quand Pathan prit la parole :

— Cette *farang*... votre sœur ?

Geraldo se retourna.

— Ma cousine, monsieur.

Le regard sérieux de Pathan rencontra celui de son interlocuteur.

— Vous la trouvez séduisante ?

— D'aucuns la trouvent telle.

Geraldo attendit, mais comme Pathan ne répondait pas, il ne prit pas la peine de le saluer de nouveau.

Le lendemain matin, Lucinda entrebâilla la porte de leur logement. Elle s'attendait à trouver Babouche en train de ronfler sur le seuil comme d'habitude, mais il n'y avait là que le petit déjeuner, déposé discrètement par l'un des hommes de Pathan.

La pluie a peut-être chassé l'eunuque, pensa-t-elle.

Une averse tombée inopinément durant la nuit avait nettoyé l'atmosphère. La cour, couverte de flaques, étincelait de mille feux dans la lumière de l'aube. Rehaussés par les murs chaulés d'un blanc éclatant, les roses rouges et les bougainvilliers magenta attiraient l'œil. Des montagnes venait une brise si fraîche qu'elle semblait ne jamais avoir encore été respirée.

— Il fait frisquet, observa Lucinda en remettant le loquet.

Maya avait presque fini de s'habiller et, à en juger par l'éclat doré de sa peau, elle avait dû se laver à l'eau froide.

— Comme vous êtes belle !

Les mots lui avaient échappé. Maya baissa la tête, gênée, et Lucinda piqua un fard.

— Je suis sûre que tout le monde vous le dit.

— C'est ce qu'une mère dit à une enfant ou un

père à sa fille. Peut-être un mari à sa femme. J'ai été élevée dans un temple par des brahmanes et ils n'utilisent jamais ce mot.

— Vous devez pourtant savoir que vous l'êtes.

— Je sais que j'obtiens un prix élevé, surtout auprès des marchands.

Il fallut un moment à Lucinda pour comprendre ce qu'elle voulait dire. La danseuse avait pris un flacon de khôl, qu'elle appliquait avec un bâtonnet tout noir. Elle regarda Lucinda en clignant des yeux pour chasser les larmes. La poudre noire se rassembla le long de ses paupières et dégagea le blanc, faisant paraître encore plus grandes ses pupilles pailletées d'or.

— En voulez-vous ?

Lucinda hésita, puis prit le flacon. D'une main douce et énergique, Maya l'aida à en mettre délicatement.

— Je croyais que vous... aviez... des sadhous...

— Clignez des yeux, dit Maya.

Tout en refermant le flacon et en le rangeant dans son sac, elle poursuivit, sans lever la tête :

— Les sadhous, c'était la meilleure part de mes fonctions. Leur engagement spirituel était réel – renoncer à tout, aspirer à ne faire qu'un avec la divinité. J'étais heureuse de leur servir de réceptacle. Mais c'est auprès des marchands que le temple recueille de l'argent. Ils font un peu semblant ; ils portent un vêtement blanc ou s'enduisent le corps de cendre...

Maya n'en dit pas davantage. Elle ouvrit une petite boîte, sans doute en argent, qu'elle avait tirée de son sac. Elle contenait une pâte rouge.

— Vous prenez de l'arsenic ? demanda Lucinda, surprise.

— C'est du curcuma, répondit Maya en s'humectant le majeur pour toucher le colorant avant de l'appuyer contre son front.

— Il veut dire quelque chose, ce point ?

Maya rit.

— Dans certaines castes, oui. Je n'appartiens à aucune caste, et pour moi ce n'est donc qu'un point.

Elle se tourna ensuite avec circonspection vers le tas de vêtements posés sur la malle de Lucinda : corset, culotte, bas, jupons, robe et Dieu savait quoi encore.

— On ferait bien de vous habiller. Je vais vous aider.

— Cela risque de prendre un bon moment. Mangeons d'abord.

Elles prirent leur petit déjeuner en s'interrompant pour procéder à l'habillage compliqué de Lucinda. Cela n'alla pas sans mal. Le corset fut la partie la plus difficile. Elles durent finalement ôter toutes les baleines pour le lacer. Quelqu'un agita le loquet de la porte, fermé de l'intérieur.

— Venez vite, dépêchez-vous ! lança Babouche de sa voix flûtée. Tout le monde attend !

— Ne faites pas attention à lui, dit Maya.

— J'attends, insista l'eunuque avec impatience.

Lucinda rangea ses vêtements dans la malle et referma le couvercle, puis elle ouvrit la porte.

— Dépêchez-vous, dépêchez-vous, répéta Babouche.

— Allez-y sans moi, ma chère, je vous rejoindrai. Il faut absolument que je refasse ma natte.

Ignorant l'eunuque, Maya referma la porte derrière Lucinda. Babouche, bouche bée, fixait la porte en clignant des yeux.

— Elle me le paiera ! murmura-t-il en se décidant à accompagner Lucinda jusqu'au howdah.

Le soleil matinal était si éclatant que même les dorures bon marché de la livrée de l'éléphant reluisaient.

Babouche revint, frappa à la porte pendant un bon moment encore, avant que Maya daigne sortir de la chambre. Elle traversa la cour à son côté. Avec une politesse exagérée, il lui signalait les flaques qui se trouvaient sur son chemin. D'une main elle levait le bas de son sari pour qu'il ne traîne pas dans la boue, de l'autre elle se couvrait la tête de l'extrémité libre du vêtement. La soie crème bordée de rouge et d'or encadrait sa peau dorée et sa chevelure brillante.

— Ce n'est pas convenable que tout le monde te voie ainsi, maîtresse. Il est temps que tu commences à porter un voile, lui dit-il entre ses dents.

— J'aurai tout le temps de le faire en arrivant à Bijapur, rétorqua-t-elle.

Elle n'en gardait pas moins les yeux pudiquement baissés et se cachait le visage avec son sari, mais tout en marchant elle était bien décidée à ne jamais oublier la sensation de la brise douce comme des pétales sur sa joue. Babouche lui décocha un regard noir avec un claquement de langue désapprobateur. Comme il traversait la cour détrempée sur la pointe des pieds, un serviteur fit une remarque grossière. Incapable de se contenir, il se retourna et lui adressa un sourire reconnaissant.

Près de l'éléphant, Gama et Pathan discutaient à voix basse. Le Portugais fit une grande révérence à Maya.

Quel homme étrange, pensa celle-ci. Aucun de ses vêtements ne semble lui aller, et à tout moment on s'attend à apercevoir un morceau de sa chair blanche.

Pour sa part, Pathan ne porta pas ses mains à son front comme il eût été courtois de le faire, se contentant d'un signe de tête. L'arrogance des Bijapuri, se dit Maya en l'ignorant et en s'adressant à Gama :

— Alors, Deoga, comment va être le voyage aujourd'hui ?

— Excellent, répondit-il en souriant. La route est bonne, la pluie a cessé. Un trajet sans difficulté.

— C'est ce qu'il semble. Vous ne craignez pas... d'ennuis ?

Gama jeta un coup d'œil à Pathan, mais celui-ci avait détourné son regard froid, content d'ignorer Maya autant qu'elle l'ignorait. Gama sourit chaleureusement.

— Je suis persuadé que tout va bien se passer. Le capitaine Pathan a envoyé quelques hommes en éclaireurs pour s'assurer que la route n'est pas trop glissante après la pluie de cette nuit.

— Vous avez toute ma confiance, Deoga, répondit Maya en faisant fondre le Portugais avec un de ses sourires particuliers, tout en se dirigeant vers l'échelle argentée appuyée contre l'éléphant.

— Tu ne devrais pas lui parler aussi familièrement, lui chuchota Babouche en lui tenant l'échelle.

Elle ne répondit pas et grimpa en hâte dans le howdah. En écartant les rideaux de soie, elle trouva Geraldo déjà installé en train de bavarder avec Lucinda, et bien que tous deux aient essayé de le cacher, elle lut le désir dans leurs yeux.

— Geraldo était en train de me parler de la route, lui dit Lucinda. C'est aujourd'hui que nous allons franchir le col de Sansagar. D'après lui, ça ne va pas être facile.

— Par endroits, la route est assez étroite, expliqua Geraldo en tournant ses grands yeux sombres vers la bayadère. Cela risque d'être pénible. A ce qu'on m'a dit, c'est dur pour les éléphants, surtout après la pluie.

— Il n'a pas plu tant que ça, fit remarquer Lucinda.

— La plupart du temps, les pluies sont plus violentes en montagne.

— Y a-t-il des bandits ? demanda Maya à voix basse.

— Qui vous en a parlé ? demanda Geraldo, l'air sombre.

Maya haussa les épaules sans répondre.

— Oui, c'est vrai, il y en a. Mais Deoga a pris des dispositions. Je suis certain que tout se passera bien, ajouta-t-il, rassurant, une ombre passant malgré tout sur son beau visage.

Babouche se hissa en soufflant dans le howdah. Une fois assis, il ferma les rideaux d'un coup sec en jetant un regard mauvais à Maya et à Lucinda, puis sourit timidement à Geraldo. Sur les « hout hout ! » pressants du cornac, l'éléphant se mit en marche et le howdah à tanguer. Les pas de l'animal ne faisaient aucun bruit ; on entendait seulement le pépiement des oiseaux du matin, les conversations des cavaliers, le claquement des sabots de leurs chevaux et le tintement sourd et arythmique de la clochette porte-bonheur de l'éléphant.

— Ouvrons les rideaux, suggéra Lucinda.

Sous le soleil éclatant, les arbres et l'herbe étincelaient comme des émeraudes. Devant eux des pics montagneux se dressaient, menaçants, tels des doigts noirs. Ainsi que Geraldo l'avait annoncé, la route se rétrécissait. Sa construction, plusieurs siècles plus tôt, avait dû être pénible. Elle avait été taillée dans la roche vive de la montagne : un étroit passage aplani entre une paroi verticale et un à-pic rocheux.

Un chevreuil apparut dans les broussailles, lança un long regard terrifié à la procession et s'enfuit à toute vitesse. La caravane montait péniblement. A un certain moment, ils se serrèrent sur le côté pour dépasser deux femmes qui déposaient des fleurs sur un rocher peint en orange vif.

— Que font-elles ? demanda Lucinda.

— Des hindoues ! fit Babouche en grognant. Elles rendent un culte à la pierre.

— Non ! Vraiment ? s'étonna Lucinda.

Elle jeta un coup d'œil à Maya pour obtenir confirmation, mais la danseuse s'était absorbée dans la lecture de son livre. Babouche la regarda de travers, puis referma brusquement les rideaux.

Embarrassée par le silence glacial de Babouche, Lucinda continua à jaser à propos de tout et de rien. Un souvenir lui traversa l'esprit : le spectacle de marionnettes qu'avait organisé l'oncle Victorio lorsqu'il était venu à Goa. Tandis qu'elle décrivait les marionnettes magnifiquement ouvragées, le souvenir s'animait : Colombine, princesse solitaire, gracieuse et froide comme la glace, le bouffon Arlequin, malade d'amour pour elle. L'histoire était censée être drôle et, bien sûr, les enfants avaient ri aux éclats des malheurs du bouffon, mais tout en parlant Lucinda se rendait compte que, même alors, cet amour non partagé avait serré son cœur d'enfant.

A mesure qu'elle parlait, l'humeur de Babouche s'améliorait. Les yeux brillants comme des perles noires, il brûlait d'impatience d'entendre la suite. Même Maya leva les yeux de son livre. Geraldo ne tarda pas à s'égayer et se mit de la partie en se remémorant le prince-renard, si élégant et rusé.

— Le renard m'a toujours déconcertée ! fit Lucinda en riant. Etait-ce un héros ou un méchant ? On ne savait jamais vraiment !

— J'imagine qu'il ne le savait pas lui-même, répondit Geraldo.

Ils eurent l'impression que quelques minutes seulement s'étaient écoulées quand le howdah s'immobilisa dans une embardée. Geraldo ouvrit les rideaux en grand.

Ils étaient au pied des Ghats. D'imposants remparts de roche noire escarpée s'élevaient brusquement dans les airs devant eux, si hauts qu'ils cachaient le soleil du matin et leur faisaient de l'ombre. Geraldo alla nonchalamment s'asseoir à côté de Maya et, bien que cela ne se fît pas, lui montra du doigt une direction, à la manière des *farangs*.

— On aperçoit la route là-bas, expliqua-t-il assez fort pour que tous entendent.

Maya eut l'impression qu'il ne s'adressait qu'à elle.

Au milieu du flanc de la montagne, elle vit une profonde crevasse, comme un rideau de pierre entrouvert. Ils se trouvaient à l'exacte jonction entre deux faces de la falaise, au-dessus du petit cours d'eau qui, au fil des ans, les avaient séparées. Loin en contrebas jasait le ruisseau, dont les eaux étaient marron et turbulentes après la pluie de la nuit.

La route menait à la crevasse, en une piste étroite qui semblait tout juste assez large pour livrer passage à un homme à pied. Elle s'accrochait à un côté de la paroi abrupte et disparaissait derrière un rocher en surplomb.

— Tu veux dire que nous allons passer par là ? C'est impossible ! s'exclama Lucinda en écarquillant les yeux.

— Je suis sûr que le capitaine sait ce qu'il fait, tenta Babouche, qui lui aussi ouvrait des yeux ronds comme des billes.

— Vous êtes tous trop nerveux, fit Geraldo en riant. Il ne vous arrivera rien. Je suis certain que cet animal a déjà suivi cette route une centaine de fois. Les éléphants ont le pied plus sûr que les chevaux, vous savez.

— Tu dis ça pour nous rassurer ? s'enquit Lucinda. Quand tous les cavaliers auront fait une chute mortelle, que ferons-nous ?

— Regardez ! Regardez ! fit Babouche, indiquant deux sommets à l'arrière-plan. Ce sont des forts. Des forts bijapuri ! On voit les bannières vertes !

— Je ne les vois pas, dit Lucinda.

Babouche renifla.

— Elles y sont. Nous sommes arrivés à Bijapur. Et maintenant tu dois m'obéir, dit-il comme pour plaisanter en se penchant vers Maya.

Son regard était froid.

Maya ne répondit pas. Geraldo se mit à rire.

— Nous ne sommes pas encore tout à fait à Bijapur, maître eunuque. La ville est encore à des lieues d'ici.

Babouche leva le nez.

— Le général Shahji ne serait pas de cet avis. Toutes ces terres appartiennent à Bijapur.

Le capitaine Pathan, qui venait d'arriver à hauteur de l'éléphant, dit quelques mots au cornac puis s'approcha du howdah.

— *Senhor* Oliveira ! lança-t-il avec circonspection. Descendez vous joindre à nous, s'il vous plaît. A partir de maintenant, l'accès au howdah est interdit.

Geraldo se hérissa mais resta calme.

— J'ai demandé l'autorisation à Gama.

— Mais pas à moi.

Sur ce, Pathan chuchota quelques mots au cornac puis fit virevolter son cheval et repartit à l'avant-garde.

— Il est comme il est, dit Geraldo à Lucinda avec un haussement d'épaules.

— Il est très grossier, affirma Babouche.

Geraldo sortit à quatre pattes du howdah et se mit debout avec prudence sur le dos de l'éléphant.

— Pouvez-vous m'aider ? demanda-t-il au cornac.

Celui-ci, soudain devenu sourd, regardait résolument droit devant lui.

— C'est ce que lui a dit Pathan, murmura Geraldo en portugais à Lucinda. Pas d'échelle. Je suis puni.

Il baisa le bout des doigts de sa cousine, adressa un signe de tête insouciant à Maya et se laissa ensuite glisser le long du flanc de l'éléphant.

— Quel beau garçon, commenta Babouche en le regardant s'éloigner sur sa monture. Dommage qu'il joue si mal aux cartes.

— Qui vous a dit cela ? demanda Lucinda.

L'eunuque sourit.

— Oh ! je m'en suis aperçu tout seul. Il a perdu quatre-vingt-treize tangas contre moi, hier soir. Il a dit qu'il me les donnerait en arrivant à Bijapur.

— Tu as donc maintenant une raison de plus d'être impatient d'arriver à destination, fit Maya.

Pendant l'attente au pied des Ghats, Babouche

passa le temps en racontant des histoires de bandits. Il semblait en avoir un répertoire inépuisable. Les bandits de ses récits avaient plusieurs points communs : tous étaient jeunes, beaux et virils. Beaucoup étaient des princes en exil. Leur cœur – volé en un instant par une belle dame – les poussait à se lancer dans des actions téméraires : rapt parfois, rendez-vous secret à l'intérieur du harem. Maya réussissait à se concentrer sur sa lecture alors que Lucinda écoutait, ravie.

— Je me demande bien quelle est la raison de ce retard ? dit soudain Babouche, en jetant alentour un regard irrité. C'est presque l'heure de la prière.

Il rampa jusqu'au côté du howdah et regarda dehors.

— Pourquoi n'avançons-nous pas ?

— Bijapur ne va pas s'envoler, fit Maya à voix basse.

— Nous non plus, apparemment, rétorqua l'eunuque en faisant la grimace. C'est à cause de ces éclaireurs. Où sont-ils passés ? Je suis sûr que ce sont des hindous, fit-il en lançant un regard noir à Maya.

— Je croyais que c'étaient des hommes du capitaine Pathan, s'étonna Lucinda.

— Pour de l'argent, un hindou ferait n'importe quoi, même semblant de prier. Ils n'ont aucun principe, grogna Babouche, avant de crier au cornac d'apporter l'échelle.

Ils attendirent d'abord pendant que Gama et Pathan discutaient à n'en plus finir de l'ordre de marche au cours de l'ascension. Puis ils attendirent encore pendant qu'ils débattaient de la question de savoir s'ils devaient continuer en étant sans nouvelles des éclaireurs.

Gama voulait monter jusqu'au col d'une seule traite. Il montrait le ciel, qui de bleu et brumeux avait viré au gris acier, et surtout un lourd nuage noir, qui enveloppait le pic face à eux et semblait devenir de plus en plus gros et sombre à mesure qu'ils parlaient.

— Si nous ne partons pas rapidement, nous allons être pris par le mauvais temps, dit-il à Pathan, assez fort pour que tous entendent. Et nous ne pouvons pas rester ici. Il n'y a rien pour s'abriter.

Pathan répondit à voix basse, mais son attitude donnait à penser qu'il avait lui aussi des sujets d'inquiétude. Il connaissait les éclaireurs, et le fait qu'ils ne soient pas revenus au rapport le préoccupait. Ils attendraient donc.

Comme le soleil chauffait l'air, des mouches se mirent à bourdonner autour des flancs de l'éléphant.

Après les prières de la mi-journée, Gama fit une autre tentative :

— Depuis combien de temps connais-tu ces éclaireurs, Pathan ?

— Assez longtemps. Ils ont dû avoir des ennuis, sinon ils seraient déjà de retour.

— Tu as envoyé tes éclaireurs avant le lever du soleil et ils vont sans doute faire un somme avant de revenir... ils dorment probablement, à l'heure qu'il est, lança le Portugais, irrité mais souriant, désireux de montrer que la remarque était amicale. D'ailleurs, je ferais bien une petite sieste, moi aussi...

— C'est peut-être ainsi que font les éclaireurs *farangs*, rétorqua Pathan.

Gama changea alors d'argument :

— Ne parlons plus du mauvais temps, dit-il, mais si les éclaireurs s'étaient perdus ou blessés ? Ne devrions-nous pas partir à leur secours ?

Pathan se laissa finalement convaincre.

— Pas de déjeuner ! annonça Babouche en rentrant à quatre pattes dans le howdah.

Plus ils approchaient de Bijapur, moins il se comportait comme un serviteur, plutôt comme un invité, et exigeant avec ça, avait remarqué Lucinda.

— C'est curieux que personne ne vienne dans l'autre sens, dit-elle, presque à elle-même.

— Ça n'a rien de curieux, répondit Babouche, apparemment content de lui. La sultane a interdit tout commerce avec Goa. Vous ne le saviez pas ? Vous ne vous êtes pas demandé pourquoi on vous envoyait loin de chez vous ?

Lucinda fixa l'eunuque.

— Tu parles souvent alors que tu ferais mieux de te taire, dit Maya à celui-ci.

Babouche fit comme s'il n'avait pas entendu. Au milieu des cris des gardes, l'éléphant se mit en marche. L'eunuque bouscula les deux jeunes femmes en fermant les rideaux d'un coup sec.

— Mieux vaut que vous ne voyiez pas les dangers de la route, expliqua-t-il.

— Ne vous en faites pas pour nous, répondit froidement Lucinda, avec une assurance qu'elle était loin de ressentir.

Avant que les rideaux se referment, elle avait aperçu le précipice et la piste, d'un aspect inquiétant, taillée à flanc de montagne. Le howdah se balançait doucement, comme si l'éléphant mesurait maintenant chacun de ses pas. Si elle n'avait pas eu conscience du danger, la lente oscillation l'aurait peut-être endormie, mais en l'occurrence elle ressentait au creux de son estomac chaque pas qu'il faisait, de l'instant où ses lourds orteils quittaient le sol jusqu'au moment où la nacelle était secouée quand il posait un pied par terre. Et ça recommençait au pas suivant. Au bout de quelques minutes, Lucinda eut le dos trempé de sueur.

A ce moment-là, le howdah s'arrêta brusquement. Babouche s'approcha et écarta les rideaux latéraux en fermant les yeux. Il rassembla son courage, jeta un coup d'œil dehors, puis se recula, tout pâle, sa main étreignant son cœur en un geste théâtral. Incapable de parler, les yeux écarquillés, il se borna à montrer la scène d'un geste de la tête.

La route était si étroite à cet endroit que le flanc de l'éléphant empêchait d'en voir le bord. Ils semblaient à deux doigts de faire une chute de plusieurs centaines de mètres dans le fond du gouffre. A travers des ombres embrumées, ils apercevaient le torrent bouillonnant qu'ils avaient vu à l'entrée de la passe. Des arbres rabougris s'accrochaient de façon précaire à la paroi rocheuse en poussant de travers, leurs branches noueuses agitées par la brise incessante, si minuscules vus de là-haut que Lucinda sentit la tête lui tourner.

— Que Dieu nous garde, dit-elle en portugais.

Maya posa son livre pour voir de ses propres yeux. Peut-être le choc éprouvé par les deux autres l'avait-il préparée, car elle regarda calmement au fond de l'abîme. Elle se pencha même hors du howdah, parcourut la piste des yeux.

Elle n'était plus assez large pour que deux chevaux marchent de front en toute sécurité. En tête de la caravane, Gama faisait signe aux hommes de longer la paroi sur une seule file, laissant ainsi assez de place pour que le capitaine Pathan rebrousse chemin jusqu'à l'éléphant en marchant avec précaution sur le bord extérieur de la piste.

Il parla avec brusquerie au cornac. La pluie de la nuit précédente avait fait plus de dégâts que prévu, lui dit-il, et devant eux la route était détrempée et ravinée.

— Mon ami y arrivera, répondit le cornac en caressant de la main les poils hérissés sur la tête de l'éléphant et en grattant ses immenses oreilles comme s'il avait été un petit chien.

— Peut-être devrions-nous revenir en arrière... commença Pathan, l'air inquiet.

— Et comment, capitaine ? répliqua le cornac.

Il avait raison. L'éléphant avait tout juste assez de place pour se tenir debout, certainement pas assez pour effectuer un demi-tour. Les éléphants pouvaient certes marcher à reculons, mais derrière lui se trouvaient les chars à bœufs, incapables d'accomplir un tel exploit.

— De toute façon, allez doucement, conseilla Pathan.

Il repartit avec précaution en tête de la file, où il remonta en selle et lança l'ordre de poursuivre la marche.

Babouche se pencha pour fermer le rideau, mais Lucinda lui lança un regard mauvais et il se rassit. Quand le howdah fut secoué au moment où l'éléphant se remettait à avancer, il poussa un glapissement.

— C'est terriblement dangereux. Il faut faire quelque chose...

— Que veux-tu qu'on fasse ? demanda Maya. Accepte ton destin.

Babouche lui lança un regard furibond, mais devint blanc comme un linge. Ils se turent et dans le silence leur anxiété ne fit que croître. Attentifs à chaque secousse, à chaque à-coup, ils se regardaient, chacun espérant être rassuré par ses voisins...

Soudain, le cornac arrêta l'éléphant d'une tape. Devant eux, une fillette en haillons approchait, une cruche en équilibre sur la tête, menant une file de chèvres. Juste avant d'arriver à eux, elle disparut du côté de l'abîme.

— Elle est tombée, monsieur ? demanda Babouche.

En réponse, le cornac montra le bord de la piste. Un étroit sentier en partait et descendait en zigzag au fond du gouffre, juste assez large apparemment pour qu'un enfant pût y marcher.

— Il y a beaucoup de sentiers comme celui-là par ici, expliqua le cornac. Ils mènent de la route au ruisseau qui est en bas. Regardez, on aperçoit son village...

Dans les profondeurs de l'abîme, une demi-douzaine de cabanes en herbes étaient blotties dans un coude du torrent. Lucinda en avait vu d'autres auparavant, mais elle avait cru qu'il s'agissait d'arbres.

Le cornac aiguillonna de la voix l'éléphant, qui reprit une fois de plus sa lente ascension. La brise qui soufflait dans la gorge se mua en vent humide. Les rideaux du howdah claquaient et soupiraient sous les rafales. Des nuages noirs enflaient, menaçants.

Puis le coin avant droit de la plate-forme du howdah s'accrocha à quelque chose. Dans un craquement de bois sec, le devant de la nacelle se souleva et l'éléphant laissa échapper un grognement. Tous culbutèrent. Babouche heurta violemment le garde-corps bas en cuivre. En s'accrochant à ce qu'ils pouvaient – rideaux, coussins –, ils attendirent, le cœur battant à tout rompre, en retenant leur souffle.

Le cornac lança ses ordres à l'éléphant – lui qui parlait rarement et dirigeait l'animal avec les talons et la pointe de son ankus, il criait maintenant. Dans un gémissement, le pachyderme fit un pas hésitant en arrière. Dégagé, le howdah se remit en place avec un bruit sourd.

Dans la confusion, les rideaux s'étaient refermés. Ignorant les protestations de Babouche, Maya ouvrit ceux qui étaient près d'elle et Lucinda en fit autant avec ceux de devant.

La piste s'était encore rétrécie, si tant est que ce fût possible. Une longue éraflure brillante courait sur le côté droit du howdah, à l'endroit où il avait raclé la saillie rocheuse. Ils n'étaient guère qu'à un pied de la paroi. L'éléphant appuyait son flanc droit contre la roche noire humide.

— La piste s'est éboulée ici, dit le cornac. Elle n'était pas comme ça quand nous sommes venus de Bijapur.

La file s'était arrêtée et les cavaliers se retournaient sur leur selle pour voir ce qu'il était advenu du howdah. Pathan mit pied à terre et se hâta vers l'éléphant.

— Tout le monde va bien ? cria-t-il.

— Oui, capitaine ! lança Lucinda en réponse.

Pathan se lança alors dans une discussion tendue avec le cornac, indiquant la route devant eux et lui désignant certains endroits où le bord de la piste s'était écroulé sous l'effet de la pluie.

Babouche passa la tête par le rideau de derrière. Monté sur un poney, arrivait Geraldo, qui lui fit un geste d'encouragement de la main.

— Comment ça se passe là-haut, *senhor* eunuque ? cria-t-il. N'oubliez pas que je vous ai promis de payer ma dette à Bijapur... mais d'abord il faut que vous y arriviez, hein ?

— Si jamais je parviens à bon port, je donne la moitié de mes gains aux pauvres !

— Excellente idée ! Vous pouvez commencer par moi ! fit Geraldo en riant, avant de fixer l'eunuque sérieusement. Ne vous inquiétez pas. Tout va bien. Il y a largement la place. Comment va ma cousine ?

— Elle prend les choses très bien, monsieur. Mieux que tous les autres, répondit Babouche, qui écarquilla les yeux en voyant que le gouffre s'ouvrait à quelques pouces de Geraldo. Il faut que je retourne à l'intérieur, monsieur.

— Que Dieu soit avec vous, dit Geraldo en portugais au moment où l'eunuque disparaissait.

Le cornac laissa les chevaux prendre quelques longueurs d'avance avant de faire repartir l'éléphant. Comme ils approchaient à nouveau de la saillie rocheuse, il se mit debout sur la tête de l'animal. En appuyant son dos contre le howdah, tendu par l'effort, il réussit à le déformer suffisamment pour que, cette fois-ci, il passe sans trop toucher la paroi. Le bord racla malgré tout contre la pierre en grinçant. Babouche se boucha les oreilles.

— Voilà, le pire est fait, dit le cornac, dont la voix manquait toutefois d'assurance.

Tel un homme ivre marchant dans l'obscurité, l'éléphant faisait très attention où il posait les pieds. Mais le cornac avait raison, ils avaient passé le plus difficile... pour l'instant du moins.

Le vent était devenu froid mais sec, et il chassait les brumes de la montagne. Lucinda regretta de ne pas avoir pris un châle plus chaud. Une brèche s'ouvrit alors à travers les nuages sombres et le soleil brilla au-dessus d'eux, dévoilant tout le paysage : le ciel bouillonnant encadré par les immenses parois escarpées de roche noire luisante, le vert vif des arbres courageusement accrochés aux flancs de la gorge et, loin en contrebas, l'écume blanche du torrent gonflé par la pluie.

— Qu'est-ce que c'est que ça ? demanda Maya en indiquant la direction d'un geste de la main, ses doigts joints poliment.

A quelques pas devant eux, au-dessous de la piste, une étroite corniche de roche brunâtre formait un encorbellement d'environ six mètres de long qui se détachait de la paroi de la gorge. On aurait presque dit une déviation plus basse de la piste, bien qu'apparemment on ne pût y accéder qu'en sautant.

— Ça ne peut pas être une autre route, murmura Babouche.

— Non, c'est seulement une saillie, répondit Maya, mais regardez...

D'un signe de tête, elle montra ce qui, derrière un buisson difforme, ressemblait à un sac blanc. Quelque chose de brun et mou en dépassait.

— C'est un corps, chuchota Lucinda tandis que l'image se dissipait dans son esprit.

— L'un des éclaireurs, supposa Maya.

Comme s'il l'avait entendue, le cornac fit de nouveau arrêter l'éléphant. Une fois encore, le capitaine Pathan se hâta à leur rencontre. Maya changea de place afin de mieux voir la tête de la caravane et Lucinda vint tout de suite à son côté.

— Qu'est-ce qu'on aperçoit là, devant nous ? demanda doucement Maya.

La réponse était ce que Pathan était venu leur annoncer :

— Une barrière sur la route, dit-il à voix basse.

— Quelle sorte de barrière ? s'enquit le cornac.

— Il se peut qu'elle ait été élevée par des hommes.

Pathan s'humecta les lèvres avec la langue en regardant les jeunes femmes, manifestement gêné de parler devant elles.

— Il y a du sang sur la piste, poursuivit-il néanmoins. Les éclaireurs sont morts.

Ses yeux, sombres comme l'acier, cherchèrent ceux de Lucinda dans le howdah.

— Fermez les rideaux, commanda-t-il.

Au même instant, Gama donna l'ordre de préparer les armes. Le visage du cornac devint gris cendre.

— Nous devons nous tirer d'ici, dit-il.

— Vous savez bien que nous ne pouvons pas rebrousser chemin, répliqua Pathan.

— Dans ces montagnes, les bandits sont des assassins, capitaine.

— Nous avons conclu un arrangement, versé un bakchich. Ce ne peut être qu'une terrible erreur. En plus, nous n'avons rien qui mérite d'être volé.

En réponse, le cornac tourna simplement la tête et, du menton, montra le howdah.

— Ce serait de la folie d'essayer, marmonna Pathan.

— Ce ne sont pas les folies qui manquent aujourd'hui, capitaine. Devons-nous faire descendre les passagers ?

Pathan réfléchit, secoua la tête.

— Il n'y a pas moyen de le faire en toute sécurité, n'est-ce pas ? Et puis il n'y a pas plus de danger dans le howdah que dehors.

Il leva de nouveau la tête.

— Je vous ai demandé de fermer les rideaux !

Il tourna les talons et se dépêcha de rejoindre le premier rang.

— Est-ce que vous priez, dans votre religion ? demanda Maya à Lucinda pendant qu'elles fermaient les rideaux.

— Oui.

— Alors, c'est le moment.

Lorsque le cornac aiguillonna l'éléphant, Maya se retrouva avec les doigts serrés autour de la main de Lucinda. Elle fut presque surprise de voir Babouche – elle l'avait presque oublié dans son agitation – blotti contre un montant du howdah, ses bajoues adipeuses blanches et tremblotantes.

L'éléphant tourna la tête et posa un œil torve sur le cornac. Quand celui-ci lui parla, il commença à avancer, lentement, à contrecœur.

Lucinda entrebâilla le rideau pour regarder dehors. Devant eux, la route était déserte car les cavaliers avaient franchi le barrage et s'étaient regroupés de l'autre côté en ouvrant l'œil, l'arc en position de tir. Au-dessous de la route, les corps des éclaireurs gisaient recroquevillés sur la corniche rocheuse, et au-delà s'ouvrait l'abîme.

C'est alors que le toit du howdah s'effondra. Un rocher venait de tomber dessus. Le toit laqué s'était incliné en arrière, ouvert comme un coquillage, et les deux jeunes femmes se retrouvèrent soudain en plein air. Elles entendirent

Babouche hurler, mais son visage était caché par le toit brisé.

— Des bandits ! cria le cornac en montrant le haut de la falaise. Descendez !

Les hommes de Pathan levèrent leurs arcs et Gama tira des coups de pistolet. Des détonations et des hurlements résonnèrent entre les parois de la gorge.

— Ils ont des armes à feu ! cria encore le cornac.

Maya se retourna à temps pour voir une grêle de pierres dégringoler d'une corniche au-dessus d'eux. Elle poussa Lucinda par terre sous ce qui restait du toit, puis se jeta à côté d'elle. La pluie de pierres crépita sur le plancher du howdah, heurtant avec un bruit mat le dos sans protection de l'éléphant.

L'une d'elles, grosse comme une miche de pain, frappa Maya à l'épaule gauche. Elle leva la tête comme dans un rêve. Son bras ne répondait plus, constata-t-elle calmement, elle n'arrivait plus à bouger la main.

Autour d'elle, l'action donnait l'impression de se dérouler dans le lointain. Les cris des soldats et leurs coups de fusil semblaient venir d'un quart de lieue. Elle leva les yeux, vit des bandits au-dessus d'elle : ils étaient deux et ils dansaient.

L'un recula précipitamment, les bras levés, et disparut à sa vue. Le second se dressa brusquement, pivota sur ses talons, puis sauta en l'air, une main tendue vers l'extérieur, l'autre serrant la blessure ouverte par une balle dans sa poitrine. Ils ne sont pas en train de danser, mais de mourir, comprit Maya. Le bandit tomba à côté de l'éléphant en un gracieux plongeon, puis il heurta de la tête le bord de la route et poursuivit sa chute dans l'abîme en tournoyant comme un soleil.

L'éléphant se souleva alors et Maya bascula en arrière. Effrayé par l'attaque, l'animal leva ses pieds de devant et les agita en l'air. Le cornac dégringola dans le howdah à côté de Lucinda. Derrière le toit brisé, Babouche appelait à l'aide.

En équilibre sur ses pattes de derrière, l'éléphant commença à tourner lentement sa masse colossale sur l'étroite route jusqu'à se retrouver face au flanc de la montagne. Ses pieds de devant avançaient le long de la paroi rocheuse comme s'il avait espéré l'escalader.

— Il essaie de faire demi-tour mais il n'a pas la place ! cria le cornac.

Comme pour confirmer ses paroles, l'animal vacilla en arrière et son pied arrière gauche glissa dans le vide. L'éléphant s'écroula en battant l'air de ses pattes de devant. Dans le howdah, ils basculèrent en essayant de se raccrocher à quelque chose. Les filles et Babouche hurlaient.

L'éléphant réussit pourtant à arrêter sa chute et s'accrocha désespérément à la piste. Mais, à cet endroit, le bord de la route était en surplomb et l'animal n'arrivait pas à trouver de prise avec son arrière-train. Il collait sa tête et ses pattes de devant contre la paroi tandis que ses pattes de derrière pendaient inutilement dans le vide.

Sans réfléchir, Maya sortit en rampant du howdah, se laissa glisser sur les épaules grises du pachyderme et atterrit sur la route.

Rien ne pourrait empêcher l'éléphant de continuer à glisser. Il avait beau pédaler avec ses pattes, son arrière-train l'entraînait peu à peu dans le gouffre. Seule la masse de son ventre contre le bord de la route ralentissait sa glissade. Il cherchait à se raccrocher à la paroi de roche noire avec ses pattes de devant, comme un chien qui gratte à la porte, mais n'arrivait pas à trouver de prise.

Le howdah avait piqué du nez, incliné sur la grosse tête de l'animal tel un chapeau abîmé.

— Dépêchez-vous ! Venez, dépêchez-vous ! cria Maya en tendant la main à Lucinda et au cornac. Celui-ci tenta de pousser Lucinda pour la mettre hors de danger, mais elle s'agrippait avec l'énergie du désespoir au garde-corps brisé en fixant le gouffre, comme hypnotisée. D'autres coups de feu claquèrent. L'éléphant se débattait, le bord de la route s'éboulait sous lui. Il glissait en arrière en glapissant comme un petit chien, les yeux écarquillés, la trompe dressée de terreur.

Le howdah disparut. Maya poussa un cri.

Mais l'éléphant ne tomba pas. L'animal avait réussi à rester accroché par ses pattes de devant alors que son ventre suivait son arrière-train dans le gouffre. Il avait le menton appuyé sur la route entre ses pattes et balayait l'air avec sa trompe près de Maya comme s'il avait voulu se retenir à elle.

Maya ignorait ce qu'était devenu le howdah. Elle réussit à jeter un coup d'œil par-dessus le bord de la route et vit qu'il était encore sur le dos de l'éléphant, accroché par une seule sangle.

Lucinda, Babouche et le cornac se cramponnaient toujours à lui.

Elle s'avança en chancelant. Le cornac, qui saignait de la tête, commença à grimper vers elle. Agrippé d'une main à la courroie de la clochette de l'éléphant, il tendait l'autre vers Maya.

Celle-ci se mit debout au bord de la route entre le pied droit de l'éléphant qui glissait et une défense bandée d'or.

— Tiens-toi tranquille ! ordonna-t-elle à l'animal.

Tendu comme une corde d'arc, le cornac s'évertua à soulever Lucinda jusqu'à la main offerte de Maya. L'éléphant parut sentir le caractère dramatique de la situation et, cessant d'agiter en vain ses pattes arrière, il s'immobilisa, haletant.

A cet instant, alors que leurs mains n'étaient qu'à quelques centimètres l'une de l'autre, les sangles du howdah lâchèrent complètement et, frappée d'horreur, Maya vit Lucinda tomber dans le vide en tournoyant.

Elle heurta aussitôt une saillie, qui ne suffit pas à l'arrêter mais la ralentit. De là, elle tomba dans une pluie de gravier sur la corniche rocheuse aperçue un peu plus tôt, à quelques coudées des corps des éclaireurs.

Maya fut arrachée à ce spectacle par les cris du cornac. Il était debout sur le bord de la plateforme du howdah, dont les sangles s'étaient emmêlées dans les pattes arrière de l'éléphant !

L'air encore plus petit que d'habitude, le cornac s'efforçait de soulever Babouche vers la route. L'eunuque grimpait en s'aidant des pieds et des mains sans faire attention et il faillit faire tomber le cornac de son perchoir précaire d'un coup de pied. Maya se pencha dans le vide en se tenant d'une main à la défense de l'éléphant et en tendant l'autre, encore engourdie par le choc de la grosse pierre, aussi bas que possible.

— Donne-moi ta main ! hurla l'eunuque.

— Je ne peux pas la bouger ! cria-t-elle. J'ai le bras cassé.

Malgré sa petite taille, Babouche grimpa le long du cou de l'éléphant en empoignant des plis de peau brune de ses mains potelées. Poussé par en dessous par le cornac, il montait avec une vigueur inattendue. Ses petits yeux lui sortaient presque de la tête, mais il saisit enfin la main engourdie de Maya.

Comme il tirait dessus, la tordant, les sensations revinrent dans l'épaule de Maya, une douleur atroce lui parcourut le bras et la transperça. Sa vision s'obscurcit mais elle réussit à tenir bon. En se précipitant sur la route, Babouche lui marcha sur la jambe quand elle tomba par terre.

Au même moment, l'éléphant bascula soudain légèrement en arrière, comme si on l'avait tiré par la queue. Il ouvrit de grands yeux et laissa échapper un petit gémissement d'enfant effrayé.

— Dépêchez-vous ! cria Maya en se cramponnant à nouveau à la défense et se penchant vers le cornac.

Dressé de toute sa hauteur, il tendit les mains vers elle.

A cet instant, l'éléphant recommença à glisser,

ses pieds de devant et son menton reculèrent d'un pouce. Sur son dos, le cornac chancela et se rattrapa à sa grande oreille grise.

— Je vous en prie ! cria encore Maya, la main tendue vers lui.

Mais l'ultime glissade avait commencé. La défense de l'éléphant suivit le mouvement et Maya se jeta à terre pour ne pas être balayée.

Le regard de l'animal s'adoucit, il ferma les yeux. Puis il glissa en arrière, lentement mais sûrement, jusqu'à n'avoir plus que la pointe des pieds et de la trompe sur la route. Au désespoir, Maya tendit la main au cornac, qui essaya en vain de la saisir.

Alors, l'éléphant tomba en silence dans le vide en agitant lentement ses énormes pattes. Le cornac appuya sa joue contre la tête grise de l'animal sans lâcher Maya des yeux.

Elle se détourna et se boucha les oreilles pour ne pas les voir et les entendre s'écraser. Quand elle se releva enfin et regarda autour d'elle, elle entendit Babouche pousser des gémissements aigus et des hommes crier. Ils montraient la corniche où était tombée Lucinda.

Monté sur un poney efflanqué, un bandit chevauchait le long de la saillie. Comment était-il arrivé là ? Il leva les yeux vers les gardes et partit d'un éclat de rire moqueur, puis fit virevolter sa monture vers l'endroit où gisait Lucinda. Il bondit à terre, posa la main sur la poitrine de la jeune fille. Assuré qu'elle était en vie, il la jeta sur le dos du poney et sauta en selle derrière elle.

Une corde d'arc vibra et une flèche percuta

bruyamment les pierres, à quelques pouces à peine de la tête du bandit.

— Ne tirez pas ! cria Gama. Vous risquez de la toucher !

Le rire du bandit se mua en une sorte de hurlement bestial. Il poussa son poney vers le bord de la corniche. Maya cria et l'homme leva vers elle des yeux brillants de démon. Puis il enfonça ses talons dans les flancs de l'animal. Une vague piste descendait le long de la paroi de la gorge, quasiment infranchissable, mais le bandit réussit à y guider sa monture en une interminable glissade slalomée.

Lorsqu'il arriva au torrent dans le fond, la robe blanche de Lucinda n'était plus qu'un point dans l'ombre.

Le bandit agita la main triomphalement et disparut au galop.

Lucinda rêvait qu'elle était dans sa chambre d'enfant, parfois bercée dans les bras chauds d'Hélène, parfois montée sur son cheval à bascule. Le rythme régulier du balancement était réconfortant.

En se réveillant, elle se retrouva couchée en travers sur le dos d'un poney inondé de sueur. Un bras épais était passé autour de sa taille. Sa tête rebondissait contre le flanc de l'animal et battait douloureusement à chaque pas. Elle réussit à ne pas crier. Une partie inconnue d'elle-même, mue par la volonté désespérée de survivre, la mit en garde.

Elle essaya de rassembler ses esprits. Où était-elle ? Qu'était-il arrivé ? La dernière chose dont elle se souvenait, c'était de s'être cramponnée au howdah brisé quand l'éléphant glissait de la route. La brume qui entourait ce souvenir commença à se dissiper. Elle se rappela qu'avant cela des bandits leur avaient jeté des pierres depuis une corniche sur la paroi. Mais leurs agresseurs n'avaient-ils pas été abattus ?

Elle crut un moment qu'on la transportait en lieu sûr.

Puis, profitant d'un cahot particulièrement violent, elle laissa pendre sa tête face à la jambe du cavalier, comme si elle avait perdu connaissance. La selle et les étriers parlaient d'eux-mêmes : cuir craquelé et bois sec, la selle d'un bandit et non la livrée bien entretenue des cavaliers de la caravane.

Elle garda la tête en bas et se mordit la lèvre pour ravaler sa douleur. Le fait que son ravisseur n'ait pas su qu'elle était réveillée était un avantage, estima-t-elle, et elle allait devoir mettre un maximum de son côté.

Ils progressaient lentement, maintenant, à peine plus vite qu'un homme à pied, en se frayant un chemin à travers les hautes herbes qui poussaient sur la rive du torrent aux eaux brunes. Il lui vint à l'esprit que c'était le même qu'elle avait vu de la route. Si elle était tombée de tout là-haut, il n'était pas étonnant qu'elle ait mal à la tête.

Le poitrail du poney écartait les herbes, qui se rabattaient à chaque pas, lui fouettant le visage.

Le cavalier le cravachait et enfonçait furieusement ses talons dans les flancs de l'animal, mais celui-ci ne pouvait aller plus vite.

Il fouette le poney par pure cruauté, estima Lucinda.

Je suis perdue, pensa-t-elle ensuite.

Elle avait des élancements dans la tête. Elle entendait le flot se précipiter tout près et se rendit compte à quel point elle avait soif.

Soudain l'homme sauta à terre en marche. Il attacha le poney par la bride à un arbre tout proche et fit à grands pas le tour de la petite clairière où ils se trouvaient. Tout en feignant toujours d'être inconsciente, Lucinda regardait.

Petit et trapu, la barbe en bataille, il portait un turban crasseux. Un long couteau pendait à la large ceinture nouée autour de sa robe couverte de poussière.

Deux autres hommes apparurent, portant aussi des vêtements sales, si semblables qu'on eût dit un uniforme. L'un avait une longue moustache à la place de la barbe, mais à part ça ils étaient pareils. Peut-être trois frères. Ils parlaient hindi avec un accent bizarre auquel Lucinda n'était pas habituée, mais elle parvenait cependant à comprendre à peu près ce qu'ils disaient.

Le cavalier tomba à genoux devant les deux autres.

— C'était horrible, geignit-il, la voix cassée. Pataud et Queue-de-Rat ont été tués. J'ai failli être abattu. Où sont les autres ? Ne me dites pas qu'ils sont morts, eux aussi ?

— Calme-toi. Nous allons nous en remettre et nous nous vengerons, dit le moustachu.

— Il n'y avait pas de trésor ? lança l'autre d'une voix rageuse. Qu'est-ce que tu as ramené sur ton poney ?

— Une *farang*. Je l'ai capturée.

— Elle n'est pas morte ?

— Pas encore. Nous pourrons en tirer une rançon.

— Ou nous venger, suggéra le moustachu.

— Ou les deux, renchérit l'autre.

— Je ne peux pas faire ça maintenant, alors que les cris d'agonie de mon frère résonnent encore à mes oreilles, se plaignit le cavalier.

— Eh bien, repose-toi. Nous le vengerons pour toi, répliqua le moustachu.

Comme il se dirigeait vers le poney, Lucinda fit un suprême effort pour agir. De toutes ses forces, elle repoussa le dos du poney pour en descendre dans l'intention de s'enfuir. Mais elle glissa sur le gravier humide au bord du torrent et se tordit la cheville en tombant. Elle roula sur le dos juste à temps pour voir le moustachu se précipiter vers elle.

— Regardez, elle est réveillée ! cria-t-il.

Il se jeta par terre et saisit une poignée de ses cheveux qu'il tira jusqu'à ce qu'elle se mette à gémir. Elle s'apprêtait à lui griffer les yeux quand elle entendit un chuintement froid et étouffé. Elle reconnut tout de suite le bruit d'une lame qu'on dégaine et, avant d'avoir pu faire un geste, elle sentit la pointe d'acier contre sa gorge.

Elle se força à rester tranquille. Le clapotement

du torrent contre les berges se mêlait à la respiration bruyante du bandit, l'odeur de la terre humide à son haleine fétide.

— Personne ne te fera de mal, dit-il, ses yeux brillants pareils à ceux d'un porc.

— C'est une *farang* ! Elle ne comprend pas ! lança son compère.

— Viens m'aider, rétorqua le moustachu.

Un sentiment d'impuissance totale envahit Lucinda. C'est une chose d'éprouver un tel sentiment quand on essaie de lacer son corset ou de monter un éléphant, c'en est une autre de sentir un bandit vous enfoncer la pointe de son couteau dans la gorge tandis que son frère vient lui prêter main-forte.

— Qu'est-ce qu'il y a là-dessous ? fit le moustachu assis par terre en montrant ses jupes de la tête.

— Des jambes, j'imagine, répondit l'autre.

Il remonta brusquement les jupes vers le visage de Lucinda, puis farfouilla dans ses jupons.

— Mais... qu'est-ce que c'est que tout ça ?

— Tu n'as qu'à te servir de ton couteau, idiot ! s'exclama le moustachu, suant d'excitation, en se soulevant pour mieux voir et en appuyant sans s'en rendre compte la lame de son couteau plus fort contre le cou de Lucinda.

— Boucle-la, dit l'autre.

Lucinda entendit encore le chuintement de l'acier, sentit une lame froide glisser le long de son torse et déchirer ses jupons et son corset, et l'air humide sur son ventre nu. Les doigts épais du bandit l'agrippèrent par les cuisses.

— Joli, murmura-t-il, les yeux écarquillés. Tu as fait du bon travail ! lança-t-il à celui qui l'avait amenée, toujours en train de sangloter, agenouillé un peu plus loin.

— On ne ferait pas mieux d'attendre les autres ? suggéra ce dernier en reniflant.

— Il y en aura pour tout le monde, marmonna l'autre en s'agenouillant aux pieds de Lucinda. Immobilise-la.

Derrière elle, le moustachu s'avança par à-coups pour poser ses genoux sur ses épaules.

— Tu sens ça ? murmura-t-il en faisant glisser doucement le plat de sa lame sur la peau de son cou.

— Elle ne comprend pas un mot ! lui dit l'autre.

— Elle comprend le sens...

Lucinda pouvait soit lever les yeux et voir le visage du moustachu, essoufflé et en sueur, qui cachait le ciel, soit regarder entre ses jambes et voir son compère s'escrimer à retirer son pantalon. Elle choisit de fermer les yeux.

— Allez, vas-y ! cria le bandit au-dessus d'elle.

— Attends une seconde ! rétorqua l'autre.

— Pourquoi est-ce que tu es si long ?

— Je ne l'ai pas encore dure !

— Bon sang ! Laisse-moi passer le premier !

— Non !

Lucinda fut soudain libérée du poids sur ses épaules. Elle leva les yeux : le moustachu, le couteau à la main, était en train de sauter sur son compère. Pendant que les deux frères se colletaient, elle se traîna le long de la berge du torrent, sans plus prêter attention à sa douleur à la tête et aux mains, au gravier qui lui labourait les flancs.

— Regarde ce que tu as fait ! Elle s'échappe ! s'écria celui qui était agenouillé.

Leur différend oublié, les deux bandits rattrapèrent Lucinda, maintenant haletante et maculée de sueur. Ses efforts n'avaient abouti qu'à l'amener dans un endroit encore moins confortable. Elle avait un rocher pointu entre les épaules. Sa tête pendait mollement en arrière – elle était trop épuisée pour la lever.

Du moins ne la tenaient-ils plus par les cheveux.

— Plaque-la au sol pendant que j'y vais, dit le moustachu en se caressant.

L'autre sauta sur elle et s'assit sur sa poitrine, un genou sur chacune de ses épaules, ses lourdes fesses sur ses seins corsetés.

— Hé, regarde. J'ai droit à la bouche !

— Encore faut-il que tu ne l'aies pas trop molle, rétorqua le moustachu. Tiens-la bien le temps que je bande...

Lucinda sentit son sexe frotter contre ses cuisses. Elle donna un coup de pied de toutes ses forces. Elle avait dû le toucher car il poussa un gémissement. Il la frappa violemment sur le ventre avec le poing.

Comme si la douleur avait libéré sa voix, pour la première fois elle se mit à crier.

— Très bien, dit le bandit assis sur sa poitrine.

Ouvre la bouche en grand. J'ai quelque chose pour toi qui devrait...

L'instant d'après, sa tête dégringolait par terre à côté d'elle. Les yeux roulèrent en arrière en une sorte d'extase, les lèvres tressautèrent sans proférer aucun son. Au-dessus de Lucinda, le sang jaillit à flot du cou sectionné du bandit.

Elle ferma les yeux pour se protéger. Le corps sans vie s'affaissa sur elle.

Elle cligna des yeux afin d'en chasser le sang, leva le regard et vit Pathan.

Il passa devant elle sans un regard, son cimeterre levé, s'avançant lentement vers le moustachu qui, encore à terre, pantalon baissé, les mains levées, essayait de décamper en geignant. Pathan se déplaçait avec une lenteur majestueuse et un calme prodigieux.

— Attention, derrière vous ! l'avertit Lucinda.

Le troisième bandit avait cessé de pleurnicher. Il se ruait sur Pathan en poussant un cri de guerre, un long poignard dans sa main tendue.

Comme s'il s'était mû dans l'eau, Pathan se retourna pour lui faire face. Avec une nonchalance surnaturelle, il laissa tomber un genou à terre. Son cimeterre incurvé décrivit lentement un arc le long de la jambe du bandit et un morceau de cuisse vola en l'air comme un ballon d'enfant. Le poignard du bandit effleura l'oreille de Pathan et l'homme s'écroula d'abord sur les genoux, puis sur le ventre avec un hurlement de douleur.

Ignorant un instant le moustachu, qui se débattait toujours pour remonter son pantalon, Pathan s'approcha de l'homme à terre. Levant son cimeterre des deux mains comme une hache, il l'abattit en travers de sa colonne vertébrale. Le corps frissonna convulsivement à ses pieds.

Il dut poser le pied sur le dos du bandit pour retirer sa lame. Pendant ce temps-là, le moustachu, son pantalon enfin remonté, se précipitait, mi-courant, mi-rampant, vers le poney attaché à l'arbre.

Comment Pathan peut-il aller aussi lentement ? se demanda Lucinda. Le bandit essaya frénétiquement de détacher la bride, puis, se souvenant qu'il avait un couteau, coupa les rênes et sauta en selle à l'instant où Pathan se tournait vers lui.

Le bandit fit virevolter sa monture en agitant son long poignard noir, alors que Pathan était comme cloué sur place. Son cimeterre parut à peine bouger, pourtant, lorsque le poney passa à côté de lui au galop, la main du bandit tomba par terre à ses pieds, serrant toujours le poignard.

Tout en s'éloignant au galop, le moustachu hurla à la vue de son moignon sanglant. Pathan se baissa et lança la main coupée dans le torrent.

Le silence retomba, troublé seulement par le bruissement du flot qui se précipitait contre les rochers.

Lucinda sentit le sang du bandit qui commençait à se coaguler sur son visage, le poids du corps décapité tombé en travers de ses jambes. Que doit faire une femme en sachant qu'il y a une tête coupée à quelques pouces de la sienne ? Lucinda fixa les nuages, mais le visage du bandit mort refusait de s'effacer de son esprit.

Le soleil perça à travers les nuages. Les pas de Pathan s'approchèrent.

— Je vous prie, madame, de fermer les yeux et de ne pas bouger avant que je ne vous le dise, fit-il.

Lucinda serra les paupières. Elle avait un martèlement dans la tête. Elle sentit se déplacer le poids du corps inanimé et sursauta comme si elle avait reçu un coup de pied.

— Ne bougez pas, s'il vous plaît... grogna Pathan en tirant le corps à l'écart. Gardez les yeux fermés, ajouta-t-il quelques instants plus tard.

Elle l'entendit revenir à son côté, le gravier crissa près de son oreille. Il avait dû ramasser la tête du bandit. Sans pouvoir s'en empêcher, elle le regarda s'avancer dans le torrent en la tenant par ses cheveux sales et la lancer dans le courant.

Alors Pathan s'affaissa, les mains sur les genoux. Il vomit puis secoua lentement la tête. Il prit son cimeterre et le rinça dans l'eau courante avant de vomir encore. Ensuite il ramassa un peu d'eau et se rinça la bouche. Il se releva enfin, prit une profonde inspiration, ôta sa chemise et la plongea dans l'eau. Puis il l'essora et revint auprès de Lucinda.

Il eut beau affermir son expression, Lucinda vit bien qu'il était effrayé par son apparence.

— Madame, je vous prie, murmura-t-il, je ne veux pas vous faire de mal.

Il s'accroupit près d'elle et lui tapota le visage

avec sa chemise humide. Chaque fois qu'il la touchait, elle sursautait et il faisait « shhh », comme à un animal effrayé.

Lorsqu'il commença à lui laver le front, elle grimaça et eut un mouvement de recul.

— Excusez-moi, madame, murmura-t-il.

Avec des précautions infinies, il toucha du bout du doigt les endroits où elle avait été blessée.

— Ce n'est pas très grave, fit-il enfin, l'air grave. C'est votre seule blessure ?

Comme frappée de mutisme, elle montra du regard sa cheville tordue. Pathan hocha la tête et la calma encore de la voix.

Il commença par rabattre ses jupes déchirées sur ses jambes. Toujours terrifiée et furieuse, mais aussi reconnaissante, elle n'arrivait pas à trouver ses mots et ne dit rien.

— Il faut maintenant que je jette un coup d'œil, madame, dit Pathan avec douceur. Je ne vous veux pas de mal. J'ai déjà vu les chevilles de beaucoup de femmes, je vous assure.

Malgré tout, elle frissonna quand il la toucha.

— Shhh, shhhh, fit-il à nouveau pour la tranquilliser.

Il palpa la jambe et la cheville du bout des doigts.

— Pardonnez-moi, mais il faut que je retire votre chaussure...

Sans grand effort, il ôta de son pied la mule en soie.

— Et puis le bas, ajouta-t-il en retenant son souffle.

Lucinda gémit quand il fit glisser le bas déchiré

de sa jambe, non pas de douleur, mais au souvenir de ce qui s'était passé.

— Je crois que vous vous êtes seulement tordu la cheville, et cela va guérir. Pour quelqu'un qui a vécu de telles aventures, ce n'est pas très grave. Les anges d'Allah sont avec vous.

Il la regarda avec ferveur.

— Suis-je arrivé à temps, madame ?

Elle se remémora tout et ferma les yeux.

— Vous avez été l'ange de Dieu, capitaine. Il vous a envoyé à moi.

Pathan se couvrit le visage des mains et, quand il la regarda à nouveau, des larmes coulaient sur ses joues.

— *Ishvar Allah*, dit-il. C'est la volonté de Dieu.

— Il y en a d'autres, capitaine.

— Comment ?

— D'autres bandits. Ils ont dit qu'ils devaient se retrouver...

— C'est vrai. Nous en avons vu d'autres s'éloigner sur leurs montures. Nous devons nous mettre en sûreté.

— Y a-t-il un lieu sûr ?

Pathan se retourna comme si les mots l'avaient grandement surpris et il lui prit la main.

— Auprès de moi, madame.

Ses paumes, que Lucinda croyait rugueuses, étaient douces.

— Nous devons y aller.

Il la laissa un moment pour explorer la clairière et revint, désappointé.

— Il n'y a pas de chevaux. Ils ont dû venir à pied.

— Je ne crois pas pouvoir marcher, capitaine.

— Je vous porterai, madame.

Il la prit dans ses bras et se releva en poussant un petit grognement.

— Vous êtes légère comme une plume.

Lucinda passa un bras autour de son cou et sourit à ce mensonge.

Lorsqu'elle avait détourné le regard de l'éléphant avant qu'il ne s'écrase au fond de la gorge, Maya avait vu la monture de Geraldo se cabrer et hennir de terreur. Il se cramponnait au dos de l'animal qui lançait des ruades et se dérobait.

Puis ce fut le vide et mille étoiles explosèrent dans son champ de vision. C'est seulement quand elle tomba en arrière que la douleur apparut. Elle vit le visage tremblant de Babouche au-dessus d'elle.

— Espèce de garce ! Tu as failli me tuer ! cria-t-il, ses grosses joues écarlates, en secouant la main comme si le coup qu'il lui avait donné lui avait brisé les doigts.

Il continua à crier, mais dans une langue qu'elle ne connaissait pas.

Elle était tombée sur son sac. Elle sentait les coins des boîtes en bois s'enfoncer dans sa chair et les pierres de la route qui lui déchiraient le dos. Elle était trop fatiguée pour se remettre debout et craignait que Babouche ne la frappe encore si elle le faisait. Son bras lui faisait mal.

Avec lenteur, presque languissante, elle tourna la tête vers l'eunuque. Dans cette position, elle voyait à nouveau Geraldo et les poneys qui dévalaient une étroite route remblayée. Elle était incapable de dire s'il poussait les poneys devant lui ou s'il était entraîné par eux. Il battait l'air de ses mains car il avait perdu les rênes.

D'autres coups de feu se mêlèrent au tintement de son oreille blessée et aux cris incohérents de Babouche. La fumée âcre de la poudre noire dérivait sur les rochers mouillés par la pluie.

— Lève-toi, espèce de putain ! Lève-toi ! glapit Babouche en levant la main pour la frapper de nouveau. Nous allons mourir, espèce de garce !

Elle para le coup et se releva péniblement.

— Où est Deoga ? s'écria-t-elle.

Tout juste si elle entendait sa propre voix, à cause des tintements dans ses oreilles.

Mais le visage de Babouche était soudain devenu gris cendre et il ouvrait de grands yeux. Elle se retourna pour voir : un autre bandit poussait son poney vers eux à toute allure, le cimeterre levé comme une faucille pour leur couper le cou. Elle se jeta sur l'eunuque et le projeta au sol au moment où la lame passait en sifflant au-dessus de leurs têtes.

Le bandit poursuivit sa course droit sur l'un des cavaliers de Pathan. Celui-ci tenait son cimeterre aussi fermement qu'une lance, déterminé à soutenir l'assaut, mais sa monture se déroba de côté et chercha à s'enfuir. Ils tournaient en rond alors que le bandit fonçait sur eux à bride abattue.

Le cheval arabe du garde se cabra au moment où le bandit passait au galop et son cimeterre trancha le ventre de l'animal. Un flot de sang jaillit de l'entaille. Le garde glissa de la selle quand sa monture s'écroula sous lui.

Avant que le garde ait eu le temps de lever les yeux, le cimeterre du bandit lui tranchait le cou à moitié.

Un coup de feu retentit, renvoyé en écho par les falaises. Maya tourna précipitamment la tête mais ne put voir d'où il venait. D'une poussée, elle s'écarta de Babouche. L'eunuque se couvrit la tête avec les pans de sa chemise, se boucha les oreilles et se mit à sangloter.

Tandis que le bandit s'évertuait à dégager son cimeterre du cou du garde, le cheval mourut dans un frisson. Le sang sortait toujours par à-coups de sa blessure au ventre, un flot écarlate qui se dirigeait peu à peu vers Maya et Babouche sur la roche mouillée.

Une autre détonation retentit et la balle ricocha sur les rochers voisins avec un bruit strident. Le bandit, toujours couché sur l'encolure de sa monture, parvint enfin à libérer son arme. Ses yeux croisèrent ceux de Maya. Son regard était vide et froid, comme un poignard qui cherchait à lui transpercer le cœur. Par la suite, elle se souviendrait de la poussière sur ses joues couvertes d'une barbe de plusieurs jours, des veines qui battaient dans son cou. Mais là, sur le moment, elle ne voyait que ses yeux, noirs comme la mort. Ils ne quittaient plus les siens. Elle ne comprenait pas pourquoi il la fixait avec une telle fureur.

Nouveau coup de feu. Le bandit et Maya regardèrent dans la direction d'où venait le son. C'était

Gama, qui chevauchait vers eux. Il tenait les rênes haut de la main gauche, un pistolet fumant de la main droite. Il le laissa tomber sur la route comme une coquille vide, puis en sortit un autre de sa sacoche de selle.

Il tira encore. Le poney du bandit s'effondra – les plombs avaient déchiqueté son arrière-train. L'homme battit l'air de ses bras pour éviter de rester coincé sous lui. Les yeux fous, l'animal traînait ses jambes de derrière sans vie, sifflait, hennissait, couvrant même les plaintes incohérentes de Babouche.

Comme si les hennissements perçants du poney le mettaient en fureur, le bandit se tourna et lui assena un coup de cimeterre à l'encolure. L'animal se tordit et mourut. Lorsque le bandit s'extirpa de dessous sa monture, la lame de son arme, maculée de sang, semblait fumer.

Maya vit que Gama, toujours galopant vers eux, avait encore laissé tomber son pistolet vide et en brandissait un autre. Le brigand la fixait de nouveau. Elle recula tandis qu'il avançait inexorablement vers elle, le cimeterre levé. Ses yeux froids de rat fouillaient les siens. Elle n'arrivait pas à détourner le regard.

C'est alors que le visage du bandit se volatilisa. L'espace d'un instant, ce ne fut plus qu'une masse de chair rouge, telle une éponge plongée dans de la peinture, puis sa tête explosa. Il pivota sur lui-même et s'écroula comme une poupée désarticulée. Son cimeterre écarlate tomba en cliquetant à ses pieds dans la mare de sang de son poney. Maya n'avait pas entendu le coup de feu, mais seulement son écho, qui résonnait encore à travers la gorge.

Une fois de plus, Gama laissa choir son pistolet vide sur la route et en prit un chargé. Maya avait peine à le reconnaître ; son air amical, perplexe, avait disparu, et elle avait devant elle un visage féroce, les dents serrées. Le Portugais mit pied à terre à la hussarde : il balança sa jambe par-dessus le cheval et se laissa glisser au sol tout en gardant son pistolet levé. Il tournait la tête au moindre bruit.

Il lui jeta un coup d'œil, hocha la tête. Toujours en alerte, il fit un pas de côté vers le garde et se pencha pour prendre son pouls. Quand il eut la certitude qu'il était mort, il alla à Maya et à Babouche, toujours en train de pleurnicher. Il était inutile de vérifier que le bandit avait cessé de vivre.

— Il est grièvement blessé ? demanda-t-il sans baisser son arme ni les regarder, toujours occupé à surveiller les alentours.

A leurs pieds, Babouche geignait à en perdre haleine en serrant les pans de sa chemise autour de sa tête. Son ventre rose tremblotait au rythme de ses sanglots.

— Je crois qu'il n'est pas blessé du tout, répondit Maya.

— Il est terrifié, alors, fit Gama. Et toi ? demanda-t-il en lui lançant un rapide coup d'œil.

— Je me suis tordu le bras.

— C'est tout ?

Il hocha la tête et parut comprendre. De la main gauche, il extirpa un mouchoir de sa poche.

— Tu as du sang sur le visage. Je crois que ce n'est pas le tien.

Maya s'essuya le visage pendant que Gama allait au bord de la route regarder en contrebas. Il jura.

Maya jeta elle aussi un coup d'œil. L'à-pic lui coupa le souffle. Tout en bas gisait le corps tordu du cornac et, plus bas encore, la carcasse de l'éléphant, son ventre gris ouvert comme un fruit mûr.

— Il est vivant ? murmura-t-elle.

— Qu'est-ce que ça change ? répondit Gama.

Il n'y avait aucun signe de la présence de Lucinda ou de Pathan. Maya se recula du bord, horrifiée, heureuse d'être encore en vie. Gama se tourna vers elle.

— Tu peux m'aider à emmener l'eunuque ?

Chancelants, ils s'éloignèrent en traînant Babouche par les bras. Gama les conduisit à un endroit où la route s'élargissait, abritée par la roche en surplomb. Le dernier garde de Pathan était étendu là, sous une couverture de selle. Il respirait avec peine, une flèche fichée dans l'œil.

— Il est mort ? gémit Babouche.

— Presque, répondit Gama en se retournant vers la route, le pistolet levé. Restez ici, je vais chercher mon cheval.

— Laissez-moi venir avec vous, fit Maya.

Après un instant de réflexion, le Portugais acquiesça.

— Tu sais où est passé Geraldo ? s'enquit-il tout en marchant.

Maya lui expliqua qu'il était parti au galop avec

les chevaux de bât sur la route remblayée, autre information que Gama allait devoir tirer au clair plus tard.

Sa jument, nerveuse, paissait autour des cadavres des hommes et des chevaux. Il lui flatta l'encolure, la mena à l'écart des rochers imprégnés de sang.

— Retournons auprès de l'eunuque, dit-il.

— Et Lucinda ? Et le capitaine Pathan ? s'enquit Maya, leurs noms suspendus dans les airs comme ceux de personnes qui venaient de mourir.

— Je ne sais pas.

— Sommes-nous encore en danger ?

— Je n'en sais rien. J'ignore ce qui se passe. Tout est allé de travers. J'ai commis une grossière erreur en venant ici.

Pendant qu'ils rebroussaient chemin, Gama se baissait de temps en temps pour ramasser un des pistolets qu'il avait laissés tomber plus tôt. Lorsqu'ils arrivèrent à proximité du surplomb, Babouche vint à eux en traînant les pieds.

— Il gémit ! fit-il. Comment peut-on encore gémir quand on a une flèche dans l'œil ?

— Ça va comme ça ! rétorqua Gama avec colère.

Il attacha son cheval et s'assit près du blessé en posant la main sur son front.

— Nous ne pouvons plus rien pour lui...

— S'il n'a pas le bon sens de mourir, tuez-le ! chuchota Babouche.

— Non. Je ne ferai pas une chose pareille.

Babouche fit la moue et se pelotonna un peu à

l'écart. Gama sortit un pistolet de son sac et le tendit à Maya.

— Tu t'es déjà servie de ça ?

Elle secoua la tête.

— Tu tires le chien en arrière jusqu'à ce qu'il se bloque, expliqua-t-il en montrant le percuteur. Puis tu vises et tu presses, ici.

Il passa les doigts fins de Maya autour de la détente en la dévisageant pour jauger sa détermination.

— Il faut que je les recharge...

— Vous croyez que nous sommes encore en danger, Gama ? redemanda-t-elle.

Son silence lui fournit la réponse.

Il retira la sacoche de selle du dos de son cheval et s'assit près d'un rocher plat. Il sortit de la sacoche cinq ou six pistolets déchargés, les aligna sur la roche.

— Ecoute-moi bien, dit-il en se mettant au travail. Tu dois être bien campée sur tes pieds pour atteindre la cible, surtout de loin.

Il ouvrit un petit sac en cuir rempli de plombs, prit une poire à poudre dans la sacoche.

— Par ailleurs, si tu veux vraiment tuer quelqu'un, attends qu'il s'approche de toi.

Maya écoutait ses conseils sans un mot.

— Je ne m'attendais pas à cela, marmonna Gama au bout d'un moment en continuant à recharger, comme s'il se parlait à lui-même. Après les avoir généreusement arrosés ! On ne peut plus faire confiance aux voleurs, de nos jours !

Il écouvillonnait les pistolets avec rage. Un ou

deux étaient hors d'usage : il enfonçait l'écouvillon dans le canon, puis les lançait au loin.

Quand Maya vit avec quelle fureur il les jetait contre la paroi, elle comprit combien il avait peur, et le danger qu'ils couraient. Gama prit les autres pistolets et entreprit de recharger le premier : la poudre au fond du canon, suivie par un morceau entortillé de bourre poussiéreuse. Il commençait à transpirer. Il tassa la poudre en lançant un bref regard vers la route. Pour la balle, ce fut plus compliqué : il la plaça entre ses dents et la mordit, puis l'essuya sur sa chemise. Enfin, il l'introduisit, déformée, le projectile dans le canon et, grognant sous l'effort, le poussa dans le fond avec la baguette. Sa main glissa et il s'écorcha un doigt. Il recouvrit le bassinet d'une dernière dose de poudre et aligna le pistolet chargé à côté des autres sur la roche plate. Il recommença l'opération avec le deuxième. Quand il eut fini, il y avait neuf pistolets prêts à tirer, plus celui que tenait Maya.

Après la mort horrible du bandit, voir Gama effectuer un travail aussi précis la réconfortait. Babouche s'était esquivé dans un buisson voisin, où il s'était accroupi, et poussait des grognements dans ses efforts pour faire ses besoins. Elle fit en sorte de ne pas regarder.

La jument de Gama caracolait nerveusement. Le tonnerre grondait au loin, le ciel s'assombrissait. Une grosse goutte de pluie tomba aux pieds de Maya, puis une autre et encore une autre. Gama ramassa ses pistolets et en fourra deux dans son ceinturon, les autres dans sa sacoche de selle.

— Couvre le chien avec ta main, dit-il à Maya.

Il pleuvait à torrents, d'énormes gouttes les cinglaient.

— Oh, Allah ! s'écria Babouche, qui rejoignait les autres précipitamment en remontant son pantalon de soie. Qu'est-ce qui nous attend encore ?

C'est alors qu'ils entendirent un martèlement de sabots.

Sa robe en lambeaux, cramponnée aux épaules nues de Pathan qui courait à toutes jambes, Lucinda le sentait à bout de souffle. Elle aurait aimé être plus légère. Le bruit de sabots se rapprochait.

— Les autres ne sont pas loin... lui dit Pathan.

Ils arrivaient à une courbe de la route.

— Nous y sommes ! lâcha-t-il, haletant.

Mais quand ils eurent franchi le virage, il ralentit et faillit laisser tomber Lucinda. Devant eux, un corps gisait à plat ventre, une profonde entaille en travers du dos. Le martèlement de sabots approchait inexorablement. Pathan enjamba le cadavre.

— Ne regardez pas, conseilla-t-il.

De chagrin, Lucinda ferma les yeux, mais un instant seulement et après avoir regardé. Elle ne pouvait plus se voiler la face. Il y avait d'autres corps sur la route.

— Oh, mon Dieu ! murmura-t-elle.

Pathan s'arrêta finalement. Ils étaient arrivés à

un léger élargissement. Un margousier, qui poussait horizontalement dans la paroi, leur procura un peu d'abri.

— Si certains d'entre nous ont survécu, ils se sont enfuis. Je suis sûr que quelques-uns se sont échappés. Prions pour qu'il en soit ainsi. Mais pour le moment, nous sommes livrés à nous-mêmes, je le crains.

— Je suis capable de marcher si vous me donnez le bras, répondit Lucinda.

Avec l'aide de Pathan, elle alla jusqu'à un rocher en boitant et s'assit, chancelante.

— Qu'allons-nous faire maintenant ? demanda-t-elle.

— Je ne sais pas, fit-il en se détournant, le visage dur.

Le tonnerre gronda dans le lointain. Il défit son turban et enroula la longue pièce d'étoffe bien serré autour de sa main gauche.

— Le poète dit que la vie est comme une caravane et que nous dormons dans un grand nombre de tentes différentes. Il se peut que ce soir nous dormions dans une nouvelle tente, madame.

Il semblait tout petit au milieu des ombres de la montagne, son torse nu musclé et ferme, mais néanmoins trop fin pour affronter ce qui les attendait. Ses cheveux tombaient sur ses épaules.

Les claquements de sabots résonnèrent dans la courbe de la route comme autour des parois d'une caverne.

— Madame, peut-être... commença-t-il, tout en la regardant avec insistance, sans se laisser distraire par l'arrivée des chevaux. Faire votre connaissance a été pour moi un grand plaisir et une grande leçon. Si vous le voulez... quand je me serai battu pour vous jusqu'à mon dernier souffle, je veux dire seulement s'il n'y a plus d'espoir... si vous le voulez... je pourrai veiller à ce qu'il ne vous soit plus fait de mal... Est-ce que vous me comprenez ?

Lucinda fixait son visage angoissé, et le sens de ses paroles lui apparut d'un coup.

— Ne dites pas de sottises, capitaine...

— Le temps des sottises est passé.

— Vous réussirez à vaincre, je le sais.

Il lui lança un de ses rares sourires. Elle vit plus clairement que jamais combien sourire lui était difficile.

— N'ayez crainte, cher capitaine, comme je n'en ai aucune.

Les claquements de sabots étaient maintenant trop près pour en dire davantage.

Quand elle était petite, Lucinda avait vu un démon peint sur le mur d'un vieux temple : les yeux fous, difforme, la peau rouge, horrible. Du sang dégoulinait de ses crocs. Elle ne l'avait vu qu'une fois et un court instant, mais il était resté gravé dans sa mémoire. Il hantait ses rêves. Avec le temps, le démon était devenu plus humain, et plus effrayant. Certaines nuits, Hélène la secouait pour la tirer de son cauchemar et elle se réveillait en hurlant, car le démon avançait vers elle, plus humain et terrifiant que jamais.

C'était ce visage qu'elle voyait maintenant. Le bandit avait garrotté son moignon de poignet avec une tresse de cuir pour enrayer l'hémorragie. Il avait dû le serrer avec les dents car son visage et sa chemise étaient maculés de sang. Même ses cheveux étaient collés. La douleur et la haine enflammaient ses yeux. Il avait enroulé les rênes autour de son bras sanglant et, de sa main valide, il tenait une lourde branche de bois mort en guise de gourdin. Des filets d'écume s'échappaient du museau de son poney.

Pathan se plaça entre Lucinda et le bandit. Ses épaules en sueur luisaient au soleil et, tandis qu'il faisait aller et venir son cimeterre en cercles bas, elle distinguait chaque torsion, chaque ondulation de ses muscles. Ses longs cheveux cachaient son visage. Lucinda aurait aimé le voir encore une fois, juste une fois, mais il ne se retourna pas.

Elle pensait que le bandit allait pousser un cri avant de se lancer à l'attaque, mais il éperonna sa monture sans un mot. Pathan leva son cimeterre, le bandit le frappa au poignet avec sa branche ; le sabre à lame recourbée lui échappa et dégringola le long du remblai. Lorsque Pathan pivota sur lui-même, Lucinda vit la terreur dans ses yeux et se couvrit la bouche pour ne pas crier. Elle rampa jusqu'au bord du gouffre, aperçut la lame qui scintillait en contrebas.

Le bandit virevolta sur l'étroite route et revint à l'attaque. Cette fois-ci, Pathan esquiva la branche. Il sauta en l'air et agrippa la chemise du bandit, réussissant presque à le désarçonner. Mais l'homme tint bon et Pathan aussi, à moitié traîné par le poney, qui continuait de galoper à bride abattue. Le bandit lui assena des coups maladroits jusqu'à ce qu'il lâche prise et dégringole sur la route caillouteuse.

Pathan se releva en chancelant. Le garrot s'était détendu autour du moignon de son ennemi et le sang s'en échappait à chaque battement de cœur. L'homme avait le regard féroce d'un tigre agonisant.

Le bandit éperonna son poney. Il était lancé au grand galop quand son gourdin frappa Pathan au côté. Celui-ci, projeté en l'air par la violence du coup, glissa sur le ventre en tombant par terre. Il releva la tête péniblement.

Le tonnerre gronda à nouveau et le ciel s'obscurcit. Une énorme goutte s'écrasa sur le visage de Lucinda. Le bandit fit demi-tour une fois de plus. Le sang qui s'échappait de son moignon avait taché son pantalon. Il recommençait à pleuvoir à torrents et, à peine tombées sur la roche, les gouttes se volatilisaient.

Trop désespéré pour prêter attention au danger, Pathan se releva. Il était fouetté par la pluie et ses cheveux mouillés pendaient en longues mèches sur ses épaules. Il essaya de marcher, mais chancela, tout juste capable de tenir sur ses pieds. Il n'arrivait pas à fixer son regard et, à moitié aveuglé, regardait au loin. A vingt pas, le bandit lui faisait face.

Lucinda le vit avec terreur pousser son cheval au galop. Pathan ne bougeait pas, apparemment inconscient du danger.

— Baisse-toi, baisse-toi, murmura-t-elle en portugais.

Comment pouvait-il seulement tenir debout après les coups qu'il avait reçus ?

Le bandit fonça sur lui, le gourdin levé. Pathan titubait à l'aveuglette. Le gourdin l'atteignit à la tête, si violemment qu'il fut arraché du sol. Il retomba durement sur le dos, si près du bord de la route qu'un de ses bras pendait dans le vide. Un tremblement le parcourut et il ne bougea plus.

— Pathan ! s'écria Lucinda, sa voix couverte par les hurlements de triomphe du bandit.

Il était mortellement pâle, ses yeux fous bordés de jaune. Un autre se serait effondré après avoir perdu tant de sang, mais la haine le maintenait en vie. Il laissa tomber la branche qui lui servait de gourdin et se précipita vers Lucinda.

Viens donc, pensa-t-elle en se relevant, clopin-clopant, les poings serrés. Je vais t'écharper avant de mourir.

Mais elle avait compté sans l'énergie du bandit, qui semblait avoir l'esprit en feu malgré ses blessures. Il l'empoigna au passage par le bras et, Dieu sait comment, elle se retrouva une fois de plus couchée en travers du poney.

— Tu m'appartiens, pavoisa-t-il.

Lucinda rebondissait contre les flancs chauds de l'animal. Il appuyait sur elle pour l'empêcher de bouger. Elle sentait le sang du bandit et vit le corps de Pathan. Elle se mit à pleurer.

— Prépare-toi. Mets-toi à couvert derrière la jument, dit Gama en appuyant son pistolet sur la croupe du cheval.

La gorge serrée, Maya suivit son exemple et pointa le canon de son arme vers l'endroit d'où venaient les claquements de sabots.

— Tirez ! Tirez ! Pourquoi ne tirez-vous pas ? cria Babouche.

— Il n'y a rien sur quoi tirer, eunuque.

Au même instant, la pluie cessa brusquement. Le crépitement torrentiel fit place à un silence soudain. Dans l'air immobile, la roche humide renvoyait l'écho du martèlement des sabots.

— Tirez ! murmura Babouche en voyant apparaître un bandit sur son poney. Tirez donc ! hurla-t-il.

— Non ! s'écria Gama. Ne tire pas ! Lucie est avec lui.

— Tue-le, putain ! brailla l'eunuque à l'oreille de Maya.

— Tu as entendu ce qu'a dit Deoga ? répondit-elle.

Le visage livide, Babouche empoigna le pistolet.

— Donne-le-moi ! Je vais vous montrer comment on tire, espèces de lâches !

Il arracha l'arme de la main de Maya et la leva vers la route.

— Non ! cria Gama en saisissant l'eunuque par le bras au moment où il pressait sur la détente.

Le Portugais bascula en arrière à côté de lui.

— Je suis touché ! Je saigne ! hurla Babouche.

Serrant ses joues grasses, il repartit vers le buisson en titubant et tomba à genoux. Son visage était couvert de sang.

Mais ce n'était pas le sien. Son coup de feu avait

percé l'œil de la jument de Gama. L'animal s'affaissa sur ses sabots et pencha lentement d'un côté comme s'il était fait d'argile humide. Gama laissa tomber son pistolet et exerça une poussée sur le cheval. Son attitude rappela à Maya celle d'un homme qui, le cœur brisé, s'appuie contre un mur et sanglote. Elle comprit que la bête s'écroulait et que Gama voulait empêcher qu'elle ne les écrasât tous les deux. Elle s'écarta d'un bond, mais au même instant le cheval bascula et en tombant coinça les jambes du Portugais.

Gama poussa un hurlement. Maya se précipita et, le dos appuyé à la carcasse, pesa de tout son poids, mais Gama ne réussit pas à dégager ses jambes.

— Je ne crois pas qu'elles soient cassées, mais je n'arrive pas à sortir de là... murmura-t-il entre ses dents.

Maya n'eut pas à lui demander s'il avait mal. Le Portugais, lui, avait tourné les yeux vers la route où approchait le poney.

— Regarde ! Regarde ça ! s'exclama le bandit d'une voix râpeuse. C'est la justice ! Regarde !

Il se laissa glisser à terre, saisit Lucinda par le cou.

— Ça, c'est la justice ! Toute la journée, tu as tué mes frères, mais justice va être faite. Je vais tuer ta fille et ensuite je te tuerai, espèce de porc.

Il poussa Lucinda devant lui, se servant de son corps comme d'un bouclier. Il avait réussi à mettre la main sur un couteau.

— J'ai payé, chenapan ! cria Gama. Le chauth ! Le bakchich ! Il n'y a plus d'honneur, bon Dieu ?

— C'est moi qui ai payé, toute la journée, mais maintenant ça va être à toi. Tu vas payer, elle va payer. Tout le monde va payer.

— Vous ne pouvez pas l'abattre, Deoga ? chuchota Maya. Je vais vous donner un pistolet...

Tressaillant, grinçant des dents, Gama évalua la distance.

— Pas d'ici. Je risque de toucher Lucinda.

Le bandit poussa celle-ci en avant. Au supplice, Gama le regardait faire, craignant qu'il ne l'égorge. Elle leva ses mains vers lui. La chaleur monta au visage du Portugais.

— Alors, papa, tu es capable de me tuer avant que je la tue ?

Le bandit était tout pâle, ses paupières et ses lèvres s'affaissaient.

— Jette-moi ton sabre.

Comme Gama ne pouvait y arriver seul, Maya l'aida à défaire son ceinturon et lança au bandit le cimeterre dans son fourreau.

— Tu veux encore de l'argent ? C'est ça que tu veux ? On peut conclure un arrangement.

— J'aurai bientôt tout ton argent.

Chancelant, le bandit entraîna Lucinda vers des rochers. De là, il voyait distinctement Gama se débattre sous le cheval mort et Maya à côté de lui. D'une secousse, il fit mettre Lucinda à genoux. Elle gémit de douleur. Il faiblissait mais avait encore assez de force pour lui faire mal.

— Jette tes armes, ordonna-t-il.

— Je ne peux pas bouger, espèce de scélérat. Laisse-la aller !

— Fais-le à sa place, dit le bandit en jetant un regard mauvais à Maya.

En grimaçant, Gama fit signe à celle-ci d'obtempérer. Maya se faufila derrière lui et prit le sac de cuir qui contenait les pistolets.

— Jette-les ici ! cria le brigand.

— Le coup risque de partir ! argua Gama.

Pour toute réponse, le bandit tira les cheveux de Lucinda. Quand il l'entendit gémir, le visage de Gama se durcit. Il hocha la tête et Maya, accroupie, jeta les pistolets, mais elle en avait gardé un caché derrière son dos.

— Tu es un bon papa. Maintenant... finissons-en.

La salive se mêlait au sang séché sur sa joue tandis qu'il souriait au Portugais d'un air méprisant.

— Les affaires avant le plaisir. J'ai perdu une main à cause de cette garce. J'espère qu'elle en vaut la peine.

Il n'y avait plus en lui que de la haine, mais cette haine était violente, et Lucinda épuisée. Le bandit lui tordit le bras jusqu'à ce qu'elle tombe par terre. Le cauchemar qu'elle avait vécu près du torrent recommençait. En pire. Humidité, saleté. Et Pathan n'était plus là.

Couvert de son propre sang, à moitié mort, le bandit ne faisait preuve d'aucune imagination. Son couteau entre les dents, il posa les genoux sur les épaules de Lucinda pour la plaquer au sol et commença à baisser une fois de plus son pantalon.

— Arrête ! cria Gama, au supplice.

— Profite du spectacle, papa, dit le bandit.

Sa voix n'était plus qu'un gémissement. Son ventre était maculé de sang et il avait peine à trouver son sexe rabougri. Finalement, sa main commença à s'activer et il poussa un long grognement, la tête renversée en arrière.

— C'est bon. C'est bon...

— Attends, fit Maya en se dressant au côté de Gama. Laisse-moi te montrer de quoi est capable une bayadère...

Le regard du bandit allait et venait rapidement entre Lucinda et Maya.

— A quoi joues-tu ?

— Je ne suis pas agréable à regarder ? Laisse-la aller et je te donnerai du plaisir.

— Tu es folle.

Il fixait Maya en clignant des yeux, le regard flou.

— Quand je t'aurai donné du plaisir, tu m'emmèneras avec toi.

— Et lui ? dit le bandit en montrant Gama de la tête.

— Tue-le, si tu veux. Il n'est rien pour moi.

— Tu es vraiment une bayadère ?

— Oui, répondit Maya dans un soupir.

Son bras lui faisait mal, son oreille tintait et, alors qu'elle avançait vers le bandit, la tête lui tournait, mais elle affichait un air serein et ses mouvements étaient fluides et gracieux.

— Je ne résisterai pas. Pourquoi le ferais-je ? Ce n'est pas souvent qu'une esclave a la chance de tomber sur un vrai homme. Un homme comme toi... un prince bandit. Je serai ton esclave. Je ferai tout ce que tu me demanderas. Je mendierai, si tu veux. Un homme comme toi peut me demander de mendier...

Le bandit était maintenant sous le charme de ses yeux.

— Laisse-la et prends-moi.

Le bandit bascula sur ses talons, libérant les épaules de Lucinda. Elle s'écarta, glissant sur la roche trempée. Ses jupes en lambeaux restèrent coincées un instant sous ses talons, puis elle se retrouva libre.

Le bandit ne bougea pas. Il semblait trop épuisé pour se lever. Il avait les lèvres bleues et un filet de salive pendait de son menton.

— Il commence à faire froid, dit-il, fixant Maya, la mâchoire pendante.

Le sang suintait en gouttes visqueuses de son poignet coupé.

Maya attendit que Lucinda se soit éloignée.

— Je te connais, fit l'agonisant en claquant des dents.

Maya vint alors se placer lentement au-dessus de l'homme parcouru de frissons. Elle tira le pistolet des plis de son sari, le leva à la hauteur des yeux du bandit et fit feu.

La tête du brigand explosa et son corps s'affaissa.

Comme l'écho de la détonation se perdait au loin, Babouche sortit avec fracas du buisson où il s'était caché.

— Au meurtre ! Au meurtre ! cria-t-il avant de tomber à genoux en sanglotant.

Maya lâcha le pistolet. Elle prit Lucinda par le

bras et l'aida à aller jusqu'à Gama. Lucinda se blottit contre elle et se mit à pleurer. Le Portugais grimaça.

Ils entendirent de nouveau des chevaux arriver, nombreux cette fois-ci. Ils levèrent les yeux. Un silence de mort tomba tandis que le martèlement de sabots se rapprochait.

— Nous ne pourrons pas lutter, murmura Maya.

Une dizaine de chevaux arabes à la robe luisante, à la livrée chatoyante, débouchèrent de la courbe, montés par autant de soldats armés de lances étincelantes, bannières vertes au vent. Derrière eux, sur son poney, debout sur ses étriers, Geraldo souriait en faisant de grands signes et menait les poneys de bât. Malgré la douleur, Gama lui fit signe à son tour.

Le premier des cavaliers, un homme solidement charpenté de l'âge de Gama, leva la main et les autres vinrent se placer en arc de cercle autour de lui, face aux trois voyageurs et à la jument morte. Il parcourut longuement la scène du regard avant de parler :

— Je suis le général Shahji, le commandant des armées de la sultane, reine de Bijapur.

Sa voix résonna dans le silence. Derrière l'un des soldats montait un homme de haute taille, torse nu, ses longs cheveux encore trempés par la pluie car il s'était pansé la main avec son turban.

— Pathan, murmura Lucinda.

Ignorant la douleur, elle se dirigea vers lui en chancelant.

TROISIEME PARTIE

Le Palais du Lac

La nuit de son arrivée au Palais du Lac à Belgaum, Maya rêva à Gungama, sa gourou.

Conduits par le général Shahji, ils avaient franchi les montagnes et atteint le col de Belgaum au moment où le soleil se couchait. Ses derniers rayons doraient le palais blanc et bas construit sur une île verdoyante au milieu d'un grand lac, leur lieu de destination. Une chaussée étroite reliait l'île à la terre ferme. Quand ils arrivèrent aux portes du palais, le soleil couchant derrière eux allongeait démesurément leurs ombres. Un singe au poil argenté les avait regardés passer d'un air solennel.

Dans la cour, Shahji glapit quelques ordres. On apporta des vêtements et des plats chauds, on envoya chercher des médecins. On accabla de gentillesse les survivants de la caravane, blessés, effrayés, sales, hébétés. La maîtresse du palais fit préparer des bains et des couches douillettes pour Lucinda et Maya.

La chambre de Maya avait un étroit balcon qui

donnait sur le lac, au cœur de la vallée de Belgaum. Sur le rivage, des feux dansaient devant les maisons plongées dans l'ombre. A la clarté de la lune masquée par des nuages, elle distinguait les montagnes au loin. Elle souffla la lampe à beurre, s'effondra sur la natte et s'endormit.

Elle se retrouva dans un bosquet sous un beau soleil. D'une source toute proche, du lait coulait dans une mare qui clapotait doucement. Sous ses yeux, la mare prit des dimensions énormes. Ses bords s'estompèrent au loin et elle devint plus vaste qu'un océan. A des lieues de là, une immense île en forme de cône se dressait au milieu des vagues de lait écumantes.

Une grande fleur de lotus bleue flotta vers elle à la surface du lait comme un bateau animé. Lorsqu'elle arriva à elle, ses pétales s'ouvrirent. Assise au centre de la fleur se trouvait Gungama, sa gourou.

Ma chère gourou ! s'écria Maya.

Gungama était plus petite, plus ridée que jamais, mais rayonnante, sa peau lustrée, son sari pareil à de l'or martelé. Maya pleura de joie en la voyant. Elle ouvrit la bouche et, à sa grande surprise, se mit à chanter. Les étoiles tournoyaient. Gungama leva les mains et de l'eau coula de ses paumes. Une minuscule flamme bleue dansait entre ses sourcils.

A la fin de la chanson, Gungama sourit. Elle tendit le bras et ce fut comme si elle avait déployé un morceau de gaze noire dans le vent. Il voltigea aux pieds de Maya, telle une ombre immense, et au cœur de cette ombre, comme d'une grande hauteur,

Maya vit le palais de Belgaum. Parmi des cavaliers alignés dans la cour se trouvait Gama, vêtu d'une jama, *une toge à l'indienne.*

— Donne-lui ce qui t'appartient, dit Gungama en montrant le Portugais.

Maya se réveilla à ce moment-là.

Elle n'hésita pas, ne prit même pas la peine de s'habiller. De son sac, elle sortit la petite boîte en bois inachevée et en tira la bourse en tissu uni qu'elle contenait. Elle se couvrit les épaules de la courtepointe et sortit en courant, pieds nus, de la chambre. La courtepointe voltigeait derrière elle comme une cape, ses cheveux noirs flottaient. Elle fut dans la cour en un instant. Les murs silencieux renvoyaient doucement l'écho de ses pas feutrés.

C'était exactement comme dans son rêve : les hommes de Shahji alignés dans la cour se préparaient au départ. Gama était effectivement vêtu d'une *jama*, mais il portait aussi ses lourdes bottes de *farang*, ce qui lui donnait un air clownesque. Il se penchait de sa selle pour serrer la main de Geraldo. Le ciel sans nuage s'embrasait, gris virant au rose à l'horizon. Les coqs chantaient. Elle se mit à courir sur les dalles de marbre blanc.

— Oh, oh, qu'est-ce là ? fit Gama en souriant à son approche.

Un regard féroce de Shahji coupa court aux ricanements de quelques cavaliers. Hors d'haleine, Maya tendit son petit sac.

— Prenez ça, prenez-le ! fit-elle, haletante.

— Qu'est-ce que c'est ? s'enquit Geraldo, qui semblait prêt à prendre le sac des mains de Gama.

Maya le serra prestement contre sa poitrine. Elle avait oublié le jeune *farang*.

— C'est pour lui seul.

Elle leva la tête vers Gama.

— Prenez-le.

L'intéressé fronça les sourcils. Il prit le sac et sa grosse main tannée effleura les doigts fins de la jeune fille.

— Qu'est-ce que c'est ? demanda-t-il à son tour.

— Un secret.

Gama lança un coup d'œil à Geraldo, qui haussa les épaules et secoua la tête, puis il soupesa le petit sac.

— Quel genre de secret garde une bayadère ?

Il s'apprêtait à ouvrir le sac quand Maya l'arrêta en posant sa petite main sur la sienne.

— Ce que vous tenez là m'est aussi cher que la vie, dit-elle.

Gama la regarda, les sourcils froncés. Elle se dressa sur la pointe des pieds et chuchota désespérément à son oreille :

— Gardez-le-moi. Faites-moi cette faveur. Je n'ai pas d'argent à offrir, mais je peux vous donner du plaisir. Si c'est ce que vous voulez.

Gama prit un air grave.

— Ne me tente pas, mon petit. Je te le garde. Mais ne fais pas de propositions stupides. Je pourrais te prendre au mot, et qu'adviendrait-il ?

Maya saisit l'étrier du Portugais et appuya son front contre le bout de sa botte.

— Comment vous remercierai-je, alors ?

La chaleur monta aux joues de Gama.

— Contente-toi de prier pour moi. Dieu sait que j'en ai besoin.

— Soyez béni dans votre voyage, dit-elle en levant les mains à son front.

Au même instant, Shahji donna un coup de sifflet perçant.

Ils franchirent la porte verte de la cour, suivirent l'étroite chaussée qui traversait le lac. Gama se retourna plusieurs fois pour faire au revoir de la main.

Geraldo vint se placer tout près de Maya et les regarda s'en aller. Dans l'air froid du matin, elle sentait la chaleur de son corps.

— Qu'y avait-il dans le sac ?

— C'est entre ses mains, désormais. C'est à lui qu'il vous faudra le demander.

Pendant que Maya regardait Gama s'éloigner, ses pensées couraient à toute vitesse.

Du feu à la marmite, de la marmite au feu... quelle différence cela fait-il ? Peut-être ne reverrai-je jamais le sac ni lui. Au moins, ces ignobles hijras ne l'auront pas. Mais que feront-ils à ce pauvre *farang* s'ils le trouvent en sa possession ?

— Je prierai pour nous deux, Gama, murmura-t-elle.

Quand il eut disparu dans la brume, elle s'éloigna sans se retourner.

Assise au fond de la cour, une servante lui fit signe et lui proposa quelques crêpes qu'elle avait préparées pour le petit déjeuner. Maya se rendit compte qu'elle était affamée. Elle mangea un paratha, puis un autre. Tandis qu'elle s'essuyait les doigts, elle vit arriver Babouche sur un palki ouvert.

Etait-il honteux de la comédie qu'il avait jouée, lui qui n'avait pas été blessé ? Pourquoi se mettre en peine de le lui demander ?

Maya tourna les talons pour s'en aller. Babouche l'appela à plusieurs reprises. La servante la tira par la manche en montrant de la tête le palanquin jusqu'à ce que Maya soupire et daigne faire face à l'eunuque.

Les porteurs le déposèrent et Babouche tendit une main languide au palkiwallah pour qu'il l'aide à se mettre debout. Il vint droit à Maya en jacassant de sa voix haut perchée.

A l'en croire, le médecin était un vrai maître. Il l'avait tiré des griffes de la mort, et maintenant il allait bien. De plus, le docteur avait bien vu qu'il était digne de tous les honneurs et il avait insisté pour qu'il rentre au palais en palanquin.

Babouche ignorait comment se portait Pathan et il ne demanda des nouvelles de personne. Ce n'était qu'un hijra et il jabotait comme un horrible vieil oiseau. Il ne tarda pas à s'en prendre à elle :

— Tu la caches ! Je l'ai vue tomber de ton sac quand on a passé le col. Où est-elle ? Dis-le-moi ! commanda-t-il, criant maintenant.

Maya ne leva même pas les yeux, ce qui eut le don de le rendre encore plus hystérique.

— Espèce de... de femme ! hurla-t-il.

Le coup qu'il lui donna détona dans sa tête. Cette fois-ci, elle ne vit pas trente-six chandelles, mais sentit seulement une douleur sourde. Il lui sembla que le côté de son visage était lourd et froid comme un bloc de fer. Ses dents de derrière lui faisaient mal. Il la frappa encore, de la main gauche cette fois-ci, et elle tomba par terre. Comme un gros cochon dressé sur ses pattes de derrière, Babouche sautillait à côté d'elle.

— Dis-moi où elle est ou tu en reçois un autre !

Il lui donna un coup de pied au côté mais le bout incurvé de sa babouche glissa sur sa taille et il ne lui fit pas grand mal. Il continua à sautiller.

— Réponds-moi ! Réponds-moi !

Il leva le pied au-dessus de sa tête, prêt à lui écraser l'oreille... et retomba en arrière en poussant un cri, roulant comme une baudruche sur les dalles de marbre. Maya vit alors Geraldo, ses yeux sombres lançant des éclairs. C'était lui qui avait projeté l'eunuque au sol.

Il tendit la main à Maya et l'aida à se relever. Puis il alla à grands pas jusqu'à Babouche et lui décocha un coup de pied dans le ventre, si violent que l'autre fut soulevé de terre et retomba sur le sol avec un bruit mat.

— Levez-vous, ordonna Geraldo.

Babouche se mit péniblement à quatre pattes et recula en tortillant son gros derrière, le front frottant contre les dalles. Son turban s'était défait.

— Je vous en prie, monsieur, je vous en prie !

Geraldo plaça son pied sous le nez du hijra.

— Non ! s'écria l'eunuque. Vous ne devez pas faire ça ! C'est une voleuse ! Elle a volé...

— Qu'est-ce qu'elle a volé ? demanda doucement Geraldo.

Les joues grasses, marbrées de rouge, de Babouche tremblaient comme de la gélatine. Il ouvrit la bouche plusieurs fois, mais aucun son n'en sortit. Il se mit alors à pleurer, le visage chiffonné, les yeux clos, les lèvres tremblantes. Puis il remplit ses poumons et laissa échapper une plainte qui résonna à travers la cour comme une sonnerie de cor.

— Qu'a-t-elle volé ! Parlez ! répéta Geraldo.

Mais Babouche ne pouvait plus retenir ses pleurs. Geraldo cracha par terre et le releva.

— C'est comme ça que vous traitez une femme ? Vous êtes ignoble !

Quand Geraldo l'entraîna, Babouche perdit une de ses mules à bout recourbé. Il voulut la récupérer, et Geraldo, fou de rage, le tira encore plus durement. Tous deux suaient et grognaient dans l'effort. Chaque fois que Babouche poussait un gémissement, Geraldo le tirait avec davantage de rudesse, et ils arrivèrent ainsi aux portes du palais.

— Dehors ! gronda Geraldo.

Il posa le pied sur les énormes fesses de l'eunuque et le poussa sans ménagements. Babouche roula dans la poussière. Les yeux flamboyants, les dents découvertes, le jeune *farang* fit signe au vieux garde médusé de fermer les portes. En tas sur le sol, Babouche couinait comme une chèvre qu'on égorge.

Le gardien s'exécutant trop lentement au goût de Geraldo, celui-ci l'écarta, claqua les battants de la porte et les ferma lui-même au loquet.

Les cris pitoyables de Babouche avaient attiré l'attention. Des serviteurs arrivaient et fixaient les portes vertes comme pour voir à travers. Des enfants grimpèrent en vitesse à une échelle en bambou pour regarder par-dessus le mur. Aux jérémiades de Babouche, ils joignirent leurs rires impudents, tandis que leurs mères criaient après eux et les réprimandaient ; dans les jardins, les paons commencèrent à criailler et au même moment des coups de gong résonnèrent dans le temple. Geraldo se boucha les oreilles et se mit à rire.

Il rejoignit Maya, qui, toujours à genoux sur les dalles, reprenait sa respiration. Elle s'aperçut, gênée, qu'elle ne portait que sa fine chemise de nuit et la courtepointe sur ses épaules. A chaque battement de cœur, sa tête cognait et elle avait une sensation de froid dans le ventre. Geraldo se baissa vers elle, majestueux dans sa *jama* d'emprunt. Il lui palpa le visage du bout des doigts, plus doux et tendres qu'elle ne s'y était attendue. La façon dont il scrutait le côté de son visage la mettait mal à l'aise, comme si elle avait été un objet inanimé. Elle essaya d'attirer son regard, mais il ne voyait que ses ecchymoses.

— Ça aurait pu être pire. Tout ira bien. Il ne vous a pas fait grand mal.

— Vous voulez dire que la marchandise n'a pas

été abîmée, fit-elle, un éclair ironique dans les yeux. Vous avez de la chance.

Geraldo pâlit et se releva si furieusement que Maya crut qu'il allait la frapper, lui aussi.

— C'est vous qui dites ça ? Vous ? Après que je vous ai défendue ?

Il se baissa soudain et ramassa la babouche de l'eunuque.

— C'est comme cela que vous me traitez ?

Il agita la babouche sous son nez, puis se précipita vers la porte et la lança par-dessus le mur comme pour la jeter dans le lac.

— Peut-être l'eunuque avait-il raison, marmonna-t-il en lui faisant de nouveau face, l'air à la fois peiné et furieux.

Puis il tourna les talons et s'éloigna à grands pas.

Oui, pensa Maya en lui lançant un regard noir, il n'y a rien de bon en moi. Maintenant, tu sais la vérité.

Avant que Geraldo eût franchi le seuil de la chambre d'ami, elle regrettait déjà ses paroles.

Les gongs du temple cessèrent de tinter. De l'autre bout de la cour arriva un bruit sourd à répétition. Maya leva les yeux. C'était dame Chitra, la maîtresse des lieux, qui approchait, tirée par une fillette pleine d'ardeur. Elle portait un long châle qui flottait derrière elle comme une cape dorée. Un pas sur deux, elle tapait avec sa canne sur les dalles de la cour. Malgré cela, elle se déplaçait en douceur, comme un navire sur une mer calme.

A son approche, les serviteurs et les enfants

cessèrent de rire et de crier. Ils se serrèrent les uns contre les autres et se dirigèrent furtivement vers les portes. Dehors, Babouche continuait de crier.

— Assez, commanda dame Chitra, d'une voix dure et sèche. Quel est ce vacarme ?

Elle roulait les « r » comme si elle avait appris à parler auprès d'une reine de l'ancien temps. Les domestiques échangèrent des regards en coin et se rapprochèrent encore des portes sur la pointe des pieds.

— Ne croyez pas que je ne sais pas où vous êtes ! Je ne suis pas complètement aveugle !

Dame Chitra leva sa canne et se tourna lentement vers Maya. Elle pointa sa canne vers elle et Maya eut l'impression que, malgré ses yeux voilés, dans le vague, elle voyait.

— Toi ! Pourquoi toute cette agitation ?

La fillette, qui s'appelait Lakshmi, la tira par la main. La femme se baissa et l'enfant, surexcitée, lui parla à l'oreille. Dame Chitra se redressa lentement et appuya le bout de sa canne par terre.

— Tu es la devadasi arrivée hier soir.

Maya hocha la tête, puis, se reprenant, répondit à haute voix :

— Oui, madame.

— Ne sois pas si cérémonieuse avec moi, mon enfant. Nous sommes plus proches que tu ne le penses. Quels sont ces cris ? demanda-t-elle en levant sa canne vers les portes du palais sans détourner la tête de Maya.

— C'est quelqu'un de notre caravane, un hijra. Il revient de chez le médecin. Geraldo, le *farang* que vous avez rencontré hier soir, l'a battu et jeté dehors.

— Un hijra...

Dame Chitra prononça le mot avec malveillance, les sourcils froncés, en roulant des yeux. Mais Maya eut l'impression qu'elle essayait de cacher un sourire.

— Comment se fait-il que ce jeune *farang* raffiné ait battu un hijra ?

— Parce que le hijra me battait.

— *Atcha.* Et pour quelle raison te battait-il ?

— Le hijra voulait quelque chose qui m'appartenait...

Dame Chitra l'encouragea à poursuivre d'un grognement. Les yeux de la petite Lakshmi s'ouvrirent tout grands et passèrent rapidement de Maya à sa maîtresse.

— Des babioles qui me viennent de ma mère.

Dame Chitra ferma ses yeux aveugles en soupirant et leva le visage vers le soleil.

— Les hijras sont pires que des serpents, fit-elle d'une voix sifflante.

Elle indiqua les portes d'un signe de tête et la fillette la guida vers elles.

— Tu ne viens pas ? lança dame Chitra.

Maya comprit que c'était un ordre et non une question. Elle se leva et la suivit.

— Ouvre, commanda la dame en arrivant aux portes.

Dehors, les gémissements s'étaient mués en sanglots incohérents, comme les pleurs d'un enfant épuisé. Le vieux garde souleva le loquet de l'imposant portail, en ouvrit les deux battants.

Les gémissements reprirent instantanément. La fillette entraîna dame Chitra au-dehors.

— Va-t'en, hijra ! Hors d'ici !

Maya s'attendait à ce que Babouche se mette à crier ou se jette aux pieds de la dame pour implorer sa clémence. En fait, elle s'attendait presque à tout, sauf à ce qui se passa alors. L'eunuque porta brusquement les mains à sa bouche ouverte et fixa la femme en écarquillant les yeux. Il n'avait toujours pas récupéré sa babouche droite, alors qu'elle était là, tout près.

— Hors d'ici ! cria encore la dame.

Babouche la regardait en clignant des yeux, comme s'il se rendait enfin compte qu'elle était aveugle. Cette constatation parut lui dicter la voie à suivre. Sans cesser de se bâillonner de la main, il recula sur la pointe des pieds. Par chance, son pied nu heurta la babouche qui avait atterri sur la route. Il le poussa dedans sans quitter des yeux dame Chitra.

Il s'éloigna à reculons furtivement comme un fugitif, arriva finalement à la chaussée. A mi-chemin, il lança un regard mauvais à Maya, le visage empourpré. Il la menaça du poing, puis tourna les talons et se hâta de gagner l'autre berge, ses grosses fesses secouées dans sa *jama*.

La fillette se dressa sur la pointe des pieds pour chuchoter quelque chose à l'oreille de dame Chitra, qui se redressa d'un air satisfait. Elle se tourna et lança à la cantonade :

— Laissez la porte ouverte, mais appelez-moi si le hijra ose revenir !

Le garde s'inclina profondément sur son passage, comme si elle pouvait le voir. La petite fille la conduisit alors jusqu'à Maya, à qui elle dit :

— Sœur devadasi, la déesse t'a envoyée à moi. Viens dans mes appartements et raconte-moi tout.

— Je ne suis pas habillée...

— J'attendrai.

C'est ainsi que Maya devint amie avec dame Chitra.

C'est seulement quand elle passa un sari d'emprunt qu'elle se rendit compte que sa vie avait une fois de plus pris un nouveau tournant. Quelques jours plus tôt encore, elle dansait pour la déesse matin et soir, en compagnie de dizaines de condisciples. Arrachée à cette vie, devenue esclave, elle avait fait un voyage pour le moins mouvementé avec un hijra pour compagnon. Il fallait généralement du temps à Maya pour mettre de l'ordre dans ses sentiments. Des jours, parfois des mois. Cette fois, il lui vint soudain à l'esprit que, Deoga parti et Babouche banni, elle était sur le point de jouir d'une liberté nouvelle. Elle chassa cette pensée en se promettant d'y revenir plus tard et finit de s'habiller.

Dans l'aile du palais la plus éloignée de la cour, les appartements de dame Chitra donnaient sur un étonnant jardin plein de fontaines, d'arbres gigantesques et de fleurs, roses, jasmin, tubéreuses. Du jardin, bordé d'un mur bas, plus fait pour servir de siège que de garde-corps, on voyait l'autre côté du lac. La brise qui parcourait les pièces était parfumée. Des paons paradaient dans les allées, des perroquets filaient d'un arbre à l'autre.

Les pièces étaient spacieuses, voire majestueuses. Dans tous les coins, des monceaux de tubéreuses embaumaient l'air. Sur des pieds de lampe, dans des réceptacles suspendus, on avait placé des boutons de rose de Perse d'un violet profond à la place des mèches. Leur flamme n'était d'aucune utilité à Chitra, mais elle adorait l'odeur poivrée des roses musquées.

Dans une cage accrochée au plafond, un perroquet blanc lorgnait Maya d'un air soupçonneux.

Près de la maîtresse aveugle du palais se tenait celle qui était ses yeux : la petite Lakshmi, au visage intelligent. Elle avait sept ans, peut-être huit, personne ne s'en souciait car ce n'était qu'une orpheline qui avait travaillé dans les cuisines du palais jusqu'à ce que dame Chitra découvre son talent pour voir et décrire. Elle adorait l'enfant et avait commencé à lui apprendre en secret le natyam, la danse sacrée.

Elles étaient assises sur un tapis couvert de mousseline blanche en guise de nappe. Des servantes apportèrent sur un plateau des coupes de jus de melon frais et des assiettes de chapatis et elles allumèrent des cônes d'encens. En déposant tout cela, certaines essayèrent d'attirer l'attention de Maya. Elles hochaient et secouaient la tête, levaient les sourcils, roulaient des yeux. Maya ignora leurs mauvaises manières.

Dame Chitra ne dit rien avant que les servantes

soient parties. Assise bien droit, elle ne s'appuyait pas sur un traversin ni ne s'allongeait comme la fillette.

— La grenouille attend le coucher du soleil pour crier son amour, dit-elle doucement comme si elle avait oublié la présence de Maya. Le coq surveille le ciel pour y surprendre les premières lueurs de l'aube. Le faucon retient son cri jusqu'à ce que le furet se repose.

Elle tourna ses yeux qui roulaient aveuglément vers Maya.

— Maintenant, parle et n'omets rien.

Maya commença donc à raconter son histoire : la disparition de sa gourou, qu'elle croyait morte, pendant l'inondation, l'épisode de sa vente aux *farangs*, le voyage à travers océans et montagnes, et enfin l'attaque des bandits. Chitra l'interrompait souvent et exigeait qu'elle ne passe aucun détail, aussi insignifiant fût-il. Elle ne fut satisfaite qu'après que Maya eut ajouté à son récit son bain de la veille au soir, le rêve de sa gourou et enfin sa rencontre avec Babouche dans la cour. Maya ne raconta pas l'épisode de la coiffe.

— Tu as envisagé le suicide, et le meurtre aussi, déclara Chitra quand elle eut fini.

Maya ne répondit pas.

— Ce ne sont que vanités, mon enfant. Ils causent d'immenses souffrances dans cette vie et dans toutes les vies futures. Qui sait, peut-être ce dur lot t'est-il échu à cause de mauvaises actions commises dans une vie antérieure...

— Et si je m'enfuyais ?

Les mots échappèrent à Maya avant qu'elle ait eu le temps de les retenir.

— Ah ! ma sœur, répondit Chitra. Le *farang* est parti, le hijra aussi, et les portes du palais s'ouvrent facilement. Mais je te le dis, tu n'arriveras pas à t'échapper. Ils te suivront et te ramèneront. Tu es trop précieuse.

— Il n'y a donc aucune issue ? Si j'avais su que Gungama était encore vivante...

Des larmes jaillirent sur ses joues.

Alors, tandis que ses yeux sans vie allaient à la dérive, Chitra leva la main. Mais, au lieu de paroles de réconfort, elle entreprit de raconter la vie dure qu'elle avait eue elle aussi. Dame Chitra avait été concubine du sultan de Bijapur, apprit Maya. Concubine du sultan et, avant cela, bayadère et, avant encore, devadasi. Tout cela fut dit lentement, en une suite de mots aux accents majestueux.

Maya mit un certain temps à se rendre compte que dame Chitra était folle.

Le récit sans queue ni tête de dame Chitra ne semblait que trop plausible à Maya, du fait de la similitude de leurs histoires. Elle venait des régions méridionales de l'Hindoustan et ses parents l'avaient offerte à la déesse Kanyakumari, à la fois jeune épouse et vierge, dont le temple dominait les mers du Sud. Chitra y avait étudié le natyam, la danse sacrée. Puis elle avait dû également livrer son corps.

Elle s'était peu à peu rendu compte que c'était

la partie de la formation qui intéressait le plus le shastri. La danse, qui était tout pour elle, n'était pour lui qu'un moyen pour entraîner ses ouailles à aller au déduit de manière répétée. Chitra le repoussa. Quand elle eut quinze ans, il la vendit à des gens de Golconde, qui la revendirent à des eunuques.

Ou, comme Chitra les appelait en les maudissant, la Confrérie. C'était comme si elle avait parlé de démons.

Les Frères, dit-elle, s'étaient moqués d'elle, l'avaient torturée et obligée à faire toutes sortes de choses innommables qui semblaient impossibles à Maya, surtout pour des eunuques.

Chitra lui expliqua donc patiemment qu'il y avait plusieurs sortes d'eunuques. D'abord, les eunuques « rasés », auxquels on avait coupé les testicules et le pénis, généralement à un jeune âge. Ceux-là étaient à peine humains, selon Chitra.

La plupart des eunuques avaient seulement été amputés de leurs testicules, d'ordinaire à l'approche de la puberté. Ils avaient toujours leur pénis, quoique rétréci. C'étaient les plus dociles. Ils riaient souvent et étaient facilement effrayés.

Mais il y avait aussi les eunuques auxquels on avait écrasé les testicules, ajouta Chitra, soudain tendue.

C'était le lot de Chitra d'avoir été vendue comme concubine au moment où une guerre se terminait. Les eunuques qui l'avaient achetée s'étaient fait une spécialité de ce genre de traitement. Ils avaient acquis aux enchères une compagnie de soldats captifs. Un à un, ils les avaient emmenés dans une tente et leur avaient écrasé les testicules sur une bille de bois avec un maillet. Leurs cris, dit-elle, étaient insupportables.

Ces eunuques-là, expliqua-t-elle, étaient le plus souvent utilisés comme gardiens de harem, non comme serviteurs. Cependant, les femmes des harems désiraient beaucoup en acheter comme esclaves, car ils étaient encore pareils aux hommes à bien des égards. Ils avaient toujours la voix grave, la majeure partie de leurs forces et, surtout, ils pouvaient encore aller au déduit. A cela, ils étaient meilleurs que les hommes car ils n'éjaculaient pas comme eux, qui, après l'avoir fait, perdaient leur érection et s'endormaient en laissant leurs femmes insatisfaites. Au contraire, convenablement excités, ces eunuques restaient très, très longtemps en érection. Cela donnait des accouplements vigoureux.

Elle était à même de le confirmer, dit Chitra avec amertume. Elle n'avait pas été une épouse de harem nantie, solitaire, protégée par un riche mari. Elle était prisonnière de ces êtres devenus hijras depuis peu, ces âmes aigries qui avaient été des hommes. La nuit, ils l'emmenaient en bande dans une tente. Là, elle passait de l'un à l'autre, et il y en avait toujours un pour prendre le relais quand le précédent commençait à faiblir.

Ces hijras pouvaient entrer en érection, mais, évidemment, ils n'arrivaient pas à jouir. Ils donnaient des coups de boutoir jusqu'à épuisement sans la moindre trace de plaisir. Puis ils déchargeaient sur elle leur fureur par des cris et des coups et, quand ils se fatiguaient de cela aussi, ils la laissaient à un autre. C'était par dizaines qu'ils passaient ainsi leurs nuits à copuler avec elle, puis, frustrés, à la battre, parfois jusqu'au sang, en la maudissant et en maudissant leur destin. Au matin, elle était abandonnée, épuisée, couverte de marques et endolorie, tandis que les eunuques, puant le vin, le vomi et la sueur, continuaient à pleurer sur leur sort.

Dame Chitra détestait la Fraternité. Les eunuques, dit-elle à Maya, dominent le monde en secret en recourant au chantage, à l'argent, au complot. Elle les rendait responsables de toutes sortes de maux : famines, guerres et même sécheresses et inondations.

Leur richesse était inestimable. Chitra parla à Maya de visites dans des cavernes éclairées par des torches et pleines de pierres précieuses et d'or. Là, les eunuques l'habillaient comme une reine et faisaient des choses indescriptibles avec elle et entre eux. Ils la forçaient à le faire, la forçaient à regarder et disaient que c'était pour la former.

— Je voyais encore à l'époque, dit-elle doucement. J'aurais préféré parfois devenir aveugle plus tôt... Connais-tu, ma sœur, les différents types d'unions avec la bouche ? demanda-t-elle de sa voix de gorge, sèche, changeant apparemment de sujet à brûle-pourpoint.

— Vatsyayana dit qu'il y a huit manières d'amener un homme au paroxysme avec la bouche, ma sœur : l'union symbolique, la morsure latérale, la pression externe, la pression interne, le baiser, le léchage, la succion de la mangue et l'engloutissement, récita avec méthode Maya, l'instant de surprise passé.

Elle se rappelait ce passage et de dizaines d'autres du Kama Sutra. Elle conclut ainsi :

— Les griffures, les coups et les autres morsures peuvent aussi se pratiquer dans ce genre d'union...

— Tu as de bonnes connaissances, ma sœur. Et combien de ces façons de faire as-tu essayées ?

Maya blêmit.

— Aucune, ma sœur. Elles sont impures ! Seuls les hijras et les femmes impudiques...

Elle se laissa emporter par ses pensées, comprenant peu à peu où Chitra voulait en venir. Ce fut comme un coup de rasoir... une tache de sang qui assombrit lentement ses pensées.

— Avec moi, la Fraternité poursuivait un certain but, ma sœur. Il fallait un héritier au sultan de Bijapur. Il avait... des goûts particuliers, dont aucun n'était de nature à produire une descendance. Mais la Fraternité avait son idée et je faisais partie de leur plan.

Lakshmi avait enlevé le châle doré de Chitra et se dirigea en silence dans le coin ombreux de la pièce, où elle le plia avec soin. D'autres fillettes auraient sans doute couru, joué, ou se seraient ennuyées, alors que Lakshmi regardait sa maîtresse avec ardeur de ses grands yeux brillants tout en caressant l'écharpe pliée comme on caresse un chat.

— Maintenant que je suis aveugle, je vois tout. Lorsque j'avais encore mes yeux, je ne voyais rien.

Maya était sur le point de répondre mais Chitra leva la main et, dans sa paume, elle vit une marque bizarre, pareille à une étoile magenta ou, comme elle le pensa plus tard, à un mauvais œil.

— Le plus curieux, c'est que nous sommes tombés amoureux. Oui, j'ai fait bien des choses. J'ai satisfait les désirs incongrus du sultan comme la Fraternité m'obligeait à le faire.

Elle soupira et dit, murmurant presque :

— De toute façon, pour lui, j'aurais fait tout cela. Il était beau et très gentil. Et il m'aimait.

Le visage de Chitra se détendit et Maya put voir la belle jeune fille que le sultan avait aimée.

— C'était tout ce qu'ils voulaient, ma sœur ? Que vous fassiez ces choses impudiques pour le satisfaire ?

Chitra prit un visage de marbre.

— C'est ce que tu crois ? Comme tu es naïve ! Non, chaque fois, il me fallait lui réclamer un prix à payer, une faveur, la réalisation d'un petit désir. J'ai donc vendu à mon cher amour ce que, en d'autres circonstances, je lui aurais donné avec joie. Tel était le prix qu'exigeait la Fraternité.

— Mais pourquoi avez-vous accepté, ma sœur ?

La voix de dame Chitra, d'ordinaire si terrible et majestueuse, devint faible comme celle d'une petite fille.

— Tu n'as pas idée de ce dont ils étaient capables, ma sœur. Je crains malheureusement que tu ne l'apprennes bien vite.

— Mais comment ces actes impudiques permettaient-ils d'engendrer un héritier, ma sœur ?

N'avez-vous pas dit que c'était ce que la Fraternité désirait par-dessus tout ?

Dame Chitra s'était mise à pleurer et ne répondit pas. Au bout d'un moment, elle fit un signe et Lakshmi se leva instantanément. Elle prit les mains de Maya et l'entraîna prestement hors de la pièce.

Elle la remorqua à travers la cour de manière à la fois vigoureuse et craintive, comme elle le faisait avec dame Chitra. Sans un mot, elle l'entraîna dans le jardin. Au fond s'ouvrait une porte si petite que Maya dut se baisser pour la franchir. Avant qu'elle eût passé le seuil, Lakshmi l'avait reprise par la main. Elles suivirent un étroit sentier poussiéreux qui longeait le mur de brique du jardin. Lakshmi marchait parfois à reculons, la regardant avec un plaisir mêlé de terreur.

A quelques pas de l'extrémité du mur se dressaient une demi-douzaine de huttes en pisé au toit de chaume pointu. Certaines avaient été décorées de motifs tracés à la chaux : Om, swastika, dessins géométriques. Des petites femmes à peau brune en saris aux couleurs passées, accroupies devant, étaient en train de hacher des oignons et de couper des citrouilles en morceaux. Elles firent une grimace familière au passage de Lakshmi, regardèrent Maya mais ne dirent rien.

Autour de la porte rudimentaire de la dernière hutte, on avait dessiné à la chaux des diamants au centre desquels brillait un point rouge brillant de curcuma. Lakshmi se glissa dans la hutte obscure et Maya la suivit.

Ses yeux s'habituèrent à la pénombre. A l'intérieur, les murs étaient blanchis à la chaux. En écartant les bras, elle aurait sans doute pu les toucher des deux côtés. Le sol en terre battue, luisant, verdâtre, avait l'air bien entretenu, balayé puis enduit de boue à base de bouse de vache. Une mince natte était déroulée de chaque côté, l'une courte, celle de Lakshmi, devina Maya.

— Qui dort là ? demanda-t-elle. Ta mère ?

La fillette secoua la tête. Sans presque cesser de regarder Maya dans les yeux, elle ouvrit un coffret qui se trouvait au pied de sa natte. Elle lui tendit une paire de petites babouches peintes comme aurait pu en porter un bébé, des rubans et, d'un air très timide, une poupée de chiffons de soie de couleurs vives.

Maya reçut ces objets comme de précieux cadeaux. Quand elle avait l'âge de Lakshmi, elle aussi avait un coffret comme celui-là dans sa hutte-cuisine à Ori. Elle admira les babouches et les rubans, les examina avec un plaisir évident et les disposa avec soin sur la natte. Puis elle souleva la poupée en la tenant doucement sous les aisselles, comme elle aurait pu le faire avec un bambin.

— Comment t'appelles-tu, petite fille ? demanda-t-elle.

Mais la poupée ne répondit pas ; Maya lui jeta un regard sévère et déçu, puis répéta la question.

— Ouma, chuchota Lakshmi, répondant à la place de la poupée.

C'étaient les premiers mots qu'elle prononçait.

— Quel joli nom pour une jolie petite fille !

Lakshmi tendit les mains et Maya lui rendit la poupée, que la fillette berça dans ses bras. Maya la regarda une minute, puis enleva un à un quelques-uns des fins bracelets qu'elle portait par dizaines au poignet. Il lui fallut un certain temps car ils étaient tout petits et elle devait forcer pour franchir les articulations des doigts.

— Ils sont pour toi et Ouma.

Lakshmi les passa solennellement, un à la fois, au bras de sa poupée. Puis, en fixant sur Maya un regard coupable, elle glissa les autres à son poignet. Enfin elle remit la poupée et tout le reste dans le coffret.

Un entrepôt à large toit plat jouxtait la hutte de Lakshmi. La fillette conduisit Maya à une échelle et grimpa jusqu'en haut. Alentour, des servantes levaient la tête vers elles, puis, ne se sentant pas concernées, détournaient le regard. Maya les comprenait. Quand elle était petite, elle aussi pouvait faire ce qu'elle voulait et personne ne s'en souciait.

Une fillette en robe courte et pieds nus n'avait aucune peine à escalader l'échelle en bambou flexible, mais pour Maya, chaussée de sandales à semelle souple et devant tenir son sari, chaque pas était une aventure. Lorsqu'elle arriva en haut, Lakshmi la fit asseoir à son côté. Ses petites jambes pendaient dans le vide au bord du toit. Elle fit apparaître un sachet, versa un tas de noix de cajou dans sa paume poussiéreuse et en offrit une à Maya.

De là-haut, on voyait une bonne partie des terres du palais, la ville animée de Belgaum de l'autre côté du lac et, en fait, toute la vallée, entourée de montagnes. Il était tôt ; le lac était calme comme un miroir, le soleil argenté et diffus projetait des ombres légères. Une famille de singes paressait dans une cavité du mur à quelques pas de là, une mère allaitait son mignon bébé aux yeux noirs.

Lakshmi s'appuya sans façons sur Maya comme sur un traversin, une jambe croisée avec désinvolture sur l'autre. Elle leva les yeux vers elle et, l'air grave, lui offrit des noix de cajou l'une après l'autre.

— Tu es heureuse ici, n'est-ce pas, Lakshmi ? dit Maya en peignant les cheveux de l'enfant avec les doigts. Mais parfois peut-être ne l'es-tu pas complètement...

Lakshmi se contentait de la regarder parler.

— Tu penses peut-être à t'enfuir, vers cette ville au bord du lac, par exemple. Peut-être songes-tu seulement à partir en courant sans jamais t'arrêter...

Tout en l'écoutant, Lakshmi remuait son pied nu comme si elle battait la mesure.

— Mais où irais-tu, mon petit ? Qui veillerait sur toi ? Que deviendrais-tu, seule dans ce vaste monde ?

Le regard de Maya errait à la surface étale du lac, des nuages couraient à toute allure dans le ciel.

— Peut-être songes-tu à mettre fin à tout ça. Comment ta prochaine vie pourrait-elle être plus dure que celle-ci ? Voilà ce que tu te dis.

Lakshmi cessa de remuer le pied. La fillette

entoura de sa main le bout des doigts de Maya. Mais celle-ci semblait maintenant avoir à peine conscience de la présence de l'enfant.

— N'y a-t-il pas d'issue ? D'autre solution que de vivre en souffrant sans fin ou de mourir ?

Comme en réponse à sa question, Maya vit Geraldo arriver dans la cour en contrebas. Son visage s'éclaira et devint plus grave. Chitra avait dit quelque chose qui lui avait donné une indication, lui avait montré la voie pour sortir de ce dilemme, comprit-elle.

— La solution est peut-être de ne pas être bonne, mais égoïste.

Maya baissa les yeux et vit à l'expression de Lakshmi qu'elle était troublée. Elle lui caressa la joue et murmura en souriant :

— Ne fais pas attention à ce que je dis, mon petit.

Mais la fillette avait vécu trop longtemps auprès de dame Chitra. Que quelqu'un d'autre lui dise cela la tracassait deux fois plus.

Lucinda se réveilla dans une chambre inconnue, couverte d'une légère courtepointe. Elle se leva lentement, car elle avait la tête lourde, et grimaça de douleur en essayant de s'appuyer sur sa cheville foulée. Elle portait un peignoir en batiste fermé à la taille par un ruban. Elle ne se rappelait pas où elle l'avait trouvé.

Près de son lit, elle vit une vieille béquille, la tête enveloppée dans des chiffons décolorés. Elle se souvenait vaguement d'un vieux hakim, une sorte de médecin, qui la regardait d'un air grave et la lui avait laissée la veille au soir. Elle la prit et alla en clopinant jusqu'aux bandes de lumière des deux côtés d'un rideau sombre près de son lit. Elle écarta le lourd drap et ne trouva pas une fenêtre, comme elle s'y attendait, mais une voûte de pierre aussi large que la chambre, qui ouvrait sur un étroit balcon.

Celui-ci était aménagé sur le mur arrière du palais et donnait l'impression de flotter dans l'espace. Un superbe panorama s'offrait à elle, nimbé d'une brume rose corail, composé d'un vaste lac encadré de montagnes escarpées plongées dans l'ombre. Sur l'autre rivage, elle distinguait des forêts aux verts ombreux, profonds, et des champs auxquels les pousses qui pointaient donnaient un lustre et une douceur veloutés. L'eau du lac miroitait.

Ayant toujours vécu à Goa, habituée aux rues de la ville et aux vents marins, Lucinda n'avait pas de mots pour décrire ce qu'elle voyait. C'était comme un rêve, comme le pays magique des contes de fées. Elle appelait cela les Beaux Pays quand elle était petite, et voilà qu'elle en avait un sous les yeux.

Elle sentait l'humidité de la brise caressante et même la fumée des feux de cuisine. Sur l'autre berge, un chapelet d'arnis, des buffles d'eau à la peau brillante, petits comme des jouets, pataugeaient au bord du lac et, à l'orée de la forêt, une bande de singes à dos gris sautillaient à la queue leu leu.

Où se trouvait-elle ? Où étaient ses vêtements ? Comment était-elle arrivée là ?

— N'est-ce pas une belle vue ? fit une voix douce derrière elle au moment où elle se posait ces questions.

Maya.

— Vous allez bien ! s'exclama Lucinda. Où suis-je ? Où est Gama ? Où sont-ils tous ?

Maya ne jugea pas utile de répondre à ses questions.

— Dame Chitra m'envoie à vous. Votre malle a été détruite et perdue, tombée dans le gouffre. Dame Chitra vous transmet ses regrets et m'a demandé de vous apporter ce sari... Il n'a jamais été porté, me semble-t-il, dit-elle en lui tendant un épais carré de soie, soigneusement plié.

La nouvelle de la perte de ses affaires lui paraissait sans importance pour l'instant.

— Et le capitaine de Gama ?

— Il est parti ce matin avec le général Shahji. Il est venu vous voir avant. Vous vous en souvenez ?

— Non. Shahji est l'homme qui nous a amenés ici, non ? Et Geraldo ? Il est parti, lui aussi ?

— Non, il reste ici avec nous.

— Et le capitaine Pathan ? s'enquit enfin Lucinda.

Ne pouvant supporter d'entendre la réponse, elle retourna à son lit en boitillant et s'assit lourdement. Elle se sentait coupée en deux : une partie d'elle-même était capable de parler et même de penser ; l'autre, au tréfonds d'elle-même, était brisée, terrifiée. Maya s'assit à côté d'elle.

— Vous ne vous souvenez pas ? Après les bandits, le général Shahji est arrivé, et lui et ses hommes nous ont amenés ici. C'est le palais d'été de Shahji. Très luxueux, très beau...

Dès que Maya avait prononcé le mot « bandits », Lucinda avait cessé d'écouter. La douce lumière de la pièce commença à faiblir à vue d'œil ; intérieurement, elle voyait un visage ignoble, qui exprimait la folie et la méchanceté, elle sentait contre son dos le sol froid et rocailleux. Elle s'appuya sur sa béquille.

Maya lui toucha le bras, en un geste à la fois amical et distant, et montra de la tête le sari plié.

— Les soies de Belgaum sont réputées...

Ce disant, elle déplia d'une secousse le carré d'étoffe, qui se déploya avec un claquement sec : six mètres de soie empesée et légère, de la couleur du sable au coucher du soleil, les bords brodés de fil d'or, la partie centrale mouchetée de petits motifs multicolores.

— Mais je suis une *farang*. Comment pourrais-je porter un sari ?

— Je vais vous aider. C'est facile. D'abord, nous allons vous peigner.

Lucinda ne sentait rien, ne pensait à rien tandis que Maya passait des huiles parfumées sur ses cheveux sombres, puis les peignait et les tressait avec un ruban. Elle ne les avait jamais portés ainsi. Sa natte était beaucoup plus longue et lourde qu'elle ne s'y était attendue. Avec l'aide de Maya, elle se leva en s'appuyant sur son pied valide et laissa la bayadère l'habiller.

Celle-ci fit d'abord glisser par-dessus sa tête un

chemisier en mousseline, léger comme l'air. Il lui cachait à peine les seins et lui laissait le ventre nu. Cela lui faisait une drôle d'impression de ne pas porter de sous-vêtements, pas de culotte, pas de corset, juste un soupçon de gaze. Puis, très vite, avec des gestes sûrs, Maya enroula le sari autour de ses hanches nues en laissant pendre l'étoffe en neuf plis sur ses doigts tendus, avant de la rentrer pour former une jupe ample. Enfin, elle fit passer l'autre extrémité du sari, lourde de broderie dorée, en travers de la poitrine de Lucinda et la jeta par-dessus ses épaules.

— Vous avez l'air d'une princesse, dit Maya en la regardant de la tête aux pieds d'une manière directe tout à fait inattendue.

Lucinda baissa les yeux.

— Il n'y a pas de jupon ? pas de fermeture ? pas d'épingles ? pas de boutons ? Qu'est-ce qui le tient en place ?

Maya tourna autour d'elle, l'œil critique, reprenant un pli ici, redressant un bord là.

— Vous vous inquiétez trop, répondit-elle.

En faisant attention à la cheville blessée de Lucinda, elle enfila des babouches en soie à bout recourbé sur ses pieds menus. Une fois encore, elle prit du recul pour admirer l'effet obtenu.

— Vous avez l'air tout à fait présentable. Personne n'imaginerait que vous êtes une *farang*. Voulez-vous déjeuner ?

Lucinda se rendit compte soudain qu'elle avait faim. Maya l'aida à traverser en clopinant la cour dallée de marbre, vers un grand pavillon qui donnait sur le lac. Le soleil était haut maintenant et les dalles blanches étincelaient.

— Nous sommes dans la partie réservée aux femmes, expliqua Maya en ralentissant l'allure à l'approche du pavillon. Celle des hommes est de l'autre côté. Nous allons déjeuner sur cette véranda, qui est commune à tous.

Sous ce clair soleil des montagnes, avec son sari en soie empesée, sa natte, la béquille, les babouches à bout relevé, Lucinda ne se reconnaissait pas. Elle avait l'impression de flotter audessus de la cour et de voir boitiller une jeune femme étrangement vêtue, soutenue par une bayadère qui aurait pu être sa sœur jumelle.

Le vaste pavillon formait un demi-cercle et de ses voûtes en grès on avait vue sur le rivage occidental.

— Je n'en reviens pas de l'air que vous avez, dit doucement Maya.

Lucinda jeta un coup d'œil à sa vêture inhabituelle.

— Ça ne va pas ?

— Vous n'avez pas du tout la même allure en sari, répondit Maya.

Lucinda réfléchit un moment à cette remarque, puis se tourna vers le lac qui miroitait au soleil de midi.

— Que savez-vous de cet endroit ?

— Nous sommes à Belgaum, à trente lieues de Bijapur. Le général Shahji passe souvent l'été ici. Il a donné une partie du palais à dame Chitra, la première concubine de feu le sultan. Nous l'avons rencontrée hier soir. Vous vous en souvenez ?

— Non.

Lucinda laissait errer son regard à la surface

du lac. Une partie d'elle-même était encore assoupie, et une autre partie, qu'elle connaissait à peine, ne perdait pas une miette de ce qu'elle voyait.

— C'est si tranquille, si vaste. Ce n'est pas comme à la maison, avec toute cette agitation dans les rues...

Elle baissa les yeux, gênée.

— Vous devez me trouver bien simple. Je suis arrivée à Goa quand j'étais enfant et je n'en suis jamais sortie.

Maya l'examina.

— Des bijoux, dit-elle.

Lucinda leva un sourcil, sans comprendre.

— Des bijoux. Vous m'avez demandé quelle allure vous aviez. Avec un aussi beau sari, il vous faut des bijoux. Des bracelets. Un collier. Et peut-être aussi une perle en forme de larme sur le front, ajouta-t-elle en marquant l'endroit avec un doigt délicat. Est-ce que les *farangs* portent de telles choses ? Je ne le crois pas.

Ce contact fit un drôle d'effet à Lucinda. Personne ne lui avait jamais touché le visage. Sous la caresse du doigt de Maya sur son front, elle leva les yeux, bouleversée. Elle avait l'étrange sensation que les parties disjointes de sa mémoire se recollaient brusquement. Soudain, ses yeux s'emplirent de larmes.

— Je n'ai plus rien. Rien. Toutes mes affaires étaient dans ma malle. J'ai perdu mes bijoux, mes vêtements. J'avais emporté à peu près tout ce que je possédais. Et maintenant tout a disparu.

Pendant que Lucinda sanglotait en se cachant

le visage dans les mains, différentes expressions se succédèrent sur celui de Maya : inquiétude d'abord, irritation ensuite, sérénité enfin.

— Vous croyez ne pas avoir eu de chance, murmura-t-elle. Mais, je vous le dis, c'en est une. Les dieux ne peuvent déposer leurs dons dans un poing fermé. Pour recevoir des présents, il faut avoir les mains vides. Pauvres sots, nous appelons cela une perte et nous souffrons, mais c'est une bénédiction des dieux.

Lucinda regarda la danseuse dans les yeux.

— Vous croyez ?

— Il le faut bien.

Elle posa la main sur celle de Lucinda et, en glissant le long de son avant-bras, ses multiples bracelets tintèrent.

— Tenez... dit-elle en en retirant, non sans effort, quelques-uns à chaque poignet. Mettez ça.

Lucinda eut un petit rire.

— Ils ne m'iront pas. Regardez comme vos mains sont fines !

— Mais non. Les vôtres le sont tout autant. Laissez-moi vous aider...

Maya lui prit la main et frotta les articulations jusqu'à ce qu'elles se détendent ; les bracelets glissèrent d'un seul coup jusqu'aux poignets. Lucinda agita les mains et les bracelets tintèrent gaiement, mais son visage s'assombrit.

— De quoi vous souvenez-vous... commença-t-elle sans finir sa phrase.

Maya l'examina attentivement. Puis :

— Je me souviens de l'éléphant ; je me souviens de l'avoir vu glisser de la route et tomber dans la gorge. Et du cornac.

— Et moi du bandit, murmura Lucinda. De la salive qui dégoulinait de sa bouche...

— Laissez-moi voir votre jambe, suggéra Maya.

La demande était si inattendue qu'il fallut un moment à Lucinda pour lever le pied et rejeter le bas de son sari sur le côté afin que Maya puisse voir.

— Le capitaine Pathan a dit que c'était cassé.

— Ça ne l'est pas, lui assura Maya en massant la cheville avec fermeté. Sinon, vous ne pourriez pas marcher.

— Ça fait mal, insista Lucinda.

— Vous le croyez, c'est tout, répondit Maya en caressant les os.

Elle la regarda dans les yeux.

— Ou vous voulez que ça vous fasse mal...

— Non ! s'exclama Lucinda en lui rendant son regard. Que faites-vous ?

Sous les doigts de Maya, elle avait l'impression que sa cheville s'allongeait, s'assouplissait. Elle ferma les yeux, étrangement transportée par la chaleur du contact, puis les rouvrit vite.

— Fermez les yeux.

Le visage de Maya exprimait une telle assurance qu'elle ne put qu'obéir. La vision du bandit fit immédiatement irruption dans son esprit, mais elle garda les yeux fermés.

— C'est mieux, murmura Maya, comme si elle pouvait pénétrer les rêveries de Lucinda. Laissez votre esprit battre la campagne.

Fascinée malgré ses craintes, Lucinda garda les yeux clos et fit ce qu'elle lui disait. Elle se retrouva une nouvelle fois près du torrent, terrorisée. Des larmes coulèrent sur ses joues. Puis, brusquement, elle ne vit plus le visage du bandit, mais celui du capitaine. Elle rouvrit vite les yeux.

— Pathan ! s'écria-t-elle en se levant d'un bond.

— Oui, fit Maya, l'air épuisée, les cheveux collés à son visage en sueur. Oui, nous devons l'aider.

Quelques instants plus tard, elles traversaient la cour à la hâte, Lucinda marchant comme si elle ne s'était jamais tordu la cheville.

— Attendez, dit Maya quand elles passèrent devant leur porte.

Elle entra dans l'appartement et en ressortit, un petit pot émaillé à la main.

— Ne bougez pas...

Avec le bâtonnet fixé au bouchon, elle déposa une goutte de matière noire dans chaque œil.

— C'est du khôl. Ça éclaircit le blanc. Vous ne voulez pas que Pathan vous voie avec les yeux rougis par les larmes ?

Sur une impulsion, Lucinda prit les mains de Maya.

— Si vous me montrez autant de gentillesse, comment pourrai-je m'empêcher de pleurer encore ?

Epaule contre épaule, elles longèrent la chaussée. Belgaum était un dédale de vieilles rues et ruelles. Maya interrogea une demi-douzaine de personnes avant qu'un jeune garçon les aide à trouver la maison du hakim. Le gamin, qui se dressait de toute sa hauteur et prenait l'air très sérieux, ne cessait de jeter des coups d'œil par-dessus son épaule. Un duvet commençait à ombrer ses joues et sa lèvre supérieure, et il promettait d'être un jour un bel homme. Lucinda se demanda s'il était déjà marié.

Lorsque les deux jeunes femmes apparurent à sa porte, le vieux hakim cligna des yeux comme pour dissiper un rêve.

— Vous ne devriez pas être là, fit-il enfin.

— Ne dites pas d'absurdités, rétorqua Lucinda. Nous ne partirons pas sans l'avoir vu.

Le vieil homme cligna encore des yeux.

— Vous êtes une *farang* ! Mais vêtue ainsi ? ! Ce n'est pas possible !

— Nous venons voir Pathan, monsieur, insista Lucinda.

Sans attendre sa permission, elle passa à côté de lui. Il était trop frêle pour lui opposer une grande résistance. Maya haussa les épaules et la suivit.

— Où l'avez-vous installé ? demanda Lucinda.

— Mais il est près de mourir, argua le hakim, maintenant réduit à implorer.

— C'est pour cela que nous sommes venues, répondit Maya doucement.

Le hakim, grommelant, les conduisit à une petite pièce sombre. L'atmosphère était si saturée d'odeurs que Lucinda eut un mouvement de recul au moment d'entrer. Elles flottaient dans l'obscurité, fumée, herbes médicinales, urine et excréments mêlés, comme un brouillard invisible. Maya la dépassa, tira le loquet de la fenêtre au volet clos.

— Non, il lui faut de l'obscurité ! fit le médecin d'une voix sifflante.

Maya l'ignora et poussa le volet. Un rayon de lumière entra et le reste de la pièce demeura dans l'ombre. Dans la clarté soudaine, elle vit Pathan, avachi comme une poupée brisée. L'une de ses mains, d'une pâleur tout sauf naturelle, dépassait de la couverture grossière.

— Venez, dit-elle à Lucinda en s'agenouillant près de sa tête.

Lucinda était incapable de bouger et parvenait tout juste à respirer.

— Il a le crâne fracassé, vous voyez ? dit le hakim en écartant un pansement miteux. Là, près de l'oreille, précisa-t-il en montrant l'endroit avec un doigt gros comme une brindille.

— Comment se fait-il qu'il n'y ait pas de sang ? s'enquit Maya.

— Cela veut dire qu'il va mourir.

— Doucement. Il va vous entendre, chuchota Lucinda.

Le hakim secoua la tête.

— L'air frais va lui troubler l'esprit, murmura-t-il en s'apprêtant à aller refermer le volet. Non pas que ça change grand-chose...

— Arrêtez ! dit Maya en posant les doigts sur l'oreille de Pathan.

— Vous allez le tuer ! Vous aurez sa mort sur la conscience, pas moi.

— Vous voulez dire que vous allez pouvoir rendre quelqu'un d'autre que vous responsable de sa mort ! dit Lucinda.

— Taisez-vous, tous les deux ! chuchota Maya.

La façon dont Maya manipulait la tête de Pathan irritait le hakim et il s'empressa de sortir de la pièce en traînant les pieds.

— Vous pouvez le guérir ? demanda Lucinda en s'asseyant à côté d'elle et en tripotant son chemisier peu familier. Dites oui.

— Il est très loin. J'ai du mal à le trouver, répondit Maya, les yeux clos, comme si elle cherchait à percevoir un son faible.

Lucinda passa les bras autour de Maya et appuya la joue près de son oreille.

— Aidez-le, murmura-t-elle.

Lucinda collée à elle, Maya palpait lentement la tête de Pathan.

— Ne bougez pas du tout, fit-elle enfin, à voix basse.

Lucinda retint sa respiration. Elle sentait battre le cœur de Maya. Elle resta ainsi pendant ce qui lui parut être des heures. Maya commençait à être en nage, et elle aussi.

Puis elle entendit Pathan pousser une sorte de râle.

— Ce n'est pas possible, il n'est pas mort ? s'écria-t-elle.

— Non, il vit, répondit Maya en s'affalant près de la couche.

Lucinda était assise au chevet de Pathan. Maya était sortie pour reprendre haleine.

Pathan ouvrait les yeux par instants et les refermait aussitôt, comme si la lumière lui faisait tourner la tête. Finalement, il battit des paupières.

— Madame, murmura-t-il.

Lucinda se sentit soudain terrorisée à la perspective de lui parler.

— Vous avez soif. Je vais aller vous chercher de l'eau, dit-elle en se levant.

— Non. Asseyez-vous près de moi.

Lucinda remit son sari en place le mieux qu'elle put, tout en ayant l'impression d'être presque nue. Elle se tapota les cheveux et essaya de se couvrir les seins avec les coudes. Les bracelets que lui avait donnés Maya tintaient à son bras. Elle veillait à ne pas le toucher.

— La lumière n'est pas trop forte pour vous, capitaine ? demanda-t-elle en détestant son ton cérémonieux.

— J'aime la lumière plus que vous ne l'imaginez.

Il tendit la main et ses longs doigts se refermèrent autour de la sienne, bruns sur sa peau claire.

— Je reviens des ténèbres. Je croyais ne jamais revoir la lumière. Puis je vous ai entendue m'appeler.

Les doigts de Lucinda tremblaient dans sa main comme le cœur d'un oiseau pris au piège.

— C'est Maya qui vous a appelé, capitaine...

— C'est votre voix que j'ai entendue, madame, répondit-il en posant sur elle un regard brillant, brûlant. C'est votre voix qui m'a conduit à la lumière.

Elle le fixa longuement, puis répéta :

— Vous avez soif, capitaine. Je vais vous chercher de l'eau.

Tandis qu'elle dégageait sa main, ses yeux glissèrent sur la bouche, les lèvres de Pathan. Elle eut assez de force pour détourner la tête, mais pas assez pour quitter son chevet. Les longs doigts du capitaine trouvèrent de nouveau sa main ouverte.

— Ainsi vêtue, vous n'êtes pas la même, madame.

Lucinda se sentit rougir, mais ne bougea pas. Il passa lentement son pouce sur sa paume.

— Et pourtant, je vous reconnaîtrai toujours. Toujours.

Lucinda ne put s'empêcher de se tourner vers lui. Le silence qui régnait dans la pièce grondait dans ses oreilles.

— Combien j'étais aveugle, madame... Je vous ai regardée si souvent, mais je ne voyais que vos vêtements de *farang*. Je ne voyais pas la femme. Pardonnez-moi, je vous en prie.

Elle eut du mal à parler :

— Vous m'avez sauvé la vie en perdant presque la vôtre. Il n'y a rien à pardonner.

Pathan avait de grands yeux sombres. Elle savait que ses yeux à elle lui parlaient, lui disaient les mots qu'elle n'osait prononcer à haute voix. Elle retira sa main, sachant aussi qu'elle devait s'en aller.

— Je serai bientôt de retour, capitaine.

— Revenez vite, dit-il sans la quitter des yeux.

Une fois dehors, elle s'appuya contre le mur en

serrant la cruche froide contre sa poitrine. Il lui fallut un bon moment pour reprendre son souffle.

Elle leva les yeux ; Maya et le médecin la regardaient.

— Il est réveillé, dit-elle.

Elle était certaine qu'ils pouvaient la voir trembler.

— Je vais lui chercher de l'eau, ajouta-t-elle en montrant la cruche comme si elle espérait distraire leur attention.

— Je m'en charge, fit le hakim.

Maya avait dû lui parler, car il ne semblait plus hostile. En fait, il plissait les yeux en regardant Lucinda, ce qui, comprit-elle, était censé être un sourire.

Maya lui lança un regard entendu et une fois de plus elle se sentit rougir. La bayadère eut un rire bref.

— Babouche a disparu, annonça-t-elle.

— Il est mort ?

Maya rit de nouveau.

— Non, il n'est pas mort. Il est parti. Il a voulu me battre, ce matin, et votre cousin Geraldo l'a chassé du palais à coups de pied. Le hakim m'a dit que quelqu'un l'a transporté jusqu'à Bijapur. Il est parti, ma sœur.

— Plus de Babouche ? Qu'allons-nous devenir ?

Toutes deux se mirent à rire.

Mais le hakim intervint, l'air renfrogné :

— Vous vous moquez de lui. Vous ne devriez pas, les mit-il en garde. Si c'est celui auquel je pense, il est très dangereux. Très méchant.

— Nous savons qu'il est méchant, fit remarquer Maya. Mais pourquoi dangereux ?

— J'ai entendu des histoires. Je n'en dirai pas plus.

Il jeta un coup d'œil vers les fenêtres, comme s'il craignait que des espions ne rôdent aux alentours.

— Mais s'il est parti à Bijapur, je vous le dis, faites attention...

Sur ce, il porta la cruche dans la chambre de Pathan.

— Attention à quoi ? voulut savoir Lucinda.

Au lieu de répondre, le hakim revint, s'écriant :

— Qu'avez-vous fait à mon patient ?

Ils rentrèrent dans la pièce. Pathan était en nage.

Le médecin lui prit le pouls, d'abord au cou, puis aux poignets.

— Son pouls vous le dira, répondit Maya. Il est vigoureux et reprend ses forces. Mais il va dormir plusieurs jours de suite.

— Comment pouvez-vous le savoir ? demanda le hakim, méfiant.

— Il me parlait. Il me tenait la main...

Lucinda s'interrompit.

— Il s'est réveillé parce qu'il a senti votre présence, expliqua Maya. Maintenant, il va dormir.

— Va-t-il se rétablir, ma sœur ? L'avez-vous guéri ?

— J'ai seulement chassé la douleur. Ça l'aidera à guérir.

— Mais où la douleur est-elle passée ? Où est-elle partie ?

Lucinda regarda Maya avec inquiétude.

— Vous l'avez captée ?

Maya ne répondit pas.

— Va-t-il aller mieux ? Va-t-il se remettre complètement ?

Maya hocha la tête.

— Oui, complètement, sauf qu'il ne se souviendra de rien.

— Peut-être... fit Lucinda dans un soupir. Mais moi, je me souviendrai. De tout.

Sur le chemin de retour au palais, la main de Lucinda dans la sienne, Maya tournait et retournait l'idée qui lui était venue sur le toit avec Lakshmi. Cela marcherait. Cela résoudrait ses problèmes. Et maintenant qu'elle voyait la solution, elle y adhérait pleinement. Cette solution n'était pas aussi extrême que de tuer, elle ou quelqu'un d'autre, ni incertaine comme la fuite. Pas si terrible, se disait-elle, et pourtant elle pouvait difficilement prévoir les conséquences de sa décision ni quelles souffrances elle s'infligerait.

A l'entrée de la large véranda commune du pavillon des invités, Maya vit Geraldo. Le jeune *farang*, qui arpentait le balcon donnant sur la vallée, leva les yeux vers elle, l'air bougon, puis se détourna. Il ne parut même pas remarquer Lucinda.

Il continue à bouder, pensa Maya. Même ainsi, il avait fière allure dans sa *jama* d'emprunt. Que va-t-il faire quand il découvrira mes projets ?

Comme elles approchaient, Maya le gratifia de

son sourire le plus charmant et d'un long regard plein de promesses.

Après s'être rincé la poitrine à l'eau de rose, s'être peigné les cheveux et passé de la pâte au bois de santal sur les poignets et les chevilles, Maya mit un sari vert vif propre et bordé d'or. Elle laissa du bout du doigt un point de curcuma entre ses sourcils et cilla en s'appliquant un peu de khôl au coin des yeux.

Comme elle s'apprêtait à partir, elle s'arrêta quelques instants devant une petite statue de bronze de Durga chevauchant son tigre.

Oh ! déesse, pensa-t-elle, que penses-tu de mon projet ? S'il est contraire à ta volonté, s'il est contraire à la volonté de ma gourou, fais-le échouer.

Maya entrebâilla l'un des deux battants étroits de la haute porte en bois sombre de la chambre et jeta un coup d'œil à l'extérieur. Comme elle s'y attendait – comme elle l'espérait –, Geraldo paressait sur la véranda, appuyé à une colonne près de l'entrée de la partie réservée aux femmes. Le sourire de Maya était pareil à une fleur de lotus, Geraldo à une abeille de plus que son parfum allait rendre folle.

Aller jusqu'à la véranda, ce n'est pas faire un grand pas, non plus que de lui parler, se dit Maya.

Avant qu'elle ait eu le temps d'y réfléchir plus longtemps, elle était à son côté.

Il persista bien sûr à bouder et Maya eut du

mal à s'empêcher de se moquer de lui. Mais cela ne la détourna pas de son principal objectif.

— Ah ! monsieur, fit-elle.

La senteur forte de la pâte au bois de santal flottait dans l'air chaque fois qu'elle faisait un mouvement.

Il ne lui répondit pas tout de suite et, en attendant qu'il se décide, elle laissa son regard errer sur le lac teinté d'ombres violettes par le soleil couchant, sa surface d'un vert si sombre qu'il semblait presque noir. Finalement, il soupira et elle se tourna vers lui avec une timidité feinte, fruit d'une longue pratique.

— Etes-vous toujours fâché contre moi ?

Elle s'émut de voir combien son visage dissimulait mal, si différent en cela de celui d'un hindou : à ses yeux, il était à nu. Ses émotions transparaissaient sur sa peau comme de la peinture : elle y lut non seulement de la colère, mais aussi du désir. Ses yeux ardents paraissaient plus profonds et plus sombres que ceux de la plupart des hommes, soulignés par la pâleur de sa peau, rayonnante dans le soleil couchant. Il respirait profondément, les dents serrées, comme si chaque inspiration lui coûtait un effort.

— Oh ! mon cher, vous êtes encore très en colère...

— Ne le devrais-je pas ? Je vous ai témoigné de la bonté et vous m'avez insulté !

— C'est vrai, et j'ai honte.

Ce qui était la vérité. Maya regrettait ce qu'elle avait dit, comme elle regrettait ce qu'elle était sur le point de faire. La duplicité la plus efficace est toujours mêlée d'une dose de franchise, elle le savait.

Ses paroles, ses yeux baissés, la proximité de son corps qui semblait faire vibrer l'air, le bois de santal et son propre parfum, mystérieux, commençaient à troubler les sens du jeune homme.

— C'est que vous étiez contrariée, l'excusa-t-il d'une voix un peu rauque. Cet eunuque est capable d'irriter une pierre !

Elle lui sourit et lui lança un regard si franc qu'il en eut la gorge serrée. Il jeta un coup d'œil alentour : la véranda était déserte, les couloirs silencieux. Ils étaient seuls.

Elle laissa la solitude les envelopper.

— Si je vous le demandais avec la plus grande sincérité, me pardonneriez-vous, monsieur ?

Elle pencha la tête, puis leva vers lui très lentement ses yeux pailletés d'or. Geraldo parut avoir des difficultés à déglutir.

Dans un bruissement de soie verte, elle leva sa petite main et posa un doigt sur la poitrine de Geraldo. Dans un murmure pareil à celui de la brise, elle lui dit :

— Peut-être pourriez-vous pardonner à votre Maya ? Si elle était très gentille avec vous ? Si elle faisait de son mieux pour se racheter ?

Geraldo suivit des yeux le doigt de Maya se promenant sur sa chemise, se glissant par la fermeture de son habit jusqu'à lui toucher la peau.

— Ce n'est pas bien, lâcha-t-il d'une voix rauque.

Même les corbeaux avaient cessé de croasser.

Le silence tombait partout autour d'eux comme la nuit.

— Bien ou mal ? Qui nous arrêtera ?

Elle se pencha en avant et se dressa sur la pointe des pieds, ses lèvres à deux doigts de son oreille.

— Désirez-vous la même chose que moi ?

Elle lui effleura la main. Elle tremblait, à moins que ce ne fût lui.

Il n'y avait pas loin de la véranda aux appartements des hommes, ni de là à la chambre de Geraldo, de sa porte aux coussins de son lit.

Ce n'est qu'après qu'ils se furent étreints et désunis, après que les gémissements et les claquements de la chair contre la chair se furent élevés et perdus dans l'air frais du crépuscule, que leurs soupirs se furent mêlés à l'odeur du bois de santal et de la sueur, qu'elle eut repris haleine et que Geraldo eut glissé dans le sommeil pendant qu'elle caressait sa joue qui luisait comme du métal dans les dernières lueurs du jour, c'est seulement alors que Maya découvrit la faille inattendue dans ses desseins.

QUATRIEME PARTIE

Rencontres

Après avoir été bringuebalé pendant deux jours à l'arrière d'une charrette de paysan, Babouche eut une vision miraculeuse. Après n'avoir mangé que des chapatis et des bananes et entendu parler uniquement de sécheresse, d'épouvantails et de bouses de vache durant deux jours, Babouche se mit à trembler comme le fait un prisonnier qui voit enfin s'entrouvrir la porte de sa cellule. Il retint son souffle, car le seul fait de respirer risquait de chasser la vision inespérée. Mais le paysan à son côté se contenta de jurer à ce spectacle, se frappant la tête avec les poings. Il adorait se plaindre, avait constaté Babouche.

— Par la barbe du Prophète ! N'ai-je pas dit qu'Allah le miséricordieux hait les paysans ! N'en est-ce pas la preuve ? C'est de ta faute, eunuque ! Tu m'as porté la guigne !

— Moi, monsieur ! fit Babouche en écarquillant ses petits yeux.

Ils étaient arrivés à proximité du croisement de la route de Bijapur. Bien qu'il n'ait pas de bons yeux, Babouche l'aperçut, là, devant la file de chariots, de charrettes, de bouviers et de bêtes immobilisés à la croisée des chemins.

— Je bénis tous les anges, murmura-t-il pardevers lui.

Pendant ce temps-là, le paysan sautait à terre en se tenant la tête comme si elle allait exploser. Babouche descendit à son tour de la charrette. D'autres voyageurs se pressaient déjà derrière eux, aussi contrariés que le paysan. Ayant trouvé d'autres gens plus disposés à écouter ses malheurs, celui-ci ignora son passager et Babouche se fraya un chemin à travers la foule jusqu'au carrefour. Il resta cependant derrière le premier rang, ne voulant pas être vu pour l'instant.

A l'ombre des arbres aux branches énormes qui formaient comme une voûte au-dessus du croisement, une dizaine de gardes à la peau brune, de haute taille et solidement charpentés, barraient la route. Les pompons verts des gardes eunuques du harem ornaient leurs lances.

Babouche vit tout de suite qu'il s'agissait d'eunuques « écrasés ». Si nombreux qu'il avait peine à dissimuler son plaisir.

Au sud, on entendait une procession approcher. D'abord le tintement léger de petites cymbales, puis les sonneries de trompette des hérauts. Les musiciens ne tardèrent pas à apparaître, un groupe d'eunuques, l'air ennuyés, qui marchaient approximativement au pas avec indolence. Babouche les méprisait pour leur indifférence. D'autres suivaient, portant les oriflammes vertes de Bijapur.

Puis venaient les cavaliers de la garde, montés sur de vifs chevaux arabes aux selles luisantes de cuir doré, les ombons en argent de leurs boucliers étincelant au soleil. Leurs montures, des hongres évidemment, caracolaient avec dédain devant les badauds contrariés qui attendaient au croisement.

Entouré de ses gardes du corps, le cimeterre dégainé, le capitaine des gardes suivait sur un grand pur-sang bai. Derrière lui, ses serviteurs portaient à bout de bras des coffrets contenant ses bijoux posés sur des coussins de velours. Un jeune eunuque abyssinien (émasculé et peut-être même « rasé », pensa Babouche, approbateur) marchait à côté du cheval du capitaine en levant un énorme éventail en plumes de paon au bout d'une longue perche pour protéger sa tête du soleil.

Derrière le capitaine et sa suite arrivaient les éléphants. Cinq, dix... Babouche était trop ébloui et heureux pour continuer à compter. Il regardait, bouche bée, les howdahs richement ornés, les rideaux tirés afin que la racaille ne voie pas à l'intérieur, et il se laissait aller à imaginer qui se trouvait dans les nacelles.

Babouche attendait, retenant son souffle, puis, au comble du ravissement, il l'aperçut enfin : le Palais Volant de la sultane.

Seules quelques routes de Bijapur étaient assez larges pour permettre son passage, car il fallait quatre éléphants pour le soutenir. Deux marchaient côte à côte devant, deux derrière.

Chaque animal portait un harnais spécial à mi-corps. De grosses cordes reliaient les quatre harnais aux angles d'une solide plate-forme aussi grande que la base d'un temple. Des cloisons en bois se dressaient sur les côtés de la plate-forme, surmontées d'un toit et peintes pour donner l'illusion d'une aile de palais en pierre, avec colonnes, voûtes, et même un dôme argenté éclatant. Le Palais Volant était à deux étages, un balcon éventé au-dessus de la suite royale : chambre, cuisine, bains et même cabinet de toilette. Des bossages dorés et argentés en forme d'étoiles et de croissants brillants ornaient les cloisons. Suspendu sur ses longues cordes, maintenu en parfait équilibre par les éléphants attentifs, le palanquin semblait flotter dans les airs. On imaginait avec peine qu'une structure aussi importante pût se déplacer ainsi ; cela défiait toute logique, et beaucoup de ceux qui la voyaient se sentaient pris de vertige.

Au passage du Palais, Babouche fut incapable de se retenir plus longtemps. Il s'ouvrit un chemin à travers la foule. La caravane était loin d'être entièrement passée : suivaient d'autres éléphants et howdahs aux rideaux tirés, d'autres gardes et bien sûr tout le train de charrettes, palanquins et chariots qui formaient la suite de la sultane. Il songea un instant à remercier le paysan de l'avoir transporté, puis il eut un grognement de mépris à cette pensée.

Il n'avait plus besoin de se montrer courtois et aimable. Babouche rentrait au bercail.

Les gardes eunuques ne surent que penser en

voyant apparaître au milieu de la cohue de paysans et de marchands un des leurs, rond comme une boule.

— Laisse-moi passer, espèce de sot ! cria Babouche au plus proche des gardes. Il faut que je parle au khaswajara !

— Arrière ! Comme tout le monde. Pour qui te prends-tu ?

La voix du garde était dure. Ce doit être un nouveau, pensa Babouche. Il se demanda si le maître eunuque avait fait son travail convenablement.

— Qui es-tu, pour me traiter ainsi ? Conduis-moi immédiatement à frère Murmure !

Le garde sursauta.

— Personne ne l'appelle ainsi, espèce de butor... pas en public, en tout cas.

— Moi, c'est comme ça que je l'appelle, idiot ! Il est mon frère et mon ami. Au nom de la sultane, emmène-moi à lui !

Babouche voyait maintenant arriver la fin de la caravane. De désespoir, il se jeta aux pieds du garde.

Mettant en fureur tous ceux qui attendaient au croisement, la caravane s'était arrêtée. Des coursiers se hâtaient de porter des messages au Palais Volant et revenaient aussi vite. Au croisement, les gardes durent brandir leurs lances car la foule commençait à s'agiter. Finalement, un eunuque vêtu d'une robe aussi brillante que le soleil de midi arriva d'une démarche élégante, escorté de deux gardes magnifiquement accoutrés. Quand il le vit, les grosses joues de

Babouche se marbrèrent de rouge et il se mit à trembler.

L'eunuque, le teint très clair, élégant, était couvert de perles : colliers, boucles si lourdes que le haut de ses oreilles ployait sous leur poids, rangs de perles entortillés dans son turban brodé d'or, si grosses qu'elles se heurtaient avec un bruit sec à chacun de ses pas. Il examina Babouche comme s'il avait été un oiseau trouvé dans la cour de marbre du harem : quelque chose d'inattendu et de déplaisant.

— Oh, mon Dieu ! murmura-t-il en soupirant.

— Frère ! fit Babouche d'une voix étranglée, en baissant les yeux à l'approche de l'autre eunuque. Mon nom...

— Tu n'as pas de nom. Je ne te connais pas.

Il se tourna vers les gardes et leva les mains tristement.

— Nous nous sommes déplacés pour rien.

Il commença à s'éloigner. Babouche émit un geignement qui se mua en une plainte déchirante. Il tenta de s'élancer à sa suite, mais les gardes avaient prévu son geste et lui barrèrent le passage de leurs lances croisées.

— Non ! Attends ! Ne t'en va pas ! Je l'ai trouvée ! s'écria-t-il.

En entendant ces mots, l'autre se retourna lentement.

— Tu l'as trouvée ? Oui ? Dis-moi ça.

— Non, répondit Babouche d'une voix ferme. Je ne le dirai qu'à Murmure.

Après avoir réfléchi un moment, l'autre jeta un

coup d'œil aux gardes. Ils abaissèrent immédiatement leurs lances. Babouche s'avança en titubant et lança :

— Dis mon nom ! Dis-le !

L'autre eunuque, plus grand, sans doute plus jeune – mais avec les eunuques on ne savait jamais –, plus calme et mieux habillé, regarda Babouche, dont le turban en soie, maintenant usé jusqu'à la corde et taché, se défaisait comme d'habitude. Babouche se redressa de toute sa hauteur et leva le nez dans un geste si hautain que les gardes eurent du mal à ne pas rire.

— Dis-le, répéta-t-il.

— Nawas Sharif, dit l'autre après un long silence.

En entendant son nom, Babouche ferma les yeux comme quelqu'un qui goûte un vin vieux.

— Ali Nawas Sharif, corrigea-t-il doucement.

— Ali Nawas Sharif, reprit l'eunuque élégant au bout d'un bon moment, comme si les mots lui écorchaient la bouche.

Suivi par les gardes, Babouche se dirigea vers le Palais Volant. Les cordes de levage pendaient mollement ; les éléphants avaient déposé le palais à terre. Un long chasse-mouches en crin de cheval à la main, deux valets de pied se tenaient de part et d'autre d'un escalier argenté qu'on descendait lorsque la caravane s'arrêtait. Sur un regard de l'eunuque couvert de bijoux, les gardes s'inclinèrent devant Babouche, qui monta. Des mains invisibles écartèrent les rideaux en velours de l'entrée et il s'engouffra dans la pénombre du palais.

Quelques instants plus tard, les valets retirèrent l'escalier. Le chef cornac poussa son « houp houp ». Chaque éléphant fit trois pas à l'extérieur, les cordes grincèrent et le Palais Volant s'éleva en vacillant dans les airs.

Les éléphants se remirent en marche à pas lents. La caravane s'ébranla.

Babouche était de retour.

Il ne se formalisait pas de la circonspection des autres frères qui s'occupaient de lui. Il comprenait – comment aurait-il pu ne pas le faire ? Cela ne l'empêchait pas de leur parler d'un ton brusque, aussi exigeant et tatillon qu'une concubine. Ils lavèrent son visage et ses mains couverts de poussière avec des linges imbibés d'eau de rose. Depuis combien de temps était-il privé de ces choses essentielles ? Ils trouvèrent une *jama* à sa taille et il les insulta sèchement tandis qu'ils lui enfilaient les manches et défroissaient la fine soie empesée sur ses corpulentes épaules.

Il lui fallait des bijoux.

— Apportez-moi des bagues, des belles. Et un collier. Où est Murmure ? Amenez-le-moi tout de suite, exigea-t-il, sachant pertinemment qu'ils n'en feraient rien.

Après cette toilette, cette séance d'habillage et toute cette agitation, l'élégant eunuque auquel Babouche avait eu affaire au croisement réapparut et renvoya les autres. Ils se regardèrent ; seuls rompaient le silence le craquement des parois en bois, le grincement des cordes et de temps à autre le barrissement assourdi d'un éléphant. Bien qu'on eût l'impression d'être dans un véritable palais de pierre, le plancher vacillait parfois comme s'ils s'étaient trouvés à bord d'un énorme bateau soulevé par de grands rouleaux.

— Le khaswajara va te recevoir, annonça l'eunuque, avant d'ajouter, au bout d'un moment : Frère.

Le mot semblait lui avoir coûté un gros effort.

— Je me souviens de cette pièce, de ces cloisons, de ces bruits, dit doucement Babouche.

— Rien n'a beaucoup changé depuis que... tu es parti, répondit l'autre.

— Moi, j'ai changé.

Ils montèrent l'étroit escalier qui menait au balcon supérieur. D'un côté, les hanches de Babouche frottaient contre la paroi, de l'autre, elles étaient au-dessus du vide. Il se penchait sur les marches, s'appuyait à elles, et il arriva donc en présence de Murmure avec un air assez sournois et peu sûr de lui.

— Laisse-nous, ordonna Murmure à l'autre eunuque.

Comme toujours, il avait la voix caverneuse, râpeuse, si basse que Babouche dut tendre l'oreille pour l'entendre. Pour une raison ou pour une autre, Murmure ne portait pas de turban et ses fins cheveux incolores, secs comme de la paille, tombaient sur ses épaules étroites. Il était aussi maigre que Babouche était gros, fragile comme un vieux roseau, son visage pareil à un crâne fin tendu d'une peau aussi sèche que du parchemin. Il se tourna enfin vers Babouche en clignant des yeux à la façon d'un oiseau.

— Cela fait combien de temps ? demanda-t-il d'une voix rauque.

Le plancher vacilla brusquement et il faillit perdre l'équilibre.

Il a l'air si vieux, si frêle, pensa Babouche, qu'il risquerait de se casser s'il tombait.

— Neuf ans, je crois. Quel âge a l'héritier ? Tu venais d'être nommé khaswajara... Quand était-ce ?

— Il y a dix ans, donc.

Murmure secoua la tête avec mélancolie et fit signe à Babouche de le suivre dans une confortable alcôve.

— Comment ça s'est passé, mon frère ?

— Comment crois-tu, mon frère ?

Les paroles de Babouche étaient douces, mais son ton venimeux.

— C'est toi-même qui as donné l'ordre.

— C'est le conseil de la Fraternité qui a pris la décision, pas moi, objecta Murmure d'une voix presque inaudible. Tu n'as qu'à t'en prendre à eux, pas à moi.

— Tu faisais partie du conseil.

Dans des craquements d'os, Murmure s'assit près de la fenêtre garnie de rideaux en mousseline en haussant les épaules.

— C'était pour ton bien, mon frère, et le bien de la Fraternité. Tu en avais certainement conscience ? Tu en as en tout cas conscience, maintenant ?

Il fit signe à Babouche de s'asseoir sur un coussin en face de lui.

— Tu dis que tu l'as trouvée...

Sa voix de tête, râpeuse, ne pouvait dissimuler son impatience. Babouche s'assit lourdement. Ni nourriture ni boisson, remarqua-t-il.

— L'accueil n'est pas très chaleureux, mon frère, dit-il en faisant la moue. J'attends d'être beaucoup mieux traité que ça.

Il rit, à la manière d'un vilain garçon.

— Je devrais tout te dire maintenant, j'imagine, afin que tu puisses récupérer la résille et me mettre à l'écart ?

— Tu dois me le dire pour que ton exil puisse prendre fin. C'est toi qui as perdu la résille, mon frère.

— Ce n'est pas vrai !

— Mais c'est ce qu'a conclu le conseil, et c'est donc la vérité, mon frère.

Les lèvres parcheminées de Murmure s'écartèrent, découvrant ses longues dents.

— Comme maintenant tu l'as retrouvée, qu'est-ce que cela change ?

Babouche se renversa en arrière.

— Je veux un poste de pouvoir. Mais pas au harem. Un vrai, cette fois-ci. A la cour.

— C'est envisageable.

— Je veux aussi une maison à moi. Pas seulement quelques pièces.

— Oui.

— Et aussi des bijoux. Récupérer les miens. Celui qui m'a amené ici portait une de mes bagues ! Je veux qu'on me la rende, qu'on me rende tout, avec un décompte précis !

— Oui, oui. Tout cela et plus, fit Murmure, ses gros yeux lançant des éclairs. Tu l'as vraiment retrouvée ?

— Oui.

Babouche soupira en se renversant en arrière. Il pensa demander quelque chose à boire, mais, en vérité, il était aussi impatient que Murmure. Et donc, sans plus tarder, il entreprit de raconter l'histoire de Maya.

Sur le sol froid de la cour du fort, les soldats de Shahji ronflaient, enveloppés dans des couvertures marron, telles de grandes sauterelles dans leur cocon. Gama ouvrit les yeux aux premières lueurs de l'aube alors qu'à l'occident le ciel était encore constellé d'étoiles. Il se leva de son tapis de couchage, mit ses lourdes bottes. L'air humide du matin lui refroidissait la peau.

Il se repéra. Cela faisait près d'une semaine qu'il était sur la route avec les hommes du général. La décision de faire le voyage jusqu'à Bijapur avec Shahji lui semblait maintenant tout à fait stupide. Il aurait dû partir seul.

Le général Shahji et ses hommes effectuaient une tournée d'inspection quand ils avaient porté secours à la caravane. Le même soir, lorsque Gama avait dit qu'il allait à Bijapur, Shahji lui avait proposé de se joindre à eux.

« Chevauchez avec ma garde, avait-il suggéré. Ça prendra quelques jours de plus. Vous visiterez quelques forts avec moi et vous arriverez à Bijapur reposé et sauf. »

Il n'avait pas eu besoin d'ajouter : « Vous arriverez en compagnie du général commandant les forces de la sultane. » Cela lui conférerait un certain prestige et, pour l'heure, Gama en avait grand besoin.

Ils étaient maintenant tout près de Bijapur – à quelques heures de chevauchée seulement, ils pouvaient y arriver le jour même. Gama commençait à s'inquiéter. Il n'aurait pas dû se retarder ainsi. Mais il avait bien aimé prendre le chemin des écoliers, ce qui le préoccupait encore plus. Au lieu d'affronter les questions et la colère de *senhor* Victorio, il s'était plu en la compagnie de Shahji, à mener sa vie à la fois simple et spartiate.

Gama avait bien sûr entendu parler du commandant Shahji ; il savait que c'était un soldat malin et féroce, qui jadis avait été un rebelle, qu'il avait négocié sa reddition et était devenu généralissime des armées de Bijapur. Il ne s'était pas attendu à ce qu'un homme ayant un tel passé soit aussi amical tout en étant cynique, doué d'un tel sens pratique en étant aussi bon stratège. Il comprenait clairement pourquoi il avait été nommé commandant suprême, bien qu'il ait été hindou.

Lorsqu'ils étaient arrivés au premier fort, Gama avait demandé la permission de dormir dehors, avec Shahji et ses hommes. Une fois revenu de sa surprise, Shahji la lui avait accordée. « Les vrais soldats détestent les toits », lui avait dit Gama.

Shahji était resté impassible, mais son air était celui d'un homme qui a trouvé un ami.

Gama sentit une odeur de friture. Il huma l'air à plusieurs reprises, devina la direction, et s'éloigna des soldats endormis. A quelques pas derrière la caserne principale se trouvait une construction basse en brique qui faisait office de cuisine. A l'approche de Gama, une dizaine de corbeaux gris s'envolèrent d'un coup d'aile pour aller se poser sur un grand manguier. Un chien à poil jaunâtre gronda en lui montrant les dents, mais s'arrêta dès que Gama se mit lui aussi à grogner.

Il se pencha pour franchir la porte basse ; quelques femmes pelaient des oignons et faisaient griller des chapatis sur un petit feu. Des moineaux entraient par la fenêtre et venaient se poser sur les poutres basses. L'une des femmes leva les yeux et lança à Gama le chapati qu'elle venait de cuire. Il l'attrapa au vol.

— Si vous voulez trouver un vrai soldat, cherchez la cuisine ! lui lança Shahji, souriant dans un coin sombre. Tenez, voilà le beurre...

Gama s'assit à côté de lui et étira devant lui ses jambes chaussées de ses bottes boueuses. Il n'ignorait pas que c'était impoli, mais peu lui importait. Il était heureux de le faire et ne savait pas quand il le pourrait à nouveau.

Avec son poignard, Shahji coupa un petit morceau de la motte de beurre présentée sur un plat d'argile et le déposa sur le chapati de Gama.

— Ne me dites pas que vous n'aimez pas ça, dit-il. Je vois très bien que si.

— C'est vrai, j'aime assez, fit Gama en riant. Quels sont vos projets, général ?

Shahji lui jeta un coup d'œil.

— Nous rentrons à Bijapur. Notre tournée est terminée...

Shahji marqua une pause, puis :

— Vous commencez à vous inquiéter, Deoga. Vous vous demandez si vous avez bien fait de laisser les rênes au jeune *farang* à Belgaum.

D'un haussement d'épaules et un hochement de tête hésitant, Gama laissa entendre qu'il ne se trompait pas.

— Vous voyez, il n'est pas très difficile de vous percer à jour. Je me demande moi aussi si vous avez agi sagement.

Gama fixa Shahji un moment. Puis :

— Pourquoi dites-vous cela, général ? C'est une sorte de héros, n'est-ce pas ? C'est lui qui est allé chercher de l'aide et vous a trouvés, vous et vos hommes. S'il ne l'avait fait, nous serions tous morts, à l'heure qu'il est.

Shahji leva les sourcils.

— Reprenez du beurre, monsieur, dit-il. Votre héros, je crois plutôt qu'il n'est pas parti chercher du secours mais qu'il a pris la poudre d'escampette. Nous avions entendu des coups de feu et nous étions déjà en train de venir voir de quoi il retournait. L'un de mes hommes a dû lui courir après pour le ramener...

Shahji laissa à Gama le temps de digérer ces paroles avant de poursuivre :

— Peut-être auriez-vous dû confier à l'eunuque la conduite des opérations.

Gama lui rendit son regard en clignant des yeux. Shahji hocha la tête d'un air sérieux.

— J'ai moi-même été surpris de voir cet eunuque avec vous, dit-il. Il avait joui d'un grand respect à la cour du sultan. C'était le bras droit du khaswajara. Vous savez ce qu'est un khaswajara ?

— Oui, je le sais. Vous êtes sûr que c'est lui ?

Shahji acquiesça.

— Il a eu des ennuis à la cour. Les hijras... Qui comprend leurs façons d'être ? Il doit avoir retrouvé la faveur de Murmure, sinon il serait toujours banni. Il se peut qu'il ait aussi l'oreille de la sultane...

Shahji eut un petit rire et donna une tape sur l'épaule de Gama.

— Mais après tout, qu'est-ce que j'en sais, Deoga ? Je ne suis qu'un soldat, comme vous. Peut-être ce Geraldo va-t-il faire ce qu'il faut ?

— Qui sait ? Mais qu'y puis-je maintenant ? répondit Gama en secouant la tête. Ce qui est fait est fait. Geraldo est de la famille. Si j'avais passé les rênes à quelqu'un d'autre, mes maîtres n'auraient pas compris.

Il prit un morceau de pain et le mâcha comme s'il n'avait aucun goût.

— Si Pathan n'avait pas été blessé, il est évident que je l'aurais choisi, dit-il enfin.

— Oui, approuva Shahji. Le prince Pathan est un homme de qualité. Et très riche, si on en croit la rumeur, mais il préfère la vie de soldat à celle des nobles. Ce qui est étonnant. Pourquoi un homme riche souhaiterait-il être un soldat ?

Shahji se leva et s'étira en poussant un bâillement sonore. Les cuisinières le regardèrent et se mirent à rire.

— Vous serez à Bijapur aujourd'hui même, Deoga ! Venez, allons réveiller les autres.

Le voyage avait repris.

— Vous autres, les *farangs*, ne venez jamais par ici, à l'intérieur de l'Hindoustan, n'est-ce pas ? disait Shahji à Gama. La plupart d'entre vous restent dans les ports maritimes, comme des nageurs qui craignent de s'éloigner du rivage...

— Oui, général. Je ne suis guère allé sur le plateau du Deccan. Dans l'ensemble, tout cela est très nouveau pour moi, reconnut Gama.

Sa carte imaginaire de l'Hindoustan consistait en une côte et quelques cols menant à des villes commerçantes voisines, des îles sur la mer de son ignorance. Il n'avait pas vraiment mesuré toute l'étendue du pays, avait tout juste compris qu'au-delà des montagnes verdoyantes comme celles qui protégeaient Belgaum s'étendait une plaine desséchée et craquelée sans fin, ponctuée ici et là de champs verts et de forêts ombreuses, un espace infini de terre rocailleuse plus monotone qu'un océan.

La route montait inlassablement en serpentant sous un soleil implacable, les chevaux dodelinaient de la tête lourdement, respiraient avec peine. La veille, au crépuscule, ils avaient aperçu pour la première fois à l'horizon la haute plaine où était bâtie la ville de Bijapur. Sa lointaine silhouette les hantait maintenant ; ils avaient beau chevaucher à n'en plus finir, elle refusait de se rapprocher.

Les douces brises de mer de la côte manquaient à Gama. Ici, l'air sentait le métal chaud et lui desséchait la langue, le vent était si sec qu'il ne transpirait pas malgré la chaleur. Il buvait à son bidon en bronze une eau maintenant aigre et tiède, mais sa soif ne s'étanchait jamais.

Pour leur dernier jour de voyage, Shahji n'avait pas manqué de chevaucher à côté de Gama. Il lui posait des questions brèves et pertinentes, auxquelles le Portugais répondait de bonne grâce. Il appréciait la compagnie du général. Shahji semblait plus à l'aise avec lui qu'avec ses propres hommes. Gama avait cru d'abord que, comme tous les officiers, il avait tendance à s'isoler. Puis il s'était souvenu que Shahji, loin d'être originaire de Bijapur, était en fait un ancien ennemi du royaume qui avait tiré un gros profit de sa reddition et été nommé commandant des armées locales. Gama devinait que, comme lui, Shahji se sentait étranger et cherchait un réconfort dans la compagnie d'un autre étranger. En outre, de tous les voyageurs, seuls Shahji et lui n'étaient pas musulmans. Gama se demandait ce que faisait le commandant pendant les prières avant qu'il ne soit là pour bavarder avec lui.

Cependant, malgré leur familiarité croissante, Shahji ne s'exprimait pas tout à fait librement. Alors même qu'il donnait son opinion sur la politique et les scandales de la cour, sur les extravagances des courtisans et la traîtrise des eunuques, il évitait les questions militaires.

Malgré tout, Gama avait vaguement compris comment les forts de Malve, au nord-ouest, étaient disposés, donnant à Bijapur une position dominante sur les routes commerciales occidentales. En reliant certains faits, il en avait déduit que Shahji, bien qu'il ait réussi à acquérir la maîtrise d'un territoire suffisamment vaste pour mettre Bijapur à genoux, avait préféré finalement une alliance honorable à une guerre incessante.

Maintenant, Shahji était riche, il avait du pouvoir, mais il resterait toujours un étranger, un suspect même, à Bijapur. Peu d'hommes pouvaient être ses confidents, comprit Gama, ce qui expliquait peut-être pourquoi Shahji tenait tant à se lier d'amitié avec lui.

Le général semblait particulièrement intéressé par les détails de l'attaque des bandits contre la caravane de Goa et il y revint plusieurs fois avec Gama.

Puis les questions de Shahji commencèrent à tourner autour de Babouche : comment en était-il venu à faire partie de la caravane ? Gama expliqua que l'eunuque était arrivé à Ori à peu près au moment où il était venu chercher la bayadère, envoyé là pour l'accompagner jusqu'à Bijapur. Oui, avait dit Shahji, mais, au départ, comment avait-il entendu parler de la danseuse ? Avait-il été envoyé par Carlos Dasana ou par quelqu'un de Bijapur ? Qui avait fait en sorte qu'il arrive si vite à Ori ? Gama ne pouvait malheureusement pas apporter à Shahji de réponses satisfaisantes.

Il finit par faire part au général de son étonnement devant toutes ces questions :

— Mais qu'est-ce que cela change, général ? Ce n'est qu'un eunuque, après tout...

Shahji dévisagea Gama longtemps avant de répondre :

— Expliquez-moi pourquoi vous dites cela...

— Oh ! je suppose qu'il joue le rôle de femme de chambre ou quelque chose de ce genre ? Les eunuques ne s'occupent-ils pas des femmes comme les palefreniers s'occupent des chevaux ? fit Gama, se sentant soudain tout bête.

— C'est vraiment ce que vous croyez ?

Le regard enflammé, Shahji poursuivit, baissant la voix :

— Les eunuques sont une véritable peste. Comme les ténias, ils s'attachent aux nobles et aux riches ; comme des tiques, ils se gorgent du sang d'autrui. Ils n'ont pas à pourvoir aux besoins d'enfants, pas d'héritiers pour qui se faire du souci. Cela les rend objectifs et moins enclins à voler, prétendent-ils. Ce n'est qu'un de leurs mensonges incessants... Ils ne tardent pas à avoir la haute main sur le harem, puis sur les domestiques, sur toute la maisonnée et même sur les affaires de la famille. Toute grande maison a son khaswajara et bientôt personne ne peut lever le petit doigt sans son approbation. Ils séduisent les femmes par des pratiques obscènes et les hommes par l'alcool, l'opium et d'autres abominations. Ils ont la langue bien pendue, l'ouïe aiguisée. Qui d'autre connaît les détails les plus intimes de la vie de leurs maîtres ? Qui d'autre écoute avec une si profonde attention ?... Les eunuques n'ont ni religion ni pays ni famille ni amis. Tels les rats qui créent une ville dans les égouts, ils ont établi une société à eux, une fraternité fondée sur le secret, sur une richesse d'emprunt et des biens volés, peuplée d'enfants enlevés et aussitôt mutilés. Comme des taupes, ils fomentent leurs complots abominables dans des tunnels dissimulés. Dans les coulisses, ils actionnent le monde comme un marionnettiste commande les mouvements d'un pantin. Leur Fraternité est puissante et ténébreuse et, à Bijapur, Babouche n'a été qu'à un pas du pouvoir le plus élevé...

— Quel est donc ce pouvoir ? se surprit à chuchoter Gama.

Shahji réfléchit longuement en jetant des coups d'œil alentour presque malgré lui, comme pour vérifier que personne n'écoutait.

— Le pouvoir dont je parle est celui détenu par le plus infâme hijra de Bijapur, le khaswajara du sultan, l'eunuque Murmure, qui, en ce moment même, intrigue pour obtenir la régence, l'autorité sur l'héritier et, à travers lui, la maîtrise du royaume. Babouche était son bras droit, mais il a disparu il y a quelques années et on n'a plus entendu parler de lui jusqu'à maintenant.

Gama réfléchit à ces paroles. Il avait entendu des marchands hindous trop saouls pour faire attention à ce qu'ils disaient prononcer de semblables diatribes, mais rarement des hommes à jeun et jamais quelqu'un d'aussi lucide que Shahji. Tout ce qu'il put dire fut :

— Ont-ils tous des noms aussi ridicules ?

— Des noms destinés à duper les sots. Leurs vrais noms, personne ne les connaît.

Gama sentait l'inquiétude monter en lui.

Peut-être ai-je commis une erreur en les laissant seuls à Belgaum avec cet eunuque, ce Babouche, pensa-t-il.

Shahji parut lire dans ses pensées.

— Il n'est pas dangereux, *farang*, du moins il ne l'est pas beaucoup – pas seul, pas sans ses cohortes. Il est manifestement intéressé par la bayadère. Si vous devez vous inquiéter, c'est pour elle qu'il faut le faire. Il n'avait aucun dessein concernant les autres, sinon vous le sauriez à l'heure qu'il est, ni vous concernant, sinon il vous aurait accompagné...

— Je ne l'aurais jamais permis ! dit Gama en riant.

Mais Shahji conserva un air grave.

— Il serait venu, que ça vous plaise ou non, que vous l'ayez permis ou non. Il aurait trouvé un moyen.

Gama faillit alors parler à Shahji du petit sac confié par la danseuse, caché pour l'instant dans une poche secrète de son pourpoint, lui dire qu'elle l'avait prié de le garder comme si elle se croyait en danger. Il s'en fallut de peu, mais il s'abstint de le faire, finalement.

Le soleil, brûlant, était à son zénith quand ils aperçurent au loin les murailles en basalte de

Bijapur. Le trafic se faisait plus intense à chaque nouvelle lieue parcourue et le morne tintement des cloches de vache résonnait maintenant en permanence dans l'air. Ils dépassèrent une file de chars à bœufs, chacun transportant une montagne de canne à sucre. Montés dessus tels des auriges, les conducteurs poussaient les bêtes épuisées au galop, usant de leurs longues rênes et de leur grand fouet. Ils passèrent devant des cabanes en torchis. Des enfants nus couraient à leurs côtés en tendant la main.

Quand ils s'arrêtèrent pour les prières de l'après-midi, Shahji montra de la tête une route qui serpentait à travers des collines, au sud.

— Cette route mène aux chutes de Gokak, dit-il à Gama. La sultane y va souvent. Les avez-vous déjà vues ?

— Une fois, à la saison sèche. Même alors, le spectacle était impressionnant.

— Vous devriez les voir maintenant, après les pluies.

Shahji fronça les sourcils pensivement, puis reprit sur un ton pressant inattendu, comme s'il avait finalement décidé de parler :

— Ecoutez, Deoga, il vous faut savoir quelque chose. Il se peut que vous ne trouviez pas ce que vous attendez à Bijapur.

Sur ce, Shahji commença à lui parler de la récente infortune de Victorio Dasana.

— Il n'habite plus sa grande demeure. Il a perdu beaucoup d'argent en jouant à la pelote avec Wali Khan, le vizir. Celui-ci a mis à sa disposition quelques pièces du palais, mais qui peut dire s'il l'a fait par amitié ou pour l'avoir à l'œil jusqu'à ce qu'il ait apuré sa dette ?

Shahji poursuivit, baissant la voix :

— Je sais que vous vous inquiétez de ce qu'il va dire lorsqu'il apprendra que la caravane a été attaquée...

Gama répondit par un haussement d'épaules et Shahji reprit :

— Il a perdu beaucoup d'influence, Deoga, et je ne crois donc pas qu'il puisse faire grand-chose. Mais s'il vous arrivait d'avoir des ennuis, je ferai ce que je peux. En réalité, c'est moins Victorio qui m'inquiète que Murmure, le khaswajara...

Gama regarda Shahji, plus soucieux que jamais.

— Comme je l'ai dit, *farang*, continua ce dernier, je ferai ce que je peux pour vous protéger. En attendant, beaucoup de gens souhaiteront vous parler. Evitez-les si vous le pouvez. Dites-en le moins possible, surtout s'il y a des eunuques dans les parages. Soyez vigilant.

Shahji montra de la tête les collines ombreuses de Bijapur.

— Nous y serons bientôt. Essayez de ne pas vous en faire. Les soldats s'inquiètent trop. De toute façon, dans quelques heures vous pourrez cesser de vous soucier de ce qui va advenir, car ce sera en train d'arriver...

Il eut un petit rire, comme s'il avait fait une bonne plaisanterie.

Il fallut plus de temps pour arriver à Bijapur que ne l'avait prévu Shahji. Lorsque le soleil disparut derrière les nuages noirs à l'occident et que les murailles sombres de Bijapur se teintèrent de vieux rose sous l'effet de ses derniers rayons, ils se trouvaient encore à plusieurs kilomètres de la porte principale. A cet endroit, des fermes étaient éparpillées dans la plaine. L'air assombri sentait la fumée, des lampes et des feux rougeoyaient au loin. Shahji envoya un cavalier au galop ordonner aux gardiens des portes de la ville d'attendre son arrivée.

Les hauts murs en basalte se dressèrent enfin au-dessus d'eux, éclairés par des torches. Comme ils approchaient, les bruits de la ville leur parvinrent, étouffés, par-dessus les parapets de pierre. Ils tournèrent à gauche sur la route périphérique ; sur le bas-côté, depuis leurs tentes, des bohémiens et des rétameurs ambulants levaient vers eux des yeux brillants à la lumière des feux de bouse de vache.

Quand ils virent Shahji, les soldats qui patrouillaient à l'entrée se mirent au garde-à-vous. Il leur rendit à peine leur salut, occupé à cajoler sa monture pour qu'elle franchisse le portillon réservé aux cavaliers encastré dans l'un des énormes battants en bois du portail. Ils franchirent le labyrinthe de l'entrée et se retrouvèrent dans la grande rue de Bijapur.

Face à eux trônait le Malik-e-Maidan, un canon monstrueux, le plus gros jamais construit, à cheval sur la rue, comme une baleine échouée sur une plage. Son tube luisait au clair de lune, sa gueule presque assez large pour livrer passage à un cheval.

— Que je sache, il n'a servi qu'une fois, dit Shahji en revenant au côté de Gama. Pour exécuter un pauvre diable... il avait été pris en train de monter une des épouses de Wali Khan. Ils l'ont fourré dans le canon comme un boulet. Quel grondement fantastique ! Je l'ai entendu pendant des jours. La fumée était si épaisse que j'ai failli m'étouffer ! On a retrouvé le corps à une lieue et demie d'ici et on se demande encore s'il est mort au moment où le coup est parti ou quand il a atterri. Je me plais à l'imaginer volant au-dessus de la plaine, jouissant dans son dernier souffle d'une vue comme aucun autre homme n'en aura jamais...

La rue sur laquelle ils chevauchaient était si large qu'il fallut un certain temps à Gama pour se rendre compte qu'il y avait foule. Une rue étroite de Goa eût été bondée. Les éventaires et les tavernes grouillaient de monde, car les habitants de Bijapur étaient libéraux pour ce qui concernait la boisson, malgré les admonitions du Prophète, et la musique, les rires, les odeurs de viande chaude et de vin bon marché se mêlaient dans la nuit éclairée par les lampes.

Shahji leva le menton pour indiquer un mur devant eux.

— Voici le palais qui héberge le sultan et la cour, expliqua-t-il. C'est là que j'habite et aussi que doit habiter votre Victorio.

Shahji sourit à Gama.

— Vous n'avez qu'à rester avec moi cette nuit.

Ça vous permettra de vous reposer avant d'affronter Victorio.

Gama s'empressa d'incliner la tête en remerciement.

Le palais de Shahji – qu'il appelait son pavillon – se dressait juste à l'intérieur du portail. Des palefreniers vinrent se charger de leurs chevaux, mais Gama se cramponna à ses sacs avec une telle véhémence que Shahji se mit à rire. Dans le vestibule, une jolie jeune fille se précipita et posa la tête sur les pieds du général. Il resta un moment, les mains jointes sur la poitrine, à la dominer de toute sa hauteur, puis la releva et la présenta comme sa femme à Gama. Le Portugais s'inclina profondément à la manière des *farangs* et en fut récompensé par un rire charmé et insouciant.

Elle doit avoir dans les seize ans, pensa Gama.

Un domestique vint le conduire à une chambre d'ami, mais Shahji les suivit et ne laissa Gama qu'une fois assuré qu'il était confortablement installé. Après son départ, le Portugais poussa le verrou et regarda les murs autour de lui, comme s'il craignait d'être observé. De sa sacoche de selle, il tira le petit sac donné par Maya, qu'il garda longtemps dans sa main, se rappelant sa promesse. Puis il défit le nœud du cordon et renversa son contenu sur le lit.

Une résille étincelante, semée de perles et de diamants gros comme des pois, s'étalait devant ses yeux.

Le lendemain matin, Gama fut réveillé par des coups légers à sa porte et une voix haut perchée.

Ce n'était pas une fille qui l'appelait mais un jeune eunuque, qui entra lentement.

— Qui es-tu ? demanda Gama.

L'eunuque sursauta de façon exagérée, reculant d'un bond.

— Je croyais que vous dormiez... Pardonnez-moi, monsieur ! glapit-il. Je suis un mukhunni et j'appartiens à la maison de *senhor* Victorio Dasana. Il souhaite que je vous conduise à lui aussi vite que possible. Je vous ai apporté des vêtements de rechange, monsieur. Je m'appelle Souris.

Peut-être l'eunuque devait-il son nom à ses yeux, qui étaient grands et bordés de longs cils, ou à son nez, qui tressautait quand il essayait de rester immobile. Mais Gama comprit vite qu'il lui venait de sa main gauche : elle dépassait de sa manche bouffante, brune, atrophiée et couverte de ce qui ressemblait à un pelage duveteux.

Souris évoluait dans la pièce en silence comme le font les eunuques. Il posa au pied du lit de Gama une pile de vêtements de *farang* : une paire de bas, une chemise et une culotte propres. Ses bottes avaient été nettoyées et passées au cirage noir.

— Puis-je vous aider à vous habiller, monsieur ? demanda Souris.

— Je suis capable de le faire seul, eunuque, rétorqua Gama.

Un coup d'œil au visage doux de Souris, l'air tout retourné, lui fit regretter la dureté de son ton.

Qu'il aille au diable et me laisse tranquille, pensa malgré tout le Portugais.

Souris s'inclina au point que son front toucha presque le sol et s'esquiva vers la porte.

— Non, attends ! lança Gama. Y a-t-il une salle de bains par ici ?

— Vous devriez attendre que nous arrivions chez votre oncle, au Gagan Mahal, monsieur, où l'eau du bain coule toujours chaude...

— Je suis un *soldado*, mon garçon. L'eau froide me suffit.

Souris le conduisit donc par l'étroit couloir jusqu'à une petite pièce carrelée, dotée d'un simple trou pour l'écoulement et d'un seau.

— Ça fera l'affaire, dit Gama.

Il remplit le seau au robinet, de l'eau glacée, gardée dans une citerne sur le toit, pensa-t-il, puis se le versa sur la tête. Il recommença deux fois sans cesser de maudire sa bravade de soldat.

Il m'aurait suffi d'être aimable, se dit-il, et je serais en train de prendre un bon bain chaud...

Il s'enveloppa en frissonnant dans un linge en mousseline et retourna à sa chambre, laissant des marques humides sur le sol en marbre. Assis près de la porte, Souris baissa la tête sur son passage.

Même habillé, il fallut un moment à Gama pour se réchauffer.

Il rassembla ses affaires, mit ses sacoches de selle en bandoulière. Il n'eut pas besoin d'y jeter un coup d'œil pour savoir que la coiffe de Maya n'y était plus.

Dehors, Souris voulut porter les sacoches,

mais Gama refusa. L'eunuque marchait comme s'il avait voulu cacher sa main atrophiée à la vue de Gama, en une attitude qui paraissait presque naturelle. Il jacassait plaisamment en suivant le Portugais dans le couloir. C'était aussi dans les manières de Babouche, se rappela Gama. Peut-être les eunuques étaient-ils incapables de tenir leur langue.

Ils arrivèrent dans le patio. Le palais de Shahji – son « pavillon », se corrigea Gama – était simple et élégant, et les murs de plâtre ciré luisaient comme de l'or au soleil du matin.

Shahji se trouvait près de la porte principale.

— Je suis content que vous vous soyez finalement réveillé, *farang*. Vous avez bien dormi ?

Il n'attendit pas la réponse, passa le bras autour des épaules de Gama et l'entraîna à l'écart de Souris.

— En général, je ne laisse pas entrer les eunuques chez moi, mais celui-là avait des vêtements propres pour vous et il ne voulait pas que quelqu'un d'autre les touche. Ai-je mal fait ?

Gama secoua la tête.

— Je suis votre obligé, général, et le serai toujours.

— Rappelez-vous... toute l'aide que je peux vous dispenser vous est acquise. Je serai vigilant, n'ayez crainte.

Le visage du général se rida et il fouilla dans sa poche.

— Tenez, voilà une centaine de huns.

Gama écarquilla les yeux.

— Je n'ai pas besoin d'argent, général.

— Alors, prenez-le pour me faire plaisir. Vous me le rendrez dans un mois. Il peut se révéler plus utile que vous ne le pensez.

Il mit les pièces dans la main de Gama et baissa la voix :

— En attendant, rappelez-vous mes paroles, hein ? Et mangez un de ces parathas avant de partir...

Sur ce, il sortit d'un pas énergique en faisant un vague signe de la main derrière lui.

Gama sourit, prit l'une des crêpes odorantes et montra la porte en inclinant la tête.

— Viens, Souris, dit-il. Ceux qui vont mourir...

— Mourir, monsieur ? répéta l'eunuque en clignant des yeux.

— Ne t'en fais pas. Allons-y.

En ce début de matinée, ils effectuèrent sans trop de mal le trajet à travers les rues de Bijapur, dans deux palanquins couverts séparés. Les palanquins mettaient toujours Gama mal à l'aise. Les porteurs étaient rarement en bonne santé. On pouvait tirer les rideaux pour ne pas les voir, mais on n'échappait pas pour autant à leur respiration catarrheuse et au flot continu de malédictions qu'ils lançaient à mi-voix. A moins qu'ils n'aient été à peu près de la même taille et n'aient décidé de marcher du même pas – ce qui n'arrivait jamais –, le palki se balançait, à vous donner la nausée plus que sur n'importe quel bateau. Ils avançaient à la vitesse imposée par le porteur le plus âgé et le plus faible, qui dirigeait invariablement la marche. Et il fallait supporter tout cela pour jouir d'un vague prestige, comme si vous étiez un personnage trop important pour que vos pieds touchent le sol !

Gama ne voyait pas grand-chose à travers les rideaux, mais il devina qu'ils se dirigeaient vers l'est. Les bâtisses semblaient plus neuves, plus simples et utilitaires. Elles étaient d'une nudité crue assez gênante, comme un homme montrant son ventre rose et flasque au médecin. Gama tapa sur le côté du palanquin.

— Où allons-nous ?

L'aîné des porteurs leva son menton grisonnant vers un long bâtiment sans fenêtres à toit de tuiles. Un bout de tissu passé pendait mollement d'une perche au-dessus de l'unique porte. Il fallut un moment à Gama pour reconnaître le drapeau du Portugal.

D'une main boursouflée et squameuse, Victorio Souza caressa la joue de l'eunuque.

— Que pensez-vous de mon castrat, hein ? demanda-t-il à Gama. Nous devons tous en avoir un... chaque maison doit avoir son castrat, c'est la règle maintenant, n'est-ce pas, Souris ?

L'eunuque baissa les paupières et haussa les épaules, mais appuya sa tête contre la paume de Victorio.

— C'est mieux que je ne l'aurais pensé. Il est pour moi d'un grand réconfort et il a l'esprit vif.

Il se tourna vers Souris et lui demanda en hindi :

— Mille trois cent dix-neuf moins quatre cent vingt-huit ?

— Huit cent quatre-vingt-onze, mon oncle, répondit l'eunuque en plissant le nez.

— Comment trouvez-vous ça, hein ? dit Victorio en portugais. Il fait des opérations de tête !

— Comment savez-vous qu'il ne se trompe pas ? répondit Gama.

Pour toute réponse, Victorio se contenta de lui lancer un regard noir et posa ses gros doigts sur la main atrophiée de Souris. Il avait vieilli, depuis la dernière fois que Gama l'avait vu. Ses joues pendaient, comme lestées, les poches de chair suspendues à ses arcades sourcilières cachaient presque ses yeux humides. Son nez, violet et crevassé, gris par endroits, s'affaissait. Sa moustache grise autrefois distinguée avait pris une teinte jaunâtre. Il portait un calot tricoté de vieillard malgré la chaleur, et son corps emplissait le fauteuil comme l'eût fait un sac de sable.

Tout bien considéré, ça ne se passe pas trop mal, pensa Gama.

Victorio écouta le récit de l'attaque des bandits avec réserve et mélancolie. Rien ne le scandalisa, ni ne l'ébranla, comme s'il était déjà au courant. Mais il levait son lourd menton chaque fois que Gama parlait de Lucinda. « Et elle va bien ? Elle va bien ? » demandait-il alors. Quand Victorio parlait, Souris ne quittait jamais ses lèvres des yeux.

Il essaie d'apprendre le portugais, devina Gama.

Malgré l'heure matinale, la main gonflée de Victorio, dont la peau pelait comme celle d'un vieux serpent, serrait une bouteille de sherry.

— Que pensez-vous de ça ? demanda-t-il en

montrant d'un vague signe de tête la factorerie où ils se trouvaient.

— Je ne sais pas au juste, monsieur. Je n'en ai pas vu grand-chose, répondit Gama, que Souris avait en effet conduit directement au petit bureau dès leur arrivée.

— Vous en verrez davantage. Vous verrez tout. Je demanderai à Souris de vous montrer. Je ne marche plus très bien maintenant ; je laisse Souris être mes yeux et mes oreilles. Il est très malin.

Il caressa les doigts atrophiés de l'eunuque. Gama se demanda si le vin contenait une drogue. Victorio pencha la tête pour regarder Gama dans les yeux.

— Mais un eunuque ne me suffit plus, désormais, capitaine.

Gama leva les yeux, percevant une invitation dans les paroles de Victorio, ou un avertissement.

— Vous n'êtes pas las de la vie de soldat ? N'avez-vous pas envie de vous caser ? De prendre femme, de construire une maison ? D'avoir un castrat à vous ?

— La pensée m'a effleuré l'esprit, monsieur, répondit Gama prudemment.

Sauf en ce qui concerne le castrat, pensa-t-il par-devers lui.

— Mon frère Carlos est mort.

La nouvelle gifla Gama comme une vague soudaine. L'autre poursuivait :

— Mon beau-frère, voulais-je dire. Empoisonné, de l'avis de tous. Mort le jour même où vous êtes parti. Son état s'est quelque peu amélioré avant que votre caravane ne quitte Goa, mais il est mort quelques heures plus tard. Dans de grandes souffrances. C'est typique du poison.

— Mort ? Empoisonné ? Qui a pu l'empoisonner ?

— Nous pouvons le deviner. Lorsque Carvallo, son secrétaire, a envoyé la nouvelle de la mort de Carlos, il a précisé que le valet avait trouvé la boîte d'arsenic de Lucinda près du lit...

Gama eut l'impression d'être poignardé au cœur.

— Elle n'aurait jamais...

— Vous avez entendu parler de sa mère, n'est-ce pas ?

Gama acquiesça, attendit la suite, qui ne se fit pas attendre :

— Fièvre cérébrale. Elle a passé ses quatre dernières années enchaînée à son lit à pousser des hurlements. Dieu que j'ai été soulagé quand elle est morte ! Elle avait empoisonné son premier mari, vous savez.

— Je l'ignorais...

— Normal, nous avons gardé ça pour nous. Même Lucinda croit qu'elle est morte à Lisbonne. Sa tante – ma femme – aussi. Elle a sauté de la tour d'une église. Nous avons donc guetté des signes chez la jeune fille parce que... eh bien... on ne sait jamais, comprenez-vous ? Carlos aurait dû se montrer plus vigilant.

Comme Gama ne répondait pas, Victorio se pencha en avant.

— Je dois pouvoir vous faire confiance, Gama.

Vous nous êtes apparenté, bien que de loin. J'ai besoin de me fier à nos liens de sang.

Victorio le fixait, l'interrogeant des yeux.

— Je suis votre serviteur, monsieur.

Victorio regarda dans le vague.

— Je n'ai pas besoin de serviteur, Gama. J'ai besoin d'un associé maintenant, d'un ami. J'ai besoin de votre aide.

Il le regarda avec ferveur.

— Est-ce que Carlos a envoyé de l'argent ?

— Seulement les riales dont je me suis servi pour acheter les bandits, répondit Gama amèrement. Envolés.

Avec un grand soupir, Victorio posa lentement la main sur le bras de son fauteuil. Gama s'efforça de ne manifester aucune réaction quand Souris appuya son visage dessus, comme sur un oreiller.

— La situation est délicate, en ce moment. Les finances de notre famille sont... euh... compliquées. Incertaines. Spéculatives.

Il lança à Gama un regard significatif. Près de lui, Souris leva ses yeux frangés de cils sombres.

Vous êtes sur la paille, comprit Gama.

Il se souvint de ce qu'avait dit Shahji des pertes au jeu de Victorio. Il ne souffla mot.

— Notre fortune est inextricablement mêlée à celle de la sultane. On ne sait trop qui sera le régent du jeune héritier du trône. Celui qui obtiendra le poste gouvernera Bijapur pendant huit ans au moins. Notre fortune dépendra de lui. Nous avons uni notre destinée à celle de Wali Khan, le grand vizir, mais sa voie n'est nullement tracée...

— La bayadère n'a-t-elle pas été achetée pour lui être offerte ? s'enquit Gama.

— Un cadeau, vous voulez dire ? Oui. Encore une idée de Carlos. Il ne sait pas à qui il a affaire. Il ne savait pas, veux-je dire. Wali Khan a beaucoup de finesse, et si nous voulons l'influencer, nous devons en avoir aussi. J'ai joué à la pelote avec lui et j'ai perdu. C'est plus efficace qu'un pot-de-vin...

Le visage de Victorio s'assombrit.

— Mais cette bayadère nous coûte une fortune. Nous sommes à la limite de nos possibilités, voire au-delà. Nous avons dépensé chaque hun que Carlos a pu emprunter ou mendier.

— Combien a-t-elle coûté ? demanda Gama.

— Un demi-lakh de huns.

Gama siffla doucement. Cinquante mille huns ! Gama n'était pas pauvre, et en moyenne il gagnait deux mille huns par an. Un domestique pouvait en espérer cinquante. Un demi-lakh représentait une vraie fortune.

— La nouvelle de la mort de Carlos a rameuté bon nombre de créanciers. Maintenant que vous êtes notre associé, vous allez racheter nos parts. Ils ne vous connaissent pas. Ils spéculeront sur vos ressources. Il leur faudra du temps pour y voir clair. Mais lorsque Wali Khan deviendra régent...

— S'il le devient...

A ces mots, un nuage passa sur le visage de Victorio. Gama détourna le regard.

— Quoi qu'il en soit, cette putain peut nous apporter le salut...

Là, Victorio s'égaya un peu, poursuivit :

— Quelqu'un veut nous l'acheter.

Souris aida Victorio à se lever et lui tint gentiment le bras quand il sortit du bureau en traînant les pieds pour traverser les allées encombrées de la factorerie.

— Vous voyez que je n'ai pas chômé, capitaine, dit le vieil homme en montrant de la tête les marchandises empilées en désordre contre les murs.

Grands tapis roulés, ballots de soie, paniers d'épices, tonneaux portant des inscriptions en une langue étrange... Des atomes de poussière tourbillonnaient dans les rayons de soleil qui filtraient à travers des petits trous dans le toit de tuiles.

— Si seulement nous pouvions les vendre, les acheminer jusqu'à Lisbonne, ce serait la fin de nos ennuis. Mais nous sommes obligés de tout garder ici par manque de fonds.

— Vendez-en une partie, suggéra Gama.

Le gloussement de Victorio se mua en toux et il dut s'arrêter pour reprendre haleine.

— Ne jamais vendre en position de faiblesse, fils. C'est la première règle du commerce. Si on apprend que nous avons besoin d'argent, les vautours et les chacals nous arracheront les tripes. Nous pourrions nous estimer heureux de tirer de nos marchandises le quart de leur valeur...

Alarmé par cette agitation, Souris tapota l'épaule de Victorio.

— Cet entrepôt contient toute la fortune des

Dasana. En tant qu'administrateur, je dois agir de manière responsable. Et vous aussi, désormais.

Il se pencha et ajouta à voix basse :

— Que savez-vous de Murmure, le khaswajara du sultan ?

A ce nom, Souris tendit l'oreille et ses grands yeux brillèrent.

— Pas grand-chose, répondit Gama.

— C'est lui qui propose d'acheter la bayadère.

Gama ne put dissimuler sa surprise.

— Oui, curieux, n'est-ce pas ? fit Victorio, tout en continuant de parcourir l'entrepôt de son pas traînant. Un castrat qui veut acheter une putain ? Il veut qu'on l'emmène en un certain endroit, pas au palais. Et en secret.

Il tourna la tête, murmura, les yeux brillants sous ses paupières tombantes :

— Ces conditions me donnent des raisons d'espérer.

Au fond de l'entrepôt, la lumière tombait d'une unique fenêtre. Près de celle-ci, le plancher avait été dégagé, balayé et couvert de tapis, de coussins et de soieries. Une silhouette anguleuse était assise là, en silence.

— Je vais mener la discussion. Contentez-vous de hocher la tête quand je vous le dirai, murmura Victorio.

A contre-jour, Gama distinguait à peine le khaswajara, mais il sentait sa présence malveillante, sa sécheresse. Souris tomba à genoux aux pieds de Murmure.

— Debout, debout, ordonna le khaswajara, mais seulement au bout d'un bon moment.

A peine si Victorio le salua de la tête.

— *Senhor* Murmure, voici mon associé, *senhor* de Gama.

Ce dernier écarta les bras en une ample révérence de *farang*, qui suscita, comme il s'y attendait, un sourire amusé de la part du khaswajara.

— Mes amis hindous m'appellent Deoga, monsieur.

— Je suis heureux de faire la connaissance de votre associé, *senhor* Victorio. Nous avons tous besoin de collaborateurs, n'est-ce pas ? De collaborateurs et d'amis...

La petite voix de Murmure évoquait le bruit que font les doigts d'un mourant agrippant du gravier.

— Asseyez-vous, asseyez-vous. Parlons.

Souris aida Victorio à s'asseoir sur un coussin à la droite de Murmure, puis accrocha le regard de Gama et d'un brusque signe de tête indiqua la place à la gauche du khaswajara.

Un peu de respect pour le nouvel associé, gredin, pensa Gama en s'asseyant.

— C'est beaucoup plus intime qu'au palais, n'est-ce pas ? dit Murmure en penchant la tête. Pas d'oreilles indiscrètes.

Il passe toujours cette langue grise et sèche sur ses dents jaunes avant de parler ? se demanda Gama.

De sa main valide, Souris apporta un plateau avec une cruche et des coupes en argent. Murmure fit un geste en direction du plateau, comme un prêtre donne sa bénédiction, mais ne prit pas de coupe. Victorio et Gama refusèrent aussi. Le soleil monta encore, la lumière qui passait par la fenêtre s'adoucit. Victorio et Murmure entamèrent l'échange rituel, évoquant la santé de tel ou tel notable, souriant ou secouant la tête, avant de s'attaquer au suivant.

Gama laissa son regard errer autour de la pièce. Cette partie du comptoir commercial regorgeait d'étranges objets. Une rangée d'idoles à taille humaine contre le mur le plus proche, dans un enchevêtrement de bras peints. Derrière Victorio, un oiseau en bois à tête d'homme.

Par terre, près d'une arche dorée, Gama aperçut une file de poupées, calées dans des supports spéciaux. Il comprit alors de quoi il retournait, et fut encore plus troublé d'en trouver un là, dans cet entrepôt de Bijapur.

Il avait sous les yeux un magnifique théâtre de marionnettes, tel qu'un noble de Lisbonne pouvait en avoir dans son palais. La fourrure orangée soyeuse d'un prince renard, sa robe étincelante de pierres précieuses, son sourire rusé qui découvrait ses dents pointues, ses yeux noirs et vides comme la nuit, tout cela accrochait les rayons du soleil qui tombaient de la fenêtre. Près du renard, une Colombine peinte avec délicatesse pendait de son support, comme abattue, son visage serein tourné vers le plancher.

Les yeux noirs du renard accaparaient l'attention de Gama, bien plus que la discussion interminable de Murmure et de Victorio. Après une si courte nuit de repos, son esprit commença à battre la campagne. Le renard semblait lever la tête, prêt à parler. Gama sortit de sa rêverie en sursaut, mais ni Victorio ni Murmure n'avaient remarqué qu'il s'était à moitié assoupi. Souris le foudroya d'un regard désapprobateur.

Mais pendant qu'il rêvassait, les deux autres étaient parvenus au cœur du sujet :

— Mais enfin, *senhor* Murmure... une bayadère ? fit Victorio en levant les mains en un geste d'incompréhension. Pourquoi avez-vous besoin d'une bayadère ?

Murmure branla du chef sur son cou de poulet.

— Ça, ça me regarde, et moi seul.

— Cela me regarde aussi, car... vous voulez non seulement acheter la fille mais aussi notre silence...

De nouveau, la tête grisonnante et imberbe de l'eunuque dodelina.

— Le silence est inclus dans mon prix, rétorqua-t-il de sa voix râpeuse. Dites un chiffre.

Victorio fronça les sourcils. Sous ses paupières tombantes, ses petits yeux allaient et venaient. Souris le regarda avec inquiétude car il semblait incapable de parler.

— Dix lakhs de huns, fit Gama, avant de cligner des yeux et de jeter un regard circulaire alentour, comme si quelqu'un d'autre avait parlé.

Tous les yeux se tournèrent vers lui. Murmure devint encore plus pâle. Victorio remua les lèvres, mais aucun son ne sortit de sa bouche. Souris semblait sur le point d'éclater.

— Dix lakhs ?

Murmure se tourna vers Victorio.

— Pour une vulgaire bayadère ? C'est ça, votre

prix ? Est-ce que votre associé s'exprime en votre nom ?

Victorio leva les mains en un geste d'impuissance, incapable de parler. Murmure jeta un regard mauvais à Gama puis tourna ses yeux sans ciller vers Victorio.

— Sept lakhs de huns. Pas un de plus. C'est mon offre définitive.

— Marché conclu ! réussit à prononcer Victorio d'une voix rauque.

— En or, précisa Gama.

Sans un regard, le khaswajara se leva avec grâce. Ses os étaient fragiles comme ceux d'un oiseau.

— Quand j'aurai la fille, vous aurez l'or, déclara-t-il, sa voix râpeuse plus âpre que jamais.

— Elle est à Belgaum, l'informa Victorio pendant que Souris l'aidait à se mettre debout. J'envoie quelqu'un la chercher immédiatement...

— Faites ça, fit Murmure, ses yeux de lézard fixés sur Gama. C'est vous qui irez la chercher. Et pas un mot, *farang*. Ni à Wali Khan, ni à quiconque. Est-ce clair ?

— Bien sûr, bien sûr ! s'empressa Victorio.

— Peut-être vous ferai-je accompagner par un de mes frères. Pour veiller au bien-être de la bayadère. Mais il se peut que vous me refusiez cette faveur.

Le silence retomba. Murmure ne bougeait pas. Il avait encore quelque chose à dire :

— Il ne doit y avoir aucune erreur. Pardonnez mon insistance, mais nous ne parlons pas la même langue et nous appartenons à des mondes différents. Il est indispensable que nous nous comprenions bien...

Victorio avait levé les mains, comme pour reconnaître le bien-fondé des préoccupations de Murmure.

— Ne vous méprenez pas, poursuivait ce dernier. Pas un mot de tout cela, jamais. Silence absolu. Le silence des morts.

Victorio parut ne pas remarquer la menace que contenaient les paroles de Murmure, mais Gama plissa les yeux.

— Il se peut même que je fasse croire qu'elle est morte. Ce sera de l'affabulation. Il va de soi qu'elle ne mourra pas. Mais il est possible que je fasse courir ce bruit...

Murmure plongea ses yeux dans ceux de Gama.

— Cependant, vous n'en direz rien. Rien du tout.

— Sinon, nous perdrions le produit de la vente, je sais, dit Victorio en se forçant à rire.

— Oh, vous perdriez plus que cela, reprit la voix râpeuse. Amenez-la-moi vite. Tenez-moi au courant de vos projets de départ. Souris, accompagne-moi à mon palanquin.

Le jeune eunuque lui tenant le bras, le khaswajara disparut parmi les ombres de l'entrepôt.

Comme les porteurs se levaient pour aider les hommes à monter dans leur palanquin, Souris s'approcha de Gama.

— Il veut vous parler.

— Qui veut me parler ?

— Le khaswajara. C'est arrangé.

Il fit un signe de tête aux porteurs de Gama et

s'éloigna à grandes enjambées. Gama le regarda partir, perplexe. Il grimpa finalement dans son palki, que les porteurs levèrent avec un grognement.

Non loin du comptoir commercial, les autres palanquins continuèrent tout droit, alors que celui de Gama obliquait vers le nord. Un peu inquiet, il s'assura que ses pistolets étaient bien chargés tout en s'interrogeant sur ce qu'avait dit Souris : « C'est arrangé. »

A travers les rideaux, il aperçut un immense bâtiment blanc, de cinquante pieds de haut au moins, surmonté par un dôme colossal. Un temple ou un palais, se dit-il. Les porteurs s'arrêtèrent près de l'entrée voûtée et la silhouette fragile de Murmure apparut dans l'encadrement de la porte. D'un hochement de tête, il fit signe à Gama d'entrer. Celui-ci gravit les marches menant au rez-de-chaussée surélevé dans un claquement de bottes dont les murs immenses renvoyèrent l'écho. Quand il arriva à la porte, le khaswajara fronça les sourcils jusqu'à ce qu'il comprenne.

— Que pensez-vous de cette rauza ? demanda Murmure.

Gama, qui sautait sur un pied en tirant sur le talon de sa botte, n'était pas en position de répondre.

— C'est le Gol Gumbaz, poursuivait l'autre, le grand mausolée de notre cher sultan, feu Adil Shah. Le plus grand dôme du monde, m'a-t-on dit, plus grand que tous ceux construits par les Moghols, les *farangs* ou même les Turcs. Si majestueux, si vaste, et pourtant ce n'est pas la plus grande des folies du sultan. Il n'en reste pas moins que c'est l'endroit idéal pour discuter, ne trouvez-vous pas, *farang* ? Entrez et je vous conduirai.

Chaussé de ses bas, Gama suivit l'eunuque. Il trouva décevant et lugubre l'intérieur du mausolée. Tout juste si on apercevait l'énorme voûte du dôme dans l'obscurité – seules des ombres signalaient sa hauteur, seuls des échos révélaient ses dimensions. L'air, confiné et immobile, comme dans toute sépulture, pesait sur eux.

Même le cercueil du sultan semblait insignifiant, pitoyable. Ecrasé par le vide oppressant qui l'entourait, il reposait sur un socle bas, sous un humble pavillon de bois.

— Le sultan est enterré ici ? demanda Gama.

Murmure fronça les sourcils.

— Etes-vous vraiment si mal informé, ou prenez-vous plaisir à m'agacer ?

Gama ne jugea pas utile de répondre.

— C'est son cénotaphe, bien sûr. La véritable tombe est sous nos pieds. Personne d'autre que la sultane ne s'y rend.

Il prit Gama par le bras, avec sa main pareille à une serre, et le conduisit jusqu'à un escalier étroit et sombre dont on distinguait à peine les marches en basalte à la lueur des lampes suspendues. Ils gravirent un grand nombre de volées, et les contremarches étaient si hautes qu'à la fin Gama haletait. Murmure semblait monter sans toucher les marches ; il se retournait vers lui de temps en temps et secouait la tête.

Tout en haut, ils arrivèrent à une étroite galerie en bordure du dôme arrondi.

— On l'appelle la galerie des murmures, dit l'eunuque.

L'écho sibilant de ses paroles fit le tour du dôme à toute vitesse, comme si elles avaient été prononcées par une armée d'eunuques. Murmure leva les sourcils vers Gama.

— Je dois dire que je trouve le nom amusant. Pas vous ?

Il ne laissa pas à Gama le temps de répondre, bien que l'écho de la question lui ait été renvoyé une dizaine de fois. Il l'entraîna par une porte donnant sur l'extérieur.

Ils débouchèrent sur un mur crénelé d'une hauteur vertigineuse, dans le petit espace à l'angle du toit. Comme les murs et le dôme, le toit et le plancher étaient peints en blanc ; ils reflétaient le soleil et Gama dut plisser les yeux. Une brise incessante soufflait sur l'énorme dôme. Toute la ville miroitait au soleil dans l'air chaud et clair. En contrebas, un porteur sortit de l'ombre d'un arbre, les aperçut, leur fit signe.

Murmure leva les yeux vers le dôme et fit une moue de dégoût.

— Que ce dôme est laid ! N'est-ce pas une monstruosité ? Il faut que ce soit notre sultan qui ait droit à ça ! Il est trop grand, vous voyez ? Un plus petit eût été bien plus élégant. Oui, cela aurait fait beaucoup plus d'effet.

Gama se tourna pour en juger, mais soudain Murmure fut à son côté, près de son oreille.

— C'est l'endroit le plus secret de Bijapur. Personne ne peut nous entendre.

Gama frissonna au contact de la main de l'eunuque, qui glissait doucement le long de son dos.

— Votre associé est un sot, continua le khaswajara, ses lèvres si près qu'elles effleuraient les poils des grandes oreilles de Gama. Apparemment, vous n'en êtes pas un. Ça ne me gêne pas. Je jouis de la compagnie de tant de sots que je suis content d'avoir affaire à une exception.

Gama se tourna pour dire quelque chose, mais Murmure lui siffla à l'oreille comme un serpent :

— Ne bougez pas. Trop d'hommes ont déjà trouvé la mort en tombant d'ici. Maintenant, regardez-moi.

Gama fit face à l'eunuque, surpris par la menace implicite. Au soleil, sa peau semblait exsangue, fine comme du parchemin, et même ses yeux étaient tout pâles.

— Vous... connaissiez donc la valeur de cette prostituée. Tant mieux pour vous. Si vous n'aviez pas été là, peut-être l'aurais-je eue pour moins que ça, mais vous avez gagné cette manche. Si elle est bien celle que nous croyons, que sont sept lakhs de huns de plus ou de moins ?

— Que voulez-vous dire par « nous », monsieur ?

Murmure lui jeta un regard mauvais.

— Ne m'importunez pas, je vous prie. Je mourrai trop tôt pour perdre du temps à des bêtises. Vous savez qui nous sommes.

Gama ne réagit pas, le laissant poursuivre :

— Un membre de la Fraternité était à la

recherche de cette fille depuis des années. Il l'a enfin trouvée. Vous l'avez manifestement toujours su, ou deviné.

Le visage de Gama ne laissait rien paraître. Babouche, pensa-t-il. Mais le pourquoi et le comment de la situation lui échappaient. Murmure secoua la tête.

— C'est bien. Faites-moi souvenir de ne pas jouer avec vous, Deoga. Pour un *farang*, votre visage ne révèle pas grand-chose. Je vous en prie, cessez de me traiter à la légère. Vous aurez votre or, mais il faut que cette fille me soit remise intacte, vous comprenez ? Indemne et entière. Elle et tout ce qui lui appartient. Comprenez-vous ce que je dis ?

Gama hocha la tête et la bouche sans lèvres de l'eunuque s'étira, découvrant ses longues dents tachées. Les rafales de vent fouettaient les cheveux et le pourpoint du Portugais alors qu'elles semblaient épargner l'eunuque. Il était sur le point de répondre quand Murmure secoua la tête.

— Ne dites rien, *farang*, et écoutez. Le vieux joue, *farang*. Il perd souvent. Il joue en ce moment... avec la succession au trône. Il a misé sur Wali Khan. Il joue sa vie. Et la vôtre. Vous devez vous demander si son pari est sûr. Peut-être souhaitez-vous en effectuer un autre...

L'eunuque étira les lèvres comme s'il affectait de sourire.

— Je vous ai dit que nous enverrions un frère avec vous pour aller chercher la bayadère. Je crois que vous le connaissez... Babouche ?

Les yeux de Gama s'agrandirent et Murmure s'efforça de contenir son amusement.

— Oui. Babouche a refait son entrée dans le monde, Deoga. Les doigts couverts de bagues. Vous devrez le traiter avec respect.

Levant ses sourcils presque nus de façon significative, Murmure pointa alors le menton vers la porte ouverte.

— Descendez le premier, *farang*. Allez rejoindre votre associé au palais.

Au moment où il s'éclipsait, Gama entendit l'eunuque ajouter :

— Entière, souvenez-vous !

Quand le Portugais arriva sur la galerie, les paroles de Murmure résonnaient sous le dôme ombreux.

Lorsque les porteurs le déposèrent à l'entrée du Gagan Mahal, à quelques pas du « pavillon » de Shahji, Gama leva les yeux en sursautant. La tête lui tournait encore à cause des informations sur Babouche données par Murmure. Quel était le rôle de ce sacré eunuque dans toute cette affaire ?

La citadelle bourdonnait d'activité. Des flots de paysans et de marchands avançaient, à contresens de Gama, car la courte audience publique accordée par la sultane était terminée et il leur fallait partir. Ils étaient remplacés par un flot en sens inverse de généraux et de seigneurs couverts de bijoux, montés sur des palanquins ou des chevaux parés de plumes. Trop délicats, trop importants pour toucher aux rênes, ils chevauchaient les bras croisés ou lisaient le Coran, les montures des seigneurs même les plus humbles menées par des palefreniers de haute taille choisis pour leur présence imposante. Les plus grands seigneurs étaient accompagnés de toute une procession : porteurs d'ombrelle, préposés à agiter un éventail, valets et autres serviteurs, gardes armés de longues lances...

Lorsque ses porteurs soulevèrent enfin son humble palanquin de leurs épaules, Gama en descendit et se retrouva entouré par des bâtiments si hauts qu'ils cachaient le soleil matinal, le Gagan Mahal, où il devait résider en tant qu'invité de Victorio, plus haut que tous les autres. Un changement s'était produit parmi les porteurs : ils le regardaient avec un dégoût presque palpable.

Pourquoi ? se demanda Gama. Me comparent-ils à ces riches seigneurs ? Ou ma conversation avec Murmure leur a-t-elle donné quelque indication ?

Comme personne ne faisait un geste pour l'aider, Gama prit ses sacoches de selle sur le palanquin et s'éloigna. Le plus âgé des porteurs le dirigea vers l'entrée du palais et lui expliqua que sa chambre était au septième étage, le dernier.

Une fois de plus, Gama monta volée après volée l'escalier étroit. En arrivant à la dernière, il tomba sur Victorio, qui gravissait lentement les marches, grognant à chaque pas. Souris, qui tenait le vieil homme par le bras, lança un regard mauvais à Gama.

— Permettez-moi de vous aider, monsieur, proposa celui-ci.

— Non, mon garçon, je suis presque... arrivé, répondit Victorio, entre deux râles d'asthmatique.

Leurs chambres donnaient sur la cour, et du balcon, Gama voyait la vieille ville. Il apercevait au loin le dôme hypertrophié du Gol Gumbaz. Souris éventait Victorio, qui s'était installé dans un grand fauteuil en bois, le seul élément de mobilier *farang* dans la pièce.

Epuisé, le vieil homme invita Gama à prendre place sur le coussin à ses pieds d'un petit geste de la main. Sa respiration était haletante, son visage pâle.

Gama s'assit à l'endroit indiqué. Sans bouger la tête, Victorio tourna son regard vers lui.

— Vous m'avez désobéi, monsieur. Je vous avais dit de ne pas parler.

Gama se contenta de lui renvoyer son regard.

— Vous avez saboté ma stratégie.

— Pardonnez-moi, monsieur.

Victorio poussa un grognement. Cela brisa le rythme de ses halètements et son visage pâlit encore davantage, avant qu'il ne retrouve la force de reprendre la parole :

— J'avais projeté de demander soixante-dix mille huns. J'aurais accepté soixante mille, mais j'espérais soixante-dix. Vous êtes alors intervenu. Nous allons maintenant, grâce à vous, recevoir sept cent mille huns, dix fois ce que j'attendais.

L'effort que lui coûta cette longue phrase lui coupa le souffle un bon moment. Puis :

— Qu'est-ce qui vous a incité à demander une somme aussi excessive ?

Gama songea à lui parler de Babouche, de la coiffe secrète, mais décida de s'abstenir :

— Un homme dans la position du khaswajara venant à votre comptoir, et seul ? Quelque chose d'important se préparait...

— Oui, vous avez raison. Vous êtes très observateur. C'est bien.

Victorio lécha ses lèvres sèches et Souris lui tapota le visage avec un mouchoir blanc.

— J'ai décidé de faire de vous mon associé.

Gama leva les yeux, surpris. Il avait cru l'être déjà.

Les gens riches sont sans honneur, pensa-t-il avec dégoût.

Il aurait aimé être de nouveau à cheval, ses pistolets fourrés dans son ceinturon.

— Oui, mon associé, poursuivait le vieillard. Et quand vous aurez amené la fille ici, vous recevrez votre première commission. Que dites-vous de vingt mille huns ?

Gama baissa la tête. Si la somme était dérisoire en comparaison du profit escompté par Victorio, elle n'en représentait pas moins dix années de salaire.

— Ce que vous décidez sera le mieux, monsieur, répondit-il du ton le plus reconnaissant possible. C'est plus d'or que je n'en ai jamais eu...

— Exactement, dit Victorio.

Un peu de couleur – du jaune, en l'occurrence – était revenu à ses joues et il se redressa sur son siège.

— C'est pourquoi je garderai cet argent en sûreté pour vous, sur un compte dans lequel vous pourrez puiser à votre guise.

Et que tu pourras bloquer quand ça te chantera, pensa Gama avec amertume.

— Je souhaiterais recevoir la somme tout de suite, je vous prie, monsieur. Et en or, s'il vous plaît. Sinon, il vous faudra trouver quelqu'un d'autre pour aller chercher votre bayadère.

Victorio blêmit. Voyant cela, Souris lança un regard noir à Gama.

— Qu'avez-vous dit à mon maître, espèce de rustre ?

Avant que Gama ait eu le temps de répliquer, Victorio posa une main lourde sur le bras de Souris.

— Du calme, mon fils, du calme. Ce n'est qu'une façon de parler de *farang*. Ne t'inquiète pas.

A Gama, il dit, en portugais :

— Vous devez surveiller vos manières quand il est là, monsieur. Par amour pour moi, il est capable de vous planter un poignard dans le cœur pendant que vous dormez, quoi que je puisse dire. Souriez-lui.

Mais bien que Gama se fût dans l'instant exécuté, les yeux de Souris continuaient de briller d'un éclat meurtrier.

— Il n'en reste pas moins que je souhaite toujours recevoir l'or maintenant, monsieur, persista Gama sur le ton le plus poli en adressant un autre sourire à Souris.

— Je n'ai pas d'or à vous donner.

— Vous avez certainement...

— Ecoutez-moi. Maintenant que j'ai fait de vous mon associé, vous devez partager mes secrets. Je n'ai pas d'argent. Rien. Souris achète ma nourriture à crédit. Je suis obligé de vous demander de financer votre voyage à Belgaum. Porteurs, palanquins, chevaux, etc. J'espère que ça ne dépassera pas soixante-dix ou quatre-vingts huns, mais c'est plus que ce dont je dispose pour le moment.

Gama se rappela qu'il avait failli refuser le prêt de Shahji. Il hocha la tête et Victorio poursuivit :

— Il me faut aussi dix ou vingt huns. Je dois sauver les apparences. L'important, c'est la fille.

— La bayadère, approuva Gama.

Victorio fronça les sourcils.

— Elle ? Elle n'est rien. Sept lakhs de huns ? Je parle de Lucinda. Combien croyez-vous qu'elle vaille, hein ? L'héritière de la fortune des Dasana... Combien de lakhs croyez-vous qu'elle vaille, hein ? Combien de crores de huns ? Vous avez vu la factorerie ? Combien croyez-vous que tout cela vaut, hein ? Carlos et moi, nous n'avons pas chômé. Et tout ça appartient à Lucinda.

Gama poussa un petit sifflement.

— Vous voulez dire que ça lui appartiendra un jour, quand elle sera majeure. Vous êtes son tuteur, et pour l'instant cela vous revient...

Maintenant plein d'animation, Victorio leva la main.

— En tant qu'associé, vous devez partager mes informations, mais en confidence...

Qu'est-ce qu'il va encore me raconter ? pensa

Gama, qui se rendait compte qu'il était associé seulement lorsque Victorio avait de mauvaises nouvelles à lui annoncer.

Victorio jeta un coup d'œil à Souris, et bien que Gama et lui aient parlé en portugais, c'est à voix basse qu'il poursuivit :

— Elle est majeure depuis un an et deux mois.

Gama leva les yeux, surpris. Victorio hocha la tête.

— Nous le lui avons caché, Carlos et moi, pour pouvoir mieux gérer ses affaires. Sa fortune est la troisième du Portugal.

Victorio prit plaisir à voir l'expression stupéfaite de Gama.

— Je l'ignorais, réussit à dire le soldat.

— Personne n'est censé le savoir. Amenez-la, et vite ! Nous ne pouvons nous permettre de perdre un seul instant !

Gama acquiesça, bien qu'il ne comprît pas la hâte de Victorio.

— Qu'avez-vous l'intention de faire, monsieur ? demanda-t-il.

— De faire ? Mais l'épouser, cela va de soi !

Gama fut incapable de cacher sa stupéfaction.

— Je croyais qu'elle était déjà promise...

— A cet imbécile d'Oliveira ? C'est moi qui avais arrangé ses fiançailles. Il est facile de les annuler.

— Mais, monsieur, votre santé...

— Vous croyez que je suis trop vieux ? Vous vous trompez. J'aurai un héritier en un rien de temps, si elle est féconde. J'ai encore des érections, croyez-moi. Vous pouvez demander à Souris...

Gama en avait le tournis. Il se secoua.

— Et si elle n'est pas d'accord ?

— Elle est toujours ma pupille, elle n'a pas le choix.

— Vous venez de dire qu'elle est majeure...

Victorio secoua la tête.

— Oui, mais elle ne le sait pas !

Il leva les sourcils, découvrant ses yeux noirs comme une nuit sans étoile. Puis sa tête s'affaissa et Souris s'empressa de remettre en place sa calotte tricotée et d'essuyer son front en sueur.

— Vous devez vous reposer, mon oncle, murmura-t-il en lançant un regard furieux à Gama. Vous abusez de vos forces...

— J'en abuserai encore plus quand Lucinda sera là !

Son rire baveux se mua en toux sifflante.

Gama essaya de se comporter en soldat. Ignore tes sentiments et contente-toi de faire ton devoir, se dit-il. Mais mentalement il voyait cette jeune fleur écrasée sous cette montagne de chair décrépite. Réfléchis. Il doit y avoir une issue.

— Si vous voulez ces vingt mille huns, vous n'avez pas le choix, *soldado*, dit Victorio comme s'il avait lu dans les pensées de Gama.

Une sensation de chaleur envahit les joues de celui-ci.

— Vous n'avez plus grand-chose à voir là-dedans. C'est son argent, maintenant. Je pourrais aussi bien l'obtenir d'elle directement.

Les lèvres épaisses de Victorio se soulevèrent en un rictus cruel et rusé.

— Comment ? Je ne vais pas tarder à être son

mari, et sa fortune me reviendra donc. De plus, c'est une meurtrière. Et puis elle est folle, ou va le devenir, comme sa mère. J'ai des amis partout, à Bijapur, à Goa, à Lisbonne. Vous, vous n'êtes rien du tout. Vous ne connaissez pas les affaires, le commerce, le droit. Quelles chances avez-vous contre moi ?

Victorio se pencha en avant dans son fauteuil et tapota la main de Gama. Aux articulations, la chair boursouflée du vieillard semblait rêche et irritée, fendillée et squameuse.

— Vous pouvez toujours essayer de vous opposer à moi. Peut-être avez-vous la détermination, voire l'habileté nécessaires. C'est possible. Vous pouvez aussi être mon associé, monsieur. Mon riche associé. Très riche.

Gama pesa les options.

— Très bien, répondit-il doucement.

Victorio sourit et tendit la main. Jurant intérieurement, Gama tendit la sienne pour la serrer. Le vieux parut surpris.

— Que faites-vous, monsieur ? demanda-t-il.

— Je croyais...

— Je veux ces vingt huns dont nous avons parlé.

Gama fouilla dans ses poches et en sortit quelques-unes des pièces prêtées par Shahji. La paume du vieux était aussi sèche que du sable.

Victorio se renversa dans son fauteuil, l'air content et épuisé. Souris lui prit les pièces en baisant le bout de ses doigts. Gama détourna la tête.

CINQUIEME PARTIE

Arrangements

Dans les jardins du palais de Belgaum, une grande plate-forme se balançait doucement à l'ombre de deux énormes manguiers. Elle était suspendue à des cordes grosses comme un poignet de femme qui avaient été recouvertes d'ouate et de soieries de différentes couleurs. Les cordes attachées aux coins de la plate-forme lui permettaient de rester parfaitement horizontale pendant le balancement. Des cigales chantaient à l'extérieur des murs du jardin sous un soleil paresseux.

Le plancher de la plate-forme était capitonné et elle formait ainsi une grande pièce qui oscillait doucement. Trois femmes paressaient au milieu des traversins et des coussins. L'aveugle fredonnait une note, puis une autre, au rythme des balancements. Sa voix sèche se mêlait aux craquements des cordes et des branches. Appuyée contre un coussin, une de ses deux compagnes lisait un long livre en feuilles de palmier.

L'autre se laissait bercer, les yeux mi-clos. Les ombres et le soleil dansaient sur ses paupières sombres comme un feu d'artifice silencieux. Elle se sentait délicieusement abandonnée, sans attaches, en suspension, comme un bébé qui n'a pas encore appris à parler, ni même à prononcer son nom.

Elle volait ainsi dans l'air doux du jardin quand la femme aveugle l'appela, deux fois de suite :

— Lucinda !

— Qui est Lucinda ? répondit la jeune femme. Je ne la connais plus.

Les deux autres femmes sourirent comme si elle avait plaisanté. Elle se souvenait d'une certaine Lucinda. Mais celle-ci était désormais tombée en morceaux sur la berge d'un torrent au fond d'un précipice, sous une route traîtresse. On pouvait sans doute en trouver encore des traces dans la malle qui avait dégringolé du char à bœufs. Mais Lucinda, la pauvre *farang*, avait à jamais disparu.

Lucinda avait été une chose dépourvue de vie, comme la marionnette de Colombine du théâtre doré de *tio* Victorio : une poupée vêtue de corsets, de robes, de bas et de pantalons, animée par la main de quelqu'un d'autre. Telle avait été l'existence de Lucinda : elle s'était passée à se glisser dans des mules trop petites, des corsets trop serrés, des rôles qui ne faisaient que la rendre triste. Cette Lucinda-là, cette marionnette, était éparpillée en mille morceaux au fond d'une gorge.

Celle qui avait été Lucinda espérait bien ne jamais la revoir.

Elle en avait parlé à dame Chitra, qui avait, bien sûr, compris tout de suite.

« La rosée sur les feuilles avant le lever du soleil. Le silence qui précède le chant du coq. La coquille d'œuf pas encore brisée par le poussin, avait-elle dit en lui tapotant la main. Non ce qui est, mais ce qui pourrait être. »

Celle qui avait été Lucinda était maintenant drapée dans des saris, des brassées de soie apprêtée. Des saris rouges, des saris verts, des noirs pailletés d'or. Ses longs cheveux tombaient en une tresse souple. Sur ses mains, elle peignait des motifs selon l'art du mendhi.

Elle ne marchait plus de la même manière. Peut-être était-ce parce que sa cheville foulée s'était guérie très vite, ou parce que ses pieds tendres étaient maintenant chaussés de sandales et ressentaient le sol. Sans corset, elle voyait sa poitrine se gonfler quand elle respirait. Quand elle se déplaçait, l'air circulait autour de ses jambes nues ; la soie titillait ses mamelons. Sous l'effet de toutes ces sensations nouvelles, elle rougissait parfois ; elle serrait ses bras autour de sa poitrine, avalait sa salive en espérant que personne ne l'avait vue.

On l'appelait toujours Lucinda – elle-même se donnait ce nom –, mais c'était devenu celui d'une étrangère. Il fallait qu'on le répète deux ou trois fois avant qu'elle ne se souvienne : Oui, c'est moi.

Ici, personne ne connaissait son passé. Seul Aldo pouvait deviner comment elle avait été, une jeune Portugaise qui vivait à Goa. Mais Aldo et elle s'étaient à peine connus avant que le changement ne fût intervenu, et Aldo lui-même s'était mis à porter des *jama*, comme les hindous.

Maya ne la connaissait que comme compagne de voyage, celle qu'elle était devenue depuis qu'elle était partie de chez elle, et non comme la petite fille qui avait grandi à Goa.

Assise sur un tabouret, Lakshmi, la fillette qui servait dame Chitra, tirait sur la corde qui faisait osciller la plate-forme. Les femmes planaient sur la grande balançoire, perdues dans leurs pensées silencieuses.

Bien loin de là, au fond d'une gorge profonde, emportés par la brise, les robes et les corsets de Lucinda glissaient sur les rochers humides. Dans un petit plan d'eau tapissé de gravier, le courant tourbillonnait au-dessus des portraits miniatures de son père, de sa mère et de son fiancé, le grisonnant marquis d'Oliveira. Près d'eux, dans l'eau claire, gisaient son pot de vermillon, sa boîte d'arsenic en argent délicatement ouvragé et le flacon brisé en verre bleu qui avait contenu sa belladone. Une mangouste avait emporté dans son terrier une de ses mules en soie et déposé ses quatre petits tout roses et sans poils en lieu et place des orteils.

Sur la balançoire, la dénommée Lucinda, après sa seconde naissance, ouvrit les yeux et regarda autour d'elle comme si elle s'éveillait d'un long sommeil.

— Venez voir, venez voir ! cria une voix d'homme.

— Qu'y a-t-il ? murmura Chitra. Est-ce ce Geraldo ?

Elle se redressa et tourna ses yeux aveugles dans la direction du bruit.

— Sortez, sortez d'ici ! C'est le jardin des femmes !

A cet instant, Geraldo apparut à la porte, accompagné d'un homme de haute taille, qui resta en retrait alors que Geraldo riait et le tirait par le bras.

— Regardez qui est là ! lança-t-il.

Lucinda ne le reconnut pas. Un coup d'œil à Maya, visiblement ravie, l'incita à regarder de nouveau.

Doux Seigneur, pensa-t-elle, c'est lui ! Le capitaine Pathan ! Je l'avais presque oublié.

— Hors d'ici ! Hors d'ici ! rouspéta Chitra.

Mais Geraldo l'ignora.

— Regardez qui sort de chez le médecin ! Complètement rétabli ! Comme neuf !

Pathan semblait gêné par l'attention dont il était l'objet. Il fit un clin d'œil à la fillette, assise sur son tabouret, qui le fixait. Elle se couvrit la bouche pour s'empêcher de rire.

— C'est un lieu réservé aux femmes, *farang*. Sortez ! fit Chitra entre ses dents d'une voix sifflante.

— Balivernes ! répliqua Geraldo. Madame Chitra est heureuse que nous soyons venus, n'est-ce pas, chère madame ? Nous sommes les invités du général Shahji, après tout. Cela donne certains droits. Et Gama m'a laissé le commandement ! Je ferai donc ce qu'il me plaît... et il me plaît d'être ici ! Eh bien, capitaine, pouvez-vous seulement reconnaître ma cousine ?

Lucinda fut contente de voir Pathan lui lancer un regard interrogateur, puis cligner des yeux avant de souffler, stupéfait :

— Madame...

— Vous devez désormais m'appeler Lucie, capitaine. Nous sommes passés par de telles épreuves que nous ne pouvons qu'être amis.

Elle fut un moment sur le point de tendre la main, puis elle se rappela où elle était, comment elle était habillée, et porta ses mains jointes à son front en inclinant la tête.

Sans jamais cesser de regarder Pathan.

Il fit de même en s'inclinant devant elle, ses yeux rivés aux siens. Sans turban, ses cheveux sombres tombaient sur ses épaules et encadraient son visage. Il ne paraissait plus aussi arrogant. Lucinda soutint son regard et se demanda comment elle-même devait le regarder. Un éclat de braise dans ses yeux sombres lui fournit la réponse. Comme serrée dans un corset, Lucinda avait du mal à respirer ; elle détourna les yeux en rougissant.

Le jardin s'emplit soudain de braillements rauques : deux paons majestueux se pavanaient vers la balançoire en faisant la roue.

— Voyez, vous avez dérangé mes oiseaux ! reprocha Chitra aux deux hommes. Ce sont les seuls mâles autorisés à pénétrer ici ! Vous voyez l'effet que vous produisez, tous les deux !

— Oui, nous le voyons, répondit Geraldo en

regardant Lucinda, une lueur sombre et malicieuse dans ses yeux moqueurs.

— Je suis surpris que vous n'ayez pas d'autres questions, capitaine. Voilà près d'une semaine que vous êtes dans le noir à propos de ce qui se passe...

Les deux hommes prenaient leur dîner, assis en tailleur, sur un drap blanc qui recouvrait l'épais tapis orné de motifs de la chambre de Geraldo. Le repas était simple – riz, dal, légumes, chapatis, dahi – mais parfumé et savoureux. Pathan avait à portée de la main une coupe remplie d'eau alors que celle de Geraldo était pleine d'un vin doux qu'il avait réussi à dénicher en ville.

— Dans le noir, c'est le mot, monsieur, répondit Pathan. Ma blessure à la tête me faisait tant souffrir que le hakim a gardé les volets clos et la porte fermée. Et comme vous le savez, il ne m'autorisait aucune visite.

— Comment avez-vous pu supporter cela ? J'aurais perdu la tête.

Les yeux sombres de Pathan flamboyèrent.

— En vérité, cela a été pour moi un réconfort. J'ai médité, j'ai prié. Je me suis rappelé les paroles des poètes et la sagesse des cheiks.

— Seigneur Jésus, capitaine... Vous n'êtes pas un soufi ? Ces hommes sont complètement fous...

— Certains peuvent paraître tels.

— Mais enfin, tourner sur soi-même comme des toupies et hurler à la lune... Faites-vous cela ?

— Je connais quelques hommes qui le font.

Mais parlons d'autre chose. Que s'est-il passé en mon absence ? J'ai été content de voir que vous et les dames sembliez aller bien. Qu'est-il advenu de Babouche ? Et surtout, monsieur, où est Deoga ?

Geraldo se redressa.

— Je vais d'abord répondre à votre dernière question. Mon oncle Gama est parti à Bijapur.

— Seul ?

— En compagnie du commandant Shahji. Ils devraient arriver à Bijapur aujourd'hui.

— Mais Bijapur n'est qu'à trois jours de cheval d'ici...

— Peut-être, mais le commandant Shahji faisait la tournée de ses forts occidentaux. Des inspections effectuées à l'improviste : il adore apparaître devant les portes sans prévenir, avec sa garde d'honneur...

Les deux hommes échangèrent un regard amusé.

— Shahji et Gama s'entendent fort bien, précisa Geraldo.

— Est-ce que Shahji m'a reconnu ? demanda Pathan.

— Je ne crois pas. Aurait-il dû ?

— C'était un ami de mon père. Je l'ai rencontré quand j'étais enfant, mais je ne l'ai pas revu depuis la mort de mes parents. N'empêche, on espère toujours... C'est dans l'ordre des choses, espérer.

Geraldo avait presque oublié l'aura de sombre mélancolie qui entourait le bourak.

— Quoiqu'il en soi, avant de s'en aller, Gama

m'a confié le commandement. « Vous êtes responsable en mon absence, Aldo », voilà ce qu'il m'a dit.

— Et qu'avez-vous fait de toute cette autorité, monsieur ?

— Je vais vous le dire... Je me suis débarrassé de ce satané eunuque !

Pathan prit un autre chapati sans regarder le *farang*.

— Pourquoi avoir fait cela, monsieur ?

— Il battait la bayadère, voilà pourquoi. Il la battait ! Je lui ai dit de s'arrêter et il a continué ! Alors je l'ai mis dehors à coups de pied.

Mille questions se pressaient à l'esprit de Pathan, mais il les garda pour lui et parla aussi simplement qu'il put :

— Vous l'avez trouvé en train de battre la danseuse, dites-vous. Savez-vous pourquoi il le faisait ?

— Je sais ce qu'il a dit. Il prétendait que Maya avait volé quelque chose.

— Vous l'appelez Maya, maintenant ?

Geraldo fronça les sourcils.

— C'est son nom ! Quand on la connaît, elle est très gentille.

— Vraiment ?

Pathan laissa le commentaire de Geraldo en suspens quelques instants puis reprit :

— Le mukhunni a-t-il dit ce qu'elle a volé ?

— Elle n'a rien volé ! Il est fou. Il est jaloux ou il délire, je ne sais pas.

Geraldo fronça de nouveau les sourcils et continua, à voix basse :

— Il affirmait que Maya était en possession de quelque chose qui lui appartenait. Quoi, il ne l'a pas dit. Il a suivi sa trace pendant des années, à l'en croire. Il disait aussi qu'il l'avait vue avec l'objet en question pendant l'attaque des bandits. Je n'ai cessé de lui demander ce que c'était. « Elle le sait ! Demandez-le-lui ! » répétait-il sans arrêt. J'ai dû m'interposer – il continuait de lui taper dessus. Il peut faire mal. On ne le dirait pas. Il a l'air doux, mais il est capable de donner des coups quand il veut.

— Il est très dissimulateur, monsieur, reconnut Pathan. Qu'avez-vous fait, ensuite ?

— Je l'ai maîtrisé. Vous souriez, mais ce n'était pas aussi facile que vous le pensez ! Après, je l'ai poussé hors de l'enceinte du palais et j'ai fait fermer les portes.

Geraldo but une longue rasade de vin puis se caressa la moustache, intrigué.

— Votre sourire a disparu...

— Qu'a fait le mukhunni ? demanda Pathan sans que ses yeux trahissent quoi que ce soit.

— Que pouvait-il faire ? Il a tempêté. Il poussait des cris perçants comme un chat ! Il a tapé sur la porte pendant un moment. Un bon moment, en fait. Puis il est parti honteusement et personne ne l'a revu depuis.

Geraldo rit.

— Ne prenez pas cet air bouleversé. J'ai entendu dire par des domestiques qu'un paysan qui allait à Bijapur l'a pris sur sa charrette.

Geraldo but une autre rasade de vin, l'air très

content de lui, puis changea de sujet pour en venir à un qui lui tenait davantage à cœur :

— Quand je suis parti chercher de l'aide l'autre jour – ça ne fait qu'une semaine ! –, quelle chance j'ai eue de tomber sur le commandant Shahji et sa garde d'honneur ! C'est lui qui vous a envoyé chez ce médecin, ce hakim, je ne sais comment vous dites. Il s'inquiétait beaucoup à votre sujet, alors qu'à mes yeux vous sembliez aller bien. Oncle Gama avait réussi à protéger Maya, comme vous aviez réussi à ramener Lucie saine et sauve. Babouche...

Geraldo se mit à rire, but encore, poursuivit :

— Babouche était couvert de sang ! Complètement hystérique. Il n'avait strictement rien, évidemment. Pas une égratignure. Mais il avait trouvé le moyen de loger une balle dans l'œil du cheval de Gama et le sang de l'animal l'avait éclaboussé. Il était persuadé qu'il allait mourir. Nous n'avons pas eu cette chance ! Shahji l'a envoyé chez le médecin en même temps que vous. Uniquement pour se débarrasser de lui, je pense.

— Et les autres ? demanda Pathan, la gorge nouée.

— Ils ont péri, capitaine. Vous les connaissiez bien ?

— Seulement le cornac et son éléphant. Il me faisait monter sur l'animal quand j'étais petit. Les cavaliers étaient des hommes de Wali Khan ; je ne les connaissais pas depuis longtemps.

— Shahji a donné l'ordre de les enterrer tous, pas de les incinérer. Je croyais pourtant qu'ils étaient musulmans...

— Il a eu raison de faire cela.

— Il connaît son affaire. A certains égards, il me rappelle l'oncle Gama. Parce que ce sont de vieux soldats, j'imagine, fit-il avant de s'octroyer une nouvelle gorgée de vin. Mais vous vouliez en savoir plus à propos de ce palais... C'est celui de Belgaum, la résidence d'été de Shahji. Cette femme aveugle y habite. Elle s'appelle Chitra. Elle a fait connaissance de Shahji Dieu sait où ; je me demande si elle n'est pas sa sœur. J'ai l'impression que personne ne dirige vraiment les lieux ; il n'y a qu'elle, quelques domestiques, et Lakshmi, cette petite fille.

— La fillette près de la balançoire ?

Geraldo acquiesça.

— C'est la favorite de Chitra ; elle court partout et rapporte à Chitra tout ce qu'elle voit. Elles font vraiment la paire !

Les deux hommes parlèrent encore un moment de l'attaque des bandits. Geraldo voulait en connaître tous les détails, mais Pathan ne lui dit pas tout, ne voulant pas révéler ce qui aurait pu embarrasser Lucinda. Geraldo put malgré cela reconstituer la scène et il regarda Pathan avec admiration et gratitude.

— Je comprends maintenant pourquoi oncle Gama vous admire tant ! Ma famille vous doit beaucoup.

Pathan essaya de changer de sujet :

— Vous voilà vêtu à la manière hindoue, monsieur !

— Oui, et Lucie aussi, comme vous l'avez vu, fit Geraldo en riant. Lorsque les chevaux de bât se sont enfuis, nos malles se sont brisées et leur contenu s'est répandu à travers toute la gorge. Les affaires de Lucie et les miennes. Celles de Babouche également, mais je m'en moque éperdument. Cette *jama* est à Shahji... Très élégante, n'est-ce pas ? Et Lucie porte des saris maintenant... mais vous l'avez vu vous-même. Vous ne la quittiez pas des yeux...

Geraldo but, amusé par la gêne de Pathan.

— Le changement est frappant, monsieur. Et la bayadère ?

Geraldo gloussa.

— Elle est étonnante. Elle a été la seule à garder son sang-froid. Vous avez vu son sac de voyage ? Elle ne l'a jamais lâché. C'est la seule d'entre nous dont les bagages n'ont pas été perdus.

— *Atcha*, dit Pathan. C'est donc ça que Babouche cherche, je suppose. N'a-t-il pas trouvé ce qu'il espérait ?

Geraldo avait maintenant le regard embué par l'alcool. Il se pencha vers Pathan et chuchota :

— Peut-être Maya l'a-t-elle donné.

Il leva le doigt en un geste docte, faillit partir à la renverse.

— Elle... elle a remis quelque chose à l'oncle Gama avant qu'il ne parte avec Shahji.

— Lui avez-vous demandé ce que c'était ?

— Bien sûr. Je l'ai vue lui donner quelque chose. Alors je l'ai interrogée.

— Et...

— Elle ne m'a rien dit. Pas tout de suite. Mais

nous avons... passé un moment ensemble. Dans l'intimité.

Geraldo leva un sourcil, espérant que Pathan comprendrait cette vantardise voilée.

— Il s'agissait seulement d'un bijou bon marché comme en portent les danseuses. Sa gourou le lui avait donné. Elle voulait que Gama le lui mette en sûreté.

Geraldo secoua la tête en grimaçant. Le vin était fort.

— Ce Babouche ! S'acharner ainsi pour une simple babiole... Il y a là une leçon à tirer, capitaine.

— Comme vous dites, monsieur. Mais je vois que vous êtes las. Je ne veux pas abuser davantage de votre temps.

Les deux hommes échangèrent encore une demi-douzaine de plaisanteries. Pathan sortit de la pièce.

Il se retrouva sous la colonnade puis sous le ciel étoilé. L'air de la nuit, que le brouillard audessus du lac rendait frais et humide, lui picotait les narines. Dans le jardin, les paons appelaient les femelles à les rejoindre. En regagnant sa chambre, il vit une ombre se déplacer dans l'obscurité.

Il fut heureux de constater que malgré sa blessure ses sens étaient toujours aiguisés. C'était une femme en sari, enveloppée dans un long châle, mince et gracieuse, qui se glissait dans la chambre de Geraldo.

Il songea aussitôt à Maya. Puis il se souvint que Lucinda portait elle aussi des saris. Laquelle était-ce ? se demanda-t-il en refermant sa porte derrière lui. Peut-être une autre femme, une servante ?

Mais, en s'endormant, il avait l'esprit troublé.

Pathan était fier de ses yeux perçants et pourtant il n'avait pas remarqué, dans l'ombre près de sa chambre, une autre femme mince et gracieuse, en sari elle aussi, qui serrait ses bras autour d'elle pour se protéger de la fraîcheur du soir.

A Goa, par une chaude après-midi, Lucinda avait regardé un cerf-volant voltiger au-dessus de l'océan.

C'était un jeu populaire parmi les enfants pauvres. Les cerfs-volants étaient petits et bon marché. On entortillait de la gomme et des morceaux de verre dans la ficelle, lui avait-on expliqué. Puis on faisait faire une boucle à son cerf-volant autour de la ficelle de celui de son adversaire et on commençait à imprimer un mouvement de scie. Celui dont le cerf-volant tombait au sol avait perdu.

Le cerf-volant qui planait au-dessus de l'océan, se détachant sur le ciel turquoise brumeux, était vert perroquet. C'est en se levant de sa sieste que Lucinda avait remarqué le concours. Des cris d'enfants avaient attiré son attention. Elle était arrivée à sa fenêtre juste à temps pour voir un cerf-volant rouge couper la ficelle du vert.

Mais ce dernier n'était pas tombé.

Sans sa ficelle, il s'était animé d'une volonté

propre. Pendant plus d'une heure, il avait effectué des descentes en piqué, et tourbillonné, parfois si près de sa fenêtre, que Lucinda aurait presque pu l'attraper au vol.

Un attroupement s'était formé sous sa fenêtre – cela arrivait souvent à Goa. Des hommes s'étaient mis à parier sur le moment où le cerf-volant tomberait. Mais chaque fois que celui-ci perdait de la hauteur et commençait à piquer vers la rue, il était repris par un courant ascendant. Il remontait dans le ciel brumeux éblouissant et s'éloignait en voltigeant des enfants qui sautaient pour tenter de l'attraper.

Finalement, au coucher du soleil, une brise d'ouest l'avait entraîné vers les vagues vertes de l'océan. Il ne devait plus jamais toucher terre.

Ici, à Belgaum, Lucinda se sentait comme ce cerf-volant, sans attaches, ballottée au gré des vents.

A Goa, les fleurs avaient de longues tiges, et des domestiques les disposaient dans des vases. Ici, les coussins de son lit étaient semés de pétales de rose. Qui les apportait avant qu'elle ne se réveille, chaque matin, elle ne le découvrit jamais, pas plus qu'elle ne sût qui les enlevait chaque soir avant qu'elle ne se mette au lit. Elle tressait des tubéreuses dans ses longs cheveux sombres.

Ses pieds devenaient sensibles. Elle pouvait remuer les orteils dans ses babouches à bout recourbé, elle sentait la rugosité des carreaux à travers ses fines semelles plates. Quand elle entrait quelque part, elle retirait ses babouches et laissait ses pieds nus entrer en contact avec les dalles de pierre lisses et fraîches, les tapis chauds et rêches. Quand elle marchait, ses cuisses nues frottaient l'une contre l'autre.

Ici, à Belgaum, elle s'asseyait en tailleur et mangeait avec les doigts, une feuille de bananier et non une assiette posée sur les genoux. En un rien de temps, elle avait découvert qu'elle aimait le goût du riz. Pour le dessert, au lieu de gâteau, suivant l'exemple de Maya, elle mélangeait un peu de riz et de dahi avec la main et suçait à grand bruit le lait fermenté tout frais sur ses doigts.

Goa, se rendait-elle compte, était un endroit bruyant, comparé au Palais du Lac de Belgaum, plus silencieux qu'un parc de Goa avant l'aube. Peut-être le lac noyait-il les sons. Seuls le chant des oiseaux, les mugissements des vaches et les cris rauques des paons qui se pavanaient en quête de femelles rompaient parfois le silence. Lucinda entendait rarement les domestiques, les voyait encore plus rarement. Au début, le silence la mettait mal à l'aise et elle trouvait difficilement le sommeil, mais finalement il était souvent près de midi quand elle se réveillait.

Dès qu'elle avait ouvert les yeux, sa servante attitrée, la tante de Lakshmi, une grosse et vieille *ayah* nommée Ambika, apparaissait, Dieu sait comment. Lucinda supposait que Lakshmi l'épiait, mais elle n'en eut jamais la certitude.

Il ne restait que trois dents à Ambika, qui aimait les montrer. Après qu'elle lui eut dit son nom, Lucinda n'entendit plus sa voix. Ambika exprimait toutes ses pensées avec les yeux, les sourcils, une inclinaison de la tête. Les deux premiers jours, chaque fois qu'elle la voyait, Lucinda l'assaillait de questions et jacassait malgré son silence. Les joues grasses d'Ambika se coloraient sous l'effet de l'amusement, mais elle ne répondait jamais.

Lucinda finit par s'habituer à ce silence et commença non seulement à l'accepter mais aussi à l'apprécier. Elle aussi devint silencieuse. Pour la première fois, elle entendait la musique de son cœur.

Le lendemain du retour à la vie de Pathan, après qu'Ambika l'eut aidée à s'habiller et eut disparu sans un mot, Lucinda erra à travers le palais désert. Elle se promena dans le jardin, s'assit sur la balustrade en pierre toute froide du pavillon et observa l'animation de la ville sur l'autre rive. Maya n'était pas dans sa chambre. Celle d'Aldo était vide, dame Chitra et Lakshmi étaient introuvables.

Elle s'arrêta non loin de la chambre de Pathan. Elle vit le capitaine, appuyé confortablement contre les colonnes de son balcon. Il ne portait pas de turban ; ses cheveux noirs pendaient en une longue queue-de-cheval maintenue par un bout de ficelle.

Pathan finit par s'apercevoir de sa présence, s'inclina en la voyant, mais son visage resta de marbre. Ses yeux avaient repris leur froideur, leur expression aussi distante et hautaine que la première fois qu'elle l'avait vu. Ce n'était pourtant que quelques jours plus tôt.

— Je vois que vous vous sentez mieux, capitaine, dit-elle.

— Ne restons pas là, madame. Ce n'est pas bien que vous vous trouviez seule ici.

Jetant un châle autour de ses épaules, il passa devant elle à grandes enjambées.

— Allons au pavillon, dit-il en la regardant à peine.

Il s'éloigna sans attendre sa réponse.

Il est aussi déplaisant que jamais, pensa Lucinda en lui emboîtant le pas.

Arrivé au pavillon, il s'assit sur la balustrade et lui fit signe de prendre place sur des coussins à ses pieds. Seulement alors, son visage se radoucit un peu.

— Maya est allée à un temple avec la maîtresse aveugle, expliqua-t-il. *Senhor* Geraldo a traversé le pont pour se rendre en ville. Il espère s'y divertir.

— Le jeu, fit Lucinda en secouant la tête. Pourquoi ne m'a-t-il pas dit qu'il s'en allait ?

— Vous dormiez, madame. Il m'a chargé de vous le dire.

Il marqua une pause, puis :

— Les femmes *farangs* ne jouent pas ?

— Certaines, si.

Les yeux de Pathan s'éclairèrent légèrement.

— Mais pas vous, madame ?

Il regarda la vallée brumeuse, revint à elle.

— Je ne vous ai pas exprimé ma reconnaissance pour votre assistance. Le hakim m'a dit qu'il me donnait pour mort. Vous et la danseuse avez fait merveille pour me maintenir en vie.

Lucinda sentit la chaleur lui monter au visage.

— C'est Maya, seulement elle. Je n'ai fait que lui tenir compagnie.

— Votre compagnie était très précieuse, madame.

Il y avait maintenant presque de la tristesse dans sa voix.

— Sur la route, quand j'ai été blessé, j'ai senti mon âme quitter mon corps.

Il lui raconta qu'il s'était élevé à une grande hauteur au-dessus de son corps, vers une lumière lointaine qui l'attirait. Lucinda garda longtemps le silence.

— C'était peut-être Dieu, capitaine, dit-elle finalement.

— Peut-être. Je ne le crois pas. Peut-être est-ce l'idée que vous vous faites de Dieu, mais ce n'est pas la mienne.

C'est ainsi que commença tout à fait innocemment une conversation qui dura tout l'après-midi, au cours de laquelle Pathan dévoila petit à petit les mystères de sa foi.

Ce qu'il disait semblait parfois si évident que Lucinda se mettait presque à rire, ou si peu vraisemblable qu'elle en était presque suffoquée. De temps à autre, elle disputait certain point, ce qui paraissait le surprendre. Il lui répondait alors avec une précision et une subtilité de pensée pour elle proprement stupéfiantes.

Par deux fois au cours de leur discussion, le muezzin appela les fidèles du haut d'un lointain minaret. Pathan s'agenouilla pour prier et se prosterna en direction de l'ouest. Il lui expliqua la signification que revêtaient pour les fidèles La Mecque et la Kaaba, la Pierre noire qu'Allah avait envoyée du ciel comme un signe à Abraham.

— Vous ne parlez pas de l'Abraham de la Bible ? s'enquit Lucinda, incrédule.

— Si, madame. Le grand-père d'Issa, que vous appelez Jésus, le descendant des juifs.

Tandis qu'il disait cela, elle le vit sourire pour la première fois de la journée, ce sourire si franc, si rare. Elle se sentit désarmée et se détourna, tremblante.

— Vous avez froid, madame, dit-il en plaçant son châle autour de ses épaules.

Son parfum épicé s'attarda dans l'étoffe.

Un peu plus tard, Geraldo les rejoignit au pavillon. Là, dominant le lac miroitant, ils dînèrent tous les trois. Geraldo parlait à peine à Lucinda, mais elle sentait sur elle son regard comme une chaleur inquiétante. Il lui dit bonne nuit d'une manière si bizarre que Pathan leva les yeux vers lui, les sourcils froncés.

Après le départ de Geraldo, Pathan attendit quelques minutes avant de parler :

— Y a-t-il quelque discorde entre votre cousin et vous, madame ? Puis-je vous proposer mon aide ?

Elle étudia son visage avant de répondre. Peut-être ne pouvait-il s'empêcher d'afficher cet air de dédain qui semblait être son expression permanente.

— Etes-vous marié, capitaine ? laissa-t-elle échapper, surprise par sa question.

Elle était sur le point de s'excuser quand elle se rendit compte qu'il était disposé à répondre.

— Marié ? Oui, mais quand j'étais enfant. Elle avait été ma compagne de jeu. Elle est morte quelques mois après notre mariage.

— Je suis désolée, capitaine.

Il haussa les épaules en réponse, le regard perdu dans l'obscurité.

— Vous l'aimiez ? osa-t-elle.

— J'apprenais à aimer. Nous étions des enfants, pourtant même le cœur d'un enfant est plein de mystères. Mais vous savez comment est l'amour, madame. N'êtes-vous pas mariée, vous-même ?

— Seulement fiancée, expliqua Lucinda. Et je ne l'ai jamais vu, capitaine. Il est au Portugal.

Elle regarda les lumières de la ville qui scintillaient au loin, ajouta :

— C'est un vieux monsieur.

— Un mariage arrangé ? Je pensais que les *farangs* croyaient au mariage d'amour...

— Dans mon cas, une fortune est en jeu.

— *Atcha*, fit Pathan en soupirant.

Des papillons de nuit voltigeaient autour des lampes à beurre vacillantes. Ses yeux sombres en reflétaient les flammes.

— Avez-vous espéré trouver quelqu'un d'autre, capitaine ? Une nouvelle compagne ? Qui vous aimerait et à qui vous rendriez cet amour ?

Pathan tourna les yeux vers la cour où avait disparu Geraldo, puis regarda dans les siens. Lucinda leva la tête d'un air de défi, comme si elle répondait à une question silencieuse. Il parut soudain mal à l'aise, se leva et, tout en s'inclinant, dit :

— Je prierai pour votre bonheur, mademoiselle.

Sur ce, il lui souhaita bonne nuit.

Cette nuit-là, elle sut qu'elle ne pourrait dormir. Enveloppée dans le châle de Pathan, elle traversa la cour argentée par la lune. Parvenue aux marches qui menaient au pavillon, elle se cacha dans l'ombre. Pathan était là ; assis sur la balustrade de pierre, à contempler l'autre côté du lac. Elle le regarda longtemps, puis rentra dans sa chambre et fixa le plafond jusqu'à l'aube.

Le lendemain, elle le trouva une fois encore seul au pavillon. Il portait son turban noué serré et une robe d'un blanc immaculé. Son regard s'éclaira quand il la vit. Il éluda la plupart de ses questions, mais lui en posa beaucoup, sur sa foi en particulier. Il était captivé par les descriptions qu'elle lui faisait de la messe. De temps en temps, il comparait ce qu'elle lui disait aux enseignements de l'islam. Ses observations étaient souvent si subtiles qu'elle fronçait les sourcils en essayant de suivre. Lorsque Pathan voyait cela, il changeait de sujet pendant un moment, ce qui contrariait Lucinda.

Après sa prière de midi, il donna l'impression d'avoir pris une décision.

— Si nous faisions une promenade ? suggéra-t-il.

Ils franchirent les portes du palais et l'étroite chaussée. Elle se rappela de nouveau ce cerf-volant en liberté. A Goa, elle sortait rarement de chez elle, uniquement pour rendre visite à une amie voisine ou aller à la messe, et toujours en palanquin ou voiture couverte. Marcher sur cette route inconnue lui semblait à la fois terrifiant, tentant et défendu. Lucinda s'arrêta au bout de la chaussée ; là, dans la boue à l'odeur âcre du bord du lac, une centaine de fleurs de lotus émergeaient de l'eau noire, leurs pétales pourpre vif bordés de blanc. Pathan se tenait à son côté, si près qu'elle sentait son souffle sur son cou nu.

La ville de Belgaum était une véritable ruche. Il y avait des gens partout, dans les rues, les échoppes, les embrasures de porte, les passages, aux fenêtres. Les cris des boutiquiers et les rires des enfants résonnaient dans ses oreilles habituées au silence. Au lieu du parfum des fleurs et de l'encens flottait une lourde odeur d'épices et d'égouts, d'animaux vivants ou abattus, de sueur, de poussière, de légumes pourris. A un certain moment, une vieille vache grise arriva derrière elle et la poussa de son museau. Si Pathan n'avait pas été à côté d'elle, peut-être aurait-elle été prise de panique. Il conservait sa démarche élégante et majestueuse, répondait aux regards par un hochement de tête hautain. Il ne remarquait pas le pas hésitant de Lucinda, qui craignait que son sari ne se défasse.

Il semblait savoir où il allait alors que Lucinda

ne tarda pas à être perdue. A un moment donné, Pathan s'arrêta et lui montra le palais derrière eux pour l'aider à s'orienter.

— Ne me laissez pas toute seule, capitaine, murmura-t-elle. Je ne retrouverais jamais mon chemin.

Quand ils se tournèrent pour repartir, elle remarqua son sourire et sa main effleura son coude.

Lucinda était incapable de pénétrer la complexité labyrinthique de la ville, si différente de Goa la Portugaise. Ici, à Belgaum, maison et échoppes poussaient comme des champignons pour former un dédale de ruelles étroites.

A un croisement, ils s'arrêtèrent un moment pour regarder une procession bruyante d'hommes alignés en une double file, qui se faisaient passer de l'un à l'autre un corps enveloppé dans un linceul. Le corps semblait flotter au-dessus de leurs têtes immobiles. Toute une foule de femmes suivait, en poussant des lamentations.

Dès que le cadavre avait quitté leurs mains, les hommes au bout de la file se précipitaient au premier rang comme dans une chorégraphie élaborée. Le linceul, vert perroquet, tourbillonnait dans la brise.

Pathan inclina la tête mais Lucinda continua de regarder, prise d'une fascination morbide. Elle ne bougea même pas quand il prononça son nom.

— Ç'aurait pu être moi, capitaine, dit-elle.

— Ou moi. Notre vie ne nous est prêtée que pour un temps. Personne ne sait quand l'ange viendra frapper à notre porte pour en réclamer la restitution.

Ils arrivèrent finalement dans une cour entourée de murs, située au milieu de ce que Lucinda devina être un cimetière musulman. D'un signe, Pathan montra sa tête. Après un instant d'hésitation, elle ramena l'extrémité de son sari pardessus ses cheveux, ce qui parut le satisfaire.

A quelques pas à l'intérieur de la cour, Pathan se déchaussa. Lucinda laissa ses babouches à côté des siennes. Il lui fit signe d'attendre pendant qu'il procédait à ses ablutions.

— Il y a des réservoirs d'eau dans toutes les mosquées afin que les hommes puissent se laver avant de prier, expliqua-t-il en s'aspergeant les mains, les pieds et le visage.

Il ne fit rien pour indiquer à Lucinda si elle devait suivre son exemple.

Il n'est pas d'un grand secours, pensa-t-elle.

Encore ruisselant, il la conduisit au fond de l'enceinte, jusqu'à un petit édifice surmonté d'un dôme blanchi à la chaux.

— Nous sommes au dargah de Youssouf Chisti, un grand saint, chuchota-t-il.

Deux vieillards se levèrent à leur approche. Pathan s'inclina profondément devant eux. Lucinda ne l'avait jamais vu se comporter avec une telle humilité. Les deux hommes lui jetèrent un coup d'œil et lancèrent à Pathan un regard amusé.

— Ce sont les arrière-petits-neveux du saint, expliqua-t-il à voix basse. Leur famille entretient la sépulture.

Lucinda porta ses mains à son front.

A l'entrée du dargah, ses yeux s'habituèrent peu à peu à l'obscurité. D'un signe de tête, Pathan montra deux tombes basses sous le dôme, chacune couverte d'un lourd dais de velours sombre sur lequel on avait éparpillé des fleurs.

— La grande est celle de Youssouf, la petite celle de son fils, qui est mort jeune.

Son expression était plus solennelle que jamais.

— Voulez-vous m'attendre ici ? demanda-t-il.

Que pouvait-elle faire d'autre ?

— Bien sûr, répondit-elle.

Pathan s'agenouilla et baisa le seuil avant d'entrer, suivi par l'un des vieillards. Il resta assis un bon moment près de la tombe la plus grande, le vieil homme debout en silence à côté de lui. Lucinda se demanda si elle n'était pas censée dire une prière.

Pathan rampa finalement jusqu'au pied de la sépulture. A genoux, il enfouit sa tête sous l'étoffe de velours. Quand il la ressortit, il avait les larmes aux yeux.

Le vieux gardien se pencha en soupirant sur le drap et ramassa quelques-unes des fleurs qui y étaient éparpillées. Il embrassa Pathan et lui déposa les pétales dans la main. Avec la même vénération que l'on met à recevoir l'hostie, Pathan les mangea un à un. Pendant ce temps-là, le vieillard époussetait la tombe du saint avec un long éventail en plumes de paon.

Puis il sortit du dargah et fit signe à Lucinda de

s'approcher. Elle jeta un coup d'œil à Pathan, qui hocha la tête en signe d'approbation. D'un pas hésitant, elle se dirigea vers la porte, ses pieds nus sur les dalles de pierre fraîches, le visage caressé par une douce brise.

Le vieux gardien commença alors à lui tapoter la tête avec l'éventail. A chaque petit coup, une bouffée de parfum d'huile de rose emplissait l'air autour d'elle, douce et musquée, comme une avalanche de roses. Lucinda fut surprise par sa réaction. Le contact de l'éventail lui donnait l'impression d'être plus légère, comme si elle avait été époussetée, comme si on avait chassé la tristesse de ses épaules.

— *A salaam alakem*, dit le vieillard en baissant la tête vers elle.

Pathan lui avait appris cette salutation musulmane.

— *Alakem salaam*, répondit-elle.

Ils remirent leurs chaussures et partirent en silence vers le palais.

— Est-ce ainsi que vous faites vos dévotions, capitaine ?

— Non, mademoiselle.

Pathan parut réfléchir soigneusement à ce qu'il allait répondre.

— Faire ses dévotions revient à sentir une distance, dit-il enfin. Mais Dieu n'est pas distant. Il est plus près de vous que cela, dit-il en appuyant la pointe de ses doigts sur la jugulaire de Lucinda.

Sous son contact, elle perçut son propre pouls.

— Dieu est aussi près de vous que cela, mademoiselle.

Il pencha alors la tête, comme pour sentir la chaleur monter au visage de la jeune fille, et abaissa lentement la main.

— Ici nous prions, nous ne faisons pas nos dévotions. Aux pieds d'un saint, on peut formuler son souhait le plus cher. Qui sait ce qu'il adviendra ? Peut-être ce souhait sera-t-il exaucé.

Ses yeux sombres plongèrent dans les siens.

— Et quel est votre souhait, capitaine ?

Pathan ne répondit pas.

Maya mangeait une fois encore avec dame Chitra, si bien que ce soir-là Geraldo se joignit de nouveau à eux pour le dîner.

Ils parlèrent de Babouche, de Gama et maintes fois de Maya. Le regard de Geraldo passait rapidement de l'un à l'autre, comme s'il voyait quelque chose de troublant sur leur visage. Mal à l'aise, Lucinda changeait souvent de position.

— Bien, bonne nuit, dit finalement Geraldo en lançant à celle-ci un regard plein de sous-entendus.

Elle lui fit un signe de main en réponse, geste qui déconcerta Pathan, car les femmes hindoues ne le faisaient jamais.

— Tu ne regagnes pas ta chambre, Lucie ?

Le regard de Geraldo passa une fois de plus de Lucinda à Pathan. Mais elle ne répondit pas et le sourire ironique de Geraldo s'évanouit lentement.

— Prends garde, chère cousine, marmonna-t-il en s'éloignant.

Lucinda avait apporté le châle de Pathan et elle s'en enveloppa les épaules, bien que l'air du soir fût encore doux. Elle regarda Pathan, comme pour l'encourager à parler. Ce qu'il dit finalement la surprit :

— Il convoite cette bayadère, énonça-t-il comme une évidence.

— Capitaine !

— Il vous convoite aussi.

— Certainement pas !

Incapable de rester assise, Lucinda se leva et marcha le long de la balustrade. Les dernières lueurs roses du soleil couchant se cachaient derrière les montagnes sombres. Pathan la regarda d'un air grave, puis lui parla comme à une enfant :

— Qui pourrait l'en blâmer, mademoiselle ?

Lucinda leva son visage. Son ventre était animé de tremblements, comme si la voix de Pathan l'avait touchée à cet endroit précis. Les yeux de Pathan semblaient profonds comme la nuit.

Elle sentit quelque chose de sauvage s'agiter en elle, quelque chose de beau et d'obscur, qui se déployait, luisant comme baigné encore des eaux de sa naissance.

Par la suite, elle fut incapable de se souvenir qui avait fait le premier geste. Son cœur battait la chamade et ses oreilles tintaient. Elle était dans ses bras, ses lèvres contre les siennes.

Une chaleur envahit son ventre, se mua en feu. Collée contre lui, elle sentit ses mystérieuses ailes sombres se déployer.

Kama, le dieu du Désir, se sert d'un arc en canne à sucre, mais ses flèches en sucre filé sont capables de percer le cœur le plus dur.

On ne les arrache pas facilement, ces flèches douces et fragiles, et une fois qu'elles sont plantées dans le cœur, elles provoquent une infection et une fièvre. Le cerveau commence à s'échauffer, la vision se trouble, les mains se tendent, aspirant à être tenues. Les lèvres tremblent, les yeux brûlent. Le sommeil disparaît, les nuits passent douloureusement et les journées fermentent dans les rêves. Ainsi les flèches de Kama rendent le cœur malade.

C'était là que le bât blessait, dans les desseins de Maya. Elle aurait voulu haïr Geraldo, ou du moins ne rien éprouver. Mais son cœur se serrait jusqu'à pleurer à chaudes larmes. L'aimait-elle ? Non. Mais elle le désirait, ou plus précisément elle désirait ce qu'il lui donnait. Elle buvait son amour comme de l'eau salée, qui n'étanche la soif qu'un instant avant de l'exciter davantage.

Comment aurait-elle pu prévoir ? Il lui avait paru aussi dépourvu de vie qu'un pantin bien pomponné. Les mots vides tombaient comme la pluie de ses jolies lèvres, sonnant creux. Ses yeux furetaient comme une hyène en quête d'une charogne. Mais Geraldo était beau, mince, et étrangement, pour un *farang*, il ne sentait pas mauvais. Il lui semblait entrer parfaitement dans ses desseins.

Un *farang* ordinaire, plus impur qu'un intouchable. Geraldo allait servir à souiller sa yoni, et rien de plus. Un ou deux coups de boutoir, une éjaculation, un gémissement, et Maya perdrait toute valeur en tant que bayadère. Qui voudrait aller au déduit avec une femme souillée par un *farang* ? Même les intouchables la fuiraient quand ils sauraient, comme ils fuyaient les hijras.

Maya s'était décidée à vivre dans une mortelle infamie, à devenir le réceptacle consentant de la pollution de ce *farang.* Les paroles de dame Chitra lui avaient montré la voie : Maya allait noircir, profaner toutes les parties, tous les orifices de son corps, chaque parcelle de sa peau avec ce lingam impur. Elle allait puer le *farang*, et aucun homme d'honneur ne s'approcherait plus jamais d'elle.

Elle serait libre.

Tel était son projet, dont la faille s'était révélée bien vite.

Elle avait compté sans les flèches en sucre filé de Kama, le dieu aveugle.

Qui aurait pu deviner que les paroles de Geraldo tombaient de lèvres si douces ? Que ses caresses étaient capables de la faire suffoquer, qu'elle s'embraserait en le voyant la dévorer, nue, de ses yeux sombres ?

Les sadhous avec qui elle s'unissait avaient étudié le tantra pendant des années. « Les désirs nous rendent esclaves », disaient-ils. Ils avaient orienté tous leurs désirs vers la déesse, si bien qu'ils étaient devenus esclaves de la divinité. Ils pouvaient maintenant bander leur lingam à volonté, passer des heures en congrès avec les devadasis. Ils pénétraient Maya lentement, avec dévotion, et, immobiles pendant des heures, étreignaient la déesse que Maya était devenue pour eux. A côté d'eux, Geraldo semblait aussi innocent et inoffensif qu'un enfant.

A sa grande surprise, elle découvrit que tout le pouvoir de Geraldo résidait en des lieux où elle n'aurait jamais songé à le chercher : dans le bout de ses doigts, la paume de ses mains, dans la toison noire et bouclée de sa poitrine. Aucun sadhou n'avait de tels mamelons, durs au toucher, comme de toutes petites perles, une langue qui virevoltait sur sa peau, vivante et humide, qui glissait entre ses lèvres, entre ses jambes. Tout son corps bougeait et se lovait sur elle, autour d'elle. Ce n'était pas un saint : il respirait, il était fait de chair et de sang. Un animal, en fait. Et, comme elle le découvrit, elle en était un, elle aussi.

Dans les replis de son ventre, le long de ses cuisses dures et de ses épaules fermes, elle découvrit que Geraldo possédait une sagesse qui n'était pas celle des mots mais du toucher, une poésie des caresses, de la tendresse, des étreintes. Ses mains la brûlaient, éveillaient sa peau ; elle soupirait en sentant leur chaleur sur ses seins et ses flancs, la fraîcheur et le vide soudains qu'elles laissaient en glissant vers ses épaules et ses cuisses.

Le désir nous rend esclaves, lui avaient enseigné les sadhous. Le désir nous rend esclaves, avait-elle répété silencieusement.

Mais elle n'avait jamais connu le désir avant qu'il ne la pénètre, avec la vigueur d'un lion, qu'elle ne sente son ardeur dans ses hanches lorsqu'elle offrait sa yoni à ses coups de boutoir, avant qu'elle ne soit prise de spasmes, qu'elle ne serre ses cuisses contre ses flancs et ne morde ses lèvres jusqu'au sang, avant que son ventre ne se tende encore et encore dans la jouissance et que des vagues de plaisir ne la parcourent comme des rafales de pluie à la mousson. Avant qu'elle ne le sente se répandre en elle, qu'elle ne l'entende murmurer son nom en gémissant et qu'elle ne pense, subjuguée : C'est l'effet que j'ai sur lui. Avant qu'elle ne l'étreigne au moment suprême, qu'elle ne sente une lourde torpeur mêlée de reconnaissance s'emparer ensuite d'eux tandis que son lingam rapetissait dans sa yoni, que leur souffle s'apaisait et que ses petits baisers lui chatouillaient l'oreille.

Le désir nous rend esclaves, lui avaient dit les sadhous, et soudain elle comprenait.

Elle devenait son esclave.

Elle n'avait encore jamais vu de lingam aussi mou et rabougri, car les sadhous s'entraînaient à bander, y compris après leur passage. Celui de Geraldo évoquait un pâle asticot, une souris aveugle et sans poils. Elle gloussa en le voyant s'animer sous ses caresses. Elle savoura la façon dont le souffle de Geraldo se faisait saccadé, dont il renversa la tête en arrière en papillonnant des yeux. Pur, impur, ces mots n'avaient désormais plus aucun sens pour elle. Elle avait envie de l'entendre soupirer, crier et demander grâce.

En un rien de temps, ses lèvres enveloppèrent

le jeune homme. Les mains de Geraldo s'agrippèrent à ses épaules, ses cuisses se tendirent. Maya sentit son lingam grossir au contact de sa langue. Morsure latérale, succion de la mangue – pour chacune de ces huit formes du congrès de la bouche, qu'elle ne connaissait que pour en avoir lu les descriptions, Maya répertoria avec émerveillement les subtilités de ses gémissements. Voilà l'effet que je lui fais, songea-t-elle.

A cette pensée, la bouche la brûla. Il avait un goût chaud et amer.

Elle n'avait projeté qu'un accouplement, une heure, pas plus. Ils passèrent toute la nuit ensemble.

Après, les fins rideaux de sa chambre bouillonnaient et se dégonflaient tandis que murmurait la brise nocturne. Elle entendit psalmodier au loin. Purnima, pensa-t-elle, la fête de la pleine lune. Et elle était là, serrée contre un *farang* endormi, couverte de sa sueur et de ses baisers, au lieu d'être au temple à danser pour la déesse...

Elle passa le lendemain à attendre le coucher du soleil. Elle tressa des fleurs dans ses cheveux parfumés et, dès que la nuit fut tombée, elle franchit sa porte.

Elle essaya avec lui les cinq baisers et les quatre étreintes.

Il lui montra des artifices qu'elle n'avait jamais appris dans ses livres, des artifices venus du pays du thé, à mille et mille lieues de là. Sa langue cajola sa yoni jusqu'à ce que ses cuisses se mettent à trembler. Elle mordait l'oreiller pour ne pas crier. Il ne s'arrêta pas, même quand elle le supplia.

Quand finalement il leva les yeux vers elle, elle le supplia encore... cette fois-ci pour qu'il continue. Il lui sourit, lui caressa la main et se pencha pour l'embrasser. En lui suçant la langue, elle sentit le goût de l'océan. Puis il disparut de nouveau entre ses jambes.

Lorsqu'elle put se remettre à respirer, Maya le retourna sur le dos. Il était grand et beau. Les fleurs qu'elle avait dans les cheveux à moitié défaites, ses sourires entrecoupés par son souffle court, elle pressa ses seins contre sa poitrine. Le regard sombre de Geraldo était brûlant. Ils respirèrent ensemble le parfum de la nuit, un parfum de fleurs, d'encens et de désir. Leur peau en sueur luisait à la pâle lueur de la chandelle. Elle remua les hanches de manière inventive et le souffle de Geraldo se mua en gémissements qui se fondirent aux siens. Elle l'étreignit dans la frénésie de la jouissance – les poussées, les battements de leurs hanches, sa bouche affamée qui dévorait sa langue impatiente, l'entrée en éruption de leurs corps, comme une grande étoffe déchirée en deux, et finalement l'effondrement dans le calme et l'épuisement. J'ai fait cela, pensa-t-elle.

Curieusement, dans la journée, quand elle voyait Geraldo sur la véranda ou le croisait dans la cour, elle ne le regardait même pas. Elle n'avait rien à lui dire. La seule pensée de lui parler l'ennuyait. Quand elle l'apercevait en plein jour, elle ne voyait que la pâle vacuité de son expression, le caractère vaniteux, m'as-tu-vu, de sa mise. Elle avait projeté de raconter à tout le monde qu'elle avait été souillée par cet homme alors que maintenant elle se demandait s'il était capable de garder le secret. Elle s'en rendait compte, il avait l'air de quelqu'un qui pesait ses indiscrétions, capable de partager un secret pour arriver à ses fins.

Dans la journée, quand elle le voyait, elle était horrifiée par ce qu'elle éprouvait. Elle le méprisait et méprisait son propre désir, mais ne pouvait empêcher celui-ci de titiller sa yoni. Quand elle regardait le soleil descendre avec une lenteur insupportable, ses yeux se tournaient malgré elle vers la porte close de sa chambre et elle se mettait presque à pleurer. Elle avait hâte de sentir les mains d'Aldo sur ses seins, ses lèvres dans son cou, de serrer son lingam gonflé entre ses doigts pendant qu'il mordillerait ce point sensible sur son avant-bras, juste au-dessous du coude, elle avait hâte de l'attirer en elle, d'appuyer ses mollets sur ses épaules pendant qu'il la pénétrerait profondément, elle désirait ardemment qu'éclate la trombe d'eau et que vienne le moment où leurs corps unis se fondraient dans une somnolence paisible. Qu'elle le voulût ou non, elle ne pouvait se passer de lui. La nuit la trouverait en train de frapper doucement à sa porte.

Dans l'obscurité au moins, ses sentiments à son égard étaient purs. Dans l'obscurité, peu importait ce qu'il était. Seul comptait ce qu'il lui faisait et ce qu'elle lui faisait.

Le lendemain matin, Lakshmi vint chercher Maya sur la véranda et la prit par la main pour la conduire auprès de dame Chitra. Toutes trois sortirent de l'enceinte du palais, traversèrent la chaussée et se dirigèrent vers un temple au bord du lac.

Le temple de la déesse Mahalakshmi était petit mais élégant ; grâce aux dons généreux de dame Chitra, il reflétait la même esthétique que le palais : propre, serein et plus tranquille que n'importe quel autre temple où s'était rendue Maya. Elles prirent place dans le griha, le sanctuaire intérieur, et se livrèrent au darshan, à la contemplation, de la déesse. C'était une petite divinité gracile en marbre blanc, ses traits peints avec délicatesse. Lorsque venait le moment de l'offrande, de la puja, les brahmanes accompagnaient le murmure de leurs psalmodies du tintement de toutes petites cymbales et non du fracas des gongs et des grosses cloches de bronze.

Au temple, Chitra perdit la mélancolie qui la caractérisait au palais. Elle taquina les brahmanes comme une petite fille. Certaines de ses plaisanteries étaient si grivoises que Maya pouffa de rire sans pouvoir s'arrêter.

Pendant le déjeuner, à l'ombre d'un arbre dans la cour extérieure, Chitra papota en se balançant d'un côté et de l'autre.

— Vous semblez beaucoup plus gaie, ma sœur, lui fit remarquer Maya.

— Oh ! je déteste ce palais. Il est si lugubre, plein de souvenirs pénibles qui rôdent là comme des fantômes mal élevés.

— Pourquoi ne partez-vous pas, alors ?

— Hein ? fit-elle en tournant ses yeux voilés d'aveugle vers Maya, comme si elle n'avait pas entendu. C'est que je n'ai pas le choix. Et puis il m'appartient.

Lakshmi lui chuchota quelque chose à l'oreille.

— Oui, oui, répondit Chitra à la fillette en hochant la tête avant de se tourner vers Maya. J'ai cru comprendre que la jeune *farang* a des sentiments pour le derviche.

— Pour qui ?

— Le derviche... le capitaine Pathan.

— Pathan ? Vous dites que c'est un derviche ?

Les yeux de Chitra tournèrent dans le vague.

— Bien sûr que c'en est un. Tu ne le vois donc pas ? Dieu merci ! il est du genre tranquille... en apparence. Nous avons de temps en temps la visite de ceux qui dansent en tournant comme des toupies toute la nuit. Mais les pires sont les hurleurs.

— Les hurleurs ?

— Bon sang, tu n'en as jamais entendu ? Tu as bien de la chance... il y en a dans tout Bijapur, qui hurlent à pleins poumons.

— Quoi ? Le capitaine Pathan chanterait ?

— Certains derviches chantent. Ceux-là, on peut à la rigueur les tolérer. Ceux dont je parle hurlent simplement comme des chiens. Toute la nuit.

Elle se lança dans une démonstration et toutes trois furent prises de fou rire.

— Dieu sait pourquoi ils hurlent ainsi... dit Chitra quand elle eut repris haleine. Quoi qu'il en soit, tu devrais dire à ton amie *farang* que c'est sans espoir. Il l'ignorera. Cela fait partie de leurs vœux, je crois.

Elle regarda vers Maya, roulant de ses yeux aveugles.

— Lakshmi me dit par contre que le gentilhomme *farang* est très séduisant...

Maya était contente que Chitra ne pût voir son visage. Lakshmi le pouvait et elle se pencha pour chuchoter quelque chose à l'oreille de sa maîtresse, mais un regard noir de Maya l'arrêta net et elle se redressa.

— Certaines trouvent peut-être qu'il l'est, ma sœur, dit-elle, essayant de donner à son commentaire un ton désinvolte, dont l'expression de Chitra démontra aussitôt l'inanité.

— Tu dois faire attention, petite sœur. On ne peut pas plus faire confiance aux *farangs* qu'aux hijras...

— Ah ! peut-être sommes-nous trop sévères, répondit Maya. Moi non plus je n'aime pas les hijras, mais qu'est-ce que les eunuques nous ont fait, à vous et à moi, de si terrible ?

Chitra se mit dans tous ses états, au point que Maya craignit que quelqu'un ne surprenne ce qu'elle disait.

— Ils m'ont dépouillée, voilà ce qu'ils ont fait ! Ils m'ont volé mon amour, puis ma chair et mon sang ! Ne t'ai-je pas dit que les eunuques m'ont volé mon enfant ?

Elle le lui avait dit, mais Maya avait cru qu'elle exagérait. Maintenant que le visage de Chitra se contractait sous l'effet de la colère, elle se rendait compte que c'était là un élément capital de l'histoire de sa vie.

— Les hijras ! Ils ont essayé de me mater, mais ils n'ont pas réussi ! J'ai aimé le sultan, l'homme qu'ils voulaient que je trahisse ! Je lui ai donné mon cœur et ils n'ont pu m'en empêcher ! Je me suis ouverte à lui ! Je lui ai donné mon fils, mon fils unique !

Chitra semblait crier dans le vide, inconsciente de la présence de Maya et de la façon dont les murs du temple renvoyaient l'écho de sa voix.

— Les hijras ont tout détruit, ils ont volé ce qu'ils ne parvenaient pas à détruire ! Ils ne pouvaient permettre que le sultan ait un enfant d'une hindoue. Ils me l'ont pris ! Ils ont pris mon bébé et m'ont chassée. Si Shahji ne m'avait pas protégée, je serais morte à l'heure qu'il est... Je suis contente que le *farang* ait chassé ce hijra ! Je les hais, tous ! Ils sont tous les mêmes !

Chitra leva l'extrémité de son sari jusqu'à son visage, pour le couvrir ou pour pleurer, Maya ne savait trop. Lakshmi tapota l'épaule de l'aveugle.

— J'ai accouché dans ce palais, reprit celle-ci, qui semblait avoir retrouvé son calme. Les eunuques ont dit au sultan que j'avais fait une fausse couche, que j'avais besoin de repos, et ils m'ont gardée ici, comme en prison. Le lendemain du jour de la naissance de mon petit garçon, un hijra l'a emporté, un petit gros sans aucune éducation. Il avait demandé aux domestiques de dire que l'enfant était mort, mais j'ai découvert la vérité...

Des larmes coulaient maintenant de son œil gauche voilé.

— J'ai mené mon enquête. Ils ont fait de lui un eunuque ! Mon pauvre petit, mon pauvre garçon innocent, mutilé... Je savais qu'il n'aurait pas de chance, le pauvre enfant. Lui aussi avait le signe...

— Quel signe ?

— Le mauvais œil. Vous avez sans doute remarqué ?

Chitra ouvrit la main gauche et montra sa paume à Maya.

— Je l'ai, moi aussi. C'est une marque de famille. Pour moi, la malchance est venue plus tard, mais là, elle a commencé dès sa naissance !

Elle ferma le poing, le serra contre sa poitrine.

— Maintenant que tu l'as vue, tu vas sans doute avoir peur de me parler.

— Je ne crois pas que vous soyez maudite, ma sœur.

— Comment expliquer autrement tout ce qui est arrivé ?

Maya examina son visage si empreint de douleur et ne répondit pas.

— Fais-moi une promesse, ma sœur. Quand tu iras à Bijapur, cherche mon fils parmi les eunuques. Trouve-le. Tiens-moi au courant.

Elle tendit sa main dépourvue de signe.

— Je vous le promets.

Entourées de frangipaniers et de tubéreuses, à l'ombre du grand manguier qui se dressait au-dessus de l'escalier du temple qui menait au lac, les deux femmes se calmèrent peu à peu. Elles firent un somme dans la cour du temple pendant les heures les plus chaudes de la journée, comme la déesse dans le griha, jusqu'au moment où les brahmanes écartèrent le rideau et les réveillèrent. Après qu'ils eurent chanté des hymnes à voix basse et enguirlandé la déesse de fleurs fraîches, l'un vint à dame Chitra.

— Le moment est venu pour toi de danser, ma sœur, dit-elle à Maya. C'est pourquoi je t'ai menée ici.

— Maintenant ?

D'ordinaire, c'était le matin qu'on dansait dans le temple, pour réveiller la déesse, ou le soir, juste avant qu'elle ne s'endorme.

— Il faut que nous soyons rentrées au palais avant le coucher du soleil. C'est la règle. Mais la déesse ne se formalisera pas de l'heure inhabituelle.

La règle édictée par qui ? se demanda Maya tandis qu'elles montaient les marches de pierre du temple. A la porte du griha, les brahmanes se rangèrent de côté pour lui laisser de la place.

Lakshmi la regarda faire des étirements.

— Tu aimerais devenir une devadasi ? demanda Maya à la fillette.

Lakshmi hocha la tête en ouvrant des yeux ronds.

— Ce n'est pas une vie facile, fit Maya en lui souriant. Tu portes son nom, tu sais ? ajouta-t-elle en resserrant le bas de son sari. Lakshmi. La déesse de la Richesse.

Les yeux écarquillés, la fillette se précipita

pour chuchoter quelque chose à l'oreille de Chitra.

Il n'y avait pas de musique, mais avec l'un de ses bracelets d'or Chitra marqua les tal sur le sol dallé de pierre. Dix tal, douze temps, la plus difficile des danses. Les pieds nus de Maya claquèrent sur les dalles et elle commença à oublier. Les bandits disparurent, Babouche disparut, puis Lucinda et Pathan, même Chitra et Lakshmi. Il fallut du temps, mais tandis qu'elle sautait et tourbillonnait, les yeux fixés sur ceux de la déesse, même Geraldo s'évanouit dans le néant et enfin elle oublia jusqu'au contact de ses mains sur ses cuisses. Sous ses pieds, les pierres devinrent aussi douces que des nuages, les lampes vacillantes du temple brillèrent davantage. Les mudras de son visage et de ses mains, tous soigneusement répétés et exécutés, n'exigeaient plus l'intervention de la pensée : ils coulaient maintenant d'elle comme l'eau, expression parfaite du cœur de Maya.

Quand elle eut fini, elle tint la pose longtemps, sans voir autre chose que le regard serein de la déesse. Elle reprit lentement conscience de ce qui l'entourait ; les murs sombres renvoyaient l'écho de sa respiration, sa sueur tombait sur le sol froid. La petite Lakshmi la fixait avec un respect mêlé de crainte. En retournant s'occuper de la déesse, les brahmanes s'inclinèrent devant elle.

— Tu es une grande devadasi, la complimenta Chitra tandis qu'elles rentraient au palais bras dessus bras dessous.

— Comment pouvez-vous le savoir, ma sœur ?

Chitra s'arrêta et posa la main sur la joue de Maya.

— Je le sais, affirma-t-elle, son visage empli de tristesse.

Quand elles arrivèrent aux portes du palais, elle serra le bras de Maya.

— Vas-tu retourner le voir ce soir ?

— Que savez-vous de cela ? demanda Maya quand elle fut revenue de sa surprise.

— Seulement que tu es une femme et que tu es jeune, répondit Chitra. Que vas-tu faire, ma sœur ?

Mais Maya ne pouvait ou ne voulait pas le dire.

Geraldo l'avait stupéfaite, une fois de plus. Cette nuit-là, Maya pratiqua avec lui l'art d'exercer des pressions et celui de laisser des marques, des griffures et des morsures. Elle sentait à l'intérieur de sa cuisse l'empreinte des dents de Geraldo, la Ligne des Joyaux.

Elle était restée éveillée toute la nuit, non pas à cause de la brûlure de la morsure ni du souvenir du feu qui avait brûlé en elle. Elle songeait à la question simple posée par Chitra : « Que vas-tu faire, ma sœur ? »

Au matin, elle constata que Geraldo était parti. Elle avait donc dû dormir. Elle avait l'impression que le côté de son corps contre lequel il avait été allongé était maintenant creux, comme si une partie d'elle-même avait disparu.

En s'habillant, comme cela arrive parfois, un souvenir lui revint à l'esprit avec la précision d'une vision. Elle vit avec une clarté parfaite le visage de sa mère agonisant dans la forêt.

C'était comme si la chambre avait disparu. Elle ne voyait plus que son visage tout pâle, ses lèvres gris-bleu dans les premières lueurs de l'aube. Maya avait alors trois ans, et pourtant le souvenir était vif et douloureux comme une brûlure récente.

Elle sentait le corps de sa mère refroidir bien qu'elle l'eût couverte de feuilles, elle voyait son beau visage devenir flasque bien qu'elle eût baisé et baisé ses joues. Finalement, un gros homme était venu dans les bois, un homme grand et fort accompagné d'un ours. Il l'avait conduite au temple où elle allait passer toute son enfance.

Là, personne n'avait cru à son histoire. On pensait qu'elle avait fait une fugue et que quelqu'un viendrait la chercher. Comme personne ne venait, le shastri l'avait mise au travail en cuisine. Le destin voulut qu'un jour elle rencontrât sa gourou, Gungama, qui l'avait remarquée et l'avait fait danser.

Maya elle-même en était arrivée à penser qu'elle avait inventé l'histoire de la mort de sa mère, de l'inconnu et de son ours. Pourtant, chaque fois qu'elle en avait la possibilité, elle errait dans la forêt près du temple, pleine d'espoir.

Les années passèrent. Elle devint une belle

jeune fille, mince et gracieuse, elle devint une danseuse. Le shastri lui apprit le tantra et lui promit qu'elle serait un jour le réceptacle des sadhous en quête de divin.

Son dernier jour de vierge, en sortant encore ruisselante du bain qu'elle avait pris dans la rivière, elle trouva le saint nommé Douze-Manteaux qui l'attendait, assis sur la berge près de son ours brun. L'ours leva les yeux vers elle et bâilla ; elle vit qu'il était vieux, ses dents jaunes, son museau gris. Le saint le tenait en laisse avec des chiffons noués entre eux. Elle voyait maintenant qu'il était maigre, mais, comme il portait une dizaine de manteaux les uns par-dessus les autres, il avait l'air plus gros que l'ours.

De la tête et de ses doigts gros comme des brindilles, le vieil homme lui fit signe en silence. Il tira sur la laisse et disparut avec l'ours dans l'ombre des bois feuillus.

Sans un mot, elle le suivit.

Il faisait presque nuit quand l'ours s'assit près d'un monticule de pierres et de feuilles. Le saint montra le monticule et hocha la tête. De ses doigts, Maya toucha les pierres avec la tendresse d'un baiser d'enfant. Lorsque ses doigts entrèrent en contact avec un os, sec et dur, elle s'arrêta, remit les feuilles en place et pleura.

Quand elle leva les yeux, Douze-Manteaux était en train de farfouiller à l'extrémité d'un morceau de bois creux, dont il tira quelque chose de sale, couvert de toiles d'araignée. Maya n'aurait su dire ce que c'était. Il posa l'objet par terre et l'essuya pour enlever les toiles d'araignée. C'était un paquet enveloppé dans un vieux manteau en lambeaux ; à l'intérieur se trouvaient deux boîtes en bois très simples, l'une longue et étroite, l'autre petite et carrée.

Douze-Manteaux montra le monticule, puis les boîtes, puis Maya. Il lui donna les boîtes et appuya ensuite sa main osseuse contre sa tête. Quand il la retira, elle resta assise, sidérée. Cela le fit sourire et il la contempla un moment comme un oncle regarde une nièce charmante. L'ours se gratta derrière l'oreille à la manière d'un chien. Enfin, le vieil homme tira sur la laisse et partit avec l'animal, la laissant retrouver seule son chemin.

A la porte du temple, le veilleur de nuit la regarda comme si elle avait été un fantôme.

— On a cru que tu étais morte, dit-il, l'air déçu. Il y avait un ours dans les parages.

A la faible lueur d'une lampe à beurre, elle ouvrit les boîtes dans sa chambre. La longue contenait une épée cassée, étincelante, la petite une coiffe de mariage, une résille ornée de perles de verre, certaines transparentes, d'autres blanches. Elle cacha les deux boîtes. Elle avait enfin une indication sur son origine, sur qui elle était ou, du moins, avait été.

Au fil des ans, Maya avait réussi à mettre ce souvenir de côté, à l'enfouir dans quelque endroit obscur, comme elle avait dissimulé ses trésors à la vue du shastri. Parfois, cependant, comme aujourd'hui, le visage pâle et froid de sa mère lui apparaissait spontanément.

Elle pleurait tout en se faisant une natte. Ses larmes laissèrent des marques sur ses sandales poussiéreuses quand elle sortit. Elle trouva un coin tranquille dans le jardin, au milieu de feuilles de rosiers humides de rosée, fourra l'extrémité de son sari dans sa bouche et pleura jusqu'à en avoir mal à la gorge. Même étouffé, le bruit de ses sanglots effraya les corbeaux perchés sur le manguier. Ils s'envolèrent brusquement, puis revinrent se poser et rôder autour d'elle, leurs croassements assez forts pour couvrir ses pleurs.

Elle n'entendit pas les pas de dame Chitra ni ceux de Lakshmi, qui guidait l'aveugle à travers le jardin. Chitra se tourna un moment vers Maya comme si elle pouvait la voir, puis elle chassa Lakshmi. D'une démarche hésitante, elle vint jusqu'à Maya en faisant fuir les corbeaux au passage.

Elle resta longtemps assise à côté d'elle avant de parler.

— Ces shastris sont des scélérats, ma sœur, dit-elle enfin. Une fille devrait devenir une femme, mais ils en font leur jouet. Ils ont joué avec toi comme ils l'ont fait avec moi. Ils nous disaient que nous étions au service de la déesse, mais c'est eux seuls que nous servions.

Maya renifla, incapable de répondre. Chitra tournait les yeux comme si elle suivait les mouvements de quelque chose au loin.

— Nous ont-ils jamais parlé du désir ? De la douleur que provoque un désir ardent ? Nous ont-ils parlé de la sensation produite par un homme, de son odeur, de son poids pesant sur notre poitrine quand il nous pénètre ? Non... ils nous ont donné les sadhous, des brindilles sèches, pas des hommes. Un homme est un feu de joie, un festin de douleurs et de plaisirs. Quel dommage !

Elle caressa les cheveux de Maya.

— Quand tu danses, ma sœur, tu sens dans ton cœur la grâce de la déesse, sa paix, sa gentillesse. Mais quand tu es avec lui, c'est le pouvoir de la déesse qui est dans ton cœur et coule à flots en toi. La déesse n'est pas de pierre. Elle est souffle, désir, désespoir. Elle est le vert de la feuille qui pousse, le cri du bébé, la morsure de l'amant, le parfum de la rose. Tu sens la déesse bouger à travers toi.

— C'est horrible, dit Maya d'une voix étranglée.

— Oui.

— J'y prends plaisir.

— Oui, oui.

Chitra laissa tomber sa main sur ses genoux.

— Que vas-tu faire, maintenant ?

— Je ne sais pas.

Maya essaya d'en dire plus, mais fut prise à nouveau de sanglots. Elle partit en courant, le visage dans les mains.

Lucinda était maintenant capable de nouer son sari toute seule. Elle se mit du khôl aux yeux et une touche de vermillon au milieu du front. Quand elle sortit dans le couloir éclairé par le soleil matinal, elle y trouva Lakshmi, la jeune guide de dame Chitra.

— Tu cherches Maya ? lui demanda-t-elle gentiment.

Lakshmi secoua la tête.

— Qui donc, alors ?

Les yeux de la fillette s'agrandirent, elle leva la main et la plaça dans celle de Lucinda. Lakshmi l'entraîna le long d'un couloir, puis elles traversèrent une grande salle et une cour.

— Où m'emmènes-tu ? s'enquit Lucinda.

Bien que la petite fille l'eût regardée avec crainte, elle ne répondit pas.

Elles arrivèrent dans une aile du palais que Lucinda n'avait encore jamais vue. La fillette la conduisit à une porte à deux battants ornementés, qui grincèrent quand elle les poussa, puis elle la précéda à l'intérieur.

En dehors de la faible lumière qui passait par la porte restée ouverte, la pièce était plongée dans une obscurité presque totale. L'air était lourd du parfum des roses de Perse et du jasmin, et il y flottait une épaisse fumée d'encens.

— Qui est là ? demanda doucement une voix, que Lucinda fut incapable de localiser.

La fillette lâcha sa main et la laissa dans les ténèbres, trop hésitante pour faire un pas. Ses yeux s'habituèrent lentement à l'obscurité. La pièce était aussi vaste que la grande salle de la maison de son oncle à Goa, le haut plafond soutenu par des poutres. Là où la lumière pénétrait, elle apercevait des bouquets de fleurs entassés, comme sur les étals des fleuristes au marché. Bien que parfumé, l'air semblait immobile et sentait le renfermé.

Dans la pénombre, Lucinda distinguait à peine Lakshmi, qui chuchotait maintenant à l'oreille de dame Chitra, allongée sur des coussins sur une estrade basse au milieu de la pièce. Une cage où était enfermé un perroquet blanc, qui penchait la tête et sifflait, était suspendue au plafond.

— Venez ici, Lucinda ! lança Chitra. Trouve-t-on poli chez les *farangs* de rester à une telle distance ?

Lakshmi sauta de son siège et vint chercher Lucinda. Elle n'avait plus l'air terrifiée.

Lucinda avait eu l'impression que Chitra était âgée. Ici, seule avec elle, après réflexion, elle se rendit compte qu'elle était plus jeune qu'elle ne le pensait. Son visage, quoique flasque, n'était pas ridé, et ses mains, quand elle les bougeait, paraissaient pleines de vie et jeunes. Probablement était-ce sa cécité qui lui donnait une démarche d'infirme. Et bien que Chitra ait aimé s'attribuer l'autorité hautaine d'une matrone, Lucinda voyait maintenant qu'elle était une femme comme les autres, plus toute jeune certes, mais pas très âgée non plus.

Elle tendit une friandise au perroquet, qui l'attrapa d'un coup de bec.

— Vous portez un beau sari de lourde soie gris

souris, brodée de fil d'or et d'argent, qui m'a été volé.

Lucinda mit du temps à répondre :

— Je supposais que vous m'aviez prêté ces vêtements, dit-elle enfin.

— Apparemment, je vous ai déconcertée, dit Chitra, l'air de s'ennuyer beaucoup. Gardez-le. Je vous aime bien. Et puis, à quoi me servirait-il ? Ma vie est finie. Pourquoi un cadavre aurait-il besoin d'un autre sari ?

Lucinda attendit, mal à l'aise.

— J'aimerais en savoir davantage sur le *farang*, reprit Chitra. Il m'intrigue.

— Vous parlez de Geraldo ? En quoi vous intrigue-t-il, madame ?

— C'est lui qui a chassé le hijra de mon palais. Comme je méprise ce hijra, j'estime qu'il m'a rendu un fier service. Vous savez qu'un hijra m'a volé mon bébé ?

— Vous l'avez dit souvent, madame.

Chitra soupira et Lucinda crut un moment qu'elle allait pleurer.

— J'ai découvert que le hijra qu'il a chassé était ce démon de Babouche, celui-là même qui m'a pris mon bébé il y a neuf ans ! J'aurais dû le tuer ! J'aurais dû lui arracher les yeux... Si j'avais su que c'était lui, je l'aurais étranglé de mes propres mains !

Elle joignit le geste à la parole, puis laissa tomber ses mains sur ses genoux.

— A-t-il l'intention de vous épouser ?

— Qui cela, madame ?

— Qui ? Mais ce *farang*, Geraldo. De qui voulez-vous que je parle ?

Lucinda eut du mal à déglutir.

— C'est mon cousin...

— Pourquoi alors vous regarde-t-il ainsi ? s'enquit Chitra en tendant une autre friandise au perroquet.

— Comment ça ? demanda Lucinda.

Mais son interlocutrice semblait avoir l'esprit ailleurs.

— Les ombres s'allongent, les feuilles des rosiers brunissent et l'air est si frais le matin qu'on a besoin d'une couverture, dit-elle, les yeux dans le vague. L'été ne va pas tarder à prendre fin. Les *farangs* se marient-ils entre cousins ?

Et en quoi cela vous regarde-t-il ? pensa Lucinda.

— Je suis fiancée à un autre.

— Où est-il ?

— Loin d'ici.

— *Atcha.*

Chitra leva ses yeux aveugles vers Lucinda. Elle tendit une autre friandise et Lucinda crut un instant qu'elle la lui destinait.

— Ecoutez-moi, puis laissez-moi, comme on laisse un cadavre. Est-ce trop vous demander ?

Elle tenait la friandise, juste hors de portée du perroquet, et resta silencieuse longtemps. Enfin elle dit :

— Une jeune femme loin de chez elle, une jeune femme seule parmi des inconnus, une jeune femme dans un monde différent... Une jeune femme qui a vu la mort de près et sait à quel point la vie peut être fugace. Une jeune femme belle, curieuse et confiante...

Lucinda sentit la chaleur lui monter au visage.

— Vous me croyez sotte ?

— Vous voyez mon perroquet ? Supposez que je laisse la porte de la cage ouverte et qu'il s'enfuie. Lequel de nous deux serait le plus sot ? Combien de temps survivrait-il hors de sa cage ? Il monterait dans le ciel à tire-d'aile et retomberait au sol, aveuglé par le soleil.

Lucinda se redressa avec raideur.

— Si vous croyez pouvoir me dire comment je devrais... commença-t-elle.

— Oh ! fit Chitra en soupirant. Pardonnez-moi. Je ne parlais pas de vous.

— Vous n'allez pas prétendre que vous parliez de votre perroquet ?

— Non, répondit Chitra en baissant la tête. Je parlais de ma sœur, Maya.

— Ça saute aux yeux, dit Pathan à Lucinda un peu plus tard. Elle est folle de lui. Vous êtes la seule à ne pas l'avoir remarqué, parce que vous êtes trop pure, chère Lucie.

Lucinda venait de lui parler de sa conversation avec dame Chitra. Il avait pris dans ses longs doigts un raisin sec qu'il étudiait méticuleusement, voulant manifestement éviter de croiser son regard.

— Je ne suis pas si pure que cela, répondit-elle.

Pathan leva ses yeux sombres vers les siens et

elle sentit la puissance de son regard pénétrant, comme s'il lui serrait le cœur de ses doigts élégants.

— Croyez-vous que ce temps va durer à jamais ? demanda-t-il.

Le regard qu'ils échangeaient se fit plus profond.

— Pour Maya, je veux dire.

Tous deux connaissaient la réponse.

— Peut-être durera-t-il.

— Vous savez bien que non. Ici, dans ce vieux palais épargné par les vents du changement, la magie peut opérer pendant un petit moment. Mais le jour viendra où elle devra franchir cette chaussée qui traverse le lac, et ce jour-là, dans le monde triste et implacable de l'autre rive, vous savez que ça ne pourra pas durer. Elle est une esclave.

Pathan détourna le regard, tristement, ajoutant :

— Peut-être l'a-t-elle oublié...

— Peut-être s'est-elle donné pour but d'ignorer sa triste condition.

Pathan resta quelques instants silencieux, examinant le raisin sec comme on examine une perle.

— Peut-être devriez-vous le lui rappeler, Lucie.

Il fourra le raisin dans sa bouche, lui adressa un sourire désinvolte. Mais quand Lucinda le regarda, elle lut le trouble dans ses yeux ; il essayait de montrer ce courage stupide dont les hommes voudraient faire preuve quand ils ont le cœur brisé. Mais, comme tous les hommes, il ne réussit qu'à avoir l'air dur.

Ne supportant pas de le voir ainsi, elle tourna la tête.

— Mon cœur n'est pas encore aussi sec que le vôtre, Mounna. Je crois qu'elle doit être heureuse, tant qu'elle le peut. Même si cela ne dure qu'un temps.

— Lucie, je la rendrais heureuse pour toujours si cela était en mon pouvoir. Mais tant de choses s'y opposent.

— Quoi donc ?

Lucinda le regarda avec cette vulnérabilité provocante que Pathan n'avait vue sur le visage d'aucune autre femme. En dépit de sa douceur apparente, Lucinda pouvait être aussi tranchante que la lame d'un couteau.

— Qu'est-ce qui s'oppose à son bonheur ?

— Une forteresse, chère Lucie.

Il l'appelait par ce gentil diminutif depuis quelques jours, trouvant qu'il lui allait bien, tout comme Lucinda s'était mise à l'appeler Mounna, « petit frère », ainsi que le nommaient ses parents, des années plus tôt.

— Une forteresse bâtie pour empêcher cet amour inopportun.

— Et quand un amour est-il inopportun ?

Le soleil se reflétait sur le lac en une pluie de diamants. Ils se trouvaient au bout du balcon, deux ombres se détachant sur le ciel infini, deux êtres coupés du monde extérieur, d'où seuls leur parvenaient les cris des paons, le tintement doux d'une clochette de vache dans le lointain et les aboiements d'un chien invisible. Ils avaient la tête penchée, si proches l'un de l'autre que Pathan sentait l'haleine de Lucie contre son oreille. Il glissa la main vers son bras, trouva sa main ; ses doigts sombres pressèrent les siens, dorés et petits.

— Tout ce que je voulais dire, chère Lucie, c'est que son rêve est irréalisable.

— Et Aldo ? Ce qu'il désire ne compte pas ?

Pathan répondit dans un soupir :

— Peut-être l'aime-t-il. Peut-être souhaite-t-il l'avoir auprès de lui pour toujours, pouvoir en faire sa femme. Il risquerait pourtant de perdre gros en étant avec elle – ses biens, sa position sociale. Pourtant, à côté de son amour pour elle, quelle importance a tout cela ? Il serait stupide d'attacher plus de valeur à l'or, qui est mort, qu'à un cœur bien vivant.

Lucie regarda fixement Pathan, le visage de celui qu'elle appelait désormais Mounna. Aldo n'avait aucun bien, aucune position, aucun trésor, tous deux ne l'ignoraient pas. Si Lucie avait eu quelque doute, elle savait maintenant avec certitude qu'il ne parlait pas de Maya et de Geraldo.

— Mais que peut faire ce pauvre garçon, Lucie ? Elle appartient à un autre que lui. Il ne peut que voler ces heures passées avec elle. Elle ne pourra jamais être vraiment sienne.

— Elle peut lui donner son cœur. Cela, personne n'est à même de le lui enlever. Il est à elle et elle peut le donner à qui elle veut. Et son corps aussi. Il suffit à son amant de le demander.

Lucinda lui caressa la main, puis le bras.

— Comment pouvez-vous dire cela, Lucie ? Comment pouvez-vous connaître si bien son cœur ?

— Je connais son cœur, Mounna.

De sa main tremblante, elle prit la sienne et la plaça contre sa poitrine, sentant sa chaleur à travers la soie.

— Nous ne sommes guère différentes. Son cœur bat au même rythme que le mien.

— Lucie, ce n'est pas bien, murmura Pathan d'une voix rauque en plongeant son regard brûlant dans ses yeux.

— Peu m'importe, désormais.

Au bout du balcon, en ombres chinoises sur le ciel infini, deux ombres se fondirent en une seule.

Cet après-midi-là, appuyée sur un coussin de soie, Lucinda se balançait sur la plate-forme dans le jardin des dames. Ses pensées coulaient, muettes, aussi dépourvues de formes que les ombres des feuilles qui voltigeaient sur ses yeux mi-clos.

Un bruit de pas qui approchaient la tira de sa torpeur. Dame Chitra, guidée comme toujours par Lakshmi, était arrivée à la balançoire sans qu'elle la remarque.

— Alors ? Qu'a-t-elle dit ? demanda Chitra.

Lucinda se détourna d'un air coupable en tripotant les plis de son sari.

— Je ne lui ai pas encore parlé, madame.

Chitra leva si haut les paupières qu'elle découvrit le blanc difforme de ses yeux aveugles.

— Pas encore ? Et quand, s'il vous plaît, avez-vous l'intention de le faire ?

— Je n'en ai pas l'intention, madame, répondit Lucinda après un moment d'hésitation. C'est le mouvement de son cœur. Je ne peux me permettre de le guider.

Elle sourit, puis se rendit compte combien cela était vain face à une non-voyante.

— Peut-être lui parlerez-vous vous-même.

— J'ai essayé, dit Chitra, l'air tendue. Croyiez-vous que je n'essaierais pas ? Elle entend mais n'écoute pas. C'est la folie de la jeunesse.

Chitra empoigna l'épaule de Lakshmi.

— Tu me trahiras, toi aussi, dit-elle tristement.

Lakshmi s'écarta et roula des yeux en direction de Lucinda, comme si elles partageaient un secret. Lucinda comprit que Chitra disait la vérité.

— C'est entre les mains de la déesse, maintenant, continua celle-ci en soupirant. Il en est ainsi. Peu importe.

Elle fit ensuite un signe de tête à la fillette et Lakshmi, qui tenait un petit sac de toile, le tendit à sa maîtresse.

— Certains de mes gens ont trouvé cela dans la rivière. Je l'ai montré au jeune *farang*. Il a dit que cela vous appartenait.

Elle tendit le sac vaguement dans la direction de Lucinda, qui le prit et le posa sur ses genoux. C'était en fait un grand mouchoir marron, les quatre coins noués ensemble. Lorsqu'elle défit le nœud, elle ne dit rien pendant quelques instants. Quelques objets vaguement familiers étaient éparpillés sur le bout de tissu. Elle en eut le souffle coupé.

Il y avait là des morceaux du flacon en verre bleu qui avait contenu sa belladone. Il y avait aussi son médaillon en or, le couvercle tordu sur ses charnières découvrant le portrait miniature de son fiancé, le marquis d'Oliveira. Il avait le nez noir, mangé par l'eau.

Et enfin, une petite boîte en argent dont elle avait presque oublié l'existence. Elle semblait vibrer dans sa main.

Elle toucha le fermoir et le délicat couvercle s'ouvrit d'un seul coup, révélant la pâte rouge qui se trouvait à l'intérieur, luisante, aussi fraîche que le jour où elle était partie de Goa. Elle semblait moins pleine que dans son souvenir. Avant de se rendre compte de ce qu'elle faisait, elle passa son doigt sur la pâte et se toucha la langue. La sensation familière l'envahit, une sensation de froid dans le cœur et de lourdeur dans les membres.

— Cette boîte dont le couvercle claque... Qu'est-ce que c'est ? demanda Chitra.

— Un médicament que prennent les dames *farangs*, madame.

— Hum ! Votre cousin en a gardé un peu pour lui. Il semblait très content.

Bien qu'elle fût surprise par ces paroles, Lucinda n'avait aucune envie de continuer à répondre aux questions de Chitra concernant l'arsenic et elle décida de changer de sujet :

— Je ne m'attendais vraiment pas à revoir tout cela, madame.

— C'est un signe.

Les yeux noirs de Chitra qui roulaient toujours dans le vague se posèrent une fois encore sur Lucinda.

— Les feuilles du rosier jaunissent à cause de la sécheresse, l'eau du puits est si basse que le seau ne remonte que de la boue, la jarre de grains est pleine de vers. Des signes annonciateurs d'ennuis. Et le pire est à venir, ma sœur.

Sur ce, elle et Lakshmi s'en allèrent, laissant Lucinda à ses sombres pensées.

Dans sa cécité, peut-être Chitra avait-elle vu ce que Lucinda n'avait senti que vaguement, à la façon dont on sent venir l'orage lorsque le vent change ou que bruissent les feuilles. Mais quand le soleil se coucha derrière les montagnes, il y avait des signes partout, jusque dans les murmures des servantes et les regards des cuisiniers.

Tandis qu'elle attendait le dîner, les pas de Lucinda la portèrent sur le balcon voisin de la chambre de Geraldo. Maya y était déjà, en conversation avec Pathan, qui portait une longue robe de cérémonie et un turban noué serré, comme un homme sur le point de rencontrer un aîné. Elle fut incapable de lire dans ses yeux sombres.

Maya attira Lucinda vers un coussin près d'elle.

— Que se passe-t-il ?

Maya secoua la tête. Pathan avait déjà tourné

les yeux vers les montagnes plongées dans l'obscurité.

Elle ne reconnut pas le bruit tout de suite. Cela faisait très longtemps qu'elle ne l'avait pas entendu : les claquements des talons de bottes de cuir sur les dalles, qui résonnaient comme des coups de feu le long des murs de grès. Geraldo apparut, de nouveau habillé en *farang*. Il n'avait porté que des jamas depuis l'attaque des bandits dans les montagnes.

Ce changement n'est pas à son avantage, pensa Lucinda.

Elle se demanda si son pourpoint et sa culotte lui avaient toujours si peu convenu, s'ils lui avaient toujours donné cet air sournois et engoncé.

Il arriva à grandes enjambées en lisière du tapis où étaient assises les deux jeunes femmes.

— Un cadeau de l'oncle Victorio, dit-il sans un regard à Maya en laissant tomber aux pieds de Lucinda un grand paquet plat qui atterrit avec un bruit mat.

Elle regarda les rubans qui le fermaient, ne bougea pas.

— Et voilà, ajouta Geraldo en ajustant sa chemise. On m'a prévenu. Un paquet de Bijapur, comme tu vois, dit-il en regardant ses nouveaux vêtements avec un sourire satisfait, et une lettre de Gama.

Il plongea la main dans son pourpoint et en tira une feuille de papier ivoire toute raide.

— Et donc ? fit Pathan en regardant tranquillement Geraldo comme s'il avait l'esprit ailleurs.

— Il y a de grandes nouvelles. Cette lettre nous

concerne tous. Puisque vous le demandez, capitaine, permettez-moi de vous lire le passage qui vous concerne...

— Je vais le lire moi-même, si vous le voulez bien.

Pathan tendit la main et, après un instant d'hésitation, Geraldo lui donna la lettre. Il y jeta un coup d'œil et fronça les sourcils.

— Elle est en portugais, dit Geraldo en essayant de ne pas sourire. Permettez-moi...

Pathan se détourna.

— Lisez-la-moi, Lucie, dit-il en lui tendant la lettre.

— Je ne puis, monsieur, répondit-elle sans lever les yeux.

Après l'avoir regardée quelques instants, Pathan rendit la lettre à Geraldo.

— Donc, voici les nouvelles pour vous, capitaine. Elles concernent aussi la bayadère.

En entendant ce mot, Maya leva brusquement les yeux, mais Geraldo était absorbé dans la lecture de la lettre :

— Mon oncle Victorio vous envoie ses compliments et vous informe qu'il n'honorera pas l'arrangement conclu avec Wali Khan...

— Quoi ! Et pour quelle raison ?

— Il a pris d'autres dispositions. La bayadère va être vendue à quelqu'un d'autre.

— Ça ne va pas ! s'exclama Pathan. Il n'en a pas le droit !

Geraldo haussa les épaules.

— Vendue à qui ? s'enquit Maya à voix basse.

Geraldo hésita de nouveau, comme s'il se rendait compte combien il prenait de l'importance à chaque silence qu'il ménageait.

— Je ne devrais pas le dire... murmura-t-il.

— A qui ? demanda à son tour Pathan.

— Au khaswajara, si vous voulez le savoir.

— Quoi ? A un eunuque ? Quel besoin un eunuque a-t-il d'une...

Pathan réussit à se calmer et laissa la question en suspens, mais Maya était devenue livide.

— Il est écrit dans la lettre que Gama, Victorio et leur suite ne vont pas tarder à arriver à Belgaum pour escorter la bayadère jusqu'à Bijapur. Gama dit que vous pouvez à votre guise nous accompagner, capitaine, ou continuer seul. Il vous rappelle qu'en vertu de ce nouvel arrangement vos fonctions officielles de bourak prennent fin.

— Nous verrons cela, marmonna Pathan.

— Elles prennent fin, répéta Geraldo avec emphase, mais notre famille n'oubliera jamais que vous avez secouru Lucinda et vous tiendra donc toujours dans la plus haute estime.

— Et c'est ainsi que votre famille montre son estime ? dit Pathan en foudroyant Geraldo du regard avant de se tourner vers Lucinda.

Ne pouvant persister dans son indignation à la vue des yeux baissés de la jeune fille, il se tourna à nouveau, les sourcils froncés, vers Geraldo.

— Qui fera office de bourak pour le khaswajara ? demanda-t-il.

Geraldo ne put cacher son amusement.

— Un de vos vieux amis, capitaine. Babouche, le mukhunni.

La stupéfaction de Pathan réjouit Geraldo.

Quand Geraldo prononça le nom, Lucinda sentit Maya lui presser la main. Elle leva les yeux pour la première fois depuis que le paquet avait atterri à ses pieds. Maya se couvrait la bouche de son autre main et des larmes coulaient de ses yeux pailletés d'or.

— Et moi, cousin ? murmura Lucinda.

Geraldo hésita encore et la regarda avant de parler :

— J'espère que tu trouveras la nouvelle agréable. Tes fiançailles avec le marquis d'Oliveira sont rompues.

Lucinda, soulagée, détendant ses épaules, lança dans un cri :

— Grâce à Dieu, je n'épouserai pas ce vieux crapaud !

— Ce n'est pas tout, ma cousine. Tu as un autre prétendant, un autre mari. Un que tu connais fort bien, reprit Geraldo, l'œil brillant. Gama écrit que l'oncle Victorio a l'intention de t'épouser.

— Non ! lâcha Pathan.

Personne ne le regarda.

Lucinda écarquilla les yeux et resta bouche bée.

— L'oncle Victorio ? Mais il doit avoir quatre-vingts ans !

— Je doute qu'il ait beaucoup plus de soixante-dix, cousine, fit Geraldo, visiblement aux anges.

— Comment osez-vous vous réjouir de son malheur ? éclata Pathan.

— Vous êtes un païen et vous ne savez rien ! rétorqua Geraldo. Présentez-moi des excuses.

— Certainement pas.

— Alors ne m'adressez plus jamais la parole.

Pathan se leva. Ils se regardèrent un moment, la tension aussi palpable qu'un orage sur le point d'éclater, jusqu'à ce que Geraldo tourne finalement les talons et, sans un mot de plus, sorte de la pièce à grands pas, le claquement de ses bottes résonnant dans la pénombre.

— Lucie, dit Pathan en tendant la main vers elle.

Elle secoua la tête et ne bougea pas.

Maya posa la main sur l'épaule de Lucinda et Pathan la regarda faire avec envie.

— Les choses peuvent encore s'arranger, Lucie, dit-il doucement. La route n'est pas sûre et on n'en voit pas le bout.

Lucinda ne pouvait lever les yeux. Pathan tendit encore la main vers elle, puis secoua la tête, se redressa de toute sa hauteur en retirant la main. Il parla ensuite à voix basse, en regardant au loin, car il ne pouvait la fixer de crainte de fondre en larmes.

— Pourquoi, demande le poète, ma route est-elle si morne ? Pourquoi les pierres ne me laissent-elles aucun repos ? Pourquoi mon chemin est-il si difficile, Seigneur, alors que celui de mon frère est si agréable ? Telle est ta tâche, répond le Seigneur. Elle est sans joie, mais elle t'est destinée. Contente-toi de faire de ton mieux, dit le poète, puis ferme les yeux et vois le visage de Dieu.

Sur ce, Pathan s'éloigna en silence dans l'obscurité.

— Je hais ses poèmes, murmura Lucinda.

Maya crut que celle-ci allait pleurer, mais elle avait les yeux secs.

— Il a raison, ma sœur, dit-elle, presque à l'oreille de Lucinda. Nous devons prendre la route qui nous a été préparée, aussi difficile soit-elle – il n'y a pas moyen de faire autrement.

Finalement, Lucinda hocha la tête sans mot dire et serra la main de Maya. Elles restèrent assises en silence, plongées dans leurs pensées. Dans un soupir, Maya changea de sujet :

— Qu'y a-t-il dans ce paquet ? demanda-t-elle.

En réponse, Lucinda se borna à faire glisser le colis vers les pieds de son interlocutrice.

— Ouvrez-le si vous voulez.

Tandis que Maya entreprenait de défaire les nœuds, Lucinda parla, presque pour elle-même :

— Vous avez dit un jour que j'étais esclave et je l'ai nié. Mais je vois maintenant que je me trompais.

Maya écarta les ficelles de sisal et déplia la cotonnade, découvrant une robe neuve, une paire de bas, des mules en soie et un corset tout raide.

— Qu'est-ce que c'est que tout ça, ma sœur ? s'enquit-elle.

— Ce sont mes chaînes, répondit Lucinda.

Gama avait l'impression qu'ils ne réussiraient jamais à partir pour Belgaum. Il avait envoyé la lettre et les vêtements à Geraldo une semaine plus tôt en promettant d'être là-bas bientôt. Combien de temps fallait-il pour trouver quelques palanquins, quelques chevaux et quelques gardes ? En voyageant seul, il pouvait être à Belgaum en deux jours s'il chevauchait dur.

Il avait compté sans la lenteur opiniâtre de Victorio ni les complications qu'inventait Souris pour rendre impossibles les tâches les plus simples. Faire les bagages prit une éternité : les vêtements ne pouvaient être rangés dans les malles avant d'avoir été nettoyés et les vieilles malles devaient être repeintes, et ainsi de suite. Victorio accédait à toutes les demandes de l'eunuque.

— Nous devrions prendre la route au plus vite. Nous ne savons pas ce qui se passe à Belgaum, dit Gama un matin, avec colère.

— Vous vous faites trop de mauvais sang, répondit Victorio. Vous deviendrez vieux avant l'heure.

Le vieillard fit signe à Gama de s'approcher, comme pour lui chuchoter un secret :

— Soyez attentif à mon eunuque. Ecouter Souris m'a rajeuni. Par la Vierge, je me suis réveillé dur comme le roc ce matin. Il a des potions merveilleuses ! J'ai hâte d'avoir cette petite meurtrière dans mon lit. Le plaisir est la meilleure vengeance !

Gama mit un moment à comprendre que Victorio parlait de Lucie. Il essaya de cacher son trouble.

Il semblait soudain y avoir des eunuques partout, Babouche en tête. Celui-ci s'était apparemment élevé dans le monde, car il avait ses propres serviteurs, et même un petit Noir qui le suivait comme un chiot. Pendant un temps, Babouche feignit de faire des suggestions, de demander des faveurs poliment. Il ne fallut que quelques jours avant qu'il ne se laisse aller à dire à Gama quelles dispositions prendre et ne devienne rouge de colère quand on ne faisait pas ce qu'il demandait.

Babouche avait décidé de se rendre à Belgaum. L'eunuque avait observé comment Pathan avait voyagé avec la caravane et il avait l'intention de suivre l'exemple du capitaine.

— Après tout, je suis le bourak de Murmure, comme Pathan était celui de Wali Khan. Mais moi, je vais finir le travail et nous accomplirons la mission. Je deviendrai moi aussi conciliateur, Deoga ! Faites attention, sinon je prendrai votre place !

Ses serviteurs rirent de ses boutades, sauf le petit Africain, qui ne parlait pas hindi mais était joli comme une poupée.

Puis Victorio, vieux et lent comme il était, décida d'aller lui aussi à Belgaum. Ce qui devait être une simple escorte devint rapidement une caravane. Gama aurait voyagé léger ; il aurait dormi à la belle étoile à l'aller et, au retour de Belgaum avec les femmes, se serait arrêté dans les dharmsalas. Babouche ne l'entendait pas ainsi : il exigeait des tentes, et Victorio, sous l'influence de Souris, avait donné son accord. Qui disait tentes disait des gens pour les monter et les porter, des cuisinières et des servantes. Une vingtaine d'hommes furent bientôt nécessaires, il fallut planifier, verser des acomptes, ce genre de choses.

Lorsque Souris demanda qu'en l'honneur des fiançailles de son maître une procession, avec chevaux et musiciens, accompagne la caravane, Gama décida que cela suffisait.

Après avoir discuté un quart d'heure avec l'eunuque, il sortit un pistolet et entreprit de le nettoyer avec son mouchoir.

— Ne t'en fais pas, dit-il à Souris, qui le regardait nerveusement agiter le canon. Je suis sûr qu'il n'est pas chargé. Et de toute façon, le coup ne part jamais quand je les nettoie... à moins que je ne sois très, très négligent.

Souris dut se précipiter aux latrines. Après quoi, il cessa de faire des suggestions.

Babouche avait fait connaître à tous qu'il était redevenu le bras droit de Murmure. Personne ne savait pourquoi, après être parti en disgrâce, il était aussi honoré à son retour. Gama, lui, croyait le savoir. La réponse à cette énigme était cachée chez Shahji. Les retards s'accumulant, une stratégie se forma dans son esprit.

Un jour, il retourna au palais de Shahji. Celui-ci était absent, ce qui convenait bien à Gama. Il raconta une histoire au domestique, le gratifia d'un petit bakchich et se retrouva en un rien de temps dans la chambre d'amis où il avait passé sa première nuit à Bijapur. Il fit levier pour ouvrir le panneau mural qu'il y avait découvert et récupéra dans sa cachette la coiffe que Maya lui avait remise.

Puis il alla au bazar. Il s'y rendit à pied, car marcher lui éclaircissait les idées. Les gens se retournaient pour regarder ce *farang* chaussé de hautes bottes qui arpentait les rues, son ceinturon garni de pistolets chargés. Gama les ignorait. Il se repérait et demandait souvent son chemin, car le centre de la ville était un dédale de boutiques et de ruelles. On lui donnait gaiement des renseignements, faux la plupart du temps.

Chaque rue avait son caractère propre. Après avoir franchi le marché aux viandes avec ses odeurs abominables et ses carcasses couvertes de mouches suspendues à des crochets de fer, il passa devant des éventaires de fruits empilés en pyramides. Derrière eux se trouvaient les kiosques des marchands de fleurs, qui, assis en tailleur au milieu de monceaux de roses et de soucis, confectionnaient des guirlandes. Venaient ensuite les échoppes opulentes de la rue de l'Or, où les bijoutiers accrochaient des boucles d'oreilles et des colliers sur des présentoirs recouverts de velours et en mesuraient la valeur sur des petites balances. Dans l'une de ces échoppes, une femme vêtue de voiles translucides tendait le poignet au marchand, qui y ajustait de lourds bracelets ornés de pierreries. Son mari attendait à côté, les sourcils froncés.

Gama poursuivit sa route. Un peu plus loin, les échoppes se firent moins luxueuses ; c'était le coin des marchands d'argent. Une rue plus loin, il trouva ce qu'il cherchait, les boutiques miteuses des spécialistes des dorures, du plomb et du verre, où des femmes, pieds nus, admiraient des bijoux qui brillaient comme les vraies pierres ne le faisaient jamais.

Gama examina rapidement les visages des boutiquiers, assis en tailleur, qui travaillaient sur des enclumes miniatures. Il en choisit un qui semblait à la fois occupé et particulièrement obtus. Il s'approcha du comptoir d'un pas nonchalant, ôta ses bottes et s'assit par terre, les jambes croisées.

— Faisons affaire, dit-il.

— Certainement pas, répondit le marchand avant de reposer ses petites pinces et de se frotter les yeux. Quoi que vous soyez venu me demander, je refuse. Les *farangs* ne viennent ici que par erreur. Ils ne veulent que de l'or ou ce qui peut passer pour de l'or. Je fabrique des babioles que les pauvres portent quand ils se marient. Je n'ai rien qui pourrait vous intéresser.

— Je vais vous dire ce que je désire, répondit Gama en sortant la coiffe de Maya de sa poche, enveloppée dans un mouchoir blanc, qu'il lança avec désinvolture sur les genoux du marchand. Il m'en faut une copie. Rapidement.

Le bijoutier prit la coiffe et émit un sifflement admiratif.

— C'est du beau travail. Du très beau travail. J'ai cru un instant que c'étaient des vrais.

Ses mains jouaient sur la résille d'or. Les perles et les diamants accrochaient la lumière.

— Bien sûr que ce sont des vrais. C'est la Résille de Ruci.

— La quoi ?

— Peu importe. Est-ce que je serais ici si l'ensemble était vrai ? Combien demandez-vous pour une copie ?

Le marchand examina le travail.

— Pour ça, trois cents roupies.

— Cinquante. Et j'en ai besoin demain.

— Impossible. Deux cents, et ça va me prendre une semaine.

Ils discutèrent encore un moment, jusqu'à tomber d'accord sur un prix de cent roupies, comme tous deux savaient depuis le début qu'ils le feraient. Pourtant, le bijoutier secoua la tête et dit :

— Ecoutez, je vous parle comme à mon propre frère, j'ai besoin d'au moins une semaine...

— Il faut que ce soit prêt plus tôt.

— La copie ne sera pas aussi bonne. Même un eunuque verra que c'est un faux.

Gama ouvrit de grands yeux.

— Pourquoi dites-vous ça ?

Le marchand poussa un grognement.

— Tout le monde sait qu'ils n'ont pas de bons yeux. Vous ne l'ignorez sans doute pas. Quand ils arrivent à quarante ans, la plupart y voient à peine... s'ils vivent jusque-là. Vous ne le saviez pas ?

— Il y a peu d'eunuques chez les *farangs*...

— Tant mieux pour les *farangs*. Ecoutez, monsieur, pour une très mauvaise copie, trois jours. Peut-être deux. Même un enfant verra que c'en est une.

— Je reviens dans deux jours.

— Il me faut un acompte.

— Vous avez la coiffe, ça ne vous suffit pas ?

— Non, si vous êtes prêt à vous en défaire.

Gama lui laissa quelques roupies et retrouva

son chemin jusqu'à l'appartement de Victorio, au Gagan Mahal.

Deux jours plus tard, il retourna chez le bijoutier à la triste figure. Comme l'homme l'en avait averti, la copie n'était pas très bonne.

— L'original est une belle pièce. C'est du très bon travail, dit-il tristement à Gama. Les perles ont l'air presque vraies. Trop grosses pour l'être, mais très bien faites, cela dit. Le verre des diamants est aussi d'excellente qualité, très dur et transparent. En comparaison, ma reproduction est miteuse. Vous auriez dû me donner plus de temps. Qui a fait cette coiffe, monsieur ? Je vous en donne deux huns...

— Elle a une valeur sentimentale, répondit Gama en fourrant dans sa poche l'original et la copie.

Quand il les examina plus tard, il vit que le bijoutier se trompait. La copie était bonne. Du moins, suffisamment.

Gama était resté en contact avec Shahji. Le général l'aida à choisir des gardes dignes de confiance pour le voyage. La veille du jour où ils devaient partir, il l'invita une fois encore à dîner chez lui. Autour de coupes de vin de raisin, Gama lui raconta tout, omettant seulement de parler de la coiffe. Il voulait savoir ce qu'en pensait Shahji. Mais le général ne comprenait pas ce qui se passait.

— Pourquoi un hijra voudrait une bayadère ? Ce n'est pas pour aller au déduit, et à ce prix-là il faudrait qu'elle danse comme une déesse... De toute façon, la danse ne les intéresse pas, si ce n'est celle, obscène, qu'ils effectuent avec leurs pareils.

A la lumière d'une dizaine de lampes à beurre allumées dans la pièce, Shahji dévisageait Gama.

— Qu'en pensez-vous, Deoga ? Sait-elle quelque secret ?

— Elle est orpheline...

— *Atcha*, fit Shahji en s'animant. C'est peut-être une princesse dont les hijras ont découvert l'origine...

Il secoua la tête, l'idée ne le satisfaisant pas.

— Mais qui ? Aucune princesse n'est portée disparue. Et, à en juger par sa peau et ses yeux clairs, il me semble qu'elle a du sang *farang*. Ne me dites pas que vous ne l'avez pas remarqué. Si j'avais eu plus d'argent, je me serais porté acquéreur, moi aussi ! Quoi qu'il en soit, pour une somme pareille, un trésor doit être en jeu, mais je ne vois pas lequel.

Gama changea rapidement de sujet. Heureusement, Shahji fut très content de discuter de ce qui lui tenait à cœur : la politique. Qui allait devenir le régent du jeune sultan ? Apparemment, on ne parlait guère d'autre chose à la cour.

Ni Wali Khan ni Murmure n'avaient obtenu la régence. La sultane, qui devait faire son choix, balançait entre les deux.

— En définitive, je crois que c'est Murmure qui va l'emporter, et Bijapur sera alors dans une bien mauvaise passe. Les hijras sont déjà derrière le trône dans beaucoup de pays, à tirer les ficelles dans les coulisses. Si un eunuque devient régent ici, ils seront encore plus près d'exercer une domination sur nous tous.

Avant, Gama aurait peut-être ri de cette idée, mais il en était venu à mieux connaître les hijras et se demandait si les craintes de Shahji n'étaient pas justifiées.

— Que ferez-vous si Murmure l'emporte, général ? Quitterez-vous Bijapur ?

— C'est là le plus singulier, répondit Shahji d'un air penaud. Murmure et moi sommes d'accord, dans la plupart des cas. C'est avec Wali Khan que je me dispute le plus. Et si Wali Khan était régent, il me forcerait à donner ma démission et ferait du neveu de la sultane le commandant en chef.

Il haussa les épaules, poursuivit :

— Ce qui est le mieux pour mon pays ne l'est pas forcément pour moi. Quel est alors le devoir d'un soldat, hein, Deoga ?

Gama regarda Shahji et se rendit compte qu'ils n'étaient guère différents.

— Je me suis posé la même question, général.

— Et que vous êtes-vous répondu ?

Gama eut un haussement d'épaules.

— Je me suis dit que mieux valait boire une autre coupe de vin.

Shahji sourit et lui tendit la carafe.

Quelques coupes plus tard, leur langue s'était déliée. Shahji rapporta à Gama le pire ragot en vogue à la cour, à savoir que le jeune héritier n'était peut-être pas le fils du sultan.

— Il ne ressemble pas au vieux sultan et pas du tout à la sultane, à ce qu'on dit. Mais qui sait comment est la sultane, toujours couverte de voiles comme elle est ? Tout de même, ses servantes et les eunuques ont vu son visage, et c'est d'eux que vient la rumeur.

Gama se sentit obligé de lui révéler quelques secrets en retour et se retrouva à parler à Shahji des projets de mariage de Victorio.

— Mais c'est un vieux birbe ! Et la *farang* est si jeune et si jolie... Quelle honte ! s'écria le général.

— C'est peut-être mieux ainsi, dit Gama, qui lui parla de la folie et des meurtres qui étaient le fait des Dasana du côté des femmes.

Shahji but une autre rasade.

— Vous, les *farangs*, êtes aussi terribles que les Turcs, fit-il.

Il y avait un éclat sombre dans ses yeux quand il regarda Gama, un regard que reconnut le Portugais : un Shahji secret souhaitait lui dire quelque chose mais ne pouvait s'y résoudre.

Plus tard, des domestiques vinrent conduire le général à son lit. Gama rentra en titubant au Gagan Mahal sous un ciel sans lune où même les étoiles brillaient comme des yeux hostiles.

Une volée, deux, trois... et les appartements de Victorio étaient au septième étage ! Des rats décampaient entre les pieds de Gama tandis qu'il montait péniblement l'escalier de pierre du Gagan Mahal. Dehors, le croissant de lune se levait et l'aube n'allait pas tarder à poindre, mais dans la cage d'escalier la seule lumière provenait d'une lampe voilée par un abat-jour percé de petits trous qui brûlait à chaque étage. La petite flamme faisait rougeoyer les yeux des rats.

Gama montait, encore et encore. Trop fatigué pour penser, il arrivait tout juste à poser le pied sur la marche suivante. Dans la pénombre, à moitié saoul et somnolent, il évoluait dans une morne rêverie.

Arrivé en haut, il faillit tomber quand il leva le pied alors qu'il n'y avait plus de marche. Il s'engagea sur la longue véranda qui conduisait aux appartements. Il voyait parfaitement le croissant de lune s'élever dans le ciel et la brillante étoile du matin. Au-dessous de lui, si loin en contrebas que la tête lui tournait, il apercevait les minuscules silhouettes des gardes qui étaient restés éveillés toute la nuit et celles des cuisiniers et des domestiques qui s'étaient levés avant l'aube, encore à moitié endormis. Le claquement des talons de ses bottes résonnait doucement. Il n'y avait guère de bruit ; c'était l'heure des chuchotements, des bonjours à voix basse, des saluts de la tête, des petits gestes. Même les chiens se croisaient en silence.

A quelques pas de la porte de Victorio, Gama jeta un coup d'œil à la ville endormie. La lune montante éclairait les façades blanches de Bijapur. Il se rendit compte qu'à cette heure-là il était la seule personne éveillée dans le Gagan Mahal à observer ce qui se passait ; seuls Dieu, lui et les oiseaux de nuit pouvaient voir d'une telle hauteur le matin arriver. Cela lui donna le sentiment d'être à la fois à part et petit.

A cet instant, du bruit se fit entendre à l'intérieur de l'appartement de Victorio, la porte s'ouvrit avec fracas et Victorio sortit d'un pas mal assuré. Les pieds nus, en chemise de nuit, ses cheveux fins au vent, il alla en vacillant jusqu'au bord du balcon sans remarquer Gama. Souris le suivit sans bruit.

— Non, maître, je t'en prie, non ! murmura l'eunuque, Victorio le repoussant en grognant.

Il remonta sa chemise de nuit au-dessus de son gros ventre flasque et s'appuya contre la balustrade de pierre.

— Non ! chuchota encore Souris.

Mais Victorio avait commencé à faire pipi, un filet d'urine qui scintillait au clair de lune et tombait en pluie sur les murs et la rue en contrebas. Souris gémit doucement, puis, après avoir agité la tête d'un air résigné, il prit le vieillard par la main. Victorio secoua son pénis et laissa échapper un pet sonore qui résonna contre les murs dans le silence. Avec un nouveau grognement, il entreprit de regagner son lit à pas lourds en clignant des yeux et en faisant claquer ses lèvres. Il ne vit pas Gama, mais Souris si. L'eunuque haussa les épaules tristement en un geste d'impuissance et suivit son maître dans sa chambre.

Vêtu de sa seule chemise de nuit, Gama était assis en tailleur près des braises rougeoyantes du foyer. Il n'arrivait pas à dormir, l'esprit en feu.

Il avait soigneusement aligné ses pistolets devant ses pieds nus et les frottait maintenant avec de l'huile de coco et du noir de fumée tout en réfléchissant. Son avenir lui semblait un mur sur le point de s'écrouler. Il aimait à se considérer comme un homme d'action, un soldat. Mais il avait compté sans les événements récents. Le projet de Victorio allait être difficile, voire impossible à réaliser. Il envisagea une à une les tâches qui lui incombaient : mener un double jeu avec Wali Khan, vendre la jeune Maya aux eunuques, l'abandonnant ainsi à un destin qu'il préférait ne pas envisager, et préparer le mariage de Victorio avec Lucinda. Un échec serait difficile à digérer, mais songer aux conséquences d'une réussite lui retournait déjà l'estomac.

Quel est le devoir d'un soldat ? Tu t'es engagé au service des Dasana, se rappela-t-il. Tu as donné ta parole.

Alors pourquoi cet écœurement ?

Parce que ce sont des mauvais sujets, et Victorio est le pire de tous. Comment pouvais-je savoir que je me retrouverais ici, à tremper dans ces intrigues ?

Gama tenta de se calmer en astiquant de plus belle ses pistolets. Il essaya de s'imaginer riche. Mais ses pensées ne cessaient de revenir à Lucie et à la bayadère. Leurs visages se confondaient dans son esprit, au point qu'il n'arrivait plus à se rappeler avec précision les traits de chacune d'elles.

Quand le dernier pistolet fut nettoyé et graissé, il était encore trop contrarié pour trouver le sommeil. Il remit un peu de petit bois dans le feu et tira de son sac à bandoulière une trousse qui contenait un couteau, un moule, un petit saumon de plomb et un godet en cuivre roussi avec une poignée vissée. Comme les flammes montaient, il fit tomber avec son couteau des copeaux de plomb dans le godet. Il souffla sur le feu jusqu'à ce que les braises rougeoient, puis posa le godet dessus. Il ouvrit ensuite le moule, découvrant un réseau d'alvéoles semblable à une grappe de raisin, et ramassa quelques parcelles de plomb éparses avec la pointe de son couteau.

Gama aimait bien couler des balles : l'odeur du métal fondu, les mouvements rapides de la main, la concentration nécessaire pour ne pas se brûler. Absorbé par sa tâche, il ne vit pas Souris approcher.

— Que faites-vous, maître ? murmura l'eunuque, ses yeux écarquillés clignotant à la lueur des flammes.

— Tu n'as jamais vu quelqu'un couler des balles ?

Souris secoua la tête et Gama lui fit signe de s'asseoir. L'eunuque se baissa en silence avec grâce en déplaçant inconsciemment sa main valide pour cacher l'autre à la vue du Portugais. D'une humeur rendue expansive par la solitude, l'incertitude et, en vérité, l'excès de vin, Gama éprouva une tendresse inattendue pour le jeune eunuque, et il lui sourit comme il aurait pu le faire à un neveu favori. Quand Souris vit que Gama avait le cœur brisé, ses yeux exprimèrent de la gratitude.

Le Portugais lui montra tout, ses outils, comment verser le plomb fondu par-dessus le bord du godet chauffé au rouge dans le moule de fer, veiller à le verser lentement et à ne pas trop en répandre, comment ouvrir le moule presque d'un seul coup et laisser tomber dans la main les balles chaudes, mais pas au point de brûler. Ou comment les prendre une à une dans le moule comme on aurait cueilli les grains d'une grappe de raisin plate avant de les ébarber avec le couteau pour éliminer toute rugosité. Souris regardait, fasciné, et il posa à mi-voix une dizaine de questions. Gama le laissa remplir le moule deux fois, mais il ne pouvait manier le couteau avec sa mauvaise main. Il vit que cela l'attristait.

— Ne t'en fais pas, Souris. Il existe une autre manière de couler les balles qui n'exige pas les deux mains...

Il expliqua à l'eunuque qu'on pouvait aussi laisser tomber le plomb fondu d'une tour. C'était la meilleure façon de fabriquer des balles, lui assura-t-il. Souris voulut en savoir davantage et Gama lui expliqua qu'avec des tenailles on tenait des creusets chauffés au rouge au-dessus des parapets de hautes tours, lui décrivit l'ingénieux mécanisme destiné à calibrer les gouttes de plomb versées du creuset dans le vide et les balles rondes qui se formaient pendant que le métal en fusion tombait. Souris avait manifestement envie d'apprendre et Gama finit par lui parler du tambourinement des balles tombant en pluie sur la toile tendue au pied de la tour, des gamins qui recueillaient les balles chaudes dans une boîte tout en regardant vers le haut de la tour, de crainte que d'autres ne dégringolent sur eux.

— Mais comment les balles deviennent-elles rondes ?

— Ils le deviennent, c'est tout. En tombant dans le vide. On ajoute un métal au plomb... Nous l'appelons l'arsenic, je ne connais pas le nom hindi. L'arsenic durcit les balles et les rend plus rondes.

Souris posa d'autres questions sur l'arsenic en essayant de deviner le nom hindi à partir de la description donnée par Gama. Ses yeux brillèrent quand le Portugais lui dit que le métal sentait l'ail.

— *Atcha !* fit l'eunuque en souriant. C'est l'haratala !

Sans un mot, il partit dans la chambre de Victorio et revint auprès de Gama avec une modeste boîte en bois à la main, un sourire heureux et timide aux lèvres.

— Tenez, maître.

Gama souleva le couvercle, vit la pâte rouge, délicate et brillante, sentit une légère odeur d'ail.

— Haratala, annonça Souris gaiement.

— Comment se fait-il que tu aies ça ?

— C'est un médicament, maître. Certains frères s'en servent.

— Pour quoi faire ?

— Je ne saurais dire, répondit Souris, le visage soudain rembruni. Nous ne sommes pas en très bonne santé, vous savez. La castration cause des problèmes la vie durant. Et puis...

Souris, soudain embarrassé, hésita avant de continuer :

— Les hommes âgés l'utilisent aussi. Ça leur rend leur... vigueur.

— Les hommes âgés comme Victorio ?

Souris hocha la tête. Gama fronça les sourcils.

— C'est du poison.

L'eunuque eut un petit rire.

— J'ai vu une cruche chinoise taillée dans la roche rouge brute. Exquise. L'un des frères s'en servait pour verser le vin à ses ennemis. Il la gardait dans l'obscurité... la lumière, disait-il, l'aurait fait se désagréger. Mais l'haratala n'est pas toujours un poison, maître. Si on fait attention, ça n'en est pas un. Même les femmes *farangs* l'utilisent.

— Oui, et même un peu trop...

Gama haussa les épaules.

— Trop de ça peut aussi tuer, répliqua Souris en levant le menton pour indiquer les balles. *Senhor* Victorio dit qu'on vous appelle le maître de la mort.

En entendant ces mots durs dans la tendre bouche de Souris, Gama sentit les larmes lui monter aux yeux.

Tu es saoul, se réprimanda-t-il. Tu sais pourtant qu'on t'appelle ainsi depuis des années.

Gama regarda ses mains, n'étant pas sûr de maîtriser son expression.

— C'est vrai. J'ai trop souvent vu la mort. A mon âge, un homme découvre le regret, Souris. J'ai recherché le sang et non la beauté. Tous mes souvenirs sont des souvenirs de meurtres et de massacres. J'ai oublié le reste. Il m'arrive de ne pas pouvoir dormir.

— Ah !... soupira Souris. Vous aspirez à la paix.

L'œil pétillant, il regarda le plomb fondu commencer à bouillonner sur le feu.

— Mais donner la mort... cela doit certainement apporter la paix, maître ? La mort n'est-elle pas la paix suprême ?

Souris se glissa plus près de Gama. Mal à l'aise, celui-ci changea de position, puis se rendit compte qu'à bien des égards Souris n'était guère qu'un enfant. L'eunuque lui tendit soudain sa boîte d'arsenic.

— Essayons, maître.

Gama leva brusquement les yeux.

— Quoi ? D'en manger ?

— Non, fit l'eunuque en riant. D'en mettre dans le plomb.

Bien que Gama fût maintenant épuisé, pour faire plaisir à Souris il fit encore fondre du métal, avec de l'arsenic cette fois-ci. Ils coulèrent quelques dizaines de balles supplémentaires. Souris était si heureux qu'il serra le bras du *farang* et posa sa tête sur la puissante épaule. Gama s'efforça de se concentrer sur la fabrication des munitions.

— Assez, dit-il finalement. Il faut que j'essaie de dormir.

Il prit quelques-uns des balles qu'ils venaient de fondre et les mit dans la main toute douce de Souris.

— Tiens. C'est toi qui les as faites. Garde-les.

Il détourna le regard pour ne pas être troublé

par la réaction de l'eunuque. Au bout d'un moment, Souris fourra les balles dans sa poche, puis s'empressa d'aider Gama à ramasser ses outils. Lorsque celui-ci voulut lui rendre son arsenic, l'eunuque refusa.

— Gardez-le, maître, et quand vous vous en servirez, pensez à moi. Trouvez la paix dans le souvenir de ce moment que nous avons passé ensemble.

Souris s'inclina si bas que sa bonne main balaya le plancher, puis, sans un regard en arrière, il disparut dans l'obscurité et partit se coucher en boule sur le seuil de la chambre de Victorio.

Gama glissa la boîte d'arsenic dans son sac avec ses pistolets, puis s'étendit sur son lit et regarda le plafond jusqu'aux premières lueurs du jour.

Ils devaient partir à l'aube, mais le muezzin avait déjà appelé les fidèles à la seconde prière du matin lorsque Victorio descendit pesamment l'escalier en se tenant au bras de Souris.

Irrité par les retards continuels, Gama essaya de se maîtriser. La rue devant le Gagan Mahal était le seul endroit assez spacieux pour le rassemblement de la caravane, mais celui-ci tourna au désastre. Un paysan mena une longue file d'ânes à travers le groupe de Gama ; une vache maigre au nez qui coulait faillit trébucher sur l'un des palanquins ; des chiens couverts de poussière donnèrent la chasse à un cochon dans un égout voisin. A cette confusion, les dieux du chaos ajoutèrent quelques jalabeewallahs et pan-wallahs qui criaient leurs marchandises, une file de jolies intouchables qui portaient des grands paniers pleins de pâtés de bouses de vache en équilibre sur leurs têtes et des gamins conduisant un troupeau de chèvres avec de longs iris des marais en guise de bâtons.

Lassés d'attendre, les porteurs de palki de Gama réclamaient déjà un supplément de paye. Plusieurs gardes s'étaient déjà éloignés pour aller faire leurs prières à la mosquée la plus proche.

— Alors, qu'est-ce qu'on attend ? grogna Victorio en arrivant en bas de l'escalier. Partons. Ma jeune épouse languit après moi !

— On attend ce satané hijra, répondit Gama, qui regretta ses paroles après avoir jeté un coup d'œil à Souris. Nous attendons Babouche. J'ai envoyé trois ou quatre messagers à sa recherche. Il est introuvable.

— Qu'il aille au diable. Partons sans lui.

Gama cligna des yeux.

— Vous ne parlez pas sérieusement !

Victorio se redressa de toute sa hauteur en rentrant le ventre et bombant le torse.

— Ce soldat est fort grossier, ne trouves-tu pas ? dit-il à Souris en hindi. Je suis tenté de ne pas en faire mon associé.

Souris approuva énergiquement, puis regarda Gama et rougit.

— Je ne tolérerai pas d'insubordination, monsieur, dit Victorio en portugais, s'adressant cette fois-ci à Gama.

— Nous sommes associés et je suis donc votre égal et non votre subordonné, répliqua doucement Gama.

Victorio laissa échapper un soupir d'exaspération.

— Nous sommes associés quand je le dis !

Gama était sur le point de répondre lorsque, débouchant du coin de la rue, une file de soldats du palais coiffés du turban vert de cérémonie arriva droit sur eux. Ils portaient des massues d'ébène couvertes d'argent repoussé. Leur capitaine jeta un regard furieux aux *farangs*.

— Etes-vous Victorio Souza et Jebtha de Gama ? lança-t-il d'un ton grossier et intentionnellement méchant.

— En quoi ça vous regarde ? s'irrita Gama.

— Vous devez nous accompagner. Le grand vizir désire vous parler.

— Il est à Golconde ! fit Souris de sa voix flûtée en serrant le bras de Victorio.

— Il est rentré cette nuit, fit le garde en plissant les yeux. Si vous ne venez pas de votre plein gré, nous avons l'ordre de vous emmener de force.

Victorio voulait prendre un palanquin, mais les gardes ne le permirent pas. Furieux, il suivit aussi lentement que possible, en traînant les pieds.

— C'est vous qui avez causé ce problème, Gama, dit-il d'une voix sifflante. J'attends que vous le résolviez.

— Je me suis borné à proposer un prix ! C'est vous qui avez décidé de vendre cette fille aux eunuques, pas moi ! s'insurgea Gama. Pensiez-vous que le vizir resterait les bras croisés ?

— Vous êtes le conciliateur. Alors arrangez ça ! Si vous voulez vraiment devenir mon associé, débrouillez-vous-en.

Ils entrèrent dans la résidence du vizir par une porte latérale manifestement destinée aux domestiques. Une sentinelle leur demanda de laisser là leurs épées. Elle retira ensuite un à un ses pistolets à Gama et les déposa sur une table avec autant de précautions que s'il s'était agi de serpents endormis. Gama avait envie de protester mais s'abstint. La sentinelle aligna quatorze pistolets, mais ne trouva pas le petit que Gama s'était attaché à l'intérieur de la cuisse.

Le capitaine des gardes les conduisit rapidement à travers les couloirs sombres du palais. Gama craignait que Victorio ne flanche dans son effort à suivre le mouvement.

L'étroit couloir déboucha enfin dans une pièce magnifique. Les murs étincelaient au soleil entrant à flots par deux hautes fenêtres, car ils étaient recouverts d'une mosaïque lumineuse de pierres colorées et de bouts de miroir. Au fond de la pièce, quelques marches menaient à une estrade pareille à un énorme bloc de pierre couvert de miroirs, dont le dais était fermé par des tentures de velours rouge.

— Approchez, lança une voix grave et lasse.

Le capitaine des gardes montra le dais d'un signe de tête, mais laissa les *farangs* y aller seuls. Lorsque Gama jeta un coup d'œil en arrière, il était déjà sorti de la pièce. A leur approche, un petit eunuque noir écarta les lourdes tentures.

— Venez, venez, invita la voix. Plus près.

Victorio et Gama n'étaient plus qu'à quelques pieds de l'estrade, mais à cause de l'angle de vision ils ne pouvaient distinguer son occupant. Victorio fit une grande révérence que seuls virent Gama et le jeune Noir, puis se redressa avec un soupir. Après s'être éclairci la gorge, il entonna :

— Puissante émanation de la sagesse d'Allah...

— Evitons ces inepties, dit la voix grave. J'ai eu mon content de courbettes à Golconde. Et pour votre gouverne, *senhor* Victorio, les Hollandais pratiquent la flatterie beaucoup mieux que vous...

Gama crut un instant que le vizir donnait à cette remarque une tournure plaisante. Ça ne va peut-être pas se passer si mal que ça, pensa-t-il. Il dut rapidement déchanter.

— Qu'est-ce qui vous a donné à croire que je vous laisserais vendre ma danseuse au hijra ? vociféra le vizir.

Victorio lança un regard mauvais à Gama en lui faisant signe de répondre et en agitant ses sourcils avec impatience. Gama ne savait que dire. Victorio avait l'air de très méchante humeur.

Sur des jambes grosses comme des pattes d'éléphant, Wali Khan, le grand vizir, descendit une à une les quelques marches, complètement nu. Il donnait l'impression d'avoir avalé un œuf gigantesque. Sa peau sombre était tendue autour de son torse large et rond, son gros ventre distendu pendait si bas qu'il cachait son pénis. Malheureusement, son postérieur n'était pas dissimulé par un tel écran et, lorsqu'il se tourna de côté pour franchir la dernière marche, ses fesses plates tremblèrent comme de la gélatine. Il frappa dans ses petites mains potelées.

— Où est mon bain ? Qu'on aille me chercher mon bain !

Le petit eunuque noir se précipita immédiatement. Les sourcils froncés, Wali Khan le regarda sortir de la pièce, puis se tourna vers ses visiteurs.

— Espériez-vous vous jouer de moi, Victorio ? Pensiez-vous que je laisserais passer cela ? Vous vouliez dérober ce qui m'appartient ? A moi, le grand vizir de Bijapur ?

— Seigneur vizir... commença doucement Gama.

— Ce n'est pas à vous que je m'adressais, Deoga, mais à ce vieil et pitoyable imbécile. De toute façon, qu'avez-vous à voir là-dedans ?

Gama était sur le point de répondre quand Victorio intervint :

— Il est mon associé, maintenant. Vous voulez savoir qui a conclu l'accord avec le hijra ? C'est lui. Prenez-vous-en à lui, plutôt.

Wali Khan fit un pas vers Gama, son ventre presque contre celui du *farang*. Le Portugais s'évertua à garder les yeux fixés sur le visage du vizir, et non sur sa poitrine couverte de poils grisonnants ou, pis, sur son ventre.

— Qu'avez-vous à répondre, Deoga ?

Gama regarda sans broncher Wali Khan, qui était bien plus petit que lui.

— Je ne vois pas que quoi que ce soit vous ait été volé. Elle ne vous a jamais appartenu. Mille calamités auraient pu aboutir au même résultat. Vous n'avez jamais eu cette fille, seulement l'espoir de l'avoir.

— J'avais plus qu'un espoir. J'avais une promesse. La vôtre, rappela le vizir, l'œil luisant.

— J'ai cru comprendre qu'il avait été en effet question de vous faire présent de la bayadère, Seigneur, dit Gama en choisissant soigneusement ses mots et se haïssant davantage d'instant en instant, mais quelque chose a-t-il été couché par écrit ?

Wali Khan lorgna Gama et un sourire de chacal fendit son visage. Il était assez près de lui pour que le Portugais voie les gouttes de sueur accrochées aux poils de sa poitrine.

— Par écrit ? On en est là ? Un écrit ?

Par la porte de la vaste salle entra alors une petite procession composée de jeunes eunuques presque identiques ; trois portaient des cuvettes en argent fumantes, trois autres des serviettes en mousseline blanche.

Wali Khan leva les bras pendant qu'ils l'entouraient, mais sans cesser de regarder Gama, sourcils froncés. Ceux qui portaient les cuvettes les déposèrent aux pieds du vizir et se lancèrent dans un étrange ballet : ils se penchaient pour plonger les mains dans l'eau chaude, puis les levaient pour frotter la chair épaisse de Wali Khan de leurs paumes nues. Dès qu'ils avaient fini de récurer un endroit, les trois autres le séchaient. Puis ils se reculaient et les eunuques chargés du lavage s'approchaient à nouveau. Mais toute l'attention du vizir restait fixée sur Gama.

— Quel est le pire, Deoga ? demanda-t-il. Voler ou manquer à sa promesse ? Les biens volés peuvent être récupérés... mais comment récupérer une parole non tenue ?

Wali Khan le regardait presque tristement.

— Je vous accordais le bénéfice du doute. Pourquoi n'en avez-vous pas profité ?

Gama pencha la tête. Les jeunes eunuques achevèrent les ablutions et se hâtèrent d'aller chercher les vêtements du vizir. Pendant qu'ils lui passaient sa *jama*, son turban, sa ceinture de cérémonie et sa jupe de dessus en fine gaze, Wali Khan ne cessa de parler aux *farangs* :

— Savez-vous ce que je faisais à Golconde ? La ville est assiégée par les Moghols. J'ai rendu visite en personne à Aurangzeb, ce rusé fils de putain. Et sur une simple promesse, j'ai obtenu la paix.

Le vizir approcha son visage de celui de Gama.

— Uniquement sur ma parole, Deoga ! Ni argent ni canon. Seulement ma promesse ! C'est ça, la valeur d'une promesse. Et la vôtre ne vaut rien !

Gama hocha la tête, honteux. L'autre poursuivait :

— Les promesses, Deoga ! J'ai promis d'envoyer cette bayadère à Mourad, le prince moghol.

Il aime bien les bayadères... il se plaît à les regarder. Il ne peut guère faire plus. C'est Aurangzeb qui a fait cette suggestion, pour amadouer son lourdaud de frère, et j'ai accepté. J'ai donné ma parole ! Elle est maintenant bien plus qu'une bayadère, Deoga ! Elle est le sceau apposé sur un traité de paix !

Wali Khan avait les yeux brillants et, bien qu'il n'ait pas crié, sa voix résonnait contre les murs couverts de mosaïques.

— Et voilà qu'à mon retour j'apprends que vous l'avez vendue ! A la Fraternité ! Vais-je dire à Aurangzeb que rien n'a été écrit ?

Les eunuques qui l'avaient habillé s'étaient dispersés et se plaquaient maintenant craintivement contre les murs en silence. Vêtu de ses robes princières en soie turquoise, coiffé de son énorme turban pailleté d'or, Wali Khan ne paraissait plus gros ni ridicule, mais imposant et puissant, un authentique grand vizir qui, sur un simple claquement de mains, disposait de ressources inépuisables.

— Je suppose que vous avez maintenant l'intention de tenir votre parole, dit-il, si doucement que Gama dut tendre l'oreille. Je suppose que... vous avez changé d'avis.

— Il n'a pas changé d'avis ! éclata Victorio.

Les deux hommes levèrent les yeux, surpris. Le vieillard se mit à rire.

— Regardez-le, Gama. Vous lui avez fait une peur bleue !

Victorio s'approcha à pas lourds du vizir sans cesser de glousser et de secouer la tête.

— Qu'avez-vous fait là, Wali Khan... donner ce qui ne vous appartient pas ? La sultane a-t-elle connaissance de ce traité ?

Il posa sur le vizir un regard méprisant.

— Et qu'avez-vous promis d'autre à Aurangzeb, hein ?

Victorio jeta un coup d'œil à Gama en secouant la tête.

— Il est pitoyable, mon garçon. Pitoyable.

Il se tourna à nouveau vers le vizir.

— Que va dire Murmure de vos projets ?

Gama fut surpris par la réaction de Wali Khan. Il baissa la tête, laissa tomber ses épaules, comme sous le poids du doute.

— Je vais faire en sorte que ça marche. Je vais trouver quelque chose, murmura-t-il en se détournant des *farangs*.

— Wali Khan, fit doucement Victorio. Donnez congé à ces espions en herbe et parlons.

Gama se rendit compte que Victorio parlait des jeunes eunuques. Le vizir semblait si faible qu'il ne put que claquer des doigts, mais le petit geste n'échappa pas aux gamins, qui jouèrent des coudes pour sortir de la pièce.

Lorsque l'écho du bruit sourd que fit la porte en se fermant se fut perdu entre les murs miroitants, Victorio l'invita à s'installer sur un tapis et des coussins comme s'il était le maître de maison.

— Wali Khan, Wali Khan, dit-il, tandis qu'ils s'asseyaient, en posant sa lourde main sur l'épaule épaisse du vizir. Croyiez-vous vraiment que vos meilleurs amis allaient vous abandonner ?

— Il me faut cette fille, Victorio. Je l'aurai, par la barbe du Prophète.

— Bien sûr que vous l'aurez ! Bien sûr ! Croyez-vous que nous soyons sans honneur ?

Wali Khan dévisagea Victorio.

— J'ai entendu dire... et Deoga a dit...

Victorio eut un petit rire poli.

— Il ne savait pas. Je ne l'avais pas mis dans le secret. J'étais seul à connaître la vérité, Wali Khan. Si Gama avait été au courant de mes intentions, comment aurait-il pu convaincre le hijra ? Nous nous sommes tout simplement joués d'eux pour votre bien. Je ne vous aurais jamais trahi... vous êtes notre ami... notre espoir.

Là, il baissa la voix :

— Vous ne l'avez pas oublié, n'est-ce pas ?

— Non, bien sûr que non. Les Hollandais sont hors course... le monopole commercial vous est acquis, Victorio !... Si je deviens régent !

— Vous voulez certainement dire « quand je serai devenu régent », mon vieil ami.

Gama vit que le visage rond de Wali Khan était couvert de sueur alors que la fraîcheur du matin n'avait pas encore disparu. Le vizir regarda Victorio avec une gratitude éhontée, puis empoigna la main du vieillard.

— *Senhor*, j'ai perdu la tête...

— Wali Khan, par les temps qui courent, les rumeurs fusent de tous bords. La fille vous appartient, vieil ami. Nous trouverons un arrangement avec le hijra. Ne croyez à aucun bruit que vous pourriez entendre. Il faut que nous prenions le départ maintenant...

— Oui, oui. Allez-y. Apportez-moi la fille aussi vite que possible.

Wali Khan se leva et porta ses mains jointes à son front, puis il fit un signe à Gama.

— J'ai un message pour vous, de la part de miens amis...

Gama leva les sourcils. La matinée avait été si pleine de rebondissements qu'il ne savait plus trop quoi dire. Wali Khan le tira par l'épaule pour lui parler à l'oreille :

— Mes amis appartiennent au clan des Trois-Points. Avoir de tels amis peut être utile, Deoga. Ils m'ont demandé de vous transmettre un message : eux aussi ont été trahis, tout comme vous l'avez été. Ils m'ont parlé des ennuis que vous avez eus au col de Sansagar. Les messagers que vous avez rencontrés ont été tués par une bande rivale, les Naga. Ce sont eux qui vous ont attaqués.

Wali Khan attira Gama vers un coffret près de l'estrade où il dormait, en sortit une petite bourse et renversa une partie de son contenu dans sa paume : un petit tas de riales d'or.

— Tenez. Ils vous rendent le bakchich que vous leur avez donné.

Gama prit la bourse et inclina la tête. Wali Khan leva les mains.

— Ne vous laissez pas troubler par ma colère, Deoga. Ce vieillard est une vipère et non le balourd qu'il feint d'être. Il nous prend pour des imbéciles...

Un peu à l'écart, Victorio regardait dans le vide.

— Nous devons nous serrer les coudes jusqu'à ce que la régence soit attribuée. Je suis content que Victorio ait fait de vous son associé. Vous passez pour un homme doué de sens pratique. Je vois de grandes choses pour vous.

— Mais que va-t-il advenir d'elle... de la danseuse ?

Wali Khan le regarda comme s'il ne comprenait pas la question. Puis :

— Allez, Deoga. Et ne vous tracassez pas à cause de ce hijra, de ce Babouche. Mes amis...

Il prit un air entendu pour s'assurer que Gama comprenait bien qu'il parlait du clan des Trois-Points :

— Mes amis seront dans les parages pendant tout votre voyage. Ils font cela à ma demande, mais ils le font avec plaisir... Ils s'y sentent obligés, à cause des ennuis que vous avez rencontrés. Si vous avez besoin d'aide, faites-leur un signal...

— Vous envoyez des bandits pour nous protéger ? Vous espérez que je demande de l'aide à des bandits ?

Sous son énorme turban, ses sourcils sombres se froncèrent.

— Les dispositions que je prends ne vous conviennent pas, Deoga ? C'est un peu fort... De toute façon, si vous ne donnez pas le signal, vous ne saurez pas qu'ils sont là.

— Quel genre de signal ? laissa échapper Gama en s'efforçant de parler doucement.

— Comment le saurais-je ?

La question contrariait visiblement le vizir.

— Agitez une lampe trois fois. C'est tout. Je me suis donné du mal pour vous, Deoga, et j'espérais que vous apprécieriez. Vous voulez que je lui rapporte tout ça ?

— Non, fit Gama.

Il baissa la tête et rejoignit Victorio. « Vous voulez que je lui rapporte tout ça ? » On eût dit un enfant en menaçant un autre.

A quelle sorte d'hommes ai-je affaire ? pensa-t-il une fois de plus.

— Ça s'est bien passé, dit Victorio près de la table de la sentinelle tandis qu'ils récupéraient leurs armes.

— Vous croyez ? répondit Gama, qui examinait chacun de ses pistolets avant de les fourrer sous son large ceinturon.

— Mais oui, mon cher !

Victorio semblait d'humeur démonstrative. Gama se demanda si Souris ne lui avait pas concocté quelque nouvelle potion, car il avait le visage rouge et l'œil brillant.

— Voyez quelle est notre situation. Le vizir a découvert tout seul ce qui se préparait avec les eunuques. Il doit savoir ce qu'ils nous ont offert.

— Quelle différence cela fait-il ? Vous venez de lui dire...

Victorio ricana.

— Ne faites pas le naïf. Je lui ai menti, tout simplement. Ne me dites que vous m'avez cru, vous aussi ? J'ai magnifiquement joué le coup. Il va maintenant être forcé de s'aligner sur le prix offert par les eunuques. Il n'a pas le choix. Avant, la fille ne représentait rien... un vulgaire bakchich. Maintenant, elle est pour lui le moyen obligé d'accéder à la régence. Et mieux encore, il l'a déjà promise à Aurangzeb, Griffes de Tigre. Imaginez-vous ce que ferait le vieux prince si Wali Khan venait à manquer à sa promesse ? Que ne paierait pas Wali Khan pour la tenir ? Quant aux eunuques...

Victorio soupira, écarta les mains.

— Ils pensent... enfin, ils la veulent absolument. Ça va être amusant de voir les enchères monter...

Victorio donna une tape sur l'épaule de Gama au moment où ils franchissaient la porte latérale et reprenaient le chemin du Gagan Mahal.

— C'est un jeu, mon garçon, tout cela est un jeu ! Vous ne devez pas le prendre autant au sérieux ! Mettez-vous dans l'esprit de la chose, sinon vous allez devenir fou ! Nous jouons un camp contre l'autre jusqu'à ce qu'il y en ait un qui flanche.

Ou qui te coupe la gorge, pensa Gama.

— Et la fille ?

— La bayadère ? Eh bien ? C'est mon bien-être qui doit vous importer, pas le sien. De plus, vous avez d'autres problèmes à régler.

— Lesquels ?

— Ce bourak, par exemple. Ces arrangements ne vont pas lui plaire...

— Pathan ? J'imagine en effet qu'il aura une opinion là-dessus, admit Gama, se rendant compte que Victorio semblait soudain étonnamment circonspect.

— Et ce hijra. Ce Babouche. Mieux vaut ne pas le tenir au courant non plus. Ces deux-là sont dangereux. Ils ont leurs façons de faire... Même si vous ne leur dites rien, ils obtiendront l'information. Vous devrez brouiller les pistes, persuader, semer la confusion. Si vous voulez être mon associé, vous devez maintenant vous servir de votre cervelle, pas seulement de vos pistolets. Ce visage franc que vous avez est un vrai handicap.

Victorio rit à nouveau.

— Par la Vierge, j'adore le jeu ! Saigner à blanc ces scélérats, ça me donne l'impression d'avoir dix ans de moins ! Si nous menons bien notre affaire, j'aurai un héritier en un rien de temps. Par la Vierge, je pourrais forniquer comme un taureau !

Avec une bouffée d'énergie soudaine, Victorio partit à grandes enjambées, laissant Gama marcher seul, en se rongeant les sangs.

Ils furent bientôt en route. Babouche était arrivé en leur absence, il avait arrangé les choses à sa façon et avait plein de questions à poser. Gama laissa Victorio y répondre.

La caravane était modeste, finalement : deux palkis, un pour Babouche, un pour Victorio. Des chars à bœufs, où étaient entassés les grandes tentes roulées, leurs piquets, les cordes et le matériel de cuisine. Un autre char à bœufs, pour transporter les domestiques. A cheval, Gama et une demi-douzaine de gardes triés sur le volet par le commandant Shahji.

A Belgaum viendraient s'ajouter d'autres palanquins.

Que dirait Shahji s'il savait que Wali Khan était en cheville avec le clan des Trois-Points, les bandits les plus mal famés du sud du Deccan ? se demanda Gama.

— Où vais-je voyager, Deoga ? s'enquit Souris, titubant sous le poids de son sac, avec cet air reconnaissant que Gama lui avait vu la veille.

— Qui t'a demandé de venir ? lança Victorio, caché par le rideau de son palki.

— Maître... commença Souris, bouleversé.

— Tu restes ici. Je n'ai pas besoin de toi, Souris.

C'était comme s'il avait poignardé l'eunuque.

— Je vais chercher ma jeune épouse. Je ne peux t'emmener avec moi, tu t'en rends bien compte. Attends-moi à la factorerie. Je te présenterai à elle le moment venu.

Sur ce, Victorio referma le rideau de son palanquin. Il ne vit pas l'air désespéré de Souris, ne le vit pas non plus s'éloigner, telle une marionnette brisée. Mais cela n'échappa pas à Gama, qui maudit Victorio à voix basse.

Tout était enfin prêt, mais une fois de plus Babouche était introuvable. Il apparut finalement, sortant des latrines voisines, en rajustant sa robe.

— C'est si inconfortable de s'arrêter en pleine nature, ne trouvez-vous pas, Deoga ? dit-il avec un sourire en se dirigeant vers son palanquin.

Il refusa l'assistance du palkiwallah.

— Deoga va m'aider, dit-il, assez fort pour que tout le monde entende.

Gama secoua la tête, n'en croyant pas ses oreilles. Babouche restait là, à attendre. Finalement, avec un grognement de contrariété, le Portugais descendit de cheval. L'eunuque ne monta sur son palanquin que lorsqu'il lui eut tendu la main.

— Vous êtes très aimable, Deoga, dit l'eunuque, avant de se pencher et de lui chuchoter à l'oreille : Souris m'a dit, à propos de l'haratala. Espèce de vilain ! Ça vous démange là où vous ne pouvez pas vous gratter ? Vous auriez dû me le dire, mon cher ! J'ai de quoi faire des tas de cataplasmes. De l'haratala et bien d'autres choses. Nous pourrons les partager quand vous le souhaiterez...

Le souffle de l'eunuque chatouillait l'oreille de Gama, qui fixa sur lui un regard froid.

— Ce n'est pas ce que vous croyez, grommela-t-il.

Mais tout ce que vit la compagnie, ce fut les sourcils levés et le sourire entendu de Babouche, et elle en tira ses propres conclusions. Gama revint à son cheval à grands pas, les oreilles brûlantes.

— En route pour Belgaum ! cria-t-il.

La caravane s'ébranla.

SIXIEME PARTIE

Regret

— Vous seul semblez ne pas avoir perdu la raison, dit dame Chitra à Pathan.

Même si elle avait pu le voir, il aurait gardé un visage aussi inexpressif, la tête aussi immobile. C'était la première fois qu'il se trouvait dans les vastes appartements de Chitra, où le parfum de mille roses coupées par la petite main de Lakshmi embaumait l'air. Derrière l'épaule de dame Chitra, la fillette lançait des regards furtifs au bourak. Pathan songea un instant à lui faire un clin d'œil, juste pour voir sa réaction. Mais l'heure était grave et son humeur également, aussi se contenta-t-il de marmonner quelque chose pour que Chitra sache qu'il avait entendu.

— Bien que vous soyez musulman, vous vous êtes comporté correctement dans mon palais. J'ai donc décidé de vous accorder ma confiance...

Les yeux opaques de l'aveugle tournaient dans le vague sous ses paupières mi-closes.

— Je veux que vous partiez tous d'ici, avant que n'arrivent ces monstres.

Pathan ne put cacher sa surprise, dont seule fut témoin Lakshmi.

— Je ne comprends pas, madame.

Chitra soupira, mais son dos, droit comme un piquet, ne bougea pas.

— Vous comprenez très bien, monsieur. Vous faites seulement semblant de ne pas comprendre. Beaucoup d'hommes recourent à cette stratégie.

Lakshmi lui chuchota quelques mots à l'oreille.

— Elle me dit que vous êtes froissé.

— Non, madame. Je vous suis redevable de votre hospitalité. Nous le sommes tous.

— Hmm ! grogna Chitra. C'est l'hospitalité du commandant Shahji. Je ne suis que son hôtesse. Moi aussi je suis une invitée, ici.

Elle se pencha vers lui.

— Il dit avoir connu votre père. D'après lui, c'était un homme bon. Il m'a dit que je pouvais vous faire confiance.

— Oui, répondit Pathan au bout d'un moment.

— Le parfum des roses humides de rosée, les cris des paons, l'odeur humide de la brise du lac... Vous êtes peut-être le seul à avoir vraiment compris à quel point ce palais est particulier.

Pathan garda encore le silence un moment, puis, comme s'il tombait le masque, il répondit :

— Oui.

Chitra sourit. Il ne l'avait jamais vue sourire, et la beauté de ce sourire éclairant soudain son doux visage fut pour lui un choc. Elle n'était pas vieille, il le voyait maintenant, et elle avait été belle, plus que belle, quelques années plus tôt seulement.

— Je suis contente que vous ne dissimuliez plus votre pensée. Il n'y a pas d'autre endroit comme celui-ci à des kilomètres à la ronde. Peut-être à Kashi, près du Gange, ou sur les rives du lac de Pushkar et au confluent des rivières à Nasik, ou encore à Puri et à Kanyakumari, qui est mon pays. Ici comme là-bas, le vieil Hindoustan survit encore. Comme une fleur fragile que j'entretiens ici par ma volonté. Vous me comprenez ?

— Oui, j'ai senti cela.

Chitra poussa un soupir.

— J'ai compris que vous n'étiez pas un homme ordinaire, capitaine.

Elle leva la main avant que Pathan ait pu dire un mot.

— J'étais inquiète quand vous êtes arrivés ici, vous et les *farangs*...

Pathan, mal à l'aise, regarda Lakshmi, qui venait de se pencher pour murmurer à l'oreille de Chitra.

— Laisse-nous, dit celle-ci à la fillette, que cet ordre parut retourner et qui s'éloigna avec une lenteur exagérée, sans quitter Pathan des yeux. Vous devez me parler franchement, capitaine, reprit Chitra.

Elle tendit la main dans le vide, cherchant celle du bourak. Pathan la regarda faire, puis, avec un hochement de tête résigné, s'approcha d'elle. Les doigts de Chitra se refermèrent sur son poignet. Ce contact ouvrit son cœur et il se prit à tout lui raconter.

— Qu'êtes-vous en train de me faire, madame ?

demanda-t-il au bout d'un moment, les larmes aux yeux.

Il ne pouvait s'arrêter, ni même ralentir le flot de ses paroles. Il lui parla de la mort des bandits, du sauvetage de Lucie. De ses sentiments de plus en plus forts pour elle. Du dégoût que lui inspirait la façon dont Geraldo séduisait Maya. Tout cela, il le dit pendant que Chitra, assise, immobile à l'exception des mouvements de ses yeux dans le vague, lui caressait la main.

Elle lui posa de nombreuses questions à propos de Geraldo et de Maya. Chacune de ses réponses semblait la piquer comme une aiguille, mais elle n'en continuait pas moins à l'interroger. À la fin, elle se tut et resta assise, silencieuse, sans cesser de lui caresser la main. Dehors, des oiseaux croassaient près du lac, déclenchant les plaintes des paons.

— N'avez-vous pas aimé auparavant, capitaine ? demanda-t-elle enfin.

Il eut l'impression qu'elle lui broyait le cœur de la main, et les larmes lui vinrent aux yeux à nouveau. Mais il les ravala et ne répondit pas.

— Lorsque Kama lance ses flèches, capitaine, aucun cœur n'est à l'abri, car leur douceur est empoisonnée. Avez-vous parlé de votre amour à la *farang* ?

Avec le dos de sa main libre, Pathan essuya ses joues humides.

— Elle sait, madame.

— Ne répondez pas à côté. Lui en avez-vous parlé, oui ou non ?

Pathan ravala à nouveau ses larmes, honteux de sa faiblesse.

— Pas de cette façon, madame.

— Et elle n'a pas dû vous dire de telles choses.

— Mais je sais qu'elle les pense. Il y a d'autres façons de dire les choses que par les mots.

— Pas aux aveugles, capitaine. Et ne savez-vous pas que le cœur est aveugle ?

Pathan leva les yeux vers Chitra.

— Vous n'êtes pas comme je m'y attendais, madame.

— C'est la déesse qui me rend ainsi, et non ma propre volonté.

Elle soupira, lâcha sa main.

— Maintenant, au fait, capitaine. Je ne veux pas que ceux qui arrivent de Bijapur en caravane viennent ici. Deoga, ça ne me gênerait peut-être pas, mais je ne veux pas des autres. Ce hijra, et le vieux *farang* aussi. Je n'aime pas le peu que j'ai entendu dire de lui. Il paraît ressembler trop, en plus âgé, à ce Geraldo, qui est un véritable poison. Je compte sur vous.

— Mais que voulez-vous exactement que je fasse, madame ?

— Que vous partiez d'ici avant l'arrivée de la caravane, en emmenant avec vous les autres invités.

Pathan réfléchit au problème. Puis :

— Les terres de ma famille ne sont pas loin d'ici. Nous pourrions y retrouver la caravane...

Chitra arbora de nouveau son somptueux sourire, mais, cette fois-ci, il cachait de la peine.

— Oui, si ça ne vous dérange pas, capitaine.

Faites-moi cette faveur. Laissez-moi maintenant, comme on laisse un cadavre... avec des regrets et des souvenirs, mais sans regarder en arrière.

Pathan se leva et s'inclina, sachant très bien que Chitra ne pouvait le voir.

— Encore autre chose, capitaine. Avouez votre amour. Faites-le avant de quitter le palais. La puissance du lieu va propulser vos paroles au fond de son cœur. Elle vous aime, capitaine, et elle en sera heureuse.

Maya passait maintenant le plus clair de son temps avec Lucinda. Elles parlaient peu et pensaient beaucoup, se réconfortant mutuellement par leur seule présence.

Maya était restée un moment avec Lucinda après la lecture de la lettre de Gama, puis elle était partie finalement, pour se rendre une fois de plus dans la chambre de Geraldo. Elle s'y glissa, aussi silencieuse que le clair de lune. Vêtu à la mode *farang*, il n'était plus le même. Avant, il aurait levé les yeux tout de suite, la sentant arriver, mais il avait changé. Maintenant, son attention était accaparée par l'affûtage de la lame de son épée noire.

Après avoir attendu un moment, elle murmura son nom, mais il répondit sans se retourner :

— Nous n'avons plus rien à nous dire, toi et moi. Ce qui était est mort. Mieux vaut que tu t'en ailles. Mieux vaut que personne ne te voie ici.

Maya se sentit pâlir.

— Il faut que tu dises ce qui s'est passé entre

nous, Aldo. Je ne peux pas être vendue à ce hijra, ce n'est pas possible. Tu n'imagines pas ce qu'ils vont me faire...

Alors seulement Geraldo leva les yeux et un sourire effleura ses jolies lèvres.

— Ah ! je comprends, maintenant. Tu t'es jouée de moi. C'est ce que tu voulais depuis le début, hein ? Tu voulais tirer parti de ton plaisir...

— N'est-ce pas ce que tu as fait avec moi ?

Geraldo eut un petit rire méprisant.

— Dis-le toi-même. Moi, je ne dirai rien.

Il se retourna vers son épée.

— Il faut que tu le leur dises. Ils ne me croiront pas.

— Tu as raison... ils ne te croiront pas. Sans ma parole pour te soutenir, c'est comme si rien ne s'était jamais passé.

Cette pensée semblait le satisfaire pleinement.

— Aldo, je t'en prie !

— Epargne-moi tes pleurnicheries. Je suis certain que tu les déclenches et les fais cesser à ta guise. Contrairement à toi, ma chère, je ne désire nullement une mort douloureuse. De toute façon, qu'est-ce que cela changerait ? Peut-être un musulman ou même un hindou serait-il dégoûté de savoir que j'ai labouré ton sillon. Mais qu'est-ce que ça peut faire à un eunuque ? Ne sont-ils pas encore plus bas que les *farangs* ? D'autre part, je pense qu'ils ont d'autres intentions à ton endroit.

Une sensation de froid envahit Maya.

— Quelles intentions ?

— Cette boîte que tu transportes, avec une

épée à l'intérieur... Comment se fait-il qu'une bayadère, une devadasi, soit en possession d'une épée de *farang* qui vaut bien un lakh de huns ? Ça fait réfléchir. Et puis il y a ce petit sac, celui que tu as donné à Gama... Que contient-il ? je me le demande. Je parie que les eunuques se posent aussi des questions. Là-dessus, et sur tout ce que tu possèdes encore et tout ce que tu sais.

Les lèvres d'Aldo esquissèrent un sourire, mais son regard était froid.

— Ça ne va pas ? Tu as besoin d'air ?

— Mais je ne l'ai plus, ce sac... murmura-t-elle.

— Oui, je sais. Tu l'as remis à Gama... ce cher Gama, si digne de confiance, l'oncle, l'ami de tout le monde.

Geraldo poussa un grognement de mépris.

— Tu devrais faire plus attention à qui tu accordes ta confiance, ma douce. Personne ne te l'a jamais dit ?

Sans se rendre compte de ce qu'elle faisait, Maya s'était enfuie de la chambre d'Aldo. Elle avait parcouru la moitié de la cour quand elle s'arrêta, prit sa tête dans ses mains et se mit à pleurer. Elle réussit à se maîtriser suffisamment pour atteindre les appartements des femmes. Elle fit irruption dans la chambre de Lucinda, se laissa tomber à côté d'elle en sanglotant. Lucinda la berça dans ses bras et lui demanda ce qui s'était passé, mais Maya ne répondit pas.

Elle dormit sur un tapis près du lit. Aucune des deux ne se reposa vraiment. Elles passèrent la nuit à s'agiter, effrayées par les rêves qu'elles craignaient de faire.

Le lendemain matin, Maya aida Lucinda à lacer le nouveau corset et à mettre la lourde jupe bourrée de chiffons que Victorio lui avait envoyés.

— C'est comme cela que s'habillent les femmes pauvres, lui dit Lucinda. Comme elles ne peuvent s'offrir des soieries empesées pour faire ballonner leurs jupes, elles remplissent les coulisses de chiffons...

— On voit à peine la différence, mentit Maya.

Comme le visage de Lucinda, celui de Maya n'exprimait rien : ses pensées, trop intimes pour être exprimées, ne marquaient pas son visage.

Quand elle fut habillée, Lucinda tira une petite boîte en argent d'un coffret près de son lit et en ouvrit le couvercle.

— Tu en veux ? demanda-t-elle à Maya en lui tendant l'arsenic.

Elles avaient fini par se tutoyer.

— Pourquoi as-tu cela ? Pourquoi me proposes-tu un dravana ?

Lucinda cligna des yeux.

— C'est de l'arsenic, pour rendre la peau plus pâle et la purifier. Qu'est-ce qu'un dravana, ma sœur ?

— Tu ne le sais pas ? C'est un remède pour exciter les sens, prendre davantage de plaisir pendant l'amour... Ton cousin m'en a donné.

— Sûrement pas !

— Si, je te dis. C'était tout à fait pareil. Et ça avait la même odeur, celle de l'ail. Ça m'a fait tourner la tête et c'est tout. Il a dit que je n'en avais pas pris assez, mais je n'en ai plus voulu.

Lucinda ouvrit de grands yeux.

— Tu as bien fait. C'est le poison que je t'ai dit avoir en ma possession. Un petit peu te donne le teint pâle. Trop et...

— Donne-m'en, demanda Maya, l'air grave.

Lucinda lui tendit la boîte.

— Juste un peu, sur la langue...

— Non ! fit Maya, le regard brûlant. Donne-moi ce que tu m'as promis. Donne-m'en assez pour tuer.

Lucinda songea à refuser. Elle pensa demander à Maya ce qu'elle avait l'intention de faire. Mais elle le savait déjà, le regard brillant qu'elle posait sur elle le lui disait assez, car elle-même entretenait de sombres pensées. Avoir de l'arsenic, c'était avoir prise sur son destin. L'arsenic procurait la liberté, la liberté la plus cruelle. Et puis elle avait donné sa promesse à Maya.

— Donne-moi un morceau de tissu, dit-elle enfin.

Maya trouva un petit mouchoir en soie, sur lequel Lucinda déposa la moitié du contenu de la boîte. Avec précaution, elle essuya ce qu'elle avait sur les doigts avec le bord du mouchoir, dont elle noua ensuite les coins ensemble, puis elle le tendit à Maya. Elle s'aperçut qu'il en restait un petit peu sur ses doigts. Elle toucha les lèvres de Maya, puis les siennes.

— Maintenant, nous sommes vraiment sœurs, dit-elle.

Le lendemain matin, Lucinda trouva Pathan dans la cour en train de seller son cheval. Elle ne put s'empêcher de se précipiter vers lui et, quand il la vit arriver, il tira furieusement sur la sous-ventrière. En approchant, elle vit le changement s'opérer sur son visage : ses yeux perdirent leur éclat et sa bouche prit une expression dure. Il se raidit dans une posture militaire. De fait, il avait l'air aussi distant et hautain que la première fois qu'elle l'avait vu à Goa.

Qu'est-il arrivé à mon Mounna ? cria une voix dans son cœur.

La lourdeur de ses jupes, l'étroitesse de son corset lui soufflèrent la réponse : Lucie aussi avait disparu.

Pourtant, le regard de Pathan trouva le sien et ne se déroba pas.

— Vous partez ? demanda-t-elle d'une voix plus dure qu'elle n'aurait voulu en arrivant à son côté.

— Vous savez quelles sont mes intentions. Je serai de retour demain soir, avec des palkis et des chevaux. Vous m'avez entendu expliquer tout cela hier soir, non ?

— Je pensais que vous me diriez au revoir...

Sa froideur la glaçait. Les quelques pieds qui les séparaient lui faisaient l'effet d'un gouffre. Regarder son visage lui rappela ses lèvres souples et humides sur les siennes, sa langue qui s'était inopinément glissée entre elles, la pression de ses longs doigts sur la peau nue de sa taille ; elle dut se détourner.

— Je voulais que vous me disiez au revoir.

— Je ne pouvais supporter de le faire, répondit-il en un murmure.

Elle se rendit compte alors que l'impassibilité de son visage n'était due qu'à la force de sa volonté.

Quel enfant ! pensa-t-elle.

Il s'imaginait lui plaire en ne montrant pas sa peine.

L'ampleur de ses jupes maintenait une distance entre eux. Il ne pouvait s'approcher d'elle sans faire pression sur le volumineux vêtement.

— Vous vous souviendrez de moi, Mounna ? chuchota-t-elle en tendant la main sans parvenir à le toucher de là où elle se trouvait.

Il regarda sa main blanche, son visage poudré, son encombrante vêture, la scruta comme pour voir derrière le masque qu'elle avait mis. Il prit ses doigts tendus dans ses mains, aussi doucement que l'on tient un petit oiseau.

— Vous êtes plus près de moi que mon propre souffle, dit-il.

L'espace d'un instant, ses yeux perdirent leur froideur et elle y lut de la peur.

— Etes-vous obligée de l'épouser, Lucie ?

— Je n'ai pas le choix, Mounna.

Son visage se durcit.

— Comment pouvez-vous dire cela ? Lorsque vous étiez promise, je le comprenais. Mais votre promesse est rompue.

— Une autre la remplace.

— Elle ne veut rien dire ! Je le vois bien, maintenant. Ce n'est pas votre engagement, Lucie. C'est la volonté d'un autre, pas la vôtre !

— Je l'ai faite mienne. Je suis une Dasana et ma volonté ne m'appartient pas. Je ne suis qu'une marionnette, Mounna. Quelqu'un d'autre tire les ficelles.

Elle retira sa main.

— Ecoutez, Mounna. C'est mon devoir envers ma famille. Mais il n'aura que mon corps, pas mon cœur.

— N'ai-je pas une famille ? Un devoir envers elle ? Et pourtant, j'en ferais fi pour connaître le bonheur, par amour. Pour vous.

Lucie le regarda comme si elle le voyait pour la première fois.

— Vous n'êtes ni chrétien ni portugais. Nous sommes très différents, vous et moi.

Son visage prit une expression dure.

— Supposez que je mette des vêtements de *farang* et boive du sang comme un chrétien, serais-je alors convenable ?

— Non ! s'écria Lucinda avec un mouvement de recul à cette idée.

— J'allais vraiment vous donner mon cœur... Alors, allez au diable, vous et toutes les femmes ! cria Pathan, soudain enflammé.

Elle avait déjà vu une fois une telle fureur dans ses yeux, quand il avait tué ses agresseurs dans les montagnes, quand il avait les mains couvertes du sang des bandits. Sans un regard de plus, il donna une tape à son cheval et monta en selle alors qu'il était déjà lancé, puis il franchit les portes au galop et disparut sur la chaussée.

— Mounna ! cria Lucinda.

Elle avait la gorge si serrée qu'elle s'entendit à peine. Elle sentit un goût d'océan et se rendit compte que c'était celui de ses larmes. Elle l'appela encore. Les murs du palais lui renvoyèrent l'écho de son nom. Il était parti. Venu de nulle part, un nuage cacha le soleil et assombrit la cour de son ombre froide.

— Je ne voulais pas... je ne voulais pas que vous changiez, cher Mounna, murmura-t-elle en direction des portes béantes, la voix vite étranglée par un sanglot. Revenez. Laissez-moi vous dire tout cela...

Elle frissonna. Elle rajusta ses jupes, enfonça davantage ses épingles dans ses cheveux, tourna les talons et s'en alla.

La seule personne qui avait assisté à la scène riait doucement.

— Tant que nous serons ici, ne vas-tu pas porter ton sari, ma sœur ? demanda Maya.

Lucinda et elle étaient allées à la grande balançoire, dans le jardin de dame Chitra. Tandis que les cordes grinçaient, étendues sur le dos au milieu de la plate-forme, elles regardaient le ciel bleu marine et les nuages à travers le feuillage ombreux du manguier ; leurs têtes se touchaient et cette proximité les réconfortait toutes les deux. Maya avait rapporté à Lucinda sa conversation avec Geraldo, et celle-ci avait raconté à Maya ce qui s'était passé dans la cour avec Pathan. Elles n'avaient plus de secrets l'une pour l'autre.

— Je n'ose y songer, ma sœur. Je dois arrêter mes pensées sur ce qui est, et non sur ce qui aurait pu être.

— Il reste encore du temps.

A l'endroit où la tête de Maya touchait la sienne, Lucinda percevait la vibration subtile de son crâne à chaque parole qu'elle prononçait. Cela la chatouillait et la faisait sourire. Elle sentit sa tête bourdonner quand Maya lui demanda :

— Songes-tu parfois à mourir ?

La question de Maya ne la bouleversa pas. Toutes deux étaient maintenant en possession d'arsenic, et lorsqu'on porte du poison sur soi, la pensée de la mort n'est jamais bien loin. Si dame Chitra avait été présente, Maya n'en aurait sans doute rien dit, mais Chitra n'était pas venue là depuis des jours, depuis l'arrivée de la lettre de Gama.

— En vérité, je songe plus à tuer qu'à mourir, ma sœur, répondit Lucinda à voix basse. Mais tu m'as demandé si j'avais jamais pensé à la mort et je dis oui.

— Comment l'imagines-tu ?

Lucinda réfléchit à la question, mais comme elle mettait beaucoup de temps à répondre, Maya reprit la parole :

— Moi, elle me fait penser à un froid ; c'est comme une ombre qui descend... C'était ainsi quand ma mère est morte.

— Continue, dit Lucinda.

— J'imagine un sommeil. C'est l'obscurité pendant un certain temps. Puis nous voyons notre corps suivant qui rayonne à notre intention, qui nous éclaire le chemin, nous attend. Nous endossons le corps du bébé comme on enfile une sandale. Une autre vie commence alors.

— Il n'y a pas de fin ?

C'était maintenant Maya qui ne répondait pas.

— Quand je mourrai, poursuivit Lucinda, je veux une fin. Je veux avoir ses bras autour de moi, qui me serrent. Je vois voir ses yeux avec mon dernier regard, goûter ses lèvres avec mon dernier souffle...

La voix de Lucinda était maintenant si basse que Maya arrivait à peine à l'entendre à cause du gémissement de la plate-forme contre les cordes. Maya tendit la main jusqu'à lui toucher le visage.

— Tu n'as aucun espoir, ma sœur ?

Lucinda lui agrippa les doigts.

— Il n'y a plus pour moi que la mort. Ou bien je mourrai, ou bien je marcherai parmi les vivants le cœur mort. A moins que je ne tue.

— Qui ?

— Qui tuerais-tu, ma sœur ? Qui a détruit ta vie ?

Une demi-douzaine de visages vinrent à l'esprit de Maya.

— Je ne dois pas penser de cette façon, murmura-t-elle.

— Et moi, je ne dois pas porter de sari, répondit Lucinda. C'est exactement pareil, tu vois : certaines pensées sont trop douloureuses pour être portées.

La balançoire parcourait son long arc de cercle, les branches oscillaient et dans ses vêtements chauds, sous le soleil de l'après-midi, les pensées de Lucinda partirent à la dérive. Elle entendait Maya parler, comme si elle avait été en elle. Le son de chaque mot, qui vibrait à l'endroit où leurs têtes se touchaient, formait une image éclatante dans son esprit somnolent.

— J'ai fait un rêve la nuit dernière, disait Maya. Je suis allée en esprit sur la planète Gourou, où ma chère maîtresse m'a retrouvée. Elle m'a prise par la main et nous nous sommes mises à voler. Elle vivait au sommet d'une île montagneuse, sur un océan de lait pur. Le ciel lumineux était plein d'étoiles plus lumineuses encore. Nous étions montées si haut que je croyais toucher le soleil, lorsque nous avons brusquement commencé à redescendre. J'ai pensé que nous tombions, mais ma gourou m'a serrée contre elle et m'a montré l'océan. Nous avons plongé dans le lait... Je voyais que l'océan était le vide d'où jaillit toute création. J'étais dans un état de placidité complète, d'entière disponibilité. Nous nagions côte à côte et le lait prenait un million de formes différentes : des bulles qui se muaient en objets et, l'instant d'après, se dissolvaient et disparaissaient... Ma gourou nous emmena vers une gigantesque structure pareille à de l'os blanchi au soleil. On aurait dit la tour d'un immense temple. Le lait tourbillonnait contre ses murs sans fin. Je vis là un million de personnages sculptés d'un blanc immaculé : des hommes, des femmes – non pas des dieux mais des humains comme nous –, qui se pressaient, se touchaient, s'enroulaient les uns autour des autres. Ils s'étreignaient, s'embrassaient, s'accouplaient tous de toutes les façons imaginables... Je me rendis compte alors que les sculptures étaient vivantes : elles copulaient et s'entortillaient dans de furieuses étreintes –, des millions et des millions de couples enlacés dans le feu d'une passion sans bornes, aussi loin que portait mon regard. Finalement, ma gourou m'écarta du bouillonnement liquide et des couples jusqu'à ce que je voie la structure tout entière : cela formait la surface d'une tour si énorme qu'elle s'étendait dans le ciel infini et dans les profondeurs sans fin, et chaque pouce en était grouillant de ces formes de la passion et du désir… « Que m'as-tu montré, ma gourou ? » m'écriai-je. Pour toute réponse, elle me prit par la main et nous tombâmes en une chute vertigineuse le long de cette immense flèche. Elle était si énorme qu'à côté d'elle nous étions aussi petites que des grains de sable. Ma gourou tendit alors la main pour me montrer, loin en contrebas, le pied de la tour qu'entourait un cercle tout aussi vaste et grandiose, palpitant comme un anneau lumineux. J'en eus le souffle coupé, car je compris enfin ce que je voyais. « C'est le désir, ma fille, l'interminable pénétration qui donne forme à l'univers de toute éternité, me dit ma gourou. Ici le grand lingam de Shiva, la source de toute création, là, la yoni féconde et illimitée de la déesse qui l'étreint et l'enveloppe. Le désir sans fin crée les trois mondes au fil du temps. Songes-tu que tu aspires à percevoir cette pulsation dans ton âme même ? Le désir est l'essence des dieux, ma fille, et nous brûlons de sentir cette chose divine s'éveiller en nous. »

La voix de Maya s'était adoucie à la fin du récit de son rêve, et la respiration de Lucinda était déjà profonde. Ensemble, elles se balançaient et ensemble elles s'endormirent et rêvèrent sous les longs rameaux sombres et le ciel éclatant.

Le lendemain après-midi, seule sur la véranda, Lucinda fixait du regard l'endroit où, sur l'autre rive, la route croisait la chaussée menant au palais. Tout le long de la berge, des foulons étendaient sur l'herbe de longs rouleaux de soieries de couleurs vives qui venaient d'être tissées pour les faire sécher au soleil. La soie bouillonnait dans la brise comme les plumes d'un gigantesque oiseau. Mais la scène ne distrayait guère Lucinda, qui ne quittait pas la route des yeux.

C'est tout juste si elle remarqua Geraldo quand il vint s'asseoir sur la balustrade à côté d'elle. Il avait sûrement trouvé le moyen de ne pas faire claquer ses bottes. Il était là, les yeux aussi brillants, l'expression de sa bouche aussi ironique et suggestive que jamais.

— Alors, cousine, dit-il gaiement, tu vas te retrouver mariée plus vite que tu ne le pensais !

Lucinda lui décocha un regard noir, ce qui fit danser les yeux rieurs d'Aldo.

— Autrefois ton vieil oncle, maintenant ton mari. Cher vieil oncle Victorio.

— Je serais contente que tu cesses de répéter « vieil », cousin. Comme si cela n'allait pas déjà assez mal comme ça !

— Au moins, ton avenir est assuré. Toi au moins, tu sais ce qu'il va t'arriver. Ton oncle représente maintenant ton avenir.

— Nous verrons, dit Lucinda au bout de quelques instants. Qu'est-ce que tu voulais, Aldo ?

Geraldo se pencha en arrière et posa la main sur l'épaule de sa cousine.

— Je te comprends, ma chère Lucie. Moi plus que quiconque. Ne sommes nous pas pareils, à bien des égards ? Etrangers. Sans toit. Seuls, isolés. Ceux que nous aimions nous ont quittés...

— C'est toi qui as quitté ma sœur ! lança-t-elle.

Geraldo dressa un sourcil.

— Maya, je veux dire !

Geraldo secoua tristement la tête.

— C'est ce qu'elle t'a dit ? Elle doit avoir sa fierté...

— Es-tu en train de dire que c'est une menteuse ?

Geraldo parut blessé.

— Je suis un gentilhomme, cousine. Je ne dirais jamais une chose pareille. Mais ne comprends-tu donc pas qu'elle s'est servie de moi ?

— Je ne me rappelle pas t'avoir vu la repousser...

— Bien sûr que non. Je suis un homme. J'ai des désirs. Comme elle. Comme toi, cousine... exactement comme toi.

Pourquoi l'air devient-il aussi immobile ? se demanda Lucinda.

Les oiseaux avaient joué à chat juste au-dessus des vaguelettes du lac, mais avaient soudain disparu. Elle n'entendait plus que le coassement des grenouilles dans l'herbe des berges et les battements de son cœur.

— Que sera ta vie sans un homme véritable, cousine ? Es-tu prête à renoncer à tout espoir de plaisir ? Pour le vieil oncle Victorio ? Il te montera sans doute une ou deux fois avant que son esprit ne décline complètement. Une, deux fois, puis quoi ? Des mois ? Des années ? Quel espoir auras-tu alors, ma cousine ? Qu'un jour *tio* Victorio réussisse à rester assez longtemps éveillé pour gagner ta couche ? Tu seras une épouse, mais seras-tu une femme ?

Lucinda avait envie de crier, de gifler Geraldo, de déchirer son air si suffisant, mais ses lèvres et ses bras étaient paralysés. Elle ne pouvait s'empêcher de continuer à l'écouter.

— Que vas-tu faire ? Les femmes des harems ont des engins. Vas-tu trouver le moyen de t'en procurer un ? Vas-tu en utiliser un ? Ou te trouveras-tu un eunuque à la langue longue et douce ? Babouche, par exemple... bien qu'il se soit élevé dans le monde, à ce que j'ai entendu dire. En tout cas, il était disposé à te faire un shampooing... Beaucoup de femmes disent préférer les hijras à leur mari.

Les oreilles de Lucinda s'échauffaient, les joues lui brûlaient, mais elle ne trouvait rien à répondre.

— Mais il y a une alternative, ma cousine... Moi. Pense à ce que je te propose. Nous sommes parents. Notre langue, nos habitudes, nos tempéraments sont semblables. En ce pays étranger, toi et moi avons beaucoup en commun. Y compris des besoins, cousine.

Elle retrouva enfin l'usage de sa langue :

— Va-t'en. Disparais.

Geraldo sourit, puis se leva, la saisit par les épaules et pencha son visage vers le sien. Mais il ne baisa que son front. Comme par hasard, quand il s'écarta, ses doigts effleurèrent ses seins.

— Demande à ton amie, ta sœur, comme tu l'appelles. Demande-lui si les moments que nous avons passés ensemble n'ont pas été plaisants. Demande-lui si elle n'a pas été satisfaite. Souvent. Demande-le-lui.

— Va-t'en.

— Lorsque ce cher vieux *tio* Victorio s'effondrera sur toi comme un poisson à l'agonie, lorsque tu seras coincée sous ce corps flasque et décrépit, pense à moi, ma chère cousine. Pense à moi comme je penserai certainement à toi.

Sur ce, Geraldo s'éloigna. Cette fois-ci, ses bottes claquèrent durement sur les dalles. Lucinda se tourna et regarda de nouveau de l'autre côté du lac, en maudissant les dernières paroles qu'elle avait dites à Pathan.

Celui-ci ne revint pas le soir même. Il franchit la chaussée menant au palais le lendemain matin à l'aube. Dès que lui et sa suite furent entrés dans la cour, il fit savoir qu'ils partaient immédiatement.

Maya et Lucinda arrivèrent bras dessus bras dessous, leurs têtes toutes proches. Elles n'avaient pas besoin de domestiques pour les aider à porter leurs maigres bagages. Geraldo, qui les regardait d'un air froid et amusé, suivit des yeux le contour du sac à bandoulière de Maya.

— Prêtes ? demanda-t-il.

Le sourire ironique qui avait paru si séduisant à Lucinda dans le bureau de Carlos, à Goa, l'irritait maintenant. Geraldo eut un petit rire et se tourna vers Pathan.

— Quel est le palanquin de ces deux-là, capitaine ?

Pathan l'indiqua d'un signe de tête. En un cérémonial excessif, Geraldo escorta les deux jeunes femmes jusqu'au palanquin porté par huit hommes que Pathan avait amené. Aucune des deux ne regarda dans sa direction. Lorsqu'elles y arrivèrent, il leur fit une grande révérence et s'éloigna avec nonchalance en gloussant de rire.

— Etes-vous bien installée, madame ? s'enquit le vieux palkiwallah tandis qu'elles prenaient place parmi les coussins. Et vous, madame ?

Elles lui répondirent que oui. Maya se glissa dans un coin, s'assit, sortit son livre en feuilles de palmier et le posa sur ses genoux tandis que Lucinda faisait bouffer ses jupes et jupons.

— Il ne nous manque plus que Babouche, dit-elle d'un air piteux.

— Il ne sera là que trop tôt, répondit Maya.

Le palkiwallah rassembla ses hommes, qui prirent leur poste aux perches de portage. Maya se pencha à l'extérieur entre les rideaux.

— Et notre hôtesse, capitaine ? s'enquit-elle.

— Je crois qu'elle ne viendra pas, répondit Pathan, déjà en selle.

— Vous vous trompez, monsieur.

Chitra arrivait, telle qu'ils l'avaient vue la première fois : son châle doré tourbillonnait dans la brise derrière elle, sa longue canne de marche tapait contre les dalles à chaque pas et Lakshmi, plus menue que jamais, la tenait par la main. Pathan mit pied à terre et, à la surprise amusée de Geraldo, s'agenouilla et posa la tête sur les pieds de Chitra.

— Relevez-vous, mon garçon, dit-elle.

Elle le tira par la manche pour qu'il se remette debout et lui chuchota quelque chose à l'oreille. Lucinda le vit secouer la tête et murmurer « Non ». Chitra sourit avec indulgence, comme une mère sourit lorsque l'enfant d'une autre n'est pas sage.

— Les filles, ordonna Chitra.

Lakshmi la guida jusqu'au palanquin. Lucinda se glissa dehors pour l'embrasser. Comme la joue de Chitra touchait la sienne, elle l'entendit murmurer :

— Soyez courageuse, ma sœur. Ne m'oubliez pas.

Lorsqu'elle leva les yeux, elle vit Lakshmi qui la regardait.

— Viens ici, dit-elle à la fillette sur une impulsion en fouillant dans son sac.

Elle trouva enfin ce qu'elle cherchait : le médaillon avec le portrait miniature de Manuel d'Oliveira, toujours monté sur sa chaînette en or.

Elle rassembla le tout, le mit dans la main de Lakshmi.

— Garde la chaîne et jette le reste, murmura-t-elle.

Elle sut à la tête que fit la fillette qu'elle conserverait le tout comme un souvenir nimbé de mystère.

Chitra et Maya avaient fini de s'embrasser. Chitra se redressa.

— Maintenant va, sous la protection de la déesse, dit-elle. N'oublie pas les moments que tu as passés ici et souviens-toi de moi !

Chitra s'écarta du palki et les porteurs soulevèrent les perches. Quand ils se redressèrent, le palanquin oscilla. Lucinda regarda Chitra et fut surprise de la voir faire un signe à Pathan comme si elle le voyait.

— Venez, venez ici, capitaine. Faites ce que vous devez ! lança-t-elle.

Apparemment à contrecœur, Pathan descendit de cheval et alla à pas lents au palanquin et au côté de Lucinda. Il jeta un coup d'œil à Chitra, tournée à peu près dans sa direction, puis regarda Lucinda dans les yeux. La force de son regard était telle qu'un frisson parcourut son ventre. Il se pencha finalement vers elle et posa ses lèvres entre la joue et l'oreille de la jeune fille. Elle sentit son souffle, pareil à un murmure silencieux, mais il ne dit rien. Puis il se redressa en cherchant ses yeux.

— *Eu desejo tu,* dit-elle en réponse à son silence.

Les mots lui avaient échappé. Elle se mit à

trembler. Pathan la regarda bizarrement – il avait entendu ses paroles mais ne les avait pas comprises. Il repartit à pas lents, avec raideur, vers son cheval. Elle ne le quittait pas des yeux. Il ne se retourna pas. De son cheval, Geraldo avait tout vu et il avait peine à contenir son amusement.

— Nous partons ! cria Pathan une fois en selle.

Il agita la main et conduisit la lente procession hors de la cour du palais. Derrière eux, Chitra et Lakshmi faisaient aussi des signes de la main. Quand ils arrivèrent sur la longue chaussée menant à la rive du lac, Maya se glissa à côté de Lucinda.

— Qu'as-tu dit ? demanda-t-elle.

Lucinda était incapable de répondre.

Les porteurs faisaient de leur mieux pour ne pas marcher au même pas et y parvenaient presque à coup sûr. Lorsque, par hasard, leurs pas étaient à l'unisson, le palanquin faisait des bonds et des embardées avant de reprendre une allure plus régulière quand les foulées des porteurs redevenaient indépendantes.

— Ce n'est pas pareil qu'à dos d'éléphant, tu ne trouves pas ? fit Maya en souriant.

Lucinda était trop absorbée dans ses pensées pour lui répondre.

Quand elles arrivèrent de l'autre côté, Maya se retourna pour regarder une dernière fois le Palais du Lac.

— J'aurais aimé encore danser au temple, murmura-t-elle pour elle-même. J'aurais aimé passer plus de temps avec Chitra et Lakshmi. Je ne les reverrai sans doute jamais.

— *Eu desejo tu,* fit Lucinda.

Maya leva les yeux.

— C'est ce que je lui ai dit. C'est sorti comme ça, avant que je ne m'en rende compte.

Maya dressa un sourcil, dans l'expectative.

— Il n'a pas compris. Comment aurait-il pu ? fit Lucinda à voix basse. Ça signifie : « Je te désire. »

Elle se tourna vers Maya, les larmes aux yeux.

— Pourquoi n'a-t-il rien dit ?

Maya lui prit la main. Derrière eux, le palais se cachait derrière les brumes qui montaient du lac.

— Ne pouvais-tu savoir à son regard ? A son souffle ?

— Pourquoi est-il resté silencieux ?

— C'est un homme. Je suis désolée pour toi, ma sœur.

— Que va-t-il advenir de nous ? murmura Lucinda.

Maya se contenta de secouer la tête.

Le futur époux de Lucinda Dasana rota. C'était son heure.

C'était sa caravane, c'étaient ses hommes. Le feu qui éclairait leurs visages était son feu. Le vin qu'ils buvaient était son vin. Comme pour mieux l'affirmer, il rota de nouveau.

— Vous mangez trop vite, *senhor* Souza, lui fit remarquer Babouche en souriant à travers les flammes. Ou peut-être mangez-vous trop ? Peut-être aussi le cuisinier engagé par *senhor* Deoga n'est-il pas bon...

— Non, *senhor* eunuque, vous vous méprenez, fit Victorio avec un grand geste du bras, renversant du vin de la cruche. Ma digestion me joue des tours, voilà tout.

— Il se peut que vous vous soyez enrhumé, monsieur, persista Babouche de sa voix flûtée, douce comme le miel. Je vois que vous avez les yeux chassieux...

— C'est à cause de la fumée.

Victorio gonfla les joues, signe annonciateur d'un autre renvoi. Il se leva de sa chaise pliante et parodia une révérence, renversant encore un peu de vin.

— Gentilhommes... bonnes gens, corrigea-t-il avec un signe de tête en direction de Babouche, je suis à vous tout de suite. Il faut que j'aille prendre mon... mon médicament, expliqua-t-il avant de se diriger vers sa tente d'un pas chancelant.

— Son médicament, marmonna Gama dans sa barbe. Il est malade ?

— Son dravana, Deoga, dit Babouche avec suffisance. Vous ne le saviez pas ? Vous ne le deviniez pas ?

Après une journée de voyage pénible depuis Bijapur, la caravane avait dressé le camp pour la nuit sur un vaste pâturage devant Sunag, à un tiers de la distance les séparant de Belgaum. Un million d'étoiles scintillaient dans le ciel. Des chauves-souris tournoyaient à travers les étincelles et la fumée qui montaient du feu de bivouac.

— Dravana ? Que voulez-vous dire ? demanda

Gama en lançant un regard inquisiteur à Babouche, qui sourit.

— Vous êtes vraiment mal informé dans certains domaines, Deoga. Vous devriez m'accorder davantage d'attention, mon cher ami. Songez à tout ce que vous apprendriez.

Gama se détourna pour ne pas voir l'air insinuant de Babouche, qui poursuivait :

— Les dravanas, si vous voulez le savoir, sont les remèdes au manque de désir. Les frères ont des maîtres hakims formés aux kamashastras. Pourquoi croyez-vous que Souris a de l'haratala ?

— Vous ne voulez pas parler de l'arsenic ? fit Gama, le mot lui échappant malgré lui. Pourquoi Victorio... ?

— Vous n'avez pas besoin de me croire. Voilà Victorio qui revient. Demandez-le-lui.

Babouche parut extrêmement amusé par l'air horrifié de Gama. Mais cela ne dérangeait pas du tout Victorio. Bien qu'il fît la grimace comme si son ventre était crispé, c'est en riant à travers ses larmes qu'il répondit :

— Bien sûr que je prends des dravanas ! Qu'est-ce que vous vous imaginiez ? Je vais retrouver ma jeune épouse. Que dirait-elle si ma fonte ne lui témoignait aucun intérêt, hein ?

Il poussa un grognement, fit un clin d'œil et leva le poing en un geste suggestif.

— Elle sera satisfaite, croyez-moi.

Gama s'efforça de ne rien montrer de ce qu'il ressentait. Victorio et Babouche le remarquèrent et rirent de lui. Ils s'arrêtèrent au bout d'un moment et fixèrent le feu, plongés dans leurs pensées. Finalement, Victorio se racla la gorge.

— Gama, ce garçon, votre cousin... comment s'appelle-t-il ?

— Geraldo... répondit Gama, bien qu'il sût que Victorio se souvenait de son nom et ne voulait tout simplement pas le prononcer.

— Oui, peu importe... Diriez-vous qu'il est séduisant ?

— Demandez-le-lui, répondit Gama en désignant Babouche, qui se détourna comme s'il rougissait.

— Il est beau garçon, *senhor.* Mais je n'ai pas une bonne opinion de lui. Il est d'une nature violente, qu'il cache. Je crois qu'il est dangereux.

— Mais beau garçon, vous dites, répéta tristement Victorio.

Babouche dodelina de la tête de manière indécise, comme s'il répugnait à le confirmer.

— Croyez-vous que Lucie le remarquera ?

La gêne de Babouche disparut.

— Oh ! monsieur, je ne crois pas qu'il soit son genre. Non, pas du tout. Elle est si douce... Il n'y a pas en elle une once de violence, de méchanceté....

A ces mots, Victorio, les sourcils levés, lança à Gama un regard lui intimant de se taire.

— Ce Geraldo n'est pas un gentilhomme, monsieur. C'est un coquin ! Et il me doit de l'argent.

Babouche avait fini sa phrase en faisant un grand clin d'œil à Gama.

— Quoi ! Il vous doit de l'argent ? Cela paraît très vilain de sa part.

Victorio rit doucement, s'essuya les yeux avec le poignet de sa chemise.

— Mais en êtes-vous sûr ? Ma chère fiancée Lucie est si innocente… Si elle apprenait…

— Vous vous méprenez sur son compte, *senhor.* Elle a le goût et le raffinement que l'on trouve chez tous les membres de votre famille, à l'exception de ce garçon, un coquin qui confirme la règle. De plus, quelle femme ne préférerait pas un homme comme vous ? Avec votre expérience. Et votre richesse. Elle vous a aimé toute sa vie et vous allez enfin être son époux. Elle doit délirer de joie ! Vous allez avoir un héritier en un rien de temps !

Mal à l'aise, Victorio changea de position.

— Vous avez raison, *senhor* castrat. Seulement Geraldo est un lointain héritier de la fortune des Dasana…

— Pas si lointain, intervint Gama.

Victorio le regarda avec un froncement de sourcils.

— Vous n'avez pas remarqué que beaucoup de Dasana sont morts, ces temps-ci, monsieur ? En fait, il ne reste que Lucie et vous. Geraldo vient après vous deux. Il n'est pas si loin !

Victorio cligna à nouveau ses yeux rouges et larmoyants.

— Vous vous moquez de moi, dit-il sur le ton de la réprimande.

Mais Gama, très sérieux, entreprit d'énumérer soigneusement les noms sur ses doigts. Ce cousin mort, cet oncle décédé, ce frère disparu, et ainsi de suite. Victorio semblait de plus en plus inquiet.

— Je n'avais pas conscience de cela... dit-il au bout d'un moment. Il pourrait très bien se retrouver avec toute la fortune. Il va falloir que je sois plus poli avec lui, la prochaine fois. Il est en bonne position pour hériter de tout, semble-t-il. A moins que je n'aie un héritier...

— Et votre associé ? dit Gama.

— Les associés vont et viennent, monsieur, répondit Victorio. Seule la famille est éternelle.

Babouche avait écouté la conversation, de plus en plus agacé.

— La seule chose dont vous parlez, vous autres *farangs*, c'est de votre parentèle, se plaignit-il enfin.

— La famille est tout, *senhor*, répondit Victorio en faisant un signe de tête à Gama pour qu'il donne son assentiment.

— Je vous prie d'excuser mon incorrection, *senhor* eunuque, mais la généalogie est mon sujet d'étude favori, confirma Gama.

— Oui, *senhor* castrat, il dit vrai. Gama a le don le plus ennuyeux qui soit, celui de se souvenir de l'arbre généalogique de tout le monde. Abordez le sujet et il se révélera intarissable. Il est comme le livre du percepteur – tout y est noté dans le moindre détail et rappelé trois fois. Il est tout à fait étonnant, dans ce domaine. C'est pourquoi tout le monde se méfie de lui comme de la peste, expliqua Victorio en souriant.

Gama sourit à son tour.

— Je suis sûr que c'est la même chose partout. Je suis sûr que les nobles de Bijapur...

— Oh ! les nobles... qui se soucie d'eux ? Les frères ne s'intéressent pas à la généalogie.

— Vous ne vous posez pas de questions à propos de vos parents ? demanda Gama avec ardeur. De vos frères et sœurs ? Peut-être n'avez-vous pas d'enfants, mais il se peut que vous ayez des nièces, des neveux...

Babouche leva la main en un geste impérieux.

— La famille vous trahit, Deoga. La famille est un poison. La première chose que les frères apprennent, c'est à l'oublier. Nous n'avons pas de parents, pas vraiment. Nos parents sont morts, nous ont vendus ou étaient eux-mêmes esclaves. Et les frères n'ont pas de descendance. Nous n'avons donc que nos pareils, et encore pas pour bien longtemps. Les frères sont comme des fleurs ; certains fleurissent, certains se fanent alors que nous les regardons, d'autres continuent de vivre dans notre souvenir, pour un temps du moins. A la fin, tous seront oubliés, comme je le serai. J'en remercie Allah, qui m'a fait tel que je suis. Et croyez-moi, c'est mieux ainsi, Deoga. Oublier, et non se souvenir. Vous autres *farangs* êtes encombrés par votre passé. Le passé rend fou. Il empêche d'agir judicieusement.

Après que les autres eurent regagné leurs tentes pour la nuit, Gama resta longtemps à contempler le feu. Après s'être assuré que personne ne le regardait, il glissa la main sous son oreiller et en tira une lettre et deux sacs de toile similaires. Il étala la lettre par terre pour qu'elle soit éclairée par les flammes et la relut.

Elle lui avait été apportée par un messager, qui les avait rejoints après la halte. C'était une lettre de Pathan. Le bourak écrivait qu'il partait de Belgaum en emmenant tout le monde, comme dame Chitra l'avait demandé. Il projetait de se rendre sur les terres de sa famille à Konnur, puis de continuer vers Sunag en espérant l'y retrouver.

Gama n'avait évidemment aucune carte de la région – seulement l'image qu'il s'en était faite en la parcourant. Mais il n'avait pas voyagé là longtemps et n'avait donc qu'une vague idée de la distance à laquelle se trouvait Sunag.

Il fit quelques calculs. Si tout s'était passé comme Pathan l'avait prévu, Lucinda, Maya et les autres se trouvaient maintenant chez lui à Konnur – une maison de campagne sur ses terres, comme il l'avait appelée. Gama se demanda comment ils y étaient logés.

S'ils allaient vite, ils pourraient rejoindre Pathan et les autres le lendemain. Gama décida de partir au point du jour. Comme ils devaient obliquer vers l'ouest et pénétrer dans les collines de Gokak, leur progression serait ralentie.

Demain, pensa-t-il. Nous allons les retrouver demain. C'est demain que tout se réglera.

Ou après-demain, corrigea-t-il avec regret. Car ces choses-là ne se font jamais rapidement.

Il replia la lettre et tira les deux sacs jumeaux près du feu. Seules quelques flammes léchaient les braises rougeoyantes. Gama lança un regard circulaire. Personne. Il se demanda si ceux du clan des Trois-Points étaient vraiment dans les parages et, comme promis, veillaient sur eux sans se montrer. Il tendit l'oreille, n'entendit que les coassements des grenouilles arboricoles et le hululement des chouettes. Pas un chien n'aboyait, nul chacal ne poussait sa plainte. Le silence le troublait. Un ronflement sonore s'échappa alors de la tente de Victorio. Gama sourit, soudain plus à l'aise.

Il ouvrit les sacs avec désinvolture, comme si peu lui importait d'être vu. Il en renversa le contenu dans sa main et étendit les deux sacs vides près du feu. Puis il disposa avec soin sur son tapis de couchage les deux coiffes : des perles et des diamants reliés par un fil d'or en une délicate résille. C'était du moins de quoi ils avaient l'air au premier coup d'œil.

Etait-il facile de les différencier ? Un eunuque en aurait été capable – n'est-ce pas ce qu'avait dit le bijoutier ?

Le plan mûrissait dans son esprit depuis des jours maintenant.

Dois-je faire cela ? se demandait-il. Après tout, me voilà maintenant associé à Victorio.

Il secoua la tête. Les associés vont et viennent, se répéta-t-il d'un air piteux. Pourquoi hésiterais-je ? Aucun d'eux n'hésitera à me tromper.

Gama savait ce qui le retenait. La vraie coiffe, il en était maintenant certain, était la Résille de Ruci, et appartenait à Maya. Comment pouvait-il supporter l'idée de lui faire du mal, elle si innocente, si belle ? Il essaya d'imaginer son visage, sa haine aveugle s'il mettait son plan à exécution.

Mais sa mémoire était défectueuse et il fut incapable de se rappeler la perfection de ses traits. Il songea alors à Lucinda et se souvint d'elle avec une étrange clarté.

Est-ce que ton plan va lui faire du tort à elle aussi ? s'interrogea-t-il. C'est une meurtrière. Qu'est-ce que ça change ?

Gama ferma fort les yeux, soudain furieux.

Il rangea les deux coiffes dans leurs sacs et les fourra dans ses poches.

Qui veille sur moi ? pensa Gama. Qui s'inquiète de moi au point d'en perdre le sommeil ? Le monde est cruel et j'ai assez vécu pour savoir que moi aussi je dois l'être. Il est temps que je commence à songer à moi.

Puis la pensée lui vint : son plan allait porter tort à Victorio plus qu'à tout autre. Tout en se délectant de cette idée, il piétina le feu mourant sous ses grosses bottes. Une gerbe de cendres rougeoyantes pareilles à des étoiles vola dans les airs.

Pathan et Geraldo chevauchaient de front devant le palki. Ils ne disaient mot.

Du palanquin, Lucinda quittait rarement Pathan des yeux, bien que celui-ci ne se retournât jamais pour la regarder. La rigidité de sa posture, généralement si fluide, la convainquait qu'il bouillait de colère.

Après avoir fait le tour du Palais du Lac, leur route traversait Belgaum et passait devant le dargah où elle était allée avec lui. Elle avait l'impression que cela s'était passé dans la vie de quelqu'un d'autre.

On apercevait à peine le dôme blanchi à la chaux de la sépulture du saint au-dessus des murs de l'enceinte. En approchant, Pathan posa sa main droite sur son cœur et inclina la tête. Lucinda avait la certitude qu'il allait flancher et jeter un coup d'œil dans sa direction, mais au lieu de cela il se redressa et regarda résolument devant lui. Elle vit de l'insolence dans ce geste, comme s'il voulait montrer qu'il ne se souciait ni d'elle ni de quiconque.

Au-delà de la ville, la route montait en serpentant vers un col de montagne. Bien qu'il n'ait pas été aussi spectaculaire et terrifiant que le col de Sansagar, l'endroit réveilla des souvenirs chez les deux jeunes femmes. Sans un mot, elles se déplacèrent jusqu'à se retrouver serrées l'une contre l'autre et Lucinda enroula ses doigts autour du poignet de Maya. Elles restèrent assises ainsi dans le palanquin sur des kilomètres tandis que le soleil s'élevait dans le ciel sans nuages, Lucinda fixant Pathan des yeux, Maya faisant semblant de lire.

Sur le plateau au-delà du col, ils s'arrêtèrent pour déjeuner sous le feuillage d'un margousier près d'un ruisseau. Pendant que les femmes y plongeaient les mains et se lavaient, le palkiwallah étala des couvertures à leur intention ainsi que de la nourriture enveloppée dans des feuilles de bananier. Pathan mangea debout près de son cheval, à l'écart des autres.

— Il me déteste, murmura Lucinda.

— Non, dit Maya.

— Pourquoi est-ce qu'il ne me parle pas ni ne me regarde ?

Maya mit un moment à répondre. Des perroquets jacassaient dans l'arbre et le ruisseau murmurait gaiement.

— C'est un homme et il ne sait que faire. C'est à toi d'agir, ma sœur.

Lucinda baissa les yeux.

— Alors, il n'y a pas d'espoir.

Tandis qu'ils chevauchaient vers l'est, Geraldo rapprocha son cheval de celui de Pathan.

— Je ne suis encore jamais venu dans cette partie de l'Hindoustan, capitaine, fit-il remarquer comme en passant.

— Je croyais que vous ne vouliez plus m'adresser la parole, monsieur.

— Pardonnez-moi, capitaine. J'ai parlé trop vite.

Pathan regarda le *farang*, puis se retourna vers la route.

— Je comprends, dit-il.

Ils n'en chevauchèrent pas moins en silence sur des kilomètres.

Finalement, Pathan se retourna vers Geraldo.

— Que signifie le mot *desejo* ?

Geraldo eut l'air surpris.

— C'est du portugais. Où l'avez-vous entendu ?

— Qu'est-ce qu'il veut dire ? insista Pathan.

— C'est un mot de femme. Les hommes ne l'utilisent pas.

Geraldo observa attentivement l'expression de son interlocuteur avant de poursuivre :

— Haïr. *Eu desejo tu,* « je te hais ». C'est ce qu'une femme pourrait dire à un homme avant de le quitter pour toujours.

Pathan regarda Geraldo quelques instants, les yeux comme des braises.

— Je comprends.

— Est-ce que Lucie...

— Je vous serais reconnaissant d'oublier ce que je vous ai dit, monsieur.

— Naturellement, capitaine, répondit Geraldo avec un grand geste. J'aimerais pourtant savoir...

Mais Pathan avait éperonné son cheval et il trottait maintenant devant.

Il chevaucha à l'écart des autres tout le reste de la journée.

Comme le soleil descendait à l'ouest, les ombres s'allongeant sur la route devant eux, ils atteignirent la crête d'une petite éminence. Les doigts de Lucinda se serrèrent autour du bras de Maya lorsqu'elle vit ce qu'il y avait devant eux. Maya leva les yeux et son livre lui échappa des mains.

A leurs pieds se déployait une vaste vallée verdoyante. En dehors de quelques bosquets de grands arbres ici et là, chaque arpent de terre était couvert de vignes.

Maintenant que la mousson était passée, les vignes éclataient d'une vie nouvelle : feuilles d'un vert clair brillant, fleurs, raisins jaune pâle et jeunes vrilles qui se tordaient avec une telle profusion qu'à cette distance on avait l'impression que les pieds de vigne formaient une brume au-dessus du sol. Le moins imaginatif des porteurs de palki regardait autour de lui et soupirait, car dans ces plantes, ces feuilles, on voyait la vie célébrer la vie. Silencieuses, enthousiastes, triomphantes, ces vignes fabriquaient des fruits à partir du sol et du soleil. La vallée chantait, palpitait de vie.

— Hé ! Mounna, lança le palkiwallah. Nous sommes presque arrivés !

Pour la première fois au cours de ce voyage, Pathan jeta un coup d'œil en arrière. Il rayonnait. Lucinda ne se rappelait pas quand elle l'avait vu sourire ainsi.

Mounna, pensa-t-elle. C'est comme ça qu'on l'appelle ici. C'est comme ça qu'il voulait que je le connaisse.

Elle se força à détourner les yeux afin de ne pas voir son sourire s'évanouir s'il venait à regarder vers elle.

— Nous ne sommes pas loin de chez vous ? s'enquit Geraldo.

Pathan acquiesça.

— Gama a dit que votre famille possédait une ferme.

— La voilà, monsieur.

— Qu'est-ce qui vous appartient ?

Pathan balaya de la main tout le paysage devant eux. Geraldo poussa un sifflement admiratif.

— Et il y a aussi une maison ?

Pathan hocha à nouveau la tête et indiqua au-dessous d'eux une sombre rangée d'arbres qui partait d'un coude de la route.

— Ma maison est là, monsieur, parmi ces arbres. Nous y serons bientôt.

Les porteurs du palanquin avaient accéléré l'allure, sentant la maison proche. Comme ils descendaient la colline au trot, le palki faisait des bonds. Lucinda trouvait cela étrangement grisant.

Les vignes poussaient ici jusqu'au bord même de la route. Elle regardait au passage entre les rangées palissées et voyait les ombres vert sombre projetées par les feuilles brillantes. Il flottait dans l'air un parfum qui rappelait le vin et le miel.

Ils allaient bon train maintenant, car la route était facile et les porteurs avaient le cœur plus léger. Au pied de la colline, dans la partie la plus fertile de la vallée, les vignes étaient hautes et les raisins bien visibles. Quelques centaines de pas plus loin, Pathan obliqua dans l'allée ombragée par des margousiers qui menait chez lui.

Au bout du tunnel de verdure, on apercevait une longue colonnade de gracieux arcs de pierre. En approchant, Lucinda se rendit compte que c'était du marbre, d'un rose pâle doré. La teinte lui rappelait la couleur de sa peau et de celle de Maya.

Pathan sauta à terre prestement et vint à Geraldo.

— Veillez, par courtoisie, à ce que ces femmes soient confortablement installées.

Il avait l'air si égaré que même Geraldo comprit : il ne supportait pas la perspective de se trouver face à Lucinda. Pathan le présenta à Shaheen, son intendante, au moment où arrivaient les porteurs du palanquin.

Shaheen donnait l'impression de ne manger que des nourritures amères, pensa Lucinda, et encore, pas beaucoup. Ce qui expliquait ses clavicules et son sternum proéminents, les veines saillantes de ses bras maigres et ses lèvres pincées. Elle lorgna les visiteurs d'un air soupçonneux.

La mine décidément revêche, elle les précéda le long de la colonnade qui entourait la maison. Un domestique portait les maigres bagages des deux jeunes femmes. Elle leur fit poliment le résumé de l'histoire de la famille, de la maison et du vignoble. Lucinda avait le sentiment qu'il lui en coûtait d'être courtoise. Elle se demanda ce que Pathan lui avait dit.

De temps en temps, ils passaient devant des corridors voûtés qui menaient à une cour intérieure et apercevaient le jardin tiré au cordeau et les fontaines murmurantes. De l'autre côté de la maison, la colline descendait en pente douce et la véranda dominait le vignoble de la vallée.

— Avec toutes ces vignes, vous devez avoir du vin... et pourtant le capitaine ne boit pas... fit observer Geraldo, en souriant à Lucinda et à Maya comme pour les inviter à goûter l'ironie de sa remarque.

Shaheen s'efforça de paraître aimable, bien

qu'en vérité son visage semblât peu habitué à prendre une telle expression.

— Voilà des générations que la famille produit du vin, monsieur. Mais comme Mounna est un cheikh, il ne boit pas.

Elle ouvrit la porte d'une chambre spacieuse et aérée. Le clapotement de l'eau d'une fontaine leur parvenait par les fenêtres de l'autre côté.

— Ce sera votre chambre, madame, annonça-t-elle à Lucinda.

— Nous resterons ensemble, si cela ne vous dérange pas, dit Maya.

Shaheen fronça les sourcils, mais accepta d'un haussement d'épaules.

— Je vais montrer sa chambre à monsieur et je reviendrai voir s'il ne vous manque rien.

Geraldo lança un regard amusé aux deux filles et suivit Shaheen. L'écho des talons de ses bottes contre les dalles de pierre de la colonnade s'évanouit au loin.

— Il a une belle maison, dit Lucinda quand Shaheen fut partie.

La chambre était meublée de deux lits bas, installés contre le mur en plâtre passé à la cire. Le sol était fait de carreaux de marbre disposés en étoile persane et une demi-douzaine de lampes à abat-jour percé de trous étaient suspendues aux poutres du haut plafond, prêtes à être allumées. En allant à la fenêtre qui donnait sur la cour, Lucinda sentit les larmes lui venir. Comme elle approchait, un colibri passa à toute allure et alla se mettre à l'abri dans un massif de rosiers tout proche. De l'eau se déversait en cascade d'une fontaine en escalier et jasait gaiement.

Défaire leurs bagages ne leur prit guère de temps. Des domestiques apportèrent des cuvettes métalliques et de délicates serviettes en batiste. Comme elles finissaient de se laver les mains, Shaheen réapparut.

— Je ne voulais pas être brusque, dit-elle, mais cet homme me mettait mal à l'aise.

— C'est mon cousin, madame, dit Lucinda.

Le visage de Shaheen, jusque-là si revêche, s'adoucit quand elle regarda son invitée.

— Mounna m'en a touché quelques mots.

— Qui est Mounna ? demanda Maya.

— Pathan, répondit Lucinda avant de regarder Shaheen en rougissant.

— Les vieux domestiques l'appellent toujours par son surnom d'enfant, expliqua celle-ci en jetant un coup d'œil à Lucinda. Après la mort de sa mère, c'est surtout moi qui me suis occupée de lui. Il est pour moi comme un fils.

Shaheen regarda de nouveau Lucinda.

— Voulez-vous visiter sa maison ?

— Oui, s'il vous plaît, répondit Lucinda avant de se remettre à rougir.

Shaheen paraissait maintenant beaucoup plus à l'aise. Elle n'arrêtait cependant pas de couler des regards en direction de Lucinda. Celle-ci supposa qu'elle n'avait pas eu beaucoup de contacts avec des étrangers.

C'était inhabituel qu'une femme régisse un domaine comme celui-ci, expliqua Shaheen, mais son père avait été intendant du père de Mounna et la fonction lui était échue si progressivement et complètement que personne n'avait paru remarquer quand la passation de pouvoirs avait eu lieu exactement. Certains avaient exprimé leur désapprobation, mais Mounna n'avait pas été long à les faire taire.

Pour Shaheen, chaque colonne, chaque entaille et fissure du plâtre ciré avait une histoire. Tandis qu'elles marchaient, elle donnait une voix à la maison. Celle-ci, Lucinda ne tarda pas à s'en rendre compte, était imprégnée des souvenirs de Pathan et de toute sa famille. De temps en temps, elle effleurait les murs de ses doigts, comme si les impressions qui y étaient accumulées avaient pu se transmettre directement à travers ses mains.

Elles restèrent longtemps dans le jardin, où Shaheen nomma chaque fleur et arbuste, rappelant souvent qui avait planté quoi. Les rayons dorés et bas du soleil projetaient des ombres mystérieuses. Abeilles et colibris passaient en vrombissant, attirés par le nectar parfumé omniprésent.

Shaheen s'arrêta près d'un buisson de roses blanches pour leur montrer la dalle sur laquelle le frère aîné de Pathan avait trébuché et s'était fendu le crâne.

— Il est mort quelques jours plus tard. Mon Mounna était inconsolable. C'est qu'ils étaient en train de jouer, de courir et de crier, rompant le calme dont leur père avait fait une règle. Mon Mounna se sentait responsable de la mort d'Abou. Cela l'a rendu sérieux et mélancolique.

Elle jeta à nouveau un coup d'œil à Lucinda qui, mal à l'aise sous son regard, se détourna.

Après avoir visité toute la maison, Shaheen les emmena voir les dépendances.

— Avez-vous un mari, Shaheen ? demanda Maya.

— Ça n'a pas été mon lot en cette vie, répondit l'intéressée, qui sourit et ajouta : Mais j'ai mon Mounna. Cela doit être suffisant, non ? J'imagine que ça me manque de ne pas avoir de mari, fit-elle en lançant un regard espiègle à Maya, mais pas trop. Mon Mounna est un jeune homme si admirable que je ferais sans cesse la comparaison, je crois. Et qui pourrait la soutenir, je me le demande ?

Bien qu'elle ne regardât pas dans la direction de Shaheen, Lucinda sentait encore les yeux de l'intendante posés sur elle. Elle s'interrogea sur cette insistance et devina que Pathan lui avait parlé d'elle. Que lui avait-il dit ?

Shaheen leur montra le pressoir, conçu de telle façon qu'un bœuf pouvait le faire fonctionner, et la cave, une longue caverne artificielle où, à la lumière tremblotante de lampes à beurre, elles virent des rangées et des rangées de jarres d'argile rouge.

— C'est ici que l'on fait le vin, expliqua Shaheen. Ces jarres ne vont pas tarder à être vendues. Il fait toujours frais ici. L'été, Mounna y passait des heures entières. Il disait que ça lui faisait penser à une tombe. Mais je crois qu'il voulait simplement éviter la chaleur.

Elles montèrent l'escalier au fond de la cave et

ressortirent dans une sorte de parc, une vaste pelouse ombragée par les branches énormes d'arbres centenaires. A l'est le ciel s'assombrissait, à l'ouest le soleil se couchait dans une débauche de couleurs. Shaheen les précéda par une porte en fer ménagée dans un mur blanchi à la chaux.

— Les tombes de beaucoup de membres de la famille se trouvent ici. La plupart sont enterrés là, près de la maison et des vignes dont ils se sont occupés.

L'endroit rappela à Maya le jardin de dame Chitra, tant il y avait d'arbres et de fleurs autour des tombes en marbre d'un blanc étincelant. Beaucoup de ces tombes étaient marquées, comme souvent les tombes musulmanes, par un simple prisme triangulaire de pierre d'à peu près la taille d'une personne. La forme de certaines de ces pierres, soumises pendant des années aux intempéries, avait été adoucie, rendue irrégulière. Quelques-unes étaient drapées dans un morceau d'étoffe, une ou deux jonchées de pétales de fleurs.

Une sorte de maison avait été construite d'un côté de l'enceinte. Sur les murs, des panneaux peints montraient des cruches, des coupes, des feuilles et des vignes enlacées. Shaheen expliquait qui était enterré là, mais l'attention de Lucinda fut attirée par un petit bâtiment surmonté d'un dôme, à l'autre bout de l'enceinte. Sans un mot, elle se dirigea vers lui.

L'édifice était semblable au dargah du saint de Belgaum, en plus petit. Ne sachant trop quelle était sa fonction, elle n'en franchit pas le seuil et se contenta de regarder à l'intérieur, plongé dans la pénombre. L'idée extravagante lui vint brusquement que Pathan se trouvait là, agenouillé comme il l'était au dargah. Mais les lieux étaient déserts, bien que le drap sur la tombe ait été couvert de fleurs fraîches et la mèche de la lampe à huile taillée récemment.

— Ne restez pas là !

Lucinda se retourna : Shaheen était derrière elle, les sourcils froncés.

— C'est la tombe d'un saint et les femmes n'ont pas le droit d'entrer.

Lucinda baissa la tête et suivit l'intendante sur le passage dallé, où elle s'arrêta pour reprendre sa respiration.

Elle avait aperçu une silhouette agenouillée près d'une tombe et elle avait cru que c'était un jardinier. Lorsque l'homme se redressa, elle vit que c'était Pathan. Il semblait ne pas l'avoir remarquée, ni elle ni personne d'autre. Les yeux fermés, il pressait ses mains jointes contre son visage. Shaheen porta un doigt à ses lèvres et éloigna Lucinda de l'endroit. Elle rattrapa Maya, puis, toujours en silence, conduisit les deux jeunes femmes vers la sortie. Comme elle se hâtait vers la maison, elle chuchota :

— C'est la tombe de sa femme. Je crois qu'il ne s'est jamais remis de sa disparition. Elle est morte en couches. Ç'aurait été un fils s'il n'était pas mort-né. Elle était trop jeune... si jolie, de si bonne volonté, mais trop jeune. Mon Mounna a demandé qu'on mette le bébé dans ses bras et les a fait enterrer ensemble. Il a le cœur tendre. Il n'aime pas qu'on le voie la pleurer ni même qu'on sache qu'il s'est rendu sur sa tombe.

Au retour de Lucinda et Maya, les lampes avaient été allumées dans leur chambre. Elles regardèrent les derniers feux du couchant embraser le ciel, mais bientôt la seule lumière fut donnée par les flammes qui tremblotaient à travers les abat-jour à trous.

On leur apporta le dîner. Après le repas, Shaheen frappa à leur porte pour demander si elles n'avaient besoin de rien. Tandis que les deux jeunes femmes la remerciaient, elle reprit son air revêche et fit délibérément le tour de la chambre, fermant les fenêtres, mettant de l'ordre dans les coussins. Maya, se rendant compte aux regards significatifs de Shaheen qu'elle voulait être seule avec Lucinda, leur dit qu'elle avait besoin de prendre l'air.

Lorsqu'elles furent seules, Shaheen s'assit face à Lucinda, si près que leurs genoux se touchaient presque.

— Vous partez demain matin à l'aube et nous n'avons donc pas de temps à perdre en civilités. Qu'avez-vous fait à mon Mounna, je veux le savoir ? Pourquoi l'avez-vous éconduit ?

Lucinda eut l'impression qu'elle la poignardait.

— Qui êtes-vous pour me demander cela ? Pourquoi m'accusez-vous ainsi ?

— Savez-vous combien il lui est difficile d'aimer ? Comme il a un grand cœur, il faut une grande flamme pour le chauffer et ensuite beaucoup de temps pour qu'il fonde. Pourtant, vous avez réussi à faire fondre son cœur. Je le sais. J'ignore pourquoi il vous aime. Peu importe. Ce qui m'importe, c'est son grand cœur. Il est toute la famille qui me reste.

Shaheen leva le visage vers Lucinda, qui était troublée par son sérieux.

— Il vous aime. L'aimez-vous ?

Shaheen posa la question avec une telle gravité que Lucinda fut incapable de répondre. Comme elle lui rendait son regard, frappée de mutisme, le visage dur de l'intendante s'adoucit.

— Oh ! vous n'êtes encore qu'une toute jeune fille, fit-elle en soupirant. Vous ne connaissez même pas le pouvoir que vous exercez sur lui. Vous le troublez.

— Comment pouvais-je le savoir ?

— Arrive-t-il souvent que les *farangs* ignorent ce genre de choses ? Je vous le demande sincèrement. Vous ne le savez vraiment pas ?

— Comment aurais-je pu ? Il ne m'a pas dit un mot de toute la journée... il ne m'a même pas regardée !

Shaheen posa la main sur celle de Lucinda.

— Même une *farang* devrait savoir cela. Vous devriez le savoir à la façon dont il ne vous a pas parlé... dont il ne vous a pas regardée...

— Vous a-t-il parlé de moi ?

Shaheen hocha la tête. Elle était sur le point de répondre quand Lucinda leva la main.

— Ne me répétez pas ce qu'il a dit. Je ne le supporterais pas.

— C'était de douces paroles...

— Alors, je supporterais encore moins de les

entendre. Ne vous a-t-il pas dit que je suis promise à un autre ? Je vais à la rencontre de mon futur époux.

Shaheen se redressa et regarda Lucinda comme si elle la voyait pour la première fois. Puis elle porta les mains à sa tête et commença à se lever.

— J'ai eu tort de venir. Je ne savais pas.

Des larmes coulèrent sur les joues de Lucinda.

— C'est mon oncle et il est vieux. Tel est mon lot en cette vie.

— Je vous laisse, dit Shaheen en secouant tristement la tête.

Elle était arrivée à la porte quand Lucinda lança :

— Je penserai à lui chaque jour !

Elle ne sut si Shaheen avait entendu.

— Que voulait-elle ? s'enquit Maya à son retour.

— Elle n'avait jamais vu de corset, mentit Lucinda.

Elle s'était couchée en boule sur le lit de corde bas et avait tiré la couverture sur elle. Maya fronça les sourcils, réfléchit un moment à ces paroles puis n'y pensa plus.

— Qu'est-ce que ça change ? ajouta Lucinda quelques instants plus tard, comme si elle n'avait cessé de penser à ce que lui avait dit Shaheen. Nous serons parties demain, alors qu'est-ce que ça change ?

— Je ne crois pas que nous partions, ma sœur. Pas demain. Une tempête se prépare.

Les volets tremblèrent toute la nuit. Le vent chanta sa mélopée funèbre à travers les interstices autour des portes et fenêtres, et pendant des heures la pluie tambourina sur le toit. Puis le tonnerre gronda, parfois comme un ronflement sonore, parfois en imitant le craquement d'os gigantesques cassés net.

— Je croyais que la mousson était finie, fit remarquer Lucinda.

— J'ai entendu dire qu'il y a encore eu des tempêtes dans les montagnes.

— Quand on croit que c'est fini, ça recommence, dit Lucinda dans l'obscurité peuplée de bruits.

— Quel mal y a-t-il à cela ? fit Maya en riant.

Lucinda ne répondit pas.

Maya avait raison : il pleuvait tant le lendemain matin qu'ils ne purent prendre le départ. Shaheen leur apporta des châles en cachemire, doux et chauds. Elle évita de croiser le regard de Lucinda.

C'est comme cela qu'elle s'excuse, pensa Lucinda. Passer me voir sans rien dire, rester là sans jamais me regarder.

Le comportement de Shaheen expliquait en grande partie celui de Pathan.

Après le petit déjeuner, Maya et elle marchèrent le long de la véranda. Le vent était vif, humide et froid, et après une longue nuit de sommeil intermittent Lucinda se sentait reposée. La pluie dansait sur les flaques qui s'étaient formées au bord de la véranda et il leur fallait parfois sauter par-dessus pour ne pas se mouiller les pieds.

Comme elles tournaient le coin, Lucinda vit Pathan. Il leur tournait le dos et regardait la brume tourbillonner à travers la vallée. Elle souleva ses lourdes jupes cerclées de chiffons et partit en courant. Près de la porte de sa chambre, elle croisa Geraldo, passa à côté de lui sans un mot ni un regard, referma la porte et s'y adossa.

Elle avait à peine repris haleine qu'elle entendit frapper doucement. Ne pouvant s'empêcher d'espérer, elle fut déçue en ouvrant de se retrouver devant Geraldo, son sourire ironique et sa moustache bien soignée. Elle le laissa entrer à contrecœur.

— Tu dois apprendre à me faire confiance, Lucie, déclara-t-il.

Elle s'assit au pied de son lit et le regarda aller et venir dans la chambre nonchalamment.

— Qui d'autre est aussi franc avec toi ? Tu sais tout de moi maintenant... je t'ai tout dit.

Il se retourna et lui fit face, lui montrant le même visage amical et séduisant qu'elle avait vu à Goa, quelques semaines plus tôt. Et c'était vrai : il n'avait jamais caché ses intentions, aussi mauvaises qu'elles aient pu être.

— Je sais que tu as des sentiments pour le bourak, reprit-il. Veux-tu que je t'aide ?

— Pourquoi m'aiderais-tu ?

— Nous sommes cousins, non ? Et les seuls *farangs* au milieu de tous ces étrangers. Cela nous oblige certainement à nous entraider.

Il regarda de côté et ajouta, comme en passant :

— Et puis peut-être seras-tu un jour à même de me rendre service à ton tour.

Lucinda ferma lentement les yeux en se rendant compte à quel point elle avait changé : elle n'était plus la petite cousine d'Aldo, elle était devenue une autre pièce qu'il pouvait jouer sur son échiquier, une autre dispensatrice de richesse et de pouvoir à qui demander des faveurs.

Les choses sont maintenant ainsi, pensa-t-il. A moi d'en tirer le meilleur parti.

— Oui, cousin. Tu peux me rendre un service. Transmets un message à Pathan de ma part.

Elle passa à l'hindi :

— Dis-lui que mes sentiments sont les mêmes que les siens. Dis-lui que je regrette qu'il ait pensé qu'il ait pu en être autrement.

Geraldo leva les sourcils et lança un regard approbateur à Lucinda.

— Tu as grandi, ma cousine.

Il lui fit une grande révérence et se redressa, un sourire agaçant aux lèvres. Lucinda lui lança un regard noir.

— Ne me trahis pas, Aldo. Fais cela honnêtement, ou abstiens-toi.

Geraldo s'efforça de paraître offensé.

— Tu douterais de moi ? Ne sais-tu pas qu'à l'avenir nous serons très proches ? Cette confiance va nous rapprocher. Et puis si je voulais transmettre un faux message à ton galant, je n'aurais même pas eu besoin de te parler.

— Répète-lui exactement ce que je t'ai dit.

— Que tes sentiments sont exactement les mêmes que les siens ? Que tu regrettes qu'il ait pu penser qu'il en allait autrement ? répéta-t-il en hindi, avant d'ajouter en portugais : Vraiment, cousine, je suis vexé que tu te méfies de moi. Je vais transmettre ton message mot pour mot. Je vais le faire de ce pas.

— Je t'en serai à jamais redevable.

— Tu le seras, ma chère Lucie, et je prendrai plaisir à récupérer mon dû.

En arrivant à la porte, il se remit à sourire, ses dents blanches et régulières étincelant sur son visage sombre.

— Avec un peu de chance, nous y prendrons plaisir tous les deux.

Geraldo trouva facilement Pathan, car il était resté à l'endroit où Lucinda l'avait vu. Geraldo s'appuya au mur et commença à bavarder avec lui. Il déploya tout son charme, et même Pathan se laissa vaincre.

Ils parlèrent de tout et de rien : après avoir commencé par le temps, ils passèrent au commerce, à la politique et la personnalité de gens qu'ils connaissaient ou non. Pathan fut particulièrement attentif au portrait de Victorio brossé par Geraldo.

— Un vieil homme au mauvais naturel... c'est ainsi que je me souviens de lui, monsieur, bien que je ne l'aie pas vu depuis des années.

La pluie continuait à tomber, mais le soleil s'était suffisamment levé pour donner aux nuages une teinte grise aveuglante. Comme Geraldo l'espérait, ce fut Pathan qui prononça le premier le nom de Lucinda, et ce fut seulement après quelques remarques vagues et hésitantes que Geraldo commença à parler d'elle pour de bon.

— Mais vous aviez des sentiments pour elle, monsieur, dit-il comme s'il s'en souciait vraiment. Peut-être en avez-vous encore ?

Pathan le regarda et agita les lèvres avant de parler, comme si les mots étaient durs à prononcer.

— J'étais... J'avais... j'avais de l'affection pour elle.

— Et quels sont vos sentiments maintenant, monsieur ? Haineux ? Hostiles ?

Les yeux de Pathan étincelèrent.

— Je me sens... je me sens... indifférent. En quoi cela vous importe-t-il ?

— Parce que je vous apporte un message, monsieur. De la part de Lucinda. Je voulais d'abord connaître vos sentiments...

— Dites-moi !

Geraldo lança à Pathan un long regard scrutateur, qui, espérait-il, semblait sincère.

— Rappelez-vous que ce sont ses mots, monsieur. Je lui ai promis de vous les répéter avec exactitude. Elle a dit : « Dis à Pathan que mes sentiments sont les mêmes que les siens. Dis-lui que je regrette qu'il ait jamais pu penser qu'il en était autrement. »

Geraldo leva les mains en un geste d'impuissance et haussa les épaules.

— Paroles cruelles, ai-je cru d'abord, mais je

vois maintenant que vous éprouvez pour elle de l'indifférence. Tout est peut-être donc pour le mieux, monsieur.

Pathan s'était tourné et il fixa les profondeurs de la brume tourbillonnante jusqu'à ce que Geraldo s'éclipse.

La tempête cessa dans l'après-midi, laissant l'air froid et lourd d'humidité, ce froid humide qui chasse toute chaleur et transit l'âme.

Lucinda avait toujours le châle que Pathan lui avait prêté, en un jour qui semblait maintenant bien lointain. Elle s'en enveloppa les épaules, s'assit sur le divan bas, attendit.

Maya, une fois de plus dans un coin avec la Gita sur les genoux, la regardait.

— Mais qu'attends-tu ?

— Des bonnes nouvelles. Ou des mauvaises, répondit Lucinda.

Quand on frappa à la porte, elle se leva d'un bond, manquant de peu de se prendre les pieds dans ses lourdes jupes. Elle s'arrêta avant d'ouvrir la porte pour inspirer à fond, mettre de l'ordre dans ses cheveux et composer son expression. Aucune des deux jeunes femmes n'avait envie de voir celui qui se trouvait là.

— C'est à vous rendre timide, dit Geraldo en regardant leurs visages. Je lui ai transmis ton message, ajouta-t-il à voix basse à l'intention de Lucinda. Comme je te l'ai promis, j'ai repris exactement tes paroles.

— Et ?

— Il n'a pas donné de réponse.

La perception du temps changea pour Lucinda. Peut-être la durée d'un clin d'œil seulement, peut-être une heure, avant que son esprit ne recommence à fonctionner. Elle réussit enfin à parler :

— Il n'a rien dit ?

— Rien, ma chère cousine. Il semblait... perturbé.

Geraldo jeta un coup d'œil à Maya, qui s'était prudemment absorbée dans la lecture de son livre, puis il prit la main de Lucinda et la baisa.

— Il ne se rend pas compte de quel trésor il s'est défait.

— Les hommes sont des sots, dit Maya sans lever la tête.

— Oui, admit Geraldo, mal à l'aise. Oui, nous sommes des sots.

Il salua Lucinda de la tête et sortit.

Cette nuit-là, au lieu de dormir, Maya et Lucinda parlèrent dans l'obscurité, étendues sur leurs lits de corde. En même temps que le dîner, Shaheen leur avait apporté les nouvelles : elles allaient partir de Konnur le lendemain et probablement rencontrer Gama, Victorio et Babouche le soir même. Elles discutaient donc dans le noir comme deux sœurs sur le point de se séparer.

Elles évoquèrent leur première rencontre dans le howdah, celles avec Gama, Geraldo et Babouche. Elles se remémorèrent Sylvia et les longues embrassades de frère Fernando. Les bandits, la bravoure de Gama, celle de Pathan. A ce moment-là, Lucinda versa quelques larmes.

Elles parlèrent de Belgaum et de l'étrange magie de l'endroit – des rêves de Maya, de Chitra, l'aveugle, de Lakshmi et du Palais du Lac.

Elles se demandaient ce qui allait maintenant leur arriver et agitèrent alors de sombres pensées. Maya s'interrogea sur ce que les eunuques avaient l'intention de faire d'elle. Elle n'osait même pas dire à quoi elle s'attendait.

Pour sa part, Lucinda essaya d'imaginer *tio* Victorio avec dix ans de plus que la dernière fois qu'elle l'avait vu. Puis, à haute voix, elle se demanda ce que ce serait d'être sa femme.

Penser à de telles choses était pénible et elles sentirent le sommeil venir. Dans l'air froid de la nuit, elles entendaient une voix solitaire chanter un qwali.

— Ça vient du cimetière, dit Lucinda.

Le chant était celui d'un cœur brisé, la voix lointaine, alternativement tremblotante et forte, pleine de chagrin puis triomphante. La mort semblait proche, telle une invitée indésirable.

L'une des deux prononça finalement le mot et elles furent incapables de trouver le sommeil.

Les deux femmes, si jeunes et débordantes de vie, se mirent à parler à voix basse car elles exprimaient de terribles pensées. Est-ce que l'on souffre quand on se suicide à l'arsenic ? Combien de temps ? S'empoisonner ou tuer quelqu'un d'autre, lequel des deux apporte le plus de réconfort ?

Et si un autre devait mourir, qui le méritait le plus ?

Elles s'endormirent enfin, rêvèrent de poison et de mort.

À leur réveil, elles apprirent que Gama était arrivé.

Shaheen leur apporta la nouvelle avec le petit déjeuner. Après avoir déposé le plateau, elle ouvrit les volets. Le beau soleil du matin entra à flots dans la chambre. Elle les fit lever précipitamment, disant que Gama attendait dans la cour. De toute évidence, elle l'aimait bien, bien qu'il fût un *farang*, et elle pensait ne l'avoir jamais rencontré avant. Peut-être Pathan avait-il montré quelque signe de son affection pour Deoga. En partant, elle les pressa de se hâter.

Fut-ce la surexcitation sur le visage rébarbatif de Shaheen ou la gaieté du matin qui dissipa les terreurs de la nuit ? Elles firent leur toilette, s'habillèrent, plièrent leurs modestes bagages, mangèrent un peu et longèrent la véranda bras dessus bras dessous en se dépêchant comme des gamines.

— Mes chères filles ! s'écria Gama en les voyant.

Il leur tendit les bras comme aurait pu le faire un père. Elles se précipitèrent vers lui et l'embrassèrent. Puis il se recula et les examina en secouant la tête.

— Eh bien, Deoga, qu'est-ce qui ne va pas ? demanda Maya, qui ne lui avait jamais vu l'air si inquiet.

De fait, elle avait rarement vu un visage exprimer une telle angoisse.

— Oh ! rien, rien, dit Gama en se détournant. Je suis si heureux de vous voir...

— Nous savons pourquoi vous pleurez, fit Lucinda.

Maya la regarda et fut surprise de voir son air tendu, ses yeux se plisser.

Gama fit face à Lucinda et dit, d'une voix tremblante :

— Vous ne savez rien de moi ni de la raison pour laquelle je pleure.

Soudain bourru, il ajouta :

— Montez sur le palki. Nous partons.

— Est-ce que Pathan vient avec nous ? demanda Maya.

— Je ne pensais que cela t'importait, ma fille. Non, il ne vient pas. Il a dit qu'il nous suivrait plus tard, à cheval. Il n'a pas l'air d'apprécier la compagnie, en ce moment.

Pathan les regardait depuis la véranda. Il ne s'approcha que lorsque les deux jeunes femmes s'installèrent sur le palanquin et il le fit par l'arrière pour qu'elles ne le voient pas.

Comprenant sa tactique, Gama le rejoignit.

— Que s'est-il passé entre vous ? demanda-t-il.

— Rien, Deoga. Elles ne partent pas de gaieté de cœur – pourquoi viendrais-je ajouter à leur trouble ?

Gama le dévisagea. Puis il leva les mains comme pour signifier qu'il avait le droit d'avoir des secrets.

— C'est aimable à toi de me prêter ton palki et

tes porteurs. Je pensais en louer un à Belgaum. Je ne m'attendais pas à te retrouver si vite.

— Vous n'avez pas à vous justifier, Deoga. C'est le moins que puisse faire un ami. Traitez les porteurs gentiment, comme vous traiteriez vos propres serviteurs.

Gama rit.

— Non, je les traiterai mieux que ça !

Il jeta à nouveau un regard perplexe à Pathan.

— Tu es sûr que tout va bien ?

Pathan mit du temps à répondre, les yeux fixés sur le palanquin.

— J'aurais fait n'importe quoi pour elle, vous savez, Deoga. J'étais prêt à tout affronter, à tout laisser tomber. Mon cœur lui appartenait. J'aurais tout sacrifié, mais elle m'a éconduit. Pourquoi est-ce que je languis encore après elle ?

— Quoi ? Tu es tombé amoureux ? De la bayadère ?

Pathan détacha les yeux du palanquin.

— Vous devez prendre la route, Deoga. Voilà votre Geraldo.

— Tu es sûr que tu vas bien, Pathan ? Pourquoi ne viens-tu pas avec nous ? Dis au moins au revoir aux filles...

— Non. Qu'elles s'en aillent sans être dérangées davantage.

Pathan se redressa avec raideur.

— Je vous retrouverai à Bijapur pour régler l'affaire, Deoga. Les intérêts de Wali Khan doivent être défendus et je suis toujours son bourak. Je ne serai satisfait qu'après m'être acquitté de ma tâche. Si votre maître, Victorio, tente de manquer à sa parole, je devrai régler la question comme il convient !

Gama se sentit soudain las.

— Ecoute, Pathan, tu m'as souvent répété que tu me devais une faveur...

Pathan l'arrêta en levant la main.

— Je vous aime beaucoup, mais ne me demandez pas ce que je ne puis donner. Prenez-moi ce que vous voulez – je vous offre toute ma fortune, et même ma vie. Mais je ne peux donner ce qui ne m'appartient pas. Ne me demandez pas de voler mon maître pour vous. Ne m'enlevez pas mon honneur.

— Très bien. Nous mettrons les choses en ordre à Bijapur. Nous devrions y être dans trois jours.

Pathan semblait catastrophé, tout à coup.

— Demandez-moi une autre faveur, Deoga. Laissez-moi vous payer ma dette...

— N'y pense plus. Je t'ai toujours dit que ce n'était rien. Ça ne mérite pas toute cette histoire.

— Un jour je vous paierai de retour. En attendant, *salaam*.

Pathan inclina la tête et porta les mains jointes à son front, puis il fit demi-tour et repartit vers les longues marches qui menaient à la véranda sans se retourner ni faire un geste d'adieu.

— *Aleichem salaam*, murmura Gama avant d'aller au palanquin.

Le plaisir suscité par son arrivée s'était estompé : les deux jeunes filles arboraient un visage aussi grave que le sien. Gama se pencha vers Lucinda et montra de la tête la direction de la maison.

— Vous ne voulez pas lui dire au revoir, Lucie ? Il vous a sauvé la vie.

Elle mit tant de temps à répondre que Gama commença à se demander si elle allait bien.

— Non, il me l'a prise, dit-elle enfin avant de fermer le rideau.

L'ombre de Gama se découpa sur le rideau en une vague silhouette. Maya se pencha vers Lucinda par-dessus les coussins.

— Ce n'est pas Pathan qui a pris ta vie, ma sœur. C'est Victorio, murmura-t-elle. Je ne l'ai même pas encore rencontré, et il a pris aussi la mienne.

Aucune des deux ne fit un geste avant un bon moment. Lucinda regardait Maya dans les yeux. C'était comme si elles n'avaient plus besoin de parler, comme si elles avaient conclu un pacte tacite.

La pluie avait nettoyé l'atmosphère et la lumière matinale étincelait comme le diamant. Sur la route, des flaques reflétaient le ciel, d'un bleu immaculé. Lavés par la pluie, les iris des marais étaient brillants d'humidité. Chaque feuille luisait au soleil.

Gama monta en selle et fit le tour de la cour pour vérifier que tout était en ordre du côté du palanquin et de ses porteurs, puis il alla se placer à côté du cheval de Geraldo.

— Allons-y, dit-il simplement.

Les porteurs poussèrent un grognement et hissèrent le palanquin sur leurs épaules, secouant quelque peu ses passagères.

— Ce n'est pas loin, dit Gama à Geraldo. Nous avons bien marché hier... à ce qu'il semblait, ça descendait depuis Sunag.

Geraldo afficha un sourire indulgent.

— Que s'est-il passé, Geraldo ? Qu'est-il arrivé à Pathan ?

Geraldo haussa les épaules.

— Il a des problèmes. Il est solitaire et mélancolique. Le mélange des deux est dangereux.

— L'amour, fit Gama avec la même horreur empreinte de résignation que s'il avait prononcé le mot « trahison ».

— Comme vous dites, Deoga. Le bourak s'était mis dans la tête qu'il avait plu à Lucie.

— A Lucie ? répéta Gama en dressant les sourcils. Et alors ? Il lui a plu ?

Geraldo haussa les épaules de nouveau.

— Avec les femmes, qui peut savoir ? Peut-être une journée ou une heure. L'amour d'une femme est ainsi. Quoi qu'il en soit, je lui ai ouvert les yeux.

— Comment cela ?

— J'ai inventé une histoire. Je lui ai dit que Lucie le détestait. Ça a calmé les choses.

— Mais vous avez dit qu'il lui plaisait ? s'enquit Gama, qui ne savait plus où il en était.

— Elle le hait, maintenant !

Geraldo eut un petit rire en secouant la tête d'un air satisfait.

— Elle m'a demandé de lui transmettre un message pathétique. C'était grotesque. Evidemment, je l'ai un peu embelli. Elle croyait qu'il allait se précipiter vers elle à nouveau, j'imagine. Pas du tout. Pas après que j'ai accompli mon office : il la déteste, elle le déteste, et tout est bien ainsi.

— Vous n'avez pas chômé, semble-t-il, commenta Gama en regardant son interlocuteur, les sourcils froncés.

— C'est un païen, répliqua Geraldo, des éclairs dans les yeux. Et elle est promise ! Que pouvais-je faire ? Les encourager ?

— Calmez-vous, monsieur, dit Gama en levant les mains comme s'il avait été agressé.

Son sourire facile revint à Geraldo.

— Je commence à voir que vous êtes sentimental, Deoga.

Il prit un air grave.

— Là, il s'agissait d'affaires.

— *Atcha*, fit Gama.

Lorsqu'ils furent passés sous les arbres qui bordaient l'allée de la propriété et engagés sur la route de Sunag, Lucinda laissa libre cours à ses larmes. Elle se cacha le visage et, entre ses doigts, regarda la maison et le vignoble de Pathan disparaître au loin.

Elle était au chevet de sa mère quand celle-ci mourut. Elle avait entendu le long soupir qui avait accompagné son dernier souffle, vu l'immobilité s'emparer d'elle, l'éclat disparaître de son visage, déjà pâle, tandis que toute couleur quittait ses lèvres et ses joues, la façon dont les tissus délicats des narines et de la langue s'étaient flétris, comme des pétales au soleil. Maintenant, en voyant la maison de Pathan disparaître dans le lointain, elle éprouvait le même sentiment de déchirement, comme si une lumière vive et palpitante lui avait été arrachée du cœur. La gorge lui brûlait à force de ravaler ses sanglots.

Maya feignait de ne rien voir.

Le soleil montait dans le ciel sans nuages et pesait sur eux. La route s'assécha, devint poussiéreuse. Les pas traînants des porteurs du palanquin soulevaient un nuage de terre. Comme ils gravissaient une colline, le vignoble prit fin. De l'autre côté, la route était jaune et nue, les terres rocailleuses et non entretenues, et il n'y avait pas d'ombre. Leurs yeux endoloris ne tardèrent pas à regretter les verts frais de Konnur.

Pour le déjeuner, ils s'arrêtèrent près d'un rocher brisé, presque aussi gros qu'une maison, et déposèrent le palanquin tout près pour profiter du peu d'ombre qu'il donnait. Alentour, l'air tremblait dans la chaleur qui montait du sol.

— Nous allons attendre ici un moment que le soleil descende un peu, annonça Gama.

Personne ne mangea beaucoup. Les porteurs se serrèrent au pied du rocher. Geraldo trouva une niche ombragée et se coucha en boule à l'intérieur pour faire un somme.

Lucinda regrettait les saris en soie frais qu'elle portait à Belgaum. La poussière lui collait à la peau. Maya s'était réfugiée dans cet état de calme imperturbable qui était le sien en voyage, et aucune des deux ne parlait ni ne levait les yeux. De temps à autre, Maya tournait une page de sa

Gita en feuilles de palmier tandis que Lucinda la regardait avec envie. Elle s'allongea finalement sur les coussins du palanquin et essaya de dormir.

Au bout d'une demi-heure, elle vit Gama approcher du palanquin.

— C'est à toi, dit-il à Maya d'une voix bourrue en lui tendant un petit sac en tissu.

Il avait la bouche crispée et semblait plus mal à l'aise que jamais. Lucinda fit semblant de bouger dans son sommeil pour mieux voir. Le sac de toile que Gama mettait dans la main de Maya était celui qu'elle avait vu à Valpoï, celui qui contenait la coiffe de mariage. Maya commença à l'ouvrir, mais Gama posa ses gros doigts sur sa main.

— Tu me fais confiance ? demanda-t-il.

— Bien sûr, Deoga.

— Ce sac... ce qu'il contient, je veux dire... c'est ce que veulent les eunuques. Ce n'est pas toi qui les intéresses.

— C'est tout ce qu'il me reste de ma mère... de mon passé. S'ils me le prennent, qu'ils me prennent aussi !

La main de Gama se referma sur celle de Maya et Lucinda comprit qu'il était amoureux. C'était si inattendu qu'elle faillit se dresser sur son séant. Gama semblait trop âgé pour Maya et Maya, si jeune, mais manifestement son cœur se consumait pour elle. Elle vit aussi qu'il était timide et hésitant – à son âge ! Elle se demanda si Maya le voyait aussi clairement qu'elle.

— Je n'aime pas le rôle que je suis contraint

de jouer, dit-il d'une voix rauque. Je fais de mon mieux, mais...

— Nous devons tous jouer notre rôle, Deoga. C'est ce que dit mon livre... dit Maya en montrant la Gita de la tête. Le chant de Dieu lui-même : Joue le rôle que Dieu t'attribue en sachant qu'Il est dans le cœur de chacun.

Son visage était plein d'innocence, mais aussi de compréhension, le visage de quelqu'un qui avait souffert sans pourtant devenir amer. Gama ne pouvait supporter la compassion qu'il lisait dans son regard serein et fixe. Il détourna les yeux, bredouilla quelque chose, s'éloigna brusquement.

Lucinda se leva après quelques instants. A vingt pas de là, Gama, le dos tourné au palanquin, agitait les poings et elle l'entendait jurer.

— Que se passe-t-il ? demanda-t-elle en bâillant.

Maya montra le petit sac. Elle n'était pas aussi calme que Lucinda l'avait cru d'abord.

— Je peux voir ?

Elle prit le sac et commença à l'ouvrir.

— Non... pas maintenant.

Le prétendu calme de Maya avait complètement disparu.

— Non, ne fais pas attention à ce que je dis. Vas-y, regarde...

Son expression intrigua Lucinda. Elle défit le nœud et sortit à moitié la coiffe ornée de pierreries qu'elle avait vue à Valpoï.

— Arrête... ça suffit.

Maya regarda la coiffe, détourna la tête.

— Je ne l'ai jamais vue au soleil. Repose-la, s'il te plaît.

— Elle est beaucoup plus imposante à la lumière des lampes. Au soleil, elle a l'air...

— Elle a l'air bon marché et fausse, dit Maya, finissant la phrase. Les enfants vivent au milieu de chimères. Je ne serai plus jamais une enfant. Remets-la à sa place.

Lucinda fit ce que Maya lui demandait.

— Pendant toutes ces années, murmura celle-ci, j'ai cru à un fantasme. Qu'est-ce que ma mère m'a réellement donné ? De faux diamants et une épée cassée. Si c'est ce que veulent les hijras, qu'ils le prennent. Et qu'ils me prennent aussi. Ça ne m'importe plus.

Elle jeta un coup d'œil à Gama, qui continuait à marcher de long en large, manifestement en colère, à l'écart.

— Mais je croyais que quelque part en ce monde il y avait encore de... la bonté, ajouta-t-elle en laissant retomber sa voix.

— Tu espérais trouver de la bonté, ma sœur. Moi aussi...

Lucinda rendit le petit sac à Maya et lui toucha la main.

— Je crois que nous avons été stupides, toi et moi.

Deux heures après que le soleil eut atteint son zénith, Gama donna le signal du départ. La route ne cessait de monter maintenant, sous un soleil de plomb, et il n'y avait pas d'ombre. Les porteurs ne parlaient pas et respiraient péniblement.

Les pensées de Gama, recuites au soleil, mijotaient dans son esprit comme un ragoût sur le feu.

Il était furieux contre lui-même depuis un bon moment, depuis qu'il avait donné à Maya la fausse coiffe. Il ne s'était pas attendu à culpabiliser autant. Pendant un temps, il songea à retourner la voir pour lui remettre l'original en lui disant qu'il s'agissait d'une erreur.

Son esprit rationnel reprit lentement le dessus. Après tout, jusque-là aucun tort n'avait été fait à qui que ce soit. Il était encore temps de modifier ses plans, si nécessaire. Il se pouvait même qu'elle ne voie jamais la différence. Et qui sait ce que le sort réservait à la jeune fille ? Pourquoi les eunuques auraient-ils cette coiffe ? Pourquoi ne la garderait-il pas, lui ?

En sûreté, se corrigea-t-il.

Oui, bien sûr. La garder en sûreté, affirma sa raison.

Puis, lassé de cette introspection, Gama réfléchit à ce qu'avait dit Geraldo. Ça ne tenait pas debout.

Il envisagea d'en parler avec Lucie.

Mais pas maintenant, décida-t-il, pas tant que Maya est là, à écouter.

Pourtant, en mettant la douce et jeune Lucie au centre de ses pensées au lieu de Geraldo, la conversation qu'il avait eue avec celui-ci prenait une autre tournure. Pourquoi Lucie avait-elle envoyé un message à Pathan ? Pourquoi Geraldo avait-il éprouvé le besoin d'embellir ce message ? Pourquoi s'était-il tant préoccupé de ces deux-là ?

De l'imagination lente de Gama, des réponses commençaient à émerger. Il fit virevolter son cheval et s'approcha de Geraldo.

— Vous m'avez menti, grommela-t-il.

— Monsieur ! Que voulez-vous dire ?

Gama baissa la voix en prenant un ton cassant.

— Je parle de Lucie et du bourak.

L'expression de Geraldo se durcit.

— Ça s'est passé comme je vous l'ai dit.

— Non. Vous avez omis quelque chose. Elle avait de l'inclination pour lui. Reconnaissez-le !

— De l'inclination ? répéta Geraldo avant de ricaner. Peut-être que oui, peut-être que non. Qui peut dire, avec une femme ?

— Un homme peut le dire.

Geraldo laissa en suspens ce que sous-entendait cette réponse.

— Bon. Peut-être avait-elle de l'affection pour lui. Et après ?

— Ça ne vous regardait pas et vous n'aviez pas à vous en mêler. Ses sentiments ne sont pas votre affaire.

— Apparemment, vous pensez qu'ils sont la vôtre.

Le regard sombre et malveillant de Geraldo démentait son sourire sardonique.

— Elle est ma cousine, monsieur. Je suis responsable envers ma famille et je serai à la hauteur de cette responsabilité, de la manière que je déciderai. Etant employé par ma famille, j'espère que vous savez quelle est votre place et que vous garderez vos opinions pour vous.

Il ne fait pas bon être son parent... Gama se souvint d'avoir pensé cela à Goa, à propos de Geraldo.

— Moi aussi je suis son cousin, vous savez. Eloigné peut-être, mais néanmoins apparenté.

— Vous ne ferez jamais partie de ma famille, monsieur. Par ailleurs, j'avais des raisons d'agir ainsi, des raisons qu'un homme peut revendiquer en dépit de l'opinion de ses employés.

— Quel genre de raison ?

— Et si j'étais amoureux d'elle, hein ?

Gama écarquilla les yeux.

— Et si ça me fendait le cœur de voir Lucinda se jeter dans les bras d'un païen à l'âme noire ? poursuivait Geraldo. En pareil cas, un homme est capable de faire mille choses et qui peut l'en blâmer ? Autre que vous, j'entends. Vous qui êtes si au fait des questions amoureuses...

— Vous...

Gama se mordit la langue, choisit soigneusement ses mots :

— Vous ne lui convenez pas.

— Pourquoi ? Parce que je suis pauvre ? Je ne le serai pas éternellement.

— Parce que vous êtes un menteur, monsieur.

Geraldo éclata de rire.

— Je ne lui conviendrais pas parce que je suis un menteur ? Par la Vierge, j'ai toujours cru qu'être différents était la clé d'un mariage heureux !

Il ne cachait plus sa colère :

— Mais, bon Dieu, vous croyez que Victorio lui ira mieux ! ?

— Que peut-on y faire ? Il est son tuteur !

Les paupières mi-closes, Geraldo prit un air circonspect.

— Nous verrons ce qu'on peut y faire. Une chose est claire, cependant : vous n'avez pas le droit de vous mêler de ça. Ne dites plus un mot ! Tout particulièrement à elle !

— Sinon ? grinça Gama.

Sans répondre, Geraldo fit virevolter son cheval et partit au galop.

Gama le regarda s'éloigner. Il s'attendait à le voir s'arrêter en avant des autres. Mais Geraldo prenait de la vitesse et éperonnait sa monture.

— Attendez-nous ! cria Gama, en vain.

Geraldo disparut au loin, le laissant à ses pensées. Il se rappela ce qu'il avait dit ce soir-là, à Goa.

« On meurt beaucoup, autour de lui. »

Quelques heures plus tard, en fin d'après-midi, le paysage changea. En lieu et place de la longue côte qu'ils avaient gravie lentement toute la journée, la route serpentait maintenant à travers une succession de défilés escarpés. Les prairies jaunies par le soleil étaient brusquement redevenues verdoyantes. Des arbres réapparaissaient – leur ombre était la bienvenue ! Des rochers gris anthracite couverts de touffes d'herbe pointaient à la surface du sol.

L'air avait fraîchi, une petite brise soufflait. On sentait l'humidité, comme un parfum.

— Il y a une rivière non loin d'ici, annonça Gama. Nous sommes tout près des chutes de Gokak. Notre campement est de l'autre côté de ces collines... pas loin, mais les routes sont très difficiles.

En entendant cela, les porteurs ronchonnèrent.

Lorsque le disque orangé du soleil toucha l'horizon, ils montèrent une dernière côte raide.

— Nous y sommes, dit Gama.

Au pied de la colline, le camp était dressé au milieu des arbres ; trois grandes tentes et, autour d'un feu, une demi-douzaine, plus petites.

— De vieux amis enfin réunis !

Babouche se dirigeait vers eux, rayonnant. Il portait une élégante *jama* et des bagues à chaque doigt ; comme d'habitude, l'extrémité de son turban était défaite, mais celui-ci était en soie, alourdi de fils d'or.

— Où est Victorio ? demanda Gama.

Babouche passa à côté de lui sans cesser de jacasser.

— Oh ! il est dans sa tente avec *senhor* Geraldo. Ils ont beaucoup de choses à se dire, semble-t-il. Où sont mes sœurs ?

Il s'élança en sautillant vers le palanquin.

— Ah, les voilà ! Plus belles que jamais !

Il écarta le palkiwallah, tendit la main et s'inclina en aidant Lucinda, puis Maya à descendre.

— Mon Dieu, comme vous avez l'air sérieuses ! Un peu de vin vous fera du bien. Nous buvons tous du vin ! Et ce soir, on va faire bombance !

Il voulut prendre le sac de Maya, qui le lui arracha d'un geste brusque. Babouche haussa les épaules.

Sans cesser de parler un seul instant, il les conduisit à la clairière, tranquille et fraîche dans le soleil couchant. Lorsque Babouche s'interrompait pour reprendre haleine, ils entendaient au loin le murmure de la rivière.

— Voyez comme nous sommes magnifiquement logés ! dit-il avec un grand geste, comme si c'était lui qui avait tout organisé.

Les trois grandes tentes avaient été montées sur le pourtour de la clairière ; au milieu, on avait disposé des tapis et des coussins près du feu de camp. Un cuisinier à l'allure fruste les salua de la tête, puis retourna surveiller la chèvre ruisselante de jus qui cuisait sur une broche.

Gama attacha son cheval et entreprit de le desseller.

— Pourquoi n'y a-t-il pas de gardes ? demanda-t-il.

— Oh ! Deoga, vous devez apprendre à vous donner du bon temps. Ils sont en train de dormir, pour la plupart. Un ou deux sont allés aux chutes. C'est un pique-nique, pas un champ de bataille !

Gama lui lança un regard furibond, auquel Babouche répondit en secouant la tête.

— Ne faites pas le grognon, vous allez nous gâcher notre plaisir ! Je vais conduire les filles à leurs tentes. Vous allez sûrement vouloir vous changer avant le festin !

Bavardant toujours alors que les deux jeunes femmes le suivaient en silence, il leur tint le rabat de la grande tente et s'inclina en les laissant entrer.

Gama mena son cheval à l'endroit où l'on gardait les bêtes. Quelqu'un avait apporté un grand baquet plein d'eau, remarqua-t-il avec soulagement, et leurs chevaux semblaient bien soignés. Mais il voulait des sentinelles. Il avait de multiples raisons d'être mal à l'aise. Depuis le sommet de la dernière colline, il s'était senti observé. Il y avait des espions dans les environs, des guetteurs inamicaux. Wali Khan avait dit que ceux du clan des Trois-Points suivraient la petite caravane. Peut-être sentait-il effectivement leurs regards. Peut-être était-ce un effet de son imagination.

Il se dirigea vers le coin des gardes et passa la tête dans les tentes basses. Il en trouva finalement un qui ronflait et le réveilla. Après l'avoir fait lever, il lui demanda de monter la garde.

L'homme ricana.

Gama agit sans réfléchir. En un instant, il lui avait saisi et tordu le poignet, pesant de tout son poids jusqu'à ce que le garde tombe en gémissant, joue contre terre. De son autre main, il appuya un pistolet à canon double contre sa tempe et arma les deux chiens. Tout cela en un clin d'œil.

Sainte Mère ! se murmura Gama à lui-même. Qu'est-ce que je fais là ?

— Debout ! dit-il en le lâchant.

Le garde se leva lentement, rendu muet par la certitude qu'il venait de frôler la mort.

— La prochaine fois, tu m'obéiras ?

— Oui. Oui, monsieur, bredouilla le pauvre

diable, la gorge serrée. Oui, répéta-t-il en sortant de la tente au pas de course tout en bouclant son ceinturon.

Qu'est-ce qui m'a pris ? pensa Gama.

Il s'assit sur le tapis de couchage du garde, abaissa les chiens de son pistolet, le fourra dans son ceinturon.

Un homme comme moi ne peut pas se permettre de perdre la tête. Qu'est-ce qui ne va pas ?

Beaucoup de choses n'allaient pas.

Victorio et son double jeu.

Victorio et ses mensonges.

Victorio et son intention d'épouser Lucinda.

Victorio et Geraldo.

Victorio.

A l'extérieur de la tente, il se renversa un pot à eau sur la tête. Tout en se séchant le visage avec son mouchoir sombre, il vit le garde parler avec animation à Babouche. L'eunuque hochait la tête et écoutait attentivement en ouvrant de grands yeux. Il tapota finalement le bras du garde, comme on peut le faire avec un enfant qui vient de se réveiller d'un cauchemar. Puis, son visage gras fendu d'un large sourire, Babouche vint lentement à Gama.

— *Senhor* Deoga, la façon dont vous vous souciez de notre sécurité est tout à votre crédit ! Quel enthousiasme ! Tout le monde le dit.

— J'entends être obéi, *senhor* eunuque.

Il pointa le menton vers la sentinelle.

— Ce n'est pas mauvais de le rappeler de temps en temps. Cela renforce la discipline.

— Oui, oui. C'est exactement ce que j'ai dit à

ce gaillard. « Tu dois obéir au *farang* », lui ai-je dit, exactement dans ces termes. « Deoga est payé pour veiller à notre sécurité... » Ce sont les termes mêmes que j'ai employés !

Gama n'avait jamais vu Babouche sourire aussi largement et être aussi effrayé.

Il faut que je fasse attention, se dit-il. Je ne dois plus perdre mon sang-froid.

Il tenta de changer de sujet :

— Ce soir, nous avons un banquet, hein, *senhor* eunuque ?

Babouche suivit Gama avec soulagement sur ce nouveau terrain. Marchant à son côté, il gesticula en direction du feu de cuisson, puis vers les arbres derrière les tentes des gardes, où quelques domestiques pelaient un tas d'oignons rouges.

— C'est un grand jour pour votre maître, dit-il. Des fiançailles et le retour à la maison. Que de commencements ! Que d'efforts qui aboutissent enfin ! Dommage que le bourak ne soit pas là, lui aussi. Nous rappellerions le souvenir de notre délivrance des mains des bandits. Enfin, ça ne fait rien. Les raisons de festoyer et de banqueter ne manquent pas, ne croyez-vous pas ?

Gama hocha la tête, mais son esprit s'était arrêté sur le mot « maître » et le considérait maintenant avec horreur.

— Au fait, Deoga, vous êtes au courant ? Nous avons reçu une visite ! Oui, le capitaine des gardes eunuques de Bijapur est venu ici cet après-midi, peu avant votre arrivée !

— Le capitaine des gardes ? Pourquoi n'est-il pas auprès de la sultane ?

— Ah ! vous allez voir, j'ai des nouvelles à vous apprendre !

La joie de Babouche était évidente. Il saisit l'extrémité de son turban, qui s'était défaite une fois de plus, la remit en place avec entrain.

— Le Palais Volant est dans les parages ! La sultane voulait changer de décor. Elle est allée aux chutes de Gokak avec son héritier. Ils ne sont qu'à quelques kilomètres d'ici. Et ils ne sont pas seuls, il y a aussi des amis à vous, je crois : Wali Khan est là également, ainsi que mon maître, Murmure.

En entendant la nouvelle, Gama en eut le souffle coupé et les battements de son cœur s'accélérèrent.

— Pourquoi sont-ils venus ? demanda-t-il, le regard noir. Quel mauvais tour sont-ils en train de préparer ?

Babouche se recula.

— Deoga, vous devez vous calmer. Vous mourrez jeune si vous continuez ainsi !

Gama regarda au loin.

— Vous avez raison. Excusez mes mauvaises manières, je vous prie.

Une pensée le frappa alors :

— Geraldo et vous avez eu une brouille...

Le visage de Babouche prit un éclat béatifique.

— Les frères ne tiennent pas rancune longtemps. Nous avons si peu d'amis que nous ne pouvons nous permettre d'en perdre un seul. De toute façon, ses intérêts et les miens sont les mêmes. Et savez-vous ? Victorio l'a pris comme associé !

— Je l'ignorais, répondit Gama.

— Je sais que vous n'êtes pas tranquille, surtout parce que l'affaire de la bayadère n'est pas encore réglée. Mais cela va venir... peut-être plus vite que vous ne pensez ! Murmure m'a fait savoir qu'il a apporté la somme nécessaire à acheter la fille, en espérant nous rencontrer en chemin.

Il regarda Gama avec une timidité feinte.

— A-t-elle toujours tous ses... ses bagages ? demanda-t-il avec espoir.

En se haïssant, Gama hocha la tête.

Ils arrivaient à la tente de Victorio comme Geraldo en sortait, l'air fort satisfait.

— Je vous félicite d'avoir été pris comme associé, *senhor*, dit Babouche avec ravissement.

Geraldo baissa la tête modestement, mais il était manifestement enchanté.

— Moi aussi je vous félicite, Aldo, fit Gama, l'air froid. Il semble que vous ayez été très occupé, ces dernières heures...

Geraldo haussa les épaules.

— J'ai honte d'avoir autant de chance, dit-il.

Ils échangèrent un regard mauvais jusqu'à ce que Babouche intervienne :

— J'étais en train d'expliquer à Deoga que vous et moi avons mis fin à notre différend...

— Oui, c'est du passé. *Senhor* Babouche a eu la bonté d'oublier...

Passant le bras autour de l'épaule rondelette de l'eunuque, Geraldo poursuivit :

— Maître Victorio a décidé de dîner dans sa tente ce soir, lui dit-il, ignorant Gama. Il veut voir Lucinda maintenant, puis la bayadère.

— Je vais la chercher, dit Babouche avant de s'éloigner en adressant un sourire chaleureux à Geraldo.

— Et moi ? demanda Gama.

— Ah oui ! Je suppose que vous devriez aller le voir tout de suite, avant que n'arrive Lucinda.

Son ton désinvolte atteignit son but. Irrité, Gama entra dans la tente de Victorio sans un mot de plus.

Ça sentait le renfermé. Les lampes à abat-jour percé suspendues aux montants de la tente diffusaient une lumière douce sur les pans de velours. Victorio était allongé pieds nus sur un divan au milieu de la tente spacieuse. Ses ongles de pied jaunis étaient pareils à des griffes. Ses cheveux gris tombaient sur ses épaules ; sa chemise en lin était ouverte, si bas qu'elle laissait voir son ventre pâle. Une carafe de vin à la main, il ne semblait pas s'en soucier.

— Gama ! s'exclama-t-il, surpris. Qu'est-ce qui vous amène ?

— Je suis le conciliateur, vous vous en souvenez ? Et votre associé ?

— Bien sûr, bien sûr...

Gama s'assit sur l'épais tapis aux pieds de Victorio.

— Les choses prennent une bonne tournure, reprit le vieil homme. Meilleure que je ne l'espérais, en fait.

Il but une lampée.

— Que pensez-vous de Geraldo, hein ? Un vrai Dasana ! fit-il sans attendre la réponse. Le sang de la famille coule dans ses veines, c'est évident.

Un homme d'avenir ! Ses opinions sont si justes ! Il est plein de bonnes idées ! Je suis bien aise d'être là, Gama. J'ai pris quelques décisions. J'espère que je peux vous faire confiance.

Victorio passa sa langue épaisse sur ses lèvres pâles. Le visage congestionné, l'œil rouge, il poursuivit :

— Du côté de la bayadère... c'est arrangé. Elle va revenir aux eunuques, comme conclu avec Murmure.

Gama hocha la tête.

— Et le vizir ? réussit-il à dire.

— Oui... Eh bien, je vous laisse régler la question. Vous êtes le conciliateur, hein ? Vous vous occuperez de ça. Vous trouverez bien une solution. N'êtes-vous pas le maître ?

Gama baissa la tête.

— Je ferai de mon mieux.

— Bien sûr, bien sûr. Je remets l'affaire entre vos mains compétentes. Après tout, c'est pour cela que vous êtes payé, hein ? Même en temps normal, hein ?

A la lumière tremblotante des lampes, le visage de Victorio avait l'air épais et lourd. Sans plus regarder Gama, il se pencha pour remplir sa coupe de vin avec la carafe en cuivre tout en continuant à parler. Gama l'observait sans mot dire. Comme la carafe était presque vide, Victorio la secoua pour en tirer les dernières gouttes et but une dernière et longue rasade.

— Je vous en aurais bien proposé, mais vous voyez... il n'y en a plus.

— Oui.

Gama se leva et s'apprêta à s'en aller.

— Quant à l'autre affaire... ces appointements spéciaux que je vous ai promis...

Gama se retourna et dressa un sourcil, attendant la suite. Le vieillard sourit faiblement, détourna la tête.

— Peut-être me suis-je engagé trop vite... Il faut que j'en discute avec mon associé.

— Geraldo ?

— Bien sûr... Puisqu'il est appelé à hériter de la fortune des Dasana, il a son mot à dire...

— Vous oubliez Lucinda. La fortune des Dasana ne lui revient-elle pas ?

Victorio fit un petit geste de la main, comme s'il chassait une mouche. La bouche de Gama se crispa.

— Et j'avais cru comprendre que je devais être votre associé...

Victoria écarta les bras – comme s'il n'y pouvait rien, comme si cela importait peu, comme s'il allait embrasser Gama.

— Oui, oui, mon garçon, bien sûr... J'en parlerai aussi avec lui.

Il se détourna.

— Bon, envoyez-moi, Lucinda, voulez-vous ? Et nous réglerons tout cela demain. Allez, mon bon.

Gama voulut répondre, mais Victorio regardait ailleurs et le soldat craignit de s'emporter.

Tandis qu'ils approchaient de la tente de Victorio, Babouche montra à Lucinda les nombreux signes de l'amélioration de sa position : les beaux atours, les bijoux de prix, les gardes à ses ordres.

— Je suis un eunuque de premier rang maintenant, conclut-il, aux anges.

— Je croyais que vous l'étiez déjà ?

— Ah, j'ai dit ça ? Je l'ai été jadis, ce n'était donc pas un mensonge. Mais maintenant, je le suis pour de bon.

Lucinda lui fit un pâle sourire. Les feux du couchant s'estompaient à l'horizon et le ciel s'assombrissait tout en se remplissant d'étoiles. Elle vit Gama arriver vers eux et le salua, mais pour la première fois – pour autant qu'elle pouvait s'en souvenir – il ne lui répondit pas, ne leva même pas les yeux.

— Je me demande ce qu'a Deoga ? fit Babouche en écartant le rabat de la tente de Victorio pour laisser passer Lucinda.

Lucinda frissonna en entrant alors que l'air renfermé de la tente était tiède. Elle était contente qu'il y ait peu de lumière car elle voyait que Victorio n'avait pas bien vieilli.

Mieux vaut ne le rencontrer que dans la pénombre, se promit-elle.

— Ma chère Lucie, dit le vieillard, qui se leva en grognant pour l'accueillir. Comme tu es belle ! Une vraie femme, maintenant, et belle – très, très belle.

Il prit dans ses mains rudes celles de Lucie.

— Tu es timide, je le vois. Peu importe, ma chérie. Nous serons bientôt mariés et ce ne sera plus de mise.

Il jeta un coup d'œil à Babouche.

— Laisse-nous, dit-il en hindi. Et fais-nous apporter de quoi manger.

Lorsque Babouche fut parti après s'être incliné, Victorio regarda Lucinda avec un large sourire.

— Un peu de vin, en attendant ?

Lucinda refusa. Tandis que Victorio prenait une autre carafe et s'installait sur le divan, elle essaya de faire bonne figure.

— Quel malheur pour ton oncle Carlos ! Il a été empoisonné, tu sais. C'est du moins ce qu'a affirmé le docteur, fit Victorio en dressant un sourcil de manière significative.

— Je croyais qu'il était mort de la dysenterie, bredouilla Lucinda.

— Bon, quoi qu'il en soit, il est mort. Quand nous serons mariés, toi et moi, nous serons donc en possession de toute la fortune de la famille, tu sais. Elle est importante. Nous serons à l'aise.

Au lieu d'un domestique, comme s'y attendait Lucinda, Geraldo apparut, portant des assiettes de chèvre grillée et épicée et une autre cruche de vin. Il adressa à Victorio un sourire affectueux ; à l'intention de Lucinda, sans que le vieillard le voie, il roula des yeux. Quand il fut parti, Victorio fit signe à Lucinda de s'asseoir à ses pieds. Il se reversa du vin, sans se mettre en peine d'en proposer à Lucinda cette fois-ci.

Tout en parlant, il contemplait au-delà d'elle un paysage qu'il était le seul à voir. Il lui annonça qu'il avait envoyé un message à Goa, pour que les bans soient publiés, et que le mariage serait célébré dès qu'un prêtre arriverait à Bijapur.

— En petit comité. Seuls des personnages importants seront invités – le grand vizir, le khaswajara. Peut-être le commandant Shahji...

Il était lancé, radotant à tout va, expliquant à Lucinda qu'elle allait devoir organiser pour eux une maison digne de leur rang à Bijapur :

— Il faudra choisir ce qu'il y a de plus beau. Mais fais attention à ne pas dépenser trop. De toute façon, tu auras très vite de quoi t'occuper par ailleurs...

Lucinda comprit qu'il parlait d'un bébé. Ils engageraient une *ayah* pour l'aider. Lucinda imagina l'avenir qu'il décrivait : elle, un bébé et une bonne d'enfants dans une maison et une ville inconnues, avec un mari qui avait de grandes chances de devenir égrotant et de mourir dans des délais rapprochés. La proposition de Geraldo ne lui semblait plus aussi infâme que quelques jours plus tôt.

— Non.

Lucinda se retrouva debout sans savoir comment.

— Ça ne se passera pas comme ça.

Elle tourna les talons et était presque arrivée à l'entrée de la tente quand Victorio se rendit compte qu'elle partait et interrompit son monologue :

— Lucie ! Que fais-tu ?

— Je m'en vais, mon oncle.

Victorio gloussa, puis éclata de rire, si fort qu'il se mit à tousser.

— Et où comptes-tu aller, ma chérie ?

— Vous me croyez sans ressources ?

— Tu es une enfant. Tu es ma pupille. Tu es ma femme, ou tu vas l'être très bientôt. Tu es une Dasana et tu feras ce qu'on te dira !

— Vous vous trompez. J'ai décidé de suivre une autre voie.

Avant que Victorio ait pu dire un mot de plus, elle avait disparu.

Dehors, Geraldo, Gama et Babouche mangeaient autour du feu. Plus loin, elle vit les ombres des sentinelles qui montaient la garde. Geraldo se leva d'un bond et la rejoignit.

— Eh bien, ma chère cousine, comment as-tu trouvé ton mari ?

Lucinda passa à côté de lui sans le regarder et se hâta vers sa tente à travers la clairière sombre. Elle regarda derrière elle et vit que Babouche lui emboîtait le pas.

— Laissez-moi tranquille ! cria-t-elle.

— Je vais chercher la bayadère, gémit l'eunuque en la suivant.

— Alors, marchez derrière moi, répliqua Lucinda en continuant de se hâter.

Maya leva les yeux quand elle entra.

— Ça y est ? demanda-t-elle après avoir jeté un coup d'œil au visage de Lucinda.

— Ça y est, répondit celle-ci.

Maya se leva et lui prit les mains.

— C'est mon tour.

Elle étreignit Lucinda et lui chuchota à l'oreille :

— Ne fais rien avant mon retour. Tu as compris ? Rien ! Nous avons le temps, ma sœur, nous avons tout le temps. Attends mon retour. Nous parlerons et dresserons un plan.

Babouche entra à ce moment-là.

— C'est mignon, dit-il. Vous êtes devenues amies.

Il blêmit en voyant comment elles le regardaient.

— Ne me faites pas de mal ! s'écria-t-il en pointant les doigts comme s'il voulait chasser le mauvais œil.

Maya s'écarta de Lucinda.

— Allons-y, maître eunuque.

Elle jeta autour de ses épaules le châle argenté qu'elle portait depuis qu'elle avait débarqué du dhaw à Goa.

— Promets-moi d'attendre mon retour, ma sœur.

— Je te le promets, répondit Lucinda d'une voix à peine audible.

— Qu'êtes-vous en train de comploter ? demanda Babouche, qui contenait avec peine son appréhension.

— La mort des hypocrites, murmura Maya.

— Quoi ?

Il eut un petit rire nerveux.

— Oh ! béni soit le Prophète, en ce cas, je ne risque rien, ajouta-t-il, comme s'il embrayait sur la plaisanterie de Maya.

Maya ne rit pas.

— Par les seins de la Vierge, que tu es belle !

Babouche venait d'introduire Maya dans la tente de Victorio et le vieux, étendu sur le divan, la regardait, complètement ébahi.

— Quand je songe que tu m'appartiens, lâcha-t-il dans un murmure.

— Jusqu'à demain, maître, confirma gaiement Babouche.

— Oui, mais ce soir elle est mienne, hein ?

A la lumière de la lampe, le châle argenté de Maya chatoyait comme la lune.

— Tourne-toi.

Elle s'exécuta, laissa tomber le châle de ses épaules pour que Victorio puisse voir sa peau dorée.

— As-tu été initiée au tantra ?

Maya lui faisait maintenant face en silence, sans expression mais les yeux brillants.

— Laisse-nous, dit-il à Babouche. Laisse-nous, va, répéta Victorio, le visage congestionné, les yeux injectés de sang.

— Faites bien attention, tous les deux...

— Va, te dis-je ! hurla Victorio en se levant du divan, mal assuré sur ses jambes.

Babouche attendit près du feu de camp, trop nerveux pour s'asseoir, en jetant des coups d'œil fréquents vers la tente de Victorio. Geraldo se comportait comme si cela avait été une bonne plaisanterie. Chaque fois qu'un gémissement étouffé s'échappait de la tente, il riait, si fort parfois qu'il devait s'essuyer les yeux. De l'autre côté du feu, Gama avait disposé ses pistolets en ligne et il les fourbissait un à un avec son mouchoir sombre, sans jamais lever les yeux.

Maya sortit finalement de la tente, échevelée

mais non moins belle. Ses cheveux tombaient en cascade sur ses épaules. Elle les couvrit de son châle.

— Il est encore vivant ? s'enquit Geraldo en riant.

— Il l'était quand je l'ai quitté...

Lorsque Maya passa à côté du feu, elle croisa le regard de Gama, mais tous deux détournèrent immédiatement les yeux.

— Ne ferions-nous pas mieux d'aller avec elle ? demanda Babouche.

— Pour quoi faire ? répondit Geraldo.

— Raconte-moi, dit Lucinda à l'entrée de Maya.

Elle était pelotonnée sur le lit au milieu des coussins, vêtue uniquement de sa combinaison en guise de robe de chambre, une couverture grossière autour des épaules. Elle avait mouché toutes les lampes sauf une, qui vacillait derrière son abat-jour à trous en projetant des ombres sinistres.

Sans la regarder, Maya laissa tomber son châle de ses épaules.

— Il ne m'a pas touchée. Il m'a demandé de tortiller des hanches... de danser. Il a dit qu'il préférait se servir de sa main.

Elle déroula lentement son sari et se retrouva nue un moment avant de passer une robe toute simple. Toujours silencieuse, elle rassembla quelques coussins pour former une couche et s'y allongea en soupirant. Elle se tourna enfin vers Lucinda.

— Il veut que je te forme, comme je l'ai été.

Elle prononça ces mots comme si de rien n'était, comme s'ils ne recouvraient pas une réalité infâme, mais Lucinda n'en eut pas moins un mouvement de recul.

— Il est vieux, poursuivit Maya en prenant soin de conserver une voix neutre. Cela ira plus vite si tu bouges, plus vite encore si tu lui donnes des coups de talon dans les fesses, si tu lui mordilles le cou et lui suces la langue.

Elle avait dit tout cela sans regarder Lucinda.

— Ce ne sera peut-être pas agréable pour toi, mais ça te permettra d'en finir rapidement, ce que tu préféreras sans aucun doute. Tu peux aussi rester sur le dos, toute rigide. Ça prendra plus de temps, mais au moins tu le rendras malheureux. Il te faudra choisir.

Maya prit son sac à bandoulière.

— Si c'était moi, je prendrais la seconde option.

— C'était pénible ?

— Pas plus que d'aller au déduit avec des marchands. Nous avons parlé de ça, non ?

Lucinda acquiesça.

— Il pourrait prendre un bain, en tout cas. Peut-être trouveras-tu le moyen de l'en persuader.

Maya répandit le contenu de son sac sur la couverture qu'elle avait sur les genoux. Elle trouva le morceau d'étoffe dans lequel elle avait enveloppé l'arsenic que lui avait donné Lucinda. Elle remit tout le reste dans le sac.

— J'ai le mien, moi aussi, dit Lucinda en montrant sa boîte en argent.

Elle ouvrit le couvercle, et la pâte qu'elle contenait se mit à luire, rouge, à la lueur de la lampe.

— Qu'allons-nous faire ?

Les femmes se faisaient face et un feu couvait dans leurs yeux, à la lumière vacillante.

C'est alors qu'elles entendirent les gémissements.

Autour du feu, les hommes venaient de détourner le regard de l'ombre ondoyante de Maya quand ils entendirent un fracas dans la tente de Victorio.

— Il continue, plaisanta Geraldo. Il ne s'est pas rendu compte que la bayadère est partie...

Le bruit se fit à nouveau entendre et Gama se leva en fourrant ses pistolets dans son ceinturon.

— Il y a quelque chose qui ne va pas, dit-il.

Mais avant qu'il ait pu faire quoi que ce soit, Victorio, vêtu uniquement de sa culotte, sortit de la tente d'un pas chancelant en se cramponnant aux cordes.

— Il faut que j'aille pisser, grogna-t-il.

— Vous avez l'air éreinté, remarqua Gama en s'approchant de lui pour l'aider.

Le vieil homme lui fit signe de le laisser.

— Excès de vin... et d'autre chose.

Il réussit à faire un clin d'œil en louchant avant d'empoigner encore la corde pour garder l'équilibre.

— J'ai seulement besoin d'aller dans les buissons, c'est tout.

Il avança en titubant, s'appuya contre un arbre, puis fit encore quelques pas et percuta une sentinelle.

— Qui diable es-tu ?

— Votre garde, monsieur, répondit l'autre en l'aidant à se remettre debout.

Victorio le regarda en louchant ; ses yeux étaient si troubles qu'il voyait à peine.

— Grâce à Dieu... Je croyais que tu étais le Malin venu me chercher pour m'emmener tout droit en enfer...

Il se mit à rire, si violemment qu'il tomba à genoux. Gama se précipita pour l'aider à se relever.

— J'ai... cru que c'était le Malin, bredouilla Victorio comme s'il lui confiait un secret. Je croyais bien que mon heure était arrivée. Non pas que ça m'aurait ennuyé. Je serais mort heureux. Mon Dieu ! sa calha se tortillait sur ma fonte comme un poisson !

Gama le releva et l'aida à aller en titubant jusqu'aux buissons.

— Par Dieu, je lui ai montré ce qu'un vrai homme est capable de faire. Jusque-là, elle n'avait eu que des hindous, vous savez. Ils ont une petite fonte, comme ça...

Victorio leva l'index, dont il laissa choir mollement le bout, et se mit à rire. Le rire se mua en toux, une toux si violente qu'il retomba à genoux, haletant. Gama lui donna des tapes dans le dos, tout en sachant que c'était inutile. Le vieillard arrivait à peine à respirer. Il avait les yeux exorbités. A la toux s'ajoutèrent des haut-le-cœur. Il vomit brusquement. Ça coulait sur sa poitrine, formant une flaque nauséabonde à ses pieds. Gama essaya de le relever et fut éclaboussé pour sa peine. Victorio l'empoigna par les bras, les yeux si écarquillés qu'ils semblaient près d'éclater, le visage écarlate, les veines du cou saillant et battant à se rompre. Plus sa face se tordait, plus il serrait fort les bras de Gama.

— Oh, mon Dieu ! cria-t-il, sa voix traînant en un hurlement perçant.

Le torse secoué par saccades, il lâcha les bras de Gama pour empoigner son abdomen. Il y eut comme un bruit de déchirement, suivi d'une puanteur. Son énorme ventre pâle était comme baratté ; à la lueur du feu de camp, Gama le voyait bouillonner, comme s'il avait été plein d'anguilles. Victorio continua d'évacuer.

— Va chercher de l'aide ! cria Gama à la sentinelle.

— Oui, monsieur !

Le garde pivota sur lui-même, puis se retourna aussi sec.

— L'aide de qui, monsieur ?

— Geraldo, Babouche ! N'importe qui !

Tandis que son ventre émettait de nouveaux borborygmes, Victorio poussa une effroyable plainte.

— Ne me laissez pas, Gama ! fit-il, haletant.

Il se remit à gémir. Gama s'agenouilla à côté de lui.

— J'ai été stupide... murmura-t-il, avant de hurler à nouveau de douleur.

Curieusement, Babouche resta imperturbable. Quand il vit Victorio, il fit claquer sa langue, retroussa ses manches et retira au vieillard sa culotte souillée.

— Allez chercher de l'eau. Une pleine bassine, ordonna-t-il à la sentinelle.

Tout nu, Victorio se tordait par terre, emplissant la nuit de ses gémissements. Babouche s'agenouilla à côté de lui et lui caressa le front de sa main potelée en fredonnant une sorte de berceuse.

— Il est mourant, chuchota-t-il à Geraldo et à Gama, qui s'en étaient déjà rendu compte.

Lorsqu'on apporta la bassine, il demanda aux *farangs* de soulever Victorio, puis il le lava à grande eau de ses propres mains. Ensuite, sous les encouragements de Babouche, on l'emmena à sa tente en le portant et le traînant à moitié. Quand on le déposa sur le divan, il s'était complètement vidé. Il avait des haut-le-cœur et son ventre était agité de spasmes, mais il n'avait plus rien à évacuer.

— Oh là là ! soupira Babouche. Je savais bien que j'aurais dû apporter de l'opium...

Ils essayèrent de l'empêcher de se découvrir, mais à cause de ses spasmes et de ses gestes désordonnés, c'était impossible. A la vue de ce vieux corps entre les griffes de la mort, même Gama pleura.

Il fallut à Victorio une bonne heure pour mourir.

SEPTIEME PARTIE

Les chutes de Gokak

Ils disposèrent le corps sur le divan. Geraldo, l'air inhabituellement sérieux, ferma les yeux de Victorio et tira une couverture sur son visage gris. Ils gardèrent le silence un moment, puis Babouche appela une sentinelle d'un claquement de doigts.

— Va dans ma tente chercher l'une de mes assiettes vertes. Et que ça saute, balourd !

La sentinelle regarda Gama et Geraldo, qui haussèrent les épaules à tour de rôle. Le garde s'inclina finalement et partit à la hâte.

— La bayadère, ça a été trop pour lui, déclara Geraldo en guise de panégyrique. Le pauvre. Trop de plaisir.

— Ne dites pas de sottises, rétorqua Babouche. Ce n'est pas le plaisir qui a provoqué sa mort.

Gama et Geraldo échangèrent un regard. Gama se rendit compte soudain à quel point l'eunuque avait changé, depuis leur première rencontre. Bien campé sur ses pieds, les bras croisés, il les regardait avec une grande autorité. Gama eut du mal à ne pas rire.

Les assiettes en étain, les cruches de vin et la bouteille vide de Victorio étaient éparpillées par terre. Gama se baissa et remit debout une cruche en argent. Il regarda la couverture qui cachait Victorio.

Que va-t-il se passer, maintenant ? se demanda-t-il.

Au même instant, la sentinelle fit irruption et tendit à Babouche l'assiette vert pâle.

L'eunuque la prit et fit rapidement le tour de la tente en ramassant au passage les morceaux de mouton tombés par terre qu'il disposait dessus. Babouche avait l'air de savoir ce qu'il faisait, alors que Gama n'en avait pas la moindre idée. L'eunuque renversa aussi sur l'assiette quelques gouttes de vin des cruches presque vides.

— Regardez, dit-il en la tenant près d'une lampe.

Une tache violette s'était formée à la surface.

— Le vin a teinté l'émail, fit observer Geraldo.

Babouche lui lança un regard furieux. Il inclina l'assiette pour faire tomber son contenu par terre, puis la leva pour qu'ils puissent voir. L'émail vert pâle était zébré de taches aux endroits où s'était trouvée la nourriture.

— Du céladon de Chine. Le sultan prenait ses repas là-dedans. Sa propriété de foncer au contact d'un poison est bien connue. Il peut même se casser si le poison est très violent.

Gama, qui commençait à comprendre, prit l'assiette.

— Quelqu'un a empoisonné Victorio ? fit-il.

— Oui, Deoga. Quelqu'un a mis du poison dans la nourriture et le vin de maître Victorio.

— Mais qui ?

Babouche sourit.

— Qui en effet ? J'y réfléchirai demain. Pour l'heure, je vais me coucher. Tout cela m'a complètement épuisé, fit-il en bâillant de manière théâtrale. Il n'y a rien de plus à faire pour l'instant. Essayons de dormir.

Il s'inclina, puis se retourna au moment de sortir.

— Quelqu'un a-t-il prévenu les filles ?

Les deux hommes secouèrent la tête.

— Eh bien, n'en faites rien.

Sur ce, il s'en alla. Geraldo le suivit du regard. Il fixa ensuite Victorio, puis l'assiette que Gama avait à la main, et regarda celui-ci dans les yeux.

— Il les soupçonne ? dit-il.

— Si elles sont suspectes, nous le sommes aussi, répondit Gama en tirant sur son oreille.

— Pourquoi serions-nous suspects ? Pourquoi le serais-je ? répliqua Geraldo. L'eunuque avait beaucoup à gagner, lui aussi...

Plus tard, Gama comprit son erreur. Geraldo dormait dans la tente des hommes, où Babouche était déjà en train de ronfler. Il aurait dû faire de même, mais il détestait dormir sous la tente, l'air de la nuit était frais et après cette terrible journée il avait envie d'être seul. A quelques pas du feu de camp, il trouva sa selle et son paquetage et étala une couverture par terre. Il contempla l'immense voûte étoilée, battit des paupières.

Il flottait sur le dos dans un océan de lait. Des nuages tourbillonnaient dans le ciel clair, mais il vit ensuite que ce n'étaient pas des nuages mais des milliers de crânes blancs, qui filaient dans les airs avec un ensemble parfait, comme des bancs de poissons. Au milieu d'eux une étoile apparut, aussi brillante qu'une perle bleue. Elle tomba vers lui lentement, puis s'ouvrit, révélant une vieille femme guère plus grande qu'un enfant.

— Qui êtes-vous ? demanda Gama.

Les yeux de la vieille femme brillaient d'un bleu profond comme le ciel au crépuscule.

— Qu'as-tu l'intention de faire avec la coiffe de ma fille ?

Gama avait envie de lui dire de se mêler de ce qui la regardait, que ce n'était pas sa fille, mais des paroles inattendues sortirent de ses lèvres :

— J'ai l'intention de la lui garder. C'est la sienne.

La vieille femme sourit. Les dents qui lui restaient étaient blanches comme des perles.

— Tu as bien parlé. Demande-moi une faveur.

— Dites-moi votre nom.

— Gungama. Demande-moi une autre faveur.

— Donnez-moi de l'espoir.

— Je t'en donne. Demande une autre faveur.

— Mettez fin à ma solitude.

— Accordé. Demande encore une faveur.

— Aidez-moi à remettre les choses en ordre. Tout est allé de travers.

Gungama baisa de ses vieilles lèvres la joue de Gama.

— Tout ce que tu demandes est juste. Accordé, accordé, accordé. Mais le danger arrive, Deoga. Réveille-toi ! Réveille-toi vite.

Gama ouvrit brusquement les yeux. Tout autour de son lit de fortune, des gardes appuyaient la pointe de leur épée contre son cou. Il leva lentement les mains pour montrer qu'elles étaient vides. Babouche se fraya un passage au milieu d'eux, suivi de Geraldo.

— Mettez-le debout et ligotez-le, ordonna l'eunuque.

Deux des gardes relevèrent Gama. L'un lui attacha les mains derrière le dos pendant que l'autre lui prenait ses pistolets.

— Maintenant, conduisez-le dans la tente.

— Qu'est-ce que vous faites, *senhor* eunuque ? s'étonna Gama. Je n'ai pas fait de mal à Victorio !

Les gardes le poussèrent jusqu'à la tente de Babouche.

— Soyez assuré que je vous crois, Deoga ! lança l'eunuque de sa voix flûtée.

Quand ils furent entrés dans la tente, les gardes le poussèrent par terre. Tandis que l'un lui appliquait le tranchant de son épée contre le cou, l'autre lui attachait les pieds. Ils s'en allèrent après s'être assurés qu'il était solidement ligoté.

Gama se débattit un moment, mais les cordes étaient trop serrées. Il bouillait intérieurement mais ne pouvait qu'attendre. Il entendit du bruit à l'extérieur de la tente, des grognements, des vociférations, puis un cri de femme.

Quelques instants après, le rabat de la tente s'ouvrit à nouveau. Les gardes qui l'avaient ligoté faisaient maintenant entrer Lucinda à la pointe de l'épée. Babouche suivait.

— Voilà votre empoisonneuse, dit-il doucement.

— Lucie ?

— Elle-même, Deoga. Je suis désolé de vous avoir fait ligoter, car vous vous êtes montré courtois avec moi, mais qu'aurais-je pu faire si vous aviez décidé de l'aider ? Vous êtes beaucoup trop dangereux et elle ne doit pas échapper à la justice.

En combinaison, les cheveux défaits lui tombant sur les épaules, Lucinda marchait comme une somnambule. Ses mains attachées dans le dos, ses jeunes seins pointaient à travers la fine cotonnade. Les gardes la lorgnèrent en la conduisant au divan et en lui attachant les chevilles.

— A quoi jouez-vous là, Babouche ? gronda Gama.

— Vous me surprenez, Deoga. Devrais-je fermer les yeux sur le meurtre de mon ami ? Peut-être était-il un *farang*, mais n'était-il pas un homme ?

— Qu'est-ce que vous voulez... de l'argent ?

Babouche fit la moue et cligna des yeux.

— Je veux que justice soit faite. Et elle le sera.

— Laissez-moi voir Geraldo.

— Plus tard. Nous devons discuter de certaines questions. Demain j'enverrai un message à la sultane. Vous avez de la chance, maîtresse, dit l'eunuque à Lucinda. Je pourrais vous faire exécuter séance tenante... c'est la loi. Il n'y a d'autre châtiment que la mort pour les meurtriers... même pour les femmes. Par courtoisie, je dois informer la sultane. Si j'ai bien compris, vous autres chrétiens dites des prières ? Utilisez bien le peu de temps qu'il vous reste.

Babouche adressa à Gama un sourire de sympathie et s'en alla, suivi par les gardes.

— Lucie... c'est terrible, dit Gama en se débattant pour se rapprocher d'elle.

— Pas tant que ça. Voilà longtemps que ma vie est finie... Je me réjouis de mourir. Quel est le pire, dites-moi ? Ne jamais goûter à l'amour ou y goûter un peu et le voir ensuite s'envoler ?

— Ne parlez pas d'amour en un moment comme celui-là !

Lucinda le regarda en face.

— Pourquoi pas ? Bientôt, je serai morte. De quoi d'autre pourrais-je parler ? N'avez-vous jamais aimé, cousin ?

Gama ne put trouver de réponse. Il n'avait qu'une seule idée : s'échapper. Lucinda ferma les yeux et versa d'autres larmes.

— J'ai été sotte. J'ai hésité. Mais mon cœur était devenu sien, il ne m'appartenait plus. Lorsque je me suis finalement décidée, lorsque j'ai été prête à renoncer à tout, il était trop tard. Il m'a rejetée. Il me hait. Et maintenant, il me faut renoncer à tout, de toute façon.

Gama se rapprocha encore.

— Mais, Lucie...

— Nous dormons dans de nombreuses tentes différentes, cousin.

Gama cligna des yeux.

— Que dites-vous, mon petit ?

— La vie est comme une caravane, et au cours du voyage nous changeons souvent de tente. Demain, je dormirai dans une autre. Pourquoi devrais-je m'en soucier ?

— Qui vous a dit cela ? demanda Gama.

Lucie s'était détournée et ne répondit pas.

Gama recommença à s'escrimer sur les liens enserrant ses poignets. Lutter le réconfortait un peu. Au moins cela l'occupait-il.

Peu après, Geraldo entra, avec trois gardes. Il portait un pistolet à canon long, l'un de ceux de Gama.

— Emmenez-la dans la tente de Victorio, ordonna-t-il.

— Pourquoi ? s'écria Gama.

— Elle aura ainsi sous les yeux l'homme qu'elle a assassiné et pourra méditer sur son crime, répondit Geraldo sans se retourner, les yeux fixés sur Lucinda.

Les gardes allèrent à grands pas au divan : deux prirent Lucinda sous les bras, le troisième par les pieds, et ils la soulevèrent ainsi comme un sac.

— Traitez-la avec respect, sinon vous aurez affaire à moi, les mit en garde Geraldo en pointant le pistolet pour souligner ses paroles, avant de se pencher pour embrasser au passage Lucinda sur la bouche. Oh ! ma cousine, dit-il en soupirant, quel bon temps nous aurions pu avoir !

Lucinda redressa brusquement la tête et lui cracha dessus. Il s'essuya le visage et fit un signe de tête aux gardes. Après qu'ils l'eurent emmenée, il se laissa choir avec désinvolture sur le divan de Babouche.

— Elle a du caractère, n'est-ce pas ?

— Vous savez qu'elle ne l'a pas empoisonné, grommela Gama.

— Comme vous êtes perspicace, Deoga, fit Geraldo en riant doucement. Bien sûr que je le sais, puisque c'est moi qui l'ai empoisonné.

Gama leva brusquement les sourcils.

— Vraiment, cousin, il vous arrive parfois d'être très vif, ajouta-t-il en jouant avec le pistolet de son interlocuteur. Cela m'a pris des années, Deoga, mais ce soir mes efforts sont récompensés... Eliminer les deux obstacles restants, Victorio et Lucinda, d'un seul coup ! Vous devez reconnaître que c'est finement joué. Eux morts, la fortune des Dasana me revient.

Geraldo éclata de rire en voyant l'air horrifié de Gama.

— Allons, Deoga, vous aviez presque trouvé. Victorio m'a dit que vous étiez le seul à vous être rendu compte à quel point j'étais près de la fortune, près d'être le seul héritier. Vous ne pouvez pas maintenant faire comme si la surprise était totale pour vous !

Gama chercha ses mots :

— Oui... peut-être. Je ne me serais jamais attendu à une telle audace...

— Tout juste ! s'exclama Geraldo en se levant d'un bond. L'audace ! C'était la clé ! « Comment quelqu'un peut-il être aussi mauvais ? penserait l'homme de bien. Un tel soupçon est monstrueux ! » C'est ainsi que l'homme de bien marche à la mort en souriant, les yeux ouverts, mais sans rien voir.

Il s'inclina devant Gama.

— Vous en êtes le parfait exemple.

— Vous croyez avoir gagné ? Alors, bouclez-la et profitez-en. N'en parlez pas, pour l'amour du ciel !

— Vraiment, cousin... j'ai besoin de partager mon bonheur avec quelqu'un.

Geraldo se renversa confortablement sur le divan et pointa le pistolet non armé vers Gama.

— C'est dangereux de les laisser chargés. Et si le coup partait accidentellement ?

Il fit semblant de tirer et rit par-devers lui.

— Vous ne savez pas encore le meilleur ! Babouche. Je croyais qu'il me faudrait empoisonner cette satanée fille ou, pire, l'épouser. Babouche a tout résolu. Quel sot ! Il a suffi de lui glisser un mot ou deux à l'oreille. Lorsque je lui ai dit que j'allais être l'unique héritier et que je serais toujours son ami, il a compris sans que j'aie besoin de lui faire un dessin. Au moins, la mort de Lucinda ne me sera pas comptée.

— Vous vous êtes fié à Babouche ?

Gama dévisagea Geraldo. Celui-ci savourait, jouissant de l'attention de Gama. Mais le moment passa et Gama le fixait toujours. Sous son regard implacable, l'autre commença à être mal à l'aise. Puis Gama se mit à rire. Il continua à le faire lorsque Geraldo lui intima d'arrêter et même quand il leva le pistolet et arma le chien.

— Allez-y, dit-il enfin. Le sot, c'est vous, pas Babouche ! Et c'est la sultane qui est devenue riche ce soir, Aldo. Pas vous.

— Que voulez-vous dire ?

— Vous ne saviez pas que les biens d'un meurtrier sont confisqués ? La fortune de Lucinda reviendra à Bijapur – droit dans la cassette royale de la sultane !

Gama laissa passer quelques instants, le temps pour Geraldo de réfléchir. Puis il enfonça le clou :

— Vous auriez dû la tuer carrément. Votre ingéniosité vous a perdu, Aldo ! Demain, elle sera condamnée pour meurtre. Demain, elle perdra tout... et vous aussi.

— Mais Babouche...

Gama sourit.

— Babouche recevra le dixième. Il sera riche. Pas vous, expliqua Gama en s'efforçant de ne pas rire, tant Geraldo, blanc comme un linge, était pitoyable.

— J'ai été stupide... Ma bonté m'a vaincu. Elle n'a pas encore été condamnée... Et si je la tuais maintenant ?

— Trop tard. Babouche n'est pas bête. Il s'attend à des complications. C'est pourquoi il m'a privé de ma liberté. Et même si vous y arriviez, si personne ne vous voyait, Babouche saurait que c'est vous. Votre fortune est perdue.

— Il doit bien y avoir un moyen... fit Geraldo, l'air interdit.

— Bon, ce n'est pas si grave. Vous êtes jeune. Vous êtes redoutable. Vous pourrez devenir conciliateur...

Geraldo gifla Gama et sortit de la tente comme un ouragan.

Quelques minutes seulement s'écoulèrent avant que le rabat de la tente ne s'ouvre de nouveau, mais pour Gama les secondes avaient paru des heures. Il s'attendait à voir réapparaître Geraldo et se prépara à se faire tabasser, mais c'était Maya. Elle se précipita en silence à son côté et posa sa petite main fraîche sur sa joue.

— Qu'ont-ils fait, Deoga ?

— Tu as vu Lucie ?

Maya fit signe que non.

— Ils n'ont pas voulu me laisser lui parler. Il m'a fallu beaucoup parlementer pour qu'ils me permettent seulement de venir à vous. Ils l'ont emmenée dans la tente de Victorio. Elle est attachée au montant de la tente et elle pleure. Ce n'est pas bon pour elle d'être là, Deoga, en compagnie d'un cadavre. Cela va lui donner de sombres pensées.

— Tu peux m'apporter un pistolet ? demanda Gama, soucieux.

— Non, Deoga. Ils sont enfermés dans un coffret, sous bonne garde. Ils pensent que vous êtes dangereux.

— Ils se trompent. Pas sans armes. Peut-être une épée ? un couteau ?

Maya fit non la tête.

— Je ne sais pas comment m'en procurer. Et Babouche m'a fouillée lui-même avant que j'entre. Il s'est plu à le faire à fond...

Gama secoua la tête, surpris.

— J'aurais pensé que ce serait Geraldo qui te fouillerait...

— Il regardait.

Elle posa la main sur celle de Gama, la pressa doucement.

— Demain, nous partons pour le camp de la sultane et Lucinda y sera exécutée. Ne pouvons-nous rien pour elle, Deoga ?

— Rien, répondit-il au bout d'un moment.

Il hésita, les sourcils froncés.

— Si... il reste peut-être une possibilité de la sauver.

— Laquelle ?

— Pathan.

Gama réfléchissait intensément, le regard dans le vague.

— Si les circonstances s'y prêtaient, il pourrait y arriver, dit-il finalement. Sais-tu quelle route nous allons prendre ?

— Ils disent que nous passerons sous les chutes de Gokak. Ce n'est pas le chemin le plus facile pour rejoindre la sultane, mais il est beaucoup plus court.

Les yeux de Gama s'éclairèrent.

— Ça, c'est une bonne nouvelle ! Peut-être y a-t-il une chance...

— Mais comment faire passer le mot à temps à Pathan ? Comment lui faire passer le mot tout court ?

Gama lui parla à voix basse du clan des Trois-Points, qui les suivait comme leur ombre. Il lui parla du signal convenu avec Wali Khan. Il échafauda peu à peu un plan avec elle et composa le message que Maya devrait transmettre. Il le lui fit répéter et s'assura qu'elle n'oubliait aucun détail. Même quand elle l'eut répété de manière satisfaisante, il secoua la tête, sceptique.

— Non, c'est impossible. Ça ne marchera jamais.

— Il faut que ça marche, Deoga. Et même si cela doit échouer, nous devons essayer. Il ne faut pas qu'elle meure. Nous devons faire de notre mieux et nous en remettre à la déesse pour le reste. Je donnerai le signal. Je leur répéterai vos paroles. Pathan va certainement la sauver.

Maya lui déposa un baiser sur la joue comme on embrasse un oncle. Gama se souvint alors de son rêve de la vieille femme et de l'océan de lait et il voulut lui en parler, mais elle était déjà partie.

Les sentinelles étaient rassemblées autour du feu, près des tentes où étaient enfermés Lucinda et Gama.

— Je vais dans les buissons, annonça-t-elle calmement en prenant une branchette enflammée dans le feu.

Une fois hors de vue, elle agita la branche trois fois en répétant son mantra à chaque pas.

Elle se demanda si cela suffirait, si elle ne devait pas refaire le signal.

A quoi ressemblent-ils, ces gens du clan des Trois-Points ? Feront-ils ce que je demande ou est-ce qu'ils... ?

Elle commençait à se ronger les sangs quand

les buissons près d'elle s'entrouvrirent. Deux silhouettes sombres apparurent.

Avant que l'aube ne pointe dans la vallée de Konnur, Pathan s'éveilla d'un rêve agité. Bien que le souvenir s'en fût évaporé comme brume au soleil, l'inquiétude qu'il avait suscitée persistait – comme un battement d'ailes contre une fenêtre, les signes annonciateurs d'une tempête, la proximité d'un loup en maraude.

Personne n'était réveillé, en dehors d'un vieux garde, assis sur les marches de la véranda, blotti sous une dizaine de couvertures en dépit de la douceur de l'air. Pathan le salua de la main et partit faire sa ronde.

Un pressentiment le conduisit vers l'allée bordée d'arbres. Les oiseaux trillaient et les crapauds arboricoles coassaient. Mais il y avait autre chose, un bruit à la limite de l'audible.

Il le reconnut alors. C'était un lointain crachotement, comme un cheval mené durement qui s'ébroue dans l'obscurité. Il tira son cimeterre du fourreau, lentement pour que l'acier ne tinte pas. En se déplaçant sans bruit d'une ombre à l'autre, il trouva deux chevaux attachés à un buisson près d'un arbre à branches basses.

Il se retourna et ne vit rien dans les ténèbres, mais il était maintenant certain que quelqu'un se trouvait là.

— Parlez et je ne vous ferai pas de mal ! lança-t-il à haute voix.

L'un des chevaux leva la tête et s'ébroua ; sinon, le silence était total.

Sans raison définie, si ce n'est l'impression d'être observé, Pathan se retourna d'un seul coup. Derrière lui, deux énormes cocons marron étaient accrochés aux branches d'un arbre des conseils. Ils s'ouvrirent sous ses yeux... et il vit alors que ce n'étaient pas des cocons, mais des couvertures attachées aux branches. Deux hommes en sortirent et se dirigèrent lentement vers lui. Tous deux tenaient un arc avec une flèche encochée.

— Elle a dit que vous saviez y faire. Elle a dit que vous nous trouveriez et vous l'avez fait.

Les deux hommes se regardèrent en souriant.

— Ouais, vous êtes assez fort. Nous aurions pu vous tuer, mais deux ou trois fois seulement, dit l'autre.

Ils rirent.

— Qu'est-ce que vous voulez ? Qui vous a parlé de moi ?

— Calmez-vous. Nous avons un message pour vous. D'un *farang* qui dit être votre ami. Il dit que vous lui devez une faveur. Il est temps de payer sa dette, qu'il a dit.

Le bandit, celui qui avait parlé le premier, s'interrompit et ses lèvres se tordirent en un rictus.

— Il y a un problème avec un autre *farang*... à propos d'une *farang*...

— Des *farangs* en veux-tu en voilà, fit l'autre en riant.

Le visage de Pathan se figea.

— Pourquoi êtes-vous venus me voir ? Pourquoi ne pas l'avoir aidé vous-mêmes ?

Les deux hommes échangèrent un regard.

— Il ne veut pas que nous fassions du gâchis, capitaine. Ce sont les paroles qu'il a employées.

Pathan leva un sourcil, l'autre poursuivit :

— C'est vrai, capitaine. Il a dit que vous étiez le seul à pouvoir faire quelque chose.

— Pourquoi ? Que faut-il faire de si particulier ?

Les bandits se regardèrent.

— Il veut que vous enleviez une meurtrière.

Dans la tente, les lampes avaient crachoté et s'étaient éteintes, sauf une. Gama sommeillait par à-coups. Le soleil filtra finalement à l'intérieur. Dehors, il entendait des paroles assourdies qu'il n'arrivait pas à saisir tout à fait. Il avait faim, soif et envie d'uriner. Pendant ce qui lui parut être une heure, il s'escrima à nouveau sur ses liens.

Il finit par renoncer, se laissa retomber sur le divan et, à son grand dam, se prit à sangloter. Il ravala ses larmes et maudit sa faiblesse, mais il lui fallut un moment pour s'arrêter. Ensuite, il s'endormit. Il se réveilla baigné de sueur, comme après un accès de fièvre. Il faisait chaud maintenant, et cela sentait la laine humide. Personne ne venait lui apporter de l'eau. Il n'y avait rien pour interrompre le train de ses sombres pensées.

Ses gardiens entrèrent enfin. Il était resté si longtemps seul qu'il accueillit leur arrivée avec plaisir. Cependant, ils ne dirent rien, mais le relevèrent, lui bandèrent les yeux et le firent sortir tambour battant. Au moins le laissèrent-ils vider sa vessie.

Sur les bords de son bandeau, Gama voyait un peu : son jet d'urine jaune, le bout en cuivre du fourreau du garde et les fleurs bleues écrasées sous ses bottes.

Ensuite, tout en marchant, il aperçut des petites zones d'ombre le long du sentier. Lorsqu'ils le firent arrêter, brutalement, il entrevit l'une des bottes de Geraldo. Après un long silence, la botte disparut.

Puis l'un des gardes l'empoigna par l'épaule, le fit pivoter sur lui-même et lui donna un coup de pied. Il trébucha en avant et s'affala sur une sorte de lit. Des mains douces le touchèrent et le guidèrent. En voyant un motif écarlate sur du satin, il comprit qu'on l'avait jeté sur un palanquin. Il se redressa en faisant la grimace.

— Entrez, Deoga, fit la voix de Maya.

Elle se pencha sur lui et le tira par les bras.

— Où est Lucie ? murmura-t-il.

Maya s'affaira pour essayer de l'appuyer confortablement sur un coussin.

— Elle est à cheval.

— Les imbéciles, dit-il.

Il imagina les discussions entre Babouche et Geraldo qui avaient abouti à ces dispositions. L'air renfrogné, il tira en vain sur les liens qu'il avait aux poignets, puis renonça, haletant.

— Ils nous observent. Je ne peux pas vous

aider, chuchota Maya. Et ils voient quand nous parlons. Ne dites rien, Deoga. Ce n'est pas prudent. Je vais faire semblant de pleurer et parlerai derrière ma main. Nous partons pour les chutes de Gokak et le camp de la sultane.

De tous côtés, on entendait la caravane se former.

— Je sais, répondit Gama. Je veux dire, j'avais deviné. Lucie est devant ou derrière nous ?

— Devant nous. Elle ne parle ni ne bouge. Elle porte une des robes de Babouche autour des épaules. Elle est toujours ligotée.

Les porteurs grognèrent et Maya et Gama s'élevèrent dans les airs en oscillant. La caravane était partie.

Ils marchèrent plus d'une heure, la plupart du temps en montée. Haletant, les porteurs avaient le souffle court. Au camp, ils avaient entendu au loin la chute d'eau. Maintenant, le bruit devenait de plus en plus fort, un grondement sourd de tonnerre et, de temps à autre, le rugissement soudain de l'eau frappant la roche.

— Nous sommes tout près, dit Gama.

Leur allure avait ralenti ; le chemin était irrégulier – des rochers brisés au bord de l'eau. Le palanquin tanguait quand les porteurs trébuchaient.

Gama entendit finalement Geraldo ordonner la halte et, avec une soudaineté qui confirmait leur état d'épuisement, les porteurs laissèrent tomber le palanquin d'un seul coup.

— Geraldo arrive, chuchota Maya.

Quelques instants plus tard, une main invisible

arracha le bandeau de Gama. Le soleil le fit cligner des yeux. Sur leur gauche, une paroi rocheuse à pic culminait à une dizaine de mètres ; sur leur droite, la rivière Ghaiprabha bouillonnait, se brisant en écume blanche sur des rochers cachés à la vue. Le chemin était ponctué de blocs de pierre de la taille d'un coffre-fort. Au fil du temps, la rivière les avait balayés en tas, comme un enfant écarte de la main les cubes de son jeu de construction. Il fallait faire attention où l'on mettait les pieds.

Droit devant eux, ils apercevaient le bord des chutes de Gokak. Elles tombaient avec violence, la rivière gonflée par des pluies récentes. De la brume s'élevait de la gorge en tournoyant dans le ciel bleu. A cet endroit, la rivière était large et peu profonde, le courant traître. L'autre rive était couverte d'une profusion de végétaux, de plantes grimpantes et d'arbres enchevêtrés en un fouillis impénétrable. A une centaine de pas devant eux, là où les chutes avaient formé un plan d'eau tourbillonnant, la brume montait autour d'un temple si ancien que des plantes grimpantes avaient poussé à travers ses colonnades et que sa tour penchait au-dessus de l'eau, comme sur le point d'y tomber. Une partie de ses ghats, les marches qui descendaient vers l'eau, était restée intacte.

Sans son bandeau, Gama avait l'impression que le bruit était plus fort. Il vit Geraldo lui parler mais dut tendre l'oreille pour entendre ce qu'il disait.

— Vous êtes trop lourd pour être porté, Gama. Dorénavant, vous irez à pied ! cria-t-il.

Il prit un couteau et coupa les cordes qui entravaient ses chevilles.

— Détachez mes mains ! cria à son tour Gama.

Geraldo se contenta de sourire d'un air narquois. Il montra les chutes de la tête.

— Vous connaissez les lieux ? demanda-t-il.

Gama acquiesça.

— Je suis passé par ici une fois. C'était pendant la saison sèche. La rivière n'était pas aussi grosse que maintenant. Ce chemin... cette piste minable mène droit à travers les chutes.

— Comment ça ? fit Geraldo. A travers l'eau ?

— Le passage n'était pas trop difficile à la saison sèche. On grimpe par ici, expliqua Gama en pointant le menton vers la piste qui escaladait la falaise, et on franchit un filet d'eau. On prend juste une petite douche. Ensuite, on marche derrière les chutes. Il y a là une grande cavité, une sorte de grotte creusée par l'eau. On traverse la grotte, on prend une autre douche et on se retrouve dehors. A la saison sèche, on se fait à peine mouiller.

Gama jeta un coup d'œil autour de lui, s'efforçant de paraître nonchalant. Il embrassa du regard Lucinda sur son cheval, les gardes anxieux qui ouvraient de grands yeux, les porteurs de palanquin épuisés.

— C'est dangereux maintenant, Geraldo. Pourquoi avez-vous choisi ce chemin ?

Geraldo ricana.

— C'est ce fichu eunuque qui l'a choisi. Je voulais suivre le trajet le plus long, mais il tient absolument à rejoindre la sultane dans l'après-midi. Je lui ai dit : « Arrivons demain s'il le faut, mais arrivons entiers. » Il m'a ignoré. Je crois que nous devrions faire demi-tour.

— Vous avez raison, mentit Gama.

Un changement de programme risquait de gêner Pathan... si jamais il se montrait. En revanche, un détour ferait gagner quelques heures à Lucie.

— Je devrais parler à Babouche. Peut-être pourrai-je lui faire entendre raison.

Geraldo eut l'air sceptique.

— Je n'ai aucune envie de mourir ici, Aldo, insista Gama.

Geraldo hocha la tête.

Les mains attachées derrière le dos, il était difficile à Gama d'avancer sur la piste accidentée. En tête de la procession, quelques gardes se trouvaient à côté du palanquin de Babouche, à quelques pas seulement de la montée le long de la falaise. Derrière venaient Lucie, sur une jument, puis les autres gardes. Le palanquin de Maya fermait la marche, sans aucun garde.

— Qu'avez-vous fait de Victorio ? cria Gama pour se faire entendre malgré le grondement des chutes.

— Je l'ai fait enterrer près des tentes !

Comme de vulgaires ordures, pensa Gama. Lorsqu'ils passèrent à côté de Lucinda, apathique sur l'un des chevaux empruntés à Pathan, il lui lança un sourire d'encouragement. Elle ne changea pas d'expression.

— Est-ce qu'on lui a donné à manger ? cria-t-il à Geraldo.

— Elle n'en a pas voulu ! hurla celui-ci en réponse.

Il n'avait probablement pas pris la peine de le lui proposer.

Ils trouvèrent Babouche en train de parler avec animation avec l'un des gardes. Si près des chutes qu'il lui fallait hurler, sa voix haut perchée perçant l'air comme une sonnerie de trompette. Il accueillit Gama par un sourire chaleureux.

— Nous ne vous importunerons plus longtemps, Deoga ! Nous allons trouver les gardes de la sultane de l'autre côté des chutes. Une fois que nous leur aurons remis la condamnée, je veillerai à vous faire libérer !

La condamnée, pensa Gama.

— Ecoutez, monsieur, c'est insensé ! Le passage derrière les chutes n'est jamais facile. Regardez avec quelle violence tombe l'eau ! Après les pluies, la force est gigantesque ! cria Gama, s'évertuant à se faire entendre.

Mais Babouche avait pris sa décision.

— Je suis écœuré par tout ça ! Je retourne chez les civilisés et le plus vite possible !

— C'est de la folie ! Les palkis vont être emportés et leurs porteurs avec !

— Qui se soucie de quelques vieux porteurs, Deoga ?

— Vous, si vous êtes dans le palki, *senhor* eunuque !

Babouche tira Gama par le bras jusqu'au bord de la rivière.

— Regardez, Deoga ! Vous voyez les gardes de la sultane, juste là ?

On apercevait leurs turbans verts à travers les volutes de brume.

— Je suis passé derrière ces chutes une dizaine de fois ! La sultane adore cet endroit ! Ce n'est pas difficile !

— Etes-vous déjà passé là après les pluies ? Lorsque l'eau se précipite dans le vide avec fureur ? Je ne le crois pas !

L'expression de Babouche montra que Gama avait vu juste. Il jeta un coup d'œil au passage derrière les chutes, puis à Gama.

— Vous dites que les palkis n'arriveront pas à passer ?

— Un homme à pied peut-être ! Mais pas les palkis !

Babouche réfléchit un moment. Son regard était sans cesse attiré de l'autre côté de la rivière, vers les gardes enturbannés de vert. Il passa la langue sur ses lèvres charnues, comme quelqu'un qui s'apprête à festoyer après un long jeûne.

— Nous passerons donc à pied, Deoga !

— Et les palkis ?

— Nous les renverrons ! Ceux de Pathan repartiront chez lui, les nôtres prendront le chemin détourné !

Babouche jaugea les chutes et la procession d'un œil étonnamment sûr.

— Et les chevaux ? cria-t-il en se tournant vers Gama.

Celui-ci grimaça. Toutes ces histoires lui donnaient mal au crâne.

— Ils y arriveront peut-être ! Peut-être ! Ces chutes sont traîtresses, *senhor* ! Regardez !

Le turban doré de Babouche s'était dénoué et il était mouillé par la brume vomie par les chutes. L'eau ruisselait sur le visage de Gama et le long de sa queue-de-cheval, jusque dans son dos.

— En tout cas, nous ne pouvons pas nous faire tremper beaucoup plus que nous ne le sommes déjà, n'est-ce pas, Deoga ? cria Babouche en souriant. Le camp de la sultane est à deux pas d'ici ! De l'autre côté de ces chutes nous trouverons sécurité, confort et justice ! Nous pouvons être là-bas dans moins d'une heure en nous faisant mouiller un petit peu, ou bien monter et descendre péniblement pendant un jour ou deux, voire plus ! Je suis déjà tout mouillé, *senhor* ! C'est parti !

À la saison sèche, les chutes tombaient doucement en un mince rideau. La piste passait derrière celui-ci, où l'eau avait creusé une vaste cavité. À la saison sèche, toujours, il était amusant et excitant de franchir le rideau rugissant et, dans la roche sombre affouillée, de voir le soleil scintiller à travers l'écran liquide et former des arcs-en-ciel. Pourtant, le grondement des chutes dans la cavité était si fort qu'on éprouvait de la frayeur – semblable à celle que ressent un enfant lorsque son père le jette en l'air, cette frayeur que l'on éprouve quand on sait que le danger n'est pas si grand.

Mais là, maintenant, la rivière au-dessus d'eux

avait enflé au point d'inonder ses berges et l'eau tombait du bord de la falaise en un véritable déluge, suintait à travers la piste rocheuse, la rendant traîtresse à chaque pas. L'impatience de Babouche ne souffrait cependant aucun nouveau retard.

— Je prendrai mon déjeuner avec Murmure ! annonça-t-il.

Après avoir renvoyé les palanquins, il prit ses dispositions : il passerait le premier, avec Deoga. Viendraient ensuite la bayadère puis Geraldo, qui mènerait le cheval de Lucinda. Les gardes fermeraient la marche. Gama tenta quelques suggestions, mais le grondement des chutes emporta ses paroles.

Ils étaient donc là, en bordure des chutes, les vestiges de la caravane partie de Goa quelques semaines plus tôt. Gama, qui la conduisait il y avait peu, avançait maintenant les mains liées ; et c'était Babouche, naguère en butte à d'incessantes plaisanteries, qui la commandait.

— De l'autre côté, nous trouverons sécurité, confort et justice ! répéta l'eunuque, qui appréciait décidément cette tournure de phrase. Un petit bain et ensuite le confort, le plaisir et l'hospitalité de la sultane !

Sa voix était à peine audible, par-dessus le tonnerre des chutes.

— Venez, Deoga ! hurla-t-il. Nous allons ouvrir le chemin !

Prenant le bras de Gama dans sa main potelée, Babouche s'avança. Seul, c'était déjà difficile, mais marcher à deux était quasiment impossible. Babouche vacillait d'un côté, Gama de l'autre.

Le nuage de gouttelettes soulevé par les chutes trempait leurs vêtements. Le sentier montait, d'environ deux brasses, au-dessus du plan d'eau.

— Ne regardez pas en bas, *senhor* ! cria Gama. Nous y sommes presque !

La violence du grondement augmentait, se faisait plus aiguë à mesure qu'ils approchaient du rideau liquide. Babouche ouvrait tout grands ses yeux ronds comme des billes et il se cramponnait de plus belle à Gama.

— Venez, *senhor* eunuque ! cria encore celui-ci.

Gama eut l'impression de recevoir non pas de l'eau mais une pluie de cailloux sur la tête. Il trébucha, tomba à travers le mur liquide. Babouche atterrit à côté de lui.

— Oh, Allah ! gémit-il.

Ils étaient arrivés dans la cavité rocheuse derrière les chutes. Là, c'était sec et, bizarrement, le vacarme des chutes y était amorti. Chacun pouvait entendre l'autre soupirer.

— Oh ! je n'aurais jamais cru ça, Deoga. C'était terrible ! J'ai cru mourir !

— Aidez-moi à me relever, *senhor*, répondit Gama.

Babouche se remit debout péniblement puis aida Gama à faire de même.

— Je n'aurais pas dû vous faire traverser les mains liées, *senhor*, dit Babouche presque en pleurant. Quelle force ! Qui aurait pu imaginer cela ?

— Alors détachez-moi, maintenant, *senhor* eunuque.

— Je n'ai hélas ! pas de couteau et vos liens sont trempés. Je n'arriverai jamais à défaire les nœuds avec mes gros doigts !

— Tant pis. Nous sommes presque passés.

Gama prit un moment pour apprécier l'endroit, une énorme cavité sombre et spacieuse, éclairée par les arcs-en-ciel qui filtraient à travers le rideau liquide. Il y flottait l'odeur piquante de la roche humide.

— Maintenant que nous avons un peu récupéré, allons-y.

Babouche tomba à genoux.

— Non ! Je ne peux pas passer à travers une seconde fois !

— En avant ou en arrière, le problème est le même. Autant aller de l'avant ! Comme vous l'avez dit, un déjeuner nous attend de ce côté-là...

Cette fois-ci, Babouche s'accrocha au bras de Gama comme une jeune mariée à son époux. L'eau les frappait à la façon de sacs de sable mouillés. Quelques instants plus tard, ils tombèrent, chancelants, dans les bras des gardes eunuques à turban vert de la sultane.

— Attention ! cria l'un d'eux en désignant leurs pieds d'un signe de tête.

Ils avaient trébuché à quelques pouces seulement du bord du sentier et failli tomber dans le plan d'eau en contrebas. Babouche se colla contre le flanc de Gama.

— Je ne peux pas encore vous faire libérer, Deoga. Tant que la condamnée n'a pas été remise aux mains des gardes. Oh ! cher *senhor*, vous devrez me pardonner ce léger affront. Je n'aurais jamais réussi à passer sans vous !

Il se dirigea vers le bord de la rivière. L'eau se déversait dans la piscine naturelle, soulevant une colonne de brume dans le soleil. L'eunuque se pencha et fit signe aux autres, qui attendaient de l'autre côté des chutes.

— C'est facile, c'est facile ! cria-t-il.

Ils voyaient seulement son sourire, enthousiaste.

— C'est à mon tour, je crois, dit Maya.

Geraldo s'avança comme pour l'embrasser, mais elle s'écarta. Elle jeta un coup d'œil à Lucinda, qui fixait des yeux éteints sur la chute d'eau.

Pourquoi faut-il que je passe seule ? pensa-t-elle. Au moins, je n'y vais pas avec lui.

Elle regarda la brume qui montait, trois brasses plus bas. Elle empoigna finalement son sac à bandoulière, récita son mantra et partit droit devant elle.

Elle ne s'était pas attendue à ce que les chutes aient une telle puissance. L'eau la projeta à genoux et se déversa sur elle à flots. Elle cherchait sa respiration.

Je vais me noyer, pensa-t-elle.

Dans un suprême effort de volonté, elle réussit à se relever, mais l'eau l'assaillait de toutes parts.

Elle trébucha à droite, à gauche. Les chutes devaient bien s'arrêter quelque part ! Elle continua d'avancer, eut l'impression de plonger encore plus profondément dans ce déluge. Elle n'en sortirait jamais. Elle tomba encore et encore à genoux, commença à suffoquer...

Une main se tendit à travers l'eau. Un instant plus tard, elle s'affala, toussant, sur le sol de la cavité rocheuse. Elle réussit enfin à lever les yeux.

— Hé, ho ? s'écria-t-elle. Deoga ?

Elle se releva, l'eau ruisselant de ses vêtements et de ses cheveux.

— Qui m'a aidée ? Parlez !

Elle essuya ses sourcils avec sa paume.

— Soyez béni, qui que vous soyez ! cria-t-elle encore.

Personne ne répondit.

Peut-être était-elle mieux préparée à supporter le poids de l'eau, cette fois-ci. Elle eut l'impression que quelqu'un la poussait dans le dos à travers le rideau liquide. Puis de nombreuses mains se tendirent vers elle, et Deoga fut là, riant.

— On a une belle vue d'ici, dit-il en montrant de la tête le vide au-dessous d'eux.

— C'est vous qui m'avez aidée, là-dedans, Deoga ? demanda-t-elle.

Elle vit alors qu'il avait les mains toujours fermement attachées. Quelqu'un d'autre se trouvait dans la cavité.

— Ma chère cousine, c'est notre tour, dit Geraldo, de l'autre côté des chutes.

L'un des gardes de la sultane plongea son regard à travers la brume.

— Eh ! cria-t-il. Qu'est-ce que c'est que ça, sur l'autre berge ?

— Quoi ? lança Babouche. Où ça ?

Il jeta un coup d'œil de l'autre côté du plan d'eau, secoua la tête.

— Ce n'est rien. Deoga, vous voyez quelque chose ?

Sur l'autre rive, près du vieux temple délabré, étaient apparus deux cavaliers, armés de longs arcs d'aspect redoutable. Maya toucha l'épaule de Deoga et murmura :

— Ce sont les hommes que j'ai vus la nuit dernière !

Gama hocha la tête, imperceptiblement.

— Ce sont des chasseurs, je crois, répondit-il à Babouche à haute voix.

L'apparition des cavaliers avait éveillé l'intérêt des gardes eunuques et ils regardaient maintenant par-dessus l'eau.

— Bon sang ! fit Gama pour Maya. Qu'est-ce qu'ils font là-bas... du mauvais côté ? !

D'une de ses poches, Geraldo tira un grand carré de toile cirée couleur fauve, en enveloppa son pistolet à canon long et fourra le tout dans son ceinturon. Puis il prit les rênes de la jument de Lucinda et la guida vers le rideau d'eau. Il marchait à reculons, en tirant sur la bride, et adressait des paroles apaisantes à l'animal. La jument continuait d'avancer calmement, aussi calmement que Lucinda, dont l'expression vide ne variait pas. Finalement, le dos tourné aux eaux rugissantes, Geraldo prit une grande inspiration et les entraîna à travers la cascade.

La grêle liquide pesait sur lui et il avait beau cligner des yeux, il voyait à peine la tête de la jument. Il chercha son souffle, tomba à genoux. Il sentit soudain que quelqu'un lui prenait les rênes des mains et tirait la jument à travers le rideau d'eau. Il suivit en trébuchant.

Dans la lumière irisée qui filtrait à travers les chutes, il vit un homme de haute taille, mince et fort, ruisselant, qui essayait d'apaiser la jument. Quand il l'eut calmée à force de caresses, il s'occupa de Lucinda et toucha ses mains liées.

Pathan !

Les sourcils froncés, Geraldo écarta de son front ses cheveux mouillés et reprit sa respiration. Les vêtements trempés de Lucinda lui collaient à la peau, révélant toutes les courbes de son corps. L'eau dégoulinait le long de ses jambes, ruisselait de ses babouches. Pathan n'y prêtait pas attention ; il lui touchait les mains et cherchait son regard.

— Qu'est-ce que vous faites là, bourak ? cria Geraldo, l'écho de ses paroles renvoyé par les parois de la caverne.

— Je dois une faveur à quelqu'un ! Je paie ma dette ! répondit l'autre sans le regarder.

Il ne portait pas de turban et ses cheveux mouillés tombaient en bandeaux sombres et ruisselants sur ses épaules. Une flaque s'était formée à ses pieds. Sans quitter des yeux ceux de Lucinda, sa main saisit furtivement la poignée de son cimeterre. D'un mouvement si régulier que la jument ne broncha pas, il le dégaina et l'abaissa à son côté.

— Qu'avez-vous l'intention de faire, bourak ?

Geraldo se remit debout lentement en accompagnant chaque mot de gestes de la main gauche tandis que la droite montait discrètement vers son pistolet.

— Vous savez que c'est une meurtrière ?

— Oui, dit Pathan sans cesser de regarder Lucinda dans les yeux. Car elle m'a tué.

De la main gauche, il lui caressait les doigts.

— Je ne rêve plus ni ne dors. Mes jours sont vides, mes nuits interminables. Je ne pense qu'à elle, à cette meurtrière. Mais en dépit de ce que vous dites, elle m'apporte la vie.

Les yeux de Lucinda s'animèrent et elle regarda le visage de Mounna. Quand elle le vit la fixer avec une telle adoration, elle sourit.

— Je vous le demande à nouveau, bourak. Qu'avez-vous l'intention de faire ?

Pathan se tourna vers Geraldo.

— La tirer de vos griffes. Ce que vous avez fait est terrible, monsieur. Son seul espoir est dans la fuite. Mais maintenant la sultane et la Fraternité vont la pourchasser sans relâche pour s'emparer de la fortune des Dasana. Lucie devra éternellement se cacher. Elle n'aura jamais de foyer, de famille. Vous l'avez non seulement privée de l'héritage auquel elle avait droit, mais aussi de sa vie.

— Faites-lui dire la vérité, Mounna, dit

Lucinda. Je sais ce qu'il a fait. Je voudrais qu'il meure pour ses crimes !

— Ça ne servirait à rien. Ma Lucie chérie, ses mensonges ont scellé votre destin, même s'il passait maintenant aux aveux. On les ignorerait. La vérité a-t-elle jamais compté pour eux ?

Geraldo rit si fort que la caverne en résonna.

— Il a raison, Lucie. La vérité est ce que décident les puissants. Comme maintenant, par exemple... fit-il en arrachant la toile cirée de son pistolet et en braquant le canon sombre vers le cœur de Pathan. Ce pistolet me rend puissant. Je vais maintenant établir une vérité nouvelle, une vérité meilleure....

Il se dirigea vers les deux autres, les yeux brillants, le sourire rusé.

— Voyons... La jalousie, je crois. Oui, c'est ça, jaloux, le bourak ne peut supporter qu'une femme l'abandonne, une *farang* de surcroît. Il se cache ici et lui coupe la gorge. Mais il n'a pas prévu que je serais là... je le tue d'une balle dans le cœur. Trop tard, hélas ! Ma chère cousine meurt...

Geraldo haussa les épaules, poursuivit :

— Pourtant sa mort tragique, inattendue, lui évite finalement d'être condamnée ! Et, bien sûr, la fortune des Dasana... me revient.

Il arma le chien du pistolet, fit un signe de tête à Pathan.

— Alors... vous d'abord ? Ou elle ? L'ordre dans lequel vous mourrez importe peu. Dans un cas comme dans l'autre, on croira à mon histoire.

— Je vous tuerai peut-être d'abord ! murmura Pathan.

Avant qu'il ait eu le temps de faire un geste, Lucinda, qui s'était débarrassée en douceur de ses étriers, sauta à terre en poussant un cri. Ses mains toujours attachées, elle ne put guider sa chute dans la pénombre, mais tomba malgré tout sur Geraldo, le projetant sur le sol.

Il se ressaisit rapidement, leva le pistolet vers le front de Lucinda. Bouche bée, elle chercha Pathan des yeux.

Au moment où celui-ci se précipitait vers eux, Geraldo pressa la détente.

Le chien claqua, mais au lieu d'une balle une longue flamme verte jaillit du canon, faisant grésiller les cheveux humides de Lucinda. De la fumée s'échappa du bassinet et Geraldo se mit à tousser si violemment qu'il laissa tomber l'arme. Son pistolet glissa en tournoyant sur la roche et disparut dans le rideau liquide.

Il se retourna : Pathan se ruait sur lui en brandissant son cimeterre étincelant.

— Non ! s'écria Lucinda en s'évertuant à se dresser sur son séant. Assez de morts !

Le cimeterre décrivit son arc sans ralentir, mais au lieu de lui trancher le cou, Pathan abattit le pommeau orné de pierreries de l'arme sur la tempe de Geraldo, qui chancela en direction du rideau d'eau.

Il porta la main à sa tête, du sang s'échappait d'entre ses doigts au rythme de son pouls. Il tomba finalement à genoux, puis, pris de spasmes, s'écroula au sol.

— Il est mort ? demanda Lucinda tandis que Pathan se penchait sur lui, cimeterre pointé.

— Non, il n'est pas mort, répondit-il enfin en abaissant son cimeterre.

Il s'agenouilla ensuite près d'elle et entreprit de sectionner ses liens. La lame de son cimeterre trancha les lanières de cuir. Il frictionna ensuite les poignets irrités de Lucinda avec les pouces. Elle se tourna vers lui, les larmes aux yeux.

— Mounna, vous devez vous sauver ! Ils vont vous tuer ! Partez tant que vous le pouvez !

Pathan releva la tête.

— Alors nous mourrons ensemble.

Lucinda fit un nouveau bond et, cette fois-ci, c'est Pathan qui s'écroula sous elle. Elle avait jeté ses bras autour de son cou et, tandis qu'ils tombaient, il l'attira contre lui. Sur le sol rocheux de la caverne, elle couvrit de baisers son visage humide.

— Si vous m'aimez, laissez-moi ici et vivez, cher Mounna, lui murmura-t-elle à l'oreille.

— Parce que je vous aime, je vais rester auprès de vous.

Pathan s'assit et la regarda fixement.

— Mais rien ne nous oblige à mourir. Il y a une issue, bien que ce soit une vie dure que je vous propose. Ils nous pourchasseront, vous parce qu'ils veulent votre fortune, moi pour s'emparer de mes terres. Il se peut que la sultane renonce, mais la Fraternité ne nous lâchera pas. Elle a des gens partout et ne se lasse jamais. Nous n'aurons jamais de repos et nous ne nous sentirons jamais en sécurité. Une vie de bandits nous attend. Mais vous serez vivante, Lucie, et je serai à votre côté. Vous venez avec moi ?

Elle lui répondit par des baisers ardents.

— Nous devons nous hâter, Lucie.

Il monta la jument et tira Lucinda en selle derrière lui.

— Mais comment sortir d'ici ?

De la tête, elle montra les deux accès de la caverne.

— De ce côté-ci, il y a les gardes de la sultane, de l'autre, ceux de Babouche... Tous nous arrêteront.

Ils distinguaient leurs silhouettes à travers les étroits voiles liquides sur les côtés de la caverne.

Il sourit, de ce sourire si rare dont la beauté limpide fendait le cœur de Lucinda. Puis il fit reculer la jument jusqu'au fond de la cavité, face à la cascade éclatante de la chute principale. A cet endroit, la paroi rocheuse amplifiait le grondement et le blanc rideau liquide miroitait devant eux.

— Tenez-vous bien !

Il éperonna la jument, qui se cabra et fonça à travers le déluge.

Avec le capitaine des gardes eunuques de la sultane, Babouche discutait au sujet des archers qui se trouvaient sur l'autre rive. Puis il revint, fulminant, auprès de Gama.

— Il dit de ne pas y prêter attention. Ils ne font de mal à personne, voilà ce qu'il dit ! S'il avait vu ce que nous avons vu, il ne serait pas aussi calme !

Tout cela, il le cria pour se faire entendre malgré le grondement des chutes. Gama eut un petit rire forcé.

— Vous parlez comme un conciliateur, maintenant ! Tout ce qui sort de l'ordinaire vous tracasse !

— Exactement ! Par exemple, pourquoi est-ce que Geraldo met tant de temps ? s'inquiéta Babouche.

— Il lui faut s'occuper du cheval, *senhor* ! Ça ne doit pas être facile de traverser dans ces conditions !

— Je n'aime pas ça. Il y a quelque chose qui ne va pas. J'envoie quelqu'un à l'intérieur.

Il se hâta de nouveau jusqu'au capitaine, mais ne réussit pas mieux que la première fois. Il revint à Gama. Il semblait effaré.

— Il ne veut pas que ses hommes se mouillent ! Incroyable !

Gama avait cependant remarqué une traînée rouge tourbillonnant dans l'eau blanche d'écume qui s'échappait de la cavité. Il s'efforça de rester impassible, se plaça entre Babouche et lui, en espérant que les mauvais yeux de l'eunuque l'avaient empêché de voir. Que se passait-il dans la caverne ?

Maya poussa un cri.

Un cheval avait traversé en trombe le rideau liquide. Des tourbillons de gouttelettes jaillissaient au soleil dans des sillages de lumière. Le cheval sauta dans le vide en battant la brume de ses jambes. Deux cavaliers se cramponnaient à son dos tandis que l'animal décrivait une grande courbe et tombait avec force éclaboussures dans le plan d'eau en dessous. Ils disparurent sous la surface.

— C'est Pathan ! s'écria Maya malgré elle.

Les gardes eunuques s'agglutinèrent au bord du sentier qui menait aux chutes.

— Il s'est noyé ! cria l'un.

— Où est Geraldo ? lança Babouche. Où est l'empoisonneuse ?

Il s'approcha du rideau liquide, ne trouva pas le courage nécessaire à le franchir.

— Ils remontent ! brailla l'un des gardes.

Dans un bouillonnement de bulles, la tête de la jument était réapparue, suivie par celles des deux cavaliers.

— Il y a une femme !

— C'est elle ! vociféra Babouche. Tuez-les, tuez-les !

— Nous n'avons pas d'arcs ! cria le capitaine en réponse.

— Vous avez des lances, bande de crétins ! hurla l'eunuque, écarlate, ses petits yeux lui sortant presque de la tête. Servez-vous-en !

A cet instant, une flèche passa comme l'éclair près de son visage et heurta bruyamment la paroi rocheuse à côté de lui. Sur l'autre rive, les bandits avaient commencé à tirer. Ils étaient rapides : une pluie de flèches frappait les rochers. L'une se planta dans le bras d'un garde eunuque, qui poussa un cri plaintif. Il tira dessus désespérément, glapissant à chaque mouvement. Une dizaine d'autres flèches claquèrent contre la pierre.

— Derrière les chutes ! ordonna le capitaine. Dépêchez-vous ! Mettez-vous à couvert !

Les gardes se bousculèrent, certains faillirent dégringoler sur les rochers. L'un poussa Maya à travers les chutes dans la cavité intérieure. Un autre empoigna Gama, toujours ligoté, par le bras.

Le Portugais se dégagea d'une secousse et tenta de voir ce qui se passait en contrebas malgré les flèches qui volaient alentour. La jument escalada en chancelant l'autre rive, Pathan et Lucie toujours cramponnés à son dos. Elle gravit les marches du vieux temple, jusqu'à l'endroit où se trouvaient les bandits.

Le garde tira de nouveau Gama par le bras. Il eut juste le temps de voir la jument se cabrer et Pathan lever haut son cimeterre alors qu'ils s'apprêtaient à s'enfoncer dans la jungle.

Le garde entraîna Gama dans la caverne derrière les chutes. Tout le monde était trempé. Babouche s'agenouilla près de Geraldo, qui secouait la tête comme pour s'éclaircir les idées. Quand il vit Gama arriver, Geraldo se releva péniblement.

— Vous ! cria-t-il. C'est vous qui avez manigancé tout ça !

Gama ne répondit pas.

Geraldo se retourna brusquement et lança son poing à la tête de Gama. Celui-ci tenta d'esquiver, mais accusa quand même le coup. Déséquilibré par ses mains liées, il tomba à genoux et bascula en avant. Le bout de la botte de Geraldo le cueillit au menton et il vit trente-six chandelles.

Au moment de perdre connaissance, il sentit vaguement son corps soulevé de terre par un nouveau coup de pied de Geraldo.

— Hé, Deoga ! Il est temps de se lever. Debout, feignant !

Gama se réveilla en clignant des yeux. Il avait mal partout. Ses yeux s'habituèrent peu à peu à la pénombre qui régnait dans la grande tente et il reconnut le visage du commandant Shahji.

— Général ! dit-il.

Ou essaya-t-il de dire, car il avait la bouche sèche et mal aux dents.

— Ce Geraldo, il vous en a décoché quelques bons... Le hakim est venu vous voir... Vous n'avez rien de cassé et vous vous en sortirez, mais vous allez avoir si mal pendant quelques jours que vous regretterez peut-être de ne pas y être passé...

— Où suis-je ?

— Dans ma tente, au camp de la sultane, près des chutes de Gokak.

Les sens de Gama s'éveillaient lentement. Il sentait l'odeur de moisi des parois en laine de la tente, entendait le fracas des chutes.

— Je me suis proposé pour m'occuper de vous. Babouche et les gardes vous ont amenés ici, vous et la bayadère. Ainsi que Geraldo. Ils l'ont confié aux gardes hijras, dit Shahji en riant doucement. Ils vont peut-être lui apprendre à se tenir, hein ? Quoi qu'il en soit, vous devez l'éviter... à part ça, vous êtes libre.

La mémoire revint à Gama : il leva les mains. On lui avait ôté ses liens.

— Comment vous sentez-vous, Deoga ? demanda Shahji, réellement inquiet.

— Terriblement mal.

— Quel dommage ! Des affaires, des affaires sérieuses vous attendent. En ce moment même, la sultane est en audience et s'apprête à entendre la question qui vous concerne.

— En audience ? Ici... au milieu de nulle part ?

Shahji secoua la tête.

— Vous êtes vraiment puéril, parfois. Pensez-vous que les intrigues cessent uniquement parce que la sultane a quitté le palais ? Tous les personnages d'une certaine importance l'accompagnent. L'audience se poursuit en ce moment dans le Palais Volant, et la sultane veut que vous y assistiez.

Gama cligna des yeux et tenta de se redresser. Son corps protesta avec véhémence et ce fut le noir, puis ça s'arrangea d'un coup. Plus ou moins.

— Où sont mes vêtements ? demanda-t-il d'une voix pitoyable.

— Ils étaient si sales que je les ai fait enterrer, fit Shahji en riant. Il faudra vous accommoder des miens.

Il frappa dans ses mains et un vieux serviteur au visage grave apporta des jamas soigneusement pliés.

— Vous en avez déjà porté ?

— A l'occasion. Je me sens tout bête, là-dedans.

— Allez, dépêchez-vous de vous habiller.

Au moment d'écarter les rideaux de l'entrée, Shahji se retourna.

— Il y a du vin dans la cruche. Une coupe ou deux ne vous feront pas de mal.

Avant qu'il s'habille, un domestique apporta un rasoir et une bassine et fit subir à Gama une séance de rasage douloureuse, puis il lui huila, frictionna et peigna les cheveux. Bien qu'il se sentît mal à l'aise dans les vêtements de Shahji, ils lui allaient bien et le flattaient.

Accompagné de Shahji, Gama se rendit donc à l'audience. Avec une dizaine d'autres, la magnifique tente du commandant formait un large cercle autour du Palais Volant, qui les dominait. Une vaste zone avait été couverte de cercles de tentes concentriques, les plus imposantes, comme celles de Shahji, le plus près du palais, puis d'autres, de plus en plus petites, jusqu'aux simples tentes de paysans des cercles extérieurs. Shahji en montra une, au loin, qui faisait office d'écurie pour les chevaux et les éléphants.

Avant d'entrer dans le Palais Volant, Shahji prit Gama par le bras et l'entraîna un peu à l'écart.

— Regardez, Deoga. Voilà la Ghaiprabha. Vous voyez le pont au-dessus de la rivière ? La sultane l'emporte toujours lorsqu'elle vient camper par ici. On le remonte ici même, à peine à quelques pas des chutes. Il est trop fragile pour supporter une charge quelconque et on fait donc traverser les tentes à quelques kilomètres en amont. Lorsqu'on se trouve sur ce pont délicat et qu'on regarde l'eau se précipiter au-dessous de soi, au bout d'un moment on est persuadé qu'on va tomber dedans. C'est très troublant. La reine vient là tous les jours à midi.

Le pont consistait en un étroit tablier de bois tendu en travers d'une armature cintrée également en bois. Malgré ses garde-fous, il parut peu sûr à Gama.

— Très amusant, fit-il par politesse.

Shahji le regarda de travers.

— Je ne vous le montre pas pour vous amuser, mais pour vous donner des indications sur le caractère des gens à qui vous allez avoir affaire. Ils s'ennuient, ils sont téméraires et mènent une vie routinière. Un soldat remarque ce genre de choses.

Gama s'inclina.

— Je vous dois beaucoup, général.

Shahji continua en ignorant la remarque :

— Le pont est gardé par les hijras. C'est la seule voie d'accès au zénana. On aperçoit les tentes du harem, à travers les arbres. Ils tendent ces grands voiles de mousseline pour donner de l'intimité. C'est la zone réservée à la sultane, à ses dames de compagnie et, bien sûr, aux serviteurs hijras. C'est également là qu'est logée votre bayadère.

— Vous dites que Geraldo est avec les eunuques ?

— Oui, mais ces gardes-là sont logés de ce côté-ci de la rivière. Ils feraient trop d'ennuis dans le harem. Suffit. Allons à la bataille, en hommes.

Posé à terre, le Palais Volant ne semblait plus aussi énorme. Quand il flottait au-dessus de la route, son immense masse retenue en l'air par les éléphants, on le trouvait colossal. Au sol, on se rendait compte qu'il était à peine plus vaste que les grandes tentes qui l'entouraient.

Shahji passa devant les gardes sans leur accorder un regard, bien qu'ils l'aient salué de la tête. Dans son sillage, Gama ne fut pas interpellé. Ils gravirent l'escalier de bois – Gama poussait des grognements car ses ecchymoses le faisaient souffrir –, puis ils entrèrent dans la salle principale du palais, qui avait été préparée pour l'audience, à l'imitation du Diwan-I-Khas du palais de Bijapur.

C'était une pièce carrée. Dans le fond, du côté opposé à la porte d'entrée à deux battants, se dressait une estrade à trois niveaux, le premier entouré d'une balustrade argentée, le deuxième d'une balustrade dorée. Derrière la balustrade argentée, sur un banc de même teinte, était assis Wali Khan, l'air agité. Derrière la balustrade dorée, Murmure était penché sur un tas d'étoffe sombre de forme conique.

— Que fait Murmure ? demanda Gama.

— Il parle à la reine.

L'image se précisa peu à peu. Ce n'était pas un amoncellement d'étoffe, mais une personne, cachée sous un impressionnant et impénétrable assortiment de robes, tuniques et voiles. Près du sommet de cette montagne de vêtements – car elle semblait telle à Gama –, il aperçut une fente sombre horizontale et, en regardant bien, il put distinguer les yeux de la sultane dans les ombres des voiles.

— Pourquoi se cache-t-elle de cette façon ? demanda-t-il à Shahji.

— Même ainsi, elle enfreint la tradition. Aucune autre reine n'a jamais mis le pied hors du harem.

Sous les regards des courtisans aux tenues flamboyantes, Shahji conduisit Gama jusqu'à la balustrade argentée polie, où il posa la main avec désinvolture. Wali Khan le regarda et fit la grimace, comme s'il venait d'y déposer des excréments.

— Votre Altesse, déclara Shahji d'une voix calme qui emplit la salle, à votre requête, je vous présente le *farang* de Gama, appelé Deoga par beaucoup.

— Comment se fait-il que l'on vous donne ce second nom, monsieur ?

La sultane posa la question d'une voix si étouffée que Gama dut tendre l'oreille. Il s'inclina profondément à la manière *farang*, révérence qui parut complètement déplacée dans sa *jama* d'emprunt.

— C'est une sorte de plaisanterie, Votre Altesse. J'ai séjourné naguère à Deogarth, mais je n'arrivais pas à prononcer le nom convenablement. Cela me poursuit maintenant, où que j'aille.

La sultane émit un petit rire poli, pareil à une toux légère.

— Il est trop modeste, Altesse, intervint Murmure d'une voix grinçante, que seuls ceux qui se trouvaient près de l'estrade pouvaient entendre. A lui seul, il a sauvé une dizaine d'enfants lors d'un incendie qui s'était déclaré dans la mosquée de Deogarth. Il est ensuite retourné à l'intérieur braver le feu et il a sauvé des flammes le Coran de Nazamudin et un poil de la barbe du Prophète.

— Est-ce vrai ?

Gama comprenait mieux les paroles étouffées de la sultane.

— Plus l'histoire est racontée, plus elle est enjolivée, Altesse. Je n'ai fait que ce qu'aurait fait n'importe qui en pareilles circonstances. En vérité, j'aimerais qu'on ne parle plus de tout ça...

— Et pourtant vous persistez à le rappeler en conservant le nom de Deoga.

Le silence retomba et Gama eut l'impression que ces yeux cachés l'examinaient. Il regarda alentour. Dans un coin, près d'un garde eunuque, Geraldo le fixait. Il avait encore sur lui les vêtements qu'il portait aux chutes et ils avaient l'air trempés. La sultane reprit la parole :

— Nous avons entendu des récits contradictoires, Deoga. Nous aimerions entendre votre version.

Gama refit la révérence.

— Une inclinaison de la tête suffit, monsieur, lui chuchota Wali Khan.

— Vous étiez le bourak de Victorio Souza ?

— Nous autres *farangs*, nous disons « conciliateur », Votre Altesse. Nous n'avons ni la perspicacité ni la sagesse d'un bourak, comme vos conseillers ont déjà dû vous le dire.

— Ils m'ont dit, monsieur, que vous êtes un homme dangereux. Répondez à ma question.

Gama passa la langue sur ses lèvres et répondit, de façon hésitante :

— Eh bien, je loue mes services, Altesse, et ils ont été utilisés pour appliquer un accord conclu par les Dasana. Victorio Souza était un administrateur. C'est lui qui a finalement défini mes fonctions.

— Vous répondez avec prudence, Deoga. Avez-vous peur de nous ?

Mal à l'aise, Gama changea de position. Il n'aimait pas rester immobile. Il sentait les regards des courtisans peser sur lui.

— Ne vous inquiétez pas. Un honnête homme n'a rien à craindre. Savez-vous qui a tué Victorio Souza ?

A l'autre bout de la pièce, Gama vit Geraldo se redresser.

— Je l'ignore, Altesse.

— Vraiment ? Il semble que vous soyez le seul à douter de la culpabilité de la nièce. Elle avait du poison et des raisons de le tuer.

Sans même le regarder, Gama sentait les yeux de Geraldo le transpercer.

— Beaucoup de gens dans ce camp étaient en possession de poison, Altesse. Et beaucoup souhaitaient la mort de Victorio. Mais en vérité je ne sais pas qui l'a tué. Je n'ai aucune certitude.

Geraldo écarquilla les yeux. Gama faillit sourire en voyant sa réaction.

— Nous n'insisterons pas là-dessus pour l'instant. Une autre question nous préoccupe : à qui appartient la bayadère ? Votre maître Victorio Souza avait... une nature prodigue. Dans sa générosité, il a promis la même femme à deux personnes...

La tête lourdement voilée indiqua imperceptiblement Murmure, puis Wali Khan, avant de poursuivre :

— Quel est votre avis sur ce point ?

A tâtons, comme on marche dans l'obscurité, Gama répondit :

— La fille a été promise au grand vizir. Par la suite, Victorio a changé d'avis et a accepté de la vendre au khaswajara. Le vizir a fait valoir l'antériorité de sa prétention. Je ne sais pas trop ce que Victorio aurait décidé pour résoudre le problème...

— Mensonges ! lança Murmure en le fixant de ses yeux usés. Notre frère Babouche était là. Souza a pris une décision juste avant de mourir...

— Mon maître Victorio disait, je le crains, ce qui lui passait par la tête. Eût-il vécu cinq minutes de plus qu'il aurait peut-être encore changé d'avis. A mon sens, Altesse, puisque vous me le demandez, il avait l'intention de jouer jusqu'au dernier moment sur la rivalité des deux partis.

Le khaswajara fit la moue et Wali Khan se renfrogna. La sultane garda le silence quelques instants.

— Expliquez-nous quel est votre intérêt dans l'affaire, Deoga, demanda-t-elle enfin.

— J'ai des obligations envers les Dasana ; je dois veiller à ce qu'ils soient traités équitablement.

— On a dit que vous étiez associé à Victorio.

Gama vit Murmure lancer un coup d'œil rapide dans la direction de Geraldo. Il ne voyait pas où était le piège, mais flairait néanmoins le danger.

— Votre Altesse a évoqué la prodigalité de Victorio. Il a fait beaucoup plus de promesses qu'il n'en a tenu. Il a promis des associations. Plus d'une fois. A moi et à d'autres. Les conciliateurs ne croient pas aux promesses. Dans mon cas, je pense qu'il voulait seulement que je lui prête de l'argent. Il était très endetté.

— Vous êtes très surprenant, Deoga, prononça la voix étouffée par les voiles. Les biens des Dasana, une grande fortune, attendent seulement que vous tendiez la main. Et pourtant, vous n'exprimez aucune revendication. D'autres n'ont pas montré autant de retenue... Dites-nous, Deoga : à votre avis, à qui appartient la bayadère pour le moment ?

— Jusqu'à ce qu'un accord soit trouvé, elle est la propriété de Lucinda Dasana, Altesse, l'héritière de la fortune des Dasana.

— Cette personne est une scélérate et une meurtrière ; elle a perdu ses droits ! intervint Murmure, pris d'une quinte de toux tant parler lui avait coûté d'efforts.

— Peut-être est-elle accusée, mais elle n'est pas condamnée, répliqua Gama. Et si j'ai bien compris, sa fortune ne peut être confisquée qu'après sa condamnation et son exécution.

— Cela sera facile à obtenir, fit Murmure d'une voix âpre.

— Si ce n'est qu'elle a disparu, seigneur khaswajara.

— Aidée par cet homme, Votre Altesse ! accusa Murmure en pointant son doigt osseux vers le vizir. Le bourak de Wali Khan a trahi votre justice !

Rien n'indiqua que, sous son rempart de voiles, la sultane avait entendu. Lorsqu'elle reprit la parole, Gama crut discerner une prière dans sa voix :

— Deoga, faire face aux difficultés est le lot des conciliateurs, n'est-ce pas ? Comment régleriez-vous cette question ?

Comment est-elle sous ses voiles ? se demanda Gama. Jeune ? Vieille ? Amusée ? Terrifiée ?

Il décida de lui parler comme il l'eût fait avec sa sœur, s'il en avait eu une :

— Altesse, il nous appartient de faire de notre mieux, et pour le reste nous nous en remettons à Dieu. D'abord, je prendrais une décision. Ensuite, je la ferais appliquer.

Il se redressa bien qu'il ait eu mal partout.

— Comme les prétentions de personne ne sont clairement fondées, peut-être commencerais-je par me demander comment faire le plus de bien. Que désire le khaswajara, en l'occurrence ? Est-il devenu un mécène de la danse ? Pourquoi veut-il acquérir une bayadère ? Et pourquoi celle-ci ? Qu'a-t-elle pour être ainsi convoitée, hein ?

Murmure lança un regard noir à Gama, mais ne souffla mot.

— Et le vizir ? poursuivit le *soldado*. Il fait des promesses et conclut des alliances avec vos ennemis. Cette jeune fille est pour lui un bakchich...

Wali Khan lança un regard inquiet, ne sachant trop comment interpréter cette déclaration.

— Et vous-même, Altesse. Obligée de choisir entre deux hommes d'une condition aussi élevée, comment avoir la paix ? Je me demanderais s'il y a un moyen de satisfaire tout le monde. Sinon, quelle revendication servirait au mieux la cause de l'héritier du trône ?

La sultane soupira sous ses voiles.

— Ah ! vous êtes bel et bien redoutable, *farang*. Vous vous jouez de nous, mêlant vérité et doute à mesures égales. Comme un illusionniste, vous gesticulez d'une main pour distraire notre attention de l'autre.

Gama s'inclina profondément.

— Vous m'avez percé à jour, Altesse. Mais je le dis de tout cœur : mieux vaut que ce soit vous qui décidiez plutôt que moi.

— Oui, là-dessus nous sommes d'accord, monsieur.

Elle se leva de son banc argenté. Elle était si petite qu'il était difficile de voir qu'elle s'était mise debout. Deux eunuques se précipitèrent pour ajuster le bas de ses robes afin qu'elle pût marcher.

— Notre audience est close.

Wali Khan se leva aussitôt.

— Mais, Altesse, qu'avez-vous décidé ?

— Rien, monsieur. Avant de le faire, nous parlerons à cette danseuse.

— Murmure sera-t-il là lorsque vous le ferez ? s'enquit le vizir d'un ton accusateur.

— Cela nous regarde, monsieur, pas vous.

Sans un mot de plus, elle se dirigea vers la porte, traînant à sa suite des brassées d'étoffe. Murmure et les jeunes eunuques lui emboîtèrent le pas, eux-mêmes suivis par une demi-douzaine de gardes. Tout autour de Gama, les courtisans s'inclinaient si bas qu'ils balayaient le plancher avec le dos de la main. Lorsqu'ils commencèrent à s'en aller, Gama s'approcha du vizir.

— Vous ne semblez pas satisfait, monsieur.

— Non. Mais du moins n'avez-vous rien dit à mon encontre.

— J'ai cru parler en votre faveur, monsieur, mais comment en être sûr ? Il se peut qu'un jour prochain j'aie besoin d'un travail, monsieur. Votre bourak est parti.

Le vizir poussa un petit grognement.

— Lorsque ce jour viendra, vous saurez où me trouver. Mais qui sait... peut-être aurai-je moi aussi besoin d'un travail.

Comme il s'éloignait, Geraldo s'approcha.

— Pourquoi ne m'avez-vous pas trahi, Gama ?

Gama le regarda, se demandant encore s'il avait bien fait.

— J'avais mes raisons.

Une lueur de perspicacité passa dans les yeux de Geraldo et son beau sourire réapparut.

— Vous avez peur de moi ?

— Souvenez-vous que je vous ai fait une faveur, répliqua Gama, impassible.

Geraldo songea à répondre, puis se contenta de hocher la tête et s'éloigna à la hâte en demandant où était Murmure. Shahji arriva derrière Gama.

— Ni bon ni mauvais, déclara-t-il. Si ç'avait été moi, je me serais prononcé en faveur du hijra. Sept lakhs de huns ! Vous avez peut-être jeté tout ça aux orties. Vous auriez peut-être dû dire que vous étiez associé… qui aurait pu le contester ?

— Je ne suis pas fait pour devenir riche, général, répondit Gama, alors qu'ils marchaient sur le parquet en bois peint du Palais Volant.

Shahji semblait ne pas avoir entendu.

— Elle va décider du choix du régent. C'est pour cela qu'elle est venue ici… pour échapper à toute cette pression. Bien que cet endroit ne soit pas moins un nid de vipères que Bijapur.

Shahji regarda Gama avec circonspection.

— Elle m'a demandé mon avis. J'espère que je parlerai aussi bien que vous l'avez fait.

— Qu'avez-vous décidé, général ?

— Quoique cela me répugne fortement, je dois prendre parti pour le hijra. Wali Khan vaut mieux que lui, cependant il me trouverait immédiatement un remplaçant au poste de commandant suprême. Il a une dette trop importante envers Afzul Khan. Je hais le hijra… fit Shahji en secouant la tête. Ils vont faire pression sur moi à n'en plus finir. Comment pourrai-je leur résister ?… Bon, mais je n'ai pas à vous accabler avec mes problèmes, ajouta-t-il en se forçant à sourire.

Pas à jeun, du moins. Essayons de trouver du vin...

Derrière les voiles de mousseline qui cachaient le zénana en déplacement aux regards indiscrets conformément à la pratique du purdah, de l'isolement, Maya était assise sous un arbre dans un pré fauché et ratissé depuis peu pour en faire une pelouse. Le gazon court, raide et légèrement humide, dégageait encore le parfum frais de l'herbe coupée. L'imposante tente de la sultane, de couleurs vives, entourée de ses piquets à bossages d'or, avait été dressée au milieu de la pelouse. Autour, servantes et eunuques faisaient un somme dans des tentes plus modestes.

Elle avait sorti la Gita de son sac et s'efforçait de se concentrer dessus, mais son regard était attiré du côté de la rivière, dont elle entendait le grondement. Sur l'autre berge, en audience, la sultane décidait de son sort. Elle savait que tout ce qui adviendrait ensuite serait l'accomplissement de la volonté de la déesse, mais elle ne pouvait s'empêcher de s'interroger.

Quelques femmes parcouraient paresseusement le camp, certaines portant une cruche d'eau sur la tête, d'autres de gros paquets de linge sale. Quelque part, on jouait de la flûte.

A quelques pas d'elle, un joli petit eunuque jouait avec une balle en argent. Il donnait l'impression de s'ennuyer ferme et avait l'air indifférent, mais, chaque fois qu'il lançait la balle, il se rapprochait un peu plus de Maya. Elle se plongea dans la lecture de son livre.

Lorsque la balle roula à deux pas de ses pieds, elle leva les yeux. Le gamin vint vers elle, ramassa la balle et la fixa. Elle soutint son regard un moment, mais, comme il ne disait rien, elle se détourna. C'est alors qu'il lui adressa la parole :

— Qu'est-ce que tu fais ?

— Qu'ai-je l'air de faire ?

— Les femmes ne savent pas lire.

— Moi, si.

Le jeune garçon lança la balle en l'air plusieurs fois, puis s'assit tout près d'elle. Ses vêtements étaient d'excellente qualité et il avait de nombreuses bagues aux doigts. Un jeune hijra formé pour le service royal, supputa Maya. Le garçon se rapprocha encore.

— En quelle langue c'est écrit ?

— En sanskrit. La langue des dieux.

— Tu es une païenne, déclara-t-il gaiement. Moi, je vénère le seul vrai dieu.

Comme Maya ne répondait pas, il fit une nouvelle tentative :

— Je sais lire. Le perse et l'arabe.

— Très bien.

— Tu veux jouer à la balle avec moi ?

Il y avait quelque chose dans ses yeux qui la prit au dépourvu ; un air à la fois ardent et résigné, la marque d'espoirs déçus. Elle perçut peut-être leur parenté, celle qui existe entre esclaves. Au lieu de lui dire de la laisser tranquille, elle referma son livre, le rangea dans sa housse en soie et se leva.

— Je ne suis pas très bonne, à la balle...

— Ça ne fait rien.

Il lui lança la balle. Elle était creuse, en argent de prix, entièrement ciselée.

— Elle te plaît ? Tu peux la garder, si tu veux.

— Non, jouons.

Elle la lui lança si vite et si fort qu'il rit.

— Qui a dit que tu n'étais pas bonne ? Les filles ne peuvent pas lancer si fort...

— Moi, si.

Ils se lançaient la balle. Il ne cessait de reculer, la mettant au défi de lancer chaque fois plus loin, et riait parce qu'elle y arrivait toujours. Ils ne tardèrent pas à rire tous les deux et à courir en tous sens pour rattraper la balle qui brillait en l'air. Il arrivait au gamin de faire un plongeon, malgré ses beaux vêtements, pour ne pas la laisser toucher le sol.

— Comment t'appelles-tu ? demanda-t-il, essoufflé, quand ils eurent joué un moment.

— Maya.

— Et moi, Adil. Tu es la nouvelle bayadère, m'a dit Babouche.

En entendant prononcer ce nom, un froid envahit Maya. Depuis quelque temps, elle ne pensait plus à lui.

— Je suis fatiguée, dit-elle en s'asseyant à l'ombre.

Le garçonnet s'approcha d'elle et tira une grenade de sa poche.

— Tu en veux ?

Il enfonça ses pouces dans le sommet du fruit, le partagea en deux, découvrant les grains rouges comme des rubis, et lui en offrit la moitié. C'est alors qu'elle la vit : la marque écarlate sur sa paume, le signe du mauvais œil. La même marque qu'elle avait vue quelques jours plus tôt sur la main de dame Chitra.

— Quel âge as-tu ? demanda-t-elle en essayant de ne pas prendre un ton insistant.

— Neuf ans.

Le jeune garçon fixa quelque chose derrière elle.

— Mince, je ne peux plus jouer. Il faut que j'aille travailler.

Maya se retourna et vit une femme qui se dirigeait vers eux comme une montagne d'étoffe ambulante, suivie de quelques autres jeunes eunuques et d'un vieux, tout maigre, sec comme une branche morte.

— Je te reverrai peut-être ! lança le jeune garçon avant de rejoindre les autres en courant.

Maya ne put retrouver son calme : elle essaya de lire, se leva, s'assit, rangea à nouveau son livre. Au bout d'un moment, une servante apparut.

— La reine veut vous parler. Suivez-moi.

Maya ramassa son sac à bandoulière. Tandis qu'elles se dirigeaient vers la tente de la sultane, la servante bavarda avec elle amicalement, lui expliquant à qui était telle ou telle tente.

— Nous vous avons vue jouer avec Adil. Rares sont les gens à entrer dans ses bonnes grâces.

— Il a l'air assez gentil, dit Maya. Cela fait longtemps qu'il est serviteur ?

La domestique s'arrêta net et éclata de rire.

— Vous avez cru que c'était un eunuque ?
— Ce n'en est pas un ?
La servante rit à nouveau.
— Nos façons de faire ne vous sont donc pas familières ? Les garçons de sang royal restent au harem avec leur mère jusqu'à leur mariage. Les eunuques leur servent de précepteurs. Vous le saviez certainement.
Maya secoua la tête.
— Il est donc de sang royal ?
— Evidemment, chère demoiselle. C'est le fils unique de la sultane. Il est son héritier.
Maya ouvrit de grands yeux.
— C'est le sultan de Bijapur, nigaude, précisa l'autre. Vous ne le saviez vraiment pas ?
La servante, toujours gaie et désinvolte, fournit d'autres informations utiles à Maya. Comment s'adresser à la sultane, où s'asseoir. Et aussi de faire attention au khaswajara – « sec comme un vieil os, mais malin, avec les yeux d'un cobra qui a vécu trop longtemps ».

Perchée sur un tabouret, la sultane ne répondit pas à la révérence de Maya. A n'en pas douter, le vieil eunuque maigre à son côté était Murmure. Maya vit qu'il avait pris l'habitude, quand il était debout, de s'appuyer sur un pied, puis sur l'autre. Elle se demanda s'il lui arrivait de s'asseoir.
Le khaswajara devait discuter d'une affaire, une requête déposée par un courtisan, et il parlait à n'en plus finir, d'une voix rauque et basse.

Maya était incapable de dire si la sultane entendait un traître mot de ce qu'il disait. Deux servantes la déshabillaient, lui enlevant ses vêtements un à un comme elles auraient déballé une porcelaine rare soigneusement enveloppée dans des couches d'ouate. Décrivant sans fin des cercles autour d'elle, elles déroulaient une longueur de tissu, passaient à la suivante. La sultane diminuait peu à peu de volume, devenait plus menue à chaque pièce d'étoffe enlevée, jusqu'à ce que son visage apparaisse enfin, puis son petit corps.

Elle était plus jeune que dame Chitra, plus âgée que Maya, mais bien qu'elle eût le visage lisse, ses cheveux étaient presque tous gris. L'un des eunuques lui apporta une coupe en jade, dont elle but le contenu d'un trait. Elle tendit la coupe et la laissa tomber négligemment. Le jeune eunuque la rattrapa au vol.

Elle lança un rapide coup d'œil à Maya, puis détourna le regard.

Les servantes lui passèrent un simple peignoir. Ses mouvements et ceux des servantes semblaient stylisés, presque comme une danse. La reine levait le bras ou laissait tomber le talon comme si elle avait eu la certitude qu'une de ses servantes était là pour l'attraper.

C'est plus raffiné qu'une danse, pensa Maya, plus troublant aussi. Une suite de mouvements accomplis machinalement, sans aucun sentiment, comme ceux des automates qu'elle avait vus en vente au bazar de Cochin.

La sultane s'assit enfin parmi des coussins,

qu'une servante avait tapotés quelques instants plus tôt.

— L'héritier doit faire sa sieste, dit-elle à la cantonade. Veillez-y. Après, il a sa leçon de persan. Il fera ensuite ses prières avant d'aller au lit. Maintenant, laissez-nous.

Les servantes s'inclinèrent.

— Pas vous, ajouta-t-elle à l'adresse de Maya, qu'elle regarda enfin dans les yeux.

Lorsque les autres furent partis, la reine lui indiqua d'un regard la place à côté d'elle.

— Vous êtes très jolie, dit-elle après l'avoir examinée un moment.

— Vous êtes très aimable, madame, la remercia Maya en s'asseyant.

— Toutefois, vos vêtements sont horribles. Ne vous inquiétez pas, nous vous en trouverons d'autres.

Maya inclina la tête en guise de remerciements, mais la sultane avait détourné le regard.

— Nous avons un peu de temps à nous. Ne jouez pas les timides. Nous manquons de patience. Pourquoi valez-vous sept lakhs de huns ? Pouvez-vous me le dire ?

— Je n'en sais rien, madame.

La sultane regarda au loin.

— Ça ne peut être pour la... chose, n'est-ce pas ? Les eunuques ne la pratiquent pas.

— Je danse, suggéra Maya, obligeamment.

— Vous n'êtes pas la seule.

La sultane lui lança un long regard appréciateur, comme pour la réexaminer en détail. Maya sentit la chaleur lui monter aux joues.

— En ce qui concerne Wali Khan, la réponse est simple : le sexe. Le sexe, de toute évidence. Vous êtes jeune, bien musclée. Evidemment, vous connaissez tous les trucs ? Toutes vos pareilles les connaissent.

Maya se détourna. Elle murmura son mantra jusqu'à ce qu'elle ait retrouvé son calme. Lorsqu'elle se retourna vers la reine, celle-ci avait une expression à la fois irritée et amusée.

— Nous vous avons vexée. Mais maintenant nous le voyons... c'est votre beauté que le vizir convoite. Ces yeux, pensons-nous, qui flamboient lorsque vous êtes en colère, et ces lèvres, ravissantes. Ils sont capables de rendre fou un homme comme Wali Khan. C'est un connaisseur. Il collectionne les jolies femmes, c'est sa passion. Il envoie des rabatteurs chercher les plus belles, les jeunes pas encore usées.

La sultane détourna le regard, comme si elle avait été rêveuse, jalouse un moment. Elle parut triste à Maya. Lorsqu'elle reprit la parole, elle murmura :

— Vous n'avez personne en ce monde, ma fille ? Vous êtes toute seule ?

— J'ai ma gourou, peut-être. Mais elle est portée disparue. Je la croyais morte et pourtant je la vois en rêve. Et puis Deoga m'a prise en amitié.

La sultane roula des yeux.

— Ne faites jamais confiance aux *farangs*. Il vous a rejetée, comme une coupe vide. Vous devez commencer à cultiver vos propres ressources. Il semble que nous soyons maintenant votre seul espoir, ma fille. Et nous ne savons pas ce que nous devons faire de vous.

— Il m'a rejetée ? murmura Maya.

La reine n'entendit pas, car elle continuait :

— Vous avez été une monnaie d'échange pour le vizir. Vous connaissez Mourad ?

Maya fit non de la tête, elle n'avait pas encore tout saisi.

— Il est le fils de Shah Jahan, l'empereur moghol. Il est lui-même vice-roi de Surat. Wali Khan a conclu un traité avec les Moghols. Et vous êtes le sceau apposé sur le contrat, ma chère enfant. Qu'en pensez-vous ?

— Je suis une esclave, madame.

— Cela n'empêche pas votre cerveau de fonctionner, j'imagine. Parlons de Mourad. Il est inoffensif. Il a une centaine d'épouses et ne couche jamais avec aucune.

Elle mima le geste de boire, hocha la tête de façon significative.

— Il ne faut pas faire confiance à Wali Khan, mais on peut s'assurer qu'il vous envoie là-bas. Ce serait le mieux pour vous. Il fait très chaud à Surat, mais en dehors de cela ça n'est pas pire que Bijapur. Oui, ce serait le mieux...

Elle se redressa sur son siège, comme si la question était réglée, se figea soudain.

— Mais pourquoi le khaswajara vous veut-il ? Pourquoi est-il prêt à vous payer sept lakhs ? Qu'a-t-il en tête ?

D'un signe, elle désigna le sac de Maya.

— Qu'y a-t-il là-dedans ?

Au lieu de répondre, Maya en répandit une partie du contenu aux pieds de la sultane. La reine se pencha.

— Un livre. Des dravanas ? C'est tout ? Vous avez sans doute d'autres choses, dans ce sac ?

Maya en sortit à contrecœur l'épée brisée, la pièce grossièrement sciée et enfin la coiffe. La sultane les examina attentivement, tour à tour.

— Ces objets ont une histoire, n'est-ce pas ? Approchez-vous. Il y a tant d'oreilles qui traînent. Encore plus près.

Elle fit signe à Maya de lui parler à l'oreille.

— Racontez-nous tout cela, mais à voix basse.

Malgré le vin, Gama ne trouvait pas le sommeil. Il détestait dormir sous la tente. Au milieu de la nuit, il renonça et sortit marcher sous les étoiles.

Quelques feux brûlaient, de rares ombres se déplaçaient dans l'obscurité, mais le camp était silencieux. On n'entendait que le grondement incessant des chutes voisines. La pleine lune était si brillante que l'herbe semblait argentée et qu'en marchant il projetait une ombre légère.

Ses pas le portèrent vers la rivière. Quand il sortit du cercle des grandes tentes, les grillons stridulèrent bruyamment et à un certain moment, dans des buissons, il aperçut les yeux flamboyants d'une panthère, mais l'animal partit comme une flèche. Il regretta soudain de ne pas avoir ses pistolets. En dehors des gardes eunuques, personne ne portait d'arme dans le camp.

Quand il arriva à la rivière, ses babouches d'emprunt étaient complètement trempées. La rivière était toujours haute et, ici et là, les tourbillons qui s'étaient formés le long du rivage miroitaient sous la lune. Gama se dirigea vers l'étroit pont de bois qui menait au zénana. De l'autre côté de la rivière, un garde eunuque était accoudé paresseusement au garde-fou.

Le grondement était ici beaucoup plus fort. Il s'engagea sur le pont. Malgré le vacarme des chutes, il entendait le bois et les cordes grincer à chacun de ses pas. Au milieu, il s'appuya contre le garde-fou, qui ploya sous son poids.

Le pont n'était qu'à quelques pieds du bord des chutes. Gama avait une vue plongeante sur le vide. La brume virevoltait comme une réunion de fantômes au clair de lune. En contrebas, il distinguait le plan d'eau où s'était jeté le cheval de Pathan et, au-delà, la tour penchée du temple délabré.

Gama pensa soudain à Lucie. Il avait désespérément envie de l'aider, de lui souhaiter bonne chance, de lui donner sa bénédiction et de l'embrasser. Elle avait été une joie et elle était partie à jamais. Il pensa à la vie qui l'attendait : aux jours passés sur les routes, aux nuits à dormir sur un sol humide, en la compagnie d'hommes comme Geraldo et Victorio, qui le révulsaient.

Il secoua la tête. Ces pensées lui venaient parce qu'il était épuisé, pensa-t-il. Il regarda autour de lui et songeait à bavarder avec le garde quand il vit une silhouette traverser la pelouse du zénana dans sa direction, légère comme une sylphide.

Maya.

Elle se dirigea vers le pont. Le garde eunuque l'arrêta. Elle lui dit quelques paroles douces et il la laissa finalement passer. Elle vint ensuite à Gama, discrète comme un murmure, vêtue d'un sari plus fin que l'aile d'un papillon de nuit. Son visage délicat brillait au clair de lune.

— Vous êtes bien matinal, Deoga, dit-elle dans un souffle.

— Je n'arrivais pas à dormir.

A l'autre bout du pont, le garde eunuque les regardait d'un air soupçonneux.

— Il croit à une idylle, Deoga, dit-elle avec un rire qui perça le cœur de Gama.

Elle semblait totalement insouciante, un joyau vivant, désirable, et insaisissable pour un homme comme lui. Encore plus que d'habitude, il regrettait sa gaucherie, il regrettait d'avoir une grosse voix et un corps massif, des favoris tout raides et l'esprit lent. Comme Lucie, Maya lui faisait penser à des parfums et aux choses dont s'entourent les femmes, celles, délicates, qu'elles portent à même leur peau, celles, fragiles, qu'elles tiennent dans leurs mains douces, entre leurs doigts fins. Chaque instant passé en sa compagnie exacerbait sa sensation de vide désespérante et il se prenait pourtant à désirer ce désespoir. Car c'était là qu'il trouvait encore de la joie. Maya dit alors quelque chose qui le prit au dépourvu :

— C'est mon dernier jour de liberté, Deoga. La sultane a dit que je serais en purdah ce soir même, au harem, pour ne jamais plus évoluer dans le monde des hommes.

Gama cligna des yeux comme s'il venait de se réveiller.

— Que dites-vous là ?

— L'isolement, Deoga. Nous savions tous que ça arriverait un jour. Ce jour est venu.

— Mais ce n'est pas... Quand vous reverrai-je ?

Elle se moqua de lui. Elle était si belle quand elle riait que ça lui était presque insupportable.

— Vous êtes bête ! Je ne suis qu'une bayadère, une esclave. Bientôt je serai une courtisane – la sultane n'a pas encore dit si ce serait pour le grand vizir ou le khaswajara...

Il ne l'avait jamais vue aussi ouverte. Savoir qu'on allait enfin décider de son sort la soulageait peut-être d'un grand poids. Mais l'esprit de Gama fonctionnait à toute allure.

— Ecoutez, Maya, murmura-t-il précipitamment, interrompant ce qu'elle était en train de dire. Nous pouvons partir d'ici. Je peux voler des chevaux. Nous pouvons aller dans la forêt, comme Lucie et Pathan...

Son silence, sa tête baissée et ses doigts, cachés à la vue du garde, qui se glissèrent sur sa main posée sur le garde-fou furent sa réponse. Elle la lui pressa, laissa son regard errer sur la cascade écumante. Puis elle retira sa main, laissant une sensation de froid à l'endroit où avaient été ses doigts.

— Oui, de toute façon, c'est impossible, dit Gama d'une voix rauque. C'est un rêve de jeune homme. Il est temps que je me comporte comme quelqu'un de mon âge.

Il eut un rire forcé, regarda le vide où le flot se

déversait et le plan d'eau en dessous, sombre et impénétrable. Les chutes rugissaient. Peut-être avait-il envie de dormir, après tout. Il était comme hypnotisé par le courant furieux. Ce fut soudain comme si les eaux étaient immobiles, comme si le pont se précipitait en avant tel un voilier courant dans le vent, un bateau filant vers le bord de la Terre.

Ce serait si facile...

— Deoga ! s'exclama Maya en l'agrippant par le bras. Vous étiez en train de tomber !

Le garde s'approcha, mais Gama lui fit signe de s'éloigner.

— J'ai dû m'assoupir un instant...

— Vous n'avez pas entendu ce que j'ai dit ? L'héritier... fit-elle en baissant la voix. Je crois que c'est l'enfant qui a été enlevé à dame Chitra !

L'information ne changeait rien pour Gama, qui ne dit mot.

— Deoga, promettez-moi de le lui dire. Il faut qu'elle le sache. Donnez-moi votre parole.

Rien ne montrait que Gama avait entendu.

— Deoga, promettez-le-moi, insista-t-elle.

— Bien sûr.

Il jeta un coup d'œil aux chutes, puis détourna le regard, forçant son esprit à se remettre au travail.

— J'ai quelque chose à vous donner. Comment puis-je...

— Je suis censée danser à l'audience dans la journée. C'est alors que la reine annoncera sa décision à mon égard. Ma dernière apparition en public avant d'être envoyée en purdah. Remettez-le-moi à ce moment-là.

Elle eut un instant l'air soucieuse.

— La sultane m'a donné un bon conseil. Je dois cultiver mes propres ressources. J'aurais dû le faire depuis longtemps. Oh, Deoga, comme j'ai été sotte ! Je dois être aussi dure que le diamant, et aussi froide.

Elle s'éloigna alors à reculons en le regardant dans les yeux.

— Ne m'oubliez pas, Deoga. Souvenez-vous de moi telle que j'étais !

Elle retourna lentement au bout du pont. Il la regarda tant que sa silhouette n'eut pas disparu et continua de regarder dans sa direction jusqu'à ce que les premières lueurs de l'aube pointent au-dessus de l'horizon et que la rivière commence à miroiter.

Alors, il se retourna. La lune se couchait derrière le vieux temple près des chutes, où les brumes, d'abord argentées par le clair de lune, maintenant dorées par le soleil, tourbillonnaient sans fin au-dessus du vide rugissant.

Il était près de midi quand Shahji réveilla Gama.

— Debout, soldat. Votre présence est requise par la reine. Et de toute façon, nous devons plier les tentes. Nous levons le camp après l'audience.

Gama poussa un grognement et se leva. On lui avait apporté d'autres vêtements – des *jamas* de Shahji – et il s'habilla rapidement.

— Est-ce que vous retournez à Bijapur, général ?

— Non, je vais à Belgaum pour quelques jours. Et vous ?

— Je n'en ai pas la moindre idée, fit Gama en passant une longue robe en soie de couleur fauve. Peut-être m'accorderez-vous une autre faveur ? J'ai un message à transmettre à dame Chitra...

Il fit part à Shahji de la découverte qu'avait faite Maya à propos de l'héritier. Le commandant ouvrit de grands yeux.

— Est-ce vrai ?

— Elle ne m'a jamais menti.

Shahji dardait des regards nerveux, comme un soldat évaluant une bataille.

— Deoga, si elle raison... cela pourrait être essentiel pour moi.

— Là, quelque chose m'échappe, je crois, dit Gama en enroulant la large ceinture en étoffe autour de sa taille.

Shahji lui lança un regard sagace.

— J'en doute. Je pense que vous savez exactement ce que cela signifie. Je ne comprends d'ailleurs pas pourquoi vous prétendez le contraire. Grâce à cette information, je suis en mesure de traiter avec Murmure et la Fraternité...

Gama baissa la tête comme s'il était déconcerté et Shahji scruta de nouveau son visage pour voir s'il avait mesuré l'importance de ses paroles.

— La sultane admire votre finesse. Elle n'est pas la seule.

— Ne confondez pas mon ignorance avec de l'habileté, général.

Dehors, des serviteurs se précipitaient pour plier les grandes tentes et les charger sur un train de chars à bœufs.

— La mienne est la dernière à être démontée, vous voyez ? Une faveur que je vous ai faite, Deoga. J'ai pensé que vous aviez besoin de repos.

Malgré le sourire moqueur de Shahji, Gama inclina la tête pour le remercier de sa courtoisie. Des courtisans se hâtaient vers le Palais Volant. Non loin de là, les cornacs dirigeaient la mise en place des énormes jougs et harnais sur leurs gigantesques bêtes. Des hommes de haute taille passaient les grosses cordes de levage à travers les anneaux de fer massifs aux quatre coins du Palais.

— Les caprices de la sultane changent avec la brise, expliqua Shahji. A l'aube, elle a ordonné le retour à Bijapur. Depuis, tout le monde se dépêche. Ça ne va pas être facile d'arriver aux portes de la ville avant la tombée de la nuit...

Gama regarda de l'autre côté de la rivière. On avait enlevé les écrans de mousseline et, du harem, il ne restait plus qu'une tente. Quelques hommes se trouvaient près du pont.

— C'est le pont que l'on démonte en dernier. La reine vient toujours jeter un ultime coup d'œil aux chutes avant de partir, et elle lance des roses dans la rivière en mémoire du sultan, expliqua Shahji tandis qu'ils gravissaient les marches du Palais.

La salle d'audience grouillait de courtisans,

bien plus nombreux que la veille, qui attendaient par petits groupes l'arrivée de la reine. Wali Khan avait déjà pris place derrière la balustrade argentée et discutait avec quelques hommes souriants.

— Tout le monde est là, vous voyez. Les tentes ayant été démontées, il n'y a pas d'autre endroit où aller. Vous souhaitez peut-être vous joindre à ces gens, dit Shahji en montrant de la tête un petit rassemblement de l'autre côté de la pièce.

Murmure en faisait partie, qui caressait son long menton en parlant avec animation avec Geraldo, dont les vêtements de *farang* avaient été enfin repassés de frais. Gama aperçut Babouche.

— Je préfère rester avec vous, général, si cela ne vous dérange pas.

— Avec plaisir, mon cher.

Ils se dirigeaient vers l'endroit que Shahji semblait préférer, près du coin droit de l'estrade, quand Wali Khan frappa le plancher avec la canne à embout d'argent symbole de sa fonction. Il donna trois coups, qui résonnèrent à travers la salle. Les conversations cessèrent, les hommes rajustèrent leur robe et leur turban. Murmure monta à la hâte sur la plus haute marche, au moment où la reine faisait son entrée.

Comme la fois précédente, elle portait une telle profusion de robes qu'elle était entièrement cachée. Elle avait changé la couleur de sa tenue, adoptant un vert vif ; les broderies d'or chatoyaient lorsque la montagne d'étoffe passait sous les rayons du soleil qui tombaient d'une des petites fenêtres hautes. Comme la silhouette de la reine longeait l'estrade, tous les courtisans présents dans la salle s'inclinèrent jusqu'à la taille en balayant presque le sol du dos de la main.

Derrière la reine suivaient non seulement les habituels gardes et membres de sa suite, tous eunuques, mais aussi Maya, vêtue d'un magnifique sari rouge vif et or. Lorsqu'elle franchit la porte, Gama aperçut derrière elle un jeune garçon de huit ou neuf ans. Il tenait Maya par la main, non comme aurait pu le faire un enfant, mais avec toute la solennité qu'on attendrait d'un roi.

— C'est l'héritier, chuchota Shahji à l'oreille de Gama.

En voyant le garçonnet, les courtisans s'inclinèrent à nouveau et certains se mirent à pousser des acclamations : « Jaï, Jaï, Sultan ! Jaï, Jaï, Adil ! »

Murmure lança des regards noirs en entendant ce vacarme, mais il fallut que Wali Khan tape sur le plancher avec sa canne pour le faire cesser. Le jeune garçon escorta Maya au côté de la sultane, puis s'assit à ses pieds, non loin de Murmure.

Sous ses voiles, la reine hocha imperceptiblement la tête et Murmure parla, si doucement que l'assistance dut tendre l'oreille. Après un préambule d'une dizaine de phrases fleuries, il en vint au fait :

— A la requête de l'héritier, Adil, notre sultane, la reine, puisse-t-elle vivre à jamais, nous présente aujourd'hui Prabha, la célèbre devadasi du temple d'Ori. Avant qu'elle se retire auprès des autres femmes et prenne son nom de bayadère,

Maya, elle a gracieusement accepté de danser pour nous.

— C'est inhabituel, dit doucement Shahji à Gama. Pourquoi montrer une bayadère en public ?

Avant que Gama ait eu le temps de répondre, la musique se mit à jouer. Pour la première fois, il remarqua qu'on avait installé de hauts paravents de bois et d'argent près de l'estrade, derrière lesquels jouaient les musiciens. Des femmes, supputa-t-il, des bayadères, que Maya n'allait pas tarder à rejoindre derrière le rideau.

Pour l'heure, elle s'avança, superbe dans son magnifique sari, avec ses bijoux d'emprunt. Les clochettes qu'elle avait aux chevilles tintèrent quand, pieds nus, elle descendit de l'estrade. Elle avait enroulé son sari de façon à couvrir ses jambes indépendamment, si bien que l'on voyait ses mollets à chacun de ses mouvements. Sa peau dorée luisait, ses cheveux noirs chatoyaient comme de l'ébène polie. Elle ne passa qu'à quelques pas de Gama et ses yeux pailletés d'or avaient l'éclat et la froideur du diamant. Rien ne montra qu'elle l'ait vu.

Les courtisans se reculèrent sur les côtés de la salle pour lui faire de la place. Le jeune sultan se leva et se glissa sous la balustrade dorée comme un gamin se faufile sous une clôture. Il vint se placer à côté de Wali Khan, qui posa sa grosse main sur son épaule menue. Sans dire un mot, tous deux regardèrent le spectacle.

Maya arriva enfin au milieu de la pièce. Tous les yeux étaient braqués sur elle. Elle porta ses mains jointes à son cœur, puis resta immobile, comme Gama n'avait jamais vu personne le faire, immobile comme le sont un arbre, une statue, une pierre. Son immobilité se communiqua à toute la salle. Gama percevait les battements de son cœur, le grondement de la rivière, des grognements d'éléphants et des cris d'hommes audehors. Les spirales de la musique résonnèrent dans le silence : les accents d'une flûte et le rythme lancinant de la tamboura.

Malgré tout le temps qu'il avait passé en Hindoustan, Gama ne comprenait pas cette musique. À partir de simples notes qui restaient suspendues comme des nuages, la mélodie évoluait en un flot compliqué, apparemment aléatoire, où l'on distinguait parfois un fil directeur, mais jamais un thème ni un rythme simple.

Les tablas se joignirent alors aux premiers instruments. La danse allait commencer.

Au début, Maya fit de petits mouvements élémentaires, passant d'une posture à la suivante au bout de quelques instants.

Son visage, jusque-là privé de toute expression, prit soudain un vif relief. L'inclinaison de la tête et des hanches, les positions des yeux, des pieds, des mains, se combinaient différemment à chaque posture. Chaque attitude exprimait une émotion : le bonheur, l'inquiétude, et d'autres que Gama reconnut sans pouvoir les nommer. A chaque trille de la flûte, chaque coup frappé sur les tablas, Maya ajoutait un autre pas, un autre mouvement. C'était comme si elle avait feuilleté un livre d'art, montrant une nouvelle gravure à chaque temps.

Elle embrassait maintenant la salle du regard. Elle attira celui de Gama dans une sorte de nasse et, en même temps que son regard, toute son attention. C'était comme si elle dansait pour lui seul. Il savait que cela participait de son art, que toutes les personnes présentes avaient la même impression, mais la sensation n'en était pas moins réelle.

Les poses se succédaient de plus en plus vite. Maintenant, ses pieds effectuaient parfois quatre mouvements pendant que ses bras en accomplissaient trois. Elle tournait la tête si vite que sa natte fouettait l'air et ses mains le fendaient comme des lames de couteau. Ses pas s'allongeaient, elle sautait de plus en plus haut et se recevait avec la légèreté d'une plume. Les plantes de ses pieds frappaient le parquet à la vitesse des doigts d'un percussionniste.

Tandis qu'elle tournoyait, la musique enflait en une profusion complexe. Gama transpirait rien qu'en la regardant. Il n'éprouvait pas du désir, du moins au sens habituel du terme. Maya n'avait pas une attitude aguicheuse, ne lançait pas de regards concupiscents. Mais la puissance de chaque pose, chaque saut, lui faisait prendre intimement conscience de la force et de la souplesse des membres de la jeune fille. A mesure qu'il la regardait, son cœur battait plus vite, suivant le rythme comme quelque autre tambour.

Gama sentait les trilles tourbillonnants palpiter dans ses veines. Comme Maya dansait, une force, non seulement physique mais aussi de pure volonté, émanait d'elle. Elle lui inspirait le désir d'être son égal par la force et la volonté. Elle lui semblait pareille à la fois à une enfant et à une déesse : une divinité que les humains pouvaient approcher.

Que ne pourrais-je pas faire ! pensa-t-il tandis qu'elle bondissait en l'air. Que ne pourrais-je pas être, moi aussi...

Il fallut un moment pour se rendre compte que la danse était finie. La salle résonnait encore du bourdon de la tamboura, même après que la musique eut cessé. Une fois de plus, Maya se retrouva seule et immobile au milieu de la pièce. Ses bras et ses jambes luisaient de sueur, son sari lui collait au corps. Sa poitrine se soulevait tandis qu'elle reprenait sa respiration. Mais la même immobilité troublante flottait dans l'air autour d'elle. Le néant, source d'abondance d'où avait jailli sa danse, était redevenu perceptible. Puis cette impression fugitive disparut, comme brume au soleil. On entendit à nouveau dehors les cris des hommes qui démontaient les tentes, les barrissements des éléphants et, par-dessus tout, le grondement des chutes.

Le jeune sultan franchit la balustrade argentée, accompagné de deux jeunes serviteurs eunuques dont l'un portait un carré d'étoffe noire plié. L'héritier alla à Maya et leva les mains à son front en un salut cérémonieux. Puis les deux eunuques s'approchèrent d'elle, déplièrent le carré d'étoffe d'un coup sec et le levèrent au-dessus d'elle. Il flotta en l'air un instant puis tomba sur sa tête en tournoyant.

Elle était désormais voilée.

Ils la conduisirent sur l'estrade. L'étoffe était sombre mais fine ; elle se collait à elle quand elle se déplaçait, se gonflait lorsqu'elle expirait. On devinait parfois la courbe d'une hanche, le contour du menton ou d'une joue. Maya inclina sa tête voilée devant la reine tout aussi cachée, qui lui rendit son salut. Puis, telle une ombre, elle franchit la porte.

La salle, qui avait été complètement silencieuse, s'anima de nouveau. Les courtisans recommencèrent à bouger, à parler. On entendait des rires nerveux ; Gama avait l'impression qu'ils faisaient des plaisanteries grivoises. S'il avait eu ses pistolets, il en aurait volontiers abattu quelques-uns. Il vit Geraldo chuchoter quelques mots avec un sourire concupiscent à Babouche, qui eut un petit rire. Shahji au moins avait la décence de ne pas se mêler à ces manifestations de vulgarité.

Au bout d'un moment, comme les bavardages allaient crescendo, Wali Khan tapa une fois encore sur l'estrade avec sa canne.

— La sultane parle, annonça-t-il.

Lorsque le silence fut revenu, la voix étouffée de la reine se fit entendre :

— Elle a un talent exceptionnel. Ce que vous avez vu aujourd'hui, rares seront ceux qui le verront, à l'avenir. Mais que va-t-on faire d'elle ? C'est la question que nous devons trancher.

Pendant qu'elle parlait, le jeune sultan s'allongea de nouveau paresseusement à ses pieds, l'air content de lui malgré un ennui qui transparaissait. Murmure lui fit ostensiblement de la place. La reine poursuivit :

— Plusieurs hommes ont des prétentions à son endroit et sa situation est liée à une famille de *farangs*, dont plusieurs sont morts et dont l'héritière est peut-être une meurtrière. Il ne nous a donc pas été facile de prendre une décision. Ecoutez quelle est notre volonté... La bayadère a d'abord été offerte à notre grand vizir. C'est donc à Wali Khan qu'elle reviendra.

En entendant ces mots, Babouche poussa un petit cri de souffrance. Wali Khan fit de son mieux pour paraître serein, sous les regards jaloux des courtisans.

— Ecoutez cependant, grand vizir... Vous avez promis aux Moghols que vous la remettriez au vice-roi Mourad. Cette promesse a pesé dans notre décision. Ne nous décevez pas.

Le grand vizir inclina la tête en signe d'obéissance.

— Une question ultérieure vous concernera peut-être aussi... ajouta la sultane, comme si cela lui était revenu après coup.

Wali Khan leva les yeux en fronçant les sourcils. Lorsque la reine se ravisait ainsi, ce n'était pas bon signe.

— Il y a ensuite le problème des Dasana. Nous avons appris qu'avant de mourir, Victorio Souza, administrateur des biens de la famille, a fait de Geraldo Silveira son associé. Nous le confirmons maintenant. La moitié de la fortune lui appartient...

Des murmures s'élevèrent dans la salle. Babouche empoigna joyeusement le bras de Geraldo, visiblement aux anges. Gama ne parut même pas avoir entendu.

— Maître khaswajara, poursuivit la reine, il y a quelques impôts à acquitter sur les transferts de propriété, n'est-ce pas ?

— Altesse, votre mémoire est une fois de plus parfaite. Je veillerai à leur collecte.

— Quelques impôts, en effet, chuchota Shahji à l'oreille de Gama. De l'ordre de sept-dixièmes, si je me souviens bien...

— Le reste des biens des Dasana appartient à Lucinda Dasana, accusée d'avoir empoisonné son oncle. Tant qu'elle n'aura pas comparu, été condamnée et exécutée pour son crime, ces avoirs seront administrés par fidéicommis. *Senhor* Geraldo Silveira les gérera pour le compte de la couronne. A la mort de l'empoisonneuse, ils reviendront à l'Etat.

Babouche, qui avait montré des signes d'une impatience croissante, s'exclama soudain :

— Mais, Altesse ! Qu'en est-il des prétentions du khaswajara ?

Au moment où il disait ces mots, il porta brusquement ses mains à sa bouche. L'assistance se mit à rire, Wali Khan tapa par terre avec sa canne et la reine continua :

— Cette question reste à trancher. Nous constatons que les prétentions du khaswajara à réclamer la bayadère ne sont pas sans fondements. Il a fait une offre en vue de l'acquérir, cette offre a été acceptée, même si la danseuse n'a pas changé de mains et si aucun règlement n'a été effectué. Comment allons-nous donner droit à sa demande ?

Murmure s'inclina vers elle.

— Avez-vous la somme prévue ? demanda la sultane d'une voix si basse que seuls Gama et quelques autres, qui se trouvaient assez près, purent entendre.

— Bien sûr, Altesse.

— Entendez donc notre jugement. Vous pouvez avoir la danseuse pour les sept lakhs que vous avez promis... Puisqu'elle appartient à Wali Khan, vous devrez lui payer cette somme.

Babouche leva les mains à sa bouche pour s'empêcher de pousser des acclamations.

Murmure avait toutes les peines du monde, lui aussi, à dissimuler sa joie.

— Oui, Altesse ! Merci, Altesse !

Wali Khan regardait, sans voix. Il s'apprêtait à réagir quand, dans un mouvement d'étoffe, la reine leva la main.

— Attention, Murmure, nous parlons de la fille seule. A l'exclusion de ses affaires, de ce qu'elle possède ou porte sur elle. La fille, et la fille seulement, nue comme au premier jour...

Tous purent voir le sourire de Murmure s'évanouir lentement tandis que, de l'autre côté de la pièce, Babouche poussait un petit cri.

— Ou, si vous préférez, fit alors la reine, pour

ces sept lakhs, vous pouvez choisir un objet lui appartenant. N'importe lequel.

L'expression de Murmure se fit aussitôt difficilement déchiffrable. Les courtisans se regardaient en fronçant les sourcils, jetaient un coup d'œil vers la reine, se grattaient la tête à travers leur turban. Seuls Gama et quelques autres comprenaient l'intention de la sultane.

Un sourire se dessina sur ses lèvres.

— Pouvons-nous examiner ses affaires ? demanda Murmure.

La sultane se tourna vers Wali Khan.

— Non ! s'écria celui-ci en frappant le plancher avec sa canne.

Sous ses voiles, la reine eut un léger haussement d'épaules.

— Vous avez entendu sa réponse. C'est lui le propriétaire de la fille, pour l'instant.

— Mais sans voir ses affaires...

— Peu importe ! s'écria Babouche. C'est très bien ! Nous acceptons ! Nous acceptons !

Il agita le doigt en direction de Murmure et ce geste, plus encore que son éclat, provoqua des chuchotements parmi les courtisans.

— Il semble que votre frère ait accepté en votre nom, monsieur, dit la reine, avec quelque chose comme de l'amusement dans sa voix. Mais comment cet accord va-t-il être conclu ?

La fente dans le voile se tourna vers Gama.

— Deoga, ne voulez-vous pas faire office de bourak ?

— Comme il vous plaira, Altesse, acquiesça le Portugais. J'aurais besoin d'un greffier...

— Prenez le mukhunni Babouche. Vous faut-il autre chose ?

— Un lieutenant serait le bienvenu, Altesse.

— Un lieutenant ? fit la sultane, apparemment surprise. Pensez-vous réellement que nous aurons besoin d'armes ? Entre hommes d'honneur ? Pour parvenir à un accord conclu sous notre sceau ?

Gama réfléchit avant de répondre et s'arrêta plusieurs fois alors qu'il était sur le point de parler.

— Oui, Altesse, dit-il enfin en inclinant la tête.

— Prenez alors le commandant Shahji, Deoga. Parvenez à un accord dans l'heure qui vient. Nous partirons ensuite pour Bijapur.

Malgré son état évident de surexcitation, Babouche s'était montré affable et utile. Après le départ de la sultane, il s'était hâté d'entraîner Gama dans une pièce adjacente puis dans une alcôve où il y avait une table basse, du papier et des plumes.

— Nous pouvons conclure l'accord ici ! annonça-t-il gaiement.

— Non, répondit Gama, qui en avait assez du palais pour aujourd'hui. Allons dehors. Près du pont qui mène au harem.

— Qui eût cru que vous aviez la fibre romantique, Deoga ! Excellente idée ! Ce sera une journée vraiment mémorable !

Sur ce, Babouche appela un serviteur et lui

dicta une liste de choses à apporter immédiatement au bord de la rivière : tapis, coussins, table, rafraîchissements et de quoi écrire.

— Il s'agit simplement de la conclusion d'un accord, *senhor* eunuque, fit remarquer Gama en s'efforçant de ne pas paraître trop surpris par le zèle de Babouche.

— C'est plus que cela, *senhor*. Pendant des années, j'ai été injustement diffamé à cause de la perte de... d'un certain objet. Pendant des années, j'ai cherché non seulement à retrouver l'objet en question, mais aussi ma réputation. Ce sera fait aujourd'hui. Je vais être innocenté !

— Etant bon musulman, vous devriez dire *« Ishavarallah ! »*... si Dieu le veut.

— Oui. Mais Dieu est souvent paresseux. C'est la persévérance qui permet en définitive d'arriver à ses fins, Deoga.

Ou la malice, pensa Gama. Et parfois la chance. Mais Babouche était trop exalté pour entretenir une conversation et Gama entreprit de lui rappeler les termes de l'accord en fonction des décisions prises par la sultane.

Une demi-heure plus tard, Babouche et lui quittaient le Palais Volant. Ils croisèrent les servantes du harem et les eunuques de premier rang qui se dirigeaient vers le palais, dans lequel ils allaient voyager avec la reine.

— Ne vous mettez pas en peine de la chercher, Deoga, dit Babouche, l'air entendu.

— Qui donc ?

— La danseuse. Elle n'effectuera pas le trajet avec les gens du palais, mais avec la suite de Wali Khan. Je suis sûr qu'il va la vouloir dans son howdah.

L'eunuque fit un clin d'œil et remua un sourcil. Gama résista à l'envie de le frapper.

— Dorénavant, elle est une bayadère comme les autres, Deoga.

— Vous devez pourtant lui trouver quelque chose de particulier, sinon vous ne paieriez pas sept lakhs pour l'avoir...

Babouche émit un grognement de mépris.

— Il se trouve seulement qu'elle est en possession de quelque chose que nous voulons. Si c'était un singe qui l'avait, il aurait pour nous la même valeur.

Toutes les tentes avaient maintenant été démontées autour du palais ; à la place du grand cercle qu'elles formaient, il n'y avait plus que des palanquins et des éléphants portant des howdahs. On attachait des bâches par-dessus le chargement amoncelé sur les chars à bœufs. A quelque distance, la garde eunuque était en train de se rassembler. Un peu plus loin, près du pont sur la rivière, un tapis avait été étalé en vue de la conclusion de l'accord.

En y arrivant, ils trouvèrent Wali Khan et Shahji déjà installés, qui partageaient une cruche de vin. Gama refusa la coupe qu'on lui tendait, mais Babouche l'accepta et la vida d'un trait.

— Faites attention, *senhor*, le taquina Gama.

— C'est un trop grand jour pour faire preuve

de modération, répondit l'eunuque en attrapant une autre coupe.

Comme cela arrivait souvent avant le règlement d'une affaire, Gama était incapable de s'asseoir. Il fit les cent pas autour du tapis, essaya de se calmer en regardant le paysage. Le tapis avait été déroulé tout près des chutes, à l'endroit où la rivière tombait dans le trou d'eau noire en contrebas. Le soleil était chaud et il y avait peu de brume. Gama contempla longtemps le vieux temple et la forêt ombreuse. Il espérait que Lucie était en sûreté et heureuse, avec Pathan.

Ce n'est pas le moment de penser à cela, décida-t-il.

— Je vais chercher la bayadère, annonça Babouche.

Il chancela quelque peu en se levant, ce qui les fit rire, lui comme les autres. Puis, avec des précautions exagérées, il s'engagea sur le pont de bois, qui grinça sous son poids. Il se retourna et repartit à rire en poursuivant son chemin.

— Pourquoi êtes-vous si nerveux, Deoga ? demanda Shahji.

— Vous avez participé à beaucoup de séances de ce genre ? fit Gama en réponse.

Shahji haussa les épaules.

— Ça ne se passe jamais comme on le pensait, poursuivit le *soldado*. Lorsqu'il y a des marchandises et de l'or en jeu et que les parties en présence ne se rappellent pas de la même manière les termes de l'accord, il y a toujours des ennuis à la clé. Au moins, cette fois-ci, n'y a-t-il pas d'armes...

Il fronça les sourcils.

— C'est bien le cas, n'est-ce pas ?

— Même moi je n'en ai pas, Deoga, répondit Shahji. Et je suis votre lieutenant. Ne vous inquiétez pas, si quelqu'un sème la zizanie, je le frapperai sur la tête avec ma coupe !

Tous rirent.

Leur humeur changea vite lorsque Murmure arriva en boitillant, appuyé au bras de Geraldo. Ils étaient suivis par sept serviteurs, chacun porteur d'un coffret de bois cerclé de fer.

— J'ai oublié de prévoir comment transporter mon or après le règlement, fit Wali Khan à voix basse.

— Ce sont des oublis comme celui-là qui rendent un règlement dangereux, dit Gama à Shahji.

On fit de la place pour que, à tour de rôle, les serviteurs puissent déposer les coffrets en tas au milieu du tapis près de la table. Murmure les congédia d'un geste de la main.

— Où est la fille ? demanda-t-il.

— Babouche est allé la chercher. Prenez donc un rafraîchissement, *senhor* Murmure.

L'eunuque fronça les sourcils et se détourna des autres.

— J'en prendrais volontiers un, dit Geraldo avec enthousiasme en s'approchant de Gama. Je vous avais dit que vous auriez dû revendiquer une part de la fortune. Regardez-moi ! Me voilà riche !

Il vida sa coupe d'un trait.

— J'imagine que je dois vous remercier. Si vous n'aviez pas gardé le silence...

Gama lui lança un regard noir.

— Vous me revaudrez ça en rendant un jour service à quelqu'un...

Geraldo était sur le point de répondre quand il aperçut Babouche. Maya était à côté de lui. La brise plaquait le voile sombre sur son visage. Ils s'engagèrent sur le pont de bois, qui grinça et donna de la bande. L'un de ses coins rebondissait sur le sol.

— Regardez ! Il n'est pas arrimé ! s'écria Geraldo. Faites attention, tous les deux !

— Vous avez raison, dit Shahji en se levant. Faites attention ! cria-t-il. Les pieux ont été enlevés !

Mais Babouche et Maya traversèrent sans grande difficulté, bien que le pont fût violemment secoué lorsque Babouche posa le pied sur la terre ferme.

— La voilà, annonça-t-il. Et j'ai fait apporter ses affaires.

Maya se dirigea vers un coin du tapis et resta là, en silence. Peut-être à cause de son voile, elle donnait l'impression de disparaître aux regards. La rivière grondait derrière elle et personne ne remarqua qu'elle tournait le dos à la compagnie.

— Je crois que tout le monde est là, dit Gama. Réglons donc notre affaire...

— Devons-nous dire une prière, Deoga ? fit Babouche en riant. Ou au moins boire une coupe de vin ?

Ce disant, l'eunuque se servit.

— C'est bien que vous soyez là, Geraldo. Vous pourrez signer le certificat de garde. En vertu des décisions de la sultane, je dirais que vous êtes maintenant le propriétaire de la devadasi.

Geraldo s'assit avec un petit rire pour signer le document.

— Son propriétaire. Pensez donc !

Il trempa une plume dans l'encrier et griffonna sa signature.

— Rapide, mais fort agréable.

— Et maintenant, monsieur, si vous voulez bien attester par votre signature que vous avez reçu les biens... dit Gama en faisant un signe de tête à Wali Khan.

Le vizir regarda Maya, debout au bord du tapis, ombre amorphe qui se détachait sur le ciel lumineux.

— Je les ai reçus, apparemment, murmura-t-il en apposant sa signature (des volutes tarabiscotées pleines de fioritures, impossibles à déchiffrer) sous celle de Geraldo.

— Enfin ! dit Babouche.

Gama adressa un sourire affable à l'eunuque.

— J'espère que vous êtes satisfait, *senhor* eunuque... *Senhor* vizir, par ordre de la sultane, vous devez remettre au khaswajara soit la fille, soit l'une de ses possessions, selon son choix. Pour cela, le khaswajara doit vous donner sept lakhs de huns. Avez-vous compris, *senhor* khaswajara ? *Senhor* vizir ?

— J'ai apporté l'argent. Ce que je veux...

— S'il vous plaît, monsieur, nous devons procéder par ordre. L'argent vous donne le droit de choisir et de recevoir. Le vizir doit le percevoir pour que vous jouissiez de ce droit...

— Absurde ! s'exclama Murmure d'un air renfrogné. Très bien, dit-il enfin, en tendant un trousseau de sept clés à Gama.

Puis, alors qu'il était resté debout depuis son arrivée, il s'assit.

Gama prit un coffret ; la troisième clé l'ouvrit. Il souleva le couvercle : il contenait des rangées de cylindres enveloppés dans de la soie, celle-ci attachée par des rubans et scellée à la cire rouge. Gama en choisit un au hasard, le sortit du coffret. Il déchira la soie facilement avec l'ongle du pouce, découvrant une pile de pièces d'or. Il les renversa dans sa paume, en examina quelques-unes, commença à compter. Tout le monde le regardait, sauf Murmure.

— Laissez, Deoga. Continuons, dit Wali Khan.

— Vous ne voulez pas que je compte l'argent pour vous, *senhor* vizir ?

— Ça prendrait toute la journée, et puis le khaswajara n'est pas un tricheur de cette sorte.

— De quelle sorte, alors ? rétorqua sèchement Murmure.

Gama s'interposa :

— Signez ici pour confirmer que vous avez reçu votre or.

Quand Wali Khan l'eut fait, Gama demanda :

— Qu'est-ce que vous choisissez, *senhor* Murmure ? La fille ou l'une de ses possessions ?

— Laissez-moi voir ce qui lui appartient...

— Non ! s'écria Wali Khan en se levant. La reine est d'accord... pas d'examen !

— Oui, oui, fit Gama d'un ton apaisant. Il ne s'agit pas d'examiner, mais seulement de jeter un coup d'œil, c'est tout. Pour sept lakhs de huns, il a bien gagné le droit de le faire, hein, *senhor* ?

Wali Khan se rassit doucement. Babouche se dirigeait déjà vers Maya, mais Gama s'avança à grands pas.

— Non ! s'écria Maya sous son voile. C'est tout ce que je possède. Ce sont les quelques objets qui font de moi ce que je suis. Vous ne me les prendrez pas !

Gama lança un coup d'œil à Shahji, qui se tenait de l'autre côté par rapport à elle.

— Devadasi, la rappela à l'ordre Shahji. Vous ne vous faites pas honneur, de cette façon.

Maya pencha la tête.

— Tu dois me donner tes affaires, dit Gama, aussi gentiment qu'il put.

Etait-il vraiment possible de prononcer de tels mots gentiment ?

Elle lui tendit son sac à bandoulière de dessous son voile.

— Pourquoi tout cela est-il si long ? s'exclama Babouche d'une voix stridente. Il a l'argent, donnez-moi le sac !

— Du calme, Babouche, fit Shahji.

— Un objet ! Un seul ! dit Wali Khan au même moment en se levant.

— Ressaisissez-vous, messieurs, leur intima Gama. Ça va être bientôt fini, murmura-t-il à Maya, qui ne se retourna pas.

Gama se mit alors à genoux et répandit petit à petit le contenu du sac sur le tapis, près des coffrets de pièces d'or. Tout le monde avait maintenant compris que ce n'était pas la fille que voulaient les eunuques. Qu'avait-elle en sa possession qui valût sept lakhs de huns ?

Babouche observait Gama de ses petits yeux brillants de convoitise, à peine capable de se maîtriser. Il vit enfin le sac qui contenait la coiffe.

— C'est ça ! C'est ça que nous voulons !

— Prudence ! chuchota Murmure. Soyons-en sûrs. Voyons d'abord le reste...

Gama acheva de vider le sac sur le tapis. Cela ne prit pas longtemps. Quand tout fut sorti, Babouche, qui ne tenait pas en place, montra la petite bourse de toile.

— C'est ça, c'est ça ! C'est ce que nous voulons !

— Vous êtes d'accord, *senhor* Murmure ? C'est à vous qu'il appartient de décider...

Murmure se mordit la lèvre, jeta un coup d'œil aux sept coffrets d'or, puis au pitoyable petit sac.

— Très bien, dit-il en soupirant.

Gama ramassa le sac et posa le dernier document sur la table avec un grand geste.

— Signez ce papier attestant que vous avez reçu l'objet choisi par vous...

Murmure s'agenouilla devant la table, et il était sur le point de signer quand Wali Khan se dressa à côté de lui.

— Non.

— Que voulez-vous dire, monsieur ? éructa Murmure.

— Cela fait deux objets. Le sac et son contenu.

— Je prends le contenu, rétorqua Murmure.

Sans cesser de regarder Wali Khan avec circonspection, il apposa sa signature vigoureuse et précise au bas du document.

— Voilà, je crois que c'est à moi maintenant, Deoga.

— J'en conviens, répondit Gama en ramassant prestement les documents signés. L'affaire est réglée. *Senhor* vizir, la fille et l'or sont à vous. *Senhor* khaswajara, ceci vous revient.

Sur ce, il ouvrit le petit sac de Maya et laissa tomber la coiffe dans la paume de Murmure.

— Donne-la-moi ! Donne-la-moi ! s'écria Babouche.

Il arracha la coiffe de la main de Murmure et l'agita au-dessus de sa tête.

— La Résille de Ruci ! Je l'ai enfin ! Enfin !

Il se tortilla en une sorte de danse. Dans ses mains grasses, les petits morceaux de métal doré et de verre étincelaient au soleil.

— La Résille de Ruci ! s'exclama Wali Khan. C'est impossible !

Il se tourna vers Shahji.

— Est-ce vrai ?

Il empoigna Gama.

— Ça ne peut pas être la Résille de Ruci !

Gama ne répondit pas. Le vizir se lança à la poursuite de Babouche, qui s'éloignait en sautillant. Murmure approcha son corps maigre et froid de Maya. Il la renifla comme un morceau de viande en putréfaction.

— Tu nous as causé beaucoup trop d'ennuis. Je ne t'aime pas et je veillerai à ce que les autres te prennent aussi en grippe. Prends garde aux frères, à la cour de Mourad.

Shahji regarda Murmure avec dégoût.

— Penser que je dois traiter avec cette ruine...

Il se déplaça sur le tapis, ramassa les affaires de Maya et les fourra dans le sac, à l'exception de la bourse qui avait contenu la coiffe et lui semblait dénuée de valeur. Il lui tendit le sac.

— Je parlerai à Chitra du garçon. Tu m'as rendu service, devadasi. Je ne l'oublierai pas.

Maya tourna sa tête voilée et sa petite main émergea de dessous l'étoffe pour prendre le sac, mais elle ne répondit rien. De l'autre côté du tapis, Gama assistait à la scène sans mot dire.

— Je comprends maintenant quel jeu vous jouez, monsieur !

Gama leva les yeux. Geraldo venait vers lui.

— Que voulez-vous dire ?

— N'est-ce pas le colifichet qu'elle vous a confié à Belgaum ?

Gama regarda attentivement Geraldo.

— C'est possible.

Au même instant, au bord de la rivière, Wali Khan avait réussi à arracher la coiffe à Babouche.

— Rendez-la-moi ! cria l'eunuque.

Wali Khan repoussa la main de Babouche et jeta un coup d'œil à la coiffe.

— Mais c'est de l'imitation ! Ce n'est que du verre bon marché ! s'exclama-t-il d'un air triomphant.

— Quoi ? Quoi ? s'écria Murmure en boitillant vers le vizir.

— Non... Non, ce n'est pas possible ! s'exclama Babouche.

Murmure saisit la coiffe. Wali Khan ne lui opposa aucune résistance. Le vieil eunuque la regarda de près en plissant les yeux.

— Shahji ! Mon général ! cria-t-il en revenant en hâte vers Shahji. C'est du vrai ou une imitation ?

Le général approcha la coiffe de son visage.

— Je ne saurais le dire. C'est très joli, assurément. Je suppose que ce sont de vraies pierres...

— C'est une imitation ! Je peux le voir d'ici ! lança Geraldo.

— Une imitation !

Murmure se retourna vers Babouche.

— Qu'as-tu à répondre à cela ?

Babouche prit la coiffe.

— Ce n'est pas possible ! Elle est lourde ! Elle brille ! Elle brille !

Il se précipita vers Maya en criant :

— Dis-moi que c'est du vrai !

Gama tendit le bras et repoussa l'eunuque. Quelque chose lui attira l'œil. A quelques pas de là, Wali Khan était plié en deux de rire et Murmure clopinait vers lui, un poignard à la main.

— Shahji, aidez-moi ! Venez vite ! s'écria Gama en courant après le khaswajara.

Shahji le suivit, Geraldo sur ses talons. Quand ils rattrapèrent Gama, il avait fait une clé au bras maigre de Murmure. Le poignard était tombé dans l'herbe. La poitrine étroite du vieil eunuque ressortait ; sous sa chemise en soie ses côtes semblaient aussi fragiles que celles d'un oiseau.

— Il m'a roulé, bourak ! s'écria Murmure de sa voix aiguë et râpeuse.

— Jamais de la vie, rétorqua Wali Khan en grognant.

— Il savait que c'était une imitation ! Il le savait !

Wali Khan leva les mains.

— Par la barbe du Prophète, je jure que je l'ignorais. Ça ne vous suffit pas ?

Au même moment, Maya poussa un cri.

Tous se retournèrent : Babouche l'avait fait tomber de tout son long et elle essayait de lui échapper. On voyait à sa démarche qu'il avait trop bu ; il titubait, trébuchait. Mais, malgré sa petite taille, il était rapide et lorsque Maya se releva, péniblement, il la frappa deux fois à la tête, la faisant retomber.

— C'est toi qui as fait ça ! C'est toi ! hurla-t-il, un pied de chaque côté d'elle, en se baissant, sa bouche baveuse près de son visage voilé.

Il la frappa encore, à la poitrine. Elle grimaça de douleur. L'eunuque se redressa, apparemment épuisé. Maya s'échappa à quatre pattes.

Shahji écarta Gama.

— Je suis votre lieutenant. Laissez-moi faire, dit-il avant de courir vers eux.

A quelques pas de l'eunuque, il cria :

— *Senhor !*

Babouche trébucha, comme s'il avait eu un malaise en se relevant. Il tomba sur Shahji, qui tendit les bras pour le retenir. Volontairement ou non, la tête de l'eunuque heurta celle du général, qui tomba à genoux en se tenant le nez. Babouche se releva, indemne. Son turban, qui s'était défait, flottait derrière lui et il avait du sang de Shahji sur son front pâle.

Maya avait à moitié traversé le pont menant au harem quand Babouche repartit à sa poursuite.

— Tu m'as ruiné ! cria-t-il en titubant derrière elle.

Le pont, qui n'était plus arrimé, rebondissait, le tablier grinçait et tanguait à chaque pas de l'eunuque. A moitié ivre, à moitié assommé, il chancelait d'un garde-fou à l'autre, brandissant la coiffe. Depuis un bon moment, il ne s'exprimait plus que par des hurlements incohérents.

Geraldo et Wali Khan se précipitèrent pour aider Shahji. Il leur fit signe d'aller au pont. Lorsqu'ils l'atteignirent, Wali Khan voulut courir vers Maya. Le pont oscilla sous ses pieds et Geraldo le tira en arrière.

— Arrêtez ! cria-t-il pour se faire entendre pardessus le grondement des chutes. Le pont est trop fragile ! Il ne tiendra pas !

Babouche avait rattrapé Maya et, de son poing fermé sur la coiffe, il la frappa au visage. Elle tomba à genoux, s'agrippa au garde-fou sans pouvoir se remettre debout. Lorsqu'elle leva les yeux, Babouche la frappa de nouveau.

Gama et Murmure avaient rejoint les deux autres au bout du pont.

— Frère ! cria Murmure. Laisse-la ! Tout ira bien !

Babouche se retourna. Il avait le visage défait par ses espoirs brisés.

— Tout ira bien quand elle sera morte ! hurla-t-il en réponse.

Maya s'accrocha au garde-fou des deux bras et commençait à se relever quand, de ses gros doigts, Babouche lui serra le cou par-derrière. Elle se débattit mais il ne lâcha pas prise.

— Il est en train de la tuer ! s'écria Gama.

Il empoigna un coin du tablier et, de toutes ses forces, entreprit de le soulever. Les cordes qui maintenaient ensemble les bambous et les bois grincèrent sous l'effet de torsion.

— Aidez-moi ! cria encore Gama, qui avait vu que Maya était fermement agrippée au garde-fou alors que Babouche ne se tenait à rien sinon elle. Nous pouvons faire tomber l'eunuque en secouant le pont !

Les autres se regardèrent et, obtempérant au ton de Gama, empoignèrent le tablier comme ils purent. À eux tous, ils le soulevèrent jusqu'à ce que, dans un crissement, le pont bascule de côté.

Quand il fut à la verticale, Maya et Babouche tombèrent dans les eaux rugissantes. La tête de Maya disparut sous la surface, mais elle ne lâcha pas le garde-fou. Son visage voilé resurgit enfin au-dessus de l'écume. Elle s'ébroua et le voile glissa, immédiatement emporté par les chutes.

Sous son poids et la force du courant, le pont se tordait et fléchissait.

— Nous ne pouvons pas l'aider ! cria Gama. Ça ne tiendra pas ! Il faut que ce soit elle qui vienne à terre !

— Pourquoi alors ne le fait-elle pas ? dit Wali Khan. Qu'est-ce qui l'en empêche ?

Ils eurent aussitôt la réponse.

Tout à côté des chutes, la silhouette massive de Babouche se tortillait, accrochée aux chevilles de Maya. Comme planant sur le flot déchaîné, il allait et venait, ballotté d'un côté et de l'autre.

— Il va l'entraîner avec lui ! s'écria Murmure. Il va les tuer tous les deux !

— Lâche-moi, lâche-moi ! lançait Maya, haletante, dans le flot qui déferlait sur son visage.

Une main par-dessus l'autre, Babouche se hissait le long de sa jambe comme on grimpe à une corde. Luttant contre le courant furieux, elle tenait bon, les empêchant d'être emportés tous les deux. Elle pouvait sentir le garde-fou ployer sous ses bras.

L'eau pétrissait les yeux de Babouche. Le courant le secouait si fort qu'il tournoyait sur lui-même, comme un leurre au bout d'un fil de pêche. Il tendit le bras, lui agrippa le genou.

— Pour l'amour du ciel ! glapit-il. Donne-moi la main !

Tandis que l'écume tombait en cascade autour d'elle, elle se rappela ses insultes, ses sarcasmes, les coups qu'il lui avait donnés. Elle se rappela que là-bas, dans les montagnes, il n'avait pas hésité à passer sur elle pour se sauver, déchirant son bras blessé.

« Je dois être aussi dure et froide que le diamant », avait-elle dit à Deoga.

Ses sandales avaient depuis longtemps été emportées par le courant. Avec les orteils, elle décolla les doigts de Babouche de sa jambe. A travers le flot d'écume, le visage de l'eunuque exprimait l'horreur, la malveillance et la surprise.

Elle le regarda mourir.

Il y eut un moment de calme total quand il la lâcha enfin, comme si la rivière s'était arrêtée. Dans le silence, elle vit Babouche lever la main qui tenait la coiffe. Il remua les lèvres sans bruit – elle ne se soucia pas de savoir ce qu'il voulait dire.

Puis la rivière déferla à nouveau avec fureur et Babouche, dans un cri, tomba dans le vide.

Sa dernière glissade ne dura qu'un instant. Les chutes l'engloutirent et il disparut immédiatement. L'œil fixé sur l'espace vide où quelques secondes plus tôt l'eunuque luttait encore contre le courant, Murmure pâlit.

— Il a disparu ! Disparu ! fit-il d'une voix haletante.

Il longea la berge d'un pas chancelant vers le bord des chutes et regarda en contrebas, courbé par les sanglots. Toujours cramponnée au garde-fou du pont, Maya faiblissait manifestement. Gama sauta dans les rapides.

— Vous êtes fous, vous autres *farangs* ! cria Wali Khan à Geraldo. Tenons-lui au moins le pont !

Geraldo s'exécuta, plus lentement que ne s'y était attendu le vizir. Gama avança petit à petit le long du garde-fou pour arriver jusqu'à Maya. Ça n'avait pas été facile car le courant était violent et le pont semblait sur le point d'être emporté. Il lui tendit la main, mais elle se contenta de le regarder, l'air complètement épuisée.

— Ne lâche pas ! cria-t-il, incapable de supporter l'idée de perdre encore une vie, surtout celle de Maya.

Maya secoua la tête. Gama se rapprocha encore un peu. Un bras de la jeune fille glissa et son visage disparut sous l'écume. Gama implora l'aide des dieux. Au moment où l'autre bras de Maya lâchait prise, il s'élança vers elle avec ce qui lui restait de forces. Avec les genoux, il la rattrapa par les hanches. Il réussit à passer son bras libre autour de sa poitrine. Il fit effort jusqu'à pouvoir maintenir le cou de Maya dans le creux de son coude et lever sa tête hors de l'eau. Elle avait les yeux révulsés et les lèvres violettes.

Le garde-fou finit par craquer. Maya toujours enlacée par Gama, ils disparurent sous l'eau. Il la ramena à la surface. Les autres le regardaient, au désespoir, depuis la berge.

Je n'y arriverai jamais, pensa-t-il. Je n'en ai pas la force.

Il regarda Maya.

Je devrais lui dire que je l'aime, maintenant que nous allons tous deux mourir.

Il n'en eut pas la possibilité. Dans un claquement assourdissant, le pont se brisa en deux. En heurtant les rochers, l'autre moitié fit la culbute et le courant l'entraîna droit dans les chutes. Gama jeta un coup d'œil vers le rivage. Là-bas, des hommes agrippaient de toutes leurs forces la moitié du pont à laquelle ils étaient accrochés, Maya et lui, pour l'empêcher de disparaître à son tour.

Le tronçon commença à bouger avec le courant. Telle une porte sur ses charnières, il pivotait autour des hommes qui le maintenaient et tournait lentement vers la berge.

C'est un miracle, pensa Gama. Mais il se demanda aussitôt s'il n'avait pas crié victoire trop tôt. A mesure que le pont dérivait vers la berge, l'extrémité à laquelle ils étaient cramponnés approchait du bord de l'à-pic et la force du courant augmentait. Le bout du sari de Maya claquait au-dessus des chutes. Il la serrait contre lui de toutes les forces qui lui restaient.

Les hommes qui retenaient le pont ne pouvaient le lâcher pour aller à la rescousse de Gama, de crainte que tout ne soit emporté d'un seul coup. Il appartint finalement à Murmure, qui reprenait peu à peu ses esprits, d'entrer dans l'eau en pataugeant comme un oiseau et, avec l'aide de Gama, de tirer Maya jusqu'au rivage.

Puis, et Gama ne l'oublierait jamais, le vieil eunuque retourna dans l'eau et tendit sa main osseuse au *farang*. Avec son aide, il se hissa hors de la rivière puis baisa la terre.

Les autres laissèrent alors aller le pont, qui gémit et se disloqua dans les chutes.

C'est Shahji qui arriva le premier à Gama et le releva.

— Félicitations, dit-il avant de courir aider Maya.

Wali Khan arriva quelques instants plus tard. Il donna une tape dans le dos de Gama.

— Merveilleux ! Merveilleux ! fit-il en riant. Voilà ce que j'appelle régler une affaire de main de maître, *senhor* !

Le camp, où les préparatifs de départ allaient bon train, fut pris d'une grande agitation. On envoya chercher des gardes. Le hakim arriva, retourna Maya sur le ventre et lui donna une dizaine de tapes dans le dos. Après avoir toussé et recraché de l'eau, elle revint à elle. Murmure lui fit apporter des vêtements et un voile secs.

Le vieux khaswajara envoya une équipe de gardes eunuques au pied des chutes, mais ils eurent beau fouiller le plan d'eau et les rapides qui menaient à la cascade, la coiffe resta introuvable – tout comme Babouche.

Après s'être changé, Gama alla remercier Murmure. Le khaswajara se montra peu réceptif.

— Disparu... Il a disparu, gémit-il en regardant les chutes.

Il se détourna et ne dit plus un mot.

Wali Khan, par contre, ne manqua pas de venir trouver Gama. Quand ses serviteurs eurent chargé ses sept coffrets d'or sur un char à bœufs, il s'approcha et passa son bras épais autour des épaules du Portugais.

— Du courage, *farang* ! Il y a pire que d'être haï par la Fraternité, fit-il en riant. Vous êtes un vrai bourak. J'ai l'intention de vous engager ! Je vais devoir envoyer la bayadère au vice-roi Mourad, et pour cela il faudra un homme digne de confiance, un homme comme vous, *farang*.

Il rit encore, tapa dans le dos de Gama.

— A mon avis, aucun autre ne fera l'affaire ! Mais le départ n'aura pas lieu avant quelques mois. En attendant, j'ai quelques problèmes à régler dont vous pourriez vous charger. Vous pourrez habiter le Gagan Mahal, les anciens appartements de Victorio au palais. Vous avez fait du beau travail, *farang* ! Du très beau travail !

— Vous auriez pu vous en sortir plus mal, Deoga, lui dit Shahji quand Wali Khan fut parti.

Il avait eu la bonne idée d'envoyer chercher du vin et il encouragea Gama à boire pour reprendre des forces.

— Que feriez-vous à ma place, général ?

— Je travaillerais pour les Moghols. Ils adorent leurs étrangers. Ils aimeraient beaucoup avoir un homme comme vous... Et si j'étais vous, je me chercherais une épouse.

Gama secoua la tête.

— Aucune femme ne me supporterait, général. Et puis, je suis habitué à la solitude. Pourquoi tout chambouler maintenant ?

Les deux hommes rirent de bon cœur.

— N'empêche, je vais réfléchir à votre conseil à propos des Moghols. Peut-être accepterai-je la proposition de Wali Khan : escorter la bayadère auprès du vice-roi moghol. Je pourrai examiner la question de près quand je serai là-bas.

On apprit alors que la sultane voulait reprendre la route. L'excitation provoquée par les événements qui venaient de se dérouler retomba dans la routine des préparatifs de départ. Shahji invita Gama à venir passer quelques jours à Belgaum et il accepta. Puis le conciliateur alla voir Wali Khan et accepta son offre de travail et d'hébergement.

Quand Gama retraversa lentement le terrain où avait été dressé le camp, on était en train d'atteler les grands éléphants aux cordes de levage du Palais Volant. Fasciné, il les regarda tirer dessus de toutes leurs forces en grognant tandis que les cornacs leur donnaient calmement des tapes sur les oreilles. Sur leur peau sombre, leur livrée émaillée d'argent reluisait. Soudain, dans le grincement des madriers de bois qui ployaient, le Palais s'éleva dans les airs.

Autour, il y eut une agitation soudaine comme lorsque, au départ des grands navires, le quai est la proie de mouvements de dernière minute. Tout juste si Gama vit approcher une petite silhouette voilée.

— Vous m'avez sauvée encore une fois, Deoga, dit Maya de sa voix douce.

— Je suis si content que vous soyez en vie !

Il voulait en dire plus, l'embrasser, faire quelque chose.

— J'avais envie de mourir, Deoga. Maintenant, moi aussi je constate que je suis contente d'être vivante. Mon ancienne existence est révolue, Deoga. Mais au moins vous souviendrez-vous de moi telle que j'étais.

Gama ne put trouver de mots pour lui répondre. Il regarda alentour : alors qu'ils étaient au milieu de toute cette animation, personne ne faisait attention à eux.

— J'espérais vous voir, dit-il.

Il sortit de sa poche la bourse contenant la coiffe de Maya et la lui tendit d'un geste pressant. Il l'entendit pousser une petite exclamation sous son voile, pas seulement parce que le sac était plus lourd qu'elle ne s'y était attendue.

— Ne l'ouvrez que lorsque vous serez seule,

murmura Gama. J'en avais fait faire une copie. C'est elle qui a été perdue.

Des gens venaient vers eux et ils ne purent en dirent davantage. De sa démarche aérienne, Maya repartit vers la suite de Wali Khan. Gama la regarda gravir l'échelle argentée menant au howdah du vizir et se rappela un jour à Goa, qui lui parut lointain.

Tandis qu'il allait rejoindre Shahji, Geraldo le rattrapa. Gama fit à peine attention à lui.

— Il s'est passé quelque chose avec cette coiffe..., commença l'autre.

Gama continua de marcher sans se retourner.

— Babouche était un sale type, mais il n'était pas sot. Je crois qu'elle nous a joué un mauvais tour. A moins que ce ne soit vous. Peut-être vous deux ! Vous ne le niez pas ?

Gama s'arrêta et dévisagea Geraldo.

— Ecoutez, j'arrive à un âge où je ne me soucie pas de ce que vous pensez, vous ou qui que ce soit d'autre. Les gens agissent, bien ou mal. Les hommes bons essaient de rattraper leurs erreurs. C'est ce que je tente de faire, moi aussi.

Geraldo broncha sous le regard fixe de Gama.

— Vous êtes riche, maintenant. Vous avez fait du mal... peut-être en avons-nous tous fait. Mais vous êtes arrivé à vos fins. Vous êtes riche ! Pourquoi ne pas vous essayer au bien ?

— Et tenir ma langue, vous voulez dire ?

Gama haussa les épaules. Du coin de l'œil, il vit Shahji qui lui faisait signe. C'était l'heure du départ.

— Où allez-vous maintenant, Geraldo ?

— A Bijapur. Le khaswajara veut discuter de certains projets.

Gama secoua la tête.

— Essayez d'être bon, pour changer. Auprès de cet eunuque, ce ne vous sera pas facile, de fait.

— Et vous, où allez-vous ?

— A Belgaum pendant quelque temps, puis à Bijapur.

— Il faudra que nous nous voyions. Les *farangs* doivent se sentir seuls à Bijapur.

Gama regarda Geraldo avec un sourire triste, comme s'il lui exprimait de la sympathie à cause d'une maladie que l'autre ignorait encore avoir.

— Certains hommes se sentent seuls partout.

Gama s'inclina profondément et, sans un mot de plus, se dirigea rapidement vers les chevaux de Shahji.

Il y a pire que la solitude.

EPILOGUE

Wali Khan se révéla un homme d'honneur : de retour à Bijapur avec Maya, il envoya à Gama l'intégralité de ses honoraires, ainsi que ceux de Pathan.

Gama s'installa dans les anciens appartements de Victorio au Gagan Mahal et y retrouva Souris. Après un certain temps, le jeune eunuque surmonta le chagrin que lui avait causé la mort de son maître et reprit son attitude avenante.

Gama découvrit pourquoi Victorio avait tant d'affection pour lui. Il était gentil, fidèle, toujours soucieux de plaire. Sa présence discrète procura à Gama un réconfort, puis un certain plaisir. Un soir, alors qu'il n'arrivait pas à dormir, Souris apporta son haratala et tous les deux coulèrent des balles jusqu'au matin.

Au cours des six mois suivants, en attendant d'accompagner Maya jusque chez Mourad, Gama régla plusieurs affaires pour le vizir.

Lorsqu'il était sur la route, il remettait ses vieux vêtements de *farang* et ses grosses bottes de cuir, mais, rentré à Bijapur, il portait des *jamas*. Il les trouvait maintenant plus confortables et, de toute façon, Souris les préférait.

La rumeur selon laquelle Maya était belle et avait du talent se répandit vite à travers la ville et il devint très prisé d'être invité au zénana de Wali Khan. Les courtisans comblaient le grand vizir de cadeaux, les plus chanceux étaient priés à dîner au palais. Lorsque les domestiques avaient débarrassé la table, les musiciens se mettaient à jouer et Maya à danser.

Les invités les plus favorisés pouvaient parfois la rencontrer en tête à tête. Ensuite, d'aucuns prétendaient être allés au déduit avec elle.

La sultane s'était entichée d'elle. Elle se rendait souvent au harem du Khas Mahal, le palais le plus retiré qui soit. L'héritier s'asseyait d'ordinaire aux pieds de sa mère pendant que les deux femmes bavardaient et, lorsque la conversation languissait, il demandait à Maya de jouer à la balle avec lui.

Comme la date de son départ approchait, l'héritier écrivit de sa main une lettre au grand vizir pour lui proposer d'acheter Maya : il offrait un crore de huns pris sur la cassette royale. Une discussion interminable s'ensuivit entre la sultane, Murmure et le grand vizir. Finalement, Wali Khan expliqua que Maya représentait la garantie d'une promesse de paix et que la paix valait beaucoup plus qu'un crore de huns.

L'héritier s'enferma dans sa chambre pendant plusieurs jours. Lorsqu'il en sortit, il refusa de revoir Maya.

Geraldo prospéra à Bijapur. Il installa rapidement sa maison et y invita de nombreux courtisans. Ceux-ci ne refusaient jamais un repas, et Geraldo se fit vite beaucoup d'amis. Il assistait aux audiences de la sultane et se déplaçait en ville sur un palanquin d'argent. Mais il eut beau submerger le vizir de cadeaux, il ne fut jamais invité à voir danser Maya.

En cela, le vizir avait pris conseil auprès de Gama. Il s'était lié d'amitié avec le *farang*, qui lui rendait souvent visite. Gama évitait Geraldo et le vizir faisait de même.

— Qu'est-ce qu'il a ce jeune *farang*, Deoga ? lui demanda-t-il un soir alors qu'ils dégustaient un sorbet.

— Maya n'a que faire de lui, répondit-il.

Il n'en dit pas davantage, malgré l'insistance de son interlocuteur.

Un mois avant la date à laquelle il devait accompagner Maya auprès du prince Mourad, Gama régla une affaire à Sarat pour un ami de Wali Khan. Contrairement à beaucoup de « conciliations », celle-ci se passa sans anicroches, et Gama en fut déçu. Il avait emmené avec lui un nouveau venu, un Irlandais qui arrivait de Perse, et il avait espéré lui montrer combien ce genre de travail peut être malaisé. Maintenant, chaque fois que Gama décrivait les difficultés inhérentes à son rôle – la façon inattendue dont une conciliation pouvait aller de travers –, l'Irlandais acquiesçait poliment, comme on le fait à un dîner quand le vieil hôte débite des sottises.

— Vous verrez, lui dit Gama. Ce n'est pas de

l'argent facilement gagné. Il ne fait aucun doute que des bandits nous ont vus aller à Sarat et, maintenant que nos bourses sont pleines, ils attendront notre retour. Ils préfèrent l'or aux marchandises. Nous devons être très prudents.

— Oui, monsieur, répondit l'Irlandais.

Comme aimait le faire Gama, ils dormirent à la belle étoile, dans un bosquet de banians près de la route de Pratapghad. Leur feu de camp n'était plus que braise, le ciel était si noir et bas que les étoiles semblaient sur le point de fondre sur eux. Des paons braillaient dans la forêt, une panthère gronda. Puis le silence s'installa et les grillons reprirent leur chant paisible.

Gama venait de s'assoupir quand il entendit un bruit mat près de son oreille droite, puis, l'instant d'après, un autre sur sa gauche. Il ouvrit les yeux brusquement : deux flèches étaient fichées dans son oreiller, à quelques pouces de sa tête.

Il se dressa sur son séant et arma le chien de son pistolet au moment où deux énormes cocons s'ouvraient dans un arbre voisin. De leurs couvertures où ils se cachaient, deux bandits se laissèrent tomber au sol avec légèreté. Le feu mourant éclairait juste assez pour laisser voir que l'un était grand, maigre et nerveux, l'autre menu et jeune. Tous deux avaient encoché une flèche à la corde de leur arc court et puissant.

Près de Gama, l'Irlandais ronflait.

Le plus grand des deux agita sa flèche en direction du pistolet de Gama, qui releva le chien et abaissa l'arme.

— Bonjour, cousin, dit le plus petit.

Gama cligna des yeux, hésitant. Le bandit défit prestement son turban, et le visage rayonnant de Lucinda apparut. Gama se leva d'un bond, l'étreignit et l'embrassa sur la joue avant même de se rendre compte que l'autre bandit, qui riait doucement à côté d'eux, était Pathan.

— Nous sommes devenus des bandits, Deoga, déclara gaiement Lucinda à voix basse. Je porte des *jamas*, maintenant. Je monte à cheval et je tire à l'arc.

— C'est une tireuse d'élite à l'arc court, Deoga, ajouta Pathan, une note de fierté dans la voix.

— Vous voyez ? dit-elle en montrant les flèches plantées dans l'oreiller de Gama. J'aurais pu vous effleurer les oreilles si Mounna m'avait laissée faire.

Elle lança à Pathan un regard plein d'affection.

— Il n'y a pas de quoi se vanter, Lucie, répliqua Pathan, aux anges.

— Vous êtes mariés ? demanda Gama, qui regretta tout de suite la lourdeur de sa question. Lucinda rejeta ses cheveux en arrière et éclata de rire, puis porta la main à sa bouche, de crainte de réveiller l'Irlandais.

— Mariés à la manière des bandits, répondit-elle avant de poser la main sur le bras de Gama. Vous vous êtes inquiété pour nous, cousin ?

— Oui, bien sûr. Chaque jour... à chaque instant.

— C'est gentil de votre part, mais c'était inutile. Mounna est mon mari et il veille sur moi. De toute façon, je n'ai maintenant besoin de personne pour me protéger, dit-elle en montrant de la tête son arc court.

Elle le tenait fermement, ses paumes s'étaient élargies, ses doigts avaient forci, et elle avait la sûreté de main procurée par la pratique. Elle se déplaçait avec souplesse et rapidité. Et, remarqua Gama, ses yeux n'étaient plus rêveurs, mais pleins d'assurance et de détermination. Impitoyable, pensa Gama, choqué que ce mot lui soit venu à l'esprit.

— Nous avons demandé à nous charger de ce travail, Deoga, afin de vous voir et d'aplanir les difficultés que vous pourriez rencontrer, dit doucement Pathan. Et aussi afin que vous ne soyez pas trop importuné par nos frères bandits, qui ne partagent pas le passé que nous avons en commun.

— Ils vous auraient tout pris, précisa Lucinda.

Il y eut un silence. Gama commençait à comprendre. Lorsqu'il vit finalement comment se présentait la situation, il eut le sentiment d'avoir vécu trop longtemps. L'air las, il posa sa bourse dans la main tendue de Lucinda. Elle coinça son arc sous son bras et répandit l'or de Gama dans sa paume. Elle en fourra la moitié dans sa poche, remit le reste dans la bourse.

— Souvenez-vous des liens qui unissent le clan des Trois-Points et Wali Khan, cousin, dit-elle avec sérieux. Cela peut être bon ou mauvais, mais il est dangereux de l'oublier. Nous dirons à nos confrères que nous vous avons pris tout votre or. Si vous cachez bien la moitié que je vous laisse, personne n'en saura jamais rien.

L'Irlandais grogna dans son sommeil mais ne se réveilla pas. Gama ne laissait rien paraître de ce qu'il éprouvait. Pathan baissa la tête et murmura :

— Nous devons faire au mieux avec le lot que nous a réservé le Seigneur, Deoga. Maintenant que nous sommes des bandits, nous devons en être de bons.

— Les meilleurs, approuva Lucinda tandis que Pathan s'éloignait dans l'obscurité. Il va chercher les poneys, expliqua-t-elle avant de se dresser sur la pointe des pieds pour déposer un baiser sur la joue de Gama. Je suis contente de vous avoir vu. J'espère que vous trouverez la paix. La joie se cache en des lieux inattendus. Soyez heureux, tout comme je le suis.

Pathan revint, déjà en selle, menant le poney de Lucinda par la bride.

— *Salaam aleichem*, Deoga, dit-il.

Gama s'inclina. Lucie sauta en selle, empoigna les rênes et fit virevolter sa monture près de Gama.

— Ne soyez pas triste, cousin. Nos chemins se croiseront encore.

Sur ce, elle éperonna son poney et disparut dans la nuit, suivie par Pathan.

— Je ne le crois pas, murmura Gama.

Près du feu, l'Irlandais ronflait toujours.

Pour son dernier soir à Bijapur, Maya envoya une invitation à Geraldo.

Il se rendit au zénana revêtu de beaux atours *farangs*, taillés dans des velours sombres et d'épais satins, et galonnés d'or. A son approche, les domestiques de Wali Khan s'inclinèrent profondément. Un eunuque le dirigea dans le palais du vizir le long de couloirs éclairés par cent lampes à beurre placées au fond de niches creusées dans les murs. Il ouvrit une série de portes sculptées en s'inclinant pour laisser passer Geraldo.

Tout un assortiment de plats en argent étaient disposés sur une nappe en mousseline au milieu du tapis. On faisait brûler de l'encens et les flammes d'une dizaine de lampes suspendues au plafond dansaient à travers les trous de leur abat-jour.

Vêtu d'une *jama* bleu sombre, Gama était installé sur des coussins près du festin, à la droite de Maya. Le fin sari argent de la jeune femme miroitait à la lueur des lampes et un voile lui couvrait les cheveux, mais pas le visage. Ses yeux d'or étincelèrent quand elle vit entrer Geraldo.

— Venez vous asseoir, Aldo, l'invita Gama.

Ils mangèrent en silence. Il y avait trop de choses à dire et ils en dirent donc peu. Maya présidait et présentait les mets délicats avec une grâce accomplie. Geraldo contemplait ses lèvres, ses mains aux gestes fluides.

— Tu es plus belle que jamais, murmura-t-il.

Maya se contenta de fermer les yeux.

— J'ai fait préparer cela spécialement, à la manière des *farangs*, dit-elle en désignant un plat.

Geraldo goûta le mouton parfumé avec des épices et beaucoup d'ail.

— C'est comme si nous étions à Goa, lui dit-il

en inclinant la tête. Tu es trop gentille. Vous avez essayé, Gama ?

— Ma digestion me joue des tours, ces temps-ci, répondit Gama sans lever les yeux. Finissez-le.

Des servantes débarrassèrent les plats et apportèrent des sorbets. Gama décrivit à l'intention de Maya le voyage qu'ils allaient entreprendre le lendemain. Il avait été soigneusement préparé ; on avait même prévu une seconde caravane, destinée à détourner l'attention.

— Vous redoutez un danger, Deoga ? s'enquit Maya.

— Toujours. Tu es plus précieuse que jamais, maintenant. J'ai enrôlé des gardes spéciaux.

Lorsqu'ils eurent fini les sorbets, Gama se leva.

— Je suis sûr que vous avez des choses à vous dire, jeunes gens. Un vieux comme moi n'a pas sa place ici.

Il s'inclina devant Geraldo, puis devant Maya.

— J'ai besoin de repos. Un long voyage nous attend.

— Faites la paix, suggéra Maya aux deux hommes.

Geraldo se leva et embrassa Gama.

— *Vá com deus, senhor*, dit-il en se redressant.

— *E com você*, répondit Gama.

Il sortit de la pièce sans se retourner, en refermant doucement la porte derrière lui. Un sentiment d'appréhension envahit Geraldo. Les battements de son cœur s'accélérèrent, la chaleur lui monta au visage. Il desserra le col de sa chemise.

— Et voilà, dit-il à Maya.

— Eh oui.

Il ne parvenait pas à déchiffrer son expression.

— Pourquoi crois-tu que les dieux permettent que l'on soit méchant ?

— Tu ne veux quand même pas que nous parlions philosophie ? fit Geraldo en riant.

Il rota, ce qui le fit rire de plus belle.

— Il est d'autres sujets plus plaisants.

— Réponds-moi.

Geraldo haussa les épaules. Le mouton lui était resté sur l'estomac, mais il sourit malgré cette indisposition.

— Peut-être que les dieux sont eux-mêmes méchants. Peut-être qu'il n'y a pas de dieux. Peut-être sommes-nous les artisans de notre destin. Il se peut que ceux qui craignent les dieux soient faibles, et forts ceux qui connaissent la vérité.

— Tu es donc fort, Geraldo ?

Il haussa les épaules à nouveau. A la voir à la lumière dorée des lampes, sa beauté encore plus grande que dans son souvenir, il en eut des picotements sur la peau.

— Tu as tué et volé. Tu as trompé les membres de ta propre famille.

Geraldo rit, mal à l'aise.

— J'ai aussi trompé la mort...

— Oui.

Maya porta les mains au voile qui lui couvrait les cheveux.

— Je voulais que tu voies cela, toi plus que quiconque.

Elle tira le voile en arrière, découvrant une coiffe étincelante, une résille d'or semée de perles et de diamants. Sur ses cheveux de jais, les joyaux scintillaient comme des étoiles dans le ciel nocturne. Geraldo regardait, bouche bée.

— Voilà ce que je suis, Aldo. Voilà ce qu'est devenue la femme que tu as abandonnée. Des hommes se sont battus et ont même perdu la vie pour m'avoir.

— Tu es magnifique, fit Geraldo d'une voix étranglée.

— Tu aurais pu avoir tout cela, mais tu en voulais davantage.

Les pépites d'or de ses yeux avaient maintenant l'éclat du feu.

— C'est ce que je voulais que tu saches : ce que tu aurais pu avoir et que tu as perdu.

Elle se voila de nouveau la tête, et la lumière sembla faiblir dans la pièce.

— Tu t'es conduit comme un sot.

— J'ai décidé de m'amender, répondit Geraldo, la gorge serrée, en commençant à transpirer.

— Hâte-toi de le faire alors. Et lorsque le compte de ta vie sera établi, rappelle-toi ce moment.

Elle se leva, comme pour le congédier. Pendant quelques instants, Geraldo éprouva de la déception, puis du soulagement. Il ne se sentait pas très bien. Son ventre gargouillait. Il se leva, non sans peine. Peut-être avait-il trop bu de vin ; la tête lui tournait. Il s'efforça de sourire.

— Mes affaires me conduisent parfois à la cour de Mourad. Peut-être t'y verrai-je.

Il rota encore, un goût de bile dans la bouche.

— Je ne crois pas, dit Maya en ouvrant la porte.

Aussi dignement qu'il put, Geraldo redressa les épaules et sortit.

— Bonsoir, murmura-t-il. Tu m'as montré tes secrets. Je ne te trahirai pas. Je serai muet comme la tombe.

— J'y compte bien.

Elle le regarda dans les yeux et il entrevit fugitivement la fille dont il se souvenait, telle qu'elle était la première fois qu'il avait vu son visage : belle, distante, jeune et un peu effrayée.

— Est-ce qu'il t'arrive de prier, Geraldo ?

— Parfois.

— Eh bien, fais-le maintenant.

La porte sculptée se referma sous ses yeux et le claquement sourd se répercuta à travers le vestibule éclairé par les lampes.

Aux portes du palais du vizir, Gama rendit son salut au serviteur. Il s'arrêta un moment et soupira, puis descendit lentement l'escalier vers la cour illuminée par des torches. Il venait de décider de renvoyer ses porteurs de palki et de rentrer chez lui à pied quand une silhouette sortit de l'ombre.

— Souris, dit-il. Qu'est-ce que tu fais là ?

— J'ai pensé que vous vous sentiriez peut-être seul, Deoga, répondit le jeune eunuque, l'air mélancolique.

— Tu es gentil.

Gama cligna des yeux. Il détestait pleurer. Souris leva les yeux vers lui.

— Pourquoi êtes-vous triste ? Beaucoup de gens vous aiment.

Il toucha la tête du Portugais.

— Vous êtes bon. Vous devez être heureux.

Gama soupira à nouveau.

— Rentrons, dit-il au palkiwallah.

Dans le palanquin, Souris posa la tête sur son épaule. Tandis qu'ils s'élevaient dans les airs, Gama prit la douce main de l'eunuque dans la sienne.

Achevé d'imprimer par GGP Media GmbH, Pößneck
en août 2006
pour le compte de France Loisirs,
Paris

N° d'éditeur: 46502
Dépôt légal: mai 2006

Imprimé en Allemagne